KB141103

고전번역학총서 이론편 2

한국 고전번역학의 구성과 모색

고전번역학총서 이론편 2

한국 고전번역학의 구성과 모색

부산대학교 점필재연구소 고전번역학센터 편

점필재

이 책은 2007년 정부(교육과학기술부)의 재원으로
한국연구재단의 지원을 받아 수행된 연구임(NRF-2007-361-AM0059)

고전은 시간과 공간을 뛰어넘는 보편적 가치를 지니고 있다고 일컬어진다. 또는 오랜 시간이 흘렀어도 낡고 빛바랜 것이 아니어서 '오래된 미래'라고 불리기도 한다. 고전에 대한 두터운 신뢰와 찬사이다. 물론 반론도 만만치 않다. 시공을 뛰어넘는 보편적 가치란 존재하기 어려울 뿐만 아니라 고전의 형성과 재생산 과정에 개입하는 지배이념의 은밀한 작동을 부정할 수 없기 때문이다. 실제로 고전이란 이름으로 시대와 인간을 억압했던 사례는 적지 않다. 그런 점에서 고전이 보편적 가치를 지닌다는 통념은 이데올로기적 허구에 가깝다거나 고전이 지닌 역기능에 유념해야 한다는 경고는 경청할 만하다. 우리가 기억하는 고전 목록의 대부분이 과거 지배이념이었던 불교와 성리학, 그리고 서구 근대중심주의를 강화하는 데 기여한 사실을 상기한다면 더욱 그러하다.

하지만 역설적이게도 위기와 변혁의 시기, 고전에 대한 해석–재해석으로부터 갱신의 계기를 마련했다는 사실도 함께 기억할 필요가 있다. 서구에서 그리스–로마의 고전을 재해석함으로써 르네상스 시대를 열었다든가 동아시아에서 제자백가 시대의 유가 경전을 재해석함으로써 신유학의 토대를 구축했다는 것은 잘 알려진 사실이다. 고전은 시간과 공간의 아득한 거리에도 불구하고 쉽게 감당할 수 없는 이중의 과제를 늘 부과하고 있었던 것이다. 과거의 고전을 현재의 시간으로 불러내어 지금도 여전히 유효한 가치를 지니고 있는가를 되묻는 '현재적 질문'과 동시에 고전이 담고 있던 문제의식을 재음미하며 새로운 가치를 모색하는 '미래적 기획'이 그것이다.

고전에 대한 이런 질문과 반추는 번역의 과정을 통해 집중적으로 이루어져왔다. 기실, 번역이란 단순한 축자 해석의 차원을 넘어선다. 고전을 번역한다는 것은 고전을 산출한 과거의 지적 시공간을 오늘날의 지적 시공간 속에 삽입하는 과정이자 모두가 공유할 수 있는 지적 층위를 확충해가는 과정이기 때문이다. 고전을 과거의 현재화 또는 지식의 민주화라 일컫는 까닭이다. 그렇다면 고전번역은 고전에 새로운 생명을 불어넣는 갱신의 과정이며, 아득한 과거로의 회귀가 아니라 언제나 현재적 기획일 수밖에 없다. 불교 경전이 흘러들어와 번역되며 한국 불교를 꽃피웠을 때도 그러했고, 유가 경전과 신유학의 고전이 번역되며 조선 성리학을 일구었을 때도 그러했다. 서양의 문명과 고전이 소개되던 근대전환기에도 번역은 언제나 미래를 향한 현재적 기획의 자세를 견지했다.

뿐만 아니라 번역은 필연적으로 중심과 주변의 문제를 그 내부에 포함하고 있다. 대체로 원천언어의 문명에 비해 목적언어의 문명은 주변부에 속하게 마련이지만, 문명의 주변부성을 깊이 인식하는 것은 인류 문명사의 중심적 문제를 해결하는 관건이 될 수도 있다. 고전번역이 문화와 문화 간의 차이를 넘어서는 횡단적 성격을 지니는 동시에 축자번역을 넘어서는 문명번역이 되는 근거이다.

부산대학교 점필재연구소 고전번역학센터에서는 고전번역의 이런 문명사적 전환에 주목하여 지난 2007년부터 고전번역학 집중콜로키움 및 학술대회의 자리를 가져왔다. 여기에 실린 글들은 그때 발표-토론된 것을 다듬어 고친 결과물이다. 다양한 학술행사를 진행하면서 우리는 새로운 사실의 확인과 흥미로운 학술적 가능성을 경험했다. 훈민정음이 잘 만들어진 표기체계일 뿐만 아니라 잘 작동하는 번역을 위한 도구이자 길이기도 했다는 사실을 확인한 것도 그 자리였다. 언해의 과정을 통한 중화문명으로의 편입과 탈출의 경계가 날카롭게 드러나기도 하고, 이두와 구결 등이 언해와 함께 번역의 역할을 수행한 과정이 밝혀지기도 했다. 번역도구로 고안된 언해 한토막이 비록 원문에 현토를 달고 옆에 언해문을 배치한 간단한 구조이지만, 원문에 대한 이해 과정을 응축하고 있는 형식이라는 시각도 새롭다. 정석태, 김풍기, 서민정, 김용철 선생은 언해에 대한 우리의 이해 지평을 활짝 열어주었다.

　실제로 훈민정음 창제 이래 우리 선조들은 정음과 언해라는 번역도구를 활용하여 중세 동아시아 문명의 핵심을 이루는 불교와 유교의 경전, 그리고 문학의 정수들을 완벽하게 번역해 냈다. 불경으로부터 시작된 언해가 유교 경전으로 넘어가는 과정을 통시적으로 살피고 있는 정우영 선생, 사서삼경의 언해 과정을 세심하게 따져가며 조선 성리학의 가능성을 제시하고 있는 이영호·한영규 선생, 그리고 문학의 전범으로 일컬어지던 두시(杜詩)의 번역을 당대 지성들이 학문적 우정으로 함께 하던 과정을 추적하고 있는 김남이 선생의 논의는 그래서 값지다. 그때 이루어진 번역서들은 지금까지 번역으로서 최고 수준을 자랑하고 있는 동시에 동아시아 중화문명을 이해하려는 노력의 응결점으로 높이 평가받고 있다.

　이처럼 정음과 언해를 통한 고전번역은 조선을 새로운 문명국가로 만들어갔다. 문화적으로 열악한 환경에 놓여있던 조선시대 여성들의 한글 생활을 꼼꼼하게 살펴가며 생활사적 차원으로까지 논의를 진전시키고 있는 이종묵 선생, 보잘것없는 갈래로 취급받은 소설이 대거 번역되던 번역 현장을 세세하게 밝히고 있는 신상필 선생의 논의에서 그런 모습을 구체적으로 실감할 수 있었다. 번역의 현장은 거기서 멈추지 않았다. 근대 한국어로 벼려진 한글을 가지고 서양소설을 열정적으로 번역하다가

홀연히 음악으로 떠난 홍난파를 만나기도 했거니와 조선을 서양에 알리기 위해 수많은 고전소설을 영어로 번역한 알렌과 같은 서양 선교사를 만나기도 했다. 그리고 『격몽요결(擊蒙要訣)』을 요약 번역하면서 덧붙인 서양의 격언과 일본문헌을 보게 된 것도 무척 이채롭다. 박진영, 이상현, 임상석 선생은 우리들을 이런 흥미로운 번역의 현장으로 인도해 주었다. 거기에다 문자언어와 음성언어의 사이를 매개해 주는 일본적 한문 이해와 번역의 도구로 기능한 훈독(訓讀)의 존재를 들려준 사이토 마레시(齋藤希史) 선생과 근대 중국에 소개된 미학, 문예학, 본체론 등의 개념어가 번역 이후 중국에서 겪은 좌충우돌의 적응과정을 보여준 유욱광(劉旭光) 선생의 논의도 무척 신선하다.

　요즘 들어 번역은 단연 화제의 중심이 되고 있다. 문명을 가꾸고 전환을 일구어낸 것이 번역과 그것을 담당했던 '번역공장'이고 보면, 번역에 대한 최근의 관심은 때늦은 감이 없지 않다. 유럽의 르네상스는 이슬람 문헌을 대량으로 번역해낸 번역공장 덕분이라고 한다. 이슬람의 압바스 왕조는 그리스−로마의 고전 문헌을 번역하는 번역공장을 차려 이슬람 문명의 전성기를 만들었다는 것이다. 우리도 훈민정음을 창제한 15세기에는 왕실 주도의 번역공장을 차려 불경을 번역하더니 16세기에는 교정청(校正廳)이라는 본격적인 번역공장을 세워 유교의 핵심인 사서삼경을 번역하기에 이르렀다. 어떤 사람들은 번역된 고전의 숫자가 적다고 불만을 가질 지도 모른다. 하지만 동아시아 중세 문명의 핵심적 키워드를 제공하는 고전에 대한 완벽한 한글화와 조선화의 의미는 결코 가볍지 않다. 서양 중세의 최고 신학인 스콜라철학도 플라톤과 아리스토텔레스를 번역한 책 몇 권에 기반하여 이루어졌던 것이다.

　그런 까닭에 고전번역에 관심을 갖고 '고전번역학'이라는 새로운 학문 분야를 구성해 보려는 우리의 모색은 문명사적 의의를 지니는 학적 여정이라고 자부한다. 물론, 번역은 그 자체로 낮은 것 취급을 받기도 한다. 하지만 주머니의 송곳은 그 끝이 보이게 마련이고, 구슬 보배는 아무리 숨기려 해도 그 찬란한 빛을 모두 숨기지 못하는 법이다. 마치 저 옛날 땅속에 묻힌 용천검과 태아검이 북두성에 검기(劍氣)를 쏘아 자신을 알리듯 말이다. 우리는 고전번역학을 구성하려는 지금 이 모색이 땅속에 묻힌 보검에서 새어나오는 검기를 찾아내는 작업이라 믿는다. 그 과정에서 우리는 지난날 교정청에 모여 사서삼경의 완벽한 번역을 이루어내던 당대 최고 지성들의 지적 분투, 홍문관에 모여 두시(杜詩)를 번역하던 점필재 김종직과 그의 젊은 제자들이 보여준 학문적 우의를 가슴 벅차게 만날 수 있었다. 점필재연구소의 고전번역학센터도 뒷날 그런 장면으로 기억되길 진심으로 희망한다.

그리고 이런 작업을 수행해가는 도중에 감사드릴 분들을 많이 만났다. 먼 길 마다않고 부산이나 밀양까지 찾아와 발표해 주시고 귀한 원고로 다듬어 주신 여러 필자분, 그리고 고전의 연구와 번역에 대한 우리의 작업을 믿고 '점필재'라는 전문출판사를 열어주신 김흥국 사장님, 그리고 출판에 서툰 연구자와 손발을 맞춰가며 이렇게 정성어린 책으로 꾸며주신 이경민과 전지원 님이 그런 분들이다. 참으로 감사할 따름이다.

2013년 5월
점필재연구소 고전번역학센터

한문 고전서사의 문화적 전환과 번역 | 신상필
─국문본 『태평광기』를 중심으로

제2부 언해의 고전번역학적 의미

경서언해 한토막의 고전번역학적 성찰 | 김용철

조선 중기 경서언해의 성립과 그 의미 | 이영호·한영규

불전언해의 국어사적 의의 | 정우영
─중기국어 불전언해를 중심으로

일본 문헌의 번역을 통해 굴절된 한국고전 | 임상석
―『산수격몽요결(刪修擊蒙要訣)』 연구

서구의 한국번역, 19세기 말 알렌의 한국 고소설 번역 | 이상현
―'민족지'로서의 고소설, 그 속에 재현된 한국의 문화

근대 한국의 서구 문학 번역 | 박진영
―홍난파와 번역가의 탄생

근대 중국의 서구 개념 번역 | 유욱광(劉旭光)

─번역, 그 후

제1부 고전번역의 문화사적 의미

문명번역과 훈민정음

― 세종의 창제의도에 관하여

정석태

1

우리는 훈민정음을 창제한 세종에 대한 하나의 커다란 환상을 가지고 있다. 자주적이고 민족적인 의식을 가진 군주, 그래서 중국문명과는 별개의 우리만의 독자적인 문명을 열어간 성군이라는 환상이 우리의 뇌리 속에 깊이 각인되어 있다. 특히 근대화 과정, 그것도 식민지배가 가로놓인 근대화 과정을 거치면서 그러한 환상은 환상이라고 이야기하는 것조차 금기시되어 있다. 과연 그런지 한 차례 숙고해볼 필요가 있다.

이 문제를 풀어갈 실마리는 세종이 자신이 창제한 문자의 이름을 '훈민정음(訓民正音)'이라고 한 그 안에 이미 담겨 있다고 본다. '훈민정음'에서 '정음'이 바른 한자음, 다시 말하면 당시 명나라의 한자음에 맞는 바른 한자음, 그에 따른 한자음 개신작업이 훈민정음을 창제한 목적 중의 하나였다면, 여기에 맞추어 '훈민'의 의미를 재해석해볼 수 있을 것이다. '훈민'의 '민'을 '우민(愚民)'이 아닌 '사민(士民)'으로 확대해서 해석해볼 수 있을 것이다. 자주적 또는 민족적이라는 환상 속에서 막연하게 훈민정음을 창제한 세종의 의도를 해석하던 방식, 한문과 대립된 우리 민족의 독자적인 문자를 창제했다는 그 면에만 치중해서 해석하던 방식은 지양해볼 수 있을 것이다. 나아가 '훈민정음'에서 '훈민'과 '정음'을 대립된 의미가 아닌 일관된 의미로 해석해서 훈민정음을 창제한 세종의 의도를 읽어볼 수 있을 것이다. 그 과정에 고전번역과 훈민정음과의 관계에 대해서도 아울러 알아볼 수 있을 것이다.

자주적 또는 민족적이라는 말에 과도하게 집착하지 않는다면, 이제까지 지나치게 단선적으로 그려오던 세종의 상을 훨씬 더 복합적이고 또 생동한 모습으로 그려볼 수 있을 것이다. 고전시대뿐만 아니라 근대, 그리고 근대를 거쳐 현대에 이르기까지의 우리의 말과 글, 그리고 우리의 삶을 움직여가는 큰 틀을 짜놓은 인간상으로의 세종의 모습을 그려볼 수 있을 것이다. 이 글에서의 논의를 통해 새로운 세종의 상을 그릴 수 있게 되기를 기대한다.

2

중국어, 다시 말하면 한문과의 접촉을 통해 대두된 우리 민족의 자각적인 언어의식은 우리말을 표기하는 독특한 체계, 곧 향찰식을 창출하는 데까지 나아갔다. 이 향찰식은 비록 차자표기의 형태이기는 하지만, 우리말을 전면적으로 표기할 수 있는, 그리고 우리 민족의 고유성이 일정하게 확보된 독특한 표기체계임에 분명하다. 그러므로 이 향찰식의 다음 단계로 차자표기의 한계를 벗어난 우리의 독자적인 문자가 안출되었으리라고 기대할 법하지만, 역사는 우리의 기대와는 정반대의 방향으로 나아가고 말았다.

나말여초의 지식인들은 이러한 우리의 기대를 외면하고 한문식을 채택하는 쪽으로 나아갔다. 향찰식을 활용하여 자국의 독자적인 문자인 가나를 창출한 일본의 경우와는 달리. 그리고 동아시아 문화권에서 그 문화적인 수준을 상당히 세련시켰던 우리 민족이 우리의 독자적인 문자를 가지게 된 것이 가장 늦어진 이유는 무엇인가? 이는 단순히 사대의식의 심화로만 설명하기는 어려울 듯하다.

그 답은 우리말 음운체계의 복잡성에 기인한다고 보는 것이 일반적인 견해이다. 우리말은 음절단위나 이분법적인 음절분석방식으로는 미쳐 포착하기 어려울 만큼 복잡하다. 그래서 일본 등 동아시아 각국이 차자표기 방식을 다소 세련화해서 음절문자의 수준에서 자국의 문자를 일찍부터 창출한 것과는 달리, 우리는 중국 주변국들 중 거의 가장 먼저 세련된 차자표기인 향찰식을 창출하고, 그리고 그것으로 일본의 가나 창출에 큰 영향을 미치고서도 우리의 독자적인 문자를 만들기는 어려웠던 것으로 보인다.

어찌 보면 표의문자의 테두리를 벗어나지 못하는 동아시아 문화권 내에서는 그 해결의 실마리를 찾기 어려웠을 것이다. 그러므로 우리의 선조들은 향찰식의 이점을 알고 있으면서도 그 현실에서의 사용이 안고 있는 엄청난 불편함 때문에 어쩔 수 없이 향찰식, 그리고 이것과 한 짝을 이루던 석독구결(釋讀口訣)을 포기한 채 한문식, 그리고 이것과 한 짝을 이루는 순독구결(順讀口訣)로 갈 수밖에 없었으리라고 생각한다.

그러므로 고려시대는 한문식으로 경사된 암흑기가 아니라, 자각적인 언어의식이 밑으로 잠장된 암중모색의 시기라고 생각한다. 우리의 독자적인 문자의 안출은 이러한 암중모색의 시기 동안의 동아시아 한문문화권, 곧 표의문화권 밖의 알파벳문화, 곧 표음문자와의 간접적인 접촉이 있고 나서야 가능한 일이었다. 그것은 조선 초기에 와서야 가능했던 것으로 보인다.

훈민정음은 표의문자와 표음문자의 절묘한 결합의 산물이다. 표의문자 문화의 접촉과 수용의 산물이면서, 한편으로 우리 언어, 정확히 말하

면 음운체계의 독특성은 표음문자의 요소를 적극 수용하지 않을 수 없게
하였다. 다시 말하면 표의문자 문화, 곧 보편이념을 전면 수용하는 도구
로 창출되었으면서도, 그것은 음소문자로 만들어지지 않을 수 없었던 것
이다. 단지 표기상에는 표의문자의 특성에 맞게 음절문자로 기록하였지
만, 중국의 이분법적인 음절분석방법과는 다른 삼분법적인 음절분석법
에 입각해서 만들지 않을 수 없었던 것이다.

이처럼 훈민정음은 그 자체로 표의성과 표음성의 절묘한 결합이라고
하지 않을 수 없다. 이것은 풍토설에 입각해서 본 방언차, 다시 말하면
훈민정음에 드러난 민족 개별성의 자각정도라고 할 수 있다. 여기에 민
중의 성장에 따른 지배계층의 정치적인 대응의 측면도 고려되어야 하리
라 생각한다.

3

표기수단인 향찰, 그리고 이와 한 짝을 이루는 문화이식 수단인 석독
구결은 모두 불교문화와의 접촉의 산물이다. 향찰과 석독구결은 당시의
지배층이 자신들의 지배체제와 지배이념을 세련화하기 위한 필요에서
안출, 사용한 듯하다. 여기에는 훈민정음의 경우와는 달리 민중의 입장
이 거의 고려되지 않았던 것으로 보인다. 실제 민중의 입장이 고려될 시
대도 아니었다.

고대의 민중은 하나의 생산수단 이상의 존재가 아니었기 때문에 지배
층의 입장에서 볼 때, 이들을 문자생활, 문화생활에 편입시킬 필요가 거
의 없었을 것이다. 오로지 지배체제에 순응하는 생산수단으로 적절히 묶
어두기만 하면 되었을 것이다. 그것은 문자 없이 말만으로도 족하였을

것이다. 그들의 지배이념인 불교의 전파와 대중화는 말만으로도 충분하였을 것이다. 이것만으로도 민중을 무조건의 자기멸각과 맹목적인 현실부정이 가능한 생산수단으로 세뇌시키기에 족하였을 것이다. 이렇게 민중을 구비의 세계에 묶어두는 것은 한편으로 문자생활과 문화생활의 향유를 지배층의 배타적인 특권으로 독점하는 데도 용이하였을 것이다.

이렇게 본다면 우리 민족의 고유성은 엄격한 의미에서 문자(향찰)의 세계보다 구비(말)의 세계에 주로 담겨 있다고 함이 정확할 듯하다. 그러므로 향찰식이 대변한다는 우리 민족의 고유성이란 우리 민족 삶의 실제라기보다는, 그 실제의 한 부분, 정확히 말하면 지배층의 삶의 고유성이 주라 해야 할 듯하다. 그것도 상당 부분 한문식과 대비된 지배층의 삶의 고유성이 주라 해야 할 듯하다. 지배층이 외래문화의 충격 속에서 자신의 삶의 동일성과 특권성, 바꾸어 말하면 고유성을 고수하려는 고유성이 주라 해야 할 듯하다. 그렇다면 고려조에 이르러 표면화된 향찰식과 한문식 사이의 갈등은, 지배층 내부에서 그 자신들의 삶의 방식과 그 이상을 어디에 두느냐를 두고 벌어진, 한마디로 제한된 의미에서의 대립과 갈등이라고 함이 옳을 듯하다.

지배층 내부의 자기중심적인 배타성을 깨트리려는 노력 속에서 한문식으로의 방향전환이 일차 이루어졌다. 그러나 이 시기에 우리는 향찰식을 개량하여 우리의 독자적인 문자를 만들기에는 역사적 문화적인 여건이 아직 성숙되지 못하였다. 지배층이나 민중 모두에게 그러하였다. 이를 실현하는 것은 민중의 자기성장이 본격화되는 여말선초에 와서이다. 당시의 지식인들은 이러한 민중의 성장을 주시하면서 조선을 건국하였다. 그리고 조선을 민중의 자각정도를 일정하게 의식한 기반 위에서, 중세의 보편이념에 입각하여 고대보다 진전된 사회로 만들어가려 하였다. 그 자리에서 훈민정음이 창제되었다.

이때의 민중은 고대의 단순한 생산수단으로서의 민중이 아닌 일정하게 인간적 속성을 가진 존재, 다시 말하면 심성을 가진 우민(愚民)으로 파악되었다. 그러므로 무조건의 자기멸각과 맹목적인 현실긍정을 요체로 하는 불교적인 이데올로기로는 현실을 지배하기 어렵게 되었다. 이렇게 성장하는 민중을 일정하게 의식하면, 다시 말하면 어느 정도 심성을 가진 주체로 인정하면 이를 계제(階梯)적인 도리(윤리), 곧 분(分)으로 묶어두려는 사상이 지배 이데올로기로 효율적임을 깨닫게 된다.

성리학은 우주에서부터 미물에 이르기까지 그 전부를 이(理: 도리, 윤리, 분)라는 한 체계[이일분수(理一分殊)]로 파악하였다. 그 정점이 왕이고, 그 밑에가 사대부, 그리고 그 밑에가 백성으로, 이들 사이에는 기질의 차이에 의한 분의 차이가 엄존하며 계제적인 체계를 형성한다. 이러한 체계에 대응하는, 그리고 이러한 지배체제를 효율적으로 통제하는 적절한 수단으로 창출된 것이 훈민정음이라고 하겠다.

4

훈민정음의 정점은 한문식이다. 한문식을 정점으로, 이를 음독한 국한혼용식, 여기에 정음으로 음을 단 현음국한문식, 다시 정음을 앞세우고 한자를 뒤에 둔 국한병용식이 계제적인 체계를 형성한다. 이것들은 각각 주 독자층을 겨냥하여 그 표기방식을 달리 하지만, 어디에서나 한문이 포기되지 않는다. 엄격한 의미에서 음독에서 출발했을 경우, 한문문장의 번역이란 한자 어휘를 한자 그대로 두고 단지 그것을 우리말 어순에 맞게 바꾼 것이다. 여기에 약간의 토와 어미가 우리말로 붙고, 일부 우리 고유어로 번역된 말이 섞인 것이다. "孔子ㅣ 魯ㅅ사름"과 같은 형태이다.

이처럼 훈민정음을 수단으로 한문식에서부터 일반서민을 겨냥한 순언문식에 이르기까지 한 체계로 질서 지워지고, 이렇게 질서 지워진 계제적인 체계를 통해 지배층이 의도하는 이념을 하층까지 자동적으로 전파할 수 있게 된다. 이는 앞서 말한 성리학적으로 질서 지워진 지배체제와 그대로 대응된다. 잘만 실시되면 조선왕조가 기대했던 중앙집권은 빠른 시일 안에 완성될 수 있는 것이었다.

민중의 의식성장이 이 훈민정음 창제에 깊이 영향을 미쳤다는 것은, 비록 맨 하단이기는 하지만 성리학적으로 질서 지워진 체계, 곧 문자체계이면서 문화체계(곧 삶의 체계)에 편입되었다는 것이다. 편입시키지 않을 수 없었다는 것이다. 비록 사대부들이 자기들의 계급적인 외연을 한자로 둘러치기는 했지만, 이렇게 하나의 문자체계 또는 문화체계에 민중이 처음으로 편입됨으로써 이제는 명목상으로는 그 심층까지도 섭근할 수 있는 길이 열렸던 셈이다.

어쨌든 보편이념으로서 성리학과 훈민정음이 불교와 향찰식에 비해 역사적 진전, 곧 민중의 성장을 분명히 반영한 것이다. 아울러 이때 중세의 보편성은 분명 고대의 자기중심적인 고유성보다 역사의 진전을 이룩한 것이고, 아울러 중세의 보편성을 뚫고 나온 개별성은 일정하게 보편성을 담지하면서 역사적 진전을 이룩한, 고대의 고유성과는 분명 다른 그 무엇인 것이다.

5

훈민정음은 한문식을 전면 긍정하는 바탕 위에서 창제되었다. 훈민정음은 기존의 불편한 석독구결과 이두를 대체하기 위한 것이었다. 석독구결은 순독구결로, 이두는 훈민정음으로, 나아가 이를 훈민정음 하나로 일원화하기 위한 것이었다.

한문문장에서 순독구결의 부호, 곧 토를 훈민정음으로 달고 이것을 우리말 어순에 맞게 옮긴 것이 용비어천가식 표기방식, 곧 국한혼용체이다. 여기서 한자어에 훈민정음자로 음을 달아준 것이 석보상절식 표기방식, 곧 현음국한문체이다. 이 석보상절식 표기방식를 뒤집어 훈민정음자를 앞세우고 한자를 뒤에 붙이는 것이 월인천강지곡식 표기방식, 곧 국한병용체의 원형이다.

용비어천가(한문식) : 海東六龍飛 莫非天所扶
↓
용비어천가(국한혼용체) : 海東六龍이ᄂᆞ르샤일마다天福이시니
↓
석보상절(현음국한문체) : 世셰尊존ㅅ일슬보리니萬먼里리外외ㅅ일이시나
↓
월인천강지곡(국한병용체) : 셰世존尊ㅅ일슬보리니먼萬里리외外ㅅ일이시나
↓
월인천강지곡(순언문식) : 셰존ㅅ일슬보리니먼리외ㅅ일이시나

앞서 말한 세 가지 표기방식의 맨 위쪽과 맨 아래쪽에 상정되어 있는 한문식과 순언문식의 두 가지를 합한 다섯 가지의 표기방식은 각각 그 주독자층에 대응되어, 한문을 쓰는 사대부에서부터 언문만을 사용할 일반 백성에 이르기까지 조선의 전 대중의 요구를 충족시킬 수 있게 된다.

이렇게 구도를 잡고 보면 훈민정음은 그간 다기한 통로로 산발적으로 이식이 시도되었던 중국문화 이식의 통로를 일원화, 정확히 말하면 통일시킨 것임이 드러난다. 요컨대 한문, 곧 중국적 삶의 방식을 전면 긍정하면서 이를 거의 손상 없이 상층에서부터 하층에까지 전달하기 위한 수단

으로 창안되었던 셈이다. 다시 말하면 우리 민족의 삶을 중국화하려는
노력의 결정이었던 셈이다.

고려시대까지는 당시의 선진문명이었던 중국문명이 지식의 정도나 신
분계층에 따라 한문식, 순독구결, 석독구결, 이두 등의 다기한 방법에
의해 산발적으로, 그리고 부분적으로만 이식이 되었던 셈이 되었다. 이
에 따라 문화이식의 과정에서 굴절이 필연적이었을 것이다. 세종은 이러
한 문화이식의 굴절을 배제하고, 그리고 산발성과 단편성을 극복하고 중
국문명의 전면적 이식, 그것도 원래의 모습 그대로의 이식을 시도한 셈
이다. 당시 중국의 말(正音) 그대로의 이식을 시도한 셈이다. 단지 우리
말 어순에 맞추어서, 그것도 상층에서부터 하층에 이르기까지 하나의 이
식수단에 의해, 그 각 계층의 문화정도에 부응하도록 이식을 시도한 셈
이다.

이렇게 볼 때 세종은 한문을 포기할 의사가 전혀 없었음은 자연 드러
난다. 한문은 애초에 포기될 것이 아니었다. 도리어 한문은 훈민정음의
상층부, 아니 그 뿌리를 형성한다. 이 때문에 훈민정음의 정음(正音)이
바른 한자음으로 해석해야 한다고 하는 것이다. 그리고 이는 세종이 훈
민정음을 언문이라고 명명한데서도 잘 드러난다. 언문은 참글인 진서,
곧 한문에 부속된, 풍토의 차이에 의해 발음을 달리하게 된 방언으로서
의 그 무엇이라는 의미이다. 이 방언차의 극복도 세종의 과제였다. 그것
의 결정이 동국정운이고, 훈민정음은 이 동국정운과 한 짝이었다. 말하
자면 세종은 한자음 표기가 주가 되는 국어표기방식을 창안한 셈이다.

요컨대 세종은 구시대의 잔재를 청산하고 우리나라를 성리학적으로
질서 지워진 이상사회로 만들려고 하였다. 훈민정음은 바로 그러한 이상
실현의 가장 효율적인 수단으로 안출되었던 셈이다. 다시 말하면 훈민정
음은 세종의 문화정책의 한 결정인 셈이다. 그리하여 조선을 성리학으로

질서 지워진 세상으로 만들려 한 것이다. 이런 측면에서 세종은 철저한 사대주의자 숭명주의자이다.

이러한 세종의 의도는 세종 이후의 역대 제왕에게도 그대로 계승되었다. 이는 훈민정음 창제 이후 역대 제왕들의 훈민교화 정책이 주로 한화주의적이었다는 데서도 잘 드러난다. 그리고 사대부들도 세종의 부분적인 무모한 시도를 반대한 외에는 훈민정음을 적절히 활용하였다. 특히 사림파들은 훈민교화사업과 시가 부분에서 훈민정음을 적절하게 활용하였다.

6

세종이 훈민정음을 고리로 틀을 잡은 이 통로, '음독체계(音讀體系)'라고 이름 붙일 수 있는 이 통로를 통해 조선 전기에는 당대의 선진문명이었던 중국문명, 곧 성리학적인 삶, 다시 말하면 한문(또는 한자)이 우리의 말과 글, 그리고 우리의 삶 속에 대대적으로 이식되었다. 말하자면 문명번역이 대대적으로 이루어진 것이다. 최상위의 한문, 곧 문자에서 훈민정음을 거쳐 우리의 말과 글, 그리고 우리의 삶으로 내려오는 대대적인 문명번역이 이루어진 것이다. 그리고 그러한 말들에 의해 우리 민족의 삶이 구도 지워졌다. 조선 후기에 와서 이 음독체계의 통로를 통해 한자와 유교가 기층에 내려앉게 되었다. 한자어와 고유어의 비율이 30:70에서 70:30으로 바뀌고, 한문도 폭넓게 보급되었다.

세종이 훈민정음을 창제해서 우리의 말과 글, 그리고 우리의 삶의 중심에 놓고자 한 것이 바로 이 음독체계라고 하겠다. 이 음독체계는 상부의 문자와 문자적 삶, 곧 한자와 한자적 삶이 하부의 구어와 구비적 삶,

곧 우리말과 우리 삶에 거의 원형 그대로 전달되도록 설계된 체계이다. 말의 체계이면서 삶의 체계로서, 조선조에서는 이를 통해 전대보다 훨씬 진전된 역사발전을 이룩하였지만, 한편 언어적으로나 문화적으로 우리는 그 당시의 보편언어와 보편문화의 세례를 피할 길이 없었다. 성리학의 토착화와 체질화가 가속화되었고, 한자의 구어로의 대대적 침투가 이루어졌다.

　특히 이 음독체계는 문화이식체계, 그것도 우리의 말과 글, 그리고 우리의 삶 속에 내장된 문화이식체계였기 때문에 근대 이후 서구문화의 이식에 또 한 번 그 진가를 유감없이 발휘하였다. 그리하여 일본식 한자어가 근대어로서 이 체계를 타고 우리의 말과 글, 그리고 우리의 삶 속에 대대적으로 이식되었을 뿐만 아니라, 나아가 현재에는 서구의 제어들, 그 중에서도 영어가 이 체계를 타고 거의 굴절 없이 음독되어 우리의 밀과 글, 그리고 우리의 삶 속에 대대적으로 이식되고 있다.

조선 전기 언해 사업의 문화적 의미

― 중화문명권으로의 진입과 탈출을 중심으로

김풍기

1. 훈민정음 창제라는 사건

고려 후기의 문화를 조선이 이어 받았지만 자신만의 문화적 특이성을 만들어낸 중요한 사건은 훈민정음 창제일 것이다. 한문으로 상징되는 중화문명으로 구성된 '천하(天下)' 안에서 자신만의 문자를 소유하게 되었다는 사실은 그 자체만으로도 문화적 충격이었다. 주변의 여러 나라들이 자신의 문자를 가지고 있었지만, 향찰 이후 한 번도 문자를 가져본 일이 없었던 조선의 지식인들에게 훈민정음 창제는 엄청난 사건이었다. 세종이 지은 훈민정음 서문에서 이미 언급한 것처럼, 이 시기 지배층은 중국의 언어가 조선과 다르다는 사실을 명확히 인지하고 있었고, 이 때문에 '어리석은' 백성이 자신의 뜻을 제대로 전달하지 못한다는 것을 안타까워하고 있었다. 지배층이야 한문이라는 표기 수단을 가지고 있었지만, 어리석은 백성들은 한문에 접근하기가 대단히 어려웠고, 이 때문에 자신의 뜻을 표현하는 것은 물론 일상생활에서도 어려움을 겪고 있었다. 사람마다 일상생활에서 사용하기 편리하도록 표기 수단을 마련해 줄 필요를 느꼈던 것이다. 세종이 훈민정음을 창제하게 된 표면적인 계기는 바로 이것이었다.

그러나 자신만의 문자를 만든 사건의 그 파장이 다양하게 나타났던 만큼 창제 동기 역시 다양한 층위를 가지고 있었다. 표면적으로는 백성들의 편의를 위한 것이었지만, 그 이면에는 정치적, 사회적, 문화적 차원에서 복잡다단한 이유를 행간에 숨기고 있었다. 물론 그 이유들이 창제 주체[1]들의 의도와 직결되었던 것은 아니다. 그들은 자신도 미처 자각하기 전에 훈민정음이 뜻밖의 어떤 영향을 끼치리라는 것을 알고 있었을 것이다. 그것은 하나의 사건 속에 위치한 사람조차도 그 사건에 자신이 어떤 영향력을 행사하고 있는지, 어떤 의도로 그 사건 속에 들어와 있는지 알아차리지 못하는 것과 비슷한 이치다. 『조선왕조실록』에 훈민정음 창제와 관련한 기사들이 있기는 하지만, 창제 과정을 소상히 밝힐 정도로 자세히 나오지는 않는다. 이 때문에 훈민정음이 실제로 이전부터 전승되던 문자를 모방했는지의 여부, 창제 주체와 기여도, 창제에 이르기까지의 세부적인 전개 과정 등 여러 측면에서 추측과 논의가 되어오고 있다.

새로운 문자를 만든다는 사건은 단독으로 역사의 전면에 부상하지 않는다. 작은 빙하의 꼭짓점이 거대한 해저의 기반을 가지고 있는 것처럼, 새로운 문자의 발명은 동시대 지식인들의 문화의식에 전면적으로 이어져 있다. 언어의식의 발전일 수도 있고 기호를 통한 단순표기 도구의 발명일 수도 있지만, 이 사건은 창제되는 과정 속에서도 찬반양론을 파생시켰다. 그동안 훈민정음 창제의 진정한 의도가 무엇인지에 대해 많은 논의가 있었다. 앞서 창제의 표면적인 의도가 어리석은 백성들의 의사소통을 위한 것이라고 언급한 바 있는데, 이것도 창제 의도 중의 하나로 꼽을 수 있다. 그러나 다양한 자료 안에서 여러 가지 의도를 읽어냈는

---

1 훈민정음 창제는 세종 친제설과 집현전 학사들의 공동작이라는 설로 크게 구분되기는 한다. 양자 간의 참여 비율이 어느 정도일지 알 수는 없지만, 그들이 공조하여 창제하였다는 사실은 부인하기 어려울 듯하다. 이 글에서 '창제 주체'는 이들을 통틀어 지칭하는 단어다.

데,[2] 이는 대체로 순수한 국어의 표기, 개정된 우리 한자음의 완전한 표기, 외국어음의 정확한 표기 등으로 정리할 수 있다.[3]

이 논문에서 필자는 조선 전기 언해 사업이 어떤 문화사적 의미망 속에서 규정될 수 있을지 논의해 보고자 한다. 이를 위해서 조선 전기 지식인들의 세계관과 문자관, 이를 바탕으로 새로운 문자의 필요성이 제기되는 과정 등을 살펴보고자 한다. 이는 언해를 주도하는 사람들의 생각, 그들이 언해의 수혜자들에게 기대하는 부분 등을 논의할 수 있는 출발점으로 보이기 때문이다. 논의 과정에서 필자는 구체적인 언해 작품을 예거하겠지만, 그것의 구체적인 분석보다는 그것을 지탱하고 있는 논리적인 차원에 더 관심을 가질 것이다. 그러나 궁극적으로는 언해가 우리 문학사에 끼친 심원한 영향을 구체적으로 논의하는 것으로 나아갈 것은 자명한 일이다.

2. 문화의 독자성과 보편성 : 조선 전기 지식인과 중화문명

조선은 주로 명나라와의 관계 속에서 세계의 지형도를 구상하였다. 일본과의 일정한 교류가 있었지만, 조선의 주된 시선은 중국 대륙을 향하고 있었다. 고려 시대에는 국제 형세의 변화에 의해 조정의 입장을 정하고 정책을 시행했으므로 송나라나 요나라 혹은 북방 민족을 대하는 고려

---

2 창제 목적과 관련하여 필자는 다음의 논문들을 참조하였다. 강만길, 「한글 창제의 역사적 의미」, 『분단시대의 역사인식』(창작과비평사, 1978); 강길운, 「훈민정음 창제의 당초 목적에 대하여」, 『국어국문학』 55~57(국어국문학회, 1972); 강신항, 「세종조의 어문정책」, 『세종조 문화 연구Ⅱ』(한국정신문화연구원, 1984); 이근수, 『세종조의 어문정책 연구』(홍익대학교출판부, 개정판; 1987); 정달영, 「세종시대의 어문정책과 훈민정음 창제 목적」, 『한민족문화연구』 22(한민족문화학회, 2007)
3 정달영(앞의 논문), 16면.

의 태도는 시대마다 차이가 있었다. 조선 후기의 유자들이 송나라만을 숭상하던 분위기와는 상당히 다른 모습이었다. 현실적 필요에 의해 긴밀한 협력을 제공하기도 하고 국교를 단절하기도 했던 고려의 국제 정치 감각은 중화문명 속으로 들어가야만 한다는 절박성이 비교적 희박했던 것과 관련을 가진다.

중국의 선진 문명을 받아들여서 조정과 백성의 질서를 확립하고자 하는 것을 범박한 차원의 중화주의라고 할 때, 조선의 건국과 함께 중화주의의 확산은 필연적인 것이기도 했다. 명나라의 거대한 힘 앞에서 조선은 명나라를 사대(事大)해야만 하는 현실적 어려움에 처해 있었기 때문이다. 그렇다면 조선을 중화문명의 세계 속으로 끌고 들어가서 본격적인 소중화(小中華)로서의 인식을 내면화하는 것은 언제부터일까. 조선 전기의 훈구 관료들은 분명 이후의 사림파 세력과 그들의 학맥을 이은 성리학자들과는 차이를 보인다. 조선 전기의 훈구 관료들은 중국의 문명에 대해 수용해야 한다는 생각을 피력하면서도 동시에 단군 숭배와 별방(別邦) 의식, 제천의례를 시행하자는 주장, 오복태일(五福太一) 신앙 등 자국 역사에 대한 인식이나 조선 문명의 독자성 같은 것들을 단편적으로 표출하고 있다는 점에서 차이를 발견할 수 있다.[4] 정도전, 권근, 양성지, 서거정 등 당대 대표적인 관료문인들의 글에서 발견되는 것처럼 조선 문명의 독자성과 보편성에 대한 생각은 조선이 중화문명이 구성하는 세계 속으로 서서히 들어가고 있음을 보여주는 사례라 할 수 있다. 물론 앞선 시대에도 소중화로서의 고려, 소중화로서의 조선을 언급한 사례가 없는 바는 아니지만, 그것은 한족 중심의 화하문명을 고려해서 언급한 것이라기보다는 대륙의 거대한 제국을 염두에 둔 표현이었다.[5] 그것은 문명의

---

4 이상익, 「조선시대 중화주의의 두 흐름」, 『한국철학논집』 24(한국철학회, 2008), 21면, 참조.

순도를 따지기보다는 현실적으로 사대(事大)를 해야 할 필요성을 먼저 생
각했기 때문으로 보인다.

자기 문명에 대한 독자성 혹은 자부심을 어느 정도 가지고 있었다면,
중화문명을 접했을 때 그 사이의 간극을 인정하면서 스스로를 오랑캐로
자부하는 일은 어려웠을 것이다. 소중화 의식과 같이 대륙의 중화문명에
는 미친다고 할 수 없지만 그에 필적할 만한 예법을 지니고 있는 나라라
고 자부하는 마음은 조선 전기의 관료 문인들에게 비교적 널리 퍼져 있
었다.6 시대가 흐를수록 한족 중심의 중화주의는 조선 유자들의 마음에
강하게 각인되어 가지만, 적어도 조선 전기는 그렇게 농밀하지는 않았
다. 성리학 이해의 수준이 깊어 가면 갈수록 중화주의에 대한 경도가 높
아지는 것은 어쩔 수 없는 일이기도 했지만 조선 전기 훈구 관료들의 현
실적 감각은 중화주의적 세계에서 조금은 비껴나서 적용 가능성을 고민
하기도 했다는 것이다.

그럼에도 불구하고 조선은 중화주의를 문명의 척도로서 매우 중요하
게 생각했고, 그러한 구도 안에서 조선의 문명을 만들어나가고 있었다는
점은 분명해 보인다. 문제는 조선의 문명을 한 단계 높이는 것이 상층
지식인 일부의 힘만으로는 부족하다는 것이었다. 개인차가 있기는 하겠

---

5 法前代. 盖唐虞三代之治, 固萬世帝王之所宜鑑也. <u>然漢唐宋金亦皆無可法者乎?</u> 但
世運有淳漓耳. 若取法漢文, 則養民之政至矣, 漢高光唐太宗撥亂濟世之功, 何其盛
也? 宋太祖規模氣象, 光明正大, 朱子以爲與堯舜合. 金世宗大定之治, 前史亦稱之.
<u>願殿下上法唐虞三代, 兼取漢唐宋金之, 幸甚.</u> (梁誠之, 「論君道十二事」, 『訥齋集』 권
1; 『한국문집총간9』, 290면. 밑줄은 필자) 이 글에서 후대 성리학자들이 오랑캐라고
인식했던 금나라 역시 본받아야 할 문명으로 언급되고 있음을 볼 수 있다. 이러한 내
용은 이상익(앞의 논문), 19~20면에서도 자세히 논의되고 있다.

6 신숙주는 「해동제국기서(海東諸國記序)」(『保閑齋集』 권15, 『한국문집총간10』, 124
면.)에서 조선을 둘러싸고 있는 이민족에 대해서 은택을 베풀어야 할 대상으로 여기고
글을 서술하였다. 이는 명나라에 대해서는 일정한 차이를 인정하지만 기타 오랑캐들
에 대해서는 문명국으로서의 자부심을 가지고 있는 것으로 생각된다.

지만 조선 유자들의 한문학은 중국의 문학을 모방하면서 배운 것이기 때문에 중국의 수준을 현저히 뛰어넘기는 어려운 실정이었고 한문학이 구성하고 있는 세계관을 벗어나 전혀 다른 문명의 세계를 구상하기도 어려운 형편이었다. 조선 전기 훈구 관료들이 조선 문명의 독자성과 보편성 사이에서 부유하는 듯한 사유를 보이는 것은 여기에서 비롯하는 것으로 생각된다.

이 같은 현실 안에서 당시 지식인들, 특히 15세기의 문화를 담당했던 지식인들에게 주어진 선택지는 그리 다양하지 않았다. 그들은 조선 건국 이래 고려와는 다른 방식으로 만들어왔던 문명을 차별적으로 만들어가야만 했다. 하나의 기준을 상정하고 그에 걸맞은 수준으로 끌어올리기 위한 노력을 하는 것이야말로 문치(文治)의 중요한 임무였을 것이다. 결국 백성들의 문화적 수준을 높이려는 정책이 필요했다. 그것은 일본이나 유구 같은 '오랑캐'와는 다른 차원의 문명을 이 땅에 구현하는 것이기도 했다. 그러나 문제는 중화주의를 기준으로 조선의 문명을 재배치하고자 할 때 그 주체를 어디까지 획정할 수 있을까 하는 점이었다. 즉 관료들을 중심으로 그러한 일을 할 것인가 아니면 일반 백성들에게까지 확대할 것인가를 결정해야 한다. 관료들을 중심으로 범위를 한정한다면 그들이 가지고 있는 기득권을 공고히 하면서 지킬 수 있는 이점이 있는 반면 백성들의 힘을 바탕으로 건강한 추동력을 확보하기는 어렵다.

이 지점에서 훈민정음 창제 문제가 발생한 것이다. 훈민정음이라는 자국의 문자를 만드는 일은 한문학 중심의 기득권층에게는 불안감을 던져 준다. 문자 권력의 분산은 자신들의 기득권에 심대한 영향을 끼칠 것이라는 생각을 일으켰을 것이다. 동시에 그것은 한문학을 중심으로 구성하던 중화주의 문명에 균열을 가져오는 일이기도 했을 것이다. 물론 이러한 점을 세세하게 예상하거나 지적하지는 않았더라도, 기득권을 가진 측에서는 문자가 권력의 분산과 함께 자신들이 구상하고 있는 혹은 지탱하고 있는 세계에 강한 충격으로 다가올 것이라는 생각을 했을 것이다. 최만리의 상소문으로 남아있지만, 그들은 백성들을 위한 새로운 문자의 출현을 반기지 않았을 뿐만 아니라 한문을 버리고 새로운 문자를 만드는 것 자체를 야만으로 돌아가는 길이라고 주장했다. 새로운 문자가 한문의 보조 역할을 할 것이라는 논의에 대해서도 구결의 존재를 들어가면서 불필요한 일이라는 주장을 했다.[7] 최만리의 생각이 단순히 기득권을 옹호하기 위한 것인지 아니면 조선이 중화문명의 보편적 세계로 나아가야 한다는 것에 대한 확고한 신념 때문인지 분별하기는 어려워 보인다. 그러나 적어도 그의 언술 속에서 중화문명에 대한 확신을 발견할 수 있다.

그러나 한문을 배워서 활용하는 것은 많은 시간을 필요로 했고, 그 세월을 기다려서 당시 지식인들의 문화 수준을 높이는 일은 쉽지 않았다. 향찰의 발명은 차치하고라도 구결이 조선이 망할 때까지 요긴하게 사용된 것을 보면 한문을 배워서 자유자재로 자신의 생각을 표현하기까지는 많은 노력과 시간을 필요로 했다. 결국 새로운 문자를 만든다고 했을 때 누가 그것의 실질적인 수혜자였을까 하는 문제가 논의될 수밖에 없다. 게다가 한자음을 바로 잡기 위한 수단으로 새로운 문자의 효용을 언급한 것은 조선이 전대로부터 이어받은 중화문명의 왜곡된 부분을 바로 잡으

---

7 세종 26년(갑자, 1444, 정통 9) 2월20일(경자) 기사.(『조선왕조실록』은 한국고전번역원 홈페이지를 이용하였음.) 필자는 최만리를 단순히 기득권을 옹호하기 위한 보수적 강경론자로 치환하려는 것은 아니다. 그는 상소문을 통해 "문자론적, 언어론적 지평에서 물음을 던지고 있으며, 그것은 '한자한문 원리주의'로 총괄하는 입장에 서있는 사람들을 대변하는 것이었으며, 〈정음〉의 잠재력으로 인해 뒤흔들리게 될 한자한문 에크리튀르의 근간과 그것을 떠받치는 근원적 사상을 원리주의적으로 순화, 이론화한 것이었다"(노마 히데키, 김진아 외 공역, 『한글의 탄생』, 돌베개, 2001, 239면, 참조)는 입장도 있었음을 알고 있다. 다만 그의 상소문을 통해서 필자는 최만리의 생각이 중화문명의 자장 안에서 조선의 문명이 유지될 것이라는 점을 전제로 하고 있음을 지적하고자 한다.

려는 의도가 드러난 것이라 할 수 있다. 그렇다면 중화문명의 담당층을 위해 새로운 문자를 발명했다는 것도 중요한 이유가 된다. 훈민정음에서 '민(民)'의 범위를 조심스럽게 한정해야 할 필요가 있다는 것이다.[8]

조선 전기의 언해는 바로 이러한 문화적 맥락 아래에서 진행되었다. 새로 건국되어 고려와 구별되는 조선의 문명 세계를 드러내기 위해 다양한 정책이 시행되어야 했는데, 언해를 통해 거기에 소용되는 시간을 줄여보고 백성들에 미치는 영향권을 넓혀보자는 의도였을 것으로 보인다. 그것은 동시에 조선의 문화적 독자성이 중화문명의 보편적 차원을 어떻게 획득할 것인가 하는 고민을 포함하는 것이기도 했다.

3. 언해의 필요성과 그 의미

3.1. 언해의 주체와 객체 : 누구에 의해, 누구를 위한 언해인가

훈민정음이 백성을 위한 것이라면 언해 역시 백성을 위한 것이다. 초기에 편찬된 언해 서적은 조정이 주체가 되어 관료계층을 포함한 백성들을 대상으로 계획, 출판되었다. 일반적으로 번역이 이루어 질 때 우리는 몇 가지 전제를 암묵적으로 상정하게 된다. 원천언어에는 어떤 진리나

---

8 여기서 '민(民)'의 범위를 조심스럽게 한정하자는 진술의 맥락은 훈민정음 창제가 평민 이하의 백성들을 전혀 고려하지 않았다는 의미는 아니다. 훈민정음 해례에서 예로 든 단어들이 백성들의 일상생활에서 자주 사용되는 성질의 것이라는 것만 보아도 그것이 지식인만을 전제로 창제된 것이 아니라는 점을 짐작할 수 있다. 다만 훈민정음을 통해서 한문에 익숙하지 않은 계층을 교화하려는 목표를 상정했을 때 일차적으로 '민'의 범위는 적어도 지역의 지식인-지도층이 되어야 하지 않겠는가 하는 수준에서의 의미다. 이런 점은 조선 전기의 훈민가류 국문 시가에서 '민'의 대상이 지역의 향반층이나 혹은 자영농 수준에서 논의되는 것과 같은 맥락이라고 할 수 있다. 이에 대해서는 김용철의 「훈민시조 연구」(고려대석사학위논문, 1990)를 참조할 것.

배워야 할 준거가 있으리라는 것이다.[9] '백성들을 가르쳐야만 하는[訓民]' 조정의 입장에서 원천언어 혹은 원천 텍스트의 내용은 자신들이 생각하는 중요한 준거를 담지하고 있는 원천이다. 이럴 때 백성들은 한문을 모르는 상태에서 오직 훈민정음에만 접근이 가능하다. 말글 중심의 새로운 문자는 익히기도 쉽고 표기의 범주도 넓다. 그렇게 볼 때 언해 행위는 한문에 접근하지 못하는 백성들에게 통로를 열어주는 역할을 하기도 하지만 동시에 차단하는 역할을 하기도 한다. 어떻든 그 문자를 백성들 중의 일부가 가지고 있다면 조정에서는 자신들의 입장이나 생각을 전달하기가 쉬워진다.

문제는 원천언어가 가지고 있는 일종의 진리성이나 준거를 파악하고 있는 사람은 백성이 아니라 조정의 관료들이라는 점이다. 그들은 언해의 주체로서 무엇을 언해할지, 어떤 해석적 입장을 취할지를 결정하는 전권을 쥐고 있다. 설령 언해를 하는 주체 세력들이 원천언어를 완벽하게 이해하지 못하고 있을지라도, 언해 과정을 통해서 혹은 그 결과 속에서는 모든 해석들을 장악하고 있다는 인상을 주기 마련이다. 원천언어에 대한 완벽한 이해와 그것이 주는 진리들을 소유하는 언해자들은 이미 지식의 공급자로서, 지식의 옳고 그름을 판단하는 판관으로서의 역할을 자연스럽게 가진다.

『소학(小學)』이라는 원천언어를 선택하여 언해의 대상으로 삼는 순간 『소학』의 내용은 자연스럽게 조선 백성들의 윤리적 삶을 지배하는 준거로서 적당하다는 인식을 전제로 한다. 두시(杜詩)를 언해하기로 하는 순간 그것을 시학(詩學)의 가장 모범적인 사례로 제시하면서 따라 배울 것

---

9 논자에 따라 용어 사용에 차이가 있지만, 이 논문에서는 번역 대상으로서의 텍스트를 원천언어(source language), 번역되어 수용된 텍스트를 목표언어(goal language, target language)로 지칭하기로 한다. 용어에 대한 검토는 김욱동의 「번역 용어의 문제점」, 『번역의 미로』(글항아리, 2011)를 참고할 것.

을 강력하게 권유하는 것이다. 『마경(馬經)』을 언해하기로 하는 순간 말을 기르고 관리하는 실용적 지식은 이 책에서 비롯한다는 점을 암묵적으로 전재한다. 물론 『소학』이나 『마경』, 두시 등은 중세 조선을 지탱하는 중요한 거점을 제공한다. 언해 주체들은 실용적이라는 이유를 거론하든 윤리적인 이유를 거론하든 원천언어의 진리와 준거를 조선 사회의 현실 속에서 구현하고자 하는 의지를 드러낸다. 그러므로 그들이 파악한 원천언어의 진리는 무엇이며, 그것은 무엇을 위해 필요한 것이며, 당대 사회의 어떤 점에 기여하였는지를 파악하는 일은 중요하다.[10]

언해 행위는 조선 사회의 여러 소통행위 및 통로 중의 하나였다. 개인이나 계층 간의 소통은 다양하게 이루어지는데, 언해 역시 그러한 노력 속에서 이해된다. 그런 맥락에서 보자면 언해뿐만 아니라 모든 번역이 소통이라는 기본적인 목표를 전제로 한다. 언해 대상 텍스트를 선택하는 사람들은 백성들과 소통하여 공유하려는 목표를 가진 셈이다. 그러나 백성의 함의는 매우 넓기 때문에 단순화할 수 없다. 왕을 제외한 모든 사람들이 백성의 범주에 속하기 때문이다. 관직에 종사하는 사람들과 재야에서 독서를 하는 양반 계층(혹은 그에 준하는 세력), 농민을 포함한 평민들, 중인층, 하층민 등 다양하게 구분되는 이들 백성의 층위를 생각하면 조선 전기의 언해서들은 예상 독자들의 성향과 수준에 따라 소통 목적을 다르게 가지고 있었다.

그러나 기본적으로 언해는 문자를 매개로 소통되는 것이기 때문에 사회적으로 일정한 문화 권력에 발을 대고 있는 사람들을 위한 것이다. 그 범위를 지역의 양반으로 한정할 수 있을지 논단하기는 어렵지만, 적어도 중화문명의 중심에 대한 강한 욕망을 가진 사람들을 위한 것이라고 생각된다. 훈민정음을 이용해서 한자음을 중국음에 가장 방불하게 표기하려

---

10 이 부분은 언해서 각각에 대한 연구와 관련된 것이므로 여기서는 논의하지 않는다.

한다든지, 두시와 같은 문학서를 언해해서 중국문학 나아가 보편문학의 표준을 제시하려 한다든지, 경서류나 행실도류를 언해해서 윤리적 척도를 제시하려 한다든지 하는 것은 지식 권력을 일부라도 가지고 있는 계층을 위한 방증으로 여길 수 있기 때문이다.

이런 맥락에서 언해를 하다 보면 '누구와 소통하려는가' 하는 점 때문에 원천언어나 원천텍스트를 선별하게 되고, 언해 과정에서 약간의 손질을 할 수도 있다. 그것은 번역을 매개로 소통 행위가 일어날 때 나타나는 왜곡의 일종으로 볼 수도 있다.[11] 물론 『소학』이나 사서삼경과 같은 경서류는 원천언어를 근본주의적 문자주의의 태도 속에서 다루기 때문에 왜곡의 정도가 심하지는 않을 것이다. 그럼에도 불구하고 원천언어와 목표언어 사이의 근본적인 차이 때문에 어떤 언해서든 의미의 미끄러짐 현상이 존재하는 것은 일종의 숙명과도 같은 일이다. 특히 한문과 한글 사이에 존재하는 언어학적 차이는 그 미끄러짐의 정도를 심대하게 만들기 일쑤였다. 그것은 축자역과 의역 사이의 차이와도 관련이 있다. 아무리 축자역을 한다 해도 애초에 원천언어의 모든 것을 목표언어로 구현할 수는 없다.

그런 점 때문에 언해가 매개하는 소통은 일방적이라고 할 수 있다. 언해 주체자는 자신이 생각하는 준거를 상정한 다음 그에 걸맞은 텍스트를 정하고 그것을 백성들에게 제공한다. 그 과정에서 어떻게 의미의 미끄러짐 현상이 일어나는지, 심지어 왜곡(혹은 오역)이 일어나는지 백성들은 제대로 알 길이 없다. 언해 주체자들이 제공하는 언해서의 내용은 조선의 문명을 이전 시대와는 다른 방식으로 조직하고 생성하는 데 기여할 것이었다.[12] 이 같은 소통을 통하여 백성들은 한층 더 정교하고 세련된

---

11 앙트완 베르만, 윤성우·이향 옮김, 『번역과 문자: 먼 것의 거처』(철학과현실사, 2011), 102면, 참조.

덕목들을 제공받고, 다양한 인간 행위에 대한 세부적인 매뉴얼을 확보함으로써 언해 주체자들이 상정한 문명 세계로 편입된다. 그것이 바로 언해를 매개로 이루어지는 소통의 요점이라고 생각된다.[13]

3.2. 원천 텍스트의 선택과 그 의미 : 무엇을 언해하였는가

번역의 목표는 서로 다른 언어의 차이를 극복하고 진리를 공유하는 것이다.[14] 언해 역시 한문의 난관을 극복하고 그것이 담고 있는 진리(라고 생각되는 내용)를 공유하는 것이다. 그런 점에서 텍스트의 선택은 주변의 여러 조건들을 동반하면서 언해자가 구상하고 있는 문명 세계의 구축에 도움을 준다. 앞서 잠깐 언급한 것처럼, 원천언어는 진리의 담지자이면서 시혜자라면 목표언어는 진리의 모방자이면서 수혜자인 셈이다. 이들의 소통 과정에 언해된 텍스트가 존재한다.

원천언어에서 목표언어로 전환되는 과정에서 우리가 상정할 수 있는 조건은 무엇일까.

우선 언어 번역 단계 이전에 자신에게 부족한 부분을 반성하게 되는

---

12 언해 과정에서의 왜곡은 독자들을 고려한 언해자의 태도 때문에 생기는 경우도 있을 것이다. 예컨대 경서를 언해하는 사람들은 글자 하나하나가 짊어지고 있는 무게를 그대로 전달해야 한다는 의무 때문에 직역에 의존하지만, 소설을 언해하는 사람들은 축자역이 주는 어색함보다는 약간의 왜곡을 감수하더라도 의미 파악이 쉽도록 문장을 다듬는 의역에 치중할 것이기 때문이다.

13 이 논문에서 충분히 고려되지 않았던 부분은 불교 경전 언해와 관련한 논의다. 유교 경전과는 달리 불교 경전은 세조 시기에 집중적으로 언해되었으며, 그 목적 역시 유교 경전과는 일정한 차이를 보이며 언해 문체에서도 직역과 의역이 동시에 존재하는 것으로 보인다. 불교 경전 언해의 목적과 문화적 의미는 훈민정음의 실천과 거리가 있으며, 동시에 (조선 지식인들이 상정하고 있었던) 중화문명이라고 하는 것과도 거리가 있었다. 따라서 이 점에 대해서는 다시 논의가 필요하다고 생각한다.

14 김욱동(앞의 책), 23면.

단계가 있다. 이것은 물론 문화권의 소통 과정에서 차이를 느꼈을 때 발생한다. 언해의 경우 중국의 문화와 조선의 문화 사이에 차이를 느꼈으므로 이루어지는 행위지만, 그 차이는 대체로 조선의 부족 부분을 메워 보려는 노력에서 비롯한다는 것이다.[15]

양쪽 언어에 대한 충분한 이해다. 두 언어를 동일한 사유 지평 위에서 이해할 수 있을 때 비로소 양측의 매개자로서, 언해의 주체로서 제 역할을 할 수 있다. 그것은 원천언어의 표면적인 이해만을 지칭하지 않는다. 그 언어 안에서의 맥락을 충실히 이해해야 한다. 어떤 전거가 사용되었는지, 그것이 어떤 방식으로 용사(用事)되었는지, 왜 그런 문체나 형식을 사용했는지, 도대체 어떤 의도를 전달하려고 하는 것인지를 숙지해야만 한다. 말하자면 원천언어의 지시적 의미와 함축적 의미를 모두 이해할 때 비로소 목표언어로 언해할 수 있는 출발선에 서는 셈이다.[16]

사정이 이렇기 때문에 언해의 주체자가 제공하는 원천언어에 대한 이해 내용은 의문의 대상이 되기 어렵다. 그들이 설령 의도적으로 원천 텍스트를 왜곡하거나 절록(節錄)한다 해도 언해를 제공 받는 사람들 입장에서는 문제 제기를 할 수 없다. 경서 언해의 경우 경서에 대한 이해의 심도가 깊어지면 질수록 언해가 제대로 되었는지에 대한 논란이 생기기도 한다.[17] 그렇지만 선택한 원천 텍스트를 생활 속에서 실현시키려는 목적

---

15 자신에게 부족한 부분을 반성적으로 사유하는 것은 어느 사회에서든 발견할 수 있다. 문화권 사이의 차이를 알아채고 그것의 원인을 찾고, 나아가 그 간극을 좁히려는 노력을 하는 과정에서 새로운 문명의 도입의 추동력이 생기고 그것이 초기에는 번역과 같은 형태로 나타난다. 이와 관련해서 김민정, 「번역을 통한 근대 중국 지식인들의 모색」, 『문명 안으로』(한길사, 2011), 175면에서 논의된 바 있다.

16 물론 반대의 경우도 있다. 예컨대 우리 문학작품을 영어나 중국어, 일본어 등 외국어로 번역하는 경우를 들 수 있겠다. 이 경우는 원천언어가 모국어이므로 다른 경로를 통해서 목표언어에 도달하게 될 것이다. 그러나 이 글에서는 언해에 초점을 맞추고 있으므로 논의하지 않기로 한다.

을 가지고 있는 경우는 언해의 정확한 철리(哲理)를 따지기보다는 실용성에 초점을 맞춘다. 이산해가 『언해소학』에 붙인 발문에서 언해의 목적을 마치 음식이나 불처럼 실생활에 없어서는 안되는 것과 같은 윤리이므로 언해를 한다고 한 것이 바로 그와 같은 경우다.[18] 또한 봉산(鳳山)에서 농사를 짓는 어떤 백성에 대한 기록을 남긴 이덕무 역시 『소학』을 언해하여 얻은 실제 결과를 흥미롭게 서술한다.[19] 한글만 겨우 아는 봉산 사람이 집에 있는 『소학언해』를 열심히 읽고 제대로 행하여 인간으로서의 윤리를 잘 지키는 모습에서 언해 대상의 선택이 얼마나 중요한지를 엿볼 수 있다.

그렇지만 언해가 단순히 목표언어만을 구사하는 사람들에게만 혜택과 영향이 돌아가는 것은 아니다. 언해의 주체자는 대상 텍스트를 정한 뒤 그것의 정밀한 독서를 위해 다양한 판본과 주서들을 함께 살핀다. 그 과정에서 원천텍스트에 대한 심도 있는 분석을 하게 되며, 그것은 결국 자신을 포함한 당대 사회의 학문적 성과로 이어진다. 그 과정을 도식으로 표시하면 다음과 같다.[20]

---

17 이와 관련된 기록은 상당히 많이 발견된다. 그 중에 하나만 예로 든다 : 孟子四端章'知皆擴而充之', 諺解作'知之而擴充'. 先生曰: "諺解, 固未盡是, 而此釋似誤. 孟子之意, 蓋曰'凡於四端之發也, 知夫可以擴而充之, 則其勢如火燃泉達, 而自不能已'云爾……. (金昌協, 『農巖集』 別集 第3卷 附錄 2)

18 小學一書, 最切於人道, 如菽粟水火之不可闕. 第吾東人鮮曉文字, 如不以方言爲之解, 則窮閭僻巷婦人小子, 雖欲習學而末由, 此飜譯之所以作也. (李山海, 「諺解小學跋」, 『鵝溪遺藁』 卷5)

19 李德懋, 「耳目口心書」, 『靑莊館全書』 卷50.

20 이 도식은 Eugine A. Nida & Charles R. Taber, *The Theory and Practice of Transla -tion*(Leyden: E.J.Brill, 1969), p.33 : 김욱동(앞의 책), 78면에서 재인용.

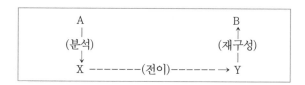

위의 도식을 통해서 우리는 원천언어의 분석과 그것의 재구성이 번역 과정에서 필수적인 두 축이라는 사실을 알게 된다. 두시(杜詩)를 언해한 다고 했을 때 그것은 단순히 원천언어에서 목표언어로 변환되는 것이 아니다. 두시에 대한 다양한 주석들을 찾아 모으고, 각각의 주석들을 검토하여 어떤 주석이 언해에 가장 적합한지 판단한다.[21] 이것은 한문에서 한문으로 번역되는 것이므로 내적 번역이라고도 할 수 있는데, 이 과정을 통하여 두시에 대한 연구 성과가 집적되고 그 수준 또한 한층 높아진다. 그 성과는 한문을 자신의 주된 표현 수단으로 삼는 계층에게 일종의 혜택처럼 돌아간다.

이렇게 분석이 끝나면 언해의 주체자만이 가지고 있는 두시의 번역이 형성된다. 그것을 목표언어인 훈민정음으로 전이한다. 초벌번역이라고 할 수 있는 일차적인 전이 상태에서는 목표언어로의 단순한 전환이 이루어진 상태이므로 의미상의 대응관계가 고려의 대상이 된다. 내용의 완벽한 전환은 물론이거니와 문장을 다듬고 원천언어의 리듬과 형식, 표현 수법 등을 고려하여 가장 근사치에 가까운 목표언어를 찾아낸다. 그것은 목표언어 내에서의 재구성이라 할 수 있다. 앞서 언급한 바 있는 미끄러짐 현상은 바로 이 지점에서 많이 발생한다. 또한 언해의 주체자가 상정하고 있는 이데올로기나 문명 구축의 구도는 커다란 의심을 받지 않고 전달된다.

---

21 成廟命玉堂詞臣參訂諸註, 以諺語譯其義, 凡舊說之所未達, 一覽曉然. (張維, 「重刻 杜詩諺解序」, 『谿谷先生集』 卷6; 『한국문집총간 92』, 113면.)

3.3. 새로운 문체의 형성 / 우리말의 발전

훈민정음의 창제와 함께 우리말이 기록문학으로서의 경험을 본격적으로 가지게 된 점은 특기할 만하다. 향찰이 있었지만 현재 연구 성과로는 그것이 우리말을 어느 정도 수준으로 표기할 수 있었는지 명확하게 알수가 없다. 구결을 통해서 한문을 읽는 보조 수단으로 사용해왔지만 우리말을 표현하기 위한 수단은 아니었다. 그런 시점에서 훈민정음의 창제는 우리말 표기를 가장 정확하게 표현하는 수단이었다. 한자음의 정확한 발음을 보여주기 위해 훈민정음이 사용되었다는 사실은 그 표현 범위가 매우 넓었음을 보여주는 사례다.

언해본이 인간(印刊)되어 완성되면 그 자체로 하나의 표준이 된다. 조정이 중심이 되어 하나의 텍스트를 언해했다면, 적어도 그 텍스트에 대한 한 해석상의 표준으로 작동하게 된다는 뜻이다. 내용뿐만이 아니다. 언해본의 반포 및 유통과 함께 한양 지역을 표준으로 하는 언어적 통일이 가속화된다. 일단 문자로 정착되어 인쇄되는 순간 그것은 시간과 공간의 제약을 넘어 방대하게 유통된다. 그 책을 읽는 사람은 자신이 현실적으로 사용하고 있는 단어나 문장에도 불구하고 언해본이 보여주는 표현을 익히게 된다. 그것은 일종의 소통이면서 언어적 다양성을 제약하기도 하는 이중성을 지닌다. 그러나 수많은 변이형을 가진 방언을 넘어서 하나의 표준으로 제시할 수 있는 단어와 문장이 존재하는 것은 국가의 언어를 구성하는 단초를 제공한다.

처음부터 완벽한 우리말 구사가 이루어지는 것은 아니다. 초기 언해본을 살펴보면 아름다운 우리말이 많이 발견되지만 여전히 한자어가 심하게 노출되는 것을 볼 수 있다. 그것은 한문을 우리말로 완전히 옮길 수 없다는 원론적 차원의 이유도 있지만, 그 한자를 정확하게 전달할 적절한 우리말을 발견하지 못한 탓도 있을 것이다.[22] 그렇지만 분명한 것은 우리말로 무엇인가를 표현하는 경험을 가지게 된 점은 문화사적으로 대단히 큰 사건이다. 언해를 통해서 우리말은 내용과 형식, 맥락과 표현에 따른 문체를 발견하거나 만들어내게 된다.

특히 문체의 발견은 중요하게 여겨진다. 향찰이 만들어내는 문체의 구체적인 모습을 확인할 수 없는 현재 상황에서 조선의 언해는 우리말의 문체가 어떤 과정을 거쳐서 형성되어 왔는지를 확인할 수 있는 중요한 자료다. 물론 한글 편지들을 분석해서 그것이 내간체로 형성되는 과정이나 그 특징을 초보적인 수준에서 논의할 수도 있지만, 언해본은 그와는 다르게 다양한 내용과 형식의 텍스트를 우리말로 옮긴 것이 아니던가. 경서를 언해할 때, 두시를 언해할 때, 가례(家禮)류를 언해할 때가 각각 다를 것이다. 같은 경서라 하더라도『소학』을 언해할 때와『시경』혹은 『서경』을 언해할 때 서로 다른 문체를 사용하였을 것이다. 이렇게 대상 텍스트의 성격에 따라 다양한 문체를 발견-발명하고 사용하는 경험은 지금 우리말의 문체를 만드는 밑거름이 되었을 것이다.

충담(沖澹)한 도연명(陶淵明)의 시를 언해하면 어떻게 충담한 인상을 드러낼 수 있는 우리말 표현을 찾아낼 것인가 고민하게 된다. 그것은 원천 언어와 목표언어, 즉 한문과 우리말 사이에 언어구조와 문자가 다르지만 그 의미와 미적 특성은 일치시켜야 한다는 암묵적인 전제 때문에 생긴다. 이를 위해서 언해를 담당한 사람은 우리말에 대한 깊은 관심과 새로운 표현의 발굴에 대한 노력을 게을리 하지 않는다.

앞서 언급한 것처럼 이러한 언해 과정을 거쳐서 이루어지는 분석과 전이, 재구성 과정은 오랜 세월 동안 축적되어 우리말의 다양성과 세련미,

---

22 초기 언해본에서는 최대한 우리말을 이용하여 번역을 하려는 노력이 보이지만 후대의 언해일수록 한자어의 노출이 심해진다. 이는 격의(格義)의 일반적 과정에 부합하는 것으로 여겨진다. 동시에 낯선 것에서 익숙한 것으로 전이되는 것이기도 하다고 생각된다. 그 변화 과정에 대해서는 별도의 연구가 필요하다.

표현 가능성 등을 전폭적으로 확대하게 된다. 새로운 언어가 발견될 때 비로소 우리 사회는 새로운 사유의 탄생을 기대할 수 있게 될 것이다. 그것은 중화문명으로의 편입을 위해 제공되는 일종의 배려였지만 동시에 중화문명의 세계를 벗어나는 무기이기도 했던 이유다. 새로운 문명으로 편입하는 것도 새로운 사유를 경험하는 것이지만 그것에서 벗어나는 것도 새로운 사유를 만들어내는 것이기 때문이다.

4. 중화문명으로의 편입과 탈출의 경계선에서

조선의 지식인들에게 훈민정음은 현실적 가치를 지니는 것이었다면 한시나 경서와 같은 한문서적들은 중세적 가치 혹은 중화문명을 실현하는 정신을 상징하는 것이었다. 언해는 현실적 가치와 정신적 가치의 중간 지점에서 둘 사이를 매개하는 존재처럼 보인다.

그들에게 중세적 가치의 층위는 중화문명으로 편입됨으로써 조선을 세계 보편적인 문명 안으로 진입시키는 것이 있는가 하면, 정신적 위안을 얻기 위한 종교적 세계관의 확산에 기여하는 지점이 있었다. 단순하게 양분하기는 어렵지만 전자는 대체로 유교적 세계관으로 대표할 수 있고 후자는 불교적 세계관(혹은 불교와 습합된 도교적 세계관)으로 대표할 수 있다. 전자가 현실적 지식을 강조하는 출세지향의 문화라면 후자는 깨달음을 얻기 위한 지식을 강조하는 종교지향의 문화인 셈이다. 그것은 동시에 공적 영역과 사적 영역이라는 차이를 보이기도 한다. 초기의 언해가 가례나 행실도를 포함하는 유교 경전류와 불경류의 언해로 양분된다는 점을 보아도 알 수 있다. 물론 실용적인 목적으로 언해되는 책들이 있었지만 이들은 유가 지식인들의 공적 영역 안에서 이루어지는 것이었다.

앞서 언해가 문체의 발달에 기여했으며 궁극적으로는 새로운 사유의 발견에 일정 부분 긍정적인 영향을 끼쳤을 것이라고 하였다. 그러나 엄밀히 따져보면 그들이 애초에 우리말의 발전에 깊은 관심을 가졌던 것은 아니었을 것이다. 얼마나 정확한 한자음을 표기할 수 있는지, 얼마나 정확하게 번역을 해서 일반 백성들이 유교 윤리를 익히고 실현시킬 수 있는지, 얼마나 중국 한시의 모범을 익히는데 도움이 될 수 있을지를 고민했을 것이다. 그렇게 본다면 언해의 목적은 한문 번역을 통한 우리말의 발전에 있는 것이 아니라 한문을 번역한 우리말을 통해서 결국은 한문을 읽고 쓰고 활용할 수 있는 능력을 상승시키는 것에 있었다고 할 수 있다. 그것은 바로 조선의 상층 지식인들이 조선이라는 나라를 중화문명의 보편적 세계 속에 위치시키려는 궁극적 목적을 드러내는 것이라 생각된다.

그러나 한문 활용 능력의 상승을 목적으로 했던 언해 사업은 우리말의 발전 및 새로운 발견과 함께 중세 중화문명의 세계에 균열을 일으키는 역할을 하게 된다. 초기 언해에서는 비교적 중화문명의 모범적인 모습을 보이기 위해서 조심스럽게 번역을 했겠지만, 결국은 일차적인 언어 번역의 수준을 넘어 문화 번역의 수준으로 나아가게 되면서 사정이 달라졌던 것이다. 소설과 같은 비교적 대중적이면서도 오락성이 짙은 갈래의 언해에서 더욱 분명하게 드러나는 특징이기는 하지만, 언해를 하는 가운데 조선인이라고 하는 입장에서 번역의 문맥을 다듬게 된다. 그것은 한문이 가지는 다양한 표현 방식이나 형식들을 우리말 속에 자연스럽게 녹아들도록 언해를 하는 과정에서 언어적 차원의 번역을 넘어서 문화적 차원의 번역으로 나아갔기 때문이다.

언해가 중화문명의 완전한 자장(磁場) 안으로 들어가기 위해 고안된 것이라 해도 결국은 중화문명에 균열을 일으키게 된 것은 바로 탄생의 순간에 잉태된 언어의 민족주의적 차원이 작동한 결과라 할 수 있다.

한시 번역의 문화사적 의미
　—조선시대 여성의 문자 생활을 중심으로

1. 한글로 향유된 한시

　한시(漢詩)는 상층의 지식인이 사용하던 동아시아의 보편적인 문자인 한문(漢文)으로 되어 있고, 한글은 여성이나 평민들이 쓰던 것이므로, 한시와 한글은 전혀 관련이 없을 것처럼 보이지만 실상은 그렇지 않다. 동아시아 보편어(cosmopolitan language)인 한문을 사용하던 상층에서도 한시를 이해하기 위한 보조적인 문자로 자국어(vernacular language)인 한글을 사용하였고, 한글을 주로 쓰던 하층들에서도 한문으로 제작된 한시를 한글로 향유하였다.[1]

　전자의 대표적인 사례로 조선시대 지식층에서도 이해하기가 쉽지 않았던 두보(杜甫)의 한시를 번역한 『두시언해(杜詩諺解)』를 들 수 있다.[2] 『두시언해』는 왕명에 의하여 편찬된 책으로, 조선시대 지식층은 두보의 한시를 이해하기 위하여 이 책을 널리 참고하였으니, 보편어로 된 한시의 이해에 자국어가 요긴하게 사용된 사례라 할 만하다. 동아시아 문명

1　이하 조선시대 이중언어 체계에 대해서는 필자의 「조선시대 여성과 아동의 한시 향유와 이중언어체계(Diaglosia)」, 『진단학보』 104(진단학회, 2007)를 바탕으로 보완하였다.

2　杜甫 시의 번역에 대해서는 필자의 「杜詩의 언해 양상」, 『두시와 두시언해 연구』(태학사, 1998)에서 자세히 다루었다.

권에서 시성(詩聖)으로 평가되고 경전의 수준에까지 숭앙되었던 그의 한
시를 이해하는 데, 자국어인 한글이 중요한 기능을 하였던 것이다. 한시
뿐만 아니라 대부분의 한문 자료를 이해하는 데도 한글이 유용하였다.
이 때문에 경언(經筵)이나 서연(書筵)에는 한글로 구결을 다는 관원을 두
었다. 『문종실록』(원년 12월 17일)에 따르면 문종이 세자로 있을 때 서연관
(書筵官)으로 하여금 『대학연의(大學衍義)』에 한글로 구결을 달아 문리(文
理)가 통하지 못한 종실(宗室)을 가르치게 하였다. 『세종실록』(29년 11월
14일)에도 문종이 세자로 있을 때 열 명의 서연관 중에 한글을 담당한 사
람이 있었다고 기록되어 있다.

후자의 예는 조선 후기에 널리 읽힌 대중소설에서 확인된다. 한문소설
에 한시가 삽입되어 있는 것처럼 한글로 된 대중소설에도 한시가 삽입되
어 있는 예가 제법 있다. 한 예로 『춘향전』의 클라이맥스 대목에 암행어
사가 된 남자주인공인 이도령이 "금준미주는 천인혈이요, 옥반가효는 만
성고라. 촉루락시만누락이요, 가성고처원성고라."라 쓴 한시가 한 수 적
혀 있다.[3] 그리고 이어지는 대목에서 "이 글 뜻은 '금동이의 아름다운 술
은 일만 백성의 피요, 옥소반의 아름다운 안주는 일만 백성의 기름이라.
촛불 눈물 떨어질 때 백성 눈물 떨어지고, 노래 소리 높은 곳에 원망소리
높았더라.' 이렇듯이 지었으되…"라 적고 있다. 그러나 대부분의 한글소
설처럼 『춘향전』 역시 한글만으로 표기되어 있고 또 삽입되어 있는 한시
역시 한글로만 적혀 있다. 한시만이 아니다. 한글소설에서는 제법 긴 제
문(祭文)이나 공문서(公文書)를 삽입하면서 원문을 한글로만 표기해놓은
사례를 쉽게 찾을 수 있다. 이러한 상황에서 평민들이 한글로 써놓은 한

---

3 이 한시를 한자로 쓰면 "金樽美酒千人血, 玉盤佳肴萬姓膏. 燭淚落時民淚落, 歌聲高
   處怨聲高."가 된다. 이 시는 명나라 장수 趙都司라는 사람이 광해군을 풍자하기 위하
   여 쓴 시 "淸香旨酒千人血, 細切珍羞萬姓膏. 燭淚落時民淚落, 歌聲高處怨聲高."와
   흡사하다. 趙慶男의 『續雜錄』에 보인다.

시를 보고 한자를 재구성할 수 있었을까? 아마도 대부분은 그렇게 할 수
없었을 것이다. 그저 다음에 이어지는 한시의 풀이를 참고하여 대충 어
떠한 내용일 것이라 짐작할 뿐이었으리라. 『춘향전』의 예에서 알 수 있
듯이 평민들은 한시에 구결을 달아 원문을 읽고 한글 번역문을 다시 읽
는 방식으로 한시를 향유하였던 것이다. 주변부의 언어인 자국어로 문명
권의 보편어인 한시를 이렇게 향유하였다.

　그런데 상층은 중세의 보편어인 한문을, 하층은 주변부의 언어인 한글
을 사용하던 조선시대의 이중언어체계에서, 왕실이나 사대부가의 여성
은 신분적으로는 상층이지만 문자 생활의 주된 수단으로 한글을 이용하
였다. 또 사대부가의 아동은 장성하면 한문을 사용하지만 유년 시절에는
한문 교육을 위하여 보조적인 수단으로 한글을 적극 이용하였다. 이러한
전제 아래 조선시대 여성의 문자생활의 실상과 여성의 한시의 향유 양상
을 구체적으로 살피고 그러한 역사가 갖는 문화사적인 의미를 살펴보도
록 하겠다.

2. 왕실 여성의 문자 생활과 번역

　창제 초기에 한글은 국왕과 왕자를 비롯한 일부의 최상층에서만 사용
되다가 곧바로 상하 여성들에까지 매우 빠르게 보급되었다. 『세조실록』
4년 8월 24일의 기록에 따르면, 세조의 비인 정희왕후(貞熹王后)가 한글
로 쓴 글을 세조에게 올렸다고 하므로, 이 무렵 왕실 여성이 한글을 자유
롭게 구사하였음을 알 수 있다. 이후 단종과 성종 때에 이르러서는 대비
나 비빈(妃嬪), 종실의 부인 등 최상류층뿐만 아니라 궁녀나 시녀, 유모,
의녀(醫女)까지도 한글로 편지를 쓸 수 있을 정도가 되었다.[4]

이에 따라 궁중의 여성들에게 한글은 공식적인 문자로서의 지위를 차츰 굳히게 되었다. 정희왕후가 한글로 쓴 글을 세조에게 올려 왕실 여성의 문서가 한글로 제작되는 전범을 처음으로 마련하였거니와, 성종대에도 정희왕후가 수렴청정을 하면서 여러 차례 한글 전교를 내려 전범을 확고히 다졌다. 이러한 전통은 조선이 망할 때까지 달라지지 않았다. 대비의 전교 외에 사람의 행적을 기록하는 글도 궁중의 여성들이 한글로 제작하는 것이 관례가 되었다. 자순대비(慈順大妃, 貞顯王后)가 나라에서 성종의 행장(行狀)을 편찬할 때 남편 성종의 행적을 한글로 지어 보내었고, 또 자신의 행장을 만들 때 쓸 수 있도록 자신의 행적을 한글로 적어 두었다.[5] 또 문정왕후(文定王后) 역시 인종 행적을 한글로 적어 행장을 만드는 데 도움을 준 바 있다.[6]

이러한 과정을 거쳐 한글은 궁중 여성의 공식적인 문자로 자리하게 되었다. 이때 공식적인 문자로서의 한글은 글을 짓는 주체뿐만 아니라 글을 읽는 대상이 여성일 때에도 적용된다. 『명종실록』 원년 7월 25일의 기사에 따르면 조정의 대신들이 나이 어린 임금을 위한 경계문을 지어 바치면서 임금에게는 한문을, 대비에게는 한글로 된 것을 올렸다. 궁중 여성들은 한글로 쓰고 읽는 것이 관례가 된 것이다. 이후 한글편지에서도 동일한 현상이 발견된다. 발신자가 여성이거나 수신자가 여성일 때 어느 경우든 모두 한글이 공식적인 문자가 된 것이다. 민간에서뿐만 아니라 발신자가 국왕일 때에도 사정은 마찬가지였다.[7] 여성과 관련하여

---

4 조선시대 여성들의 한글 사용 문제는 이경하의 「15-16세기 왕후의 국문 글쓰기에 관한 문헌적 고찰」, 『한국고전여성문학연구』 7(한국고전여성문학회, 2003)과 백두현의 「조선시대 여성의 문자생활 연구」, 『진단학보』 97(진단학회, 2004)에 자세하다.

5 『연산군일기』 1년 1월 2일과 『중종실록』 25년 8월 23일.

6 『인종실록』 원년 7월 4일.

7 선조가 옹주에게 내린 편지도 한글로 되어 있다. 이병기의 『近朝內簡選』(국제문화관,

한글이 국가의 공식문자가 되었던 것은 이로써 분명해진다.[8]

　왕실 여성과 관련한 제문(祭文)이나 책문(冊文) 등도 한글로 번역되는 것이 관례가 되었다. 『연산군일기』(11년 9월 15일)에 따르면, 죽은 궁녀를 위해 제문을 짓고 이를 한글로 번역하여 의녀로 하여금 읽게 하였다고 한다. 『중종실록』 19년 2월 28일의 기사에는 『세자친영의주(世子親迎儀註)』와 『책빈의주(冊嬪儀註)』를 한글로 번역하여 대궐과 세자빈의 집에 보내라고 하였다. 이러한 사례로 보아 왕실에서는 여성과 관련된 문서나 책을 한글로 번역하여야 했음을 짐작할 수 있다. 또 비록 후대의 자료이기는 하지만 『숙종실록』(27년 11월 11일)에는 대비의 장례에 여관(女官)으로 하여금 읽게 하도록 시책문(諡冊文)과 애책문(哀冊文)을 한문과 한글 두 가지로 작성했다는 기록이 보인다.[9]

　이러한 상황에 이르면 왕실 여성들도 한문을 알아도 한글을 써야 하고, 한문으로 된 책을 읽고자 하여도 한글로 된 책을 읽어야 하는 언어적인 차별의 시대가 된 것이라 하겠다. 이황(李滉)이 편찬한 것으로 되어 있는 『규중요람(閨中要覽)』에는 "여성들이 시서(詩書)와 『사기(史記)』, 『소학(小學)』, 『내훈(內訓)』을 읽어 역대의 나라 이름과 선대 조상의 명자를

1948)에 이 편지가 소개되어 있다.

8　민간에서 여성들이 공적인 문서에 한글을 사용한 것은 조선 후기로 추정된다. 『광해군일기』(2년 5월 5일)에 한글로 작성된 所志를 올렸는데 전례가 없다고 한 것으로 보아 이 무렵 여성들이 국가에 올리는 공식문서도 한글로 작성하게 되었음을 알 수 있다. 그러나 한글 문서의 출납은 법으로 금지되어 있어 문제가 되었다. 숙종 연간에 간행된 『受敎輯錄』에는 이 규정이 명문화되어 있다. 이에 대해서는 백두현의 앞 논문에 밝혀져 있다. 현존하는 상당수의 한글 고문서 역시 官印이 찍혀 있지 않으므로 공문서로서의 효력을 갖지 못한 것이라 할 수 있다.

9　물론 한글이 국가의 공식적인 기록물에서는 공식문자가 되지 못하여 한문으로 다시 번역되었다. 『성종실록』(13년 6월 10일)에 처음 대비의 한글 전교를 한문으로 번역하도록 하였다는 기사가 보이거니와, 이러한 전통 역시 후대에까지 지속되었다. 왕과 대비 등의 한글 행장도 역시 한문으로 번역되어 사용되었다.

알지니 그러할 뿐 필(筆)의 공교하고 시사(詩詞)의 찬란함은 오히려 창기의 본색이요 사부(詞賦)가 부녀의 행할 바가 아니니라."라 한 대로,[10] 왕실의 여성이 한문으로 문필 활동을 한다는 것은 사회적으로 허용되지 않는 일이 되었다.[11] 『내훈』에도 정이천(程伊川)의 모친이 글을 좋아하였지만 글을 짓지 않았고, 이미 짓거나 쓴 글조차 남에게 보내는 것을 가장 더럽게 여겼다는 일화를 들어 여성의 문필 활동을 부정적으로 규정하였다. 현모양처의 전형으로 형상화되는 여성의 묘지(墓誌)에도 젊은 시절에 문자를 알았지만 시집 간 이후에는 붓을 들지 않았다는 것을 미담으로 기록할 정도였다.[12] 물론 이러한 기록에서 글은 대부분 한문을 의미하므로, 그나마 여성들의 문자생활은 한글이라는 출구를 통하는 것이 일반적이 되었다.

이와 관련하여 최근 소개된 순조의 비 순원왕후(純元王后)의 한글 전교가 이채롭다.[13] "죵고후비지님텽됴뎡 내유국지대불힝야라 미망인이 만만불힝지인 쳐만만불힝지디ㅎ여 거연위칠년지구의라…"로 필사되어 있어,[14] 번역이라기보다 한문 원문에 한글로 구결을 달아 적은 것에 불과하

10 백두현(앞의 논문).

11 『연산군일기』(10년 12월 24일)에 따르면 궁녀들 중에 책의 제목을 읽을 수 있는 사람이 아무도 없었다고 하며, 『중종실록』(14년 4월 22일)에는 임금이 궁중의 여성들과 있었던 언행을 기록할 필요가 있었으나 한문을 아는 여성을 구할 수 없어 한글을 아는 여성을 구하자는 논의까지 있었다.

12 한 예로 金昌協은 죽은 딸의 묘지명을 쓰면서 딸이 『朱子綱目』, 『論語』, 『尙書』 등을 두루 배웠지만 시집간 후에는 남편조차 부인이 책을 읽는 것을 보지 못했다는 것을 미담으로 들고 있다. 이에 대해서는 강혜선, 「아버지의 글로 남은 딸의 삶」, 『문헌과해석』 19(문헌과해석사, 2002)에서 다룬 바 있다.

13 이 자료에 대해서는 김완진, 「庚子紀年 대왕대비 諺文傳敎에 대하여」, 『문헌과해석』 27(문헌과해석사, 2004)에서 소개하였다.

14 "從古后妃之臨聽朝政, 乃有國之大不幸也. 未亡人以萬萬不幸之人, 處萬萬不幸之地, 居然爲七年之久矣"에 구결만 붙인 것이다. "예로부터 후비가 조정의 정사를 듣는 것

다. 조선 초기 한글 전교가 내려질 때에는 구어에 가까운 한글이었겠지만 이를 한문으로 번역하여 전승되는 일이 관례화되어, 한글이 여성의 공식적인 문자로서의 기능을 수행하게 된 조선 후기에는 오히려 한문으로 된 전교를 한글로 표기하기에 이르렀다.

이러한 전통에서 왕실을 비롯한 여성들을 대상으로 한 책은 한글 전용으로 이루어졌다. 한글로 된 텍스트라야 여성들의 공식적인 접근이 가능했던 것이다. 조선 후기에 상층 여성의 교화나 교양과 관련하여 많은 번역서들이 나온 것은 이 때문이다. 『규중요람』에서 밝힌 대로 여성들에게 '문학'은 금기시되는 것이지만, 기본적인 경전들과 역사서, 교화서는 허용되었다.[15] 물론 경전의 경우 그 정전적 성격으로 인하여 여성들 역시 한문 원문과 정확한 구결이 달린 책을 볼 수 있었겠으나 일반적인 역사서나 교양서는 주로 한글로 된 텍스트에만 여성들의 공식적인 접근이 가능했던 것으로 보인다. 특히 왕실 여성과 관련한 자료의 실상에서는 더욱 그러하였다.

『시경』을 발췌하여 번역하고 이를 여성들에게 읽혔는데 여성의 교화, 혹은 교양을 증진시키기 위한 것으로 보인다. 같은 『시경』이라 하더라도 남성을 독자로 한 것과 여성을 독자로 한 것은 그 체재가 아예 다르다. 남성을 위한 책은 원문 한 글자마다 그 뒤에 한글로 음을 적고 구결을 달았으며 이어 축자역의 번역을 하였지만, 여성을 독자로 한 책은 한글

은 곧 나라의 큰 불행이다. 미망인이 매우 불행한 사람으로 매우 불행한 지위에 처하여 어느 새 7년이나 오래되었다." 정도로 풀이된다.

15 이에 비해 연산군은 "아녀자는 비록 『中庸』이나 『大學』을 안다 해도 쓸 곳이 없으니 『千字文』이나 가르쳐 글자를 쓸 줄 알게 한 뒤에 醫女로 하여금 詩句를 가르치도록 하는 것이 가하다"고 하였다.(『연산군일기』 10년 12월 5일). 그런데 醫女가 왜 한시를 배워야 한다고 했는지 그 원인은 알기 어렵다. 또 『세종실록』 5년 12월 27일의 기사에도 지방의 醫女들로 하여금 『千字文』, 『孝經』, 『正俗篇』 등을 가르쳐야 한다는 예조의 주장을 싣고 있다.

전용으로 되어 있다. 19세기에 필사된 것으로 보이는 장서각 소장 『국풍 (國風)』은 『시경』의 「국풍」 중에서 「주남(周南)」과 「소남(召南)」을 중심으 로 16편을 선발하고 「소아(小雅)」에서 「녹명(鹿鳴)」과 「요아(蓼莪)」 2편을 취하였다. 여기에 선발된 작품은, 왕실 여성의 직분을 중심으로 한 내용 이어서 이 책의 소용처가 여성 독자였음을 짐작케 한다.

> 관관져구여 지하지쥼로다 뇨됴숙녜 군즈호구로다
> 흥애라(흥은 문덕 다른 거슬 넣어 음영ㅎ는 바를 니릐혀란 말이라) 관관은 즈웅 이 셔로 웅ㅎ야 화ㅎ는 쇼리오 져구는 물시 일홈이니(즉금 증경이란 시라) 나며 졍흔 뽁이 이셔 셔로 뽁을 어즈러이지 아니ㅎ고 샹히 안기와 날기를 굿치ㅎ디 셔로 닐압지 아니ㅎ야 각별흔 거시 잇ㄴ니라

『국풍』은 한글로 원문의 음을 적고 구결을 달았을 뿐 한자는 전혀 쓰지 않았다. 더욱 주목되는 것은 원문의 번역을 하지 않았다는 점이다. 주희 (朱熹)의 『시집전(詩集傳)』에 나오는 주석 중 시를 이해하는 데 필요한 기 본적인 것만을 추려 번역하였을 뿐이다. 이러한 체재는 여성들이 『시경』 의 원문을 한글로 한번 읽어보고 주석을 통해 여성의 미덕을 배우게 하 려는 의도로 해석할 수 있다.

장서각에 소장되어 있는 『곤범(壼範)』이라는 책에도 『시경』의 일부 작 품이 번역되어 있는데, 비록 표기법에 부분적인 차이는 있지만 그 체재 는 『국풍』과 완전히 동일하다. 역시 원문은 번역하지 않고 한글로 음만 단 후, 주자의 주석만 발췌하여 번역하고 있다. 사서(四書)나 『주역』 등 경전에서 두루 뽑았지만 『시경』 외에는 원문을 적지 않고 번역만 하였 다. 『시경』에서 예외적으로 시의 원문을 한글로 적은 것은, 시는 원문도 아울러 적는다는 관습을 따른 것이다.

『시경』을 번역한 책이 여성의 교화를 위하여 널리 읽혔거니와, 특히

역대 왕실 인물의 행적에 대한 교육을 위한 서적도 상당히 자주 번역되었다. 앞서 살핀 대로 조선 전기부터 왕실 여성과 관련한 행사에 필요한 글이 한글로 번역되었거니와, 이러한 전통을 이어 조선시대 왕과 왕비의 비문과 전기를 모은『열성지장통기(列聖誌狀通紀)』의 한글본이 18세기 전반에 나온 이래,[16]『열성후비지문(列聖后妃誌文)』등 유사한 책들이 지속적으로 번역되었다. 특히『열성지장통기』에는 왕과 왕비의 전기, 비문, 제문, 한시 등 다양한 글들이 두루 수록되어 있다. 한시만 원문을 한글로 적었을 뿐, 나머지 양식은 모두 번역문만 수록하였다.[17] 이 책을 번역한 것은 왕실의 여성들로 하여금 역대 왕과 왕비의 행적을 알게 하기 위한 것이겠지만, 이를 통하여 왕실의 여성들이 한시나 제문, 악장 등 한문학 작품도 한글로 향유하게 되었다는 사실도 주목할 만하다.

『열성지장통기』에 한시 등 한문학 작품이 수용된 것처럼, 왕실 여성의 교양을 위해 번역한 상당수의 책에는 자연스럽게 한시가 삽입되어 있어 여성도 한글로 한시를 향유할 수 있었다. 장서각에는 방대한 규모의 한국과 중국의 역사서가 한글로 번역되어 전한다. 세조 9년 5월 15일 세조가 영응대군(永膺大君)과 김수온(金守溫) 등에게 명하여『명황계감(明皇誡鑑)』의 가사(歌詞)를 번역하게 한 것처럼, 왕실 여성의 권계가 될 만한 서적이나 왕실 여성과 관련된 서적은 지속적으로 한글로 번역하였을 것으로 추정되거니와, 특히 19세기 이후로는 거질의 역사책이 집중적으로 번역되었다. 영조 연간에 간행된 것으로 보이는『십구사략언해(十九史略諺解)』, 18세기 후반 조선왕실과 관련된 기사를 뽑아 번역한『선보집략

---

16 박부자, 「한글필사본 녈셩지장통긔에 나타난 주체존대 '-시-'의 통합관계」,『장서각』 5(한국정신문화연구원, 2001)에 번역의 시기가 고증되어 있다.

17 이 자료는 2003년 한국학중앙연구원에서 5책으로 영인한 바 있다. 그 중 한 책이 한글본이다.

언해(璿譜輯略諺解)』를 위시하여 19세기 번역된 것으로 추정되는 50책이 넘는『조야회통(朝野會通)』,『조야기문(朝野奇聞)』,『조야첨재(朝野簽載)』, 70책이 넘는『정사기람(正史紀覽)』등을 대표적인 예로 들 수 있다.[18] 이들 책자는 연경당(演慶堂)과 낙선재(樂善齋)에 있던 책이므로, 주로 조선 왕실의 여성을 대상으로 한 것임을 짐작할 수 있다. 특히『정사기람』을 번역한 윤용구(尹用求)의 서문에서 따르면[19] 고종이 궁중의 대비와 왕비, 후궁들이 역사를 알아야 함을 강조하고 있으므로, 이러한 책자들이 왕실 여성들의 역사 교육을 위하여 번역되었음을 알 수 있다. 단순한 왕실 여성의 교육을 넘어 19세기 이후 왕실 여성이 정사에 관여하는 일이 잦아지면서 이를 위한 광범위한 독서물이 요구되었으리라는 추정도 가능하다.[20]

그런데 이러한 역사서에는 상당수의 한시가 삽입되어 있어, 여성들은

---

18 이들 자료는 한글 야사와 함께 한국학중앙연구원에서 영인 출판된 바 있다. 본고에서 다루는 이들 자료에 대한 개요는 임치균 · 이광호 등이 집필한 해제에 힘입은 바 크다. 안병희의 「왕실자료의 한글 필사본에 대한 국어학적 검토」,『장서각』창간호(한국정신문화연구원, 1999)에는 이들 한글서적의 제작시기를 추정하였는데, 본고는 이를 따랐다.

19 "복유(伏惟) 아태황뎨폐하(我太皇帝陛下)겨올샤 넘어ᄒ올신대 ᄉ긔(四紀)의 우문(右文)ᄒ여 다ᄉ리샤 뎡녕(政令)과 뎐녜(典禮)를 ᄒ갈노 경ᄉ(經史)로 표젹을 삼을시고 일즉 근신(近臣)다려 일너 ᄀᆞᆯᄋᆞᄉ딕 고금 국가의 흥체(興替)와 인ᄉ의 득실이 ᄒ갓 군신만 맛당이 감계(鑑戒)ᄒᆞᆯ 바쏜이 아니라 안으로 후비(后妃)와 녀관(女官)이 ᄯᅩᄒ 다 익혀 알면 거의 비익(神益)ᄒᆞᆯ 거시 잇ᄉ딕 다만 우리나라 문뺘가 한문 언문 두 길이 잇고 둥국의 뎡ᄉ(正史)ᄂᆞᆫ 당초의 언셔(諺書)로 긔록ᄒ 거시 업고 다만 픿잡쇼셜(稗雜小說)만 잇셔 거짓으로 참을 어즈레여 도로혀 의리의 히로오니 짐이 항상 겸연ᄒ여 ᄒ노라 ᄒ시고 쳔신(賤臣)을 명ᄒ샤 태고로브터 원명(元明)까지 이르기 ᄒ갈노 ᄉ승(史乘)을 좇ᄎ 국언(國言)으로써 번역ᄒ여 푸러셔 ᄒ여곰 뉵궁(六宮)의 편남(便覽)을 지으라 ᄒ올시니" 안병희의 앞 논문에서 재인용하였다. 원문에는 한자가 없지만 이해를 도모하기 위하여 괄호 속에 한자를 넣은 것이다.

20 조선시대 한시 번역의 양상에 대해서는 필자의 「朝鮮時代 漢詩 飜譯의 傳統과 樣相」,『장서각』7(한국정신문화연구원, 2002)을 이용하여 재집필하였다.

이를 통하여 역사에 대한 지식을 얻는 한편, 아울러 역대 조선의 중요한 한시를 배울 수 있었다. 특히 『조야회통』에는 중요한 한시가 망라되어 번역되어 있으며, 시조나 참요 등도 두루 수록하고 있어 훌륭한 문학교 과서로서의 기능도 함께 하고 있다.

또 댱기로 옴겨 위리안치ᄒ고 긔미에 거제로 옴겻더니 경신의 몽방ᄒ야 판부ᄉ를 비ᄒ니 졍ᄌ 셔감일을 의방ᄒ야 혼번은 명을 샤은ᄒ고 ᄎᄌ를 머무르고 교외로 나가니 명셩 셩뫼 김셕연을 보내샤 어찰로 만뉴ᄒ오신ᄃᆡ 셩듕의 드러오니라 긔ᄉ의 졔쥬 쳔극ᄒ니 표풍을 만나 ᄇᆡ를 겨유 도로 브치니 시를 지어 왈

릭종하쳐거하쳐오	오기ᄂᆞᆫ 어ᄂᆞ 곳으로 조ᄎᆞ며 가기ᄂᆞᆫ 어ᄂᆞ 곳으로 조츨고
무취무형지유텬이라	닉도 업고 형용도 업고 다만 하ᄂᆞᆯ만 잇도다
젹벽춰분조ᄌᆞ션이오	젹벽의 브러 조조의 ᄇᆡ를 불지르고
슈양허산항가병이라	슈양의 브러 항가의 군ᄉ를 헤쳣도다
번셜젼한텬근동이오	눈을 번득이고 은하슈를 구을니ᄆᆡ 하늘 쓸휘 움즉이고
도희구하디츅경이라	바다를 것구로 치고 하슈를 몰ᄆᆡ 디츅이 놀나ᄂᆞ도다
권아옥상모기진ᄒ니	닉 집 우희 쇠를 거두쳐 다ᄒ니
일광쳔누죠심명이다	날 빗치 쓸어 새ᄆᆡ 내 ᄆᆞ음이 붉도다

송시열(宋時烈)은 1674년 현종이 승하한 후 지문(誌文)을 쓰지 않으려다가 경상도 해안의 장기(長鬐)로 유배되었다가 다시 거제도로 이배되었으며 경신환국에 판부사(判府事)로 돌아왔다가 1689년 기사환국으로 실각하여 제주도로 다시 유배 갔다. 이 작품의 배경을 위에서 이렇게 설명한 다음 시를 인용하고 번역하였다.

그런데 이 작품은 『송자대전(宋子大全)』에 실린 「영풍(詠風)」을 옮기고 번역한 것인데 2구의 경우 운(韻)도 맞지 않는 엉뚱한 글자를 넣어 잘못 번역하였다. 운자가 잘못 되었으면 의심하여 수정할 만하지만 『조야회통』의 독자에게는 그것이 중요한 것이 아니었기 때문에 유의하지 않은

듯하다.[21] 실제 『조야회통』에는 한시의 구절을 뒤바꾸어놓거나 번역을 하다 만 것까지 있다.[22] 한글로 된 텍스트 속에 삽입되어 읽는 한시는 일종의 장식물이었기에, 심각하게 여겨지지 않은 것이라 하겠다. 이 부분을 읽을 때 한시의 원문은 사실 별 의미를 갖지 못한다. 그럼에도 한시는 모름지기 구결을 달아 읽어 '멋'을 한 번 부리고 다시 번역하여 그 뜻을 알게 되는 독서의 관습에 따른 것일 뿐이다. 이러한 자료에 이르러서는 사실 앞서 든 평민들이 애호하던 대중소설에서 한글로 한시를 향유하는 방식과 차이가 없다.

중국 여행기인 한글본 연행록(燕行錄)이 궁중으로 들어온 것도 상층 여성의 견문을 넓히기 위한 목적이었던 듯하다. 대표적인 연행록인 김창업(金昌業)의 『노가재연행록』과 홍대용(洪大容)의 『을병연행록』, 서유문(徐有聞)의 『무오연행록』, 홍순학(洪淳學)의 『연행록』, 최부(崔溥)의 『표해록(漂海錄)』 등도 왕실의 도서목록인 『대축관서목(大畜觀書目)』에 보이니, 왕실 여성들이 이들 한글본을 통하여 해외의 견문까지 넓혔음을 짐작할

---

21 한시 원문은 "來從何處去何處, 無臭無形只有天. 赤壁吹焚曹子船, 睢陽噓散項家兵. 飜空轉漢天根動, 倒海驅河地軸驚. 捲我屋上茅盖盡, 日光穿漏照心明"으로 파악된다. 이 작품은 『宋子大全』에는 "來從何處去何處, 無臭無形只有聲. 赤壁曾焚曹子舡, 睢陽噓散項家兵. 飜雲轉漢天樞動, 蕩海掀河地軸傾. 捲我屋頭茅盖盡, 日光穿漏照心明."로 되어 있어 상당히 다르다. 특히 3연은 문집에 "飜雲轉漢天樞動, 蕩海掀河地軸傾"으로 되어 있는데 한문본 『조야회통』에는 "飜空轉漢天根動, 倒海驅河地軸驚"으로 되어 있고 한글본에는 "번셜견한텬근동, 도히구하디축경"이라 되어 있으며 그 번역은 "눈을 번득이고 은하슈를 구을니믹 하늘 쓸휘 움즉이고, 바다를 것구로 치고 하슈를 몰믹 디축이 놀나ᄂᆞ도다"로 되어 있다. 한문본 『조야회통』이 『宋子大全』과는 다른 자료를 이용한 것으로 보아야 할 것이다. 또한 한글본의 '번셜'은 '飜雪'로 이해하여 '눈을 번득이고'로 번역하였는데 또 다른 자료를 이용한 것인지 단순한 착오인지 확언하기 어렵다. 그러나 한글로 읽는 독자에게 이러한 미세한 차이가 별다른 의미가 없었을 것이다.

22 이 자료의 성격에 대해서는 『朝野會通』(한국정신문화연구원, 1999)에 이광호·정구복·임치균이 붙인 해제에 자세하다.

수 있다. 물론 이들 책자 역시 일반 기사문은 한문 원문 없이 한글로 되어 있지만, 한시는 한글로 구결을 달아 읽는 체재를 그대로 따르고 있으며, 때에 따라 한시의 원문을 한글로 함께 제시하기도 한다. 특히 홍대용이 한글로 제작하였다는 『을병연행록』에는 조선과 중국 문인들의 한시가 상당수 번역되어 있다. 홍대용이 모친을 위하여 지은 것이라는 설을 감안할 때, 조선 후기 여성들의 독서 취향에 한시가 상당한 비중을 차지하고 있음을 확인할 수 있고, 또 한시를 한글 원문과 번역문으로 향유한다는 전통도 확인할 수 있다.[23]

조선의 여성들은 문학 서적 역시 한글이라는 장치를 통하여 접근하게 되었다. 한글이 여성의 문자로 인식되면서 한글을 통한 한문 학습이 용인될 수 있었던 것으로 보인다. 현재 여성이 한시나 한문을 배운 것으로 명시된 번역서는 쉽게 보이지 않지만, 18세기 무렵에 나온 『고문진보언해 (古文眞寶諺解)』는 왕실 여성이 보았던 흔적이 있다.[24] 장서각에 소장되어 있는 『고문진보언해』에는 춘궁(春宮), 영빈방(暎嬪房) 등의 도장이 찍혀 있는데 영조의 후궁인 영빈(暎嬪)은 사도세자(思悼世子)의 생모이고 춘궁(春宮)은 사도세자를 가리키는 것으로 보이므로, 이 책이 영빈이나 사도세자와 관련된 책임을 알 수 있다.[25] 곧 영빈이 사도세자를 위하여 이 책을

---

23 그밖에 서울대학교 규장각에 소장된 한글본 『ᄌᆞ경뎐진쟉졍례의궤(慈慶殿進爵整禮儀軌)』도 같은 방식으로 되어 있다. 이 책은 효명세자가 1827년 純祖와 순조비에게 尊號를 올리면서 자경전에 행한 進爵 의례를 행한 절차를 적은 책이다. 한문본이 있음에도 다시 이를 한글로 번역한 것은 순조비가 읽도록 하기 위한 것이라 추정할 수 있다.

24 『古文眞寶』는 1367년 田祿生이 合浦에서 목판으로 간행한 것이 가장 이른 것이며, 1420년 姜淮中이 田藝라는 사람이 소장한 補註가 달린 책을 구하여 참조하여 목판으로 『善本大字諸儒箋解古文眞寶』를 간행하였지만, 널리 유통된 것은 중국의 倪謙이 사신으로 올 때 가지고 온 『詳說古文眞寶大全』이었다. 그러나 이 책이 번역되어 읽힌 것은 18세기 이후로 추정된다.

25 8권 8책의 이 책은 『고문진보』를 발췌하여 번역한 것이다.

구하였거나, 영빈이 이 책으로 직접 공부를 하였을 가능성이 높다. 순조의 비인 순원왕후가 덕온공주(德溫公主)에게 또 다른 『고문진보언해』를 하사한 바 있으므로, 왕실 여성들이 『고문진보언해』를 통하여 한문이나 한시를 익혔던 것으로 추정할 수 있다.[26] 그런데 이 책의 체재가 흥미롭다. 「진종황제권학문(眞宗皇帝勸學文)」의 첫 구절을 아래에 예로 보인다.

부가불용미냥뎐
富家不用買良田
집을 가ᄋᆷ열게 ᄒᆞ매 뻐곰 됴혼 밧틀 사디 말라

한문 원문을 먼저 적지 않고 한글 원문을 먼저 적은 것이 무엇보다 주목된다. 이러한 체재는 아동을 위한 『백련초해』(일사본)에서 확인한 바 있다. 늦어도 18세기 무렵에는 이처럼 여성이나 아동을 위한 번역서에서 한글이 한문보다 우위에 서게 되었음을 보여준다. 한글로 원문을 먼저 읽고 번역문을 읽어 그 뜻을 알게 되는 구조로 바뀌게 된 것이다. 이때 한문 원문은 부차적인 기능으로 떨어졌다 하겠다.

더욱 주목되는 것은 김석주(金錫胄)가 편찬한 『고문백선(古文百選)』을 번역한 한글본 『고문빅션』이다. 이 책은 연경당 서책 목록에 보이므로[27]

---

26 제목이 '상설고문진보언해'로 되어 있는 또 다른 『고문진보언해』는 18세기 말에서 19세기 초반에 언해된 것으로 추정된다. 지금 낙질만 전하지만, 원래는 『고문진보』 전체를 언해한 것으로 보인다. 이 책은 한문 원문에 한자음과 구결을 달고 그 뒤에 언해를 싣고 있어 장서각본과는 그 체재가 약간 다르다. 그 서문에 따르면 『고문진보언해』는 17권으로 이루어졌고, 純祖妃 純元王后가 尹用九의 先妣 德溫公主에게 내린 것인데, 순조 10년(1810) 겨울 筍洞의 집에 화재가 나서 권2, 권6, 권8이 소실되었다. 덕온공주가 이를 보완하려고 하였으나 寫字官의 힘을 빌기가 어렵고 구두를 떼어 번역하는 것이 쉽지 않아 뜻을 이룰 수 없었는데, 후에 윤용구가 노년에 보충하였다. 홍윤표, 「규장각소장 근대국어 문헌자료의 종합적 연구」, 『한국문화』 15(서울대 한국문화연구소, 1994)에서 이 책에 대해 다룬 바 있다.

궁중에서 읽히던 책이 분명하다. 세자 등을 위한 것일 수도 있고 왕실의 여성을 위한 것일 수도 있다. 18세기 무렵 이루어진 것으로 추정되는 이 책은 독특한 체재로 되어 있다. 『고문백선』은 중국 역대의 명문을 가려 뽑은 책인데, 한글본은 상당히 긴 산문 작품을 먼저 수록하고 이어 번역 하였다. 가장 먼저 실려 있는 악의(樂毅)의 「보연혜왕서(報燕惠王書)」는 "신이 불영ᄒ야 불릉봉승왕명ᄒ야 이슌좌우지심은 공샹선왕지명ᄒ며 ……"[28]처럼 원문을 한문으로 적지 않고 구결을 붙여 한글로만 적었다. 상당히 긴 산문조차 이렇게 한글만으로 원문을 적은 다음 한글 번역문을 실었다. 앞서 본 일사본 『백련초해』나 『고문진보언해』에서 한문 원문이 삭제되면 이와 유사한 형태가 된다. 정확한 한문 교육을 위해서는 시나 산문 모두 한자로 된 원문이 반드시 필요할 것이지만, 이 책은 한문 원문 을 한자가 아닌 한글로 적었다.

이러한 현상은 암송을 위한 한글 책자의 등장으로 설명할 수 있다. 『숙 종실록』(17년 9월 13일)에 따르면, 숙종은 김덕원(金德遠)의 건의를 받아들 여 『소학』이나 『효경』 등에서 알기 쉬운 좋은 말을 뽑아 한글로 번역하여

---

27 이와 관련하여 특히 昌德宮의 重熙堂 南廊에 있던 大畜觀에 소장된 책 중 수백 책이 한글로 되어 있으며, 현재 장서각에도 이들 중 일부를 포함하여 거질의 번역서가 소장 되어 있다. 『大畜觀書目』에는 이곳에 소장되어 있던 대하소설과 번역본 중국소설, 그 밖에 『壬辰錄』, 『乘槎錄』, 『乙丙燕行錄』, 『日東壯遊歌』, 『稼齋燕行錄』 등 많은 한글 본 목록이 보인다. 여기에 수록된 한글자료는 『(연경당)諺文冊目錄』에 발견되므로 대 축관에 있던 책들이 대한제국기에 演慶堂으로 옮겨졌고, 일제강점기에 다시 樂善齋로 옮겨졌음을 알 수 있다. 『연경당언문서책목록』에 보이는 한글 자료는 총 225부 3,094책 에 이른다. 이에 대한 자세한 것은, 필자의 「朝鮮時代 王室圖書의 收藏에 대하여」, 『서지학보』 26(서지학회, 2002)를 참고하기 바란다.

28 "臣不佞, 不能奉承王命, 以順左右之心, 恐傷先王之命…"을 한글로만 적은 것이다. 이 대목은 일반적인 고문을 수록한 책에는 "臣不佞, 不能奉承先王之敎, 以順左右之 心, 恐抵斧質之罪, 以傷先王之命"으로 되어 있어 騈儷文의 특성조차 무시한 개변이 이루어지고 있음을 확인할 수 있다. 수준이 낮은 독자층을 위하여 이러한 개변이 이루 어진 듯하다.

세자의 보모를 시켜 아침저녁으로 가르치도록 하였다. 궁중의 보모가 어린 세자에게 책을 읽어줄 때 한문 원문은 전혀 의미가 없다. 그저 한글로 된 원문과 번역문을 읽어 세자의 귀에 익숙하도록 하면 그뿐이다. 그렇다면 한글본 『고문빅션』은 유아에게 한문과 그 번역문을 읽어주기 위한 교재로 활용되었을 가능성이 있다.[29] 초학자들은 한문을 외워야 했다. 외우기 위한 자료로서 한글로만 된 한문책이 등장하게 된 것이라 할 수 있다.[30]

---

29 18세기 일본인 학자 雨森芳洲는 "조선 사람들은 남에게 책 읽는 것을 가르칠 때 먼저 소리 내어 읽는데 이것이 첫 번째 단계다. 제법 익숙해지기를 기다려 번역된 말로 가르치는데, 우리나라 사람(일본인)이 오르내리면서 훈독을 하여 뜻풀이를 하는 것처럼 문장의 뜻을 알게 하니, 이것이 두 번째 단계다. 이미 익숙해지고 나면 다시 소리 내어 읽도록 가르치고, 책을 보지 않고 등을 돌려 외운 다음에야 끝이 나니, 이것이 세 번째다. 이 때문에 초학자들이 다 배운 책은 등을 돌려 외우지 않음이 없다. 우리나라 사람이 『대학』 한 편도 혹 외우지 못한 것과는 달라 그 차이가 매우 심하다.(韓人敎人讀書, 先以音讀, 此一層也. 待稍熟以反言敎之, 如我國人訓讀上下成讀, 使知文意, 此二層也. 已熟又敎以音讀, 至於背誦而後已, 此三層也. 故初學者, 卒業之書, 未嘗不背誦, 非我國人大學一篇, 或不能誦, 相去遠矣.)"(『橘窓文集』, 114면)라 한 바 있다. 이 자료의 존재를 정병설 교수로부터 알게 되었음을 밝혀둔다. 아메노모리 호슈는 조선인들이 한문을 배우는 七法을 매우 칭송하였다. 칠법은 三層, 三便, 一該를 이르는 말이다. 이 인용문의 세 가지 단계가 三層이다. 一便은 平仄이 없는 일본어와 달리 한국어는 평측이 있어 절로 節奏가 생기는 것이요, 二便은 모두 평상의 언어를 사용하여 번역[釋]하므로 비록 어린이라 하더라도 또한 알 수 있는 방식인데 일본의 訓이 평상의 언어가 아니어서 講解가 있어야 분명해지는 것과 다르다 하였다. 三便은 句讀에 각기 토를 한 번씩 다는 것이다. 一該는 초학자들의 역량을 헤아려 2~3행, 혹 4~5행씩, 많아도 10행을 넘어서지 않은 범위에서 암기하도록 하고 速成을 요구하지 않는 것이라 하였다. 백제 阿直岐와 王仁이 일본에 처음 책을 읽는 법을 가르칠 때부터 이러한 七法을 사용했지만, 일본인은 訓讀하여 읽는 하나의 법만 터득했다고 하였다.

30 고서점가에 한문 원문은 전혀 없이 구결만으로 된 소책자가 간혹 발견된다. 대부분 『通鑑』의 구결을 적은 것으로 암송을 위한 것이다.

3. 여성 독자의 확산과 번역

여성의 공식적인 문자로서 지위를 굳힌 한글을 이용하여, 조선 왕실의 여성들이 한문 자료를 광범위하게 섭렵하였음을 살펴보았다. 그런데 이러한 현상은 18세기 사대부가에서도 비슷하게 나타났다. 앞서 말한 대로『시경』을 통한 여성 교육은 사대부가에서도 이루어진 바 있다. 18세기 어유봉(魚有鳳)은 인륜과 풍기와 관련된『시경』의 작품을 뽑아『시편(詩篇)』이라는 책을 엮었다. 그 서문에 따르면「주남」과「소남」은 모두 번역하였고 나머지는 초록하여 총 72편을 번역하였으며, 그 선발의 기준은 남녀부부와 관련된 것이었다.[31] 그런데 이 책은 그 후『풍아규송(風雅閨誦)』이라는 이름으로 수정된 듯하다. 어유봉의 연보에 따르면 1737년 10월경에『시경』중에서 73편을 뽑아 번역하였다고 하고 서문을 인용하였는데『시편』의 서문과 동일하다. 그런데 이 책은 이씨 집안으로 시집간 차녀가 시댁에서 읽고 싶다는 청에 의하여 만든 것이었다.[32] 지금 이 책이 전하지는 않지만 그 체재는『국풍』이나『곤범』과 과히 다르지 않았을 것이다.

조선 후기에는 사대부가의 여성을 위한 번역이 왕성하게 나왔는데 이들 역시 철저할 정도로 한글로만 되어 있다. 특히 가문의식의 성장과 함께 여성들로 하여금 선조의 행적을 알게 하기 위하여 가승(家乘)이나 실기류(實記類)가 널리 번역되었다.[33] 이광찬(李匡贊)의 행적을 기록한『중

---

31 어유봉, 「詩篇序」, 『기원유고』, 184~194면.

32 어유봉, 「年譜」, 『기원유고』, 184~522면.

33 물론 이러한 문중 의식에 의한 한글 번역이 여성만을 위한 것은 아니다. 예를 들어 金壽恒, 金昌集, 金濟謙 등 3대가 사약을 받고 세상을 떠날 때의 상황을 적은『遺教』는 나이 어린 자손을 위해 제작된 것이다. 한문본이 따로 있으므로 나이 어린 자손이 여성을 가리키는 것으로도 해석할 수 있다. 여기에도 상당수의 한시가 삽입되어 있으므로, 한글로 된 자료를 통하여 한시를 즐기는 것이 일반화되었음을 말해 준다. 이

옹실적(中翁實蹟)』을 18세기에 번역한『선부군언행유사』를 위시한 한글
실기류 자료,[34] 가문의 제문과 행장 등을 19세기 한글로 번역한『영세보
장(永世寶藏)』 등이 대표적인 예가 될 것이다.[35] 이러한 한글 번역본은,
『영세보장』을 편찬한 황종림(黃鍾林)이 "우리 집 문적이 예의 산일ᄒ야
션셰 덕힝을 뼈 고증ᄒ기 어려우나 오직 뉵칠셰 이하로 언힝과 지장의
가이 긔록홀 ᄌᄂ 삼가 취ᄒ여 번녁ᄒ야 벗기ᄆᆫ 두 며ᄂ리로 ᄒ여곰 각
각 ᄒ 븐식을 뼈 보아 감동ᄒ고 닥가 살피ᄂ 방슈을 ᄒ기로 요구ᄒᄂ니"
라고 명시하였듯이 며느리로 하여금 집안의 내력을 알고 또 수신의 자료
로 삼도록 한 것이다.[36] 또 행실도류(行實圖類)가 변형된 모습으로도 나타
나기도 하는데 1865년 간행된 것으로 보이는 규장각본『김씨세효도(金氏
世孝圖)』가 그러한 예이다. 이 책은 김윤광(金潤光)과 그 아들 김석기(金碩
基)의 효행(孝行) 사실을 그림과 글로 엮은 것을 김학성(金學性)의 도해(圖
解)와 찬(贊)을 붙이고 김석기(金碩基)의 동생 김석봉(金碩奉)이 그림으로
그린 것으로, 한글 번역이 함께 실려 있다. 이 역시 집안의 부녀자를 위
한 것으로 추정된다.

조선 후기에는 여성에게까지 한시가 대중적인 장르가 되면서, 여성들
도 직접 한시 제작에 가담하는 이들이 많아졌다. 이미 조선 전기에 황진
이(黃眞伊), 허난설헌(許蘭雪軒), 이옥봉(李玉峰), 이매창(李梅窓) 등 일부
사족의 부인이나 첩, 기생 등에 의하여 꾸준히 여성작가의 맥이 유지되

자료는 이승복이『문헌과해석』4호와 5호(1998)에 소개한 바 있다.

34 그런데『선부군언행유사』에는 한시가 수록되어 있지만 번역만 하였을 뿐 원문을 한글
로 쓰지는 않았다. 번역문의 난해한 구절은 주석을 붙였다. 이야기 스타일로 된 이러
한 종류의 번역서는 한시의 원문이 의미가 없게 되었다.

35 이 밖에 최강현의『한국문학의 고증적 연구』(고려대 민족문화연구소, 1998)에 한글로
번역된 행장이 다수 소개되어 있다.

36 이 자료에 대해서는 정양완 역주,『永世寶藏』(태학사, 1998)에 자세하다.

어 왔거니와, 조선 후기에는 더욱 많은 여성들이 한시를 제작하고 향유하기에 이른다. 여러 자료에 몇 편의 시가 전하는 여성 작가 외에 김호연재(金浩然齋), 서영수합(徐令壽閣), 김청한당(金淸閒堂), 임윤지당(任允摯堂), 강정일당(姜精一堂), 홍유한당(洪幽閒堂), 신산효각(申山曉閣), 황정정당(黃情靜堂), 김삼의당(金三宜堂), 남정일헌(南貞一軒), 남의유낭(南宜幽堂) 등은 문집까지 남겼다.

그러나 앞서 말한 대로 여성이 한문으로 문학 활동을 한다는 것은 사회적으로 허용되지 않는 일이었다. 여성의 문학 활동에 대한 비난을 피하다 보니 한글로 문학 활동을 하는 기이한 현상이 벌어지게 된 것이다. 이온(李媼)이라는 무반(武班)의 처는 한문을 몰랐지만 김이곤(金履坤)의 증조부를 모시면서 곁에서 시를 배웠는데 증조부가 죽은 후 갑자기 쓰지는 못하지만 입으로 시가 술술 나왔다는 일화가 전한다.[37] 한글로 시를 외우다보니 절로 글이 아닌 입으로 한시를 지을 수 있는 단계에까지 이른 것이다.

더욱 주목되는 것은 여성들의 문집이 한글로 번역되어 읽히게 되었다는 점이다. 여성들의 한글 번역 문집은 김호연재의 『호연재유고(浩然齋遺稿)』, 남의유당의 『의유당유고(宜幽堂遺稿)』, 작가가 알려져 있지 않은 『기려한필(綺閣閒筆)』 등이 현재까지 전하고 있으며, 이빙허각(李憑虛閣)의 『빙허각전서(憑虛閣全書)』에도 한글로 번역된 한시가 100수 이상 있었다고 한다.[38] 그 중 244수의 시가 한글로 번역되어 있는 『호연재유고』를

---

37 김이곤, 「李媼詩稿序」, 『鳳麓集』(국립중앙도서관본)

38 1939년 1월 31일자 동아일보 기사에 이렇게 되어 있다. 황해도 장단군 진서면의 서씨 댁에서 『憑虛閣全書』에 수록되어 있었다고 하지만 지금 이 책이 발견이 되지 않고 있다. 최근 부유섭과 강문종이 장서각에 소장된 『綺閣閒筆』을 발굴하여 『한국고전문학연구』 32에 발표한 바 있다. 이에 따르면 『綺閣閒筆』은 19세기 중반 여성에 의하여 제작된 한시를 번역한 것인데, 그 체재가 이상에서 말한 것과 완전히 일치한다.

통해 여성의 문자생활과 한시 향유의 양상을 살필 수 있다.

『호연재유고』는 1814년 송규희(宋奎熙)의 모부인 청송(靑松) 심씨(沈氏)가 필사한 것이다. 그런데 한자의 음을 잘못 적은 것이나 한시의 행 자체가 뒤바뀐 예도 발견되며 한글 자체도 잘못 표기한 것이 상당수에 달한다.[39] 『호연재유고』가 한문 원문을 재구할 수 있는 능력을 갖추지 못하고 또 한시를 제대로 번역할 수 없는 여성들에 의하여 향유되면서 생긴 현상으로 보인다. 호연재 김씨가 원래 한글로 한시를 썼을 것이라고는 볼 수 없다. 『호연재유고』가 상단에 한시를 한글로 적고 하단에 한글 번역문을 싣는 조선 후기 왕실 여성을 위한 번역서의 전형성을 그대로 따른 것도 사회적으로 비교적 공인된 형태를 따른 것이라 하겠다. 호연재 김씨는 산문을 엮은 한문본『자경편(自警篇)』도 남겼는데,『자경편』의 부기(附記)에 따르면 이 책이 1796년 이전 이미 없어져 외손자인 김종걸(金鍾杰)이 한글로 번역되어 있던 것을 보고 다시 한문으로 옮겼다고 한다. 여성들의 공식적인 문자가 한문이 아니라 한글이므로, 한글로 번역된 후 한문본이 별 소용이 없어져 일실된 듯하다. 『자경편』은 호연재 김씨가 자신의 행실을 돌아보기 위하여 저술한 것이라 하였으므로, 그러한 저술이 한문으로 유통되기보다는 한글로 번역되어 후손들에게 읽히기가 쉬웠을 것이다.

호연재 김씨에 의하여 확인된 여성 한글 문집의 기본적인 성격은 의유당 남씨의 『의유당유고』에서도 확인된다.[40] 『의유당유고』는 1843년에 필사된 것으로, 번역된 산문 3편과[41] 한시 17수가 실려 있고 한글로 된

39 박무영, 「金浩然齋의 생애와 호연지유고」, 『한국고전여성문학연구』 3(한국고전여성문학회, 2001)

40 이 자료에 대해서는 유탁일의 「의유당유고와 그 작자 고증」, 『한국문헌학연구』(아세아문화사, 1989)에 소개되어 있다.

41 「白蓮峰三淸洞序」는 三淸洞의 풍광을 彌雲臺, 洛山과 비교한 글이며, 「燈夕」은 1797

유사(遺事)와 행록(行錄) 3편도 함께 실려 있다. 일반적으로 산문은 원문을 적지 않는 것이 관례지만, 『고문백선』처럼 세 편의 산문도 원문에 토를 달아 한글로 적고 다시 하단에 번역을 붙였다. 구결은 달지 않았다. 한시 역시 한글로 적은 원문이 상단에 있고 하단에 번역이 되어 있다.[42] 그런데 이 자료 역시 필사 과정에서 생긴 것으로 보이는 오류가 발견된다. 다음에 한 예를 보인다.

춘경　　　　　　봄경이라
ㅇ손징도춘풍난　　어린 손지 ㄷ토아 춘풍이 느젓다 니ㄹ거늘
격무화광긔잠간　　안개 격흔 곳빗츨 니러나 잠간 본다라
회슈동운다감개　　머리를 동녘 구름의 도로혀매 감개ㅎ미 만흐니
향관빅니몽유란　　향관 빅니의 숨이 오히려 어렵도다

　한시의 원문은 "兒孫爭道春風晚, 隔霧花光起暫看. 回首東雲多感慨, 鄕關百里夢猶亂"정도가 될 것이다. 그런데 기구의 '춘풍난'은 '춘풍이 느젓다'로 언해한 것으로 볼 때 '春風晚'을 잘못 표기한 것이다. 필사과정에서 생긴 오류로 보인다. 또「생일감회(生日感懷)」(一)의 "비환향약견진몽"은 "悲歡況若前塵夢"을 적은 것으로, '향약'은 '황약'이 되어야 옳다.「생일감회」(三) "팔진은ㅅㅅ텬듀"가 "팔진 은혜를 쥬시미 하늘부억을 브터ㅎ니"로 번역된 것으로 보아 "팔진은사ㅈ텬듀", 곧 "八珍恩賜自天廚"가 옳을 것이다. 이처럼 한글본 『호연재유고』나 『의유당유고』에서 원문이 잘못 필사된 경우가 상당수 발견된다는 점에서, 한글로 된 문집을 읽

　년 望八의 나이에 白蓮峯 기슭의 정사에서의 觀燈을 기록한 것이고, 「影月嚴夜遊勝蹟」은 백련봉 아래 자신의 집 근처에 있던 영월암에서 밤에 노닌 사실을 적은 것이다.
42 정조의 비인 孝懿王后가 그의 姨姪女였기 때문에 임금에 대한 충정을 노래한 것이 상당수에 달한다는 점과 단정한 글씨로 필사되었다는 점에서 왕실에서 읽히던 책일 가능성도 배제할 수 없다. 『의유당관북유람일기』가 『연경당서책목록』에 보인다.

는 이들이 한문 원문 자체에는 큰 관심이 없었고, 그저 한시를 우리말로
한 번 읊조리고 다시 그 풀이를 읊조리는 방식으로 향유되었을 가능성이
크다 하겠다. 시의 뜻을 중심으로 향유될 때 원시의 한자음이 부분적으
로 잘못된 것이나 행의 착간 등은 문제가 되지 않기 때문이다.

  한글로 번역된 문집으로 이밖에 한글본『학석집(鶴石集)』한 종이 더
있다.[43] 여성이 아닌 남성의 문집이 한글로 번역되었다는 점에서 이채로
운 자료다. 한글본『학석집』은 순조의 아들인 효명세자(孝明世子)의 초기
시를 모은『학석집』의 일부를 번역한 것이다.[44] 흘림체가 아닌 단정한
해서로 필사되어 있다. 번역을 한 사람이 명시되어 있지 않지만 효명세
자가 직접 번역하였을 가능성이 높다. 한글본『학석집』에 실려 있는 시
중에는 그의 누이를 그리워하는 시가 매우 많다. 효명세자는 형제가 없
고 누이동생만 셋 있었는데 바로 아래 명온공주(明溫公主)가 시문에 뛰어
나 효명세자는 누이를 소식(蘇軾)의 소매(小妹)에 비하고 매란여사(梅蘭女
史)라는 호를 붙여 준 바 있다.[45] 효명세자는 누이에게 많은 시를 지어
보냈는데, 사흘만 보지 않으면 그리워 시를 보내었을 정도로, 누이를 그
리워하는 정이 남달랐다. 이러한 점으로 보아 젊은 시절 자신의 시를 한
글로 번역하여 명온공주에게 보인 것이라 추정할 수 있다. 상단에 한시
의 원문을 한글로 토를 달아 적고 하단에 번역하는 체재로 되어 있어 왕
실 여성들을 위한 번역서나 여성들의 한글 문집과 그 체재가 완전히 동

---

43 『동아일보』기사에 소개되어 있는 한 면의 자료로 볼 때『빙어각전집』에 수록되어
    있던 한시 역시 원문과 번역문이 같은 체재로 되어 있다. 다만 구결은 달려 있지 않다.
44 이하 효명세자에 대해서는 필자의 「孝明世子의 저술과 문학」,『한국한시연구』10(한
    국한시학회, 2002)을 이용하여 재집필하였다.
45 규장각에 소장되어 있는『翼宗簡帖』의「三妹連林」에 세 누이에 대해 자세히 적고
    있다. 셋째 德溫公主는 앞서『고문진보언해』와 관련하여 언급한 바 있는 尹用九의
    모친이다.

일하다. 그러한 전범을 활용하여 누이를 위한 한글 문집을 만든 것이라 하겠다.

규장각에 소장되어 있는 『익종간첩(翼宗簡帖)』에도 효명세자가 누이에게 보낸 한글 편지와 한시가 수록되어 있다.

낫것 잡스오시고 안녕이 디닉오시옵ᄂ니잇가 이 글은 소인이 지어스오니 감ᄒ시고 엇더ᄒ온고 보아 주심 ᄇ라옵ᄂ이다
구츄상야댱 독딕옥쵹명 져두요상형 격유문홍명
구츄 서리 밤이 기러시니
홀노 옥쵹 블근 거슬 딕하엿도다
져두ᄒ야 먼니 형을 싱각ᄒ고
챵을 격ᄒ여 기러기 우는 소릭를 드럿더라

글시 보고 든든ᄒ며 잘 지엇기 두어 귀 곳쳐 보닉니 보아라. 져두요상향[sic]은 날을 싱각하미넌가 그윽기 감사ᄒ노라.
산챵낙목향 긔쳡시인슈 슈월몽변고 쟌등위슈유
뫼챵의 나모 써러지는 쇼릭에
몃 쳡이나 시ᄒ는 샤름의 근심인고
파려ᄒ 달이 쑴가의 외로워시니
쇠잔ᄒ 등잔은 눌을 위ᄒ여 머므럿는고

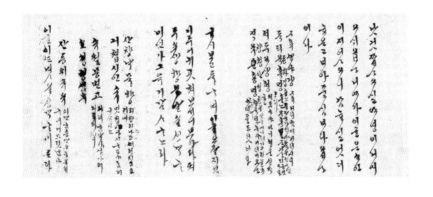

앞의 것은 누이의 편지고 아래의 것은 효명세자의 답신이다.[46] 먼저 한글로 원문을 적고 이어 번역하는 체재를 따르고 있다.[47] 이를 통하여 남성조차 여성과 함께 한시를 향유하고자 할 때 한문보다 한글을 우선하였음을 확인할 수 있다.

이러한 한시의 새로운 향유 방식은 한글소설로도 확대되었다. 『명행정의록』이나 『삼강명행록』 등 상층 여성을 대상으로 한 소설에는 수많은 한시가 한글로만 된 원문과 번역문이 삽입되어 여성들에게 향유되었다. 『명행정의록』에는 등장인물들이 가족과 어울려 시회를 열고 그 시회에서 제작되었다고 하면서 『명시종(明詩綜)』이나 『산당사고(山堂肆考)』 등 17세기 널리 읽힌 중국책에 실린 한시가 여러 편 수용되었다.[48] 이러한 상황은 상층 여성들이 읽는 장편소설뿐만 아니라 판소리계소설 등 일반 대중을 대상으로 한 통속소설에까지 확대되었다. 소설을 읽으면서 그 안에 삽입된 한시를 한글로 읽는 즐거움이 새로운 소설 문화의 한 양상으로 나타나게 된 것이다. 소설에 삽입된 한시의 원문과 번역문을 옮기는 과정에서 상당한 오탈자가 발견되므로, 앞서 말한 대로 한글 소설의 독자들은 글이 아닌 말로 한시를 즐기게 된 것이라 하겠다.

이때 한문이 아닌 한글로 한시를 게임처럼 즐기는 일이 여성들의 한

---

46 한시 원문은 "九秋霜夜長 獨對玉燭明 低頭遙想兄, 隔牖聞鴻鳴."과 "山窓落木響, 幾疊詩人愁. 瘦月夢邊孤, 殘燈爲誰留." 정도가 될 것이다. 효명세자는 이 편지와 함께 보내온 공주의 시 구절을 수정하여 승구를 "독듸등화경"으로, 결구를 "격챵쳥안셩"으로 고치고 다시 "홀노 등잔곳 가비야움을 듸ᄒ엿도다"와 "챵을 격ᄒ여 기러기 소릭를 둣ᄂ도다"로 풀이하여 보냈다. 물론 이때에도 "獨對燈火輕"이나 "隔窓聽雁聲"을 한자로 표기하지 않았다.

47 『익종간첩』에 수록되어 있는 대부분의 시는 한시를 적고 그 앞에 한글로 음을 달았으며 한글 번역을 붙였다. 효명세자가 누이에게 시와 함께 한자를 익히도록 한 배려로 보인다. 『학석집』과 『익종간첩』은 한국학중앙연구원에서 영인하여 출간하였는데 필자가 해제를 붙였다.

48 서정민, 「명행정의록 연구」(서울대박사학위논문, 2006)

풍조가 되었다. 소설이 여성
들에게 중요한 소일거리가
되었거니와, 한시 자체도 중
요한 여성의 놀이도구가 된
것이다. 이때 여성들에게 특
히 인기가 있었던 것은 선기
도(璇璣圖)라는 시그림이다.
이에 대해 이규경(李圭景)은
다음과 같이 증언한 바 있다.

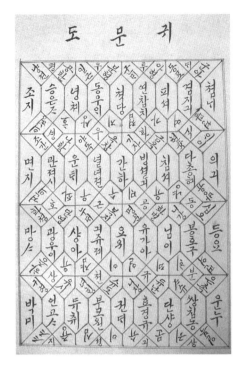

우리 동방의 신라 진덕여
왕(眞德女王)이 「태평송(太
平頌)」을 지어 비단을 짜서
글을 만들어 당 고종(高宗)
에게 바쳤다. 소혜(蘇蕙)의
「선기도」 시를 모방하여 이

렇게 한 것이라고도 한다. 「직금도(織金圖)」 시라고도 이른다. 규방의 부녀자
들이 많이들 언문으로 번역하여 가지고 논다. 우리 집에도 「선기도」를 소장하
고 있는데 29행이고, 매행이 29자다. 자와 행 중간에 16단으로 만들어 매 6행
을 1단으로 하였다.[49]

「귀문도」와 「직금도」는 합쳐서 빙글빙글 돌려서 읽는다 하여 선기도
라고 한다. 진(秦)의 소약란(蘇若蘭)이 시를 짓고 이를 비단에 짜 넣어 사
막으로 유배된 남편 두도(竇滔)에게 보낸 데서 유래한다. 이러한 배경으
로 인하여 선기도는 여성에게 환영받을 수 있는 양식이 될 수 있었다.

---

49 이규경, 「朱淑貞璇璣圖記辨證說」, 『五洲衍文長箋散稿』. 같은 책의 「朱淑貞璇璣圖
詩源流辨證說」에도 선기도에 대한 변증이 있다.

이규경의 말로 보아 늦어도 19세기 무렵에는 한글로 번역된 선기도가 양반가에 널리 유통되었음을 알 수 있다.

순조의 아들인 효명세자 역시 「귀문도」를 제작하고 다시 이를 한글로 풀이하여 누이동생에게 준 바 있는데, 이 역시 19세기 선기도가 규방에서 널리 유행하였음을 보여준다 하겠다. 비교적 큰 글자가 들어 있는 육각형을 중심으로 상단의 좌우에 있는 방장형 속의 글자를 각기 읽고 다음 육각형 안의 글을 읽어 7자로 맞춘다. 이를 왼쪽부터 오른쪽으로 읽어내고 다시 아래 4단까지 내려오면서 읽으면 다음과 같은 네 편의 칠언절구가 된다. 다시 육각형 좌우 사다리꼴 안에 있는 글자를 위에 있는 것까지 먼저 읽고 다시 아래에 있는 것까지 읽으면 8구의 오언율시 한 편이 된다. 다시 육각형 하단 좌우의 글자를 왼쪽부터 오른쪽으로 중간까지 읽고 다시 왼쪽 끝에서 중간까지 같은 방식으로 읽어 4단까지 내려가면서 읽는다. 또 육각형 상단의 마름모형(제일 상단과 하단은 삼각형) 안에 있는 글자를 아래로 읽어 내리면 다시 한 편의 오언절구가 된다. 그래서 하나의 그림에서 6수의 시를 찾아 읽는 재미를 즐길 수 있게 되어 있다.[50]

조선 후기 여성들이 소설과 한시를 즐기는 양상은 『규방미담(閨房美談)』에도 잘 드러난다. 『규방미담』은 미국 캘리포니아대학(버클리대학)에 소장된 한글소설로 필사본 1책이다. 명나라 가정 연간에 항주 사람 종백희라는 사람이 편모 황씨를 모시고 살다가 열세 살에 정부인 황씨와 혼인하고 계상서의 딸을 두 번째 부인으로 맞는다. 과거에 급제하여 옥당의 한림에 오른 후 성묘를 하고 모친을 뵙기 위해 고향인 항주로 내려갔을 때 천진교에서 낙양기생 사홍련을 만나게 되어 첩으로 들인다. 벼슬이 상서에 올라 2처 1첩을 거느리고 행복하게 지낸다. 그 후 엄숭이 현신 양계성을 죽이려 하자 종백희가 상소를 올리는데 이 때문에 소주자사로

---

50 규장각 소장 『翼宗簡帖』에 실려 전한다.

좌천된다. 3년 후 엄숭이 처단되고 호부상서로 복귀하고 이후 4자 2녀를 두어 부귀영화를 누린다. 이런 지극히 단순한 줄거리로 되어 있다.[51]

『규방미담』은 이런 줄거리가 중심에 있지 않다. 『규방미담』은 여성이 놀이로서 한시를 즐길 수 있게 만든 일종의 오락서다. 『규방미담』에는 5종의 선기도를 실어 다양하게 시를 가지고 놀이를 할 수 있게 하였다. 그중 기생 사홍련이 지은 선기도를 예로 보인다.

큰 글씨로 쓴 것만 종서로 읽으면 '小妾紅蓮 再拜獻詩 蘇州刺史相公閣下'가 되는데 이것이 제목이다. 시는 하단에 크게 쓴 '使' 아래 칸의 '去'에서 시작하여 그 우측 '郞'으로 돌아오게 되어 있다. 『규방미담』에 풀이된 것을 함께 보인다. 한글로 된 것만 읽으면 한 편의 애정 가사를 읽는 듯하다.

> 작년에 낭군이 소첩을 이별하고, 금년에 소첩이 낭군을 그리워합니다.
> 저의 마음으로 낭군을 위하여 한하노니, 낭군의 마음이 소첩과 어떠한가요?
> 낭군은 다정한 낭군이 되고, 소첩은 박명한 소첩이 되었네요.
> 낭군의 눈물은 청삼을 적시고, 소첩의 눈물은 붉은 뺨에 흘러내립니다. ……
> 낭군의 마음은 반석 같고, 소첩의 마음은 연실 같아서
> 연실은 끊어져도 끌면 나오지만, 반석은 박혀있어 움직이지 않네요.
> 낭군이 하늘가에 있는데, 소첩은 홀로 독수공방 합니다.
> 소첩의 정을 담은 글을 가지고, 정이 있는 낭군에게 부칩니다.
> 去年郞別妾 今年妾思郞 妾意爲郞恨 郞心似妾慷
> 郞爲多情郞 妾作薄命妾 郞淚濕靑衫 妾淚下紅頰 ……
> 郞心如盤石 妾心如藕絲 藕絲有牽戀 盤石無轉移
> 郞在天一涯 妾獨守空房 把妾有情詩 寄與有情郞

---

51 이 자료에 대해서는 필자의 「놀이로서의 한시-버클리대학소장 규방미담」, 『문헌과해석』 37(문헌과해석사, 2006)에서 소개한 바 있다. 아울러 성호경 편, 『조선후기 문학의 성격』(서강대출판부, 2010)에 수록한 필자의 「조선후기 놀이문화와 한시사의 한 국면」에서 자세히 다루었다.

　사홍련의 시그림과 이를 풀이한 것 다음에 1면 남짓한 분량의 서사단락이 나오고 소설은 끝이 난다. 적당한 스토리를 엮어놓고 시그림을 통하여 게임을 즐기는 것이 이 소설을 읽는 재미가 되는 셈이다.

　『규방미담』은 소설이 끝난 다음, 다시 평양 기생 부용(芙蓉)의 「상사시(相思詩)」를 그린 직금도를 수록하고 이를 한글로 풀이해놓았다. 다양한 선기도를 두루 즐길 수 있게 배려한 것이다. 부용의 「상사시」는 소약란

의 「직금도」나 『규방미담』에 실려 있는 계옥호의 「직금도」와 읽는 방식
은 같지만, 시체가 더욱 화려하다. 일언(一言)에서부터 차례로 십팔언(十
八言)까지 늘어가게 하였다. 크게 쓴 '勿' 위쪽 우측에서 시작하여 두루
한 바퀴 돈 다음 좌측으로 돌아와, 큰 글자를 따라 다시 한 바퀴를 돌아
한 가운데 '隨'에서 종결된다.

別 思

路遠 信遲

念在彼 身留玆

巾紗有淚 扇紈無期

鍊亭月上夜 香閣鍾鳴時

依孤枕驚殘夢 望歸雲帳遠離

日待佳期愁屈指 晨開情札泣支頤

顔色憔悴把鏡下淚 歌聲嗚咽使人含悲

拔銀刀斷弱腸非難事 躡珠履送遠眸更多疑

春不來秋不來君何無信 朝遠望夕遠望妾獨見欺

浿江成平陸後鞭馬其來否 長林變大海初乘船欲渡之

好緣斷惡緣回世情無人可測 別時多見時小天意有誰能知

一片香雲楚臺夜仙女之夢在某 數聲淸簫秦樓月弄玉之情有誰

不思自思更上浮碧樓可惜紅顔老 欲望難望愁倚牧丹峰猶憐綠鬢衰

孤處孀閨腸雖如雲三生佳約寧有變 獨守空房淚縱如雨百年貞心終不移

罷春夢開竹窓迎花柳少年摠是無情客 攬香衣堆玉枕送歌舞童類莫非可憎兒

三時出門望出門望甚矣君子薄情誠如是 千里待人難待人難哀哉賤妾孤懷果
何其

惟願寬仁大丈夫決意渡江香情燭下欣相對 勿使懦弱兒女子含怨歸泉孤魂月
中泣相隨

니별하니 싱각ᄒ도다

길이 머니 소식이 더디다

싱각은 저기 잇고 몸은 이에 머무도다

깁슈건의 눈물이 잇고 깁붓치의 긔약이 업도다

연광경의 달 쓰는 밤과 향각의 종 울 ᄯᅵ라

외로운 벼기를 의지ᄒ여 쇠잔한 ᄭᅮᆷ이 놀나고

도라가는 구름을 발아ᄆᆡ 머리 ᄯᅥ는 걸 슬퍼ᄒ도다

날마다 가긔를 기다리ᄆᆡ 근심으로 손을 ᄭᅩᆸ고

싀벽의 경찰을 열ᄆᆡ 눈물이 턱의 괴얏도다

안ᄉᆡᆨ이 쵸최ᄒᄆᆡ 거울을 잡아 눈물을 나리고

가셩이 오열ᄒᆞ민 사람으로 슬푼 거슬 먹음엇도다
은도를 ᄲᅢ야 약장을 ᄉᆞᆯ흐민 어려운 일이 아니로되
쥬리를 써을고 먼리 보민 곳쳐 의심이 만토다
봄과 가를의 오지 아니ᄒᆞ니 그ᄃᆡ 엇지 무신ᄒᆞᆫ고
아침과 견역의 먼리 바라민 쳡만 홀노 속ᄂᆞᆫ도다
피강이 늇지 된 후의 말 타고 오려는가
장님이 ᄃᆡᄒᆡ 된 후의 ᄇᆡ 타고 오려는가
죠혼 인연 ᄉᆞᆯ허지고 모진 인연 도라오니 세상인심을 가히 칭양치 못ᄒᆞ고
니별은 만코 보기는 져그니 하늘ᄯᅳᆺ을 누가 능히 알미 잇슬고
한 죠각 향긔로운 구름 쵸ᄃᆡ 밤의 션여의 ᄭᅮᆷ이 뉘 잇스며
두어 소리 말근 통쇼 진누 달의 농옥의 졍이 뉘 잇슬고
싱각지 말고자 ᄒᆞ되 싱각ᄒᆞ여 다시 부벽누의 올라 가히 홍안 늣는 거슬 앗기고
잇고자 ᄒᆞ되 잇기 어려워 근심으로 모란봉 의지ᄒᆞ야 오히려 녹빈 쇠ᄒᆞᆫ 것 슬허
외로이 상규의 쳐ᄒᆞ민 창ᄌᆞᆨ 비록 구름 갓트나 삼싱가약을 엇지 변ᄒᆞ미 잇슬고
홀노 공방을 직히민 눈물이 비록 비 갓트나 빅연졍심을 죵시 변치 아니ᄒᆞ리라
봄ᄭᅮᆷ을 ᄲᅢ야 죽창을 열고 화류쇼년를 마지미 도모지 무졍한 긱이요
향의를 셜치고 옥침을 밀미 가무동유를 보ᄂᆞ니 다 가졍한 아희려라
삼시로 문의 나 바라고 바라미 심ᄒᆞ도다 그ᄃᆡ 박졍이 진실노 일어한가
쳔리의 사람 기다리기 어렵고 어려오미 슬푸다 쳡의 외로온 마음이 과연 엇더할고
오직 관인한 ᄃᆡ쟝뷰는 결단코 강을 건너 향긔로온 쵸불 아릭 깃비 셔로 ᄃᆡᄒᆞ고
난약한 아녀자로 야야금 원을 먹금어 외로운 혼이 구쳔의 도라가 달 가운ᄃᆡ 울게 말쇼

부용의 이 시는 조언림(趙彦林)의 『이사재기문록(二四齋記聞錄)』등에 수록되어 있는 것으로 보아,[52] 조선 후기 꽤 알려진 듯하다. 특히 1자에서 18자까지 이르는 층시(層詩)는 우리 한시사에 보이지 않는 독특한 것이니

---

52 『이사재기문록』은 안대회 교수가 발굴하여 『문헌과해석』창간호(문헌과해석사, 1997)에 실었다.

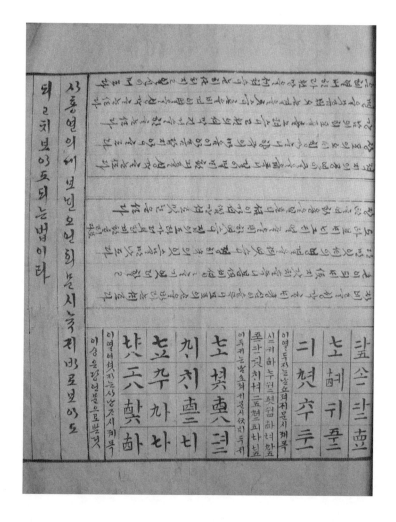

세인의 관심을 끌었을 것이다. 원래 부용의 이 시가 직금도로 되어 있었
는지, 『규방미담』을 편찬한 이가 그 시를 선기도로 만들었는지는 알 수
없다. 층시만으로도 세인의 눈길을 끌만 한데 선기도까지 만들었으니,
이 무렵 한시를 가지고 놀이를 즐기는 풍조가 널리 퍼져 있었음을 짐작
하게 한다.

그런데 『규방미담』은 시의 제목을 가지고 퍼즐을 하나 더 만들었다. '唐謎文'이 그것이다. 당언문은 ㄱㄴㄷㄹㅁㅂㅅㅇㅈㅊㅋㅌㅍㅎ에 1부터 14까지의 숫자를 대응시킨 것이므로, 이에 따라 오른편 첫 번째 것은 남옥란의 시그림 제목을 적은 '남옥난효소혜귀문니졍부뇩'으로 풀이된다. 가운데 남소자의 귀문시 마지막 두 구절은 '인귀하수원 명월하셔잠 목낙 경빅쳐 금젼미사심'으로 풀이된다. 또 왼편 사홍련의 그림시 제목은 '소쳡홍년 재배흔시 쇼주자사샹공합하'로 풀이된다. 암호풀이 게임을 하듯 언어의 유희를 한 번 더 즐기게 한 것이다. 한시 번역의 역사가 조선 후기에 이르면 이처럼 게임으로까지 진화한 것이다.

4. 한시 번역의 문화사적 의미

이상에서 조선시대 상층 여성의 문자 생활을 바탕으로 하여 한시 번역의 문화사적 의미를 중세 보편어인 한문과 자국어인 한글의 관계망에서 살펴보았다. 한글이 창제된 초기에 여성과 아동을 위한 번역서는 한문이 중심이고 한글이 보조적인 역할을 하였다. 16세기 이래 일반 백성의 교화를 목적으로 하는 교화서를 중심으로, 한문 원문 자체의 비중이 급격하게 줄어들면서 번역문의 한글 전용이 서서히 이루어졌다. 또 한글이 왕실에서 여성들의 공식적인 문자로 자리하면서, 조선 후기에는 왕실 여성의 교화나 교양을 위한 번역이 대규모로 이루어졌고, 이러한 번역서는 철저하게 한글만으로 표기되는 현상이 일어났다. 여성이 한문으로 문자 생활을 하는 것이 금기시되던 사회분위기에서는, 한문을 알면서도 한글로 된 책을 읽어야 했고 또 한글로 글을 적어야 했다. 한글이 여성의 공식어로 자리하였기에, 상대가 여성일 때에는 남성 지식층도 그들의 공식어인 한문이 아니라 한글을 이용하게 되었다.

이러한 상황에서 여성들이 한문으로 지은 한시도 번역문뿐만 아니라 원문까지 한글로 읽는 전통이 생겼다. 특히 왕실 여성의 경우 광범위한 교양의 습득을 위해 한글로 번역된 역사서나 여행기를 읽었고, 이들 역사서나 여행기에 이미 교양의 일부가 된 한시가 수록되어 있었으므로, 이들 한시 역시 한글로 향유하게 되었다. 한글로 원문과 번역문을 읽는 체재가 확립되면서 원문은 장식으로만 존재하고 번역문을 통하여 대충 시의 뜻을 파악하는 것이 여성들의 한시 향유 방식이 된 것이다. 이에 따라 한글로만 된 한시집이 제작되어 유통되었고, 더욱이 조선 후기 한시가 여러 계층으로 확산되어 향유되자, 사대부가 여성들은 번역을 바탕으로 한시를 놀이의 일종으로 삼아 선기도와 같은 시그림을 즐기는 일이 유행하였다.

한문 고전서사의 문화적 전환과 번역

－국문본 『태평광기』를 중심으로

신상필

1. 문명의 수용에 따른 번역의 문제

> 설총(薛聰)은 본성이 총명하고 예리하며, 나면서부터 도리를 알았다. 그는 우리말로 구경(九經)을 해독하여 후생을 훈도하였으므로, 지금까지 학자들이 그를 종장(宗匠)으로 삼고 있다.[1]

한국 유학의 시원적 면모를 알려주는 자료로 자주 언급되는 대목이다. 설총은 강수(强首, ?~692), 최치원(崔致遠, 857~?)과 함께 신라삼문장(新羅三文章)이자 신라십현(新羅十賢)으로 일컬어지던 인물이다. 물론 유학의 전래와 관련해서는 이미 강수가 불교와 유교 중 어느 것을 배우겠느냐는 부친의 질문에 유교를 택하고 『효경(孝經)』·『곡례(曲禮)』·『이아(爾雅)』·『문선(文選)』을 익혔다는 『삼국사기(三國史記)』의 기록에서 그 오랜 연원이 확인된다. 이와 함께 신문왕(神文王) 2년(682) 국학(國學)의 설치와 함께 원성왕(元聖王) 4년(788) 독서삼품과(讀書三品科)로 과거제가 시행되고 있다. 본고가 인용문에서 주목하는 대목은 설총이 유학의 경전을 방언(方言), 즉 당시 신라의 언어로 해독하고 있다는 점이다. 이전까지 구두 전

---

1 金富軾, 『三國史記』 권46, 〈列傳〉 제6, "聰性明銳, 生知道術. 以方言讀九經, 訓導後生, 至今學者宗之."

승으로 이해되던 통일되지 않은 유교 경전의 문맥이 이로부터 문헌 정착의 가능성과 함께 한국적 이해 방식으로 제시되는 것이다. 물론 '독(讀)'의 의미가 '구두(句讀)'인지, '훈독(訓讀)'인지는 명확하지 않다. 하지만 『삼국사기』가 완성된 12세기 중엽의 고려조까지 유가 철학의 후학 양성에 설총의 번역과 해석의 권위가 여전히 인정받고 있음을 알게 된다. 무엇보다 설총의 유가 경전에 대한 해석이 신라에서 고려에 걸친 5세기 동안 확고한 지위를 유지한 셈이다. 이와 같은 중국으로부터 전파된 유가 철학에 대한 이해는 동아시아 문명으로 편입하기 위한 주변국의 노력과 성과로 이해할 필요가 있다. 문제는 동일 문면에 대한 이해에 번역이라는 중차대한 현실적 난관이 자리하고 있었다는 점이다.

우리에게는 훈민정음의 창제 이전까지 자체의 표기문자가 부재하였고, 그로인해 한문의 기록 방식을 오랜 기간 체화하여 자신의 의사 표현에 대신할 수밖에 없었던 역사적 현실이 존재하는 것이다. 물론 그 과정에서 구결과 향찰 등의 대안적 방식이 창출되기도 하였다. 하지만 그것이 의사 표현의 근본적인 한계를 온전하게 해결할 수는 없었으며, 임시적 방편에 그치는 것이었다. 중국과의 외교관계를 유지하기 위한 정치상의 문제는 물론, 중국의 문명과 그 문화적 정수에 대한 학적 이해의 전제로써 번역의 문제는 필수불가결한 과정이었다. 이때 번역의 과정은 단순히 타국의 언어를 자국의 언어로 변환하는 데 그치지 않는다. 대상 문자에 깃든 문명의 원천까지도 전이되는 상황이 저류하기에 번역은 언어 대 언어의 만남을 넘어서는, 문화 대 문화의 상호 작용으로 이해할 필요가 있다. 특히 한자문화권에 속한 한국의 경우 전통시기 중국의 문명에 대한 번역 과정은 일종의 문명, 혹은 문화 번역으로서의 의의를 부여한다고 해도 과언은 아닐 것이다. 설총의 경서 해독이 오랜 기간 인정받고 있음이 그러하며, 훈민정음을 창제한 조선조는 이제 본격적인 문화 번역의 과정을 걸을 수 있었다.

하지만 훈민정음이 처음부터 환대를 받은 것은 아니었다. 동아시아 문화권은 '거동궤, 서동문(車同軌, 書同文)'으로 표상되는 문명적 동질의식을 공유하고 있었고, 이때 한문의 문제는 그저 중국의 글자라는 의미에 그치지 않는다. 천여 년을 유지해 온 표기수단이 훈민정음의 창제로 일시에 폐기될 수 없었다. 따라서 국민의 탄생과 함께 계몽의 문제가 불거진 20세기에 이르기까지 한문과 국문으로 표기체제의 이원구도가 유지되었으며, 여전히 전자에 비중이 놓여있었다. 일상의 실용적 사례로는 부녀자들의 편지 수단으로 활용된 것이 대표적이며, 무엇보다 언해(諺解)의 차원에서 그 존재 의의를 유지하고 있었다. 그것도 유교와 불교의 경전 언해가 중심이 된 관(官)에서 주도하는 사업이 대부분을 차지하고 있었다. 문학 방면에서는 사대부들의 필수 교양이었던 작시(作詩)의 필요성은 물론 당대 지식인층의 동향과 연동되어 『두시언해(杜詩諺解)』가 간행되기도 하였다.[2]

이때 조금은 특수한 현상이 문학 방면에서 진행되고 있었다. 서사문학에 국문 작품들이 등장하기 시작한 것이다. 『홍길동전』(1618)으로 대표되는 국문소설의 창작이 그것인데, 그 전에 이미 채수(蔡壽, 1449~1515)의 『설공찬전』(1511년 이전)이 나와 상당히 이른 시기 국문이 활용된 소설의 존재를 말해준다.[3] 다만 이 경우는 국문 창작이기에 언해와는 성격상의 차이를 보여준다. 그럼에도 당대 대중을 현혹하는 것으로 천대를 받던 서사문학에서 국문을 자신의 표기수단으로 받아들이고 있음은 주목할 만한 사건이다. 정통 문학의 반열로 인정받지 못했던 서사문학이 한문의

---

2 김남이, 「조선전기 杜詩 이해의 지평과 『杜詩諺解』 간행의 문학사적 의미」, 『한국어문학연구』 58(한국어문학연구학회, 2012)

3 이복규 편저, 『설공찬전 – 주석과 관련자료』(시인사, 1997)

구속력을 먼저 벗어버릴 수 있었다고 하겠다. 그렇다면 관찬의 성격이
강한 언해 사업은 서사문학과 일정한 거리가 존재할 것으로 여겨진다.
그럼에도 서사문학 역시 언해 작업은 피해갈 수 없는 과정이었다. 국문
본『태평광기』[4]의 존재가 이를 대변해준다. 서사문학에서의 언해 과정은
앞서 언급했던 관찬의 언해 사업들과는 일정한 차이가 존재하며, 그에
따른 의미망도 달리 점검되어야 할 것이다. 이 점에서 번역의 정신사를
추적하는 과정을 통해 서사문학 번역의 현장과 의미망을 진단해 보고자
한다.

2. 『태평광기』 전래의 문화적 배경

무려 500권에 달하는 방대한 분량의『태평광기』는 '태평흥국(太平興國)
연간(976~997)의 광대한 기록'이라는 의미를 지닌 책이다. 7천여 편의 이
야기에 목록만도 10권에 달하니 그 분량이 가히 짐작되고도 남는다.[5]『
태평광기』는 그 이름에 걸맞게 중국 북송(北宋)의 태종(太宗)이 중원을 통
일하면서 전조(前朝) 지식인들의 언론을 무마하기 위해 태평흥국 2년
(977) 숭문원(崇文院)에 마련한 역대 전적 8만여 권의 정리 작업을 통해
『태평어람(太平御覽)』1천 권,『문원영화(文苑英華)』1천 권과 함께 완성된
것이다. 태종의 칙명을 받은 한림학사(翰林學士) 이방(李昉, 915~996)의 주
관 하에 1년 반에 걸쳐 978년 8월에야 편집을 마칠 수 있었다.『태평광
기』의 실질적 편찬은 3년 후인 태종 6년(981)에 이루어졌다. 이 세 총서

---

4 이하 국문본『태평광기』는 현존 저작의 제목으로 표기한『태평광긔』로 기재한다.
5 근래『태평광기』의 번역서가 총21권(김장환 외 역, 학고방. 제21권은 색인집)으로 완
　성을 보았다. 그 번역서만도 1~5권이 2001년, 6~8권이 2002년, 9~13권이 2003년,
　14~20권이 2004년, 21권(색인집)이 2005년에 걸쳐서야 완간되었다.

는 수록 내용의 성격에 차이가 있어 『태평어람』은 경사(經史)를 중심으로 제자백가의 언론을, 『문원영화』는 문집 중심의 문학 저술을, 『태평광기』 는 야사(野史), 잡록(雜錄), 소설(小說, 근대적 의미가 아닌) 등으로 다양한 방면의 견문 기록을 위주로 수록하고 있다.[6] 태평흥국 연간에 진행된 총서 사업은 당대까지의 거의 모든 문헌을 망라하였다는 점에서 청(淸)의 『사고전서(四庫全書)』에 비견할 수 있다. 우리의 경우 이 세 총서는 상당한 관심의 대상이었다. 그럴 수밖에 없는 것이 이들 서적을 입수함으로써 중국의 전적에 쉽게 접근할 수 있는 통로를 마련하는 기회가 되었기 때문이다. 이들 총서는 중국 문명의 집대성이자 총아였던 것이다. 이러한 사정은 다음에서도 확인할 수 있다.

> 당한서(唐漢書) 장로ㅈ(莊老子) 한류문집(韓柳文集)
> 니두집(李杜集) 난ᄃᆡ집(蘭臺集) 빅락텬집(白樂天集)
> 모시상서(詩尙書) 쥬역춘추(周易春秋) 쥬ᄃᆡ례귀(周戴禮記)
> 위 註조쳐 내 외옾 景 그 엇더ᄒ니잇고.
> 대평광기(大平廣記) ᄉ빅여권(四百餘卷) 대평광기(大平廣記) ᄉ빅여권(四百餘卷)
> 위 력남(歷覽)ㅅ 景 그 엇더ᄒ니잇고

이는 『악장가사(樂章歌詞)』에 전하는 고려조 한림학사들이 읊은 「한림별곡(翰林別曲)」의 8장 가운데 제2장으로 『태평광기』의 전래시기를 확인해주는 이른 시기 자료이기도 하다. 당시의 한림학사들은 고려조 문인이자 지식인으로서의 자부심을 동료문인의 문재(文才), 서체와 명필가, 주흥(酒興), 화훼, 악인(樂人), 선경(仙境), 추천희(鞦韆戲) 등에서 그네들의

---

6 김현룡, 「한국 설화·소설에 끼친 『태평광기』의 영향 연구―주로 그 소재적 관련성에서」(건국대박사학위논문, 1976)

풍류와 멋으로 노래하고 있다. 특히 인용한 대목은 한림학사들의 학적 연대감을 중국의 역사서, 제자백가서, 당조(唐朝) 문인들의 시문집, 유교 경전으로 대표한 것이다. 요컨대 이들 문인지식인은 학적 교양으로 섭렵해야할 문장의 전범과 서적들을 자신들의 정신적 기반으로 선언함으로써 중화 문명에 필적한다는 그들의 포부를 표방하고 있다. 이때 거론한 서적들 가운데 하나로 『태평광기』가 언급되고 있음에서 고려조 문인들의 관심도를 짐작할 수 있다. 사실 야사와 일화(逸話)로부터 설화, 지괴(志怪), 전기(傳奇)까지 수록한 『태평광기』는 한자문화권에서 그리 환영받을 만한 저술은 아니었다. 실제로 『태평광기』는 초판의 편찬과 함께 후학들에게 급선무로 전할만한 내용이 아니라는 비판을 받아 책판(冊版)을 회수당하고 만다. 이로 인해 『태평어람』의 성행에 비해 『태평광기』는 구해보기 어려웠다는 것이다.[7] 그럼에도 불구하고 「한림별곡」의 존재로 볼 때 고려에서는 보다 이른 시기에 『태평광기』의 수입이 이루어진 것으로 보인다.

　　원풍(元豊) 연간에 고려국의 사신 박인량(朴寅亮)이 도착하였다. 명주(明州) 상산위(象山尉) 장중(張中)이 시로 송별하니 박인량이 답시를 지었는데, 다음과 같은 서문이 있었다. "꽃다운 얼굴에 농염한 입모양은 이웃 부녀자의 푸른 입술 움직임을 부끄럽게 하고, 뽕나무 사이 비린 노래가 영인(郢人)의 백설 같은 소리를 잇는구나." 담당 관리는 낮은 관리가 고려와 외교를 담당한 것은 부당하다고 탄핵하여 보고하였다. 신종(神宗)이 좌우 신하들에게 "푸른 입술'

---

7 「太平廣記序」(明板本), "言者以『廣記』非後學所急, 收板藏太淸樓. 於是『御覽』盛傳, 而『廣記』之傳鮮矣." 김현룡(앞의 논문)에서 재인용. 明의 陳耀文이 지은 『正楊』 卷三에도 "『廣記』引, 易見第幾卷, 何不明言? 意謂『廣記』繁富, 人難遍閱, 故每借之, 以欺人耳. 海觀張天錫, 作文極敏捷, 而用事率出杜撰, 人有質之者, 則高聲應之曰: '出『太平廣記』.' 盖其書世所罕也.(七脩類藁)"라는 기록이 있어 중국에서도 『태평광기』를 구해보기 어려웠던 사정을 말해준다.

이 무엇이오?" 라고 물었는데, 모두 답변하지 못하였다. 이에 조씨(趙氏) 성을 가진 원로(元老)에게 묻자 원로는 "떳떳하지 못한 말을 아뢸 수는 없습니다."고 하였다. 신종이 재삼 묻자 원로가 말하였다. "『태평광기』에 이르길 (하략)"[8]

　이는 중국의 문인 왕벽지(王闢之)의 기록으로 박인량(?~1096)의 사행 도중에 있었던 일을 언급하고 있다. 왕벽지는 자료의 말미에서 원로의 놀라운 기억력에 감탄하여 기록한 것으로 수록 경위를 언급하였다. 그런데 그 내용에 등장한 박인량의 시문을 통해 고려 문단에서 이미『태평광기』의 존재가 인식되고 있었음은 물론 작시(作詩)에 인용할 정도의 상당한 독서 경험이 진행되고 있었다는 사실도 확인할 수 있다. 인용문은 박인량의 첫 번째 북송사행으로 1071년의 일이라고 한다.[9] 그렇다면 이는 『태평광기』 출간에서 90년 뒤의 일이 되며, 박인량의 숙지 정도를 고려할 때 전래된 시기는 보다 앞설 것으로 예상할 수 있다. 『태평광기』의 판각이 회수되어 명대 판본이 나오기 전까지 기다려야 했었던 사정을 고려한다면, 고려에서는 초판의 간행 시기에서 얼마 지나지 않은 시점에 이미 입수하였을 가능성도 배제할 수 없다. 그만큼 우리의 문단 상황에서는 중국의 다양한 문화적 동향에 관심의 시선을 떼지 않았으며, 새로운 서적의 간행이 있을 때마다 곧바로 입수하고자 노력을 경주하고 있음을 말해준다.

　이러한 사정은『태평어람』과『문원영화』와 달리『태평광기』의 성격에

---

8 王闢之, 『澠水燕談錄』, "元豊中, 高麗使朴寅亮至. 明州象山尉張中, 以詩送之, 寅亮答. 詩序有'花面艷吹, 愧隣婦靑脣之動, 桑間陋曲, 續郢人白雪之音'之語. 有司劾中小官不當外交高麗, 奏上. 神宗顧左右, '靑脣何事?' 皆不能對, 乃問趙元老. 元老奏: '不經之語, 不敢以聞.' 神宗再諭之. 元老誦: '『太平廣記』云, (하략)" 무악고소설자료연구회 편, 『한국고소설관련자료집Ⅰ』(태학사, 2001), 165~166면.

9 박인량의 사행 경과와 관련해서는 정선모, 「北宋使行을 통해서 본 朴寅亮의 문학사적 위상」, 『한국한문학연구』 46(한국한문학회, 2010)에서 자세하게 고증하고 있다.

서도 간취해 볼 수 있다. 간행과 함께 책판이 회수되었던『태평광기』의 운명은 후학들에게 급선무가 아니라는 이유 때문이었다. 다름 아닌 수록 내용을 문제로 삼은 것이다.『태평광기』는 가히 '소설집(小說集)'이라 할 수 있을 성격의 내용으로 가득하다. 물론 이때의 소설이란 근대적 의미로서가 아닌 '사소하고 자질구레한 이야기'라는 의미이며, 긴요치 않은 하찮은 내용의 기록으로 인식되었다. 대체로 보사(補史)로써 의미를 갖는 야사(野史), 시문 창작과 관련된 일화인 시화(詩話), 믿기 힘든 신선과 귀괴(鬼怪)의 기이한 사적, 우언에 속할 가벼운 교훈적 이야기 등이 대부분이다. 일종의 '짤막한 이야기'라는 성격을 공통적으로 갖고 있다. 다만『태평어람』과『문원영화』의 경사(經史)와 문학이 갖는 사회적 비중에 비교할 때『태평광기』는 자연스럽게 급선무일 수 없었다. 도리어 학문 후속 세대에게는 전파되기보다 금기시 되어야 할 말단의 서적으로 지목되는 것이 당연하였다.

그럼에도『태평광기』에의 열독 현상은 무마할 수 있는 것이 아니었다.『태평광기』를 통해 중국에서 숙성된 다양한 전고와 일화에 대한 박식함을 얻을 수 있었기에 문인들의 독서 욕구를 자극할 수밖에 없었다. 인용문의 원로 조씨나 박인량에게서 확인할 수 있듯 한자문명의 수혜를 입은 문인지식층에게『태평광기』의 수다한 내용은 박학의 자료로써 숙지의 대상이 되었던 것이다. 고려 문인들이『태평어람』이나『문원영화』가 아닌『태평광기』를 노래함도 이러한 문화적 배경이 자리하고 있었던 것이다.

3. 『태평광기』 수용의 조선적 양상과 성격

『태평광기』에 대한 문인지식층의 관심은 고려로부터 조선조에 그대로 유전되고 있었다. 문제는 500권이나 되는 거질이라는 점에서 개인적인 소장이 쉽지 않았다는 사정에도 불구하고, 지식층 일반의『태평광기』열 독이라는 이면적 욕구와 함께 사회적으로는 소설류에 대한 배격의 이중적 잣대가 존재하였다.

> 우리나라의 문장하는 선비들은 모두『태평광기』를 공부하였고, 이홍남(李 洪男)도 일찍이 이를 익혔던 것이다. 민 한림(閔翰林)이 지은 별곡(別曲)에 '『태평광기』오백 권'이라 했는데, 내가 항상 그 전질을 얻어 보고자 했다. 얻 어서 보니 그 문장이 고문에 가까워 자못 간략했지만, 당나라 사람들의 문장 으로 많이 비약(卑弱)하여 시에는 훨씬 못 미쳤다. 한퇴지(韓退之)가 문장의 쇠약함을 떨치고자 한 것은 까닭이 있었던 것이다.[10]

유몽인(柳夢寅, 1559~1623)의 언급으로 조선조 문인들의『태평광기』열 독 현황과 함께 그 자신이 일독한『태평광기』의 문장에 대한 평가를 곁 들여 소개한 자료이다. 유몽인은 인용문의 앞에서 이홍남의 독특한 시어 (詩語)를 찬탄했는데 그 후『태평광기』에 출전한 것임을 알게 되었다고 밝히는 내용이다. 그가 말한 '문장하는 선비들'이란 구체적으로 시문 작 가를 지목한 것이었다. 조선조에서의 시문 창작은 과거 합격을 통한 발 신(發身)의 필수 과정이기도 하지만, 문인에게 있어 작시(作詩) 능력은 일 상의 교양으로 필수적이었으며 사회적으로도 행세할 수 있는 문화적 환

---

10 柳夢寅,『於于野談』, "我國文章之士, 皆攻『太平廣記』, 故洪男早從事於斯. 閔翰林別 曲, 稱『太平廣記』五百卷云, 余每欲得全秩觀之, 及觀之, 其文近古頗簡, 而唐人之文 多卑弱, 不及詩遠, 韓退之欲振其衰, 有以也." 신익철 · 이형대 · 조융희 · 노영미 옮김, 『어우야담』(돌베개, 2006), 391~392면, 원문 168면.

경의 일부였다. 이때『태평광기』는 문인들에게 작시의 과정에서 전고와 용사(用事)에 도움이 되었던 것이다. 물론 작시에 도움을 주기 위해 운자(韻字)에 따라 다양한 고사들을 총집한 중국의『운부군옥(韻府群玉)』과 함께 조선의 문인들을 위해 국내의 고사를 편집한『대동운부군옥(大東韻府群玉)』과 같은 전문 사전류가 있기는 하였다. 하지만『태평광기』의 광대함에는 미칠 바가 아니었기에 자연스럽게 문인들의 관심이 더해져 전공하기에 이른 것이다.

유몽인이 언급하였듯 전질을 얻어 보기란 쉬운 노릇은 아니었다. 더구나 그 문장의 격조가 낮고 자질구레한 이야기[卑弱]를 실었다는 평가에서 알 수 있듯이 소설류에 대한 폄하의 시선이 남아 있음도 물론이다. 이처럼『태평광기』는 고려조로부터 문인들의 박학과 시문 창작의 실용적 측면에서 호응을 받았지만, 한편에서는 그 문장과 내용의 성격에 대한 거리두기도 존재하고 있었다.

　(1) 의관(醫官)이 아뢰었다. "…… 『태평광기』에 이르기를 …… 이로써 보면 뇌부(雷斧)·뇌설(雷楔) 등의 물건은 그 유래가 오래 된 것이오니, 바라옵건대 경중과 외방으로 하여금 널리 찾아보게 하옵소서."[11]

　(2) 의정부에서 이조의 정문(呈文)에 의거하여 아뢰었다. "…… 무릇 당(唐)나라 제도는 훈계(勳階)로 올라간 자는 모두 산관(散官)으로 서용하며, 봉공(封公)은 음관으로 서용하고, 명경과(明經科) 출신도 역시 산관이며, 경관(京官)으로 일을 마치고 돌아간 사람도 역시 산관이고, 공로를 상고하여 올려 쓴 것도 역시 산관이기 때문에, 직품이 있지 아니하여도 벼슬을 주는 일이 있으며, 이미 직품이 있어도 더하는 일이 있고, 직임을 면하여도 그대로 있는 일이

---

11 『세종실록』권92, 23년(1441) 정월 계축(18일)조, "醫官啓: "……『太平廣記』云. …… 由是觀之, 雷斧雷楔等物, 其來久矣, 乞令中外廣行尋覓.""

있습니다. 『태평광기』에 (하략)"**12**

    (3) 내 일찍이 듣건대 서계(書契)의 문자가 만들어진 뒤로 삼분(三墳)과 구구(九丘)와 같은 책은 아득하고도 멀다. 경서(經書)와 사서(史書)는 진실로 성스러운 임금과 어진 재상이 나라를 다스리고 세상을 평정하는 도리이다. 패관소설의 경우라도 유자(儒者)가 문장으로 희담(戲談)하거나 혹은 박문(博聞)의 자료로 삼으며, 혹은 파한(破閑)에 쓰이니 모두가 없어서는 안 되는 것이다. 『사기(史記)』에 「골계전」이 있고, 송나라 태종이 이방에게 명하여 『태평광기』를 편찬하여 올리게 한 것도 바로 이러한 뜻이다.**13**

    인용문과 같이 『태평광기』는 조정의 다양한 방면에서 정책을 논의하고 이를 실행하는 과정에 판단의 근거로 제시되곤 하였다. (1)의 경우 의관이 『태평광기』에 어린 아이의 경기(驚氣)와 사기(邪氣)를 물리치고 임산부의 해산을 돕는다는 뇌공묵(雷公墨)과 벽력설(霹靂楔)의 기록을 설명하고, 이에 대한 주자(朱子)의 언급을 증빙으로 삼아 이들 영약의 구득(求得)을 요청하여 윤허를 받고 있다. (2)에서는 실질적 직무가 부여되지 않는 명예직인 산관(散官)의 필요성을 『태평광기』 494권의 「백리충(白履忠)」에 기록된 산관의 의의를 언급하는 대목으로 근거를 삼고 있다. 물론 실록을 통해 볼 때 조정 의론의 근거로 삼는 서적이 『태평광기』에 한정되지 않으며, 인용 빈도에 있어서도 그다지 비중이 있는 책도 아니다.

---

12 『세종실록』 권104, 26년(1444) 6월 갑오(16일)조, "議政府據吏曹呈啓: '……凡唐制自勳階進者, 敍以散官; 封公蔭敍明經出身, 亦以散官; 京官罷歸, 亦以散官; 勞考進敍, 亦以散官, 故未有職品而授者, 有已職品而加者, 有免職任而居者. 『太平廣記』 (하략)'"

13 梁誠之, 「東國滑稽傳序」, "愚嘗聞, 書契以後, 三墳‧九丘, 邈哉邈矣. 曰經曰史, 固聖君賢相所以治國平天下之道也. 至於稗官小說, 亦儒者以文章爲劇, 或資博聞, 或因破閑, 皆不可無者也. 前史有『滑稽傳』, 宋太宗命李昉, 撰進『太平廣記』, 卽此意也." 무악고소설자료연구회 편(2001), 78~79면.(번역문은 필자가 수정함.)

오히려 경서와 사서가 그 역할의 대부분을 차지한다. 하지만 의관과 의정부가 제시한 정황에서 식자층의 상당수가 『태평광기』를 독서하고 있으며, 조정에서 그 견해가 인정받는 현장을 확인해준다.

(3)은 서거정(徐居正, 1420~1488)의 소화집(笑話集)인 『태평한화골계전』에 붙인 서문으로 사마천의 『사기·골계전』과 『태평광기』의 존재를 역설하여 저술의 성격에 대한 비판을 입막음하고 있다. 이런 정황으로 보자면 『태평광기』에 대한 비판의 목소리에 맞선 찬성의 입장은 박학과 파한, 그리고 작시라는 현실적 효용에 근거하고 있다. 이 점에서 동의한 문인들이 상당하였으며, 일정한 성과도 이뤄내고 있다.

> 백씨(伯氏) 문안공(文安公; 成任-인용자)은 학문을 좋아하고 싫증을 내지 않아 일찍이 집현전에 있을 때 『태평광기』 500권을 뽑아 기록하고, 줄여서 『상절(詳節)』 50권을 만들어 세상에 간행하였으며, 또 모든 책과 『태평광기상절』을 모아서 『태평통재(太平通載)』 80권을 만들었다.[14]

『태평광기』에 대한 관심의 성과인 『태평광기상절』의 간행, 그리고 한걸음 나아가 조선적 성격을 강화시킨 『태평통재』의 탄생이 그것이다. 후자의 경우 현재적 관점에선 모방, 심하게는 표절로 파악할 수도 있겠다. 하지만 이는 동아시아 한자문화권의 시각에서 사고할 때 문명의 전파이자 공유이며, 보편성 안의 특수성으로 이해할 필요가 있다. 본고의 관심인 문화적 전환과 관련해서도 두 저술은 일종의 번역의 한 과정으로 인정할 수 있다. 외형적으로 『태평광기상절』은 원작을 1/10로 정리했으며, 『태평통재』는 여기에 30권 분량을 더하여 조선적 성격을 보충하고 있다. 전자는 원작의 정리 요약으로 후자는 독자성의 강화로 이해된다. 하지만

---

14 成俔, 『慵齋叢話』 권10, "伯氏文安公好學忘倦, 嘗在集賢殿, 抄錄 『太平廣記』 五百卷, 約爲 『詳節』 五十卷, 刊行於世. 又聚諸書及 『廣記詳節』, 爲 『太平通載』 八十卷."

그 정리의 과정에는 원전에 대한 조선적 이해의 양상이 개입되고 있다는 점이 중요하다.

서문을 지은 이승소(李承召)에 의하면 "『태평광기』가 너무 광범하고 요점이 적은 것을 유감으로 여기었다. 그리하여 복잡한 것을 추리고 줄여 50권으로 만들어서, 보는 데 편리하게 하였다."[15]고 한다. 성임은 '광범하고 요점이 적은 것을 유감'으로 여겨 『태평광기상절』을 엮었다는 것이다. 이때 주목할 점은 『태평광기』에 대해 요점이 적었다는 지적이다. 성임의 작업은 방대한 분량에 대한 단순 정리가 아닌 일정한 편집 의식을 갖추고 있었다. 앞서 언급하였듯이 이는 문화 대 문화의 전환이라는 점에서 광의의 번역으로 인정할 수 있다. 서거정 역시 "군자는 지난 시대의 언론과 행실을 많이 알아야 하며, 유자(儒者)는 널리 끝없이 배워야 하니, 널리 배우고 요약할 수 있다면 무엇이 문제가 되겠습니까."[16] 라는 성임의 언급을 서문에서 전하고 있다.

이 처럼 『태평광기상절』에 대한 편저자와 독자의 평가는 요점을 잡은 정리에 주안점이 놓였다. 문제는 그 요점이 무엇인가에 있다. 그것이 중국과는 관점을 달리한 문화적 전환이자 조선적 독자성으로 인정되기 때문이다. 그 요점은 다시 성임의 발언에서 확인된다. "지난 시대의 언론과 행실[前言往行]"이 그것이다. 선인들, 즉 중화 유자들의 언행에 대한 관심이 그 안에 놓여 있었다.[17] 이와 함께 다양하고 특이한 견문을 통해 박학(博學)이라는 유자로서의 학문 자세도 견지하고자 한다. 이 역시 '통

---

15 李承召, 「略太平廣記序」, 『續東文選』 권15, "病其汗漫寡要, 於是芟其繁蕪, 約爲五十卷, 以便觀閱."

16 徐居正, 「詳節太平廣記序」, 『四佳集』〈文集〉권4, "然君子多識前言往行, 儒有博學而不窮, 能博而能約之, 庸何傷乎?"

17 이래종, 「太平廣記詳節目錄攷」, 『경산대학교논문집』 12(경산대, 1994), 11면. 『태평광기상절』 선집의 특징으로 일화와 傳奇의 비중이 높음을 지적하였다.

유(通儒)'라는 유가의 학자적 자세를 강조한 것이다. 이와 같은 조선조의 특수성은 여기서 그치지 않고 이후 유사한 성격의 저술들로 이어지기도 하였다.

　　이 책(『太平遺記』-인용자)은 내가 어렸을 때 엮은 것으로, 우리나라의 고적과 패설에 나온 것들을 채록하여 필요한 부분을 간추려 뽑아 엮었는데, 당나라 사람의 『태평광기』라는 책을 본떠서 만든 것이다. 기록한 것들이 한가롭고 긴요하지 않은 것들이 많으며, 간혹 세상의 허탄(虛誕)한 이야기들이 뒤섞이기도 했다. 저술해 봐야 이익도 없고 전해 봐야 해로움만 있는데, 당시 무엇때문에 심력을 잘못 허비하여 이것을 찬술했는지 모르겠다. 일단 후기를 써서 후회함을 기록해 둔다. 계묘년(1723) 9월에 쓰다.18

　　『통원설부(通園說部)』의 28개 항목은 다음과 같다. …… 옛날에 송(宋) 태종이 학사 이방 등에게 조서를 내려 『태평어람』 중에서 소설을 모아서 따로 『태평광기』 500권을 만들게 하였으니, 전기(傳奇)를 집대성한 것이다. 나도 전례(前例)를 상고하여 국승(國乘), 가집(家集), 지지(地誌), 야언(野言) 등에서 두루 취하고, 고금의 삼천 년 사이에 기이한 일을 가려 뽑아서 28개의 부로 나누었다. 각각 그 종류대로 서로 어그러짐이 없게 하였고, 번다한 것은 생략하고 간략하게 해서 조리 있게 만들었으니 이름을 '설부(說部)'라고 한다.19

---

18 愼後聃, 「題太平遺記後」, 『河濱雜著』, "此余幼時所撰, 雜採我東故蹟稗說所出者, 抄節編錄, 盖效唐人『太平廣記』之書, 而爲之者也. 所記類多閑漫不切, 間或錯之以俚俗迂誕之說, 述之而無益, 傳之而有害, 不知當時枉費心力, 撰此何爲也. 姑書其後, 以識悔焉. 癸卯菊秋日題." 무악고소설자료연구회 편, 『한국고소설관련자료집 Ⅱ』(이회, 2005), 121~122면.

19 兪晚柱, 『欽英』 3책, 1775년 3월 3일조, "輯『通園說部』之目二十有八. …… 昔宋太宗詔學士李昉等, 就『御覽』中, 類其小說, 別爲『太平廣記』五百卷, 傳奇之大家也. 余因以古例, 雜取國乘·家集·地誌·野言, 揀拔其奇上下三千餘年, 分爲二十八部. 各以類從, 毋有相錯, 刪繁就簡, 使有條理, 名曰'說部'." 무악고소설자료연구회 편(2005), 246~249면.

18세기의 문인 신후담(愼後聃, 1702~1761)과 유만주(俞晚柱, 1755~1788)
는『태평광기』를 염두에 둔『태평유기(太平遺記)』와『통원설부(通園說部)』
의 저술을 완성한다. 아쉽게도 이들 저술이 전하지 않아 그 전모를 확인
할 수는 없으며, 신후담의 경우 자신의 저술에 대해 후회하고 있음을 고
백하기도 한다. 이들 저술의 면모는 유만주의 서목(書目)을 통해 그 대략
을 짐작할 따름이다.[20] 성임의『태평통재』가 기본적으로는『태평광기』
에 기대고 있다면, 이 두 저술은 전적으로 순수하게 우리 동방(東方)의
문헌을 편집하고 있음이 눈에 띈다. 조선 후기에 이르러 소설류에 대한
자체적 분류가 가능한 정도의 저작이 축적되었음을 의미하는 것이기도
하다.

하지만 신후담이 젊어서 엮은, 십대에 편집하였을 저작을 이십대 초반
에 갈무리하지 않기로 작정하고 있음에서 여전히 이들 소설류에 대한 조
선 문단의 곱지 않은 지배적 시선을 확인케 한다.『통원설부』의 경우에
도 "갑오년(1774) 겨울에 내가『설부』의 서문을 써 두었는데, 그대로 원고
를 내버려 두었더니 흩어지고 없어져 버렸다.[甲午冬, 余有序『說部』之文,
而便爾棄眞, 艸藁散佚.]"고 한다. 아마도『통원설부』원고 전체의 산실이
아닌 망실한 서문만을 자신의 일기인『흠영』에 재기록하고 있는 것이겠
으나, 이 역시도 자신의 소설류 저술에 대해 의의를 낮게 잡고 있다고
하겠다. 지금『태평광기상절』에서 전개된 이들 저술의 성립에는 사회적
비판과 함께 통유로서의 학적 욕구에 대한 갈증이 긴장 관계를 유지하고
있다. 그러면서도 사회적 견제의 시선이 지속적으로 갈등을 제기한다.
그렇다면 지금으로써는 별다른 문제가 없어 보이는 서적에 대한 이면에

---

20 28개의 서목은 다음과 같다. 星曆部, 海嶽部, 氏族部, 文史部, 技藝部, 典故部, 理訟
部, 戰伐部, 音樂部, 寶藏部, 謠俗部, 樓館部, 塚墓部, 佩飾部, 禽魚部, 花木部, 詩話
部, 變異部, 感應部, 靈化部, 前定部, 異蹟部, 僊梵部, 方術部, 占夢部, 神怪部, 俳諧
部, 情艶部.

깔린 금기의 시선은 어디서 근거하는 것인가. 이로부터 『태평광기』에 접근해 보기로 하자.

4. 문화 번역서로서의 국문본 『태평광기』의 성립

> 『태평광기』에 「규염객전(虯髯客傳)」이 실려 있다. …… 주장(州將)의 아들은 바로 당나라의 태종(太宗)을 가리킨다. 이 일이 기이하기 그지없으나, 여러 사책(史冊)을 상고해 보면, 모두가 망녕된 내용이라는 것을 알 수가 있다. …… 이 모두는 호사자가 그럴 듯하게 꾸며 만든 것들이라고 하겠는데, 보는 이들이 혹 깨닫지 못할 수도 있겠기에, 그냥 한번 기록해 두는 바이다.21

인용문은 『태평광기』에 실린 한 대목이 역사 사실과 부합하지 않음을 지적하고 있다. 특히 「규염객전」의 경우 당(唐) 황제인 이세민(李世民)의 창업과 관계되는 이야기인데다, 결말 부분에는 규염객이 부여에서 왕이 되었다는 우리 역사와 관계되는 언급까지 있기에 더욱 주목하였던 것이다. 이에 대해서는 이익(李瀷, 1681~1763)도 『성호사설(星湖僿說)』에서 일단의 의심을 보인바 있다. 이때 주의해 보아야 할 것은 장유(張維, 1587~1638)가 호사자들의 꾸며 낸 이야기에 대한 문제보다는 독자의 오해에 보다 신경을 쓰고 있다는 점이다. 요컨대 소설류에 대한 조선조의 관심은 선유(先儒)들의 언행과 함께 박학과 작시의 실용성에 놓였으나, 한편에서는 와전에 대한 독자의 오해를 우려하고 있었다. 과민반응으로 여겨지기도 하지만 특히 역사와 관련되는 경우에 더욱 민감하였다.22

---

21 張維, 『谿谷漫筆』 "『太平廣記』, 有「虯髯客傳」. …… 州將子者卽太宗也. 其事甚奇, 然攷諸史則皆妄也. …… 皆是好事者粧撰, 而觀者或不覺, 故漫爲記之."

22 이러한 현상은 역사 사실을 다룬 드라마, 영화 등에 대한 진위 논쟁이 불거지곤 하는 현재의 상황을 상기해도 좋을 것이다.

역사를 부연한 작품들은 처음에는 어린아이의 장난질 같아서 문자 또한 비속하나 족히 사실(史實)을 어지럽히지는 못했다. 전해 내려온 지가 오래되면서 진실과 허구가 서로 병행하게 되어 그 실린 말들이 유서(類書) 속에 많이 들어왔으니 문장하는 선비들도 살피지 못하고 그것을 혼용하고 있다.[23]

이식(李植, 1584~1647)은 역사를 부연한 언의소설(演議小說)에 대해 심각한 문제를 제기하고 있다. 인용문의 뒤로는 『삼국지연의(三國志演義)』의 경우를 예로 들며 역사서인 진수(陳壽)의 『삼국지(三國志)』는 외면을 당한 채 허구의 연의소설이 성행하는 현실에 대해 진시황의 분서(焚書)의 필요성까지 제기하고 있다. 이식의 언급에 의하면 이와 같은 역사 사실의 와전에 유서(類書)의 저술들이 한몫을 거드는 것으로 진단하고 있다. "전해 내려온 지가 오래되면서 진실과 허구가 서로 병행"하는 상황이 유서에 고스란히 수록되기 때문이다. 이는 항간에 떠도는 구전(口傳)의 이야기를 준신하고, 이를 견문(見聞)한 문인들이 자유롭게 기록한 유서(혹은 筆記)의 저술 방식에 기인한 것이다. 그렇다면 그 유서의 집대성이라고 할 『태평광기』도 이러한 평가에서 자유로울 수는 없다. 나아가 다음과 같은 상황을 야기하기까지 한다.

잡가소설인 『태평광기』와 같은 것에는 남녀 간의 사랑노래가 간간이 들어 있는데, 그래도 가려서 볼 만하다. 그 나머지 황당하고 괴이한 이야기들은 한가로움을 잊고 잠을 물리칠 만한데, 진실을 어지럽히지는 못했다. 다만 배움에 뜻을 둔 사람들이라면 이것에 시간과 힘을 허비하지는 말아야 할 것이다.[24]

---

23 李植, 『澤堂集·別集』 권15, 「雜著·散錄」, "演史之作, 初似兒戲, 文字亦卑俗, 不足亂眞. 流傳旣久, 眞假竝行, 其所載之言, 頗採入類書, 文章之士, 亦不察而混用之. 如陳壽 『三國志』, 馬·班之亞也, 而爲 『演義』所掩, 人不復觀. 今歷代各有演義, 至於皇朝開國盛典, 亦用誕說敷衍, 宜自國家痛禁之, 如秦代之焚書可也."

24 이식, 같은 책, "雜家小說 『太平廣記』之類, 間有男女風謠, 尙可觀採. 其他荒怪之說,

이식은 진실을 어지럽히지는 않았다는 이유로 그나마 『태평광기』를 수용하고 있는 듯하다. 그럼에도 후학들에 대해 시간을 낭비하는 일이 없어야 한다는 점에서 일독을 만류한다. 앞서 유몽인이 전한 『태평광기』에 대한 문인들의 열독 상황과도 관계될 것으로 짐작된다. 중국을 중심으로 한 동아시아의 한자문화권은 문장, 문학이 문명의 개념과 통하며, 이는 국가 사회를 유지하고 운영하는데 있어 매우 중요한 관건이었다. 다시 말해 동아시아는 문자 기반의 문화, 즉 한문의 정신이 역사적으로 온축된 문화적 기반을 통해 작동하고 있었다. 여기에 철학적 토대로서의 유학은 오랜 기간 정신적 중추를 담당해 왔다. 물론 중국의 경우 양명학 등과 같은 사상의 유연성이 거대한 국토와 상업 경제의 후원 아래 비교적 활발하게 작동하고 있었기에 주변국, 특히 조선의 상황과는 일정한 거리를 유지하고 있다.

조선의 경우 퇴계의 탄탄한 철학적 기반이 조선 성리학으로 체계를 잡아가는 조선 중기까지 지속적인 노력이 사회 전반에서 요청되고 있었다. 또한 사상적 기반이 일정 정도 마련됨에 따라 조선 중기 이후 안정적인 지속성을 이어나갈 사회경제적 요구 조건이 조성되고 있었음도 염두에 둘 필요가 있다. 요컨대 조선조 성리학에 대한 강화와 안정은 이단으로 불리기까지 한 양명학과 같은 사상적 동요를 인정할만한 여유가 적었다는 것이다. 따라서 정치 사회적 후속 세대가 될 예비 지식인층이 성리학이라는 철학적 측면에서 벗어나 곁눈질하는 상황은 당대 지도층에게 달가울 리가 없었다. 그 연장선에서 조선조 전시기에 걸쳐 소설 배격론으로 불리는, 소설에 대한 융통성이 없다고 할 정도의 경계의 자세가 지속적으로 강화되고 말았다.

여기서 문제를 제기할 필요가 있다. 조선조 문인들의 『태평광기』에 대

聊以破閒止睡, 不足亂眞, 但有志於學者, 不可費日力於此也."

한 언급을 일별해 볼 때 일정한 학문적 기틀을 마련한 경우 박학과 작시
에서 대체로 긍정의 목소리를 제출하는데 반해, 후학들의 학문 정진과
역사 사실에 대한 오해의 불씨에 대해서는 우려의 목소리로 일관한다는
것이다. 그렇다면 그 번역서인 『태평광기』의 존재는 어떻게 이해할 수
있을 것인가? 기본적으로 '언해'는 한문 식자층이 아닌 사람들을 위한
작업인데다, 『태평광기』에 대한 기존의 경계의 목소리에 따르면 이는 언
해를 통한 적극적인 광포(廣布)의 대상이 되기 힘든 때문이다. 더구나 '언
해'가 붙은 작업은 일반적으로 국가사업의 성격을 갖는 것이 일반적이
다. 공식적인 국가사업이 아닌 경우라도 사회의 공공성을 인정받은 성격
의 언해 작업이 일반적인 것이다.

  예컨대 『오륜전비언해(五倫全備諺解)』를 들 수 있다. 중국 명나라 구준
(丘濬)이 남희(南戲)로 창작한 『오륜전비기(五倫全備記)』를 축약한 『오륜
전전(五倫全傳)』을 1531년 낙서거사(洛西居士)가 윤색해 번역하고, 1550
년 유언우(柳彦遇)가 충주에서 한글본을 간행한 바 있다. 이후 『오륜전비
기』는 연극 대본이라는 점에서 사역원(司譯院)이 역관(譯官)의 한학(漢學)
교재로 지정하고, 1696년 교회청(敎誨廳)에서 언해를 시작해 1720년 역
관 고시언(高時彦, 1671~1734)에 의해 『오륜전비언해』(전 8권)로 완성을 보
기에 이른다.[25] 이 경우 오륜전(五倫全) 형제의 도덕적 행실을 그린 작품
이라는 점에서 작품 자체에 교훈성이 담겨 있고, 여기에 한어(漢語)로 구
성되어 있기에 역관의 교재로도 적당하다는 점이 언해에 부합하였던 것
이다. 작품의 내용과 실용성에서 언해가 용인되었다.

  그렇다면 『태평광기』의 국문 번역에 대해서는 과연 어떻게 설명이 가
능한 것일까. 적어도 표기수단의 전환이라는 점에서 볼 때 유자들의 학
적 자세와 연관된 문제와는 직접적인 관련이 적다고 여겨진다. 『태평광

---

25 심경호, 「〈五倫全傳〉에 대한 고찰」, 『애산학보』 8(애산학회, 1989)

기』에 대한 조선조 사회의 인식으로 볼 때 내용적 측면에서도 언해에 적
당하지 않다. 언문의 독해가 가능한 일반 대중들에게 공공성을 담보하기
란 어려워 보이기 때문이다.

　이 점에서『태평광기』 수록 내용에 대한 대중의 관심과 호응이 연관되
고 있으리라 생각된다. 문제는 이러한 상황에 대한 실정을 확인할 수 있
는 적당한 자료가 확인되지 않으며 심증일 뿐이라는 점이다. 더구나 현
재 확인할 수 있는『태평광기』는 멱남본과 낙선재본의 2종으로 언해의
초판이 아닌 필사본이며, 멱남본의 경우 언어학적 측면에서 "明宣以後
顯肅間으로 推定"[26]하고 있다. 대략 16세기 중반에서 18세기 초반에 해
당한다. 멱남본의 낙질인 연세대본 발견 이후의 연구에 따르면 17세기
후반으로 보다 좁혀진다고 한다.[27]

　그렇다면 낙선재본 문고의 성격으로 추정해 볼 때『태평광기』는 궁중
의 여인들을 위해 번역되었고, 그 모본을 바탕으로 적합한 내용들이 간
추려져 단정하게 재필사의 과정을 거쳐 유전된 것이 지금 확인되는 번역
본들의 모습이 아닌가 한다. 이 점에서『태평광기』의 존재는 조선 후기
성장한 여성의 독서 경향과 일정한 관계가 있을 것으로 추정해 볼 수 있
다. 여기서 조금은 우회적으로 접근해『태평광기』 성립에 연계된 저간의
정황을 엿보기로 한다.

　　이에 궁녀들 가운데 나이가 어리고 얼굴이 아리따운 열 사람을 뽑아 가르쳤
　다. 먼저『언해소학(諺解小學)』을 주어 읽고 외우도록 한 다음『중용』『대학』
　『논어』『맹자』『시경』『서경』『통감절요』를 모두 가르쳤으며, 다시 이백(李
　白)과 두보(杜甫)의 당시(唐詩) 수백 수를 뽑아 가르치니 과연 5년 안에 모두

26　김일근 校說,『影印 太平廣記諺解』(통문관, 1957),〈해설〉7면.
27　김장환·박재환 교역,『연세대 소장 태평광기언해본』,「연세대 소장본『태평광기』권
　지이에 대하여」(학고방, 2003)

가 재주를 이루게 되었다.[28]

17세기 소설인 『운영전(雲英傳)』의 대목 가운데 안평대군(安平大君)이 여주인공 운영을 포함한 10명의 문학에 능한 궁녀를 길러내는 과정이다. 일반적인 문인 초학자들의 학습과정과 방불하다. 작품에서 이러한 과정을 거친 주인공 운영의 문학적 재능은 남주인공인 김진사(金進士)와의 만남의 계기로 작동하며 한편의 애절한 이야기로 펼쳐진다. 그 처음에 『언해소학』이 자리하고 있음에서 언해가 문장 수업의 일단을 차지하고 있음과 함께 여성의 교양과 연계됨을 확인하게 된다.

소설 작품과 관련된 언해의 문제는 앞서 언급한 『오륜전비언해』의 경우와 같이 한문, 또는 어학을 익히기 위한 초학교재로서의 의미를 갖고 있었다. 인용문의 경우 안평대군에게 속한 소설 속 궁인들의 특수한 상황이기는 하다. 하지만 『운영전』이라는 소설의 설정이 비현실적으로 느껴지지는 않으며, 현실 사회를 반영한 서사 내적 사실성이 인정될 수 있다. 여기서 본고의 논의와 관련하여 다음의 장면은 시사하는 바가 크다.

> 첩(운영-인용자)은 비단창을 열어 둔 채 옥등을 밝혀두고 앉아서는 짐승 모양을 새긴 금화로에 울금향을 피우며 유리로 된 서안(書案)에 『태평광기』 한 권을 펼쳐 놓았다가 진사님이 오시는 것을 보고는 일어나 맞아 절을 드렸다.[29]

동료 궁인인 자란(紫鸞)이 운영과의 해후를 돕기 위해 김진사를 몰래 맞아들이는 대목이다. 비단창과 옥등이며, 금화로에 피운 울금향과 유리

---

28 『雲英傳』, "於是, 宮女中, 擇其年少美姿容者十人敎之, 先授『諺解小學』, 讀誦而後, 『庸』『學』『論』『孟』『詩』『書』『通宋』盡敎之. 又抄李杜唐音數百首敎之. 五年之內, 果皆成才." 박희병 표점교석, 『한국한문소설 교합구해』(소명출판, 2005), 338~339면.

29 같은 책, 368면, "妾開紗窓, 明燭玉燈而坐. 以獸形金爐, 燒鬱金香, 琉璃書案, 展『太平廣記』一卷. 見生至起而迎拜."

서안이 궁녀의 처소에 걸맞게 묘사되고 있다. 그런데 재미있게도 김진사를 기다리던 운영이 서안에 펼쳐놓고 읽던 책은 다름 아닌 『태평광기』이다. 소설적 정황이 사회적 현실과 얼마나 닮아있는지 파악할 수는 없다. 더구나 이곳은 대군(大君)의 별궁 안이기에 일반적 상황과도 일정한 차이를 가지고 있을 것이다. 그렇지만 하고 많은 독서물 가운데 어떤 연유로 『태평광기』가 선택되었을까. 앞서 유몽인이 전한 문인들의 『태평광기』 열독 현상이 문장에 능한 작품 속의 운영에게 투사된 것으로 이해할 수 있다. 비근한 예로 조선 후기 문인 이옥(李鈺, 1760~1812)의 「심생전(沈生傳)」에서는 주인공 여인이 밤늦도록 낭독하는 책으로 언패설(諺稗說), 즉 언문소설이 선택되고 있다.[30] 여성들의 소설 낭독은 조선 후기 독자층의 일반적 사례로 인정되고 있다. 운영의 경우는 허다한 한문 경서를 통독하고 당시(唐詩)까지 읽어 '성재(成才)'하였다고 하니 특수성으로의 가능성이 없지만은 않다. 현실성의 강화를 특징으로 삼는 17세기 한문소설의 대표작 가운데 하나인 『운영전』은 여성의 생활상을 이렇게 반영하고 있었던 것이다.

인용문의 『태평광기』는 언해본은 아닌 듯하다. 앞서 『소학』의 경우 언해임을 명백히 밝히고 있기 때문이다. 여기서 낙선재본 『태평광기』를 상기해 보기로 하자. 앞서 언급하였듯 궁정 안 여인들의 소용으로 중국과 조선의 한문소설 번역서로 유명한 낙선재본의 성격을 기억하자는 것이다. 『운영전』이 17세기 초반 작품임과 함께 현실의 반영태라 할 수 있는 소설의 작품 내적 현실성을 고려할 때 『태평광기』는 이미 여성들의 서안에, 적어도 문식을 갖춘 여성들의 독서물이 되었을 것으로 조심스럽게 인정할 수 있지 않을까 한다. 무엇보다 조선 후기 여성 독서물로서의 규방소설의 등장과 열독 현상, 낙선재본 번역 소설의 존재, 여성의 서안에

---

30 「沈生傳」, 같은 책, 771면, "女則方低聲讀諺稗說, 嚶嚶如雛鶯聲."

놓인 『태평광기』에 일정한 연계성이 확인되기 때문이다.

국문 독서물의 존재는 이미 규방에 매인 여성들에게 교양과 함께 오락거리로 제공되고 있었다.[31] 이러한 성격에서 규방소설로 정의된 언문소설의 역할은 맞춤이었던 것이다. 이때 조선조가 문화적으로 전환시킨 『태평광기상절』의 성격 역시 내용적으로 언문소설과 부합하는 측면이 많다. 선인들의 언행을 다룬 야사와 일화가 교양의 측면을 담당함과 동시에 특이한 견문을 포함한 서사적 오락성까지 공유하는 것이다. 더구나 규방 여성을 위한 언해라는 낙선재본의 면모에서 수성궁 궁인으로 상정된 운영의 『태평광기』 독서와 유비관계를 이루기까지 한다. 동시기 문인인 유몽인이 『태평광기』를 문인들의 독서물 가운데 하나이자 작시를 위한 일종의 전공 대상으로 언급한 것도 『운영전』에 잠시 스친 이 한 대목을 그리 심상하게 볼 수 없도록 뒷받침해 주고 있다. 이러한 추정이 가능하다면 국문본인 『태평광긔』의 출현은 자연스러워 보이며, 언해의 사회문화적 추동력도 충분히 짐작이 된다. 우리는 여기서 『태평광긔』가 단순한 언해가 아닌 『태평광기상절』과 『태평통재』 등으로 조선적 문화 전환을 거친 문화 번역서로서의 성격을 확인할 수 있다.

5. 국문본 『태평광긔』의 성격

이제 필기류의 주해(註解)와 관련된 몇 가지 사항을 언급하여 국문본 『태평광긔』의 번역 성격을 그 일단이나마 확인하는 것으로 마무리하고자 한다.

---

31 임형택, 「17世紀 閨房小說의 成立과 〈倡善感義錄〉」, 『동방학지』 57(연세대국학연구원, 1988)

홍문관(弘文館) 부제학(副提學) 김심(金諶) 등이 차자(箚子)를 올렸다. "삼가 듣건대, 지난번 이극돈(李克墩)이 경상감사가 되고, 이종준(李宗準)이 도사(都事)가 되었을 때 『유양잡조(酉陽雜俎)』·『당송시화(唐宋詩話)』·『유산악부(遺山樂府)』 및 『파한집(破閑集)』·『보한집(補閑集)』·『태평통재(太平通載)』 등의 책을 간행하여 바치니, 이미 내부(內府)에 간직하도록 명하셨습니다. 그리고 다시 『당송시화』·『파한집』·『보한집』 등의 책을 내려 신(臣)들로 하여금 역대의 연호(年號)와 인물의 출처를 대략 주해(註解)하여 바치게 하셨습니다. 그러나 신 등은 제왕(帝王)의 학문은 마땅히 경사(經史)에 마음을 두어 수신제가하고 치국평천하하는 요점과 치란(治亂)과 득실의 자취를 강구할 뿐이고, 이외에는 모두 치도(治道)하는 데 무익하고 성학(聖學)에 방해됨이 있다고 생각합니다."³²

성종은 시화(詩話)에 특별한 관심을 가졌다고 한다. 인용문에서도 성종은 6종의 서적에 대해서 유독 시화집인 『당송시화』, 『파한집』, 『보한집』만을 주해하도록 요청하고 있다. 이때 주해는 언해와는 다르다. 한문에 대한 국문으로의 번역이 아닌 난해구에 대한 한문 주석이기 때문이다. 즉 "역대의 연호와 인물의 출처"가 주해의 대상인 것이다. 소설의 경우 임기(林芑)와 윤춘년(尹春年)이 주해하여 조선조 내내 대단한 호응을 얻었던 『전등신화구해(剪燈新話句解)』가 대표적이다.³³

한문 저술에 대한 접근성의 난이도는 한문 그 자체에 대한 독해가 일차적 난관이지만 연호, 인물을 비롯한 지명, 전고 등은 문장의 이해를

<hr>

32 『성종실록』 24년(1493) 12월 무자(28일)조, "弘文館副提學金諶等上箚子曰: '伏聞, 頃者李克墩爲慶尙監司·李宗準爲都事時, 將所刊『酉陽雜俎』·『唐宋詩話』·『遺山樂府』及『破閑』·『補閑集』·『太平通載』等書以獻, 旣命藏之內府, 旋下『唐宋詩話』·『破閑』·『補閑』等集, 令臣等略註歷代年號·人物出處以進. 臣等竊惟, 帝王之學, 當潛心經史, 以講究修齊治平之要, 治亂得失之跡耳. 外此皆無益於治道, 而有妨於聖學.'"
33 신상필, 「異本을 통해 본 『剪燈新話句解』의 전파 양상과 그 함의」, 『고소설연구』 29 (한국고소설학회, 2010)

더욱 어렵게 만든다. 특히 한시의 경우 전고의 용사(用事)가 함축적이어서 더욱 그러하다. 『전등신화』의 경우에도 중인들의 한문 학습에 이용될 정도로 애용되었으나 연호, 인물, 지명, 전고에 대한 접근이 용이치 않았기에 『전등신화구해』의 요청이 제기되었던 것이고, 이를 바탕으로 국문본이 출현하기에 이른다. 이점에서 언해와 달리 주해는 기본적으로 한문에 대한 일정한 소양을 갖춘 사람들을 대상으로 하고 있는 것이다.

지금 『태평광기』의 경우에도 유사한 사정이 발견되고 있다. 연대본의 경우 눈에 띄는 특징 가운데 하나가 연호, 지명에 대한 생략이다. 국문본의 독자들이 내용을 이해하는데 있어 지장이 없다고 판단한 것으로 생각된다. 이는 적어도 번역자가 중국 사정에 그리 밝지 못한 독자를 염두에 두었거나, 서사적 내용에 주안을 둠으로써 생략해도 무방한 것을 번역의 지침으로 삼았으리라 예상할 수 있다. 또 다른 특징으로는 중국적 정황을 조선적 생활 관습에 맞게 고치고 있는 점이다.

> 又名武仙郎者問歸舜曰: "君何姓氏行第?" 歸舜曰: "姓柳, 第十二." 曰: "柳十二自何許來?"
> 무션랑이 귀슌드려 무로듸, "셩명이 므어시며 어드러셔 오뇨?" 귀슌이 듸답호듸, "셩은 뉴시오 파룽으로 가다가(하략)[34]

한문 원문의 경우 두 차례의 질문을 한 번에 몰아 질문하는 것으로 변형시켜 언해하고 있다. 보다 주목할 것은 중국의 경우 "柳十二"와 같이 태어난 순서를 성과 함께 불러 이름으로 대신하는 경향이 있는데 조선의 경우 이런 통례에 익숙하지 않다. 중국과 조선의 사회적 관습차인 것이다. 따라서 그저 "셩은 뉴시오"로 성씨만 밝히는 것으로 처리하고 있다.

---

34 김장환·박재연 교역(앞의 책), 66면.

이 경우는 모든 사례에서 동일하게 나타난다. 마찬가지로 생활관습에서 익숙하지 않은 대목을 간략하게 처리하거나 조선적 관습으로 변경하여 자세하게 부연하는 경우도 있다.

이러한 번역 경향을 종합해 보자면 번역 대상의 충실한 언해가 아닌 서사성, 즉 이야기 전달에 주목하고 있는 상황을 확인할 수 있다. 연호, 인물, 지명 등에 대한 정보는 서사 전개에 불필요한 경우 삭제하고 있으며, 중국의 습관을 독자가 이해하기 쉬운 방식에서 생략하거나 변형하는 것이다. 따라서 원전의 본래적 성격과는 상관없이 『태평광기』의 독자는 이야기의 서사성에 집중할 수 있도록 유도된다. 대표적으로 『태평광기』의 편집 대상인 필기류에 자주 등장하는 취재원에 대한 소개와 사실관계 증빙은 일체 제거하고 있음이 그것이다. 언해 당사자는 누구로부터 어떤 연고로 견문하게 되었다는 사실 전달 과정을 밝히는 개별 작품의 후반부 내용들이 이야기의 서사성을 약화시키는 것으로 판단한 것이다.

이러한 정황은 삽입시문의 생략에서도 확인된다. 일괄적인 시문의 생략은 아니지만 내용 전개에 상관이 없거나 분량이 긴 경우 삭제하거나 축약하고 있다. 그럼에도 시문의 경우 주의할 대목이 있다.

> 삼싱셕샹구졍혼, 샹월음풍블요논.
> 삼싱흔 돌 우희 녯 졍녕이 둘을 보고 ᄇ름을 읇프매 의논을 ᄒ고져 아니ᄒ놋다.
> 참괴졍인원샹방, 츳신슈이셩댱존.
> 졍된 사름이 멀리 와 서ᄅ 츳ᄂᆞᆫ 줄을 감격ᄒᆞ야 ᄒᆞ노니 이 몸이 비록 다ᄅ나 ᄆᆞ음은 기리 잇도다.[35]

---

35 김장환·박재연 교역(앞의 책), 111~112면.

한문이 아닌 한글음으로 시문을 소개하고 다시 번역을 붙이고 있는 점이다. 한자가 아닌 음독이기에 과연 어떤 필요성에서 한시 음독을 소개하고 있는지 의아하다. 재미나게도 이는 여성들의 한시 교양을 위한 장치이다. 비록 한자를 소개하고 있지는 않으나 번역과 음독을 함께 제공함으로써 시문에 대한 감각을 익힐 수 있도록 고려한 것이다. 번역문만으로는 한시의 원면모에 접근할 수 있는 길이 사라지고 말기 때문이다.[36] 이처럼『태평광기』는 언해의 과정에 여성 독자층의 교양을 위한 세심한 고려가 마련되고 있었다.

이상에서 살핀 바와 같이 국문본『태평광기』는 궁궐 등의 상층 여성을 대상으로 서사적 성격을 부각시키는 상당히 고심한 번역 방침이 확인된다. 이러한 정황은 한문서사의 번역이 일정한 궤도에 올라 안정적으로 이루어지고 있는 사회적 기반이 조성되고 있는 것으로 이해할 수 있다고 여겨진다. 고전서사에 대한 국문으로의 전환이 일정한 사회적 기반과 번역 관습으로 정착되고 있는 정황을『태평광기』로부터 간취하게 되는 것이다. 요컨대『태평광기』의 전래는 중국 문명의 적극적 수용과 향유로 인식되었고, 이는『태평광기상절』과『태평통재』로 중국 선유(先儒)에 대한 관심과 통유의 학적 자세를 견지한 조선 전기 문화적 전환의 독자적 체화를 거쳐, 조선 후기 교양과 서사문학에 대한 규방의 관심 속에 서사성이 강화된 국문본『태평광기』의 출현으로 이어졌다고 정리할 수 있다.

지금 본고는『태평광기』의 성립 과정에 놓인 언해의 사회문화적 측면만 언급하고 말았다. 번역의 실제에서는 피상적 언급만 하였을 뿐 구체적 논의에 제대로 미치지 못하였다. 다만 여기서 정리한『태평광기』의 성립 과정과 사회문화적 동향이 실제 언해 과정과 그 결과물에 녹아 있음을 짐작해 두기로 한다.

---

36 이경하, 「중세의 여성 지성과 문자의 관계」,『여성문학연구』24(한국여성문학회, 2010)

제2부 언해의 고전번역학적 의미

경서언해 한토막의 고전번역학적 성찰

김용철

1. 들어가기-"언해한토막"

월인천강(月印千江), 이일분수(理一分殊) 등은 모두 같은 세계상을 가리키는 철학직 개념이다. 곧 세계 속에 존재하는 수없이 많은 원자 하나하나에 전체 세계가 가진 모든 특징이 다 구비되어 있는 모습을 통째로 들어 말하고 있는 것이다. 수없이 많은 개별자로 이루어진 보편자는 개별자와 똑같은 구조로 되어 있다. 말 그대로 개별자와 보편자의 완벽한 통일이다.

언해는 바로 이 개념을 그대로 구현하고 있는 놀라운 책이다. 언해는 한문원문을 문맥에 따라 적당한 크기로 나누고 거기에 언해를 붙이는 식으로 되어 있다. 이 원문-언해 쌍이 병렬 형태로 쭉 나열되어 있는 책이 바로 언해서이다. 그리고 이 원문-언해 쌍 속에는 해당 언해서 전체의 번역으로서의 특징이 모두 구비되어 있다. 말 그대로 월인천강, 하나의 달이 천 개의 강에 그 모습 그대로 비치고 있는 것이다. 불광보조(佛光普照)와 실유불성(悉有佛性)이 어우러져 있는 것이다.

이글은 이 원문-언해 쌍을 "언해한토막"이라 이름 짓고 그 속에 구현되어 있는 고전번역학적 특징을 시론적으로 살펴보는 것을 목적으로 한다. 주요대상은 1600년 전후하여 만들어진 교정청본 경서언해다. 하지만 여기에서 논의하는 것의 대부분은 다른 언해에도 나타나는 특징인바 조선시대 언해 전체로 확장해서 적용해도 된다고 생각한다.

언해는 조선시대 훈민정음 창제 후 한글로 번역한 책들을 가리키는 말이다. 그 이전에도 향찰, 이두, 구결 등을 통해 한문을 우리말로 옮기는 기법이 발달했으나 다른 나라 말로 된 글을 우리말로 번역한다는 말에 걸맞는 번역서는 훈민정음 창제 후 언해서들로부터 시작되었다. 하지만 언해는 아무 책에나 하는 것이 아니었다.

당시에는 책을 만드는 것 자체가 굉장히 돈이 많이 드는 일이었으므로 한문으로 된 책을 내는 것도 매우 힘이 들었다. 따라서 언해서를 내는 것은 매우 이례적인 일이었다. 또한 언해를 하는 일 자체가 한문 원문에 대한 완벽한 파악력이 없으면 안 된다. 따라서 보통 국가사업으로 진행되는 일이 많았다. 또 언해되는 책도 문명에서 가장 귀중하다고 생각되는 책들에만 국한되었다. 말 그대로 언해란 문명의 고전을 번역하는 작업이었다. 이글에서는 언해의 이런 특성에 주목하여 언해를 "고전번역학"의 시각에서 검토해 보려고 한다.

고전번역학은 기본적으로 고전을 번역한다는 인간행위를 탐색하는 학문으로 아직까지는 낯선 학문이다. 그것은 고전학과 번역학의 중간 어름에 위치해 있다. 하지만 이 두 가지 학문으로 환원될 수 없는 고유의 영역을 가지고 있다. 신생학문으로 이름을 알리려고 하는 고전번역학을 위해 이글은 특별히 고전번역학의 영역 중 몇 가지를 언해한토막과 관련하여 살펴보려고 한다.

고전번역학은 고전학에서 고전이 가지고 있는 고전성의 영역과 특별히 관련을 가지고 있다. 고전의 고전성은 해당 문명의 문명시스템의 영역에서 상당기간 동안 지속적으로 작동하고 있는 문제를 고전작품으로 형상화한 것이다. 고전을 번역한다는 것은 이렇게 문명시스템의 번역의 문제이다.

고전번역학은 번역학의 최근 동향과 밀접한 관련을 가지고 있다. 번역학은 본래 20세기 후반 언어학의 화용론의 한 영역이던 번역의 문제를 독립적인 분과학문으로 삼으면서 시작되었다. 1990년대에 들어서자 번역에 있어서 언어적 화용과 구조의 문제보다는 번역자의 번역행위를 둘러싸고 문화적 여러 요소들이 어떤 형태로 간여하고 있는가 하는 데로 문제의식이 옮겨가게 된다. 이렇게 하여 문화번역의 영역이 번역학에서 훨씬 더 중요하게 되었다. 고전번역학도 기본적으로 이러한 문화번역의 영역을 주요 대상으로 하고 있다.

이글에서 논의할 방향은 크게 두 가지이다. 첫째는 교정청본 경서언해의 언해한토막 속에 들어있는 언해의 여러 요소들을 살펴보는 것이다. 둘째는 언해한토막 속에 들어온 문화번역적 특성 특히 고전성, 혼종성, 제국성–주변부성을 살펴보는 것이다. 이 두 가지는 그동안 국어학과 사상사 방면에서 진행된 언해 연구를 통해 거의 모든 것이 밝혀졌다고 보아도 무방하다.

언해한토막의 특성에 대해 전제해놓고 설명을 시작하는 것이 쉬울 것으로 보인다. 언해한토막은 원문, 한자음, 현토, 언해문 등 당대까지 한문원문을 이해하기 위해 개발된 훌륭한 방법들을 융합시켜 만들어낸 구조이다. 이 언해한토막은 언해를 위한 틀로 개발된 것이다. 언해를 하려는 사람은 먼저 원문을 배치하고 거기에 음과 현토를 부가하고 언해문을 병렬로 놓는 과정을 통해 언해를 해낼 수 있는 것이다. 이 틀은 구조상 완벽하며 기능상 완벽하게 작동한다.

2. 언해한토막의 구성요소와 구조

이글에서 주요 대상으로 삼은 교정청본 경서언해는 1580년대 국가적 사업으로 교정청을 설치하여 만든 언해서이다. 1590년 사서삼경언해가 완성되었으나 임란으로 인해 삼경언해의 거의 대부분을 잃어버려 1606년 주역과 1613년 서경을 언해하여 결국 완성하였다. 교정청본 경서언해는 사서삼경에 대한 언해로는 조선시대부터 지금까지 거의 완벽한 최고의 언해로 평가받고 있다. 또한 15세기 훈민정음 창제로부터 시작된 언해의 가장 완성된 형태를 가지고 있기도 하다.

그럼 교정청본 경서언해의 언해한토막 속에 들어있는 여러 구성요소들의 모습을 고전번역학의 시각에서 살펴보기로 한다.

子ᄌᆞ ㅣ 日왈學혹而이時시로 習습之지면不블亦역說열乎호아
子ᄌᆞ ㅣ 갈ᄋᆞ샤ᄃᆡ 學혹ᄒᆞ고 時시로 習습ᄒᆞ면 ᄯᅩ한 깃브디 아니ᄒᆞ랴

교정청본 경서언해 중 『논어언해』의 학이편 첫머리이다. 음을 달고 현토를 한 원문이 먼저 나오고 줄을 바꾸어 언해가 나오고 있다. 이렇게 원문과 번역문을 함께 제시하는 형태로 만들어진 원문–언해 쌍은 논어의 원문 전체를 편과 장과 절로 나눈 것 중 절에 언해를 붙인 것으로『논어언해』에서 가장 작은 단위를 이룬다. 이 단위를 언해한토막이라 부르기로 한다. 『논어언해』 원문에서는 오른쪽에서 왼쪽으로 원문–언해 쌍이 병렬되어 나오고 있다. 이 언해한토막 병렬의 총집합이『논어언해』이다.

이러한 것은 사실 기존에 언해를 주로 다루었던 국어학 분야의 연구에 의해 상세하게 설명된 지 오래되었다. 언해는 원문과 언해문이 쌍을 이룬 언해분절이 기본을 이루는 구조로 되어 있으며 이 언해분절은 한문원문, 원문의 음, 현토, 언해문으로 이루어져 있다는 것이다.

이 언해분절의 구성요소들인 한문원문, 원문의 음, 현토, 언해문은 두 부문의 경험이 응축되어 언해 내부로 들어온 것이다. 첫째, 이 구성요소들은 실제로 언해하는 과정에서 거치게 되는 단계들이다. 조선 초기 불경번역에 대한 기록에는 먼저 음과 구결을 달고 토론하고 언해를 하고 또 토론하고 최종적으로 확정하는 작업 과정이 기술되어 있다. 언해한토막은 바로 실제 언해과정의 응축이기도 하다.

둘째, 이 구성요소들은 원문을 이해하기 위해 노력해온 한반도적 원문이해과정의 응축이기도 하다. 아마 고조선 시기에는 한반도에 한문이 전래되어 상당한 정도의 이해에 도달했을 것으로 추정된다. 이때 원문의 뜻을 파악하게 되면서 말로 된 번역이 이미 성립되어 있었을 것이다. 이와 동시에 원문의 한자어의 음을 확정하는 작업이 병행되었다. 한자음은 중국에서 시대에 따라 힌자음이 계속 바뀜에 따라 또 우리 국어가 시대에 따라 발전함에 따라 달라졌다. 이에 따라 한자음을 정확하게 표기하려는 노력이 끊임없이 요구되었다.

이어서 원문에 우리말을 적절하게 삽입하여 이해도를 높이는 방법으로 구결과 현토가 개발되었다. 원문의 우리말식 가공의 방법으로 개발된 이들은 원문구조와 우리말 구조를 혼합하는 방식으로 짜여 있다. 마지막 단계로 훈민정음이 발명되자 글로 된 번역인 언해가 나타난다. 이 모든 역사적 원문 이해 과정이 언해한토막 속에 구성요소로 그대로 들어가 있는 것이다.

국어학과 사상사 분야에서 이루어진 이와 같은 업적에 기반하여 이글에서는 이 언해분절을 언해한토막이라 이름 짓고 고전번역학의 시각에서 이들을 하나하나 살펴보기로 한다. 앞에서 말했듯이 이 언해한토막에는 『논어언해』에 들어있는 모든 고전번역학적 요소들이 다 들어있다. 기본 구성요소뿐만 아니라 관련된 모든 요소들을 들어보면, 원천언어인 원문, 원문에 붙인 한자음과 언해문에 구현된 국어학적 특징, 원문을 가공하는 방법인 구결과 현토, 언해문, 언해자와 언해태도, 여기에다 언해전단계인 두주(頭註)와 협주(夾註), 석의(釋疑) 등 부가적인 것 등이 그것이다.

번역으로서의 언해의 특징은 원문 자체에 대한 이해를 나타내는 방식인 원문 가공이 생략되지 않고 그대로 등장한다는 것이다. 이 원문 가공은 앞에서도 말했듯이 언해라는 번역을 수행하는 실제 작업과정이자 동시에 원문에 대한 한반도적 이해과정을 나타내기도 한다. 이 때문에 언해는 언해만 중요한 것이 아니라 언해에 등장하는 모든 구성요소들이 다 중요한 것이다.

중요한 것은 언해한토막에서는 원문을 가공한 단계들을 구성요소로 그대로 실음으로써 원문에 대한 번역태도 자체가 다른 번역과 차이가 있다는 것이다. 현대의 번역자는 번역을 하면서 원서에 작업과정에서 메모한 것들을 독자에게 보여주지 않는다. 하지만 언해에는 이것을 가감 없이 보여주는 것이다. 문제는 이것이 그냥 보여주기만 하는 것이 아니라는 데 있다.

그것은 원문 이해의 각 단계를 모두 중시하는 태도를 가지고 있다. 또한 그것은 각 단계를 모두 최고의 형태로 완성시키려는 노력이기도 하다. 언해한토막의 각 구성요소는 언해한토막 속에 구성요소로 들어있을 뿐만 아니라 전체 문명의 지적 지평 안에 자신만의 고유한 영역을 가지고 있다. 각 구성요소가 가진 이 고유의 영역과 언해한토막 속에 들어와 수행하게 되는 역할 사이의 긴장이 이 각 요소의 특징을 나타낸다.

여기에서는 이러한 시각 하에서 각 단계의 특징들을 하나하나 들어 살펴보기로 한다.

2.1. 원문

언해한토막에서 가장 먼저 나오는 것은 『논어』의 한문 원문이다. 이 원문은 그 자체로 긴 역사를 가지고 있으며 동시에 언해한토막에서 원천언어로서의 역할을 수행하고 있다. 특히 한문 원문은 언해 한토막 속에서 그냥 존재하는 것이 아니라 원문을 가공하는 방식인 한자음 병기와 현토가 붙어서 존재하고 있어 한자음과 현토에게 언해한토막 내부에서 있을 자리를 정해주는 역할도 하고 있다.

언해한토막에 드러난 원문의 몇 가지 특징에 대해 잠깐 살펴보기로 한다. 먼저 원문의 긴 역사가 드러나는 모습이다. 원문은 본래 그렇게 있던 것이 아니라 이미 2천년 이상의 해석과 가공의 과정을 거쳐서 나온 것이다. 그것은 전한(前漢) 후기 현재 우리가 볼 수 있는 『논어』가 성립한 이래 『13경주소』와 주자의 『논어집주』, 명나라 초의 『논어대전』 등 수없이 많은 텍스트에 대한 연구가 집적된 결과물이다. 그것은 주로 『논어』의 체제와 주(註)의 형태로 이루어졌다.

『논어언해』에서 채택한 원문은 주자의 『논어장구집주』의 것이다. 그것은 주자가 설정한 『논어』의 장절 구분을 그대로 사용하고 있는 데서 알 수 있다. 주자는 『논어장구집주』에서 『논어』의 각 장을 다시 적절한 의미 단위로 나누고 거기에 집주를 붙였다. 따라서 『논어언해』에서 채택한 언해한토막의 원문은 그 자체로 이미 해석되고 가공된 원문이며 『논어언해』는 거기에 철저하게 따르고 있다.

『논어』에 대한 오랜 연구의 결과인 주(註) 중에서 『논어언해』가 채택한 것이 어떤 해석인가도 특별히 주목되는 부분이다. 물론 대부분 주자의 해석을 그대로 수용하고 있으나 반드시 그런 것은 아니다. 원천언어인 한문 원문의 의미가 목적언어인 언해문의 의미로 전이되는 모습은 이렇게 원문의 긴 역사가 언해문에 드러나는 형태로 나타난다.

『논어언해』는『논어』라는 책을 언해하기로 결정하고 실제 언해를 해 나가는 과정 자체도 다른 번역서와는 달라 주목된다. 언해서는 보통 문명의 기본시스템에 대한 책들이기 때문에 단순하게 언해자 자신의 선택에 의해 좌우된 것이 아닌 당대 문명의 최고 단위인 국가의 선택이 들어가 있다. 실제로 언해서의 상당부분은 국가 내부의 이데올로기를 통일시키려는 국가의 노력의 결과물이기도 하다. 이에 따라 원문의 선택과 해석에는 국가의 입김이 강하게 들어가 있다. 물론 국가가 만능은 아니기에 모든 것을 다 제어하고 있는 것은 아니다.

2.2. 원문 가공 1 – 한자음 병기

언해한토막에서 한문 원문에 부가되어 있는 한자음과 현토는 원문을 그대로 놓고 우리말의 요소를 적절하게 섞어 원문을 이해 가능한 것으로 만드는 방법으로 개발된 것이다. 이러한 원문 가공의 첫 번째 단계는 원문의 한자 하나하나마다 국문 독음을 병기하는 것이다. 언해문 속에도 한자가 있으면 한자를 병기하고 있다. 한자어 독음이 병기되어 있지 않은 언해도 많지만 조선 전기에는 일반적으로 한자어 독음을 병기했다.

한문 원문에 병기된 한자음은 언해한토막 내부의 기능을 수행할 뿐만 아니라 한자음 통일이라는 국가적 단위의 기능도 수행하고 있었다. 언해한토막에 수용된 한자음은 중국과 한반도에서 전개된 오랜 한자음의 역사를 뒷배경에 깔고 있다. 또한 "書同文"이라는 주공(周公) 이래 오래된 국가의 기본언어에 대한 개입의 역사도 전제되어 있다. 중국에서는 진한, 수당, 명초 등 오랜 분열이나 전란의 시대를 겪고 나면 반드시 한자음의 통일을 이루는 문화사업을 벌이곤 했다.

조선도 마찬가지였다. 특히 조선이라는 국가가 채택한 한자음은 특별한 의미가 있다. 국가가 채택한 기본언어였던 한문의 자음을 확정하는 것은 관료통치의 기본을 제공함과 동시에 사상적, 언어적 통일의 기반을 제공하는 것이었다. 이에 따라 언해한토막에는 한자음 병기가 자신의 자리의 확고하게 확보하고 역할을 분명히 수행하고 있는 것이다.

2.3. 원문 가공 2 – 구결·현토

언해한토막에서 원문 가공의 두 번째 단계는 한문 구문을 이해하기 위해 우리말 구문을 원문 속에 삽입하는 것이다. 이것은 훈민정음 창제 이전에는 구결로, 창제 이후에는 현토의 형태로 나타났다. 이것은 한문 구문과 우리말 구문이 적절하게 어우러져 한문 원문의 의미를 해치지 않으면서 더 명확하게 드러나게 하는 효과를 가지고 있다.

구결과 현토는 자신만의 고유한 영역과 역사를 가지고 있다. 동시에 언해한토막에 들어와 언해를 위한 전단계로서의 원문 이해라는 자신의 역할을 충실하게 수행하고 있다. 이에 대해 잠깐 살펴보기로 한다. 먼저 언해한토막에서 채택한 현토가 가진 원문 이해의 우수성이다.

한문문화권에 속하는 각 문명은 한문 원문을 이해하기 위한 자신들만의 가장 효과적인 방법들을 개발해 내었다. 그 핵심 중의 하나는 한문 원문을 적절하게 배치하고 적절한 부호를 첨가해주는 것이다. 중국의 편·장·절의 구분, 집주, 일본의 카키쿠다시 등이 그것이다. 현토는 우리말 구문을 일정부분 한문 원문 속에 집어넣어 한문 원문의 구문과 어우러지게 하는 방법이라는 점에서 다른 문명의 방법들과 질적인 차이가 있다.

필자는 한반도 문명이 개발해낸 한문 원문 가공방법인 현토야말로 한문 원문의 이해에 가장 효과적인 방법이이라고 생각한다. 그것은 구문의 구성방법 자체가 완전히 다른 한문과 한글의 구문을 적절하게 얽히게 하였다. 하지만 전혀 작위적인 느낌이 들지 않으며 동시에 원문의 뜻 자체를 손상시키지 않는다. 이것은 한문 원문 이해를 위해 한문과 한글이 서로 협력할 수 있는 지점을 명확하게 찾아낸 것이다. 동시에 그것을 불과 20개 정도의 부호에 가까운 한글 구문 표지로 만들어낼 정도의 집중도와 명확성을 자랑한다.

한반도에 개발해낸 구결과 현토는 한문 원문 이해를 위한 가장 효과적인 방법이다. 그것의 유용성은 오늘날에도 여전하다. 일부 학자들은 구결과 현토의 개발을 7세기 설총의 시기에 이미 기본적으로 성립되어 있었다고 주장하고 있다. 이 말이 맞는다면 이 방법은 성립한 지 1300년 이상이 지났는데도 여전히 유효하다는 이야기이다. 만약 이것보다 더 좋은 방법이 있었다면 그 긴 세월을 견대내지 못하고 다른 방법으로 교체되고 말았을 것이다.

무엇보다 한문의 이해는 국가적 단위의 중요성을 가지고 있었다. 개인적으로도 한문을 잘해야 과거에 급제하여 출세할 수 있었다. 이 때문에 아마 수도 없이 많은 방법들이 개발되었을 것이다. 하지만 구결과 현토의 방법을 대체할만한 유용성을 가지지 못했기 때문에 이들 방법들은 모두 사라지고 말았다. 하지만 아마 사라진 방법들이 가졌던 유용성들은 구결과 현토로 흘러들어가 구결과 현토의 발전을 추동했을 것이며 그에 따라 더 완성된 형태로의 진보를 가능하게 했을 것이다.

2.4. 언해예비단계

이제 언해한토막 구성 중 원문에서 언해로 넘어가는 단계를 말할 차례이다. 원문에서 번역문인 언해로 가는 길은 그냥 원문을 번역만 하면 될 것 같지만 실제로 긴 시간 그리고 다양한 시도 끝에 완결된 형태로서 언해문이 나타난 것이다. 이 다양한 시도를 언해예비단계라고 부를 수 있을 것이다. 이 언해예비단계는 언해한토막 속에 명시되어 있지 않다. 하지만 언해문 속에 자신의 모습을 드러내고 있다. 여기에서는 언해예비단계에 속하는 여러 모습들 특히 두주(頭註), 협주(夾註), 석의(釋疑) 등의 특징에 대해 살펴보기로 한다.

언해예비단계는 원문을 읽고 이해하는 순간 이미 시작된다고 보아야 할 것이다. 결국 번역자는 자신이 번역할 목적언어, 경서언해의 경우에는 한글을 가지고 원천언어인 한문을 이해하게 된다. 따라서 한문을 읽는 순간 그 사람의 머릿속에는 벌써 우리말로 된 번역문이 생겨나는 것이다. 특히 한문을 읽을 때 흔히 그렇듯이 원문을 소리 내어 한 두 줄 읽고 나서 우리말로 새기게 되면 벌써 말로 된 번역이 시작되는 것이다.

한문 원문의 위나 옆의 여백에 간단하게 메모 형식으로 우리말 뜻을 써놓는 두주나 협주의 언해예비단계가 되면 글로 된 번역이 시작되었다고 할 수 있다. 석의는 다양한 논쟁을 거쳐 가장 문제가 되는 구문들만 따로 뽑아 노트 형식으로 기술해 놓은 것이다. 이 정도가 되면 이제 부분 번역이라 할 수 있을 것이다. 석의는 여러 사람의 것이 있었다고 한다.

이 언해예비단계에 나타나는 여러 가지 형태의 것들은 현대의 번역자가 원문을 번역하기 위해 여백에 기입한 간단한 메모나 이 메모들을 모아 만든 노트 정도로 생각할 수 있을 것이다. 이러한 메모나 노트는 번역을 마치면 번역문 속으로 흡수되어 사라지듯이 두주나 석의도 마찬가지로 경서언해의 언해문 속에 흡수되어 사라진다.

하지만 두주, 협주, 석의는 한문 원문을 읽는 과정에서 끊임없이 일어나는 무정부적인 행위였다. 그것은 경서언해의 언해문이 성립되기 전에도 당대 유자들의 일상생활에 존재했고 성립된 후에도 존재했다. 두주, 협주와 석의는 언해문과는 다른, 언해 속으로 환원되지 않는 자신만의 존재 형식을 가지고 있다. 동시에 퇴계석의가 그러하듯이 경서언해의 언해문 속에 자신의 흔적을 남기고 있다.

2.5. 언해문

언해문은 한문 원문과 함께 언해한토막의 2대 주요 구성요소이다. 이것은 목적언어에 해당하는 것이며 동시에 언해예비단계에 속하는 여러 모습들의 총합의 형태이기도 하다. 또한 당대 가장 지적인 언어로 개발된 것이어서 국어의 발전을 추동하기도 했다.

언해문에 대해 좀 더 살펴보기로 한다. 언해문은 두주, 협주, 석의 등 언해예비단계라는 자신보다 훨씬 더 광범위한 영역에서 일어나는 개별적 노력들의 총합 형태이다. 광범위하기로 따지면 말로 된 번역이 훨씬 더 광범위할 것이다. 이 말로 된 번역 중 일부가 메모나 노트 형식으로 기입되면 글로 된 번역이 시작되며 두주, 협주, 석의 등 언해예비단계의 여러 모습으로 나타난다. 언해문은 이렇게 모인 여러 형태의 것 중 일부를 채택하여 언해문으로 고정시킨 것이다. 16세기 말 성립된 경서언해의 언해문은 이렇게 광범위한 언해예비단계의 형태들을 뒷배경에 깔고 성립한 것이다.

앞에서 말했듯이 언해예비단계의 여러 형태들과 언해문은 현실에서 자신들만의 고유한 영역을 가지고 있는 완전히 다른 것들이다. 간단히 말하자면 교정청본 경서언해의 언해문은 언해예비단계 중 일부가 16세기 말 교정청이라는 특별한 계기를 통해 언해문의 형태로 순간 얼어붙은 듯이 고정된 것이다.

이것은 언해예비단계의 수도 없이 많은 형태들의 무정부적인 현현에 일정한 질서를 부여하려는 움직임의 결과 나타난 것이다. 특히 교정청본 경서언해는 국가에 의해 주도된 것이므로 이때의 언해자는 16세기 말 조정관료라는 한계를 훨씬 넘어 조선이라는 왕조국가의 전체 이데올로기 정책과 관련이 있다. 실제로 경서언해가 성립된 이후에도 두주, 협주 등은 계속해서 나타난다. 하지만 경서언해라는 완성 형태가 있기 때문에 아무래도 그 빈도는 경서언해 성립 이전에 비해 줄어들었을 것이다.

한편 경서언해 언해문은 16세기 말 우리말의 형태의 모습을 보여주며 동시에 조선 후기 내내 언해문의 전범 역할을 했다는 점에서도 중요하다. 번역을 통해 우리말 속에 수준 높은 경서의 내용이 들어온 것이다. 이것은 번역이 가진 순기능 중 하나로 민족어의 질적 상승을 이루어주는 부분이다.

2.6. 언해자와 언해태도

언해문은 한문 원문의 의미를 고정시켜주는 것뿐만 아니라 언해자의 언해태도 또한 알려준다. 이것은 한문 원문(원천언어)-[언해자]-언해문(목적언어)의 번역 과정에서 언해자의 역할에 대한 것이기도 하다. 하지만 이것은 언해한토막에 그대로 기입되어 있는 것은 아니기에 해석을 통해서 얻어내야만 한다. 이에 대해 잠시 살펴보기로 한다.

언해한토막의 언해문에는 다른 번역에서도 그렇듯이 원천언어로서의 한문 원문이 번역자인 언해자를 거쳐 목적언어로서의 언해문으로 이전해 가는 모습이 존재한다. 그리고 거기에는 이해하려는 필사적인 노력과 이해되지 않으려는 저항, 그리고 순간적으로 얼어붙은 번역 결정의 순간을 보여준다.

이 순간을 이해하려면 언해자의 언해태도를 문제 삼아야 한다. 경서언해의 언해자의 언해태도는 다른 번역자의 번역태도와 다르다. 그것은 일자일구도 허투루 해서는 안 되는 문명교과서인 경서(經書)에 대한 경외와 헌신이 스며있다. 성인이 전해준 진리의 말씀에 대한 끝없는 경외, 그것을 우리말로 올바로 표현하고야 말리라는 결연한 의지가 그것이다. 그것은 신의 말씀을 번역하는 성경번역자의 그것과 비슷할 것이다.

이에 따라 언해는 일자일구도 놓치지 않는 직역 위주의 번역태도를 가

지고 있다. 하지만 구문의 뜻을 거의 의심의 여지를 남겨두지 않고 모두
파악하여 번역해 내었다. 이를 통해 교정청본 경서언해는 경서 부문에서
는 최고의 언해서이며 거의 완벽한 번역이라는 평가를 받을 수 있었다.

이상으로 언해한토막의 구성요소들의 특징을 살펴보면서 그것이 갖는
자신만의 고유한 영역 및 역사와 언해한토막 속에서의 역할에 대해 살펴
보았다. 그 과정에서 여러 가지를 이야기했지만 한 가지를 특별히 강조
해서 말하고 싶다. 그것은 언해한토막이 얼마나 잘 만들어진 것인가이
다. 그것은 단순하게 한문 원문과 언해문을 짝을 지어놓은 것이 아니다.

언해한토막은 한문 원문을 이해하기 위해 개발된 여러 방법들을 자신
의 내부로 끌어들이고 있다. 그 하나하나의 구성요소들은 실제 언해하는
과정의 이론화이다. 동시에 긴 역사적 시간 동안 한반도에서 개발해낸
가장 효과적인 원문 이해의 방법들의 총화이기도 하다. 그것들을 언해한
토막이라는 짧고 단순한 구조 속으로 끌어들여 제 자리를 찾아주고 서로
융합시켜 한문 원문을 언해해내고 있는 것이 바로 언해한토막이다.

언해한토막은 아마 인류가 만들어낸 모든 구조 중에서 가장 간단하면
서도 가장 많은 것을 함축하고 있고 가장 잘 작동하는 구조일 것이다.
실제로 언해를 통한 한문이해가 가장 효과적인 한문이해 방법이다. 한반
도인의 창조적 성격이 번역 쪽에서 한껏 발휘된 것이라 할 수 있다.

3. 언해한토막의 문화번역적 특성

이제까지 교정청본 경어언해의 언해한토막 속에 들어있는 언해의 여
러 요소들을 살펴보았다. 그럼 이어서 교정청본 경서언해의 언해한토막
에 들어있는 문화번역의 성격 특히 고전성, 혼종성, 제국성-주변부성에

대해 살펴보기로 한다.

언해한토막은 잘 조직된 구조이다. 그것은 앞에서도 말했듯이 우선 잘 작동하는 언해의 구조이다. 뿐만 아니라 자신의 구조 속에 포함하고 있는 따라서 언해한토막을 둘러싸고 동원된 지식의 총량이 매우 크고 광범위하다는 것을 의미한다. 이것은 언해자가 언해한토막이라는 구조를 만들고 그 구조를 통해 경서를 언해하는 그 순간 작동하는 것이다. 여기에서는 언해한토막이 가지고 있는 이러한 문화번역적 특성 특히 고전성, 혼종성, 제국성-주변부성에 대해 살펴보기로 한다.

첫째, 고전성이다. 경서언해 자체가 고전의 고전성을 갖추고 있는 바 이것은 앞절에서 설명하면서 고전성이라고 명시하지는 않았지만 여러 차례에 걸쳐 이야기했다. 무엇보다도 『논어』 원문 자체가 기나긴 해석과 가공의 역사를 가지고 있는 모습이 고전성의 전형적 형태가 될 것이다. 언해자가 『논어』 원문을 대하는 경외의 시선 또한 고전작품의 번역자가 고전작품을 대하는 기본 태도이기도 하다. 또한 언해문이 우리말의 지적인 부문에서 질적인 상승을 이루도록 추동한 부분에 대한 설명이 그것이다. 『논어』 자체가 가지고 있는 가치와 언해문이 이 가치를 구현하려고 노력하는 모습 또한 그러하다.

이러한 고전성 중 문명시스템의 문제에 대해 잠깐 살펴보기로 한다. 고전성은 고전이 인간의 여러 행위 중 상당히 장기간 지속되는 지적행위라는 데서 출발한다. 한 시대 인간행위는 일어났다 사라지는 수없이 많은 행위들의 총합이다. 고전이란 이중 특별히 자신을 생성시킨 시대를 넘어 상당히 오랜 시대 동안 지속되는 지적 내용 내지 행위를 가리킨다.

고전이란 이렇게 장기간 지속된다는 것뿐만 아니라 상당한 기간 동안 지속되는 문명의 시스템에 해당하는 책에 부여되는 명칭이기도 하다. 그것이 개인의 내면을 탐색하는 것이든 크게는 일국의 정치체제나 세계체제에 대한 것이든 마찬가지이다.

언해는 고전의 이러한 특징을 잘 구비하고 있다. 장기지속의 역사성과 문명시스템을 이룰 정도의 중요성, 보편적 가치 등을 구비한 책만 언해의 대상이 되었다. 훈민정음이 15세기 중반 창제된 이래 언해된 책들은 주로 불경류, 경서류, 한시류, 의학 등 실용서류, 특정한 정치적 목적을 가진 반포서류, 수신서류 등이 주종을 이룬다. 여기에 근대 초기 구문물을 정리하는 작업이 한창 진행될 때 언해된 책들이 포함될 수 있을 것이다.

언해의 간단한 목록만 보아도 언해란 조선이라는 왕조국가의 중추가 되는 정보를 제공하는 책들을 번역한 것들이라는 점을 쉽게 알 수 있을 것이다. 마찬가지로 교정청본 경서언해가 언해 텍스트로 선정한 사서삼경 자체가 갖는 고전적 중요성 특히 문명시스템의 핵심을 이루는 책이라는 점이 중요하다. 이것은 단순히 『논어』가 윤리를 강조하고 있다든가 하는 것을 가리키는 말이 아니다.

『논어』 전체를 관통하는 국가와 인간과 세계의 구성과 작용과 가치를 총합으로 만들어 국가의 운영원리를 삼은 것이 조선이라는 왕조국가였다. 따라서 언해한토막 속에 등장하는 『논어』 구절은 현실에서 한 구절, 한 구절 그대로 적용되고 있던 말이었다. 국가에 무슨 일이 일어나면 그 일의 분석과 해결책에 곧바로 『논어』가 동원되었던 것이다. 따라서 이러한 『논어』를 언해한 책은 절대로 틀리면 안 되는 것이었다. 완벽한 번역을 통해서만 『논어』의 완벽한 현실적용을 가능하게 할 수 있었던 것이다.

『논어』가 가진 고전성의 이러한 특성 때문에 그 때문에 언해한토막의 원문과 언해문은 그렇게도 완벽한 구조와 번역을 갖추고 있었던 것이다. 그리고 이를 통해 『논어언해』 또한 고전의 반열에 오를 수 있었다는 점도 특기해야 할 것이다.

둘째, 혼종성이다. 한때 유행했던 이 연구방법은 언해한토막과 언해의 전체적 특성을 이해하는데 특별히 유용하다. 언해한토막이 잘 조직된 완벽한 구조이며 그만큼 잘 작동한다는 것, 교정청본 경서언해가 최고이자 완벽한 언해라는 것, 언해한토막 속에 고전성과 전범성을 가지고 있다는 것 등은 얼핏 보면 경서언해의 언해한토막이 완전히 완결된 유기적 총체로서 자신의 구성요소를 완벽하게 제어하는 통일성을 갖고 있다는 것처럼 보인다. 이것은 다시 말하면 경서언해 속에는 이제 발전된 가능성이 있는 여지가 거의 없이 모든 것이 완벽하게 갖추어져 있어 독자는 거기에 따라가기만 하면 된다는 것이다. 실제로 그런 면이 있기도 하다.

하지만 경서언해의 언해한토막이 잘 갖추어진 한 벌의 구성요소로 짜여 있으며 그것이 언해하는 데 잘 작동하고 있다는 것은 그만큼 그 내부가 활력이 넘쳐있다는 것을 의미한다. 무엇보다도 언해한토막의 구성요소들은 앞 절에서 살펴보았듯이 한문 원문을 이해하기 위한 최고의 수준까지 진화한 것들이지만 현실에서는 이것 말고도 다른 방법들이 끊임없이 개발되고 있었다. 언해한토막 속의 구성요소들은 이런 다른 방법들과 끊임없는 경쟁관계에 있었다.

또한 구성요소 각각이 현실에서 자신만의 고유한 영역을 갖고 있는 것도 문제였다. 언해한토막 속에서 명시되고 있는 부분은 너무도 적다. 나머지는 각 구성요소들의 고유한 영역에서 실제로 현실의 무정부적인 운동상태에 있는 모습이 그대로 들어와 채워야만 한다. 이러한 것들이 언해한토막의 구조를 고정 상태에 놓아두지 않고 항상 새로운 것들로 채우고 또 다른 것들과 경쟁하게 만듦으로써 끝까지 활력에 넘치게 만들었다. 언해한토막은 우아하게 유기적 총체로 전범성을 갖는 정적인 것이 아니었던 것이다.

언해한토막의 구조만 이런 것이 아니다. 언해한토막 속에서 다루고 있는 경서 원문과 언해문의 내용 또한 그러하다. 무엇보다도 경서언해가 성립한 뒤에도 경서에 대한 이해는 계속해서 발전해 나갔다. 그에 따라 경서언해의 내용은 항상 경쟁이라는 긴장상태에 있었으며 명시되지 않은 내용은 각 시대마다 새로운 해석들이 들어올 수 있는 빈자리가 되었다.

이것은 경서언해의 언해한토막이 혼종성을 가지고 있었다는 것을 의미한다. 완벽한 것처럼 보이지만 항상 새로운 것들이 침투해 들어갔으며 이들은 그 내부에서 서로 경쟁하고 공존하면서 언해한토막의 내부를 풍성하게 하는 데 기여했다. 내용뿐만이 아니라 구조 또한 끊임없이 유동하면서 좀 더 나은 상태를 찾아나가고 있었다. 낡았으나 아직 쓸 만 한 것, 새로운 것, 아직 이해가 덜된 것, 완전히 발전한 것 등이 언해한토막의 내부에서 활발하게 뒤섞여서 항상 새로운 전체를 창조하고 있었다.

셋째, 제국성-주변부성이다. 이것은 언해한토막에서 오른쪽에 제국성을 가진 한문 원문이, 왼쪽에 주변부성을 가진 언해문이 서로 어우러져 한눈에 보이게 배치되어 있다는 데서 쉽게 간취할 수 있다. 언해한토막을 구성하는 저 완벽한 구조와 역시 완벽한 번역은 오직 한문 원문을 위해 바쳐진 것이다. 그것은 거의 신의 언어에 대한 경외를 표현하는 성경번역과 필적하는 것이다. 경서언해의 언해한토막에 구현된 제국성-주변부성은 최고조에 달한 것이다.

이에 대해 좀 더 살펴보기로 한다. 보통 번역은 높은 데서 낮은 데로 흘러가는 것이다. 이것은 지역이나 개인 단위에서도 마찬가지이다. 문명 단위를 예를 들면 번역이란 자신의 문명에 비해 다른 문명이 가진 우월한 부분을 집중적으로 번역한다. 자신이 가진 것보다 하찮은 것을 번역까지 해가면서 욕심내는 일은 아마 거의 없을 것이다.

이에 따라 번역은 다른 인간행동에 비해 질적으로 높은 것을 자신의 내부로 끌어들이려는 노력이 주를 이루는 인간행위이다. 질적으로 자신을 높이려는 인간이 가진 보편적 욕망이 이러한 번역의 특성을 뒷받침하고 있다. 이에 따라 번역은 상호교환의 성격이 매우 강한 행위가 되었다. 또한 새롭고 우월한 것을 문명 내부로 끊임없이 유입시키면서 내부를 흔들어 동적으로 만들고 이를 통해 질적으로 더 높은 문명의 단계로 진입할 수 있게 하기도 했다.

하지만 번역이 가진 이러한 특성이 곧바로 제국성-주변부성을 가져오는 것은 아니다. 다른 문명단위를 압도하는 중심이 있어야 비로소 이것이 가능하다. 물론 제국성-주변부성이라고 이름 했다고 해서 이것이 문명 내지 국가단위만 상정하는 것은 아니다. 수도 대 지역도 이러한 특성을 갖는다. 다양한 규모와 영역에서 실제로 이런 일이 광범위하게 항상 일어나고 있는 것이다.

하지민 언혜한토막에 구현된 것은 세계문명 내지 보편문명 대 지역문명의 문제였다. 세계문명의 측면에서 살펴보면 인류의 역사에는 제국 내지 지역문명의 중심이라고 이름 붙일 만한 것이 항상 존재했다. 흔히 문명권의 개념을 설정하게 만드는 이 중심은 보편문명 내지 제국이라고 흔히 이름하곤 한다. 가장 대표적인 것이 바로 한반도 이웃에 있는 중국문명이다. 그들은 자신들은 중국(中國)이라고 불렀고 이 세상을 천하(天下)라고 불렀고 자신들의 최고지배자를 천자(天子)라고 불렀다.

이정도의 보편문명 내지 제국이 있을 때 이웃의 작은 문명들이 중국문명 중에서 당장 번역이 필요한 우월한 점을 찾아보면 한 두 부분에 그치지 않게 된다. 이러한 필요가 절대적 우월성을 가진 전범으로 다가올 때 언해한토막은 번역으로서 제국성과 주변부성을 가지게 된다.

하지만 언해한토막 속에 진정으로 제국성-주변부성에 가지고 있는가에 대해서는 여러 가지로 다시 생각해볼 필요가 있다. 첫째, 인류역사를 살펴보면 제국성이 보편적 성격을 갖는 것이 아니라 주변부성이 보편적 성격을 갖는다는 것이다. 제국보다 주변부 문명이 훨씬 더 광범위한 지역을 차지하고 있다. 또한 한때 제국이었던 중국, 인도, 페르시아, 이집트, 유럽 등도 한때 주변부였다. 쉽게 말해 주변부성 경험을 갖고 있지 않은 문명지역은 없다.

둘째, 제국 또한 주변부의 것을 번역하여 자신을 살찌우기 때문에 제국이 된다는 것이다. 중국인들은 흔히 불교라는 인도문명과 근대 서양문명이라는 두 개의 커다란 충격적 대면과 융합을 통해 중국문명이 지속될수 있었다고 자인한다. 하지만 어찌 이 두 가지뿐이겠는가? 만약 그렇다면 남북조의 호한체제(胡漢體制), 원과 청 시대의 경험은 중국문명사에서소소한 경험에 지나지 않는다는 말이 될 것이다. 중국문명은 자신의 내부의 이민족 내지 외부의 이민족과의 끊임없는 길항관계에 있었으며 동시에 이들 외부 문명의 끊임없는 번역을 통한 융합과정에서 자신을 살찌우고 유지시켜 왔다.

그렇다면 우리는 언해한토막 속에 구현되어 있는 제국성-주변부성에대해 다시 생각해볼 필요가 있다. 한반도 문명은 세계에서 가장 강력한중국 문명 바로 옆에 위하고 있다. 이에 따라 한반도가 가지게 된 주변부성은 역사 속에 깊이 스며들어 있다. 하지만 세계에서 가장 강력한 중국문명 바로 옆에 있으면서도 흡수되거나 멸망하지 않고 자신의 고유한 문명을 지켜왔다. 이것은 한반도의 주변부성이 투항주의적인 것이 아니라중국문명과 때로는 대결을 통해 때로는 화합을 통해 발전해 왔다는 것을보여준다.

이렇게 한반도가 가진 주변부 경험 즉 중국문명의 주변부에 위치해 있었던 경험, 근대 들어 식민지와 신식민지를 경험했던 경험 등은 인류 문명의 보편적 경험에 속한다. 이러한 보편적 경험을 한국문명이 어떤 방식으로 해결하며 문명을 유지하고 발전시켜 왔는가에 대한 세계 문명의

한 부분으로써 매우 귀중한 보편적 기여가 될 수 있을 것이다.

언해한토막을 놓고 말하자면 첫째, 언해한토막이 가진 여러 가지 완벽성에 대해 말해야 할 것이다. 비록 원문인『논어집주』는 중국에서 들여온 것이지만 그것을 이해하기 위해 개발한 방법들과 언해문이 도달한 해석의 완벽성은 중국에서도 쉽게 찾아보기 힘들 정도로 완벽한 것이다. 이것은 주변부가 제국에서 배울 수 있는 최고의 것이 될 수 있을 것이다.

둘째, 언해한토막에서 숭상의 대상으로 삼는 것은 제국인 중국이 아니라『논어』속에 구현된 진리성이라는 것이다. 문제는『논어』와 공자가 중국문명의 산물이라는 데도 있지만 누가 더『논어』와 공자를 현실에서 구현하고 있는가에도 있다. 만약『논어언해』가 주자 주에 입각한『논어』이해에서 최고의 경지를 보이고 있다면『논어언해』가 성립할 당시 조선 문명이 도달해 있던 문명의 가치는 공자와 주자 정도에 근접해 있었다고 보아도 좋을 것이다. 이런 시대는 중국에서도 쉽게 찾을 수 없다.

앞에서 언해한토막이 가진 혼종성에 대해 이야기했다. 역시 언해한토막이 가진 제국성-주변부성 또한 혼종적 특성을 갖는다. 언해한토막에 구현되어 있는 제국성은 주변부성에 의해 끊임없이 침투당하며 경쟁해야 한다. 좀 더 다른 쪽에서 말해보면 말하자면 중국을 떠난『논어』가 다른 문명에 가서 이해되는 것이 중국과 무슨 상관이 있단 말인가? 언해한토막의 제국성-주변부성은 오늘날 우리의 실존과도 관련이 있는 심각한 문제의식을 우리에게 던져주고 있다.

이상으로 언해한토막이 가진 문화번역적 특성에 대해 살펴보았다. 특히 고전성, 혼종성, 제국성-주변부성이라는 세 부문에 대한 설명을 통해 기존에 경서언해라고 하면 흔히 상상하곤 하는 정적이며 완전하며 숭배의 대상으로서의 이미지와는 좀 더 다른 측면을 말해보려고 하였다.

교정청본 경서언해는 1600년경에 성립되어 지금까지 독존의 지위를 누리고 있다. 그 오랜 시간을 버텨온 것은 그만큼의 이유가 있는 법, 자신의 내부에 끊임없이 활력을 불어넣는 통로를 마련해놓지 않은 이상 불가능한 일이다. 이절에서 말하고 싶었던 궁극적인 것은 바로 이것이었다.

4. 나가기-"언해한토막"

이상으로 교정청본 경서언해를 예로 들어 언해한토막의 여러 가지 특성에 대해 말해보았다. 너무 단순화한 측면이 있긴 하지만 언해한토막이 가진 구조적 내지 내용적 완벽성에 대해 충분히 이야기했다고 생각한다. 또한 언해한토막이 가진 활력에 대해서도 충분히 이야기했다고 생각한다.

마지막으로 하고 싶은 말은 바로 이 완벽성에 대한 것이다. 오늘날 세계화의 시대를 맞아 번역은 사회적으로 조선시대보다 훨씬 더 중요하다. 하지만 우리는 오늘날 그 중요한 번역을 위해 언해한토막과 같은 완벽한 번역을 위한 구조를 개발해 내었는가, 자문하지 않을 수 없다. 그것도 그냥 완벽한 것이 아니라 역사적으로 자신의 문명 내부에서 개발해온 번역의 도구들 중 가장 완벽한 것들을 모두 끌어들여 융화시켜 만들어낸 완벽성이다.

이 질문은 고전번역학에 대한 반성으로 돌아갈 것을 요구하고 있다고 생각한다. 우리는 고전번역학을 고전을 번역하는 것에 대한 학문이라고 말했다. 이때의 고전번역은 특별히 한반도에서 벌어진 고전번역을 일차적으로 가리킨다. 물론 한반도의 고전번역에서 내놓는 결론이 보편성을 가져야 할 것이다.

언해한토막은 거기에다 이 땅에서 진행된 고전번역을 다루는 방법론 또한 이 땅에서 고전번역을 위해 개발한 도구와 방법의 총화여야 한다는 것을 명시하여 보여주고 있다. 언해한토막을 개발한 우리들 선조가 언해 한토막의 완벽성을 통해 오늘날 우리들에게 말하고 있는 것은 바로 이것 이라고 생각한다.

조선 중기 경서언해의 성립과 그 의미

이영호·한영규

1

언해란 한문을 한글로 옮긴 것을 말한다. 그런데 유가의 경전을 한글로 옮기는 경서언해는 세 층위를 지닌다. 유가경전의 완전번역인 『사서삼경언해(四書三經諺解)』(교정청본 경서언해)[1]의 전단계로서의 부분번역인 석의(釋義), 그리고 한글 창제 이전의 한문의 토착화 시도로서의 구결(口訣)이 바로 그것이다. 교정청본 경서언해에는 구결과 석의의 내용이 반영되어 있기에 언해에 대한 연구는 바로 이 세 부분을 동시에 고려할 지평을 지니고 있다.

종래 언해에 대한 연구는, 언어학적(국어학적) 측면, 경학적 측면, 사상적 측면 등 세 방향에서 진행되어 왔다. 여기에 덧붙여 근래에는 그 서지학적 측면과 번역학적 측면에 대한 연구도 활발하다.[2] 이러한 다양한 연구의 방향에서 가장 부족한 분야는 바로 언해의 사상적 측면에 대한 탐구이다.[3] 이러한 현상은 어찌 보면 당연하다고 할 수 있다. 언해는 한문

---

1 율곡의 『사서언해』가 있기는 하지만, 이는 율곡 당시의 모습이 아니라 율곡 사후 朴世采의 보완을 거쳐 1749년 李縡, 洪啓禧 등의 후학들에 의해 간행된 것이다.

2 언해의 연구사에 대한 이해는 옥영정, 「17세기 간행 사서언해에 대한 종합적 연구」, 『서지학연구』 32(서지학회, 2005), 363∼364면.

3 언해의 사상사적 의미에 대한 연구는 김항수 교수의 논문, 「16세기 경서언해의 사상사

의 한글 번역이기 때문에, 그 언어학적 측면과 번역학적 측면 또는 그 번역을 통한 해석의 양상을 살펴보는 경학적 측면에 연구가 집중되거나 그 연구자료인 판본의 성립과 유통에 대한 논의의 집중화가 이루어진 것이다.

본고에서는 언해의 사상사적 의미에 대한 새로운 고찰을 시도하고자 한다. 이 연구의 의의는 종래 김항수 교수에 의해 의미가 부여된 언해의 사상사적 위상[4]을 기반으로 한 새로운 시각의 확보라고 할 수 있으며, 더 나아가 조선주자학의 성립에 관한 하나의 시론이라는 점에서 찾을 수 있을 것이다.

2

율곡에 의한 사서언해가 있기는 하였지만, 조선에 가장 심대한 영향을 미친 언해서는 16세기 말에서 17세기 초엽에 걸쳐 이루어진 교정청본 『사서삼경언해』[5]이다. 그런데 이 교정청본 언해가 이루어지기 위한

적 고찰」, 『규장각』 10(서울대, 1987)가 유일하다고 할 수 있다.

4 김항수, 앞의 논문, 40면. "성리학경서의 구결과 언해는 16세기에 심화된 성리학연구의 결과였다. …… 경서의 구결과 언해는 16세기 주자성리학의 연구를 거친 후에야 비로소 정해질 수 있었다. 그리하여 주자성리학의 입장에서 진행되어 온 경서의 해석들은 16세기 말에 와서 경서의 언해로 귀일되어졌다. …… 그러나 교정청의 언해는 퇴계학파에 의해 주도되었고 율곡학파는 별로 참여하지 않았다. 그래서 율곡의 사서언해는 교정청언해에 크게 반영되지 못하였다. 즉 조선성리학계의 양대학파인 퇴계학파와 율곡학파는 경서해석에 의한 언해과정에서 학문적 차이를 해소하지 못하고 있는 것이다. 요컨대 16세기의 경서언해는 주자성리학에 의한 경서해석의 산물이었으며 동시에 성리학파 사이의 학문적 대립을 보여주고 있는 것이다."

5 김항수(앞의 논문), 38~40면. "교정청 언해는 1585년 교정청이 설치되어 시작되었는데, 1588년에 이르러 사서삼경의 언해를 완성하였다. …… 교정청 사서삼경언해는 오랫동안 계속되어온 경서해석을 위한 노력의 결실이었다. 멀리는 고려말 정몽주의 경

전단계로서 비록 부분적이기는 하지만 다양한 언해와 구결이 존재하였
다. 이러한 것들에 대한 비판적 검토의 성과로 저술된 것이 바로 퇴계의
『사서삼경석의(四書三經釋義)』이다. 후술하겠지만 퇴계의 이 석의는 조
선에서 이루어진 경서언해의 표준인 교정청본『사서삼경언해』와 이후
저술된 유가경전 언해류에 영향을 미쳤다. 이렇게 보면 퇴계의 석의는
앞시대의 언해를 집성하여 뒷시대의 언해의 방향을 지정해 주었다는 점
에서 조선조 유교경서언해사에서 '계왕개래(繼往開來)'의 공이 있다고 할
수 있다.

퇴계의『사서삼경석의』는 1557년 이후에 저술된 것으로 추정되며,
1609년에 간행되었다.[6] 간행을 주도한 금응훈(琴應壎, 1540~1616)의 후지
(後識)에 의하면 퇴계의 석의는 '제가의 훈석을 모아서 증정(證訂)하고 또
문인들과 문변(問辨)했던 것에 의거한 연구의 결과물'인 것이다.[7] 여기서
제가의 범주를 안정복(安鼎福)은 김계조(金繼趙), 이극인(李克仁), 이득전
(李得全), 이충작(李忠綽, 1521~1577), 신광한(申光漢, 1484~1555), 이언적(李
彦迪, 1491~1553) 등으로 추정하였다.[8]

서구결로부터 시작된 경서해석이 일단 마무리되는 것이며 가까이는 16세기에 들어 사
림학자에 의해 개별적으로 진행되어온 경서해석들을 국가의 입장에서 통합한 것이다.
…… 교정청의 사서언해는 완성 후 간행되지 않은 채 있다가 임진왜란을 거치면서 서
서언해는 남았지만, 시경언해는 부분만이 주역언해와 서경언해는 완전히 없어졌다고
한다. 그리하여 1601년 교정청에서 주역의 언해를 시작하였다. …… 주역언해는 1603
년에 완성을 보았으며, 1612년에 시경언해와 서경언해를 간행하였다. 이렇게 완성된
사서삼경언해는 관본구결언해서로서 이후 중앙과 지방에서 여러 차례 중간되어 조선
학자들에게 보급되었다."

6 조지형, 「퇴계『논어석의』의 편찬의도와 성격」, 『2010년도 고려대 한자한문연구소 북
경외국어대 해외한학중심 국제학술대회 논문집』(고려대, 2010), 280면.

7 『大學釋義』. "右經書釋義, 惟我退溪先生, 裒聚諸家訓釋而證訂之, 又因門人所嘗問
辨者而研究之, 皆先生手自淨錄者也."

8 『順菴先生文集』卷之十三, 雜著, 「橡軒隨筆 下」. "前輩著述, 退溪先生經書釋義, 雜
引諸家訓義而折衷之. 若金繼趙, 李克仁, 孫暭, 李得全, 李忠綽, 申駱峯, 李復古諸說

그런데 퇴계의 이 석의와 경전해석에 대해서는 상당한 비판과 찬사가 뒤따랐다. 대체로 서인측에서 비판의 날이 드세었다. 특히 우암 송시열은 1677년에 그 비판의 내용을 집록한 『퇴계사서질의의의(退溪四書質疑疑義)』라는 책을 저술하기도 하였다. 우암의 『퇴계사서질의의의』는 『송자대전』 133권 「잡저」에 총 3권으로 수록되어 있는데, 『논어』 58조목, 『맹자』 7조목, 『대학』 5조목, 『중용』 4조목 등 총 74조목으로 이루어져 있다.[9] 우암은 젊은 시절부터 퇴계의 경설이 들어 있는 『퇴계발명(退溪發明)』, 『퇴계질의(退溪質疑)』 등의 책을 보면서, 퇴계의 경설에 의심을 가지고 있었다.[10] 그러다가 1670년부터 남계 박세채와 서신을 교환하면서 이 문제를 집중 거론하는 과정에서 『퇴계사서질의의의』를 저술하였는데, 주내용은 퇴계의 고제인 이덕홍(李德弘)이 지은 『사서질의』에 들어있는 퇴계의 언해와 경설을 조목조목 비판한 것으로 이루어져 있다. 그 비판의 초점은 퇴계는 주자의 경학을 잘못 이해하였다는데 맞추어져 있다.

그런데 여기서 흥미로운 사실은 송시열(宋時烈)의 9세손이며, 1905년 을사조약에 항의하여 자결한 지사인 송병선(宋秉璿, 1836~1905)은 "우리나라에는 언해가 있는데, 방언으로 성현의 가르침을 풀이하였다. 여러 학자들의 해석에 서로 같고 다름이 있었다. 퇴계 선생에 이르러 여러 학설을 모아 그 단점을 버리고 장점을 취하였는데, 한결같이 주자의 해석을 따라서 그 구두를 분석하고 뜻을 풀이하니 배우는 자들의 첩경이자 지장

是也. 宣祖乙酉以後, 設校正廳, 集經術之士, 論定諺吐, 累歲而成. 自此以後, 諸家訓解皆廢矣."

9 이에 대한 보다 더 자세한 분석은, 전재동의 「宋時烈과 朴世采의 退溪說 批判」, 『한국한문학연구』 42(한국한문학회, 2008)을 참조할 것.

10 『宋子大全』 卷一百三十一, 雜著, 「看書雜錄」. "自兒時見所謂退溪發明, 中年得見別件則改名退溪質疑, 頗有可疑. 曾以問於玄石, 則所見或有異同. …… 故問於玄石, 三次往復, 最後以愚見爲得云矣."

(指掌)일 뿐만이 아니었다. 그렇지만 아직 크게 완비되지 못하여 소주(小 註)에 이르러서는 미칠 겨를이 없었다.'11라고 하여, 퇴계의 석의를 상당 히 긍정적으로 평가하고 있는데, 그 긍정적 평가의 초점이 주자의 해석을 한 결 같이 준용하였다는 데 맞추어져 있다. 즉 퇴계의 석의와 경전해석 을 두고 우암과 그의 후손의 견해가 엇갈리고 있는 셈인데, 한쪽은 주자 학을 벗어났다고 비판하며 또 다른 한쪽은 주자학을 한 결 같이 준용하였 다고 찬탄하고 있다. 왜 이런 극단의 평가가 이루어졌을까? 그것은 바로 이 두 지점이 퇴계의 석의에 공존하는데서 말미암았다고 할 수 있다. 이 는 퇴계의 석의에 대한 분석을 통해 자연스럽게 밝혀질 것이다.

논의의 편의를 위하여 『사서삼경석의』 중 『논어석의(論語釋義)』를 예 로 들어보면, 311항목에 대하여 의미를 풀이하였는데, 한글로 언해한 내 용이 가장 많았으며,12 때로 한문으로 그 의미를 풀이한 경우도 있었고,13 한글과 한문을 동시에 사용하여 의미를 풀이14하기도 하였다. 그리고 경 문을 대상으로 한 풀이가 가장 많았으며,15 60여 이상의 항목을 『논어집 주』의 의미에 대하여 풀이하였고,16 매우 소수이지만 『논어집주대전(論語 集注大全)』의 소주(小註)에 대하여서도 논하고 있다.17

---

11 『淵齋集』,「四書釋義序」. "肆我東有諺解, 以方言釋聖訓. 諸家互有異同, 至退溪先生, 聚衆說而折短取長, 一從朱子之解, 而析其句讀, 解其旨意, 其爲學者之便捷, 不翅指 掌. 然猶未克大備, 而至於小註, 有不暇及矣."

12 예를 들면, 『論語釋義』 「八佾」 5장에서 "不如諸夏之亡也"를 "업숨과는 굳디 아니ᄒ니 ᄒ며"라고 풀이하였다.

13 예를 들면, 『論語釋義』 「學而」 12장에서 "有所不行"을 "謂和不行 禮不行 按禮不行也" 라고 풀이하였다.

14 예를 들면, 『論語釋義』 「學而」 1장에서 "自遠方"을 "遠方으로브터"라고 풀이하였다.

15 예를 들면, 『論語釋義』 「學而」 2장에서 "爲仁之本" "仁ᄒ을 本인뎌"라고 풀이하였다.

16 예를 들면, 『論語釋義』 「爲政」 16장에서 "攻乎異端"에서 주자는 '攻'을 '專治'라고 주 석을 달았는데, 이 주석에 대하여 퇴계는 "專心一力而治之也"라고 풀이하였다.

17 예를 들면, 『論語釋義』 「里仁」 7장에서 "觀過知仁"을 풀이하면서, "小註吳祐遷膠東侯

그렇다면 퇴계의『논어석의』는 경문을 주된 대상으로 하였다는 점에서 경문 중심의 경전해석을 하였다고 판단할 수 있다. 그러나 좀 더 세밀하게 살펴보면, 그 경문의 해석양상이 어떠하냐에 따라서 이 부분은 달리 해석할 여지가 있다. 즉 퇴계가 경문을 해석할 때 한 결 같이 주자주를 준거로 삼았다면, 비록 경문의 해석에 치우쳐 있지만 퇴계의 석의는 주자학 중심이라 할 수 있을 것이다. 그러나 만약 독자적으로 경문을 해석한 지점이 있다면 이는 또한 경문 중심의『논어』해석이라 할 것이다. 이 점은 조선의 경학사에서 상당히 중요하다. 종래 조선 경학 연구에서 퇴계를 위시한 주자학파의 경학은 주자학 일변이라 강조하고, 성호와 다산을 중심으로 하는 실학파 경학은 탈주자학적이라는 도식에 균열을 일으킬 수 있을 것이기 때문이다. 그리고 퇴계의 경문해석에서 주자학 이탈의 측면이 보이는데, 이것이 만약 교정청본 언해에 수용되었다면 이는 더욱 심각한 문제를 야기할 수 있다. 조선주자학의 본질이 무엇인지에 대하여 다시 생각해 볼 여지가 있기 때문이다.

그러면 구체적으로 퇴계의 석의를 어떻게 분석할 것인가? 다음과 같이 두 층위로 나누어서 고찰해 보고자 한다.

첫째, 주자주와 소주에 대한 해석보다, 퇴계의 경문에 대한 해석(언해)의 특징을 집중적으로 고찰해 보기로 하겠다. 그 고찰의 방법은 먼저 내용을 파악하고 이어서 교정청 언해에 수용된 여부를 검토하고자 한다. 이러한 검토는 퇴계『사서석의(四書釋義)』의 내용이 언해에 수용된 여부를 살펴볼 수 있을 뿐 아니라, 더 나아가 여기에서 추출된 특징을 바탕으로 조선에서의 주자학 수용 양상이 어떠했는지를 검토할 수 있을 것이다. 그리고 이러한 검토는 송시열과 송병선의 퇴계 석의와 경전해석에

相. 問膠東是侯國, 而相是宰相歟云云. 曰, 來說得之, 嗇夫未詳, 祐東漢名臣."이라고 하였다.

대한 서로 다른 평가에 대한 이해를 제고함과 동시에, 김항수 교수가 "교
정청의 언해는 퇴계학파에 의해 주도되었고 율곡학파는 별로 참여하지
않았다. 그래서 율곡의 사서언해는 교정청언해에 크게 반영되지 못하였
다. 즉 조선성리학계의 양대학파인 퇴계학파와 율곡학파는 경서해석에
의한 언해과정에서 학문적 차이를 해소하지 못하고 있는 것이다. 요컨대
16세기의 경서언해는 주자성리학에 의한 경서해석의 산물이었으며 동시
에 성리학파 사이의 학문적 대립을 보여주고 있는 것이다."라고 언급한
언해의 사상사적 위상에 대한 일종의 재검토의 의미도 지닐 수 있을 것
이다.

둘째, 퇴계의 석의를 교정청 언해, 율곡 언해, 그리고 최후의 언해서라
할 수 있는 『언해사서(言解四書)』[18]와 대비해서 고찰해보고자 한다. 이러
한 고찰은 퇴계 석의의 내용이 후대에 끼친 영향을 파악함으로써, 퇴계
에게서 발원된 언해의 영향력의 깊이를 가늠해 볼 수 있을 것이다.

3

분석의 편의를 위하여 『논어석의』에서 거론할 만한 구절들을 먼저 뽑
아서, 교정청 언해, 율곡언해, 언해논어와 대비하여 제시하며 비교분석
해 보기로 하겠다.

---

18 광복 이전, 언해 형식으로 이루어진 경전언해서가 두 차례에 걸쳐 간행되었다. 첫째는
1922년에서 1923년에 걸쳐 간행된 諺譯叢書인데, 『諺譯論語』, 『諺譯孟子』, 『諺譯書
傳』, 『諺譯詩傳』 등 4종의 경전을 언해하였다. 둘째는 1930년대 문언사에서 간행한
『言解四書』이다. 그러므로 『言解四書』는 전통적 언해 방식으로 이루어진 최후의 언
해서라고 할 수 있다.

1 『논어』 「학이」 2장. "爲仁之本."

『논어석의(論語釋義)』: 仁ㅎ욜 本인뎌

『교정청본 논어언해(校正廳本 論語諺解)』: 그 신 ㅎ욜 본인뎌

『율곡본 논어언해(栗谷本 論語諺解)』: 그 인홀 본인뎌

『언해논어(言解論語)』: 그 인하올 근본인뎌

【평석】 『논어』 「학이」 2장. "孝弟也者, 爲仁之本."은 고주(古註)와 신주(新註)에서 달리 해석되고 있다. 고주에서는 '효제는 인의 근본이다'라고 해석되는 반면, 신주인 주자주(朱子註)에서는 '효제는 인을 하는 근본이다'로 해석된다. 전자는 효제가 인의 본질인 반면, 후자는 인이 효제의 근본이 된다. 즉 실천적 개념인 효제보다 추상적 개념인 인이 주자학에서는 더 본질적 개념으로 가치평가되었으며, 이러한 가치평가가 이 경문의 주석에 반영된 것이다.[19] 퇴계는 석의에서 '仁ㅎ욜 本인뎌'라고 해석함으로써, 확고하게 주자의 해석적 기반에 서있다. 그리고 퇴계의 이러한 해석은 이후 교정청과 율곡에서도 받아들여졌을 뿐 아니라, 일제시대 『언해논어(言解論語)』에 이르기까지 그대로 수용되었다. 이것은 결국 **퇴계의 주자학에 근거한 경문 언해가 별 이견없이 우리의 유교경전언해사에서 수용되었음**을 드러내어 주는 전형적 예라고 할 것이다.

2 『논어』 「학이」 12장. "先王之道, 斯爲美."

『논어석의(論語釋義)』: 앞의 설은 '이것이 아름다운지라'이고, 뒤의 설은 '이것이 아름답다고 하여'이다. ○이것으로 ○이것을 ○이것이 아름다우니. 지금 고찰해 보건데, 앞의 해석을 따라서 '이것이 아름다우니'라고 하는 것이 가장 좋으나, 나머지 여러 설도 다 무방하다.[20]

『교정청본 논어언해(校正廳本 論語諺解)』: 이 아름다온디라

---

19 이 구절에 대한 자세한 분석과 논의는, 이영호, 「『한국경학자료집성』의 자료적 특징과 그 보완 및 연구의 방향」, 『대동문화연구』 49(성균관대대동문화연구원, 2005) 참조.

20 『論語釋義』 「學而」 12장. "前說, 斯ㅣ 美혼디라. 後說, 斯ㅣ 美타 ㅎ야. ○斯로 ○斯를 ○斯ㅣ 美ㅎ니. 今按, 從前說, 斯ㅣ 美ㅎ니, 此最長, 諸說, 亦皆無妨."

『율곡본 논어언해(栗谷本 論語諺解)』: 이 미흔더라

『언해논어(言解論語)』: 이 아름다운지라

【평석】 퇴계 이전에 "선왕지도 사위미(先王之道, 斯爲美.)"에서 '사위미(斯爲美)'에 대한 언해는, ①이것이 아름답다, ②이것이 아름답다고 한다 ③이것으로 ④이것을 ⑤이것이 아름답다고 하니 등등이 있었다. 이러한 다양한 언해에서의 핵심은 '사(斯)'와 '위(爲)'를 어떻게 풀이하느냐 하는 것이었다. 퇴계는 여기서 '사(斯)'를 주격으로 '위(爲)'는 풀이하지 않는 방식의 언해를 택하였다. 그리고는 나머지 언해도 아주 틀린 것은 아니니 채택되어도 무방하다고 하였다. 그런데 후대의 여러 언해서에서는 한 결 같이 퇴계가 선택한 언해를 그대로 수용하였다. 이는 **조선 전기 언해 전통에서 퇴계가 선택한 언해를 후대의 유교경전언해에서 수용하고 있음을 보여주고 있다.**

❸ 『論語』「雍也」8장. "伯牛有疾, 子問之, 自牖執其手曰: "亡之, 命矣夫! 斯人也而有斯疾也! 斯人也而有斯疾也!"

『논어석의(論語釋義)』: '무지(亡之)'는 '망(亡)ᄒ리로다'라고 읽는데, 지금 고찰해보면 '무(亡)ᄒ리러니'라고 하는 것이 마땅하다. 혹자는 '무(亡)홀거시어늘'이라고 하기도 한다. 이 문장에서 '무(亡)'란 글자는 '유무(有無)'의 '무(亡)'이지, '사망(死亡)'의 '망(亡)'자가 아니다. 『논어집주』에서 '이 사람이 응당 이러한 병이 없을 것이다(此人不應有此疾)'라고 해석한 것은 '무지(亡之)' 두 글자를 풀이한 것이다. 그러므로 이 뜻은 이 사람이 응당 이러한 병이 없어야 하는데, 지금 있으니 이는 천명이라는 것이다. 성인께서 어찌 병문안을 갔다가 곧바로 병자가 죽을 것이라고 말하였겠는가? 그랬다면 이는 성인의 신후(愼厚)하고 침착한 기상에 크게 어긋나는 것이다. 또한 '죽을 것이다'고 말씀하셨다면 마땅히 '망의(亡矣)'라고 했을 것이지, '무지(亡之)'라고 '지(之)'자를 쓰지는 않았을 것이다.[21]

---

21 『論語釋義』「雍也」8장. "亡之, 亡ᄒ리로다. 今按, 當云, 亡ᄒ리러니. 或云, 亡홀 거시어늘. 蓋亡, 卽有無之亡, 非死亡之亡. 註此人不應有此疾, 正解亡之兩字, 言此人當無此疾而今有之, 是乃命也. 聖人豈問人疾而直言其當死乎? 大非聖人愼厚沈密之氣像. 且若言死亡, 當曰亡矣, 不當下之字."

『교정청본 논어언해(校正廳本 論語諺解)』: (빅우ㅣ 유질이어늘 즈ㅣ 문지ᄒ
실ᄉᆡ ᄌ유로 집기슈왈 무지리니 명의부ㅣ라) 빅우ㅣ 질이 잇거늘 즈ㅣ 무릭실
ᄉᆡ 유로브터 그 손을 잡아 ᄀᆞᆯᄋᆞ샤ᄃᆡ 업스리러니 명이라
『율곡본 논어언해(栗谷本 論語諺解)』: (빅우ㅣ 유질이어늘 즈ㅣ 문지ᄒ실ᄉᆡ
ᄌ유집기슈왈 망지로다 명의부여) 빅우ㅣ 질을 둣거늘 즈ㅣ 문ᄒ실ᄉᆡ 유로브터
그 슈를 자바 ᄀᆞᆯ샤ᄃᆡ 망ᄒ리로다 명이여
『언해논어(言解論語)』: (백우ㅣ 유질이어날 자ㅣ 문지하실새 자유로 집기슈
왈 무지러니 명의부ㅣ라) 백우ㅣ 질이 잇거날 자ㅣ 물으실새 창문으로부터 그
손을 잡어 갈아샤대 업스리러니 명이라

【평석】『논어(論語)』「옹야(雍也)」8장의 '亡之'를 '망지(亡之)'로 읽을 것인
가? 아니면 '무지(亡之)'로 읽을 것인가? 하는 것은 퇴계와 율곡이 극명하게
갈리는 지점이다. 왜 이런 현상이 발생하였는가? 그 원인은 바로 주자의『논어
집주』에 있다. 주자는『논어집주』에서 이 구절을 해석하면서, '영결사(永訣
辭)'라는 말과, '이 사람이 응당 이러한 병이 없을 것이다'라는 말을 동시에
사용하였다. 만약 전자에 주목하면, '죽겠구나!'라는 의미의 '망지(亡之)'로 읽
혀질 터이고, 후자의 해석을 중시하면 '이런 병이 없어야 될 터인데'라는 의미
의 '무지(亡之)'로 읽혀질 것이다. 이때 퇴계는 자신의 상식과 문리에 근거하여
후자에 주목하여 읽고서 언해하였다. 즉 퇴계는 '무(亡)'를 '무'로 읽고 '응당
이러한 병이 없어야 하는데'라고 해석하였다. 그리고 퇴계의 이러한 독창적
음독과 언해는 교정청본과『언해논어』에서 그대로 수용되었다. 그런데 율곡은
전자(永訣辭)에 주목함으로써 그 음독과 해석에서 퇴계와 길을 달리하였다.
즉 율곡은 '망(亡)'을 '망'으로 읽고, '망ᄒ리로다(죽겠구나!)'로 언해하였다. **퇴
계의 독창적 언해의 경우, 주자 해석의 일면을 명확하게 수용한다고 판단되었을
때 교정청언해와『언해논어』에서는 퇴계의 언해를 전면 수용하였다. 반면 율곡언
해에서는 이를 거부하였다.**

4『논어』「里仁」5장. "**貧與賤, 是人之所惡也, 不以其道, 得之,(혹은 不以其道
得之,) 不去也.**"
『논어석의(論語釋義)』: 지금 고찰하건대, '득지(得之)라도'라는 토는 매우 이

치를 해친다. 마땅히 '득지(得之)어든'이라고 해야 한다. 대체로 이 두 개의 '도(道)'자는 선악의 차이가 있다. 부귀하게 되는 도는 선도(善道)이며 …… 빈천하게 되는 도는 악도(惡道)이다. 군자가 몸을 닦고 도를 지켜서 대인의 덕이 갖추어지면 마땅히 천작(天爵)이 따르게 된다. 그런데 불행히도 빈천하게 된다면, 이는 내가 빈천할 만한 도가 없는데도 빈천하게 된 것이다. 이와 같다면 마땅히 편안히 여겨 버리지 않아야 하니, 안연(顏淵)과 원헌(原憲) 같은 사람들이 이 경우에 해당된다. 때문에 '불이기도(不以其道)로 득지(得之)어든 불거야(不去也)'라고 하는 것이다. 만약 '불이기도(不以其道)로 득지(得之)라두 불거야(不去也)'라고 읽는다면, 이는 군자가 빈천을 당하였을 경우에 단지 그 (빈천할 만한) 도로써 하지 않았는데도 빈천을 얻은 것을 버리지 아니할 뿐만 아니라, 비록 바둑, 장기, 싸움, 사치, 음란, 방탕 등 빈천할 만한 도를 취하였기 때문에 빈천하게 되었는데도 또한 버리지 않으면서 '나는 빈천에 편안하고자 한다'라고 핑계대려 하는 것이 되니, 이것을 옳다 하겠는가. (이견을) 말하는 사람들이 『논어집주』의 '군자가 부귀를 살피고 빈천을 편안히 여김이 이와 같다'고 한 구절을 보고서는, '군자는 빈천을 당하였을 때 어떻게 빈천하게 되었는가를 불문하고 다 편안히 여긴다'고 생각하여 쓸데없이 이런 말들로 사람들을 오도하는 것이다. 만약 이러한 말과 같다면 세상에서 무뢰한 짓을 저질러 집안을 망치고 몸을 망친 사람들을 다 빈천을 편안히 여기는 군자라고 할 수 있겠는가.[22]

『교정청본 논어언해(校正廳本 論語諺解)』: (不以其道로 得之라도 不去也ㅣ니라) 그 도로써 아니ᄒᆞ야 어더도 거티 아니홀 ᄯᅵ니라

『율곡본 논어언해(栗谷本 論語諺解)』: (不以其道得之라도 不去也ㅣ니라) 그 도로써 득디 아닐디라도 거티 마롤디니라

---

22 『論語釋義』「里仁」5장. "今按, 라두之吐, 甚害理. 當云, 得之어든. 蓋此兩道字, 有善惡之異. 富貴之道, 是善道. …… 貧賤之道, 是惡道. …… 君子修身守道, 大人之德備, 是宜天爵從之. 不幸而貧賤焉, 是我無貧賤之道, 而得貧賤. 如此者, 當安之而不去, 顏淵原憲是也. 所謂不以其道, 得之어든, 不去也. 若讀曰라두, 則是君子之於貧賤, 不但不去其得不以其道者, 雖我爲博奕鬪狠奢侈淫肆, 凡可以取貧賤之道, 以致貧賤, 亦將不去之, 諉曰, 我欲安貧賤也, 其可乎? 說者徒見『集註』審富貴安貧賤之語, 意謂君子於貧賤, 不問得之如何, 而皆安之, 謾爲此說以誤人. 苟如此說, 是世之爲無賴亡家喪身者, 皆爲安貧賤之君子邪?"

『언해논어(言解論語)』: (不以其道로 得之라도 不去也ㅣ니라) 그 도로써 아
니하야 어더도 버리지 아니할 지니라

【평석】'불이기도(不以其道) 득지(得之)'에 대한 퇴계의 구결을 통한 해석은
매우 정밀한 분석에 근거한 독창적 해석이라 할 만하다. 가난함을 부를 수 있는
도리를 행하지 않았는데도 가난해 졌을 때, 이것을 버리지 않음은 안연과 원헌
같은 경지의 사람에게 해당된다. 그런데 여기서 문제는 이 말이 가난함을 부를
수 있는 악도를 행하여 가난을 얻은 사람들에게 심리적 도피처를 제공할 수
있는 여지가 있다는 점에 있다. 퇴계는 '득지(得之)'의 뒤에 '라도'라는 토를
달게 되면 이러한 해석의 여지를 면할 수 없다고 판단하였다. 이에 퇴계는 '득
지(得之)'의 뒤에 '어든'이라는 토를 달아서 이 같은 해석의 오류에서 벗어나고
자 하였다.23 그런데 퇴계의 이러한 시도는 위의 풀이에서 보듯이 주자의 주석
에서 배치되는 지점에서 형성되었다고 생각될 여지가 다분하다. 그 해석의 독
창성이 주자의 주석과 배치되는 지점이라 의심된다면, 과연 이것은 조선에서
어떻게 받아들여질까? 앞서 퇴계 언해가 후대 언해에 심각한 영향을 미쳤음을
고려할 때 이 문제는 상당히 흥미롭다고 할 수 있다. 후대의 언해를 보면 교정
청본과 『언해논어』에서는, 언해는 퇴계와 달리하였지만 퇴계 구결의 일부를
수용하고 있다. 그런데 율곡은 구결과 언해에서 모두 퇴계의 풀이를 수용하지
않았다. 즉 **퇴계의 독창적 언해의 경우, 주자의 해석에 명확하게 반한다고 판단되
었을 때 교정청언해와 언해논어에서는 일부를 수용하고 율곡언해에서는 전면적으
로 거부하였다.**

이상의 논의를 정리해 보기로 하겠다. ■에서 보이는 퇴계의 주자학적
이념에 근거한 언해와 후대 언해본들의 이에 대한 전면적 수용은 조선의
경서언해에 가장 빈번하게 등장한다. 때문에 이를 조선에서 발간된 언해
의 기본적 지향이라 할 수 있다. 이는 곧 16세기 경서언해가 담보하고

---

23 경남대 국문과 김정우 교수의 조언에 의하면, '라도'는 '방임'의 어감을 지니며 이에
  비해 '어든'은 '조건'의 어감을 가진다고 하였다.

있는 주자학에 대한 정밀한 이해를 보여주는 것이라 할 수 있으며, 동시에 송병선(宋秉璿)이 퇴계의 언해를 가리켜 한결같이 주자의 해석을 준용하였다는 평가에 부합되는 지점이라 할 것이다. **2**에서는 퇴계가 조선 초기 여러 언해들 중에서 선택한 언해가 교정청본, 율곡본, 일제 강점기의 마지막 언해본에 그대로 수용됨을 보여주고 있다. 이는 바로 퇴계의 언해가 다른 어떤 언해보다도 강력한 영향력을 미쳤음을 보여주는 증거라 할 것이다. **1**과 **2**를 통해 본다면, 우리는 김항수 교수가 언해의 위상에 대하여 "교정청의 언해는 퇴계학파에 의해 주도되었고 율곡학파는 별로 참여하지 않았다. 그래서 율곡의 사서언해는 교정청언해에 크게 반영되지 못하였다. …… 요컨대 16세기의 경서언해는 주자성리학에 의한 경서해석의 산물이었으며 동시에 성리학파 사이의 학문적 대립을 보여주고 있는 것이다."라고 한 평가에 대해서 동의할 수 있다.

그런데 **3**과 **4**에서는 이와는 다른 평가가 가능한 지점을 볼 수 있다. 퇴계는 주자주를 선택적으로 판단하여 자신의 경문문리에 의거하여 명확하게 해석하기도 하였으며, 간혹 주자주와 대척적 지점에서 자신의 문리로 경문을 해석하기도 하였다.[24] 이는 우암이 퇴계의 주석이 주자에게서 벗어났다고 한 지점이라 할 것이다. 그런데 퇴계의 이러한 해석은 교정청본 언해뿐 아니라 일제 강점기의 언해에 이르기까지 큰 영향을 미쳤다. 특히 **4**의 경우에는 부분 수용되었지만, **1**, **2**, **3**의 경우는 퇴계의 언해를 후대에서 전면 수용하였으므로, 우리는 퇴계의 언해가 조선의 경서언해사에서 미친 영향의 크기를 여기에서 가늠할 수 있다. 퇴계의 언해는

---

24 예컨대 『孟子釋義』「離婁」上 1장 8절에서는 "『맹자집주』의 문세에 의거해 보면, 마땅히 이와 같이 해야 할 듯하다. 그러나 이러한 곳에서는 『**맹자집주』의 문장에 너무 얽매이는 것은 옳지 않다.** 마땅히 경문의 어세를 평범하고 순조롭게 따라야 할 것이다."(今按據註文勢, 則似當如此. 然此等處, 不可太拘註文. 當平順本文語勢.)라고 하기도 하였다.

주자학을 준용하는 경우에서뿐만이 아니라 주자학에서 이탈한 지점에서 독창적으로 제시된 언해도 후대에 일정하게 수용되었기 때문이다.

그런데 율곡의 언해에서 퇴계의 이러한 독창적 언해를 따르지 않았고, 우암은 이를 극력 비판하면서 한결같이 주자의 경전해석에 철저하고자 하였다. 그러나 일제 강점기에 이르러서 간행된 마지막 언해에 이르기까지 언해의 기준은 퇴계의 그것이었으며, 그 비판자로 있었던 율곡학파의 언해는 소외되었다. 이렇게 보면 조선 중기에서 일제 강점기까지 정치적 승자는 서인노론이었지만 어떤 의미에서 조선의 주자학은 퇴계학파가 그 저류에 자리하였다고 평가할 수 있을 지도 모르겠다.

4

퇴계의 언해를 주자의 해석을 정밀하게 분석한 바탕위에 성립된 측면에서 보자면, 이는 분명 주자학에 의한 경서해석의 산물이라 할 것이다. 그러면 퇴계의 독창적 경문 언해(해석)의 지점을 어떻게 평가할 것인가? 이것을 새로운 형태의 학문체계에 의거한 해석이라 할 수 있는가? 아니면 주자학의 범주에서 새롭게 그 의미를 부여할 수 있는가? '격물(物格)' 에 대한 퇴계의 고심과 그 언해를 고찰하면서 이 문제를 살펴보기로 하겠다.

『**大學章句**』「**經一章**」 제5절. "**物格**"
『대학석의(大學釋義)』: 물(物)이 격(格)한 ○물리(物理)의 지극한 곳이 이르지 않음이 없다. 낙봉 신광한 선생이 말씀하시길, "물리(物理)의 극처가 이르지 않음이 없다."고 하시고, 또 " …… 일찍이 회재 이언적이 '마음이 극처에 이른다'고 한 설을 보았는데, 이 설은 잘못된 것이다."하셨다. 지금 고찰해 보건대,

신공의 이 설은 매우 정미(精微)하다. 내가 이전에 대사성 윤탁 선생에게 이것에 대하여 묻기를, "이른바 '이른다'는 것은 '마음이 이치의 지극한 곳에 이른다'는 뜻입니까?"하니, 공이 "아니다."라고 하셨다. 당시에는 이를 이해하지 못하였는데, 오늘날 바야흐로 이 말씀이 옳은 것을 깨달았다.25

『교정청본 대학언해(校正廳本 大學諺解)』: 믈이 격혼 후에

『율곡본 대학언해(栗谷本 大學諺解)』: 믈이 격혼 후애

『언해대학(言解大學)』: 믈이 이른 뒤에

조선 전기 사상사에서 '격물(格物), 물격(物格)' 논쟁은 심성논쟁과 더불어 양대축을 형성한 중요 주제였다. 그런데 중국의 사상사에서는 '격물(格物)' 논쟁이 중심이었다면, 조선에서는 '물격(物格)' 논쟁이 핵심 사안이었다. 퇴계 이전에 이미, 윤탁(尹倬, 1472~1534), 원혼(元混, 1505~1588), 김식(金湜, 1482~1520), 박광우(朴光佑, 1495~1545), 이언적(李彦迪, 1491~1553), 신광한(申光漢, 1484~1555) 등이 '물격(物格)'에 대하여 첨예한 논의를 진행하였다.26 그러면 이 '물격(物格)' 논쟁의 핵심은 무엇인가? 크게 정리해 보면, '물리도오심설(物理到吾心說)', '오심도극처설(吾心到極處說)', '물리도극처설(物理到極處說)' 등으로 나눌 수 있다.27 논의의 초점은 물리(物理)가 스스로 발현할 동력이 있는가하는데 모여져 있다. 퇴계는 처음에는 '오심도극처설(吾心到極處說)'을 주장하다가 기대승과의 편지 왕래를 통하여 '물리도극처설(物理到極處說)'로 입장을 바꾸게 된다. 그 자세한 정황을 『대학석의(大學釋義)』의 말미에 이렇게 소개하고 있다.

---

25 『大學釋義』「經一章」 제5절. "物이 格흔 ○物理之極處, 無不到. 駱峯申先生釋云, 物理의 極處ㅣ 니르디 아니흔 딕 업다. 又曰 …… 曾見李復古說, 心到極處, 此說非也. ○今按, 申公此說, 甚精微. 滉向問此於尹大成倬先生曰, 所謂到者, 心到理極處否? 公曰, 非也. 當時未曉, 今方覺是."

26 이에 대한 자세한 사항은, 『退溪先生文集』 卷26, 「格物物格俗說辯疑答鄭子中」 참조.

27 이에 대한 자세한 논의는, 이영호, 『조선중기경학사상연구』(경인문화사, 2004), 87~92면.

내가 전에 잘못된 설을 고집했던 것은 단지 주자의 '리(理)는 정의(情意)도 없고 계탁(計度)도 없고 조작(造作)도 없다'는 설만을 지켜서, '내가 물리(物理)의 지극한 곳을 궁구(窮究)하여 이를 수 있는 것이지, 리(理)가 어찌 스스로 지극한 곳에 이를 수 있겠는가?'라고 여겼기 때문입니다. 그래서 '물격(物格)'의 '격(格)'과 '무불도(無不到)'의 '도(到)'를 모두 내가 '격(格)'하고 내가 '도(到)'하는 것으로 보았습니다. 그러므로 지난날 서울에 있을 직에는 비록 '리도(理到)'의 설로 깨우쳐 줌을 받고서 또한 반복하여 상고해 보았으나, 오히려 의혹이 풀리지 않았습니다. 근자에 김이정(金而精)이 그대가 고찰한 바를 전해 주었는데, 그 내용은 주자가 '리도(理到)'에 대하여 언급한 3, 4조항이었습니다. 그제서야 비로소 나의 견해가 잘못되었음을 두렵게 여겨, 이에 그릇된 옛 견해를 다 씻어 버리고 허심탄회하게 상고하여 먼저 이 리(理)가 스스로 이를 수 있는 까닭이 무엇인가를 찾아보았습니다.[28]

퇴계가 기대승에게 보낸 위의 편지를 보면 퇴계는 처음에 '리(理)'는 정의와 조작이 없다는 주자의 설에 근거하여, 리의 발동(發動)을 믿지 않았다. 이에 퇴계는 굳게 자신의 내면의 물리에 의한 탐구에 의해 사물의 이치에 다가가는 것으로 물격을 이해하였다. 이렇게 '오심도극처설(吾心到極處說)'로 '물격(物格)'을 이해하면, 내 마음이 물의 극처에 이른다는 의미이기에 '물(物)에 격(格)한'으로 토를 붙여야 된다. 그런데 기대승과의 편지왕래를 통하여 퇴계는 리의 자도(自到)를 믿게 되면서, 여기에 자기 공부의 정력을 쏟아 마침내 다음과 같은 결론에 이르게 되었다.

그 '물격(物格)'이라 함에 미쳐서는 어찌 '물리(物理)의 지극한 곳이 내가

---

28 『大學釋義』「答奇明彦別紙」. "前此滉所以堅執誤說者, 只知守朱子理無情意無計度無造作之說, 以爲我可以窮到物之極處, 理豈能自至於極處. 故硬把物格之格, 無不到之到, 皆作己格己到看. 往在都中, 雖蒙提諭理到之說, 亦嘗反復紬思, 猶未解惑. 近金而精, 傳示左右所考, 出朱先生語及理到處三四條. 然後乃始恐怕己見之差誤, 於是盡底裡濯去舊見, 虛心細意, 先尋箇理所以能自到者如何."

궁구하는 바를 따라 이르지 않음이 없다'고 할 수 있겠습니까. 여기에서 '정의 (情意)도 없고 조작(造作)도 없다'는 것은 이 리(理)의 본체(本體)이고 깃들인 곳에 따라 발현(發見)하여 이르지 않음이 없는 것은 이 리(理)의 지극히 신묘 한 작용임을 알 수 있습니다. 전에는 단지 본체의 무위(無爲)만을 알았고, 신 묘한 작용이 드러나 행해질 수 있음을 알지 못하여 거의 리(理)를 사물(死物) 같이 인식하였으니, 도(道)와의 거리가 멀지 않았겠습니까.[29]

퇴계는 후학인 기대승과의 논변, 그리고 깊은 성찰을 통하여 마침내 물격설(物格說)에서 단초를 잡아 리동설(理動說)을 확립하였다. 퇴계의 리 동설은 정의(감정)와 조작(권능)이 배제된 주자학의 리(理)에 동력을 부여 함으로써, 신성(神性)을 자신의 철학체계안으로 불러들인 것이다. 주자 의 리철학과 신성의 결합, 이는 바로 주자학에 일종의 종교성을 불어넣 은 것이라고 할 수 있다. 리동설과 더불어 퇴계학의 또 다른 한축인 경학 (敬學)은 바로 이 천(天)을 향한 종교적 경건성에 다름 아니기에, 실로 퇴 계학의 본령은 리동설(理動說)에 있다고 해도 과언이 아닐 것이다.[30] 퇴 계학의 핵심인 이 리동설이 바로 '물격'에 대한 논의에서 단초가 잡혔고, 이것이 언해에 표현된 것이 우리가 위에서 살펴본 '물(物)이 격(格)한'이 다. 물(物)의 리(理)는 그 자체로 주체적 동력을 지니고서 세상에 임하는 것이다. 이것이 바로 '물리(物理)가 세상에 모습을 드러내다'는 의미로서

---

29 『大學釋義』「答奇明彦別紙」. "及其言物格也, 則豈不可謂物理之極處, 隨吾所窮而無 不到乎? 是知無情意造作者, 此理本然之體也, 其隨寓發見而無不到者, 此理至神之用 也. 向也, 但有見於本體之無爲, 而不知妙用之能顯行, 殆若認理爲死物, 其去道不亦 遠甚矣乎?"

30 후일 퇴계의 이러한 리동설은 근기학파의 천주학 수용에 중대한 영향을 미치기도 하 였다. 천을 향한 종교적 경건성을 지닌 퇴계의 리는, 당시 퇴계학맥을 계승한 근기학파 의 천주학 수용자들에게 바로 천주의 형상과 그리 멀게 느껴지지 않았을 것이다. 이에 대한 상세한 분석은, 이동환, 「다산 사상에서의 상제 도입경로에 대한 서설적 고찰」, 『다산의 정치경제사상』(창작과비평사, 1990) 참조.

의, '물(物)이 격(格)한'이라는 언해의 내밀한 의미이다. 이러한 퇴계학의 본령은 비록 주자학을 근간으로 하였지만, 환골탈태하여 새로운 지향을 불어넣어 퇴계만의 독자적 주자 해석을 가능케 하였다. 퇴계학의 이러한 지점은 이후 조선의 사상사에 지대한 영향을 미치게 된다. 작게는 각종 언해의 저변에 깔린 퇴계의 독자적 경전 이해의 수용을 생각해 볼 수 있을 것이다. 위의 '물(物)이 격(格)한'으로서의 퇴계의 이동설에 근거한 '물격'의 언해는 교정청본과 율곡본에서부터 1930년대에 마지막으로 등장하는 언해서에서도 그대로 수용이 되고 있다. 이것은 퇴계의 주자학에 근거한 언해뿐만 아니라 독자적 언해도 장구한 영향력을 미쳤음을 반증하는 것이라고 할 수 있다. 한편 사상사의 지점에서 살펴보면, 조선 후기 실학파의 천주학 수용에서 주리론(主理論)의 등장에 이르기까지 퇴계학의 리동설(理動說)은 항상 그 원류에 위치하게 되었다. 이는 중국과 일본의 주자학에서는 찾아볼 수 없는 조선만의 특징적 현상이기에 우리는 퇴계학의 이러한 지점을 가리켜 '조선주자학(朝鮮朱子學)'이라 명명하여도 지나치지 않을 것이다. 퇴계의 석의에서 각종 언해로의 이행과정은 그 자체로 주자학 연구의 심원화를 반영한 것이기도 하지만, 또한 리동설을 특징으로 하는 조선주자학의 탄생의 과정을 증명하는 기록이기도 하다.

불전언해의 국어사적 의의

－중기국어 불전언해를 중심으로

정우영

1. 중기국어 시대, 불전과 언해

중기국어(中期國語) 시기,[1] 구체적으로 1443년 12월 훈민정음 창제 이후 16세기말까지 나온 한글문헌들을 조사해보면 아주 이해하기 어려운 문제와 만나게 된다. 조선은 대내외적으로 '억불숭유(抑佛崇儒)'를 국시로 표방하였음에도 불구하고 15세기 세종대에서 연산군대에는 관판(官版)으로 불전언해(佛典諺解)도 간행하고, 심지어 세조대에는 불전 간행을 전담하는 간경도감(刊經都監)까지 설치하여 한역불전(漢譯佛典) 및 불전언해를 다량으로 간행하였다. 아무리 '훈민정음'을 창제해 새 문자를 보급하는 일이 시급하였다고 하더라도, 하고많은 대상 중에 하필 국가정책 기조에 정면 배치되는 불전들을 언해·간행해야 했는지 참으로 납득하기 어렵다. 국가에서 서적을 간행한다는 것은 국가 정책 실현을 위한 합목적적인 공적 행위로서, 그 권위와 전국적인 배포 범위를 고려할 때 파급 효과가 적다고 할 수 없다.

이 글은 역사상으로는 조선 전기, 국어사적으로는 중기국어 시기에 간

---

1 이 글의 '중기국어(中期國語)'는 박병채, 『국어발달사』(세영사, 1989)의 국어사 시대구분에 따른 용어이다. 이 시기의 국어를 이기문, 『국어사개설(개정판)』(민중서관, 1972)에서는 '후기 중세국어'라고 부르고 있다.

행된 여러 한글문헌 중에서 불전언해에 초점을 맞추어 그 제작 배경과
목적을 밝히고(제2장), 훈민정음 창제 이전과 이후로 나누어 15세기 불전
언해를 고려시대 구결자료들과 대비해 봄으로써 번역 전통의 역사성, 즉
고려시대 번역 전통의 창조적 계승임을 검토하고자 한다(제3장). 제4장
에서는 기존의 연구 성과를 바탕으로 중기국어 시기에 간행된 불전언해
가 국어사적으로 어떤 의의와 가치가 있는지를 주로 국어학적 관점에서
개괄적으로 검토·평가하고자 한다.

　본론으로 들어가기에 앞서, 이 글에서 사용할 몇 가지 용어를 정리한
다. 첫째, '불경(佛經)'보다는 '불전(佛典)'이라는 용어를 사용하고자 한다.
불경이라는 용어는 일반적으로 "부처님의 가르침[佛敎]을 서술한 경전",
나아가 "불교의 교리를 밝혀 놓은 전적(典籍)을 총칭"하는 말로 사용되고
있다. 그러나 '불경(佛經)'의 '경(經.sūtra)'이 주는 원천적 의미를 고려하
면, 중국·한국·일본 등지에서 조성된 조사어록(祖師語錄)이나 역대 고
승들의 각종 저술, 불교 영험담(靈驗譚)까지 '불경'이라는 용어로 포괄하
기는 어렵지 않은가 한다.[2] 그런데 오늘날 '불전(佛典)'은 동양에서 '대장
경(大藏經)'과 유의어로 쓰이며, "불교 경전을 비롯하여 불교와 관련이 있
는 전적" 정도의 의미로 확대 사용되고 있다. 또한 '불전'은 한국 불교학
계에서뿐만 아니라 동아시아 불교학계에서도 널리 사용될뿐더러 중기국
어 시기의 한글문헌만 보더라도 '경(經)'이 붙은 것보다는 그렇지 않은 것
이 두 배 이상 많아 이들까지 수렴해 논의하려면 '불전(佛典)'이라는 용어
가 더 적합해 보인다.[3]

2　한문본과 언해본이 모두 갖추어져 있는 『몽산화상법어약록(蒙山和尙法語略錄)』이나
　『선종영가집(禪宗永嘉集)』, 그리고 『목우자수심결(牧牛子修心訣)』, 『발심수행장(發
　心修行章)』, 『선가귀감(禪家龜鑑)』, 『영험약초(靈驗略抄)』 등 '경(經)'이 붙어 있지 않
　은 자료까지를 '불경(佛經)' 또는 '불경언해(佛經諺解)'라고 부르는 것이 어색하게 느껴
　진다.

둘째, 언해(諺解)라는 용어는 일반적으로 훈민정음 창제 후 대체로 19
세기 말까지, "주로 한문 원문을 훈민정음, 또는 '언문(諺文)/언자(諺字)'
즉 '한글'로 풀이하여 씀. 또는 그런 책"을 뜻하였다. 그러나 실제로 15세
기 자료에서는 그와 같은 명칭이 사용되지 않았다.[4] '언해(諺解)'라는 용
어는, 15세기~16세기 초기 기록들을 근거로 할 때, '以(/用)諺文(/諺字)
譯解'[5] 즉 "언문(諺文)으로 (어떤 대상을) 역해[譯解: 번역해 알기 쉽게 풀이]
한다."는 말에서 각각 '언(諺) + 해(解)' 두 어기(語基)를 조합해 만든 합성
어이다. 실록(實錄, 구체적으로 中宗實錄)이나 한문 전적의 사례를 근거로
할 때, 이 용어가 본격적으로 사용된 것은 16세기 전기로 추정된다. '언
해'라는 용어는 기원적으로 동사구이지만, 이 시기에는 이미 명사적인
기능까지 겸하게 되어 『정속언해(正俗諺解)』와 같은 문헌의 서명에까지
상용화한 것으로 추정된다.[6]

---

3 정우영, 「한글 불전류(佛典類)의 역주 방법론 연구」, 『국어사 연구』 12(국어사학회,
2011), 76~77면.

4 15세기 불전언해 명칭을, 예를 들어 『능엄경언해(楞嚴經諺解)』(1461)니 『법화경언해
(法華經諺解)』(1463)니 부르고 있지만, 원래 명칭은 각각 『대불정여래밀인수증요의제
보살만행수능엄경(大佛頂如來密因修證了義諸菩薩萬行首楞嚴經)』과 『묘법연화경
(妙法蓮華經)』으로 한문본이나 언해본이 동일하다. 그러나 학계에서는 둘을 구별하
기 위해, 특히 언해본에는 원명(주로 '약호')의 뒤나 앞에 '언해(諺解)'를 붙여 사용해오
고 있다.

5 한문에서 '以(/用)諺文(/諺字) 譯解'는 '以諺文(/諺字) 譯解' 또는 '用諺文(/諺字) 譯解'
등으로 표현되었다. 조선시대에는 '언문(諺文)'과 '언서(諺書)'를 같은 의미로 쓴 경우
도 있지만, 조선 전기의 '언서(諺書)'는 일반적으로 "언문으로 쓴 글"을 뜻하였다. 따라
서 16세기 전기 '언해(諺解)'라는 용어의 형성에는 관여하지 않은 것으로 생각된다. ①
대비가 언서(諺書)를 내어 승지 등에게 보이기를〈성종 11년(1480) 5월30일〉. ② 양전
(兩殿)에서 언서(諺書)로 답하기를[兩殿以諺書答曰]〈성종 14년(1483) 5월13일〉. ③ 왕
대비가 행장 수찬에서 언서(諺書)를 내렸는데, 한문으로 번역하면[王大妃下諺書于行
狀修撰 以文譯之]〈연산군 2년(1495) 1월 2일〉. ④ 언서(諺書)라면 백성들도 알 수 있
으니 찬집할 때에 언문(諺文)으로 번역하기도 하여 두루 알리는 데 힘쓰는 것이 어떠
합니까?〈중종 31년(1536) 5월12일〉

16세기에 '언해'라는 용어가 정착되기 전에 일반적으로 사용된 것은 '譯, 翻(/飜)譯, 譯解, 諺釋' 등이었다. 이들 용어는 한자어의 구성요소가 각기 다르므로 의미도 다소 차이가 있을 것으로 예상된다. 그러나 이들의 결과물, 즉 '譯, 飜(/翻)譯'의 결과인 「석보상절서(釋譜詳節序)」와 『번역소학(飜譯小學)』, '역해(譯解)'의 결과인 『몽산화상법어약록(蒙山和尙法語略錄)』과 『불설아미타경(佛說阿彌陀經)』, '언역(諺釋)'의 결과인 『선종영가집(禪宗永嘉集)』, 그리고 '언해(諺解)'의 결과인 『정속언해(正俗諺解)』와 『소학언해(小學諺解)』 등을 여러 각도로 비교해 보아도,[7] 시대에 따른 표기법의 차이는 있지만 변별적인 특이 요소는 발견되지 않는다. 이것으로 볼 때, '언해(諺解)'는 '언석(諺釋)'과 함께 번역의 도구인 '諺文/諺字'가 명시된 표현일 뿐 '翻(/飜)譯·譯解' 등과 같이 "어떤 언어[원천언어]의 글을 목표언어(目標言語)로 옮기는 것"이라는 점에서는 차이가 없다. 따라서 이 글에서는 특별한 경우를 제외하고는 "우리말·글로 飜(/翻)譯 또는 譯解"한다는 표현까지 '언해(諺解)'라는 용어로써 대신 사용하고자 한다.[8]

---

6 한글문헌 중 '언해(諺解)'라는 용어가 가장 먼저 사용된 문헌은 1518년 김안국(金安國)의 『정속언해(正俗諺解)』이다.(백두현, 「한글을 중심으로 본 조선시대 사람들의 문자생활」, 『서강인문논총』22(서강대인문과학연구소, 2007), 280~281면) 이 문헌에서는 권두·권말에 이와 같은 서명(書名)이 사용되었다. 한편, 김무봉(「조선 전기 언해 사업의 현황과 사회 문화적 의의」, 『한국어문학연구』58(한국어문학연구학회, 2012), 14면에서는 내제(內題)와 판심제에 모두 '언해(諺解)'라는 명칭이 사용된 것은 『소학언해(小學諺解)』(1588)이며, 이를 토대로 16세기말 무렵에 이 용어가 본격 사용된 것으로 파악하였다.

7 중기국어(中期國語) 문헌에서 이들 용어가 사용된 구체적 예를 제시하면 다음과 같다. ① 역(譯) : 譯은 翻譯이니 〈석보서6a〉. ② 번역(翻譯/飜譯) : 又以正音으로 就加譯解ᄒᆞ노니 【譯은 翻譯이니 ᄂᆞ미 나랏그를 제 나랏글로 고텨 쑬씨라】〈석보서5b~6a〉. 책의 제목으로 사용된 飜譯小學. ③ 역해(譯解) : 慧覺尊者信眉 譯解 〈몽산화상법어약록1a〉. 御製譯解 〈불설아미타경1a〉. ④ 언석(諺釋) : 今我聖上……於此禪經 親印口訣 乃命儒臣 招集緇流 詳加諺釋 〈선종영가집,발문〉. ⑤ 언해(諺解) : 책의 제목으로 사용된 정속언해(正俗諺解)와 소학언해(小學諺解) 등.

2. 중기국어 불전언해의 간행 배경과 목적

이 장에서는 1443년 훈민정음 창제로부터 16세기말까지의 중기국어 시기에 나온 '한글문헌'을[9] 세기별(15, 16세기), 군왕별(君王別)로 세분하여 목록을 작성하고, 그 중 불전언해에 초점을 맞추어 간행 배경과 목적, 그리고 유교·불교 한글문헌의 간행 추이를 역사적으로 조감한다. 이 과정을 통해 관판으로 불전언해를 간행하게 된 여러 요소도 아울러 파악할 수 있게 될 것이다.

2.1. 15세기 한글문헌 목록과 불교 관련문헌

2.1.1. 세종-단종대 한글문헌

1443년 세종의 훈민정음(언문)의 창제는 전통적으로 사용되던 이두(吏讀)·한자 약체구결(略體口訣) 같은 불완전한 차자표기 체계를 언문일치의 국어 표기체계로 바꾸는 혁명을 가져왔다. 이로써 국어 텍스트의 제작이 가능해졌으며, 한문불전의 언해와 간행도 가능하게 되었다. 세종대에서 단종대에 나온 한글문헌을 조사하면 〈표 1〉과 같다. 세종의 재위

---

8 앞에 제시한 여러 용어 중에서 '역(譯)'은 '번역'보다는 '주음(注音)'의 의미로 자주 사용되므로 제외한다. ① "언문으로 '운회'를 '역(譯)'하라."[以諺文譯韻會]〈세종 26년(1444) 2월 16일〉. 그 결과물이 『동국정운(東國正韻)』이다. ② "이제 훈민정음으로 이(=홍무정운)를 '역(譯)'하니…"(후략)[今以訓民正音譯之]「홍무정운역서」. 그 결과물이 『홍무정운역훈(洪武正韻譯訓)』이다.

9 이 글에서 '한글문헌'의 개념은 기존 논의와는 다르게 규정한다. 문헌자료에 '훈민정음' 즉 '한글'로 기록한 내용이 들어 있으면 모두 이에 포함하고자 한다. 예컨대 불사(佛事)에 참여한 사람들의 고유어 인명을 한글로 기록한 「사리영응기(舍利靈應記)」나 우리말 번역[諺解]을 위한 기초적 문헌이라 할 『원각경구결(圓覺經口訣)』 등도 '한글문헌' 목록에 포함시킨다. 특히 후자는 '한문 원문의 내용 이해→한문 분절→국어 문법요소의 한글표기'라는 과정을 거친 것이므로 '언해'의 한 종류로 볼 수 있다. 문헌 목록은 앞으로 한글 사용의 역사를 기술하는 데에도 두루 활용될 수 있다.

기간은 1418~1450년으로 길지만, 훈민정음 창제를 기점으로 하면 약 7년간, 단종은 3년간에 이룩한 목록인 셈이다.

〈표 1〉 세종-단종대의 한글문헌 목록[10]

건수	연대	자료의 명칭	성격	분류 (관판 여부)	비 고
1	1446	훈민정음(訓民正音)	언어	관판	해례본(解例本)
2	1446~7	훈민정음(訓民正音)	언어	관판	언해본(諺解本)[11]
3	1447	용비어천가 (龍飛御天歌)	역사	관판	10권. 건국 서사시
4	1447	석보상절(釋譜詳節)	불교	관판	24권 중 10권만 전함. 활자본. 한문은 제시되지 않음.
5	1447	월인천강지곡 (月印千江之曲)	불교	관판	3권 중 상권만 전함. 활자본. 저경이 있는 찬불시집
6	1448	동국정운(東國正韻)	언어	관판	6권. 활자. 표준한자음사전
7	1449	사리영응기 (舍利靈應記)	불교	관판	활자본. 한글 표기 인명(人名)
8	1447? ~1455	홍무정운역훈 (洪武正韻譯訓)	언어	관판	16권. 중국 표준한자음사전. 1·2권 미발견

〈표 1〉에서 보듯이, 훈민정음 창제 후 세종대(1443~1450)에서 단종대 (1452~1455)까지 나온 관판본 한글문헌은 모두 8건이다. 그 중에서 3건 (37.5%)이 불교 관련 한글문헌이며, 나머지 62.5%는 언어(4건)와 조선건

---

10 〈표〉는 현재 그 소재가 확인된 자료를 중심으로 작성하였다. 〈연대〉는 원칙적으로 문헌의 간행연대를, 〈자료의 명칭〉은 내제(內題)의 명칭을, 〈성격〉은 내용의 주된 성향을, 〈분류〉는 관판(官版)의 여부를 표시하며, 〈비고〉는 해당 자료의 제작 배경을 이해하는 데 필요하다고 판단되는 주요 사항을 기록한다.

11 훈민정음 언해본의 성립 시기에 대하여는 정우영,「『訓民正音』 언해본의 성립과 원본 재구」,『국어국문학』139(국어국문학회, 2005나) 및 조규태·정우영 외,『학술연구용역 사업보고서 훈민정음 언해본 이본 조사 및 정본 제작 연구』(문화재청, 2007) 참조.

국의 서사시(1건) 등 총 5건이다. 훈민정음을 창제·반포한 후 그것을 적
극 활용해 조선의 건국 서사시 『용비어천가』를 창작하고, 훈민정음 해례
본과 언해본을 통해 새문자의 이론과 실제를 보여주었으며, 표준한자음
의 보급을 위해 한국과 중국의 한자음사전을 별도로 편찬한 것12 등은
당시의 시대적 배경에서 충분히 이해할 만한 일이다. 그러나 유교 지향
의 국가이념 하에서 불교 관련 한글문헌을 3건 약 40% 정도나 제작한
것은 납득할 만한 설명이 필요하다.

먼저 『석보상절』은, 1446년(세종28년 3월24일)에 승하한 소헌왕후(昭憲
王后)의 명복을 빌기[追薦/追善]13 위하여 세종의 명으로 수양대군이 편역
(編譯)한 것이다. 이것은 전경(轉經)14의 목적에 맞게 여러 불경에서 선별
하여 한문불전 석보상절을 만든 후 그것을 정음(正音)으로 역해한 것이므

---

12 세종은 한국 표준한자음사전인 동국정운(東國正韻) 편찬에 머무르지 않고, 중국 표준
　한자음사전을 훈민정음으로 注音하도록 하였다. 홍무정운역훈은 비록 단종대에 완
　성·간행되기는 하였으나 세종대에 시작된 사업이다. ① 예조에서 아뢰기를, "훈민정
　음은 선왕께서 손수 지으신 책이요, 동국정운·홍무정운(필자주. '역훈')도 모두 선왕께
　서 찬정하신 책이요…"[禮曹啓 訓民正音, 先王御製之書, 東國正韻, 洪武正韻, 皆先王
　撰定之書(하략)]〈세조 6년(1460) 5월28일〉. 원문 및 현대역은 조선왕조실록(국사편찬
　위원회 공개본)으로 한다. ② 申叔舟의 「홍무정운역훈서」(1455.2.16)에 "무릇 원고를
　열 몇 번을 되풀이하여 애써 고쳐 써서 마침내 8년의 오랜 세월을 거쳐 바르게 되어
　이지러짐 없음이 더욱 의심 없게 되었다."[凡謄十餘藁 辛勤反復 竟八載之久 而向之
　正罔缺者 似益無疑]〈『東文選』, 「洪武正韻譯訓序」〉. 이를 역산하면, '역훈'의 시작은
　세종 29년(1447) 초로 추정된다.

13 추천(追薦)＝추선(追善) : 죽은 사람의 넋의 괴로움을 덜고 명복(冥福)을 축원하고자
　선근 복덕(善根福德)을 닦아 그 공덕을 회향함. 보통 49일까지는 매 7일마다, 그 뒤에
　는 백일과 기일에 불사를 베푼다.

14 전경(轉經) : 전독(轉讀)이라고도 함. 경전의 내용을 이해하면서 부처의 공덕을 찬탄·
　공양하여 선근공덕을 쌓고, 불보살의 가호에 의해 복을 구하려는 기도의 목적을 겸하
　여 행하는 독경의식. 경문 전체를 차례대로 읽지 아니하고 처음·중간·끝의 몇 줄만
　약독(略讀)하거나 책장을 넘기면서 띄엄띄엄 읽음. 전경에서 중시되는 경전은 『법화
　경』, 『화엄경』, 『반야심경』, 『금강경』, 『아미타경』 등이다.

로 불전언해라 할 수 있다. 다만, 「석보상절서」에서 밝히고 있듯이, 모후(母后)의 추천을 위해 특별히 만든 한문불전을 저본으로 '詳'(=자세히 씀)하고 '節'(=줄여 씀)하여 정음으로 번역한 것이 다소 특이하다.[15] 한문불전에서 편찬 목적에 맞게 '상절(詳節)'함으로써 결과적으로 자유로운 의역이 된 것, 그것이 '한문 : 언해문'의 형식으로 제시하지 못한 이유이며, 축자식(逐字式) 직역을 기조로 하는 세조대의 간경도감판 불전언해와 다른 점이라 하겠다. 이뿐만 아니라 세종은 수양대군의 『석보상절』을 보고 「월인천강지곡」이라는 "찬송(讚頌)"까지 친제한다.[16] 전자와 후자는 각각 한역불전의 체재인 "「長行」 : 「중송(重頌)」"[17]과 동일한 성격의 글로 볼 수 있으며, 불전번역사의 관점에서는 최초의 한글불전으로 볼 수 있다. 세종이 승하하기 2개월 전 1449년(세종 31년 12월)에는 유신(儒臣)인 김수온(金守溫)에게 명하여 부처님 사리에 대한 영험기록인 『사리영응기』를 제작하도록 한다.[18] 세종대의 불전 한글문헌은 호불(好佛) 군주인 세종과

---

15 이 책의 편찬과 관련된 언해문을 모아보면 다음과 같다. "……近間애 追薦ᄒᆞ숩보몰 因ᄒᆞ슨바 이 저긔 여러 經에 글히어 내야 各別히 ᄒᆞᆫ 그를 ᄆᆡᇰᄀᆞ라【구결문과 협주 일부 생략】詳ᄋᆞᆫ 조ᄉᆞ로빙 말란 子細히 다 쓸씨라 節ᄋᆞᆫ 조ᄉᆞ롭디 아니ᄒᆞᆫ 말란 더러 쓸씨라】일훔지허 ᄀᆞ로딘 釋譜詳節이라 ᄒᆞ고 ᄒᆞ마 次第 혜여 ᄆᆡᇰᄀᆞ론 바랄 브터 世尊ㅅ 道 일우샨 이릭 양ᄌᆞ를 그려 일우숩고 ᄯᅩ 正音으로ᄡᅥ 곧 因ᄒᆞ야 더 翻譯ᄒᆞ야 사기노니 (하라)"〈월석 권1, 석보상절서 4a-6a〉(밑줄 필자)

16 해당 부분의 언해문만 모아보면 다음과 같다. "世宗이 날ᄃᆞ려 니ᄅᆞ샤딘 追薦이 轉經 곧ᄒᆞ니 업스니 네 釋譜를 ᄆᆡᇰᄀᆞ라 翻譯호미 맛당ᄒᆞ니라 ᄒᆞ야시ᄂᆞᆯ 내 慈命을 받ᄌᆞᄫᅡ 더욱 ᄉᆞ랑호ᄆᆞᆯ 너비 ᄒᆞ야 …… 두 글워를 어울워 釋譜詳節을 ᄆᆡᇰᄀᆞ라 일우고 正音으로 翻譯ᄒᆞ야 사ᄅᆞᆷ마다 수빙 알에 ᄒᆞ야 進上ᄒᆞ숩보니 보ᄆᆞᆯ 주ᄉᆞ오시고 곧 讚頌을 지ᄉᆞ샤 일후믈 月印千江이라 ᄒᆞ시니"〈월석 권1, 월인석보서 11a-13a〉(밑줄 필자)

17 ① 장행(長行) : 경문(經文)의 뜻을 풀어 쓴 산문. 산문체의 경문(經文). ② 중송(重頌) : 산문체로 설해진 장행의 내용을 더욱 요약하여 중복해 설하는 운문(韻文) 형식으로 나타낸 게송. 응송(應頌), 기야(geya. 祇夜), 기야경(祇夜經)이라고 함.

18 세종의 명으로 내불당(內佛堂)과 불상(佛像)을 조성해 낙성식을 개최할 때에 불전에서 방광(放光)하고, 사리 2개가 광채 찬란한 불교적 영험 체험을 한다. 이 모든 과정을 김수온이 기록한 글인데, 참여자 총 261명 중 47명의 이름이 한글로 기록되었으며 거

수양대군의 돈독한 불교적 신앙심을 배경으로 간행되었음을 알 수 있다.

세종대에 이루어진 불전언해 간행의 직접적인 배경은 왕후의 추선(追善)을 위한 불사였으며, 세종의 종교적 신념과 의지에 따라 추진되었다. 이 일이 국시에 어긋나 거둘 것을 권하기도 하였으나 세종은 받아들이지 않고 강행한다.[19] 국상과 관련된 불사는 조정에서도 용인되었다는 방증이다. 세종이 수양대군에게 『석보상절』 제작을 명하고, 그것을 보고 『월인천강지곡』을 친제한 것 등은, 대내외적으로 왕후의 추선을 위한 불사라는 명분으로 조정의 반발을 차단하려는 의도가 있었다. 그와 함께 '훈민정음'으로 된 거질의 불전 텍스트를 관판으로 제작·배포한 것으로 볼 때, 만백성에게 새 문자의 보급은 물론 궁극적으로는 불교적 교화까지 목표에 두었음을 추정케 한다.[20] 어떻든 세종대의 불전언해 간행은 이와 같은 여러 가지 목적을 달성하기 위한 실질적이고도 구체적인 방편으로 평가된다.

2.1.2. 세조대의 한글문헌

세조대(1455~68)는 '불전(佛典) 간행의 황금기'라 할 정도로 여러 종류의 불전이 한문본과 언해본으로 간행되었다. 세조와 신미(信眉) 간에 오간 오대산 상원사(上院寺) 중창 불사를 위한 사신(私信) 2통을 제외하고는

기에는 방점까지 표시되었다. 이에 대하여는 정상훈, 「갑인자본 『사리영응기』에 대하여」, 『동원논집』 7(동국대대학원, 1994) 참조.

19 집현전(集賢殿)에서 세종에게 왕비를 위한 불경 편찬의 뜻을 거둘 것을 강하게 청하였으나, 세종은 "장소(章疏)를 올리더라도 보지 않을 것이니 번거롭게 청하지 말라." 하고 받아들이지 않는다. 〈세종 28년(1446) 3월 28일〉

20 자료는 아직 발견되지 않았으나, 『석보상절』 권1의 권두에 훈민정음 언해본이 수록되었으리라 추정된다(안병희, 1990). 훈민정음 교과서인 訓民正音 언해본을 석보상절에 붙여 간행한 것은 제작자의 기본적 의도와 궁극적인 목적이 어디에 있었는지를 짐작하게 해준다.

모두 관판으로 제작·간행된 것들이다.[21]

〈표 2〉 세조대의 한글문헌 목록

건수	연대	자료의 명칭	성격	분류 (관판 여부)	비 고
1	1459	월인석보(月印釋譜)	불교	관판	전 25권 중 권3,5,6,16,24 등 5권은 미발견
2	1459~60?	몽산화상법어약록 (蒙山和尙法語略錄)	불교	관판	신미 구결 역해. 선서(禪書)
3	1460~61	불설아미타경(佛說阿彌陀經)	불교	관판	활자본. 세조 구결·역해. 교서관
4	1461	大佛頂如來密因修證了義諸菩薩萬行首楞嚴經	불교	관판	전10권, 약칭 능엄경. 활자본. 세조 구결. 신미 등 번역. 교서관 간행
5	1462	위와 같음	불교	관판	목판본. 간경도감 간행
6	1463	묘법연화경(妙法蓮華經)	불교	관판	전7권, 약칭 법화경. 세조 구결. 간경도감 번역
7	1464	선종영가집(禪宗永嘉集)	불교	관판	2권. 세조 구결. 신미·효령대군 등 번역
8	1464	금강반야파라밀경 (金剛般若波羅蜜經)	불교	관판	약칭 금강경. 세조 구결. 한계희 번역
9	1464	반야바라밀다심경 (般若波羅蜜多心經)	불교	관판	약칭 반야심경. 세조 구결. 효령대군·한계희 등 번역
10	1464	불설아미타경 (佛說阿彌陀經)	불교	관판	목판본. 간경도감 간행
11	1464	上院寺重創勸善文	불교	비관판	필서본(筆書本). 서간
12	1465	어첩(御牒)	불교	비관판	필서본. 서간
13	1465?	대방광원각수다라요의경 (大方廣圓覺修多羅了義經)	불교	관판	세조 한글구결. 원각경구결 (圓覺經口訣)
14	1465	대방광원각수다라요의경 (大方廣圓覺修多羅了義經)	불교	관판	전10권, 약칭 원각경. 세조 구결. 신미·효령대군 등 번역

21 1461년 간경도감(刊經都監) 설치 후부터 1468년 세조가 승하하기까지 여기에서 간행한 문헌이 불전언해(10건)보다 한문불전이 더 많이 간행되었다. 공철(公哲)의 금강반야경소개현초(金剛般若經疏開玄鈔)(1461)를 비롯하여 모두 37건 정도가 된다. 이들에 대한 목록은 김기종, 「15세기 불전언해의 시대적 맥락과 그 성격-간경도감본 언해불전을 중심으로-」, 『한국어문학연구』 58(한국어문학연구학회, 2012), 108~109면, 참조.

15	1466	주역전의(周易傳義)	유교	관판	세조 한글구결. 주역구결(周易口訣)
16	1466	구급방(救急方)	의학	관판	한의서
17	1467	법어(法語)	불교	관판	신미 구결·번역. 간경도감 간행. 선서
18	1467	목우자수심결 (牧牛子修心訣)	불교	관판	비현합 구결. 신미 번역. 간경도감 간행. 선서

〈표 2〉와 같이, 세조대에 나온 한글문헌은 총 18건이 전해진다. 그 중
「상원사중창권선문」·어첩 등 사신을 제외한 판본은 모두 16건으로 유교
1건(6.25%), 의학 1건(6.25%)이고, 불전언해는 모두 14건(87.5%)으로 절대
우세로 나타난다.

세조는 수양대군 시절이나 세조 재위시에 '호불(好佛)'의 성향이 특별
하였으므로,[22] 불전의 언해·간행이 다른 문헌에 비해 우세했을 가능성
은 충분히 예견되었다. 그러나 조선의 국왕으로서 국시에 반하는 불전
또는 불전언해를 관판으로 간행한 것은 아무래도 어울리지 않는다. 그
시작인『월인석보』야 세조가 부왕과 모후 및 세자로 요절한 도원군(桃源
君)의 명복을 빌고, 아울러 국태민안과 종친을 포함한 백관(百官) 사중(四
衆)의 독자마다 공덕을 심어 속히 보리피안에 이르기를 발원하며, 불전
을 정음으로 번역해 독송의 편리성까지 고려해 편찬했다고 하자.[23] 이것

---

22 수양대군 시절에는 모후의 추천을 위해『석보상절』(24권)을 지은 바가 있다. 그 밖에
실록에는, 불교가 유교보다 우월하기가 하늘과 땅(霄壤) 같으며(세종실록 122:12. 30년
12.5), 허탄하지 않고 옳은 이치가 있다는(세종실록 125:1. 31년7.1) 등 적극적으로 불
교를 옹호한 발언이 실록 여러 곳에 보인다. 더욱이, 군왕 재위 중에는 "予(/我)好佛之
主"라고 스스로 말할 정도로 불교에 대한 편향성이 표면화된다.(세조실록 7:24. 3년
4월9일, 세조실록 15:12. 5년 2월8일, 세조실록 20:17. 세조6년 4월 26일)

23 「월인석보서」〈18a~26b〉에서 관련 내용을 정리하면 다음과 같다. ① 우호로 父母 仙
駕를 爲ᄒᆞᆸ고 亡兒를 조쳐 爲ᄒᆞ야 섈리 智慧ㅅ구루믈 트샤 諸塵에 머리 나샤 바ᄅᆞ
自性을 ᄉᆞᄆᆞᆺ 아ᄅᆞ샤 覺地를 믄득 證ᄒᆞ시게 호리라, ② 西天ㄷ字앳 經이 노피 사햇거
든 봀 사ᄅᆞ미 오히려 讀誦을 어려비 너기거니와 우리나랏말로 옮겨 써 펴면 드를 사ᄅᆞ

은 『석보상절』과 마찬가지로, 대내외적으로 언해·간행을 용인할 만한 사유가 된다.

그러나 기타 『불설아미타경(佛說阿彌陀經)』의 어제역해(御製譯解), 불전 간행을 목적으로 한 간경도감(刊經都監)(1461)의 설치, 불전 언해의 지침이 되는 한글구결의 친정(親定) 등은 어떤 분명한 목적과 대상을 염두에 두고 추진한 것이 아니면 이해하기 어렵다. 물론 한자가 공용문자이던 시대에 훈민정음으로 불전을 언해해 관판으로 간행하는 것은, 새 문자 보급의 확산과 불교를 통한 민중 교화에 목표가 있다. 그럼에도 불구하고 세조대의 간경도감판 불전언해는 전문적 식견 없이는 이해할 수 없는 문헌이 대다수이다. 따라서 불전의 언해에서 상정했을 독자와 목적을 더 구체적으로 밝힐 필요가 있다.

간경도감판 불전언해의 궁극적인 목적과 대상에 대하여는 그간 여러 견해가 있어 왔다.[24] 필자는 언해된 불전의 종류와 내용의 난이도, 번역의 구체성 정도 등을 기준으로 분석해본다. 첫째, 간경도감판 불전언해 10건 중에서 대승경전류(大乘經典類)가 7건(70%), 선수행서(禪修行書)가 3건(30%)이다.[25] 대승경전이 많아 승려를 대상으로 한 것도 같으나 불교 입문을 위한 기본 교재이기도 하므로 불교에 관심을 둔 사부중(四部衆)

미 다 시러 키 울윌리니, ③ 宗親과 宰相과 功臣과 아슴과 百官 四衆과 發願ㅅ 술위를 석디 아니호매 미며 德本을 그지업소매 심거, ④ 우회 닐온 요ᄉᆡ예 ᄒᆞ욘 功德으로 實際예 도ᄅᆞ혀 向ᄒᆞ야 一切有情과 菩提彼岸애 쎨리 가고져 願ᄒᆞ노라.

24 최근 김기종(앞의 논문)에서는 선행 연구들과는 달리, 이를 한국불교사에서 태종·세종대의 불교정책의 연속성이라는 관점에서 보아야 하며, 국가의 안정과 통합을 위한 불교 순화정책 또는 문화 통제정책의 일환으로 편찬·간행된 것으로 보고자 하였다. 경청할 만한 견해이다. 다만, 언해된 불전들이 당시 조선 불교계의 기본 교재라는 점에서 보면 다른 해석도 가능할 것이다.

25 〈표 2〉에서 대승경전류는 7건(5,6,8,9,10,13,14번), 선 수행지침서는 3건(7,17,18번)이다.

까지 상정한 것으로 판단된다. 둘째, 언해 내용의 난이도로 보면, 불전 주석서를 언해한 것이 대부분이지만, 불전의 본문만 번역한 것도 3건 (10,17,18번)이나 된다. 전자는 주로 승려를 비롯한 사부중을 대상으로, 후자는 일반 백성들도 독송과 실천이 어렵지 않은 것으로 이들을 대상으로 하여 간행한 것으로 보인다. 셋째, 번역의 구체성으로 보면, 주석서는 불전의 본문은 물론이고 특히 주석까지도 직역하고 있다. 이는 주요 독자층을 승려와 사부중 정도로 상정하였다고 할 수 있다. 이와 같은 추정은 『묘법연화경요해(妙法蓮華經要解)』를 저경으로 삼아 번역한 『석보상절』·『월인석보』·『법화경언해』 등 세 문헌의 번역을 대조해보면 어떤 경향성이 뚜렷하게 드러난다.[26]

『석보상절』은 불전의 본문이나 주석 중에서 중요한 것은 자세히[詳], 그렇지 않은 것은 줄여서[節] 번역하되, 전반적으로 자유로운 의역이며 한자어보다는 고유어를 더 많이 사용했다. 『월인석보』는 전자보다 이해할 수 있는 정도가 어려워졌지만 어느 정도 대중성을 확보한 반면, 『법화경언해』에서는 직역의 경향이 아주 철저해지고 고유어보다는 한자어 사용이 증가하였다. 특히 『법화경언해』(1463)는 앞의 두 문헌보다 경본문은 물론이고 주석까지 축자적으로 직역하는 원칙이 준수되었다. 이들 불전 언해가 모두 당시 승려들의 기본 교재라는 점을 고려할 때, 승려교육을

---

26 『법화경(法華經)』은 『석보상절』과 『월인석보』와 『법화경언해』의 저경(底經)으로 인용되었는데, 이들 세 문헌에 조금씩 다르게 번역되었다. 일률적이지는 않지만, 대체로 '석보상절·월인석보·법화경언해'가 후자로 갈수록 직역의 경향이 점차 철저해지고 고유어보다는 한자어 사용이 증가하는 경향을 보인다. 동일 저경에 대한 세 문헌의 구체적인 번역 경향은 김영배, 「조선 초기의 譯經—최초의 역경 『석보상절』을 중심으로—」, 『대각사상』 5(대각사상연구원, 2002), 31면을 참조할 것. 그 밖에 이호권, 「법화경의 언해에 대한 비교연구」, 『국어연구』 78(국어연구회, 1987); 권화숙, 「『월인석보』와 『법화경언해』의 국어학적 비교연구」(한국외국어대박사학위논문, 2011가); 권화숙, 「『월인석보』 권 18과 『법화경언해』 권6, 권7의 번역에 대한 비교 연구—의역과 직역 양상을 중심으로—」, 『국어사 연구』 13(국어사학회, 2011나)에서도 같은 경향이 보고되었다.

주요 목표로 하여 한문 주석서를 불전언해로 대치할 수 있도록 번역 사업을 추진했을 가능성이 크다. 바꾸어 말하면, 세조대의 불전언해 사업은 정음불전(正音佛典)의 집대성 또는 결집을 목표로 한 것이며, 아울러 불교 대중화와 불교지식의 확산까지 고려한 적극적인 불사(佛事)로 평가할 수 있다.[27]

2.1.3. 성종대의 한글문헌

〈표 3〉 성종대의 한글문헌 목록

건수	연대	자료의 명칭	성격	분류 (관판 여부)	비 고
1	1471	해동제국기(海東諸國記)	역사	관판	일본·유구국 역사서
2	1475	내훈(內訓)	유교	관판	3권. 소혜왕후(인수대비)
3	1476	한글판 오대진언(五大眞言)	불교	비관판	佛說金剛頂瑜伽…陀羅尼. 현실 한자음.
4	1481	분류두공부시 (分類杜工部詩)	문학	관판	25권. 유교적 시풍. 한자음의 주 음 없음.
5	1482	금강반야바라밀경 (金剛般若波羅蜜經)	불교	관판	5권. 약칭 금강경삼가해. 초고 학 조 완성. 정희왕후 명
6	1482	永嘉大師證道歌南明泉禪 師繼頌	불교	관판	2권. 약칭 남명집. 세종이 30여 편 번역. 학조 완성. 정희왕후 명.
7	1485	불정심타라니경 (佛頂心陀羅尼經)	불교	관판	학조 언해. 인수대비 명
8	1485	영험약초(靈驗略抄)	불교	관판	학조 언해. 인수대비 명
9	1485	오대진언(五大眞言)	불교	관판	진언의 한글음역
10	1489	구급간이방(救急簡易方)	의학	관판	전 8권. 순한글 언해문.

---

27 세조의 종교적 신념과 강력한 의지에 이 같은 불사(佛事)를 이끈 사람은 혜각존자 신미(信眉)였을 것으로 추측된다. 세조 개인의 정치적 역정이 험난해 이와 같은 불전(佛典) 간행 사업의 저변에는 왕위찬탈을 위해 과거에 세조가 행한 살육의 악업(惡業)을 씻으려는 참회공덕(懺悔功德)의 일환으로 해석할 수도 있을 것이다.

11	1490	삼강행실도(三綱行實圖)	유교	관판	3권. 105인본. 세종~세조대 표기법. 330인본 산정(刪定)
12	1492	금양잡록(衿陽雜錄)	농사	비관판	강희맹. 곡물명 한글표기
13	1492	이로파(伊路波)	언어	관판	일본어 교과서. 사역원
14	1493	악학궤범(樂學軌範)	음악	관판	9권. 음악서. 무방점 가사

성종은 역사상 유교이념의 교육과 실천, 유교 문화의 정착에 노력한 군주로 평가되고 있다. 그러나 〈표 3〉과 같이, 성종대(1469~94)에 간행된 관판 한글문헌은 총 12건으로, 불교는 5건(41.6%), 유교적인 것은 2건 (16.6%), 기타 5건(41.6%)―언어(1건)·문학(1건)·의학(1건)·역사(1건)·음악 (1건) 등이다.

세조대에 비해 『내훈』이나 『삼강행실도』 언해본[28] 등 유교 관련 한글문헌(2,4,11번)이 2~3건(16.6~25%)으로 증가했지만, 불전언해의 간행이 41.6%나 되므로 급감한 것도 아니다. 성종대 간행된 불전 한글문헌의 제작 동기를 살펴보면, 성종의 종교적 신념이나 의지에 의해 간행된 것이 아니라 주로 선왕[세종·세조]의 유지(遺志)를 계승한 사업의 결과(4,11번)로 분석된다. 세조와는 달리 성종은 배불숭유(排佛崇儒)의 유교 정치 이념을 실천하고자 성종 2년(1471)에는 1461년 설치되어 불전 간행을 전담하던 간경도감을 폐지하기까지 하였다. 그러나 13세에 왕위에 등극한

---

28 『삼강행실도』 언해본의 원고는 대체로 세종 연간에 성립된 것으로 추정된다. 형태와 어휘, 그리고 표기법 면에서 세종대의 『석보상절』 또는 『월인천강지곡』과 같으며, 일부는 세조대의 『월인석보』와 같은 양상을 보인다. 원고 성립연대에 대하여는 志部昭 平, 『諺解三綱行實圖研究』(東京: 汲古書院, 1990); 고영근, 「『석보상절』·『월인천강지 곡』·『월인석보』」, 『국어사 자료와 국어학의 연구』(문학과지성사, 1991) 참조. 그러나 실록 기록 및 언해본들을 조사해 보면, 현전 『삼강행실도』 언해본(105인)은 1481년판이 아니라 1490년판 산정본(刪定本)으로 보는 것이 옳다. 이에 대하여는 김유범, 「중세국 어 문법 교육과 언해본 『삼강행실도』」, 『새얼어문논집』 18(새얼어문학회, 2006); 김명 남, 「『삼강행실도』 언해본 연구」(동국대석사학위논문, 2012) 참조.

성종은 통치력이 약하였으므로, 불교적 성향이 강한 왕실, 특히 불교를 신봉하는 모후 인수대비(仁粹大妃)와 세조비 정희왕후(貞熹王后) 등이 선왕의 유지를 받들기 위해 불전언해를 간행하는 불사(佛事)를 묵인할 수밖에 없었을 것이다. 그 사업은 주로 〈표 3〉에 지적한 바와 같이, 정희왕후와 인수대비의 강력한 후원으로 간경도감 출신인 승려 학조(學祖)가 주관하여 간행하였다. 조선 전기 관판 불전언해의 간행은 군왕의 종교적 신념과 의지뿐만 아니라 왕실의 종교적 배경도 중요한 요소로 작용했음을 알 수 있다.

2.1.4. 연산군대의 한글문헌

〈표 4〉 연산군대의 한글문헌 목록

건수	연대	자료의 명칭	성격	분류 (관판 여부)	비 고
1	1496	육조대사법보단경 (六祖大師法寶壇經)	불교	관판	3권. 인수대비 명으로 학조 번역. 현실한자음으로 교체
2	1496	진언권공 (眞言勸供)	불교	관판	인수대비 명으로 학조 번역
3	1496	삼단시식문 (三壇施食文)	불교	관판	진언권공(眞言勸供)과 합철. 인수대비 명으로 학조 번역
4	1497	신선태을자금단 (神仙太乙紫金丹)	의학	비관판	이종준
5	1500	묘법연화경 (妙法蓮華經)	불교	비관판	4권? 개간법화경. 간경도감판(1463) 발췌

〈표 4〉와 같이, 연산군대(1494~1506)에 언해·간행된 한글문헌은 불교 4건(80%)과 의학 1건(20%) 등 모두 5건이다. 그 중 불전언해(1~3번)는 모두 관판으로 제작되었는데, 1496년의 『육조대사법보단경』과 『진언권공』·『삼단시식문』 등이다. 이들 문헌은 연산군의 의지와 종교적 신념에 의

해 간행된 것이라기보다는 대왕대비인 인수대비(仁粹大妃)의 명으로 학조(學祖)가 번역·간행한 것임을 '발문'을 통해 확인할 수 있다.[29] 이 문헌들을 기점으로 관판 한글문헌에 나타나는 한자음에 독음(讀音)을 주음하는 기준음은 동국정운 한자음에서 조선 현실한자음으로 완전히 개편된다.

2.2. 16세기 한글문헌 목록과 불전언해

2.2.1. 중종대의 한글문헌 목록

〈표 5〉 중종대의 한글문헌 목록

건수	연대	자료의 명칭	성격	분류 (관판 여부)	비 고
1	1514	속삼강행실도 (續三綱行實圖)	유교	관판	3권. 70명 수록
2	-1517	노걸대(老乞大)	언어	관판	3권. 중국어 학습서
3	-1517	박통사(朴通事)	언어	관판	3권. 상권만 전함. 중국어 학습서
4	1517	노박집람(老朴集覽)	언어	관판	단권. 난해어구 해설
5	1517	사성통해(四聲通解)	언어	관판	2권. 중국 현실음 운서
6	1517	창진방촬요 (瘡疹方撮要)	의학	관판	1권. 김안국
7	1518	번역소학(飜譯小學)	유교	관판	10권. 찬집청. 저본 소학집성. 의역
8	1518	정속언해(正俗諺解)	유교	관판	1권. 서명에 '諺解'를 씀
9	1518	이륜행실도(二倫行實圖)	유교	관판	48명의 중국 명현
10	1518	주자증손여씨향약 (朱子增損呂氏鄕約)	유교	관판	향약 연구자료

---

29 이들 세 문헌의 발간 경위는 1496년 『진언권공』·『삼단시식문』의 '발문'에 "인수 대왕 대비 전하께서…승에게 명하시어 국어로 육조단경을 번역하게 하니…"와 같은 기록으로 확인된다. 이에 대하여는 안병희, 「해제」, 『진언권공·삼단시식문언해』(명지대출판부, 1978); 김동소, 『중세 한국어 개설』(한국문화사, 2000) 참조.

11	1522	법집별행록절요 (法集別行錄節要)	불교	비관판	고산 화암사판
12	1525	간이벽온방(簡易辟瘟方)	의학	관판	1권. 활자본
13	1527	훈몽자회(訓蒙字會)	언어	관판	3권. 상중하. 한자학습서
14	1541	우마양저염역병치료방 (牛馬羊猪染疫病治療方)	의학	관판	1권. 수의(獸醫) 자료
15	1542	분문온역이해방 (分門瘟疫易解方)	의학	관판	1책. 김안국 등
16	15xx	시용향악보(時用鄕樂譜)	음악	관판	가사와 악보. 26편
17	15xx	논어 대문구결 (論語 大文口訣)	유교	관판	논어언해 구결과 차이
18	15xx	남화진경 대문구결 (南華眞經 大文口訣)	도교	관판	10권 중 5·6권 현존
19	15xx	구해남화진경 대문구결 (句解南華眞經 大文口訣)	도교	관판	10권. 위와 구결 다름
20	15xx	소학집설 구결 (小學集說 口訣)	유교	관판	6권. 소학언해 구결과 다름
21	15xx	예기집설 대전구결 (禮記集說 大全口訣)	유교	관판	본문에 한글구결

〈표 5〉와 같이, 중종대(1506~44) 38년 동안에 간행된 관판의 한글문헌은 총 20여건으로 추산된다. 그 중 유교 관련 언해가 8건(40%), 도교 관련 2건(10%), 음악 관련 1건(5%), 의학 관련 4건(20%), 언어 관련 5건(25%)이 있으나, 관판 불전언해는 전무하다. 새로 언해·간행된 불전언해로는 지방 사찰판이 1건이 있을 뿐이다.

중종대는 과거와는 달리 유교 관련 한글문헌의 간행이 급증하였다. 왕명에 의해 『속삼강행실도』·『번역소학』 등이 간행되었고, 외교를 겸한 역학서(譯學書)와 중국 어학을 위한 운서(韻書), 그리고 아동의 교육을 위한 한자 학습서 및 각종 의학서, 농서 등이 관판으로 제작되었다. 이와 함께 지방의 관아에서도 유교 관련 문헌이 활발히 언해·간행되었는데 이전에는 없었던 일이다. 중앙과 지방 관아가 숭유(崇儒)의 국가 정책을 실현하려는 의지의 결과로 해석된다.

한편, 불전언해는 1522년에『법집별행록절요(法集別行錄節要)』가 지방 사찰에서 언해·간행되었지만, 15세기와는 달리 더 이상 관판으로 간행되지는 않았다. 즉 16세기에는 유교 관련 문헌이 관판으로 언해되는 일이 급증한 반면 불전언해는 전무하였고, 전국의 사찰별로 재원을 조달하여 한문불전 및 불전언해의 간행을 계승해 나갔다. 그렇다고 하여 불전언해 간행이 전무하였던 것은 아니다. 전국 사찰별로 15세기에 관판으로 간행된 불전언해(佛典諺解)를 복각(覆刻) 또는 중간(重刊)하는 사업은 계속되었으며 모두 14건이 보고되었다.[30]

2.2.2. 명종대의 한글문헌

〈표 6〉 명종대의 한글문헌 목록

건수	연대	자료의 명칭	성격	분류 (관판 여부)	비 고
1	1545	불설대보부모은중경 (佛說大報父母恩重經)	불교	비관판	오응성 발문본. 은중경. 완주
2	1548	십현담요해 (十玄談要解)	불교	비관판	강화 정수사(淨水寺)판.
3	15xx	불설장수멸죄호제동자 다라니경(佛說長壽滅罪 護諸童子多羅尼經)	불교	비관판	약칭 장수경(長壽經). 구두점 사용.
4	1554	구황촬요(救荒撮要)	생활	관판	1권. 진휼청

---

30 홍윤표,「한글 자료의 성격과 해제」,『국어사연구』(태학사, 1997), 121~122면에 따르면, 불전언해 관련 문헌은 1517년에 충청도 고운사에서 간행된『몽산화상법어약록언해』를 비롯하여, 1543년 경기도 장단 화장사판의『사법어언해』까지 대략 14건이 조사·보고되었다. 중간 또는 복각된 한글문헌의 목록은 '디지털 한글박물관'의 학술정보관 웹사이트에서도 확인할 수 있다.

5	1560	성관자재구수륙자선정 (聖觀自在求修六字禪定)	불교	비관판	약칭 육자신주. 평안도 숙천부
6	1567	몽산화상육도보설 (蒙山和尙六道普說)	불교	비관판	순창 취암사판
7	15xx	백련초해(百聯抄解)	문학	비관판	한시 교육용 언해

〈표 6〉과 같이, 명종대(1545~67)에 간행된 한글문헌은 모두 7건으로, 불전언해 5건, 문학 관련 1건, 구황서 1건이 전해진다. 그러나 관판으로 서적을 간행한 실적은 극히 저조해 구황서 1건뿐이고, 나머지는 비관판 한글문헌이다. 이들은 선(禪)의 핵심을 주해한『십현담요해(十玄談要解)』를 제외하면, 효도를 권장하고 살생을 금하며 불교적 깨달음을 권장하는 생활 불전 성격의 불전언해들이다.

명종대는 문정왕후(1501~65)의 지원과 승려 보우(普雨, ?~1565)의 활동으로 승과(僧科)가 부활되는 등 오랜만에 불교(佛敎) 회복기를 맞이한다. 비록 15세기와 같이 불전언해를 관판으로 간행하지는 않았으나, 전국의 사찰에서 15세기에 간행된 불전언해를 중간 또는 복각하여 16건 정도가 보고되었다.[31]

2.2.3. 선조대의 한글문헌

〈표 7〉 선조대의 한글문헌 목록

건수	연대	자료의 명칭	성격	분류 (관판 여부)	비 고
1	1569	선가귀감(禪家龜鑑)	불교	비관판	금화도인(金華道人) 번역 평안 보현사(普賢寺)판
2	1569	칠대만법(七大萬法)	불교	비관판	경상도 풍기 희방사
3	1569	집언집(眞言集)	불교	비관판	전라 안심사(安心寺)판

---

31 홍윤표(위의 책), 122면.

4	1575	광주판 천자문 (光州版 千字文)	언어	비관판	전라도 광주
5	1576	신증유합(新增類合)	언어	관판	유희춘. 교서관 간행
6	1576	안락국태자경변상도 (安樂國太子經變相圖)	불교	비관판	변상도. 경주 기림사
7	1577	초발심자경문 (初發心自警文)	불교	비관판	순천 송광사(松廣寺)판
8	1577	몽산화상법어약록 (蒙山和尙法語略錄)	불교	비관판	순천 송광사판. 개간본
9	1583	초발심자경문 (初發心自警文)	불교	비관판	경기도 용인 서봉사(瑞峯寺)판
10	1583	석봉 천자문 (石峰 千字文)	언어	관판	교서관
11	1588	소학언해 (小學諺解)	유교	관판	교정청. 활자본. 6권. 판심제에도 '언해(諺解)'. 소학집설
12 〈 16	1590	대학언해, 중용언해, 논어언해, 맹자언해, 효경언해(大學諺解, 中庸諺解, 論語諺解, 孟子諺解, 孝經諺解)	유교	관판	내제·판심제에 '언해(諺解)' 붙임
17	1593	선조국문유서 (宣祖國文諭書)	유서	관제(官製)	한글 문서
18	1598	무예제보(武藝諸譜)	병서	관판	국립중앙도서관 필름

〈표 7〉과 같이, 선조대(1567~1608)에는 '유교경전(儒敎經典) 언해시대 (諺解時代)'라고 평할 수 있을 정도로 유교의 핵심 경전들이 관판으로 간행되었다. 선조(宣祖)는 이황·이이·성혼 등 대유학자들과 경사(經史)를 논할 정도로 주자학에 조예가 깊었으며, 유교사상을 확립하고자 여러 가지 유교경전의 언해와 그 간행에도 힘을 기울였다. 유·불 문헌의 간행은 당시 군왕의 종교적 신념과 밀접한 관련이 있다.

〈표 7〉과 같이, 선조대에 나온 한글문헌은 총 18건에 달하며 그 중

10건이 관판으로 제작되었다. 10건의 관판은 유교경전이 7건(70%), 언어 1건(10%), 병서 1건(10%), 유서(諭書) 1건(10%) 순으로 유경언해(儒經諺解)가 단연 우세하며, 불전언해는 단 1건도 없다. 15세기의 세조대와는 아주 대조적인 모습을 보인다.

이 시기의 불전언해는, 〈표 7〉과 같이, 지방의 사찰들에서 독자적으로 재원을 마련해 간행되었다. 그러한 영향 때문인지 해당 지역방언(地域方言)을 반영해 언해(諺解)하는 경향이 두드러진다(2,7,8,9번). 이것은 중앙어를 반영한 관판문헌과는 다르며, 오늘날에는 16세기 당시 국어사(방언사) 연구에 가치 있는 자료로 평가된다. 선조대에 새로 번역·간행된 불전언해는 많지 않지만, 기존 불전언해의 중간·복각은 10여건이 이루어진 것으로 조사되었다.[32]

16세기에 유경(儒經)의 언해·간행이 증가한 깃은 군왕의 유교석 통지 이념과 유교문명을 지향하는 정치·문화적 토대의 강화와 관련이 깊다. 그것은 중종대부터 시작되었으며, 선조대에는 그 같은 사업이 계승·발전되어 사서언해(四書諺解) 등 유교 핵심 경전의 '언해' 사업으로 본격 추진되었다. 이것은 많은 유학자들의 등장과 유교경전 연구의 온축(蘊蓄), 그리고 여러 대에 걸쳐 축적된 불전의 언해 전통이 계승된 결과로 해석된다.[33]

앞서 조사한 15~16세기 한글문헌 중 불전과 유경 언해가 관판으로 간행된 추이(推移)를 〈표 8〉과 그림으로 보이면 다음과 같다.

---

32 홍윤표(위의 책), 122~123면.

33 한 예로, 중종대의 『번역소학』(1518)과 선조대의 『소학언해』(1588)는 글의 성격과 표기법만 다를 뿐, 언해의 양식은 15세기 관판 불전언해인 『석보상절서』(1447), 『월인석보서』(1459), 『몽산화상법어약록』(1459~60?) 등과 동일하다.

〈표 8〉 15~16세기 관판의 유·불 언해 간행 추이

구 분		세종대	세조대	성종대	연산군대	중종대	명종대	선조대
불전언해		37.5%	87.5%	41.6%	80%	0	0	0
		3/8건	14/16건	5/12건	4/5건	0/20건	0/1건	0/10건
유경언해		0	6.3%	16.6%	0	40%	0	70%
		0/8건	1/16건	2/12건	0/5건	8/20건	0/1건	7/10건

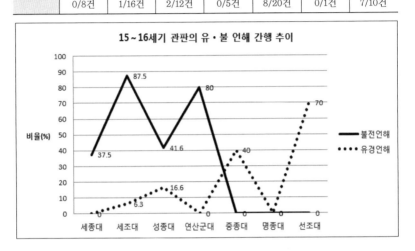

이 표와 그림은, 문헌 간행과 관련된 내막을 모두 보여주지는 못하지만,[34] 15~16세기에 관판의 유·불 언해 간행의 추이를 조망하는 데에는 유용하다. 문헌 간행 건수를 염두에 두고 표와 그림을 보면, 불전언해는 15세기 세조대를 정점으로 하강곡선을, 유경언해는 성종대와 중종대를 거쳐 상승곡선을 이루고 있다. 이는 군왕이 신봉하는 종교적 신념과 국가정책 기조의 변화가 반영된 결과로 해석된다.

---

34 국가정책을 적극 실현하기 위해 일반적으로 택하는 방법은 관판으로 서적을 간행·배포하는 것이다. 그러나 군왕에 따라서는 재위 기간에 관판의 한글문헌 간행 실적이 거의 없는 경우도 있다(연산군, 명종). 여기 연산군대의 불전언해 간행은 대왕대비인 인수대비의 강력한 후원으로 제작된 결과물이다.

이상의 표와 그림을 참고하면서 제2장에서 논의한 내용을 약술하면 다음과 같다. (1) 15세기에는 불전언해가 다수 관판으로 간행되었으나, 16세기에는 단 1건도 간행되지 않았다. (2) 15세기에는 세조대가 불전언해(佛典諺解)의 전성기였고, 16세기에는 선조대가 유경언해(儒經諺解)의 전성기였다. (3) 세종대~연산군대에 관판으로 불전언해가 간행된 것은, 명분상 타계한 왕실 가족[왕과 왕후, 왕세자]의 명목을 빌거나 왕가의 축수와 안녕을 기원하는 불사 형식으로 이루어졌다. (4) 관판으로 불전·유경 언해를 간행하는 것은 군왕 또는 그와 관련된 상위자의 종교적 신념과 강한 의지가 필수적으로 요구되는 일이다. 세종·세조는 호불군주라고 평가될 정도였으며, 선조는 성리학자들과 경사(經史)를 논할 정도로 주자학에 조예가 깊었다. (5) 불전과 유경을 언해·간행한 것은 '훈민정음' 보급의 확산, 그리고 궁극적으로는 불교와 유교를 통해 백성을 교화하려는 데 목적이 있었다.

3. 중기국어 불전언해의 역사성과 전승의 문제

조선은 억불숭유를 국시로 삼았음에도 유교의 핵심 경전인 『논어언해』(1588. 4권)를 비롯한 사서언해도 건국한 지 196년, 훈민정음 창제 후 145년 후에서야 간행한다. 그러나 승하한 소헌왕후(1446.4)의 추천(追薦)을 위해 제작한 『석보상절』(1447.7. 24권)은 시작한 지 불과 1년여 만에 정음으로 번역하여 간행한다. 오래 전부터 축적돼 온 번역 전통이 있지 않았다면 이해하기 어려운 대목이다. 이 장에서는 정음 창제 이전의 구결자료 두 편과 중기국어 시기 불전언해의 대조를 통해 불전 번역 전통의 역사성과 전통 계승의 문제를 검토하고자 한다. 3.1에서는 석독구결

자료『화엄경소(華嚴經疏)』를, 3.2에서는 음독구결 자료『능엄경(楞嚴經)』
을 대상으로 한다.[35]

3.1. 석독구결 자료 『화엄경소(華嚴經疏)』

한문불전(漢文佛典)을 한국어로 번역하던 전통이 훈민정음 창제 훨씬
이전에도 존재했다는 사실은 오늘날에는 상식에 속하는 얘기다. 이는
1973년『구역인왕경(舊譯仁王經)』발견 이후 고려시대 석독구결 자료들
이 학계에 공개·해독됨으로써 널리 알려지게 되었다.[36]

이 화엄경소의 원명은「대방광불화엄경소(大方廣佛華嚴經疏)」이다. 이
책의 권35〈일체시(一切施)〉의 일부 내용만을 대상으로 고려시대 우리말
번역의 실상을 살펴보고자 한다.[37] 자료는 아래와 같이〈A〉에서〈E〉까
지의 순서로 제시한다.〈A〉는 한문불전 원문의 좌우 행간에 구결을 기입
한 자료이고,[38]〈B〉는〈A〉를 구결의 독법에 따라 재배열한 것이며,〈C〉
는〈B〉를 15세기 국어로 전사(轉寫)한 것이고,〈D〉는〈C〉의 현대역이며,

---

35 주지하듯이, 석독구결(釋讀口訣) 자료는 한문 원문은 그대로 놔두고 우리말로 번역하
   는 어순(語順)대로 한문의 행간 좌·우측에 약체구결(略體口訣)과 역독점(逆讀點, ヽ)
   을 기입해 놓은 자료이고, 음독구결(音讀口訣) 자료는 고정된 한문 텍스트에 우리말
   문법요소퇴를 차자표기로 기입해 놓은 자료이다. 다만, 역독점(ヽ)은 모든 석독구결
   자료에 쓰인 것은 아니며『구역인왕경』외에는 잘 쓰이지 않는 경향을 보인다.

36 대표적인 자토석독구결(字吐釋讀口訣) 자료와 그 추정 연대는 다음과 같다(남풍현
   1998: 231). ①『석화엄교분기원통초』(釋華嚴教分記圓通鈔)(10세기 중엽), ②『화엄
   경소』(華嚴經疏 11세기 말~12세기 초), ③『화엄경(華嚴經)』권14 (12세기 중엽), ④
   『합부금광경(合部金光經)』권3 (13세기 초), ⑤『구역인왕경(舊譯仁王經)』상권 (13세
   기 중엽), ⑥『유가사지론(瑜伽師地論)』권20 (13세기 후반) 등.

37『대방광불화엄경소』권35는 정원(淨源, ?~1088)이 주본 80 화엄경에 대한 징관(澄觀)
   의 주석을 집록(集錄)한 책 120권 중에서 제35권으로서,『화엄경』권21의 후반부에 해
   당한다. 이 자료는 2002년부터 진행해온 구결학회 강독회 자료 중의 일부이다.

38 원전〈A〉에는 세로로 쓴 불전 한문의 우측·좌측에 각각 약체구결이 기입되어 있다.
   여기서는 편의상 가로쓰기로 바꾸되, 좌측 구결은 [ ]에 바꾸어 옮겼다.

〈E〉는 한문을 현대어로 해석한 〈동국역경원〉의 번역본이다.[39]

〈A〉	: 時十諸ㄱ貧人ㄱ從[ㄴ丷ㅎ]彼大王ㅎ十或丷ㄱ乞[丷尸乃丷ㅎ]國土乙或丷ㄱ乞 [丷尸乃丷ㅎ]妻子乙或丷ㄱ乞[丷尸乃丷ㅗㄱ乙]手足ㅎ血肉ㅎ心肺ㅎ頭目ㅎ髓 腦ㅎノ쇼乙 〈화엄경소 35, 12:13-14〉
〈B〉	: 時上諸ㄱ貧人ㄱ彼 大王ㅎ十 從ㄴ丷ㅎ <u>或丷ㄱ</u> 國土乙 <u>乞丷尸乃丷ㅎ</u> <u>或丷ㄱ</u> 妻子乙 <u>乞丷尸乃丷ㅎ</u> <u>或丷ㄱ</u> 手足ㅎ 血肉ㅎ 心肺ㅎ 頭目ㅎ 髓腦ㅎノ쇼乙 <u>乞丷</u> <u>尸乃丷ㅗㄱ乙</u> (밑줄. 필자)
〈C〉	: 時긔 모든 貧人은 彼 大王이긔 좃ᄒᆞ야 <u>或흔</u> 國土를 <u>乞흟도</u> ᄒᆞ며 <u>或흔</u> 妻子를 <u>乞흟도</u> ᄒᆞ며 <u>或흔</u> 手足여 血肉여 心肺여 頭目여 髓腦여 호릴 <u>乞흟도</u> ᄒᆞ건을 (밑줄. 필자)
〈D〉	: 그때에 모든 貧人은 그 대왕에게서 혹은 國土를 구하기도 하며 혹은 妻子를 구하기도 하며 혹은 手足이니 血肉이니 心肺이니 頭目이니 髓腦이니 하는 것을 구하기도 하거늘
〈E〉	: 【현대어 통석】 그 때에 모든 貧人은 그 대왕에게서 혹은 국토를 달라 하고, 혹은 처자를 달라 하고, 혹은 수족과 피와 살과 염통·허파·머리·눈·골수들 을 요구합니다.[40]

학계에 소개된 6종의 자토석독구결 자료와 마찬가지로, 이 화엄경소 도 중기국어 시기에 대응 번역된 불전언해가 없다. 따라서 그 역사성과

---

39 엄밀히 말하면, 이운허, 『대방광불화엄경 2』(동국역경원, 2006), 266~267면의 번역을 발췌·조정한 것이다. 번역 내용 검색은 동국대학교 전자불전콘텐츠연구소(http://ebti. dongguk.ac.kr) 참조.

40 이 해독안은 이운허(위의 책), 266~267면의 번역 일부를 조정해 제시한 것으로 보 인다. (( ))의 밑줄은 빠진 부분이다. <u>((이 보살이 위에 말한 것같이 전륜왕의 지위에 있으면서 칠보가 구족하고 사천하의 왕이 되었을))</u> 적에, 한량없는 가난한 사람들이 그 앞에 와서 <u>((말하기를 '대왕의 거룩한 소문이 시방에 퍼졌사올새 저희들이 덕화를 우러러 왔나이다. 저희들은 제각기 구함이 있사오니 자비를 드리우사 소원을 만족케 하소서'라고 하면서,))</u> 혹은 국토를 달라 하고, 혹은 처자를 달라 하고, 혹은 수족과 피와 살과 염통·허파·머리·눈·골수들을 요구합니다.

전통 계승 여부를 직접 확인하기는 어렵다. 그러나 자료 〈A〉〈B〉를 15세기 국어 표기로 전사한 〈C〉 자료를 중기국어 자료들과 폭넓게 비교해보면 그 역사성이 어느 정도 드러난다. 우선, 석독구결 자료 〈A〉가 재배열·전사 과정을 거친 〈C〉에서는 15세기 불전언해의 언해문이 연상된다. 15세기 언해문에 나타난 국어 어순과 완전히 일치한다는 것은 고려시대의 우리말 번역 전통이 15세기 언해문에 그대로 계승되었다는 증거이다. 다만 차이가 있다면, 표기한 문자(훈민정음/차차표기)가 다르고, 15세기 한글문헌에서 찾아보기 어려운 의고적 구결이 여러 개 나타난다는 점이다.

다음으로, 이 자료에 쓰인 구결과 15세기 불전언해의 구결의 차이점을 찾아본다. 이를 위해 이들 구결을 단위별로 조사하였다. 그 결과 〈C〉에 보이는 구결 단위는 모두 21개인데,[41] 이를 15세기 국어사자료의 구결과 비교한 결과, 차이가 나는 경우는 밑줄 친 7개였다. 15세기 구결문에서 ① '時ㅓ/時긔'는 '時예'로 반영되며, ② '或ᆢㅣ/或흔'(3회)은 '或'이 일반적이고, ③ '乞ᆢ尸ㄲ/乞홇도'(3회)는 확인되지 않는다. 다소 특이한 구결로 '手足ᄒᆢ血肉ᄒᆢ/手足여血肉여'가 있는데, 15세기 구결문에서는 일반적으로 '와/과'가 사용된다. 여기 나열의 '-여/ㅣ여'는 15세기 국어자료에서 흔하지는 않지만 사용된 예가 보인다.[42] 11~12세기의 『화엄경소(華嚴經疏)』의 구결을 15세기 불전언해의 것과 비교한 결과 확인되지 않는 소멸형 구결은 전체의 33%, 존속형은 67% 정도로 나타난다. 소멸된 구결은 3~4세기 동안의 국어의 변화로 인한 소멸로 이해된다.

---

41 〈A〉〈C〉에서 '諸ㅣ/모든'은 향찰 표기에 나타나는 말음첨기로 처리하여 구결의 개수로 계산하지 않았다. 그러나 '乞ᆢ尸ㄲᆢᄒ/乞홇도 ᄒ며'는 'ᆢ尸ㄲ/홇도'와 'ᆢᄒ/ᄒ며'를 분리하여 계산하였다.

42 沙門이 ᄃᆞ외야 <u>나지여 바미여</u> 脩行ᄒᆞ야 〈석보24:30a〉

3.2. 음독구결 자료『능엄경(楞嚴經)』

이 자료는 고려시대 또는 늦어도 훈민정음 창제 이전의 음독구결 자료로 알려져 있다. 특히『능엄경』은 세조대 간경도감에서 언해·간행한 『능엄경언해』(1461~2년)의 저경과 같다는 점에서 15세기 불전언해의 역사성 파악에 적합한 자료라 할 수 있다. 구결의 상호 대조 분석을 위해 자료 3종을 함께 편집하였다.

〈표 9〉능엄경(楞嚴經)의 음독(音讀) 구결 양상[43]

자료별	구결 양상(출처)
능엄경A	世尊ヽ 常推ヽヽ人 說法人中ぅ 我爲第一ヽ六ニ丁尸〈04:1a〉
능엄경B	世尊ヽ 常推說法人中ぅ 我爲第一ヽ六ヽノヒヒ〈04:2a〉
능엄경언해C	世尊이 常推ᄒ샤딕 說法人中에 我ᄅ 爲第一이라 ᄒ시더니 〈04:3a-3b〉
능엄경언해D	世尊이 샹녜 미르샤딕 說法ᄒᄂᆫ 사ᄅᆷ 中에 나ᄅᆯ 第一이라 ᄒ시더니 〈04:3a-3b〉
A	猶如聾人ヽ 逾百步外ヽぅ 聆於蚊蚋ノヒ 本所不見才ヒ 何況得聞ヽ六ニ〈04:1a〉
B	猶如聾人ヽ 逾百步外ヽぅ 聆於蚊蚋六ヽヽぅ 本所不見ヽキ丁 何況得聞ヽヒ六ニ〈04:2a〉
C	猶如聾人이 逾百步外ᄒ야 聆於蚊蚋ᄠᆺᄒ야 本所不見이어니 何況得聞이리잇고 〈04:3b〉
D	귀 머근 사ᄅᆷ미 百步 밧긔 디나 모기 소리 듣둧ᄒ야 本來 몯 보ᄂᆫ 거시어니 엇뎨 ᄒ믈며 드로ᄆᆯ 得ᄒ리잇고〈04:3b〉

---

43 음독구결 양상을 비교하기 위해 이용할『능엄경(楞嚴經)』자료의 정보는 다음과 같다. (A)와 (B) 모두 경주 기림사 소장본인데, '능엄경A'는 〈9592(보물지정번호)〉 자료로 호접장이고, '능엄경B'는 〈9594〉 자료로 선장본이다. (C)는 1462년 목판본『능엄경언해』의 구결문이고, (D)는 그것의 언해문이다.

〈표 9〉의 능엄경 자료의 음독구결 비교에서, 세조가 『능엄경언해(楞嚴經諺解)』(1462)에 단 구결〈C〉와 훈민정음 창제 이전 음독구결 자료〈A〉-〈B〉 두 자료 사이에는 일치하는 부분도 있지만, 전혀 다른 부분도 발견된다. 우선, 〈C〉(능엄경언해)는 총 10개소에 구결을 달았는데, 〈A〉는 9개, 〈B〉는 8개였다. 구결의 개수는 'C〉A〉B' 순이며, 세 자료에서 구결이 일치하는 개수는 〈A〉가 4.5개 정도, 〈B〉가 6.5개 정도이다. 세조의 능엄경언해 〈C〉에 대하여 〈A〉는 45%, B는 65% 정도가 일치하는 셈이다.

한편, 김영배(2002)에서는 또 다른 『능엄경(楞嚴經)』 음독구결 자료를 간경도감판 『능엄경언해』와 비교 검토한 바 있는데, 그 결과 두 자료가 일치하는 비율은 각각 90%(D)와 85.5%(E)로 나왔다. 이 수치에 의거하여 1461년 『능엄경(楞嚴經)』을 언해할 때에 고려시대의 음독구결 자료들을 참고하였으리라는 견해를 제시하였다.

이와 같은 추정을 전적으로 부정하기는 어려울 것이다. 그러나 김영배(2002)의 조사와는 달리 이 글에서 조사 대상으로 삼은 〈표 9〉자료에서는 〈A〉가 45%, 〈B〉가 65%로 일치한다. 일부분으로 이 자료 전체를 일반화하기는 어렵겠지만, 두 건의 조사에서 보듯이, 자료에 따라 일치하는 정도가 차이가 있으며 그러한 차이는 상존하는 것이 아닌가 생각된다. 구결은 구결을 다는 주체가 한문불전 텍스트의 내용을 이해한 것을 나타낸 표지로서, 경문(經文)을 정확하게 이해했다면 그 문맥에 적합한 구결을 취할 수밖에 없을 것이다.[44] 김영배(2002)의 조사와 필자의 이번 조사를 합치면 1461년 능엄경언해(C)의 구결과 일치하는 비율은 71.4%가 된다. 이것이 같은 부분이고, 나머지가 다른 부분이다. 구결의 개신이 이루어

---

[44] 구결 현토자가 어느 시대, 어느 지역, 어느 문하, 어느 정도의 불전 이해 수준에 있던 인물이냐 하는 점도 구결의 일치 여부에 변수가 될 수 있다.

진 것으로 해석된다.

이상에서 살펴본 것처럼, 15세기 불전언해는 훈민정음 창제 이전까지 축적된 오랜 불전 연구의 결과로 이루어진 것이다. 그 중 불전을 우리말로 번역해오던 고려시대 석독구결 전통은 15세기 불전언해의 언해문으로, 음독구결 전통은 구결문으로 계승되어 있다. 새로운 번역도구인 '훈민정음' 창제를 계기로, 세종·세조대에는 번역의 초석이 되는 구결의 의고성을 타파하고 15세기 당시의 국어 현실에 맞추어 그 전통을 개혁해나간 것으로 보인다. 이와 같은 개정을 통해서 새로운 우리말 번역(=언해) 전통이 수립되었다.[45] 고려시대 자료와 15~16세기 불전언해 간에 구결이 같고 다른 점은 번역 전통의 계승과 혁신적인 발전 과정에서 발생한 자연스러운 결과로 해석된다.

4. 중기국어 불전언해의 국어사적 의의와 가치

이 장에서는 중기국어 시기에 간행된 불전언해가 국어사적·문화사적으로 어떤 의의와 가치가 있는지를 개괄적으로 검토한다. 지금까지 이 방면의 연구는 주로 개체사(個體史)의 관점에서 미시적으로 정밀하게 이루어졌다. 이러한 연구 시각은 그 나름대로 중기국어 시기의 국어학과 한국어의 역사적 연구에 기여하는 바가 있다. 그러나 그것이 당대에 어떤 가치가 있었으며, 제작자가 어떤 의도를 가지고 불전언해를 간행하였는지 하는 거시적 메시지를 해석하는 데에는 소홀하지 않았나 생각된다.

---

45 간경도감판 불전언해의 구결이 전래(傳來)의 구결을 대폭 개정한 것으로 파악한 논의는 남풍현, 「고대 국어 자료」, 『국어의 시대별 변천』 3(국립국어연구원, 1998), 233면에서도 보인다.

제2장에서 보았듯이, 16세기에는 지방의 여러 사찰들에서 자체적으로 재원을 마련해 불전언해를 간행하고 국지적으로 배포하였다. 그러나 15세기 불전언해는 그 자료의 방대함과 관판의 한글문헌이라는 권위의 중압감, 그리고 자료 유통 면에서 전국적인 범위로 배포되었다는 점에서 관판 자료가 백성들의 언어문화에 미친 영향은 적지 않았을 것이다.

이 장에서는 그동안 별로 거론되지 않았거나, 아직 학계의 인식이 미흡하다고 판단되는 주제 몇 가지를 주로 국어학 분야에 한정해서 개괄적으로 새롭게 검토한다.

4.1. 국어 표준발음의 정착을 위한 노력

15세기에 훈민정음이 창제됨으로써 한국어의 완벽한 문자화가 가능해졌다. 주지하듯이, 오늘날은 "교양 있는 사람들이 두루 쓰는 현대 서울말"을 표준어로 삼아 한국어를 적고 있다. 그러나 과연 그 당시에는 어떤 성격의 국어를 대상으로 문자화한 것인지 아직 분명하게 밝혀져 있지 않다. 그러나 15세기 당시에 국어를 표준화하려 했다는 사실만은 여러 측면에서 감지된다. 특히 질서 정연한 표음적 표기법을 견지하고 있고, 특히 체계적인 번역과정을 통해 '정음(正音)'으로 번역한 다음, 그것을 관판으로 간행·배포한 사실을 보면 그들이 국어의 문자화를 통한 표준화에 역점을 두었음을 알 수 있다.

첫째, 국어의 표준화를 위한 증거의 하나로 성조(聲調)의 실현을 위한 방점 표기를 들 수 있다. 이것은 오늘날과는 달리 문장에 방점을 표시하였으며, 규칙적인 율동규칙을 보이고 있다.[46] 구체적으로 훈민정음 초기문헌에 나타난 문장 하나를 분석해 보기로 한다.

---

[46] 김성규, 「중세국어의 성조 변화에 대한 연구」(서울대박사학위논문, 1994)

(1) 가. 初총聲셩·을습·햄用·용·홀디·면則·즉並·뼝書셩ᇹ·라 〈정음12a〉

　　나. ·첫소·리·를어·울·워·뿛·디·면글·바·쓰·라〈정음12b〉

(1)은 훈민정음(訓民正音) 언해본에 나오는 문장으로 (1가)는 구결문이고, (1나)는 언해문이다. (1가)에는 한자에 독음을 표시하였고 한글 구결에도 방점을 표시하였다. 이 방점은 평성(0점), 상성(2점), 거성(1점)의 성조를 기호화한 것이다. (1가)를 통해서는 구결문의 독법을, (1나)를 통해서는 당시 언해문의 '표준 독법'을 보여준 것으로 해석된다. 이와 같은 방점 표기의 원칙이 초기 문헌에서 규칙적으로 실현되었다는 것은 '표준적'인 기준을 가시적인 문자로 표현하였다는 의미로 이해된다. 특히 (1가)는 언해문이 없이도 원전의 내용을 파악할 수 있는 지식인층을 염두에 둔 표기 방식이 아닐까 생각된다. '훈민정음' 자모의 음가는 해례본과 언해본에 정확히 제시되어 있다. 따라서 국어사 지식을 활용해 이들을 (2)와 같이 국제음성기호(IPA)와 훈민정음으로 전사해볼 수 있을 것이다.

(2) 가. 初총聲셩·을습·햄用·용·홀디·면

　　　/#tsʰosjəŋɦil#Cʼapɦjoŋ#holʔtimjən#/

　　나. [#초성을#햐봉#홀띠면#]

　　　#0-0-1#1-1#1-0-1#

(2가)는 국제음성기호로 표기한 것이고, (2나)는 방점을 고려하면서 (2가)의 표면형을 훈민정음 방식으로 표기한 것이다. 15세기 당시 국어의 성조까지를 문자화한 것이므로 (1가나)와 (2가)는 모두 '눈으로 보는 발화기록' 또는 '표기된 발화기록'이라고 평가할 만하다.[47]

---

47 정우영, 「국어 표기법의 변화와 그 해석─15세기 관판 한글문헌을 중심으로─」,『한국어학』 26(한국어학회, 2005)

둘째, 국어의 자음 표기에 나타나는 〈ㅸ〉도 국어 표준발음을 정착시키기 위한 하나의 증거로 보인다. 현재 15세기 당시의 한국어의 방언 분포는 별로 연구된 것이 없다. 그러나 현재의 방언 분포와 크게 다르지 않았을 것이라고 가정한다면, 〈ㅸ〉이 나타나는 환경은 방언간의 차이를 드러내는 표지가 아닌가 한다.[48]

매우 조심스럽기는 하지만, 15세기 국어 용언의 활용에서 〈ㅸ〉으로 표기되는 어형이 현대국어에서 어떻게 실현되고 있는가? 동남방언(東南方言)과 동북방언(東北方言)에서는 'ㅂ'유지형(규칙형)으로 실현되며, 기타 지역에서는 대개 '오/우/ㅇ'형(불규칙)으로 실현된다. 이에 대한 국어사적 해석은 몇 가지가 제기될 수 있으나, 한자음의 설내입성 운미, 이른바 이영보래(以影補來)의 'ㅭ' 표기와 유사한 방법으로,[49] 두 개의 대립적인 방언 어형을 〈ㅸ〉으로 '절충한 표기'가 아닌가 생각된다. 즉 15세기 중엽의 한국어에서 'ㅂ'탈락형으로 실현되던 방언과[50] 'ㅂ'유지형으로 실현되던 방언 어형을 '절충'하여 〈ㅸ〉으로 표기하는 것과 같은 방식이다.[51] 예를 들어, '덥다'[熱]는 단어의 어간이 모음 어미와 통합하는 환경

---

48 현대 한국어 방언의 음운현상에서 지역별로 현격한 차이를 보이는 것은, (1) 성조의 유무, (2) 'ㅅ'불규칙−규칙활용, (3) 'ㅂ'불규칙−규칙활용의 차이 등을 들 수 있다. 이익섭·이상억·채완, 『한국의 언어』(신구문화사, 1997), 314면, 319~326면, 참조. 이 밖에도 구개음화 여부와 'ㄷ'불규칙−규칙활용 등을 더 들기도 한다.

49 『동국정운』 한자음 표기에서 한자의 중국음 −t(ㄷ)계 입성 운미가 한국 한자음에서 −l(ㄹ)로 변화하자 그것을 바로잡기 위해 'ㄹ'(來) 다음에 'ㆆ'(影)을 보충하여 'ㅭ'으로 표기하는 방식이다. 예컨대, '彆'의 중국한자음 '-ㄷ'(볃)과 한국 현실한자음 '-ㄹ'(별)을 절충하여 '彆·볆'〈동국정운3:17a〉처럼 표기하는 것을 말한다.

50 ① 'ㅂ'탈락형이란 용언 어간의 기본형이 모음 사이에서 '오/우/ㅇ'형으로 실현되는 활용으로, 서울을 포함한 중부 및 서남 방언과 서북방언에서 나타나는 활용형을 말한다. ② 'ㅂ'유지형이란 ①과 같은 환경에서 'ㅂ'에 아무런 변화 없이 'ㅂ'으로 유지되는 활용형. 동남방언 및 동북방언에서 보이는 활용형을 말한다.

51 김동소, 『한국어 변천사』(형설출판사, 1998); 조규태, 「여린 비읍(ㅸ)에 대하여」, 『한글』 240·241(한글학회, 1998); 정우영, 「순경음 비읍(ㅸ)의 연구사적 검토」, 『국어사 연구』

에서 A방언에서는 [더버], B방언에서는 [더워]로 달리 발음되는 방언적
차이를 [*더ᄫᅥ]로 절충하여 문헌어로 고정시켜 '正音'[표준발음]으로 통
일하고자 했던 것이 아닐까 한다. 즉 한국어 방언권에서 보이는 극심한
차이를 '正音' 즉 표준발음, 표준 고유어로써 통일하려고 했던 것이 아닌
가 생각된다.52

이와 같은 추정이 사실이라고 전제하면, 〈ᄫ〉이 들어 있는 표준발음은
세조 7년(1461) 『능엄경언해』부터 전격적으로 폐지된다. 더이상 이러한
발음을 표준발음으로 규정하지 않겠다는 의미로 해석된다. 이 책에서부
터 고유어에 나타나는 'ᄫ'을 폐지하고 그 대신 'ᄫ〉오/우/ㅇ'형으로 교
체한다. 이는 훈민정음 창제·반포하면서 계획한 '정음' 실현의 목표를
이 시기에 와서 그 계획의 일부를 수정한 것으로 해석된다.

4.2. 국어 표기법의 정착을 위한 노력

「15세기 국어 표기법」이라고 하면, 일반적으로 '훈민정음' 창제·반포
후에 훈민정음의 해례본과 언해본을 통해 이론과 실제로써 제시된 '훈민
정음 표기법'을 가리킨다. 그러나 이것은 현대의 「한글 맞춤법」과는 달
리 어떤 명문화된 규정으로 제시된 것은 아니며, 문헌에 적용된 표기들

7(국어사학회, 2007).

52 어느 특정 지역의 말(서울말)을 표준어로 삼는 오늘날의 관점과는 다소 차이가 난다.
이것을 이해하려면 '정음(正音)'이라는 술어를 이해해야 하는데, 학계에서 '정음(正音)'
또는 '훈민정음(訓民正音)'에 대한 인식이 그렇게 깊이 있게 되어 있지는 않은 것 같다.
'正音'은 "동일 언어공동체 안에서 지역적 차이를 초월하여 능숙하게 통하여 이해할
수 있는 '正한' 소리이자 이 소리를 '正하고' 반듯하고 옳게 적는 글자"를 의미한다. 바
꾸어 말하면, "지역성을 초월하여 교정적, 인위적, 이상적인 성격을 띤 한국어(고유어
및 한자음)의 표준발음 또는 그것을 적는 표기체계"라 규정할 수 있다. 이에 대하여는
정우영, 「국어 표기법의 변화와 그 해석-15세기 관판 한글문헌을 중심으로-」, 『한국
어학』 26(한국어학회, 2005가), 303~307면, 참조.

을 귀납적으로 정리한 표기체계이다. 훈민정음 초기문헌과 15세기 말기 문헌에 적용된 표기법을 비교해보면, 대강의 골격은 유지되고 있지만 국어 표기법을 구성하는 여러 가지 요소는 상당히 변화하였음을 확인할 수 있다.

15세기 국어 표기법의 제1차 변화는 1461년 『능엄경언해』(전 10권, 2,300여 페이지)에서 나타난다. 그것은 순경음비읍(ㅸ)이 폐지되고 그 대신 '오/우[w]'와 'ㅇ[ɦ]'형으로 교체된 변화이다.[53] 이 변화는『능엄경언해』(1462년 목판본)와 『법화경언해』(1463)를 비롯하여 후대 한글문헌에서 모두 'ㅸ'이 폐지/변화된 모습으로 나타난다. 'ㅸ'의 정체가 무엇이며 어떠한 이유로 없어졌는지는 정확히 알 수는 없다. 그러나 국어 표기법의 역사에서 이때가 'ㅸ'이 폐지되는 제1시기인 것만은 틀림이 없다. 변화된 원칙이 후속 문헌들에서 예외 없이 적용되고 있으므로, 그것은 국어 표기법의 개정(改定)으로 해석할 만하다.

제2차 개정은 1465년『원각경언해』(전 10권)에서 이루어진다. 한자음(동국정운 한자음) 표기를 제외한 모든 국어 표기에서 'ㆆ'과 각자병서가 폐지된 것이다. 이것은 국어 표기에서 이미 5,6년 전부터 부분적으로 나타났었는데 1465년『원각경언해』에 이르러 완전히 폐지된다. 그러나 한자에 대한 독음은 여전히 'ㆆ'과 각자병서가 있는 동국정운 한자음을 사용하였으므로, 이때의 개정은 미완(未完)의 개정(改定)이라 평가할 만하다.

제3차 개정은 1496년에 인수대비의 명에 의해 학조가 언해하여 간행한『육조법보단경언해』(3권)와『진언권공』·『삼단시식문』을 통해 전면적

---

53 그러나『능엄경언해』에서 오직 '지벽'[磧](3회)만은 〈ㅸ〉형이 유지되었다. ¶디샛지벽을〈능엄5:72a〉, 디샛지벽을〈능엄5:72b〉. 디샛지벽기〈능엄5:72b〉. 1461년 중국 송나라의 구관제(九官制)와 유사한 번역과정을 거쳐 제작된『능엄경언해』에서 '지벽'이라는 한 단어만 폐지가 보류된 이유는 현재로서는 알 수 없다.

으로 이루어졌다. 훈민정음 초기문헌에서부터 사용돼오던 동국정운 한
자음이 이때에 이르러 조선 현실한자음으로 완전히 교체된 것이다. 이와
같은 국어 표기법은 중·근세어 시기에 어느 누구에 의해서도 다시 개정
(改定)된 바 없다. 16세기 이후는 여러 가지 변동을 겪으면서 중기국어와
근대국어를 표기하는 표기법으로 계승된다.

이상에서 기술한 국어 표기법의 변화(개정) 내용을 간략히 정리하면
〈표 10〉과 같다.

〈표 10〉 15세기 국어 표기법의 개정 양상

관련 항목	정음 초기문헌 (1446~7)	능엄경언해 (1461,1462)	원각경언해 (1465)	육조단경/삼단시식문 /진언권공(1496)
ㅸ 표기	도바/어드버/어려본 수비/어즈러비	도와/어드워/어려운/수이/어즈러이	바뀐 것 유지	바뀐 것 유지
ㆆ 표기	홇배 / 갏사룸	초기와 같음	홀배 / 갈사룸	바뀐 것 유지
각자 병서	쓰다, 혀다, 말씀, 홀씨	초기와 같음	스다, 혀다 말솜, 홀시	바뀐 것 유지
한자음	동국정운 한자음	초기와 같음	초기와 같음	조선 현실한자음
	國[귁], 字[쫑], 左[장], 加[강], 寶[볼], 一[힗]	같음	같음	國[국], 字[ᄌᆞ], 左[좌], 加[가], 寶[보], 一[일]

4.3. 국어 표준어의 정착을 위한 노력

오늘날 현대국어의 표준어와 밀접한 관련이 있는 것으로 중기국어의
'쌍형어(雙形語, doublet)'를 들 수 있다. 쌍형어는 이숭녕(1957)[54]에서 처
음 제기되었고, 15세기 국어와 중기국어를 대상으로 김성규(1999)[55]와 김

---

54 이숭녕, 「어간 쌍형설의 제기」, 『논문집』 6(서울대, 1957).
55 김성규, 「중세국어의 쌍형어에 대한 연구」, 『전농어문연구』 10(서울시립대국어국문학
　과, 1999).

영일(2001)[56]에서 좀 더 깊이 있게 다루어졌다. 전자에서는 쌍형의 분포를 통해 문헌이 반영하고 있는 중앙 방언형과 여타 방언형을 음운론적 관점에서 살폈고, 후자에서는 15세기 자료에 나타난 170여 개 어휘항을 중심으로 쌍형어의 공통 어원, 형성 기제와 유형에 관해 다각도로 검토하고 있다.

일반적으로 쌍형어는 "같은 어형(語形)에서 나와서 두 개 이상의 다른 형태로 변화된 한 묶음의 낱말"로 정의된다. 좀 더 구체적으로는 "의미가 같거나 거의 같음을 전제로 하는 두 단어(또는 둘 이상의 단어)가 그 어형의 대부분이 같고 오직 일부만이 다른 것들"을 쌍형어로 규정하는 경우도 있다(김영일 2001: 92). 또한 '쌍형어'는 "같은 뜻을 나타내되 음운 연쇄가 유사한 2개 이상의 어휘류"를 포괄적으로 가리키는 개념으로 사용되기도 한다.

15세기 불전언해 중에서 동일한 문헌에 등장하는 쌍형어 목록의 일부를 제시하면 다음과 같다.[57]

(3) 구진다〈월석17:78a〉   / 구짖다〈월석8:98b〉
　　그르메〈석보19:37〉   / 그리메〈월석17:58〉 / 그림제〈월석2:62a〉
　　긴〈월석21:75b〉   / 기둥〈월석23:87b〉
　　ᄀᆞ마니〈월석18:64a〉   / ᄀᆞᄆᆞ니〈월석12:24b〉
　　ᄀᆞ초다〈법화2:175a〉   / ᄀᆞ초다〈법화6:175a〉
　　난호다〈석보13:37a〉   / ᄂᆞ호다〈석보19:6a〉
　　대숩〈월석8:99b〉   / 대숲〈월석8:99a〉
　　둗겁다〈월석2:58a〉   / 두텁다〈월석2:55b〉
　　둘차히〈원각,하1-1:40b〉 / 둘채〈원각,하3-1:94b〉.

---

56 김영일, 「15세기 국어 쌍형어 고찰」, 『한글』 251(한글학회, 2001)
57 김영일(앞의 논문)에는 15세기 문헌에서 180여 개의 예를 제시하였다. 쌍형어의 기준을 어떻게 정하느냐에 따라 그 개수는 그보다 줄어들 수도 있다.

줍다〈석보21:40a〉 　　　 / 　ᄌᆞᄆᆞ다〈석보6:2b〉
바닿〈월석1:23b〉 　　　 / 　바ᄅᆞᆯ〈월석2:45b〉
범글다〈법화3:141a〉 　　 / 　버믈다〈법화6:145a〉
뿜 〈석보6:24b〉 　　　　 / 　ᄲᅵᆷ 〈석보24:3a〉
새박〈원각서:46b〉 　　　 / 　새배〈원각,상 2-3:27b〉
숲 〈월석1:24a〉 　　　　 / 　숳 〈월석10:69a〉
심그다〈석보6:37b〉 　　 / 　시므다〈석보19:33b〉
즉자히〈월석2:6b〉 　　　 / 　즉재〈월석21:22b〉
흗다〈월석10:63b〉 　　　 / 　흩다〈월석8:6b〉

쌍형어는 주로 국어사적인 관점에서 구형(舊形)과 개신형(改新形), 또는 방언형과 중앙어형의 관점에서 단어의 형성 과정과 분포에 초점을 맞추어 연구가 진행되어 왔다. 물론 그와 같은 분석을 통해 역사적 선후 관계를 정밀하게 해명하는 것도 의미 있는 일이다. 그러나 15~16세기 국어 어휘 사용의 측면에서는 이것이 과연 어떤 의미를 갖는지에 대해서 조명할 필요가 있다.

언해자가 복수인 어떤 문헌에서 쌍형어가 출현하는 사실에 대하여는 어떤 방식으로든 해석이 필요하다. 한문불전(漢文佛典)의 언해가 다수에 의해 이루어졌다 하더라도 공동 번역으로 이루어진 이상 그 언해 내용을 검토·교정하지도 않고 곧장 간행에 들어가지는 않았을 것이다. 더욱이 동일한 의미를 나타내는데, 서로 다른 형태를 노출하는 것에 대해서 무관심하게 지나치지도 않았을 것이다.

15세기 불전언해는 몇 문헌을 제외하면 대개 언해자가 두 명 이상으로 구성되어 있다. (3)에서 『법화경언해(法華經諺解)』와 『원각경언해(圓覺經諺解)』의 경우는 언해자가 두 명 이상이므로, 그들이 사용하는 방언형이되 언어사회에서 통용되므로 쌍형어를 노출한 것이라고 보면 동일 문헌 쌍형어의 출현 원인이 자연스럽게 설명될 수 있다. 이들은 오늘날 「표준어규정」(1988.1.19)에서 채택하고 있는 '복수 표준어'의 개념과 유사한 것으로 이해될 수 있다. 그런데 문제는, 편찬자가 일개인으로 알려져 있는『석보상절(釋譜詳節)』(수양대군)과 『월인석보(月印釋譜)』(세조)에서도 쌍형어가 나타난다는 점이다. 잠정적인 가설이지만, 세조를 대표 저자로 하였을 뿐 사실은 여러 사람이 불전 번역에 참여한 것으로 추정해볼 수 있다.

당시에 한문 불전을 언해(번역)한 복수의 번역자들은 국어에 대한 식견이 대단히 높은 지식인층이다. 이들은 오늘날의 관점에서 모두 '표준어 화자'라 할 수 있다. 언해문 확정시 번역의 정확성을 기하기 위해 어떤 형식으로든 상호 교정과정을 거쳤을 것이다. 그럼에도 불구하고 동일 문헌에서 '쌍형어'가 여러 개 반영되어 있다. 이것은 쌍형어가 언해자를 포함해 당시 언중 사이에서 자연스럽게 통용되는 어휘였음을 의미한다. 관판문헌의 권위로 비추어볼 때, 독자들은 문헌에 사용된 쌍형어는 모두 사용 가능한 어휘라고 인식하고 일종의 공인 규범으로 여기게 되었을 것이다. 이와 같은 관점에서, 15세기 관판의 불전언해는 쌍형어(복수표준어)가 언중에게 널리 보급되도록 하는 창구 역할을 담당했던 것으로 해석할 수 있다.

4.4. 국어 지식기반의 확충을 위한 노력

중기국어 한글문헌에서 흔히 보이는 것으로, 한문 원문에 대한 언해문 또는 본문의 중간이나 끝에 마련된 협주(夾註)가 있다. 이 협주에는 주로 한자어 또는 한문의 직접구성요소인 한자를 대상으로 그 뜻을 알기 쉽게 풀이하였다. 여기서는 편의상, 현재 국립국어원의 〈디지털 한글박물관〉에서 제공하는 〈옛 문헌 한자어〉 중에서 몇 개를 발췌해 그 실상을 보이기로 한다.

(4) 가. 교수(教授) : 그리 다 모다 부텻 教授 듣ㅈ바【教授는 ㄱㄹ쳐 심길
씨라】各各 큰 盟誓ᄒ야 正法을 護持ᄒ오리이다 ᄒ거늘 〈석보6:46b〉

나. 보살(菩薩) : 菩薩은 菩提薩埵ㅣ라 혼 마를 조려 니ᄅ니 菩提는 부텻
道理오 薩埵는 衆生을 일울 씨니 부텻 道理로 衆生濟渡ᄒ시는 사ᄅ
ᄆᆯ 菩薩이시다 ᄒᄂ니라 〈월석1:5a〉

다. 중생(衆生) : 衆生은 一切 世間앳 사ᄅ미며 하ᄂᆯ히며 긔는 거시며 ᄂ
ᄂ 거시며 ᄆ렛 거시며 무릿 거시며 숨튼 거슬 다 衆生이라 ᄒᄂ니라
〈월석1:11a〉

(4)의 '교수(教授), 보살(菩薩), 중생(衆生)'은 모두 오늘날에도 사용되는
단어들이다. 이와 같이 15세기 언해에는 독자들의 이해를 돕기 위해서
구결문이나 언해문에 협주(夾註)라는 형식으로 한자의 자석(字釋)이나 한
자어의 의미 해석을 보여주고 있다. 이것은 훈민정음 창제·반포 초기문
헌부터 주로 산문으로 된 한글문헌에서 나타난다. 15세기에 여러 건, 여
러 권수로 가장 많은 분량으로 간행된 문헌이 불전언해이고, 협주의 대
부분이 이들 문헌에 실린 것들이라는 점에서 어휘사적 의의가 크다. 디
지털 한글박물관의 〈학술 정보관–옛 문헌 한자어〉에는 이들 문헌을 조
사한 표제어가 무려 12,092개가 실려 있는데 결코 적은 양이 아니다.[58]

---

58 〈옛 문헌 한자어〉의 '범례'에 제시된 출전 범위는 다음과 같다.
『훈민정음』(해례본), 『훈민정음』(언해본), 『석보상절』(권6,9,11,13,19,23,24), 『월인천강
지곡』(상), 『월인석보』(권1,2,7,8,9,10,11,12,17,18,20), 『능엄경언해』(1~10권), 『법화경
언해』(1~7권), 『몽산화상법어약록언해』, 『훈몽자회』(예산본) 등 9개 문헌을 대상으로
하였다고 한다. 그러나 실제 용례에는 그 밖에도 「용비어천가」를 비롯하여 『금강경삼
가해』, 『구급간이방언해』, 『육조법보단경언해』 등 15세기 문헌 다수가 포함되어 있다.
〈옛 문헌 한자어〉의 표제어는 주로 이들 문헌에 실린 한자어 또는 한자를 풀어 놓은
'주석'에서 뽑아서 정리한 것으로 모두 12,092개 단어에 이른다. 한자 학습서 훈몽자회
(1527)의 3,360개 자석(字釋)을 제외한다 해도 표제어는 11,500여개에 달한다. 좀 더
자세한 정보는 디지털 한글박물관 〈옛 문헌 한자어〉를 참조할 것. http://www.
hangeulmuseum.org/

15세기 한글문헌에서 불전언해가 차지하는 비율을 감안하면, 불전의 언해가 당시 독자들의 어휘력, 특히 한자어 지식 향상에 끼친 영향은 대단히 큰 것이다. 이들 문헌에 실린 한자어에 대한 협주는 국어사전이 없던 당시에는 한자어를 포함하여 국어 어휘에 대한 지식 기반 확충에 상당한 기여를 했을 것으로 판단된다. 이들은 어휘항이 많아 국어 어휘사 연구에 중요한 언어자료로 평가된다.

4.5. 16세기 지방판 불전언해의 가치

16세기에 나온 불전언해는 전국의 지방 사찰에서 번역·간행되어 지역 공동체 안에서 유통되었다는 점에서 15세기의 중앙어 중심의 관판 불전언해와는 다른 면이 있다. 15세기 불전언해는 관판문헌으로 간행되어 유통 범위가 전국적이었으나, 지방 사찰판 불전언해는 국지적이었던 것이다. 개별 문헌의 연구에서 보고된 바에 의하면, 지방판 불전언해에는 당시 중앙에서 간행된 관판문헌의 언어 현실과는 다른 여러 가지 특성을 보여 주목된다. 이는 위와 같은 간행의 특수성에 기인하는 것이다.

16세기 불전언해 중에서 해당 지역의 방언이 반영된 대표적인 문헌을 정리하면 〈표 11〉과 같다.

〈표 11〉 16세기 방언이 반영된 불전언해

구 분	문 헌 (간행 연대)
경기방언	초발심자경문(初發心自警文. 경기 용인 서봉사. 1583)
경상방언	칠대만법(七大萬法. 희방사. 1569)[59] 안락국태자경 변상도(安樂國太子經 變相圖. 기림사. 1576)
전라방언	부모은중경(父母恩重經. 전주완산. 1545) 몽산화상육도보설(蒙山和尙六道普說. 취암사. 1567) 초발심자경문(初發心自警文. 송광사. 1577) 몽산화상법어약록(蒙山和尙法語略錄. 송광사. 1577)

이들은 한문불전을 중기국어 시기에 처음으로 언해하였거나, 안락국태자경(安樂國太子經) 변상도처럼 15세기에 번역·간행된 불전언해에서 발췌하여 제작 당시의 국어로 필사한 자료들이다.[60] 이들은 그 양이 많건 적건 해당 문헌이 제작된 방언을 반영하고 있으며, 그것이 중앙에서 간행된 관판문헌의 언어와는 달라서 희귀한 가치를 인정받아오고 있다. 지방판 문헌 간행의 단점은 유통 범위가 매우 한정되어 있다는 점일 것이다. 그러나 국지적이라는 단점이 오히려 지역 방언을 자유롭게 반영할 수 있는 언어문화의 공간 역할을 함으로써 오늘날에는 지역의 언어문화를 창조한 역사적 자료로 평가되고 있다.

15세기 자료는 거의 중앙에서 간행된 관판문헌으로서, 획일적이고 통제된 국어의 양상을 보여준다. 그에 반해 16세기 지방 사찰에서 간행된 불전언해는 대개 국어 표기법을 비롯하여 음운, 문법, 어휘 차원에서 중앙어 중심의 관판 문헌과는 달리 간행 당시의 해당 지역 방언을 기록으로 남겨 놓았다. 이와 같은 특성을 면밀히 분석해낸다면, 연구가 미흡한 16세기의 국어방언사를 재구할 수 있는 새로운 자료로 이용될 수 있다.

5. 결론

국가에서 관판으로 서적을 간행하는 것은 위정자가 국가정책을 실현하기 위해 행하는 여러 가지 합목적적인 공적 행위 중의 하나이다. 조선은 대내외적으로 억불숭유라는 국시를 표방하였음에도 불구하고, '훈민

---

59 "통시[변소], 실겨[실려], 이붓집[이웃집], 머섬[머슴]" 같은 예가 이 문헌에 등장한다.
60 "안락국태자경 변상도"는 『월인석보』(1459)의 권8에 실린 '안락국태자경'을 발췌해 그림과 한글로 나타낸 자료이다. 내용 중에는 16세기 경상도 방언이 반영돼 있다.

정음'이 창제된 후에는 그에 합당하지 않게도 많은 불전언해들을 관판으로 간행하였다. 이 글은 중기국어 시기에 간행된 불전언해들을 중심으로 그 제작 배경과 목적을 밝히고, 그것을 고려시대 석독·음독 구결자료들과 대비해봄으로써 번역 전통의 역사성, 즉 고려시대 번역 전통의 창조적 계승임을 확인코자 하였다. 이와 함께 그 자료들이 국어사적으로 어떤 의의와 가치가 있는지를 논하였다. 본론에서 검토한 내용 가운데 중요한 것들을 요약하면 대체로 다음과 같다.

제2장에서는 1443년 훈민정음 창제로부터 16세기말까지 이른바 '중기국어' 시기에 간행된 여러 한글문헌들의 목록을 작성하고, 그 중에서 불전언해에 초점을 맞추되 유경언해 간행과 대비하면서 그것이 관판으로 언해·간행된 배경과 목적을 밝혔다. 15세기 세조대는 관판 불전언해가 간행된 전성기이며, 그 후 점차 축소되어 16세기에는 한 건도 관판으로 제작된 적이 없었다. 한편, 유경언해는 성종대와 중종대를 거쳐 점차 증가하여 16세기 선조대에는 전성기를 맞았고 이 시기에 드디어 유교의 핵심 경전들이 관판으로 언해·간행되었다.

관판으로 불전 또는 유경언해를 간행하는 것은 시대적 상황에 따라 조금 다를 수 있지만, 군왕 또는 그와 관련된 상위자의 종교적 신념과 국시 실현의 강한 의지가 필수적인 요소이다. 불전이든 유경이든, 한자가 공용문자이던 시대에 훈민정음으로 번역하여 관판으로 간행한다는 것은 '훈민정음'의 보급과 확산, 그리고 불교 또는 유교를 통한 백성의 교화에 목적이 있었다고 할 수 있다. 세종대~연산군대에 관판 불전언해가 집중 간행된 것은 서거한 왕실 가족[왕·왕비·왕세자]의 명목을 빌고, 왕실의 안녕을 기원하기 위한 불사(佛事)의 하나였다. 특히 세조대에 간경도감을 설치하고 여러 불전언해를 간행한 것은 한문불전 주석서들을 불전언해로 대치하고, 궁극적으로는 불전언해의 집대성과 결집을 목표로 하여 추진한 적극적인 불사였다고 해석하였다.

제3장에서는 중기국어 불전언해의 역사성을 살펴보고자 훈민정음 창제 이전에 나온 고려시대 및 조선 전기의 석독 및 음독 구결 자료를 한 편씩 분석·검토하였다. 이를 통해 15세기 불전언해는 고려시대 한역불전의 국어 번역 전통을 계승한 것이며, 다만 새로운 번역 도구인 '훈민정음'이 창제된 후에는 번역할 당시의 국어 현실에 맞추어 그 전통을 새롭게 개혁한 것임을 밝혔다. 고려시대 자료와 15~16세기 불전언해 간에 구결이 같고 다른 점은 번역 전통의 계승과 혁신적인 발전 과정의 결과로 해석하였다.

제4장에서는 중기국어 시기에 간행된 불전언해들이 국어사적, 문화사적으로 어떤 의의와 가치가 있는지를 개괄적으로 검토하였다. 15세기 불전언해는 거의 전적으로 관판으로 간행되었다. 반면에, 16세기 불전언해는 모두 지방의 사찰에서 자체적으로 재원을 마련하여 간행되었다. 특히 15세기 관판의 불전언해는 훈민정음의 보급을 전제로, 국어 및 국어 표기법의 표준화, 그리고 국어 지식기반의 확산에 크게 기여하였으며, 후자는 지역 방언을 활용하여 해당 지역의 언어문화를 창조하는 데 기여하였다.

먼저, 국어 표준화를 위한 구체적인 내용은 대체로 다음과 같은 것들이 있다. (1) 국어 표준음의 정착을 위한 음운의 문자화_성조(聲調)의 실현을 위한 방점 표기, 방언 간의 발음 차이를 줄이려는 'ㅸ' 표기 등. (2) 국어 표기법의 정착을 위한 표기법의 개정(改定) 제1차는 1461년 『능엄경언해』를 통해 순경음비읍(ㅸ)을 폐지하는 방향으로, 제2차는 1465년 『원각경언해』를 통해 고유어 표기에서 'ㆆ'과 각자병서를 폐지하는 방향으로, 제3차는 1496년 『육조법보단경언해』 등을 통해 동국정운 한자음을 조선 현실한자음으로 교체하는 방향으로 개정하였다. 특히 국어 표준화와 관련하여 단어 차원에서는 표준어를 보급할 목적으로 쌍형어(雙形語)를 문헌에 반영한 것으로 보이는데, 이는 오늘날의 복수 표준어와 유사한 개념으로 해석된다.

다음으로, 국어 지식기반의 확산과 관련해서는 대표적으로 협주(夾註)를 들 수 있는데, 이 장치를 통해 불교 용어를 포함한 한자어의 지식기반을 대중에게 확산시키는 데 기여했을 것이다. 한편, 16세기 지방 사찰판 불전언해는 배포 범위가 국지적이라는 한계는 있었으나, 오히려 해당 지역의 방언을 활용해 한역 불전을 언해·간행함으로써 지방의 언어문화 창조, 특히 한글의 사용이 지방에까지 확산되는 데 크게 기여했을 것으로 평가된다.

이 글의 제4장에서 필자는 학계의 통설과 비교해 여전히 쟁점으로 남아 있거나, 아직 논의된 적이 없는 주제에 대해 다소 '특이한' 견해를 표명하였다. 이는 중기국어의 한글문헌, 특히 훈민정음 창제·반포 이후에 간행된 관판 문헌 중 정음 초기문헌은 정음(正音)으로 국어를 기록하려던 당대 정음학자들의 이상(理想)을 체계적으로 반영한 국어사 자료들로 이해되었기 때문이다. 앞으로 '정음(正音)'에 대한 학계의 이해와 인식이 한층 더 깊어진다면, 새로운 안목으로 당대 국어의 모습을 더욱 선명하게 밝혀낼 수 있을 것으로 전망된다.

조선 전기의 두시언해(杜詩諺解)와 고전번역의 문화적 지평

김남이

1. 조선 전기 지식인과 두시언해

조선에서 중국 당나라의 시단(詩壇)을 대표하는 시인 두보(杜甫, 712 ~770)의 시에 대한 주해(註解)와 번역은 세종대와 성종대를 중심으로 뚜렷하게 이루어졌다. 세종대 집현전 학사들이 주도한 것으로 알려져 있는 『찬주분류두시(纂註分類杜詩)』(이하 『찬주두시』로 약칭)와 성종대 유윤겸 등의 인물이 주도한 것으로 알려진 『분류두공부시(分類杜工部詩)』(1481년 간행령. 이하 『두시언해』로 약칭)가 그 결과물이다. 대표적인 이 두 성과 외에도, 1500수에 달하는 두보의 작품은 때로 그 전체가, 또 때로는 몇 백수 내외가 선택적으로 간행되었다. 이때에는 형식과 주제별로 작품이 분류되고 작품마다 붙어 있는 복잡다양한 제가(諸家)의 주석들을 탐구하고 토론하며 정리하는 작업이 같이 진행되었다.

『두시언해』 및 두보 시 수용과 관련해서는 선학들의 노고 어린 연구가 축적되었다. 어학 분야에서의 연구를 비롯하여, 서지학과 비교문학 영역에서 활발하게 이루어졌다. 어학 분야에서는 『두시언해』의 초간본과 중간본 대비 작업, 이를 근거로 하는 중세 언어의 변화를 고찰하는 작업이 이루어졌다. 서지학 분야에서는 초창기의 이병주, 김일근의 연구에서 시작하여 1990년대 심경호, 안대회, 이종묵의 연구를 통해 조선에서 간행된 두시집의 서지학적 계보와 두시 수용 양상, 언해 번역의 양상에 대한 고찰이 충실하게 이루어졌다. 이런 성과들을 통해 우리는 다음과 같은 점을 시사받을 수 있었다. 심경호의 연구에서 대표적으로 지적되었듯이 조선 전기 두보 시에 대한 주해 및 번역은 시사(詩史)의 측면에서 특히 '두보의 율시가 시작(詩作)의 모범이 되는 과정'을 보여준다. 그리고 두보를 위시하여 이백의 시집 간행과 반포는 '왕권에 의한 사장진흥책(詞章振興策)에서 비롯된 것'이라는 측면을 고려해야 한다는 점 또한 중시해야 한다.[1]

여기에서 우리는 '언해'와 '왕권에 의한 사장진흥책'이라는 측면을 한 지평에 놓고 생각해 볼 필요가 있다. 일반적으로 언해는 대중 보급과 백성 교화의 차원에서 주로 언급되어 왔기 때문이다. 그런데 실제로 성종대에 간행된 『두시언해』는 백성과 여성을 대상으로 하는 교화 중심의 다른 언해서들과는 언해의 양상이 다르다. 이를테면 언해 본문에 있는 한자의 음을 표기하지 않은 사실이 그 증거가 된다.[2] 이는 『두시언해』가 한자 음을 굳이 알려주지 않아도 되는, 즉 한문에 익숙한 사람들을 독서 대상으로 삼은 것임을 보여준다. 그렇다면 왜 한문에 익숙한 사람들을 대상으로 언해를 했을까? 두보의 시와 같은 문학 텍스트를 대상으로 한 이유는 무엇인가? 이런 점들을 질문해 볼 수 있다.

이 글은 이런 질문들을 토대로 조선 전기 시단의 변화가 '두보'라는 기표, 그리고 그 기표를 중심으로 새로운 시학(詩學)이 생성되는 문화적 차

---

1 심경호, 「조선조의 杜詩集 간행과 杜詩 受容」, 『杜詩와 杜詩諺解 硏究』(태학사, 1998) 12면; 이종묵, 「두시의 언해 양상」(같은 책), 155면.

2 『두시언해』보다 나중에 나온, 두보의 율시에 대한 언해인 『두율분류(杜律分類)』와 『두시언해』를 비교해 보면 그 차이가 분명하게 드러난다. 『두율분류』는 제목과 원문, 언해 본문의 한자에 음을 달아 한문에 익숙하지 않은 사람의 학습을 고려했다.

원의 지평을 살펴 보려고 한다. 필자가 먼저 제기하는 질문은 이것이다. 조선 전기 시단에서 두시에 대한 학습과 탐구, 번역은 어떤 맥락 위에 있었을까. 여기에서는 그 전사(前史)로서『두시언해』이전, 고려후기 이래 두시집 간행에서부터 단서를 찾아보려고 한다. 그 방향은 두 가지인데 하나는 조선에서 간행된 두시집들이 중국문학사의 맥락에서 어떤 의미를 갖는지, 그 간행 주체들의 위상과 영향력을 중심으로 살펴보는 것이다. 다음, 둘째로는 중국과 조선에서 두시집의 간행에 관여했던 사람들의 발언을 통해 두시가 갖는 의미를 살피는 작업이다. 두시집 간행에 부쳐진 서발(序跋)이 좋은 자료가 된다. 중국과 조선의 입장을 비교하면 이해의 기반과 수용의 지평이 더 선명해질 것이다.

한편, 이 글에서는 어떤 사람들이 두시 '번역'과 관련된 일을 발의하고 진행하고 있는가 하는 점을 구체적으로 살필 것이다. 기존 논의들을 통해 두시를 '번역'하거나 이 일에 관여했던 사람들이 누구인가, 그 대략의 범주는 밝혀져 있다. 앞서 거론했던 세종대『찬주두시』의 집현전 학사들, 그리고 성종대『두시언해』의 성종대 홍문관의 문사들이 그들이다. 이들은 최고의 호문군주의 적극적 지원을 받아 국가적으로 육성되고 있던 젊은 학자이자 문신들이었다. 유휴복·유윤겸·의첨 등의 인물 또한 기존 연구를 통해 두시언해 작업과의 관련성이 밝혀졌다. 그러나 유휴복·의첨이 언해에 직접 참여했다는 논의는 재검토가 필요하다는 주장이 제기된 바 있다.[3] 따라서 이 글에서는『두시언해』는 유윤겸의 전반적인 관리 하에 홍문관 문신들이 실질적으로 작업한 결과물로 보고, 이 홍문관 문신들의 구체적 면모를 살피려 한다.

더 나아가, 두시집의 간행과 언해에 관여한 사람들이 어떻게 서로 연결되어 있는지, 특히 당대 지식인들의 지형도와 관련지어 살피고자 한

---

3 안병희,「杜詩諺解의 書誌的 考察」(앞의 책), 115면.

다. 이 지점에서 필자는 서로 긴밀하게 연결된 일군의 새로운 지식인들의 움직임을 중시해야 함을 제기하고자 한다. 이 '새로운 지식인 그룹'은 두보의 시를 집단적으로 학습하고 이해하는 과정을 가지는 한편, 군주의 지원과 장려 하에 이를 주해하고 번역[언해]하는 과정을 이끌었다. 이 과정은 조선 전기, 특히 성종조의 새로운 지식인 그룹의 형성 과정에서 그들의 사유와 문화가 형성되는 데 중요한 토대를 형성했다. 이런 점에서 특히 '두시' 언해령이 내려졌던 성종 12년(1481)을 전후로 한 시기 홍문관 및 일부 지식인들의 상호 관련성은 중요한 의미를 갖는다.

2. 조선 전기 두시 이해의 지평

2.1. 과거(科擧) 및 원나라의 종당(宗唐) 기풍

세종 13년(1431), 세 종류의 두시집이 경상남도 밀양과 황해도 해주에서 간행되었다. 이 책들은 조선 들어 처음으로 간행된 두시집이라는 점에서 역사적 의미가 있다. 또한 조선 전기의 두시에 대한 학습과 탐구, 그리고 이후의 전범화가 어떤 기반과 필요 위에서 이루어졌는가, 그 시초를 보여준다는 의미도 있다. 여기에서는 기존의 연구에서 잘 정리된 두시의 계보[4]에 따라 텍스트들을 간략히 살펴가며 두 가지 점을 살피려 한다. 첫째는 두보 시가 중요하게 대두된 것이 과거(科擧) 시험과 밀접하게 관련되어 있었다는 점, 둘째는 두보 시가 중시된 외적 동기로 원나라 문단의 종당(宗唐) 기풍이 작동했다는 점이다.

우선 세종 13년(1431), 밀양에서는 『두공부초당시전(杜工部草堂詩箋)』

---

4 조선 전기의 두시집 간행 상황은 심경호(앞의 책), 101~103면에 간명하게 정리가 되어 있어 이를 참조하였다.

(40권)과 『황씨집천가주두공부시사보유(黃氏集千家註杜工部詩史補遺)』(11
권)가 간행되었다. 두 책 모두 송나라 사람이 편찬하고 주석을 단 송나라
간본을 복각(覆刻)한 것이고, 편년체로 되어 있다.[5] 시기별로 두보의 시
를 실어 놓아 두보의 생애를 따라 시를 이해하기에 좋다. 『두공부초당시
전』은 채몽필(蔡夢弼, 남송?~?)[6]의 회전(會箋)본을 복각한 것이다.

『두공부초당시전(杜工部草堂詩箋)』(40권)에는 채몽필이 쓴 「두공부초당
시전발(杜工部草堂詩箋跋)」이 실려 있다. 이 글에서 그가 두보의 시에 붙
은 산만한 주석을 정리하여 정론(定論)을 만들려고 했던 배경이 드러난
다. 채몽필은 자신이 편찬한 『두공부초당시전』을 두시에 대한 정선된 주
석과 해석서로 규정했다. 여기에는 시학(詩學) 종사(宗師)로서의 두보 위
상, 그리고 과거제도과 같은 것들을 통해 현실의 장에서 두보 시가 갖고
있던 구체적인 영향력과 권위에 대한 인식이 작동하고 있다. 이것이 두
시에 대한 학습과 전범화의 절대적 필요성을 불러왔다. 아래에 채몽필이
쓴 발문의 내용을 요약하여 인용한다.

[1] 두릉 선생은 많은 서적을 두루 널리 섭렵하고 고금의 일을 해박하게 알았다.
[2] 온 세상을 두루 다니며 본 것들을 시가로 표현하니 국풍아송(國風雅頌)이
진작되지 못한 이래 비흥(比興)의 시의 경지를 이루었다. 그리하여 당나
라 이래 '시학의 종사'로 불린다.
[3] 시로 과거시험을 보면서 두시를 시제로 출제하는 일이 많다. 그러나 주(註)
와 훈석에 오류가 많다.

---

5 『두공부초당시전』은 송나라 魯訔이 남송 고종 23년(1153) 편찬하고, 채몽필이 남송
영종 10년(1204)에 會箋한 것이다. 『황씨집천가주두공부시사보유』는 송나라 黃鶴과
채몽필이 집주하고, 채몽필이 교정을 본 것이다.

6 채몽필은 뛰어난 학자이며, 두보 시에 대한 주석은 정밀함으로 이름이 났다. 주석서
외에도 두보의 시를 논한 『초당시화』를 썼다고 하니, 두시 비평사에서 중요한 위치를
갖는 인물이라 할 수 있다.

[4] 이에 두시의 제본을 구하여 글자의 이동(異同), 음의 반절(半切)을 살피고, 시를 지은 뜻을 풀이하고, 전거를 밝히고 '초당시전'이라 이름하였다. (중략: 필자)

[5] 이 책을 읽으면 두시의 뜻이 환하게 밝아져 조금도 막힘이 없이, 두보를 직접 보는 것처럼 여겨질 것이다.[7]

채몽필은 [1][2]를 통해 두보를 국풍 이래 침잠한 시풍을 일으킨 '시학의 종사'로서 규정했다. 그에 따라 당대의 인재를 선발하는 과거 시험에서 두시의 영향력이 클 수밖에 없음을, [3]에서 자연스러운 맥락으로 연결해 놓았다. 역시 주목되는 점은 채몽필이 두보의 시에 주석과 풀이를 하게 된 이유이다. 그 이유는 과거의 과목으로 시가 채택되면서, 두보의 시가 시제(試題)로 빈번하게 출제되었던 데 있다. 과거의 과목은 당대 젊은 인재들의 공부 내용과 직결된다. 바로 그 공부의 실질적 내용이 되는 두시에 대한 주와 훈석에 오류가 많았다는 것. 이 문제를 해결하기 위해 채몽필은 글자 단위로 이동(異同)과 반절(半切)의 음까지 철저하게 살폈다. 더하여 구절 단위로 뜻을 풀이하고 경사자집을 참고하여 전거를 밝혀 『두공부초당시전』을 편찬했던 것이다.

이와 같은 채몽필의 발문은 조선의 사대부들이 두시를 이해하는 데 중

---

7 蔡夢弼, 「杜工部草堂詩箋跋」, 『杜詩詳註』 卷二十五. "少陵先生 博極羣書 馳騁今古 周行萬里 觀覽謳謠 發爲歌詩 奮乎國風雅頌不作之後 比興發於眞機美刺 該夫衆體 自唐迄今餘五百年 爲詩學宗師 家傳而人誦之 國家肇造以來 設科取士詞賦之餘 繼之 以詩 主司多取是詩命題 惜乎世本訛舛訓釋紕繆 有識恨焉 夢弼因博求唐宋諸本杜詩 十門聚而閱之重復參校 仍用嘉興魯氏編次其歲月之先後以爲定本 於本文各句之下 先正其字之異同 次審其音之反切 方擧作詩之義以釋之復 引經子史傳記以證其用事 之所從 出離爲若干卷目曰草堂詩箋 嘗參以蜀石碑及諸儒定本 各因其實以條紀之 凡 諸家義訓皆採錄集中而舊德碩儒間 有一二說者 亦兩存之 以俟博識之決擇 是集之行 倘得之者 手披目覽口誦 心惟不勞思索而昭然義見 更無纖毫凝滯 如親聆少陵之謦欬 而熟覩其眉宇 豈不快哉 宋嘉泰(寧宗年號)甲子正月建安三峯東塾蔡夢弼□卿謹識"

요한 참조점이 되었다.[8] 채몽필이 이 발문에서 쓴 표현들[9]은 뒷날 성종대 김흔의 「번역두시서(飜譯杜詩序)」와 같은 글에서 거의 동일하게 쓰이고 있다. 이렇게 두시의 가치를 서로 같은 표현으로 언어화하는 것은 두시에 대한 보편화된 정론을 생성해가는 과정을 의미한다. 그리고 이 과정은 세종대로 들어선 이래 과거 시험에서 시학이 긴요해지면서 과거 시험의 방향에 맞추어 두시를 편차하고 주해하는 방식의 변화를 동반하고 있었다.

세종대는 시학−사장의 필요성이 문장화국의 논리를 강력한 원리로 하여 매우 중시되었다. 세종은 적극적으로 문신들에게 시학을 익힐 것을 권했다. 집현전 학사들에게도 '두시는 음풍농월이라 유자의 정식 학문은 아니라'고 전제하면서도 '더욱 학문에 힘써서 두보의 시와 한유, 유종의 문장을 익힐 것'을 명령했다.[10] 이처럼 세종이 집현전의 젊은 문신들에게 시학을 권면하면서 구체적으로 두시에 대한 학습과 이해를 강조했던 것은 『찬주두시』 작업을 수행하기 위한 사전 단계로서의 자료 수집과 탐색이라는 의도가 분명 있었던 것이다.

이렇듯 시학을 중시하는 세종의 입론은 과거 제도에도 반영이 되었다. 과거 시험의 문과 중장에서 십운시를 시험하고, 소과의 진사시를 복설(復

---

8 채몽필이 두시를 개괄하며 쓴 '博極羣書 馳騁今古', 두시 주석서의 효과를 기술하며 쓴 '親聆少陵之聲欬而熟覩其眉宇'와 같은 표현들이 뒷날 성종대 김흔의 「飜譯杜詩序」와 같은 글에서 거의 동일하게 쓰이고 있다. 위와 같은 서발문을 읽고 두시의 가치를, 서로 비슷하거나 같은 표현으로 언어화하는 것은 두시에 대한 정론을 내어가는 과정이라고 할 수 있다.

9 두시를 개괄하며 '博極羣書 馳騁今古'라 하거나 두시 주석서의 효과를 기술하며 쓴 '親聆少陵之聲欬而熟覩其眉宇'와 같은 표현들이 김흔의 「飜譯杜詩序」에서도 반복되고 있다.

10 『세종실록』 12년 경술(1430) 5월 18일: 권채에게 두시와 한유, 유종원의 글도 익히게 할 것을 이르다.

設)하게 되었던 것이다. 시학을 중시하는 세종과 문신들에 대한 반발도 컸다. 사헌부에서는 '이두(李杜)를 공맹(孔孟)으로 아는 학풍'을 거세게 비판했다.[11] 비록 세종의 적극적 지원을 받았지만, 『찬주두시』 작업을 비롯한 두시집의 간행은 한편에서 이렇듯 사장을 비판하는 분위기 속에서 진행되었다.[12]

한편, 두시에 대한 이해의 지평은 고려 후기 이래 원나라 문학 풍토와 관련되어 있다. 원나라 문인들이 편차·비선(批選)한 두시집들을 통해 이 점을 확인하기로 한다. 이들은 이념적 차원에서는 '시 삼백'의 정통의 권위를 두시에 부여하고, 구체적 실천의 차원에서는 학습과 독서에 편리한 간이한 정선(精選)의 형태를 공통적으로 보여준다.

『두시범덕기비선(杜詩范德機批選)』(6권, 不傳)[13]은 세종 13년(1431), 황해도 해주에서 간행되었다. 이 책은 원나라 정내(鄭鼐)가 편차하고 범덕기(이름은 范梈)가 비선(批選)한 것이다. 조선 들어 최초로 간행되었다는 점에서 기존 연구에서는 『두공부초당시전』을 많이 강조해 왔지만, 그러나 당대의 영향력 면에서는 『두시범덕기시전』 또한 상당히 중요한 비중을 차지한다. 조선 전기만 해도 약 5회에 걸쳐 복각되었으니 그만한 수요가 있었음을 보여주기도 한다.[14] 그 이유로는 『두시범덕기비선』이 '삼백 편

---

11 『세종실록』 19년 정사(1437) 6월 1일: 사헌부에서 관리의 기강을 세워 개혁할 것을 건의하다

12 이 작업을 이끈 대표 인물은 집현전의 신석조(辛碩祖, 1407~1459)였고, 또 한편의 구심점은 안평대군이었다. 이즈음 집현전에는 응교 남수문(南秀文)을 비롯하여, 최항(崔恒), 신숙주(申叔舟), 박팽년(朴彭年), 성삼문(成三問), 양성지(梁誠之) 등이 근무하고 있었다. 이들이 실질적으로 『찬주두시』 작업을 수행했다.

13 이 책은 중종 23년(1528) 황해도 해주에서, 두보의 시를 혹애하던 황해도관찰사 閔暉의 아들 閔壽千에 의해 중각되었다.

14 이 책은 세종 13년(1431) 황해도 해주에서 간행되었고, 이어 연산군 7년(1501), 중종 23년(1540), 선조 9년(1576)에 복각되었다. 심경호(앞의 책), 101~103면, 참조.

을 정선한' 비교적 간이한 분량의 주석서라는 점이 긴요했던 것으로 보인다. 즉 두시의 학습에 훨씬 실용적인 선집이었던 것이다. 더욱이 범덕기는 원나라의 시인이자 학자로 명망이 높았던 인물이기에[15] 그가 두보에게 권위를 부여한 영향력은 더 컸다. 이들이 언표한 바, 두보의 시가 『시경』삼백 편에 비견된다'는 평은, 국풍 이래 망실(亡失)된 유가 정통 문학의 계보를 이었다는 문학 정전의 권위를 두보에게 부여하는 것이다. 즉, 두시를 문학 정전의 계보에 위치시키는 한편, 이를 구체적이고 실제적인 교육 제도와 결합시킴으로써 그 영향력을 확산시키는 방식인 것이다.

이와 같은 원나라의 분위기와 관련하여 범덕기의 『두시범덕기비선』과 함께 『우주두율(虞主杜律)』의 간행[16] 또한 주목된다. 『우주두율』이 범덕기와 함께 원나라 '원시 사대가(元詩四大家)'로 병칭되었던 원나라 학자 우집(虞集, 1272~1348)이 주석을 한 것으로 알려진 책이기 때문이다. 『우주두율』의 실제 저자가 우집인가에 대해서는 논란의 지점이 있다. 당시 조선의 『우주두율』의 간행 주체나 서발문을 쓴 사람들도 이 책이 우집의 저술인가 아닌가에 관한 논란이 있음을 이미 알고 있었다. 그런데 한 가지 주목되는 점은, 그런 논란을 제기하면서도, 이들이 『우주두율』을 우집의 저술로 확정하고자 하는 태도를 보였다는 사실이다. 원대의 존경받는 문학가이자 학자인 우집의 저술이라는 점이 강력한 권위를 가질 수 있었기 때문일 것이다. 이것은 두보 시 수용에서 원대 문학의 영향력을 한편으로 방증하는 일이기도 하다.[17]

---

15 원나라 남방의 理學을 대표하는 학자 吳澄 또한 범덕기의 학문과 행실을 지극히 칭송했다. 『明一統志』 卷55. "元范梈 淸江人累官翰林應奉福建廉訪司知事 梈精古學 砥礪名節持身廉 正吳澂嘗稱其爲特立獨行之士 工篆□楷書 尤工於詩 與虞集揭傒斯楊載齊名 時號虞楊范揭 有文集行世"

16 성종 2년(1471) 청주에서 선비들이 개인적인 의논을 거쳐 복각한 것으로 알려져 있다.

17 이에 따라 여기서는, 『우주두율』의 편찬자와 관련된 실제 자료 검증의 문제와 별개로,

고려 후기의 성리학 이해와 관련해서 원나라 북방 관학의 판도와 영향력은 중요할 뿐더러 고려 후기 사대부들의 이에 대한 경험도 단순한 교유의 차원을 넘어선다. 이제현(李齊賢, 1287~1367)·이곡(李穀, 1298~1351)뿐만 아니라[18] 이색(李穡, 1328~1396)은 원대의 대표적 관인이자 이학가인 허형(許衡, 1209~1281)을 공맹(孔孟)의 계보를 이은 인물로 평하며 추숭했다.[19] 이렇게 고려 후기 사대부가 원대 문화를 체험한 정도나 원나라의 학술과 문화에 대한 이들의 평가를 고려할 때, 당시 원대 문단에서 번성했던 '종당복고(宗唐復古)의 기풍'을 중시할 필요가 있다. 이때 운위된 종당'의 기풍은 '문장은 한나라를 본받고 시는 당나라를 본받아야 한다'는 것이다. 이색이 당나라 시인 두보를 시학의 종사로 삼았던 데에는 이와 같은 원대 문단의 기풍이 준 외적 자극이 존재하고 있는 것이다.

두시의 편찬과 주해에 중요한 역할을 했던 우집과 범덕기는 게해사(揭傒斯, 1274~1344), 양재(楊載, 1271~1323)와 함께 '원시(元詩) 사대가'로 불린다. 이 네 명의 학자가 원의 수도에 머무르던 시절은 원대문학사에서 '이정표가 될 만한 일'로 일컬어진다.[20] 이렇게 원나라 인종 연우년간

당대인들이 우집을 저자로 잠정적으로 받아들였다는 점을 인정하며 논의를 진행하고자 한다.

18 이곡은 충숙왕 14년(1327) 원나라에 들어가 7년간을 머물면서 이른바 원나라 북방 관학의 대표자인 許衡의 문하인 '허문사걸'(게해사, 주공선, 방용, 구양현), '유림사걸'(황진, 우집, 게해사, 유관)과 교유하였다. 『元史』卷1818,「黃溍附柳貫」

19 이색은 '공맹 이래 어지러운 시서의 도를 수습한 한유-구양수의 고문의 계보와, 공맹의 학을 강명하여 老佛을 배척한 계보가 지금은 원나라 허형에게 들어갔다'고 했다. 李穡,「選粹集序」,『牧隱文藁』권9. "所謂生民以來 未有盛於夫子者 詎不信然 中灰於秦 僅出孔壁 詩書道缺 泯泯夢夢 至于唐韓愈氏 獨知尊孔氏 文章遂變 然於原道一篇 足以見其得失矣 宋之世 宗韓氏學古文者 歐公數人而已 至於講明鄒魯之學 黜二氏詔萬世 周程之功也 宋社旣屋 其說北流 魯齋許先生 用其學相世祖 中統至元之治 胥此焉出"

20 郭紹基 主編, 中國社會科學院文學硏究所 總篇, 『元代文學史』(北京: 人民文學出版社, 1991)

(1314~1320)은 '종당복고'의 기풍이 점차로 발전해가던 시기였고, 범덕기를 비롯한 인물들이 그 흐름의 핵심을 차지하고 있었다. 양재 또한 "당시(唐詩)를 시의 종주로 삼으며 송나라 말기 시단의 병폐를 없애야 한다"[21]는 점을 지론으로 삼았다.

고려 말을 거쳐 조선시대까지 활동했던 문신 관료인 이첨(李詹, 1345~1405)이 정종(定宗)에게 두시를 읽을 것을 권하며, 그중에서도 정내(鄭鼐)가 편차한 『두시범덕기비선』을 권했던 것은 심상한 상언이 아니다. 이첨은 '이 책이 『시경』 삼백 편을 모방'하여 이루어진 것이라 하며 시삼백의 경지에 두보의 시를 견주는 태도를 보인다.[22] 물론, 이첨의 문학 경향에 대해서는 별도의 고찰이 필요할 수도 있겠지만, 그가 고려 후기에 생장하고 과거에 급제했다는, 문화적 환경을 떠올릴 필요가 있다. 이첨이 원나라의 뛰어나 학자들이 편찬했던 두보 시선을 왕에게 권한 것 또한 두시 이해의 외적 자양분으로 원나라 또한 중요하게 고려되어야 함을 보여주기 때문이다.

2.2. 조선 초 두시집 간행과 두시 이해의 주체

앞 절에서 살폈지만 세종대 두시집 간행은 지방 감영을 통해서 대개 이루어졌다. 물론, 그렇게 인출(印出)된 책은 중앙의 조정으로 올라갔을 것이다. 그렇다고 해도 지방의 선비들이 이 새로운 서적의 인출과 유행에 대한 정보를 공유했을 가능성은 크다. 뒤에서 살피겠지만 두시집의 간행에 관여했던 인물들이 학맥 등을 통해 서로 연결되어 있다는 점을

---

21 『閩中理學淵源考』 卷38. "詩當取裁於漢魏 而晉簡則以唐爲宗 自其詩出一洗宋季之陋 與虞集梓揭傒斯齊名 時號虞楊范揭"

22 『정종실록』 2년 경진(1400) 8월 4일: 경연에서 동지사 이첨이 고시를 익힐 것을 권하며 두시 300수를 뽑아 올리다.

고려하면 더욱 그러하다. 이 절에서는 성종대 이전 두시집의 간행에 관여했던 인물들의 관계와 이들이 두시에 부여했던 위상을 살피고자 한다.

세종 13년(1431) 경남 밀양에서 간행된 『두공부초당시전』[23]의 간행 시말(始末)에서 관심을 끄는 인물은 발문을 쓴 윤상(尹祥, 1373~1455)과 두시의 선본을 소장하고 있었다는 성주교관 한권(韓卷)이다. 우선, 윤상이 어떤 위상을 가진 인물이었는가를 고려해야, 그가 두시를 전범으로 추숭하고, 주석 작업에 의미를 부여했던 맥락을 읽어낼 수 있다. 아래 인용문은 두율을 간행할 때 윤상이 쓴 발문이다.

> 시 삼백 편이 변하여 율시가 되었다. 역대로 작자가 자못 많았지만 성정의 바름을 얻고 성률에 맞는 것이 대개 적었다. 오직 두자미의 시가 위로는 풍아(風雅)의 경지에 다다르고, 아래로는 성률에 맞았다. 애군우국(愛君憂國)의 생각과 충분격려(忠憤激厲)의 말이 일찍이 성정에 근본하고 음절에 맞으며 세교(世交)에 관계되지 않은 적이 없었다. 이른바 '두보는 시사(詩史)'라는 말이 허언이 아니다. 그러니 어찌 한갓 사장(詞章)이라고만 여기겠는가. 지금은 성명(聖明)한 임금께서 위에 계시며 문치를 일으키니 경사(經史) 중에 간행되지 않은 것이 없다. 그런데 유독 이 책만은 빠지고 없으니, 어찌 융성한 시대 교화를 일으키는 데 흠결이 아니겠는가.[24]

윤상은 시사(詩史)를 훑으며 두보의 율시를 『시경』의 시 정신과 성률의 형식적 수준을 모두 아우른 경지로 평하고 있다. 두시가 성정에 맞고,

---

23 『杜工部草堂詩箋』은 중국 송나라 때 노은이 편찬하고 蔡夢弼이 편년체로 엮고 주석을 모은 宋刻本 『杜工部草堂詩箋』을 번각한 것이다.

24 尹祥, 「刻杜律跋」, 『別洞先生集』권2. "周詩三百篇 變而爲律詩 歷代以來 作者頗多 然得其情之正 而中於聲律者蓋寡矣 惟子美詩 上薄風雅 下該聲律 而其愛君憂國之 念 忠憤激厲之詞 未嘗不本於性情 中於音節 而關於世敎也 所謂詩史者 殆非虛語 而 奚徒以詞章視之哉 方今聖明在上 右文興化 經史諸書 靡不刊行 而獨此篇尙有闕焉 豈非盛時興敎之所虧歟"

세교에 관여한다는 것은 유가적 문학관을 충족한다는 말이다. 성률에 맞
지 않음이 없다는 것은 한시로서 최고의 미를 구사했다는 것이다. 그것을
압축한 말이 '시사(詩史)'이다. 윤상의 평은, 기존의 두보에 대한 평가를
넘어서는 새로운 지평을 제시한 것은 아니다. 그러나 당대의 맥락에서는
이와 같은 위상 부여 자체가 그리 쉽지 않은 것이었음은 '두시를 어찌
한갓 사장(詞章)이라 하겠는가'라고 반문하는 데서도 추정할 수 있다.

이 전사(前史)로서 두보에 대한 추숭은 고려 후기의 이색(李穡)에게서
명확하게 나타난다. 그는 시가(詩家)의 '정종(正宗)'으로 두보를 추숭하는
태도를 확고하게 보여주었다. 이색은 배워야 할 유일한 전범으로 두보를
지목하여 "두 소릉만 배우고 새로움은 취하지 말라"고 했다.[25] 그러나 조
선 전기 두시에 대한 이해는, 이색이 규정해 놓은 것처럼 처음부터 시가
의 정종(正宗)으로서 전적인 존경과 추숭 위에 있었던 것이 아니다. 조선
전기의 문신 관료 성현(成俔)이 남긴 일화가 이를 증명한다. '성리학에
잠심하여 사장을 배척했'[26]던 영향력 큰 사유(師儒) 남계영(南季瑛)이 두

---

25 李穡, 「前篇意在興吾道大也不可必也 至於詩家 亦有正宗 故以少陵終焉 幸無忽」, 『牧
 隱詩藁』 권21. "詩章權輿舜南風 史法隱括太史公 以詩爲史繼三百 再拜杜鵑少陵翁 遺
 芳膰馥大雅堂 如聞異味不得嘗 如知其味欲取譬 靑天白眠宗之觴 律呂之生始於黍 舍
 黍議律皆虛語 食芹而美是野老 盛饌那知王一擧 爲詩必也學斯人 地位懸隔山難因 圓
 齊肯我一句語 只學少陵無取新"

26 세종이 남계영을 효령대군에게 보내어 효령대군의 아들을 가르치게도 했다. 효령대군
 은 물론이거니와 안숭선·김종서와 같은 중신들도 "남계영만한 인재가 없다"며 그의
 서용을 왕에게 권면하였다. 『세종실록』 14년 임자(1432) 10월 10일: 신상이 남계영에
 게 사유의 직임을 줄 것을 아뢰다. 『세종실록』 14년 임자(1432) 11월 1일: 임금이 역법
 을 맡은 관원과 군직을 맡은 문반의 벼슬을 옮겨 줄 것을 이르다. 다만, 현재 알려진
 남계영에 대한 정보는 확인이 필요하다. 현재 한국역대인물종합정보시스템에 올려진
 그의 생년은 태종 15년(1415)이다. 그리고 생원시에 세종 5년(1423) 급제, 문과에 세종
 9년(1427) 장원급제한 것으로 되어 있다. 이렇게 되면 9세에 생원, 13세에 문과에 장원
 급제한 셈인데, 사실 확인이 필요하다. 다만 그가 세종~세조대에 걸쳐 활동했던 것은
 실록에 분명하게 보이기 때문에 이 시기의 두시 이해와 관련된 배경을 설명하는 데

보의 시를 사장(詞章)에 귀결시켜 혹평하면서, 두보 시에 대한 독서를 일체 폐했던 것[27]이다. 이 일화는 두보의 시를 당대 문학의 장(場)에 전격적으로 등장시키고, 문학의 새로운 전범으로 세우려 할 때 우선적으로 극복해야 할 산이 무엇이었는지 보여준다.

다시 윤상으로 돌아가 그가 당대 어떤 위상을 가진 인물인가 살펴 보면, 그는 경학, 그 중에서도 특히 『주역』에 밝았던, 조선 전기의 뛰어난 사표(師表)이다. 또 사림의 도통의 계보를 차지하고 있는 강호(江湖) 김숙자(金叔滋, 1389~1456)의 스승이기도 하다.[28] 윤상-김숙자의 학통은, 김숙자-점필재(佔畢齋) 김종직(金宗直, 1431~1492)의 가학을 통해 윤상-김종직으로도 이어진다. 김종직은 윤상의 문집인 『별동집(別洞集)』의 서문을 썼고, 자신이 윤상을 사숙했다는 말로 둘 사이의 관계를 표현했다.[29] 두시의 선본을 갖고 있다가 간행의 저본을 대 준 성주교관 한권 또한 앞서 거론한 김숙자가 평소에 친밀하게 왕래하여 교우로 알려진 사람이다.[30]

큰 문제가 없을 것이라 생각하여 자료로 인용하였다.

27 成俔, 『慵齋叢話』 권10. "南先生季瑛生員及第 俱擢壯元 有文名於一時 然其學惟究性理之學 精於句讀訓解 專惡文辭 嘗讀杜詩曰 此書虛而不實 幻而不要 不知意之所在 遂廢不讀"

28 金宗直, 「彝尊錄 上 先公師友 第三」, 『佔畢齋集』 文集 권2. "윤상: 예천인인데, 鄕貢으로 등제하였고, 경학에 매우 조예가 깊었으며, 열심히 후진들을 가르쳤다. 무려 16년 동안을 국학에 있었고, 累遷하여 예문관제학에 이르렀다. 조정에 가득한 경대부들이 모두 그의 문인이었다. 나이 78세가 되어 고향에 물러나 늙으니, 학자들이 구름처럼 모여들었다. 83세에 작고하였다." 구체적으로는 태종 11년(1411) 무렵, 윤상이 황간에 있을 때 김숙자가 찾아가서 『주역』을 배웠다.

29 그리고 이 계보는 김굉필-조광조에 이르는 사림의 계보로 만들어진다. 朴周鍾, 「行錄」, 『別洞先生集續集』 권2. "當時聞人 皆出其門 爲文章雖出於緖餘 而皆自六經中流湊而成 平生所作 亦不爲少 旋作旋棄 不畜一紙 而至今東人仰之如泰山北斗 口授弟子 精粹之語 無不筆之於書而傳誦 備矣哉 此先生實錄也 其任黃澗 金江湖先生叔滋聞先生明於易 徒步請教 先生知其志篤 乃窮探陰陽變化之數 原始要終之說以教之 彝尊錄 以爲易學由是大明於東國 而畢翁之學 得之家庭 故嘗自謂予亦私淑之人也 其後畢翁先生傳于寒暄堂金先生 金先生傳于靜庵趙先生 淵源所自 蓋可推也"

조금 뒤의 일이지만, 김뉴(金紐, 1436~1490)[31]의 경우도 비슷하다. 김뉴
는 성종 2년(1471) 청주에서 간행된『우주두율』의 서문을 썼다. 이 서문
에서 김뉴 또한 '아송 이후로 점점 쇠퇴하는 시의 경지가 당나라에 이르
러 시경 삼백 편의 여운이 되살아났고, 두보가 그 중에서 집대성했다'는
두보의 위상을 서문의 첫머리에서 천명했다.[32] 이어 김뉴는 율시 선집인
책의 특성을 감안하여 '율시가 여러 시 형식 중에서도 작자의 풍모와 기
격(氣格)을 잘 드러낸다고'[33] 율시의 가치를 평했다. 선집이지만 두시 전
체를 이해하는 데에 충분할 만큼 율시가 완정된 시 형식이라는 심화된
장르 인식을 보여준다.

김뉴는, 지금 우리에게 잘 알려져 있지는 않지만, 서거정·성현을 비
롯하여 김종직 등 당대의 이름난 관료 문인들과 교분이 깊었다. 특히 유
방선-유윤겸을 이어 서거정과 함께 학두(學杜)의 계보를 이은 그룹에 속
하는 인물이다. 서거정과 성현이 김뉴를 대상으로 읊은 시에서 모두 두
보를 거론한 것은 의례적인 언급이 아니다. 예를 들자면, 성현은 김뉴가
"지팡이 짚고 다니며 두자미의 시를 읊조린다"[34]고 하였으니, 김뉴의 두

---

30 金宗直, '先公師友', 「彝樽錄」『佔畢齋集』. "韓卷: 사람됨이 아무 데도 얽매이지 않았
　고, 文武의 재주가 있었다. 臺諫의 직을 역임하고 만년에 所山郡事가 되어, 배를 타고
　낚시질을 하다가 익사하였다.(韓卷 爲人不羈丁有文武材 歷臺諫 晩爲所山郡事 乘舟
　釣魚溺死)"

31 金紐는 자가 子固이고, 호는 雙溪齋이다. 벼슬이 이조참판에 이르렀고 詩·書·琴에
　뛰어나서 三絶로 일컬어졌다. 거문고에 뛰어나 당호를 琴軒이라 했고, 김수온이 「금헌
　당기」를 썼다. 김종직과는 주고받은 시는 많지 않으나 30대 중반부터 만년까지 교유가
　이어졌다. 『점필재집』 권2에는 김뉴가 발영시에 급제한 것을 축하하는 시가, 권23에
　김뉴의 금헌당에서 찾아가서 함께 지은 시가 실려 있다. 서거정·성현과 교분이 깊었다.

32 金紐, 「杜律虞註跋」, 『杜律虞註』(淸州 刊). "詩自雅頌以後 正音寢微 至唐有三百篇
　之遺音 而獨杜子美集大成焉 故古今宗之 然全集浩穰 未易通遍覽 觀者病之"

33 金紐, 앞의 글. "律詩難於古詩 故觀人之詩者 觀乎律詩 足以知規模氣格矣 何必經年
　勤苦僅一遍閱 然後爲得哉 今是集也 卷帙甚簡 而子美氣律 擧不出於此 眞學詩者之
　指南也"

시 애호를 김뉴의 '특색'으로 표현한 것이다. 이런 애호가 『우주두율』의 발문을 쓰도록 하는 데까지 이어졌을 것이다. 김뉴와 교분이 깊었던 김종직, 서거정, 성현은 당대의 영향력 있는 문인이자 관료였고, 젊은 선비들의 선배이자 스승이었다.[35] 두시를 문학의 전범적 경지를 이룬 것으로 추숭하고, 시학 연마와 과거 응시를 위한 학습 대상으로 중시하는 태도는 지역적, 학문적, 개인적 관계를 통해 한 개인의 차원에서 그치지 않고 사우(師友)의 여러 관계들로 확산되어 갔다. 『두시언해』는 그와 같은 과정을 거치면서 국가적 차원에서 두시를 문학의 정전으로 정위하고, 그에 합당한 표준적 해석과 번역을 갖추고자 의식적으로 노력한 결과물이다.

3. 두시 번역의 표준화와 그 전범으로서의 『두시언해』

3.1. 성종 12년(1481) 언해령 즈음의 동향들

우리가 흔히 『두시언해』의 간행연도로 말하는 성종 12년(1481)은 『두시언해』가 간행된 연도가 아니고 언해령이 내려진 때이다.[36] 따라서 정

---

34 成俔, 「金子固高陽莊八詠」, 『虛白堂詩集』권9. "童童高蓋映門楣 黛色參天雷雨垂 長夏綠陰鋪數畝 淸秋黃葉散千枝 移床坐引莊周夢 曳杖行吟子美詩 風至每聞靈籟響 草堂柑樹未爲奇 [右鴨脚當門]"

35 더 구체적 차원으로 보자면 서거정·성현·김뉴와 김종직의 두시에 대한 애호는 동질적이지 않았다. 이 점은 추후에 구체적으로 논의되어야 하겠지만, 문학 창작의 수사적, 형식적 전거로 활용하는 방향과, 유가적 문학관으로 전범화하는 방향의 차이가 보인다.

36 그간, 매계(梅溪) 조위(曺偉, 1454~1503)와 안락당(顏樂堂) 김흔(金訢, 1448~1492)의 서문에 보이는 연대를 근거로 수개월 내에 두시의 언해 작업이 이루어졌을 것이라고 보는 견해가 제출된 바도 있다. 그러나 『성종실록』의 기록을 조금 더 살펴보면 두시 작업은 그 이듬해인 성종 13년(1482)까지 지속되고 있었다. 성종 13년(1482) 7월, 홍문관 부제학 유윤겸 등이 흉년을 이유로 출판 사업의 정지를 청할 때 '두시' 출판 사업이 아울러 거론되고 있다. 또 조위의 서문에 따르면 성종 12년(1481) 가을에 언해령이 내려졌고, 언해서가 완성되어 이를 올리고 다시 성종의 명을 받아 조위가 서문을 쓴 것이

확한 출판 시기는 명확하지 않지만, 언해령이 내린 성종 12년(1481)을 중심으로 그 전 해, 그리고 그 이듬해에는 두시의 언해 및 출판 작업이 계속 진행되고 있었다고 보아야 한다. 이렇게 하여 성종대에 간행된『두시언해』는 한결 간소해진 주석과 번역문으로 상당한 성취를 얻었다. 시를 배우고 짓는 데 모범과 참조가 될 만한 간결하고 권위 있는 교과서로서 만들어졌던 것이다.

두시 언해령을 내리면서 성종은, 잘 알려진 대로, 홍문관 전한 유윤겸(柳允謙, 1420~?)을 책임자로 세웠다. 유윤겸은 두시에 정통했던 조선 초기의 인물 유방선(柳方善, 1388~1443)의 아들이다. 유윤겸은 세종대『찬주두시』작업에도 참여했다 하거니와,[37] 성현·김뉴·홍귀달 등과 겸예문에 함께 임명되었고 오랜 기간 교유하고 공부하며, 왕명을 받아 추가적인 언해 작업을 하기도 했다.[38] 그러던 중 두시와 관련하여 유윤겸이 다시 왕 앞에서 거론된 것은 성종대, 유윤겸과 홍문관 동료로 있던 이창신(李昌臣, 1449~?)에 의해서이다. 두시 언해령이 내리기 한 해 전, 성종

같은 해 12월이다. 약 3개월 만에 언해 작업이 이루어진 것인데, 이것은『두시언해』전체의 완성을 의미하는 것은 아니다. 이 점은 김흔의 서문 중 "몇달을 거쳐 제1권이 '먼저 완성되어' 繕寫하여 바치고 성상께 올리니 상감께서 보시고 '일을 마치도록 하라'라고 한 데서도 확인이 된다. 金訢, 「翻譯杜詩序」,『顔樂堂集』권2. "凡閱幾月 第一卷 先成 繕寫投進 以稟睿裁 賜覽曰 可令卒事 仍命臣序之";『성종실록』13년 임인(1482) 7월 6일.

37 權鼈,『海東雜錄』권4 본조. 조부 柳沂가 태종 때 난신이 되었던 일에 연좌되어, 비록 관노의 신분에서는 벗어났지만, 아직 관직에 나갈 수 없던 때이다. '백의로 이 일에 참여했다'는 말은 이런 사정에서 나온 것이다.

38 두시 언해령 이후에도 성종은 다시 유윤겸 및 서거정·노사신·허종·어세겸·유순에게 언문으로『聯珠詩格』과『黃山谷詩集』을 언해하라는 명을 내렸다. 다만 성종이 김흔에게『산곡집』언해를 명하여, 김흔이 사가독서하는 동안 이를 정밀하게 연구했다는 기록이 김흔의 문집『안락당집』「유행」에 남아 있어 두 작업 사이의 상관성이 궁금함으로 남아 있다. 성종 14년 계묘(1483) 7월 29일: 서거정·유순·어세겸 등에게『연주시격』과『황산곡시집』을 언문으로 번역하게 하다.

11년(1480)의 경연에서였다. 이창신은 젊은 문신들에게 두시를 공부시켜야 한다고 성종에게 권고했다. 이때 이창신은 문장화국의 논리 위에서 사장을 중시하고 두시를 시가의 근본으로 강조했다. 이 문장화국의 논리는, 조선 전기 내내 지속되며 문학과 문학을 담당하는 문사의 위상을 강조하는 데 기여했던 문학론이다. 아래에 인용하는 이창신의 말에서 문장화국의 논리가 '두보'라는 문학사의 혁혁한 존재와 결합되고 있음이 보인다.

> 주강(晝講)에 나아갔다. 강하기를 마치자, 시독관 이창신이 아뢰기를, "사장(詞章)이 비록 치국(治國)에 관계되지 않는 것 같으나, 중국의 사신으로 장영(張寧)과 기순(祈順) 같은 무리가 나온다면 반드시 그와 더불어 창화해야 하니, 사장을 여사로 보고 익히지 않음은 옳지 않습니다. 그리고 두시(杜詩)는 시가(詩家)의 근본인데, 전 사성(司成) 유윤겸이 그 아비 유방선에게 전수받아 자못 정통하고 능숙하니, 청컨대 젊은 문신으로 하여금 수업하게 하소서." 하니, 임금이 말하기를, "옳다."고 하였다.[39]

이창신은 유윤겸을 두시에 정통한 인물이라며 문신들의 스승으로 추천했다. 이창신의 건의에 성종이 동의한 것으로 보아, 이로부터 홍문관의 젊은 문사들이 두시를 전격적으로 공부하는 장이 마련되었을 것이다. 이런 공부의 과정은 향후 이루어질 두시 언해와 주석의 준비 작업이 되었다. 즉, 성종의 언해령에 따라 돌연 시작된 것처럼 보이는 두시언해 작업은, 실상 이처럼 두시의 가치와 필요성을 제고해 가는 점진적인 과정 속에서 두시에 대한 탐구와 함께 점진적으로 이루어졌던 것이다. 그렇다면 이창신이 왜 이렇게 두보의 시를 강조했는가, 그 이유는 이창신 개인의

---

39 『성종실록』 11년 경자(1480), 10월 26일: 시독관 이창신이 연소한 문신으로 하여금 사장을 수업하기를 청하다.

문제이기도 하지만, 그 당대 지식인들의 어떤 새로운 동향과도 연결되어 있는 것이다. 이 점에 대해서는 다음의 장에서 살피도록 하겠다.

다시『두시언해』로 돌아가 보면, 언해령이 내렸던 당시 유윤겸은 60대를 넘긴 나이였다. 또한 종3품의 전한의 직책에 있었으니 실무보다는 작업을 전체적으로 총괄하였을 것으로 보인다. 구체적인 언해 작업의 주체를 확인하기 위해서는『중간본 두시언해』의 서문을 쓴 장유(張維)의 언급에 주목해야 한다. 그가 언해 작업의 주체로 '홍문관의 사신(詞臣)들'을 지목했기 때문이다. 그리고 이 '홍문관 사신'들의 존재와 관련해서는『초간본 두시언해』 서문을 작성한 조위(曺偉, 1454~1503)와 김흔(金訢, 1448~1492)의 언급이 주목된다.

조위는 서문을 쓸 당시 홍문관수찬이었고, 김흔은 홍문관교리에 있었다. 이와 함께 언해령이 내려지던 해와 그 전해, 그리고 그 이듬해를 중심으로 앞뒤 몇 년간의 홍문관 관원들의 동향을 아울러 살피는 것이 상당한 도움이 될 것이다. 특히 유윤겸과, 앞서 살핀 이창신, 서문을 쓴 조위와 김흔을 중심으로 두시에 지대한 의미 부여를 했던 홍문관 관원들을 주목해 보아야 한다. 그리고 이 홍문관 관원들의 면면을 살펴보면, 흥미롭게도 이들이 점필재 김종직을 스승/벗으로 하는 그룹으로 묶여진다는 점을 확인할 수 있다.

성종의 언해령이 내리고 그 이듬해까지, 조위·유윤겸·김종직·김흔·이창신은 홍문관에서 함께 근무하고 있었다.[40] 그리고 이들은 홍문관 사신들에게 부과되었던 두시에 대한 언해라는 과업을 함께 진행했다. 특히 '군주가 용인하고, 젊은 문신들이 주동이 되어 사장을 일삼는다'는

---

40 『성종실록』 13년 임인(1482) 9월 26일: 아비의 잘못된 시호를 고쳐 달라는 김극유의 상소문에 대하여 의논한다. 성종이 이 일을 육조와 의정부, 홍문관에 내려 의논하게 했다. 이때 홍문관 관원으로서 조위·유윤겸·김종직·김흔·이창신은 함께 의견을 올렸다.

조정의 거센 비판에 대항해 가며 두보의 시를 유가적 문학의 전범으로
만들어 가는 과정을 함께 고민하고 있었던 것이다.

3.2. 두시 번역과 이해의 표준화: 『두시언해』

『두시언해』는 대개 두보 시집에서 시제(詩題) 아래에 창작 배경을 설명
하던 관례를 깨고, 그 부분을 일체 삭제하였다.[41] 이로 인해 시가 쓰인
역사적인 맥락들과 그로부터 파생되는 두시의 현실적인 의의들은 『두시
언해』만으로는 충분히 이해하기가 어렵게 되었다. 그 대신, 『두시언해』
는 표준화된 번역과 간결하고 분명한 자의(字意)를 제공할 수 있게 되었
다. 이것은 『두시언해』가 두시에 대한 어떤 맥락적인 이해보다, 표준적
이해와 번역의 모델링을 목표로 하고 있었음을 분명하게 보여준다. 이러
한 목표는 유가적 문학관의 계통을 세우고 그 계보에 두시를 확고한 문
학의 전범으로 세우는 일과 관련이 있다. 서로 엇갈리는 주석과 그에 따
른 다양한 해석이 달려 있다는 것 자체가 전범화를 어렵게 하는 일이기
때문이다.

조위와 김흔(1448~1492)이 쓴 서문을 아래에서 살핀다.

> [조-1][42] 시는 시경과 이소(離騷) 이후로 이백과 두보를 성대하게 일컫는
> 다. 그러나 그 원기가 뒤섞여 아득하고 시어가 어렵다. 그래서 주석서가 비록
> 많지만 사람들이 더욱 이해하기 어려움을 병통으로 여겼다. 성화 신축년
> (1481) 가을에 성종께서 홍문관전한 유윤겸 등에게 명하셨다. "두보의 시는

---

41 이 점은 심경호(앞의 책), 56면에서 『두시언해』의 특징으로 지적된 바이기도 하다.
42 조위의 서문. 조위가 쓴 서문은 연산군 때, 그가 사화에 연루된 '죄인'이라는 이유로
   왕명에 의해 삭제되었다가 『重刊 杜詩諺解』가 간행될 때 계곡 장유의 서문과 함께
   印出되었다. 여기에서 인용하는 조위의 서문은 『중간 두시언해』와 숙종 44년(1718)에
   간행된 『매계집』(한국문집총간본)에 실린 서문을 참조하였다.

제가의 주석이 상세하다. 그러나 회전(會箋)의 주석은 많지만 오류가 있고, 수계(須溪)[劉辰翁]는 간략하나 너무 소략한 단점이 있다. 제가의 설이 분분하고 서로 어긋나니 깊이 연구하여 하나로 통일하지 않을 수 없다. 그대들이 그것을 편찬하라."[43]

[김-1][44] 금상 12년 모월일에 시신(侍臣)을 불러 다음과 같이 말씀하셨다. "시는 성정에서 발하여 풍교에 관계되므로 그 선과 악이 모두 사람을 권면하고 경계할 만하다. 크도다, 시의 교화여. 삼백 편 이래로 당나라에서 시가 가장 융성하였고, 두자미는 시인 중에서도 으뜸이다. 위로는 풍아에 근접하고 아래로는 심전기와 송지문 등 제가의 장점을 모아서 성대하게 이루었다. 그러니 시가 두자미에 이르러 지극해졌다고 이를 만하다. 그러나 그 말이 엄격하고 뜻이 조밀하여 세상에서 두시를 배우려는 사람들이 그 말을 알지 못한다. 무릇 그 말[辭]을 알지 못하면서 그 요결[訣]을 알 수 있는 사람은 없다. 언문으로 두보의 시를 번역하여 심오한 뜻을 개발하여 사람들로 하여금 알 수 있게 하라."[45]

[조-1][김-1]의 내용에서 확인되듯 성종은 당시에 읽히던 두시의 난해함과, 주석서들의 문제를 지적하고 있다. 이들의 주석이 번다할 뿐만 아니라 서로 어긋나고 있기까지 하다는 것이다. 성종의 명에서 중요한 대

---

43 曹偉, 「杜詩序」, 『梅溪集』 권4 "詩自風騷而下 盛稱李杜 然其元氣渾茫 辭語艱澁. 故箋註雖多 而人愈病其難曉 成化辛丑秋 上命弘文館典翰臣柳允謙等 若曰 杜詩諸家之註詳矣 然會箋繁而失之謬 須溪簡而失之略 衆說紛紜 互相牴牾 不可不研覈而一 爾其纂之"

44 김혼의 서문. 김혼의 서문은 중종 11년(1516) 간행된 『顏樂堂集』(한국문집총간본)을 참조하였다.

45 金訢, 「飜譯杜詩序」, 『顏樂堂集』 권2. "惟上之十二年月日 召侍臣若曰 詩發於性情 關於風敎 其善與惡 皆足以勸懲人 大哉, 詩之敎也 三百以降 惟唐最盛 而杜子美之作 爲首 上薄風雅 下該沈宋 集諸家之所長而大成焉 詩至於子美 可謂至矣 而詞嚴義密 世之學者患不能通 夫不能通其辭 而能通其訣者 未之有也 其譯以諺語 開發蘊奧 使人得而知之"

목은 '깊이 연구하여 하나로 통일하라[不可不研覈而一]'는 것이다. 다양함을 넘어 때로 상충하기까지 하는 두시에 대한 해석을 정리하여 간결한 하나의 정론(定論)을 만들어 내라는 요구인 것이다.

> [조-5] 아!『시경』삼백 편은 공자에게서 한번 산삭되었고, 주자의 집주에서 크게 밝혀졌는데, 지금 이 시는 성상으로 인해 드러나게 되었습니다. 시를 배우는 이들이 진실로 이것을 능히 모범으로 삼아 사특함이 없는 경지에 이르러 삼백 편의 울타리에 도달한다면, 어찌 다만 제작의 묘함이 백대에 높이 나올 뿐이겠습니까. 또한 우리 성상의 온유돈후(溫柔敦厚)한 가르침이 또한 장차 일세(一世)를 도야한다면 그것은 풍속을 교화하는데 보탬이 되는 것이지 무엇이겠습니까.[46]

[조-5]에서 조위는『시경』이래 중국 문학사의 부침을 서술하며 실추되었던 시도(詩道)를 일으킨 유일한 시인으로 두보를 거론했다. 그 위상은 근본적으로는 두보의 시가 갖고 있는 장(場)에서 출발한다. 군주에 대한 지극한 애정과 우국의 마음, 그리고 그것을 충분(忠憤)으로 담아낸 경지가 사람들에게 주는 감발과 경계에 두보 시의 크나큰 힘이 있다는 것이다. 이런 논리를 공자·주자의『시경』산삭과 주석 작업을 성종과 자신들의 언해 작업에 비견했다. 두시언해 작업과 두시의 권위가 '『시경』과 표리를 이루'는 경지에 올려진 것이다.

아래에서 살필 김흔은 두시의 전범적 경지를 평가하는 논리와 수위에서 조위와 비슷한 한편, 두시에 대한 보다 심화된 이해를 보여준다. 그 내용은 대략 다음과 같은 개요로 정리할 수 있다.

---

46 曹偉,「杜詩序」,『梅溪集』권4. "噫 三百篇 一刪於孔子 而大明於朱氏之輯註 今是詩也 又因聖上而發揮焉 學詩者 苟能模範乎此 臻無邪之域 以抵三百篇之藩垣 則豈徒制作之妙 高出百代而已耶 我聖上溫柔敦厚之教. 亦將陶冶一世 其有補於風化也 爲如何哉"

[1] 두보는 많은 서적을 섭렵하고 고금의 역사를 두루 알았다.

[2] 이로써 척당(倜儻)의 재주와 광제(匡濟)의 뜻을 가졌으나 난리의 때를 만나 떠돌아 다녔다.

[3] 그 과정에서 나그네의 고난과 충분격렬한 마음, 산천초목의 온갖 형상을 한결같이 시로 표현하였다.

[4] 그 결과 조정치란의 자취로부터 여항의 세세한 자취까지 남김없이 시로 포괄하였다.⁴⁷

이어 김흔은 시가 세도와 승강을 같이 한다는 전제 하에, 이 작업을 통해서 성종이 시도를 일으켰고, 그것은 궁극적으로 세교를 만회하는 기틀이 되었다고 평가했다.⁴⁸ 두시를 사장학의 영역으로 치부하는 거센 비판에 맞서, 두보의 시를 거론하며 문학과 도학의 상관성을 설파해 나갔던 당시의 논리와 상황이 여실하게 읽힌다.

[김-5] 배우는 자들이 (두시언해의: 필자 주) 장구(章句)로 강(綱)을 삼고 주해(註解)로 기(紀)를 삼아, 그 시를 읊조리며 그 향기를 잡고, 침잠함으로 그 심오한 경지를 더듬어 간다면 반드시 직설(稷契)과 같은 충신이 되기를 자신에게 약속하여 잠시라도 임금을 잊지 않는 것으로 자기의 마음을 삼을 것입니다. 그렇다면 두자미의 시는 배워야 할 것입니다. 그러나 시어의 절묘함과 성률의 공교로움은 다만 그 나머지일 뿐입니다. 장차 갱재지가(賡載之歌)와

---

47 金訢, 「飜譯杜詩序」, 『顔樂堂集』 권2. "臣於子美之詩 鹵莽矣 滅裂矣 何能措一辭於其間哉 然待罪詞林 不敢以不能爲解 則謹拜手稽首 颺言曰 臣竊觀子美博極群書 馳騁古今 以倜儻之才 懷匡濟之志 而値干戈亂離之際 漂泊秦隴夔峽之間 羈旅艱難 忠憤激烈 山川之流峙 草木之榮悴 禽鳥之飛躍 千彙萬狀 可喜可愕 凡接於耳而寓於目者 雜然有動於心 一於詩焉發之 上自朝廷治亂之跡 下至閭巷細碎之故 咸包括而無遺"

48 金訢, 「飜譯杜詩序」, 『顔樂堂集』 권2. "恭惟主上殿下潛心聖學 日御經筵 六經諸史 靡不畢究 又能留意於詩道有關世敎 而特命詞臣 首譯子美之集 而千載不傳之祕 一朝瞭然如指諸掌 使人人皆得造其堂而嚌其藏也 噫 子美之詩晦而不明者 歷千有餘年而後 大顯于今 豈非是詩之顯晦 與世道升降 而殿下所以夏掩前古 卓冠百王 振起詩道 挽回世敎之幾 亦可因是以仰窺萬一也"

대아지작(大雅之作)이 왕도를 보좌하고 태평시대를 찬미함을 보게 될 것이
고, 국가의 성대함을 크게 울리는 자들이 성대하게 배출될 것이니 그 얼마나
성대한 일입니까. 풍운월로(風雲月露)의 형상에 힘쓰고 한마디 글자들 사이
에서 공교로움을 구한다면 두보를 배움이 또한 천근하다 하겠습니다. 어찌 성
상께서 후학들에게 두보의 시로 일깨워주려던 뜻이겠습니까.[49]

[김-5]의 마지막 부분에 나오는 '풍운월로'는 역사적인 용어이다. 화
려하고 섬부(纖浮)한 시풍을 가리키는 것으로 제량(齊梁)시대에 싹터서
만당시대에 가장 극성했던 시풍을 말한다. 운자 하나의 기발함과 글자
하나의 화려함을 중시한 탓에, 내용을 결여한 시풍이라 혹평받기도 했
다. 김흔은 두보의 시와 풍운월로의 화미한 사조(詞藻)를 구별하고, 거리
를 확보하려 했다. 월로풍화와 명확히 구별되는, 두시가 이룩한 전범적
문학의 경지는 갱재지가(賡載之歌)와 대아지작(大雅之作)으로 표명된다.
그러한 시들은 국가의 성대함을 울리는 문학적 수련의 경지를 구사하고,
이것은 곧 그대로 그 나라의 흥성을 반영하는 지표가 된다는 것이다. 여
기에서 두보의 시가 담은 충군애국의 충분격렬함은 대아와 같은 유가 문
학의 이상이 될 만한 자질을 충분히 갖춘 것으로 공인된다. 동시에 강서
시파에서도 비조로 삼을 만큼 세련된 수사적 격식을 갖추었다는 점에서
두보의 시는 문장화국의 전범으로서 정위(定位)되기에도 부족함이 없는

---

49 金訢,「飜譯杜詩序」,『顏樂堂集』권2. "恭惟主上殿下潛心聖學 日御經筵 六經諸史
靡不畢究 又能留意於詩道有關世教 而特命詞臣 首譯子美之集 而千載不傳之祕 一朝
瞭然如指諸掌 使人人皆得造其堂而嚌其蔵也 噫 子美之詩晦而不明者 歷千有餘年而
後 大顯于今 豈非是詩之顯晦 與世道升降 而殿下所以夐掩前古 卓冠百王 振起詩道
挽回世教之幾 亦可因是以仰窺萬一也 學者於是乎章句以綱之 註解以紀之 諷詠以挹
其膏馥 涵濡以探其閫奧 而必以稷契許其身 而以一飯不忘君爲其心 則子美庶幾可學
而辭語之妙 聲律之工 特其緒餘爾 將見賡載之歌 大雅之作 黼黻王道 賁飾大平 而大
鳴國家之盛者 于于焉輩出矣 何其盛也 若夫馳騖於風雲月露之狀 而求工於片言隻字
之間而已 則其學子美亦淺矣 豈聖上所以開示學者之意耶?"

것으로 부각되었다.

3.3. 언해의 주체: 성종조 신진 사림과 관련하여

앞에서도 언급했지만 『두시언해』의 실질적인 언해와 주석 작업은 홍
문관의 문사들이 진행했다. 더 구체적인 면모는 서문을 썼던 조위와 김
흔을 통해 확인할 수 있다.[50] 두보 시에 대한 추숭과 학습의 분위기가
이들 사이에 깊이 형성되었을 가능성이 크고, 그리고 그에 따른 학두(學
杜)의 기풍이 이들 사이에서 새로운 문학적 기풍을 일으켰다. 물론, 일차
적으로는 군주인 성종이 사장(詞章)을 중시했던 것이 주효했다. 그러나
선비들 사이에 두시에 대한 학습과 전범화의 의지의 맥락이 없었다면,
성종의 지향은 현실에서 구현되기 어려웠을 것이다. 좀 더 적극적으로
말하자면 그들이 군주에게 두시의 가치를 『시경』의 계보 선상에서 계속
강조했던 것이 언해령으로 이어졌다고도 말할 수 있다.

앞서 살핀 김흔의 서문도 마찬가지이지만, 조위 또한 '시도(詩道)는 세
교(世敎)와 직결되고' '두시는 단순한 사장이 아니라'는 논리를 강조하고
있다. 두시가 '음풍농월'이나 '풍운월로가 아니라'고 하는 것은 형식적 세
련미가 높은 두시를 기교 중심의 문학—사장(詞章)에 국한시키는 생각을

---

50 심경호(앞의 책)는 언해령이 내렸던 해에 8월 조위가 강희맹을 따라 외직에 나갔고,
12월에는 금산으로 귀근을 했었기 때문에 언해에 직접 참여하지 않은 것으로 보았다.
그리고 언해 작업이 끝난 뒤에 문장가로서 "언해령을 美化粉飾하려는 의도에서 서문
작성에 참여한 것"(45면)이라 하였다. 그러나 이 문제는 조금 더 면밀한 천착이 필요하
다. 당시 강희맹은 병이 난 서거정을 대신하여 중국 사신을 대하는 접반사가 되었다.
이에 조위가 종사관이 되었다면, 이는 단순히 외직에 나간 것이 아니라, 중국 사신과의
시문수창의 현장이 벌어질 수도 있는 문장화국의 최전선의 일이었다. 그리고 원접사
가 된 이후부터 12월까지 강희맹이 한양 조정에 머물며 경연에 참여하거나 상서를 하
는 기록들이 『성종실록』에 보인다. 따라서 강희맹의 종사관이 되었던 조위 또한 내내
지방에 머물렀다고 완전히 단정하기는 어렵고, 그를 근거로 언해 작업에 참여하지 않
았다고 보는 것 또한 재고가 필요할 듯하다.

차단하려는 것이다. 이런 논리는 일정한 그룹 관계 속에서 상호 영향을 끼쳤을 것이고, 보다 폭넓게 공유되었던 것으로 보인다.

[조-3] 신이 생각하건대, 시도(詩道)는 세교와 관계됨이 큽니다. 위로는 교묘(郊廟)에서 지어져 성대한 임금의 덕을 노래하고, 아래로는 민간 세속에서 노래하여 시정(時政)을 찬미하거나 풍자하니, 모두 사람을 감발하고 징계하기에 충분합니다. 이것이 공자께서 『시경』삼백편을 산정하여 '사특함이 없다'는 교훈을 남긴 까닭입니다. 시는 육조(六朝)에 이르러 지극히 부화해져서 『시경』삼백 편의 유음이 땅에 떨어졌습니다. 두보가 성당(盛唐) 때 태어나 능히 막힌 것을 척결하여 퇴폐한 기풍을 떨쳐 일으켜 침울돈좌(沈鬱頓挫)하여 음탕하고 요염하며 호화롭고 사치스런 습관을 힘써 제거하였습니다. 난리가 나서 도망하여 숨어 살던 때에 이르러서는 시대를 근심하고 군주를 사랑하는 말이 지극한 정성에서 나와 격렬한 충분(忠憤)이 족히 백세까지 떨칠 만했습니다. 두보의 시는 사람을 감발하고 징계한 것이 실로 『시경』삼백편과 더불어 표리가 되며, 사실을 지시하고 실제 일을 진술하여 시사(詩史)라고 불렸습니다. 그러니 어찌 후세에 음풍영월하며 성정을 고달프게 깎는 사람에 비견하여 의론할 수 있겠습니까. 그러니 성상께서 이 시에 뜻을 둔 것은 또한 공자가 『시경』삼백 편을 산정한 뜻과 같으니, 후학에게 아름다운 은혜를 베풀어 시도(詩道)를 회복함이 지극합니다.[51]

김흔과 조위, 두 사람은 모두 김종직의 제자이자, 문학으로 이름을 날린 사람들이다. 특히 김흔은 당대에 부각되었던 시체(詩體)인 율시에 매

---

51 曹偉,「杜詩序」,『梅溪集』권4. "臣竊惟 詩道之關於世敎也大矣 上而郊廟之作 歌詠盛德 下而民俗之謠 美刺時政者 皆足以感發懲創人之善惡 此孔子所以刪定三百篇 有無邪之訓也 詩至六朝 極爲浮靡 三百篇之音墜地 子美生於盛唐 能抉剔障塞 振起頹風 沈鬱頓挫 力去淫艶華靡之習 至於亂離奔竄之際 傷時愛君之言 出於至誠 忠憤激烈 足以聳動百世 其所以感發懲創人者 實與三百篇相爲表裏 而指事陳實 號稱詩史 則豈後世朝風詠月 刻削性情者之所可擬議耶 然則聖上之留意是詩者 亦孔子刪定三百篇之意 其嘉惠來學 挽回詩道也至矣"

우 능통했다는 평을 후세에 받았다. 언해령이 내려지기 몇 년 전인, 성종 7년(1476) 7월 무렵, 성종의 명을 받아 홍문관의 관원들이 사가독서에 들었을 때, 그들의 스승 김종직이 사가독서에 간 그들에게 칠언절구 일곱 수를 지어 보냈다. 이 시에 붙은 서문을 보면 그때의 사가독서에는 정랑(正郎) 채수(蔡壽[耆之]), 전적(典籍) 허침(許琛[獻之]), 직강(直講) 권건(權健[叔強]), 정자(正字) 양희지(楊熙止[可行]), 검열(檢閱) 조위(曺偉[太虛]), 유호인(俞好仁[克己])이 참여하였다.52 아래에 김종직이 보낸 시 중 제6수를 인용하였다.

[6]
사부로 분분하게 저마다 자웅을 겨루었지만,　　詞賦紛紛各鬪雄
예로부터 두보의 시만이 있을 뿐이라오.　　古來只有杜陵翁
그대들 무사송을 반복하여 읽으시게나.　　憑君三復無邪頌
월로풍화(月露風花)일랑 눈에서 사라지리니.　　月露風花眼底空
　　－金宗直, 「呈藏義寺讀書諸公」, 『佔畢齋集』 詩集 권12

위의 시에서 김종직은 '두보의 시만이 유일한 시학의 으뜸'이라며 '사무사(思無邪)의 『시경』의 경지에 비견되는 두시를 공부함으로써 월로풍화는 눈 앞에서 없어지게 될'것이라고 말하고 있다. 시와 산문이라는 양식이 다를 뿐, 앞서 훗날 『두시언해』 작업을 마친 뒤 조위나 김흔이 썼던 서발문의 주지와 비슷하다. 두보가 문학사의 독보적인 존재이고, 그 위상은 '사무사'의 『시경』의 계보를 잇는 것이며, 월로풍화의 부화(浮華)한 문학과 대척점에 있다는 것이다. 점필재는 왜 사가독서에 간 선비들에게

---

52 김종직이 쓴 「呈藏義寺讀書諸公」(『佔畢齋集』 詩集 권12)에 유호인·양희지·조위의 이름이 나오고, 성현의 『용재총화』와 유호인의 『유송도록』의 기록을 아우르면 당시 사가독서에 들었던 여섯 명의 선비를 모두 확인할 수 있다.

유독 두보의 시를 사무사의 경지에 비견하며, 월호풍화의 습속을 제거해
줄 만한 것으로 거론했는가? 이 질문은 사가독서에 간 사람들의 면면,
그리고 사가독서에서 그들이 했던 일과 공부의 내용을 추정함으로써 답
을 찾아볼 수 있다.

왕명을 받아 사가독서에 든 선비들은 그 기간 동안 경서를 공부하는
한편, 집중적으로 시학을 연마하였다. 사가독서에서 지은 연구(聯句) 시
가 많은 것은 바로 그러한 창작 수련의 시간을 의미한다. 당연히, 시 학
습을 위한 교재가 있었을 것이다. 여기에서 김종직이 '오로지 두보의 시
를 열심히 공부하라'고 말했던 점을 다시 환기해 볼 필요가 있다. 그 당
시 사가독서에 들었던 선비들이 두보의 시집을 교재로 시 짓는 연습을
하거나, 또는 두시를 공부, 탐구하고 있었을 가능성도 크다. 더욱이 언해
령을 즈음한 시기의 사가독서는 두시에 대한 집중적인 학습과 탐구의 기
회가 되었을 것이라 생각된다.

특히 사가독서가 관찬 언해 작업을 실질적으로 수행하는 기간이 되기
도 했음을 확인시켜주는 기록이 있어 흥미롭다. 이 점은 앞서 『두시언해』
의 서문을 썼던 김흔의 사가독서 사례에서 확인된다.

[1] 성종은 본래 문학지사(文學之士)를 중시했다. 옥당을 설치하여 외무(外
務)를 맡기지 않았고, 또 독서당을 용산에 열어서 옥당의 관원들에게 사가독
서를 하도록 하고 비용을 넉넉하게 대어 주었다.[53]

[2] 성종이 황산곡의 시가 난해한 점이 많은 것을 병통으로 여기시고, 공(김
흔: 필자 주)에게 언문 주석으로 번역하여 학자들이 쉽게 깨우칠 수 있게 하라
고 명하셨다. 공이 독서당에 있으면서 산곡집을 정밀하게 연구하고 풀이하였

---

53 金訢, 「遺行」, 『顔樂堂集』 권4. "成廟雅重文學之士 簡置玉堂 不委外務 且開讀書所
  於龍山 輪賜暇館員 以資博洽 爲異日用 公被選 往書堂…[出讀書堂~故事]"

다. 일을 장차 마치려는데 다른 일로 인하여 마치지 못하였다.[54]

[1]은 문사들에게 '외무(外務)'를 맡기지 않고 비용을 넉넉하게 대어 문학에 전심하게 했던 성종대의 사가독서[독서당] 제도에 대한 기술이다. [2]는 독서당에 든 선비들이 무엇을 했는가, 그 사례를 보여주는 기록이다. [2]에서 김흔에게 성종이 명한 『산곡집』 언해와 성종 14년(1483)의 『황산곡시집』 언해령 사이의 관련성은 조금 더 따져보아야 한다. 다만 중요한 것은 언해 작업들이 언제, 어디에서, 어떻게 이루어졌을까 하는 문제를 이해하는 데 이 기록이 결정적 도움이 된다는 사실이다. 위의 기록에서 확인되듯 사가독서는 (홍문관의) 문신들이 모여 언해 작업을 집중적으로 할 수 있는 기간이 되기도 했던 것이다. 이 과정에서 두시의 위상과 가치가 이들 사이에서 공유되었을 것임을 짐작할 수 있다. 앞서, 김종직이 독서당에서 사가독서를 하는 선비들에게 시를 보내어 두보의 시를 '사무사'의 경지에 비견하며 열심히 두시를 공부할 것을 당부한 것은 그러한 의식과 공감을 일찌감치 끌어내는 역할을 했던 것으로 보인다.

여기에서 점필재의 '문도' 또는 '사우'로 알려져 있는 사람들을 한 번 살펴보는 것이 필요하다.[55] 앞서 유윤겸을 추천하며 두보 시를 홍문관 사신들에게 익히도록 하자고 건의했던 이창신은 김종직의 「문인록」에는 이름이 빠져 있지만, 훗날 김종직이 성종 17년(1485) 한양에서 『동국여지승람』을 편찬할 때에 함께 작업을 하며 동질적인 그룹에 포함되는 인물

---

54 金訢, 「遺行」, 『顔樂堂集』 권4. "成廟病山谷詩多難解 命公譯以諺註 俾學者易曉 公在讀書堂 精究入解 功將就 因事不果訖"

55 『점필재집』 문인록에는 49명에 달하는 인명이 올라 있다. 김일손의 공초에서 밝혀진 25명의 제자들 중에서 8명이 빠졌다. 한양에서 수업을 받았다던 신종호, 제술로 과차를 받은 인물 중 채수·김전·신용개, 수업하였으나 시기가 명확하지 않다고 했던 인물 중 정석견·김심, 그리고 시기를 밝히지 않은 채 『사기』를 배웠다고 했던 이창신과 그리고 '기타 인물' 중의 하나인 장자건이다.

이다. 김흔은 「점필재 연보」의 기록을 따라 보면 점필재가 함양군수로 있던 시절 문하에 들어 경서와 시문 수업을 받았고, 선산과 한양 등지에서 계속 사제관계를 유지했다. 명단에는 없지만 청주에서 간행된『우주두율』의 발문을 썼던 김뉴도 서거정·성현·김종직과 교분이 있었다.

　일견 사소해 보이는 이 관계들은 조선전기의 두시에 대한 이해가 학맥과 사승을 통해 전수되는 과정을 생성했다는 점에서 의미가 있다. 조선 들어 최초로 두시집이 간행된 밀양은 김숙자와 김종직의 생장처이고, 그의 사우들이 모여들어 함께 공부했던 곳이다. 그리고 윤상-김숙자의 관계는 조선 전기의 젊은 지식인의 구심점 역할을 했던 김종직의 사승 계보에 그대로 투영되었다. 두시를 문학의 전범적 경지를 이룬 것으로 추숭하는 태도와 시학 연마와 과거 응시를 위한 학습 대상으로 중시하는 태도는 일면 상충되어 보이지만, 정전 형성의 메커니즘을 고려해 본다면 그렇지 않다. 이러한 경향은 지역적, 학문적, 개인적 관계를 통해 한 개인의 차원에서 그치지 않고 사우(師友)의 여러 관계들로 확산되었다. 그리고 김종직을 중심으로 하는 일련의 사림(士林)들은, 김뉴·서거정·성현 등 또다른 문인 관료 그룹이 충만하게 형성해 놓은 문학적 풍토, 두시에 대한 애호의 분위기를 활용하면서 문학 전범의 충실한 교과서 역할을 할『두시언해』를 생성하는 성과를 이룰 수 있었다.[56]

4. 맺는말:『두시언해』의 문화사적 의미와 관련하여

　『두시언해』는 두시에 대한 이해와 번역을 국가 공인의 표준화된 체계

---

56 이른바 김종직 그룹과 서거정 등 관각 문인 그룹의 두시 이해는 질적으로 동일하지 않다. 이 글에서는 이에 대해서까지 다루지는 못하였다.

로 제시한 결과물이다. 이 일이 추진된 가장 표면의 동력은 군주의 독려와 국가적 차원의 장려이다. 그러나 위로부터의 독려가 문학의 장에서 현실화되려면 그에 실제적으로 관련되어 있는 사람들의 '맥락'이 추동한 힘 또한 반드시 필요하다. 이런 점에서 김종직과 일련의 젊은 사림들은 중요한 역할을 했다. 그리고 두시에 대한 학습과 번역, 이해의 과정을 거치면서 자기 의식의 공유점을 찾았던 것으로 보인다. 즉 바른 성정에 근본한 인간 정신을, 연마된 형식 속에서 세련되게 표현할 수 있는 가능성을 두시에서 찾았던 것이다.

두시를 언해하고 두보를 문학의 정전으로 만드는 주체였던 이들은 흔히 '성종조 신진 사림'이라 불리는 인물들이다. 이들 신진 사림의 좌장이었던 김종직이 '내가 강서시파의 시만 찾던 적이 있다'고 토로한 바 있거니와,[57] 강서시파의 폐단이 시학 비판의 단서가 되고 시학의 위기를 초래하는 상황 속에서 새로운 문학의 전범이 필요해졌음은 주지의 사실이다. 이들은 시가 세도(世道)와 승강을 같이 한다는 조선 전기 문학론의 전제를 발판 삼는 한편, 사장을 일삼는다는 거센 비판에 맞서며, 두보의 시를 통해 문학과 도학의 상관성을 설파해 나갔다. 이 과정에서 이루어진 두시언해는 문학 전범으로서의 표준화된 이해를 제시하기 위한 표준 번역으로서의 위상을 가졌던 것이다.

성종조의 신진 사림은 사림이지만 조광조 대의 선비들과 같은 '철저한' 의미에서의 사림은 아니다. 이들은 시학을 중시하는 조선 전기의 문화적 토양에서 사장(詞章)의 능력을 토대로 진출한 사람들이었다. 훈구(사장) 대 사림(도학)이라는 정형화된 구도로 보자면 도학보다는 사장에 더 가깝지만, '철저한' 의미에서의 훈구라고 보기도 어렵다. 그러나 이런 정형화

---

57 金宗直, 「晉山君再用前韻見寄, 復和」, 『佔畢齋集』권10. "曾叩金門金裏蹄 會稽今日
不能啼 忽得新詩歌大雅 悔前宗派覓江西"

된 틀을 벗어나서 보면, 이들은 조선 전기의 다양한 문화적 풍토 속에서 성장하며 뛰어난 문학적 능력—사장의 능력을 갖고 있으면서도 문학을 위한 문학만이 아닌 새로운 문학의 길을 모색했던, 민활(敏活)한 문화의식을 가진 사람들이었다.

조선 전기 한문학의 영역을 이 시기의 다양한 인문학적 성과를 포괄하는 것으로 넓게 잡는다면, 이들이 이룬 한문학적 성과는 다양하다. 전대 관인들이 이룩한 문화적 성과를, 자기들의 문화의식에 입각하여 새롭게 고쳐보려는 노력 또한 있었다. 이들 신진 사림이 참여했던『동국여지승람』의 개찬, 김종직이 주도했던,『동문선』과 같은 관찬(官撰)을 의식한 『동문수(東文粹)』『청구풍아(靑丘風雅)』의 면면을 들여다 보는 것은 그런 점에서 중요하다.『두시언해』는 그 중요한 방향타로서 의미가 있다. 이와 같은 사례들을 포함하여『두시언해』자체를 논의의 대상으로 삼아 정밀하게 그 텍스트를 다루지 못한 것은 이 글의 숙제이자 한계이다.『두시언해』의 구체적인 번역과 그 맥락을 고구함으로써 신진 사림의 의식이 차별화되고 구체화되는 지점을 찾아내고, 이를 새로운 지식인의 형성과 문학/문화의 판도 속에서 의미부여 하는 작업은 추후에 계속 해나가고자 한다.

조선 시대의 번역 표기에 대한 번역학적 고찰

1. 조선의 번역 표기

'번역(飜譯)'은 그것을 어떻게 정의하는가에 따라 범위나 대상이 달라질 수밖에 없다. 그래서 일단 정의의 엄밀성은 두고라도 보편성은 가지고 있는 것이 사전이라고 했을 때, 사전에서 '번역'은 '어떤 언어로 된 글을 다른 언어의 글로 옮긴 것'(국립국어원, 『표준국어대사전』)으로 정의된다. 이러한 사전의 정의가 가지고 있는 어느 정도의 일반성을 인정한다면, 번역은 '글'이 전제되어 있다고 할 수 있다. 그리고 이 정의에서 '어떤 언어로 된 글'과 '다른 언어의 글'이 함의하고 있는 것은 '언어'와 '글'이 일대일로 대응하고 있다는 것이다.

따라서 이러한 정의를 바탕으로 하면, 번역에서는 '어떤 언어'와 '다른 언어'와 같이 '언어'는 유의미하지만, 그 언어의 '어떤 글'이라는 표현은 더 이상 유의미하지 않은 것으로 보인다. 그것은 근대 이후 각 국가(혹은 민족)가 동일한 글자의 사용을 전제하는 민족어로 표준화되고 규범화되면서, 동일한 언어 안에서 다른 문자의 사용에 대해서는 크게 고려하지 않게 되었기 때문이다.

그러나 이러한 정의는 근대 이전 '조선'의 경우에는 잘 적용되지 않는다. 즉 조선에서 이루어진 번역은 조금 거칠게 말하면, '중국어의 한문을 조선어의 한문(한자)으로 옮긴 것', 혹은 '중국어의 한문을 조선어의 이두로 옮긴 것', '중국어의 한문을 조선어의 정음으로 옮긴 것' 등의 방식으로 더 세분화될 수 있다. 이것은 조선의 경우 지식 유통의 언어와 일상어가 달랐고, 표기 방식도 한문과 그것을 변형시킨 이두나 구결이 있었으며, 거기다가 1446년 새로운 문자가 창제되면서 문자 사용 양상이 좀더 복잡해졌기 때문이다.

그런데 지금까지 '조선'에서 이루어진 번역이라 하면, 주로 '언해'의 번역 표기였던 '훈민정음'을 염두에 두고 있다. 그러나 1446년 훈민정음이 창제되기 전까지 '이두'나 '구결' 등이 번역의 주요한 표기 방식이었음을 고려한다면, 조선에서 번역의 표기로 '훈민정음'만이 유효한 것은 아니다.[1] 물론 많은 앞선 연구에서 '구결', '이두' 등에 대한 연구가 많이 있었지만,[2] 이들은 주로 훈민정음 창제 전 즉 신라나 고려 시대 자료에 치중해 있다거나 '차자표기'로 주로 연구되었다는 점에서 번역표기로 설명된 '훈민정음'과는 다른 관점에서 접근된 것이 사실이다.

한편, 알려져 있다시피[3] (1)의 정인지 서문을 포함해서 조선시대의 많

---

1 글자는 각 시대가 요구하는 바에 따라 그 가치가 달라진다는 점과 그것과 관련해서 '훈민정음'이 20세기에 들어오면서 새로운 시대의 가치 기준에 의해 새롭게 조명받기 시작했다는 점에 대해서는 서민정, 「글자에 대한 인식의 변화와 문화 번역」, 『우리말 연구』 29(우리말학회, 2011)에서 논의한 바 있다.

2 대표적인 차자표기 연구로 남풍현, 『차자표기법연구』(형설출판사, 1986), 남풍현회갑기념회, 『국어사와 차자표기』(태학사, 1995), 배대온, 『이두사전』(형설출판사, 2003) 등이 있다.

3 유명우, 「한국 번역사에서 본 조선조 언해(諺解) 번역」, 『번역학 연구』 5-2(한국번역학회, 2000), 69~91면에서는 학계의 공인된 주장은 아님을 전제하면서 '훈민정음'이 이두의 대안으로 만들어졌음을 조심스럽게 논의하고, 이두와 훈민정음이 경쟁체제에 있었고 그러한 상황에서 새문자의 효용가치를 드높이는 방안의 하나가 '언해번역'임을 지적한 바 있다.

은 자료들에서, 훈민정음 창제 당시에도 신라 때부터 사용된 '이두'가 통용되고 있었고, '구결'을 통해 경전을 이해했음을 보여준다.

(1) 昔新羅薛聰 始作吏讀 官府民間 至今行之 然皆假字而用 或澁或窒
　　非但鄙 無稽而已 至於言語之間 則不能達其萬一焉
　　癸亥冬 我殿下創制正音二十八字 略揭例義以示之 名曰訓民正音
　　(1446, 鄭麟趾 序 가운데서)

그런데 지금까지 조선시대 번역에 대한 논의들이 주로 '언해'를 전제로 하고 있어서 조선시대의 번역 표기는 '정음(언문)'에 한정된 면이 있다. 그러면서 이두나 구결은 조선 시대 '번역 표기'의 범위 안에 적극적으로 포함하지는 않은 채, 표기체계 가운데 '차자표기'라는 다른 기준으로 설명되었다. 이러한 기준의 차이나 번역 표기의 범위에 대한 관점은 근대 이후 '정음'이 '국문'이 되면서 좀 더 명확해졌다.

그런데 근대 이전의 번역 연구에서 번역 표기의 범위가 제한된다는 것은 어떤 면에서는 번역 연구의 대상이 제한되는 것이다. 그래서 이 연구는 근대 이전의 경우, 번역에 사용된 번역 표기에 대한 연구의 필요성을 인식하고, 조선시대 번역에서 이루어진 번역 표기에 이두나 구결과 같은 표기 방식도 적극적으로 포함해야 함을 살필 것이다.[4]

---

[4] 그래서 이 연구는 이두나 구결 그 자체에 대한 본격적인 연구는 아니다. 단지 이 연구에서는 조선의 번역 표기에 대해 '정음' 표기로 이루어진 번역에 한정되는 것이 근대 이후 새롭게 조명된 '훈민정음'의 입지에 영향을 받은 것이므로 근대 이전 '조선'이라는 상황에서 이루어진 당시의 번역과 번역표기에 대해 주목하고자 하는 것이다.

2. 번역, 언해, 직해

2.1. 조선의 번역 표기 양상

조선 시대의 '이두'나 '구결', '정음'을 통한 번역은 지금의 기준에서 보면, 번역의 범위를 많이 넓혀야 번역으로 볼 수 있는 경우도 있다. 하지만 이들이 내용적으로는 어떤 번역 방식을 취하든 간에 제목에서 '번역'이라든가, '언해', '직해'와 같은 표현으로 나타내고 있으므로 이들을 모두 '번역'의 범위에 놓고 살펴보기로 한다.

먼저 이두, 구결, 정음을 통한 번역 방식에 대해 지금의 번역과 비교하면서 그들 사이의 관계도 살피기 위해, 영어(로마자)와 한국어(한글)로 이들의 번역을 나타내면 다음과 같다.

(2) You go to school.　　　　　　　　　(원문)
(3) You-ga go to school-da.　　　　　　(음독구결번역)
(4) You1 go3 to school2　　　　　　　　(석독구결번역)
(5) You-ka school-e go-da　　　　　　　(이두번역)
(6) You-가 school-에 go-다　　　　　　(정음구결)
(7) You(유)가 school(스쿨)에 go(고우)다　(언해문)
(8) 네가 school(스쿨)에 간다.　　　　　(언해문)
(9) 너는 학교에 간다.　　　　　　　　(현대어번역)

앞에서 살핀 사전적 정의에 따르면, '번역'은 원문인 (2)에 대해 (9)와 같이 번역하는 것을 의미한다. 그러나 조선시대에 이루어진 번역에서 (9)와 같은 번역은 거의 나타나지 않는다. '정음'으로 번역된 언해의 경우도 주로 (6)~(8)과 같은 방식으로 번역되어 있다. 그리고 정음이 아닌 '한자' 혹은 '한자의 변형'으로 표기되었다는 것 이외에는 번역 방식에서는 크게 다르지 않은 것으로 보이는 (3)~(5)에 대해서는 '번역'의 관점에서 다루어지지 않았다. 그렇다면 (6)~(8)은 번역에 포함되지만, (3)~(5)에 대해서는 적극적으로 번역에 포함시키지 않는 것은, 지금 우리에게 익숙한 표기체계인 '정음'으로 되어 있는가, 그렇지 않은가라는 '표기'의 문제가 번역의 범위에 포함시키는 여부를 판단하는 기준이 되어있다는 것이다.

그래서 이 연구에서는 위의 (3)~(5)와 (6)~(8)의 차이가 '표기'에 있음을 주목하고, 특히 (3)~(5)의 표기인 '이두'나 '구결'도 '훈민정음'과 같이 '번역 표기'의 범위에 적극적으로 포함시켜 고찰되어야 함을 살필 것이다.

2.2. '언해', '직해', '번역'과 번역 표기

조선시대 번역 텍스트에는 원본 텍스트에 대해 번역된 텍스트임을 알 수 있게 하는 '언해', '번역', '직해' 등과 같은 용어들이 결합된 책제목이 있었다. 예를 들어 리처드 바크의 『갈매기의 꿈』이라고 하는 것을 『갈매기의 꿈 번역』 혹은 『번역 갈매기의 꿈』, 『갈매기의 꿈 해석』과 같이 나타낸 것이다.

그런데 '언해', '번역', '직해' 등과 같은 용어들에 아주 명확한 기준이나 규칙이 있는 것은 아니나, 대체로 '번역'은 의역의 성격이, '언해'나 '직해'는 직역의 성격이 강하다.

먼저 '번역'과 '언해'에 대한 이러한 판단은 주로 『소학(小學)』(1187)을 번역한 것으로 알려진 『번역소학(飜譯小學)』(1518)과 『소학언해(小學諺解)』(1587)의 비교[5]를 근거로 하고 있다.[6] 이 연구에서는 이 두 텍스트에 사용

---

5 『飜譯小學』과 『小學諺解』는 국어학에서 전통적으로 국어의 통시적 변화를 확인할 수 있는 대표적인 국어자료들로 다루어져 왔다. 두 텍스트의 표기와 음운, 어휘, 문법형태의 변화 등에 대한 것은 이숭녕, 「소학언해의 무인본과 교정청본의 비교 연구」, 『진단

된 '번역'과 '언해'의 개념을 이해함으로써 조선시대 '번역'의 범위를 정하고, 이를 통해 이 연구의 대상인 '번역 표기'의 범위를 분명히 하고자한다.

다음은 『소학언해』의 범례이다.

(10) 戊(:무)寅(인)년츼애사룸이수이알과댜ᄒᆞ야字(:ᄌᆞ)ᄯᅳᆮ밧긔註(쥬)엣말을아
오로드려사겨시모로번거코　영잡ᄒᆞ곧이이심을免(면)티몯ᄒᆞ니이제ᄂᆞᆫ지
만ᄒᆞᆫ말을업시ᄒᆞ야블이고흔글ᄋᆞ티大(대)文(문)을의거ᄒᆞ야　字(ᄌᆞ)를조차
셔사교ᄃᆡ사겨통티몯홀곧이잇거든가ᄅᆞ주내여사기니라
믈읫字(ᄌᆞ)ᄯᅳᆮ과篇(편)일홈과사룸의姓名(셩명)을이믜前(젼)의사긴이ᄂᆞᆫ
後(후)에두번사기디아니ᄒᆞ니라
믈읫字(ᄌᆞ)ㅅ音(음)의놉ᄂᆞᆺ가이를다겨ᄠᅵᆫ點(뎜)으로뻐법을삼을디니點
(뎜)업슨이ᄂᆞᆫ편히ᄂᆞᆺ가이ᄒᆞ고두　點(뎜)은바ᄅᆞ노피홀거시니라
訓(훈)蒙(몽)字(자)會(회)예平(평)聲(셩))은點(뎜)이업고上(샹)聲(셩)은
두點(뎜)이오去(거)聲(셩)入(입)聲(셩))은흔點(뎜)이로ᄃᆡ요ᄉᆞ이時(시)
俗(쇽)애音(음)이上(샹)去(거)聲(셩)이서르섯기여뻐과글리고티기어려
온디라만일다本(본)音(음)을ᄡᅳ면시쇽듣기예히괴홈이이실故(고)로戊
(무)寅(인)년츼에上(샹)去(거)두聲(셩)을시쇽을조차點(뎜)을ᄒᆞ야실ᄉᆡ이
제이법녜롤의지ᄒᆞ야뻐닐그리롤便(편)케ᄒᆞ니라

대부분의 『번역소학』(1518)과 『소학언해』(1587)를 비교한 앞선 연구에서 『번역소학』을 '의역'으로, 『소학언해』를 '직역'으로 설명하는 근거의 하나로 (10)을 제시한다. (10)에서 첫줄은 1518년(戊(:무)寅(인)년)에 간행

학보』 36(진단학회, 1973)와 이현희, 「소학의 언해에 대한 비교 연구」, 『한신논문』 5(한
신대학, 1988); 남성우, 「『飜譯小學』 卷六과 『小學諺解』 卷五의 飜譯」, 『구결연구』 2
(구결학회, 1997) 등을 참조할 수 있다.

6 『飜譯老乞大』/『老乞大諺解』, 『飜譯朴通事』/『朴通事諺解』등도 이와 비슷한 관계에
있는 자료이다.

된『번역소학』의 해석에 대해서 "字(:ㅈ)뜯밧긔註(주)엣말을아오로드려사겨시모로번거코영잡흔" 것으로 평가한 것이다. 이것은『번역소학』에서 이루어진 번역 즉 의역이 문제가 있으니, 다시 번역이 필요하며 1587년에 다시 번역한『소학언해』에서는 "大(대)文(문)을의거ㅎ야 字(ㅈ)를조차셔사교딕"라고 하여 '글자' 자체의 의미에 따라 번역 즉 직역을 하겠다는 것을 나타내고 있다.

이와 같은 설명을 바탕으로 보면, 조선시대에서 번역은 '글자'의 의미를 따라 번역하는 직역에 좀더 무게 중심이 있었다고 판단할 수 있다. 그리고 이것은 조선 후기까지 대부분의 언해에 원문이나 혹은 구결이 붙은 원문을 같이 실은 이유이기도 하다. 즉 원문의 글자 하나라도 놓치지 않고자 하는 것은 원문의 의미를 정확하게 파악하고자 하는 노력이다. 그래서 만일 문자를 놓치거나 잘못 번역하는 실수가 있더라도 원문을 동시에 제시함으로써 그러한 실수를 보완하기 위해 이와 같은 번역 방식을 채택한 것으로 보인다.

앞의 두 텍스트의 차이를 조금 거칠게 표현하자면, '번역'이라고 사용된 것은 '의역'의 성격이 강한 것이며, '언해'라고 되어있는 것은 '직역'의 성격이 강하다는 것이다. 그리고 이두나 구결 또한 언해와 비슷하게 '직역'의 성격이 강한 번역이라고 할 수 있다.

한편 정음(언문) 번역에 대해 '諺譯'이라고 하지 않고, '諺解'라고 하는 것을 보면 결국 조선시대 번역은 원전에 대한 '해석'의 의미가 강한 것이다. 그리고 이러한 설명이 받아들여진다면, 조선시대에는 원전을 '해석'[7]하는 방식이 다양하게 존재했다고 할 수 있다. 그래서 '언해'가 조선 시

---

7 여기서『표준국어사전』(국립국어원)에 있는 '해석'의 뜻풀이를 제시해 둔다.
　(1) 해석4[解釋][명사] 1 문장이나 사물 따위로 표현된 내용을 이해하고 설명함. 또는 그 내용. 2 사물이나 행위 따위의 내용을 판단하고 이해하는 일. 또는 그 내용.

대 번역의 대표적인 것이라면, 이두번역[8]이나 구결번역[9]도 당연히 번역의 범위에 들어가는 것이다.

따라서 우리가 조선시대 번역의 범위를 '언해', '이두번역', '구결번역'을 포함한다면, '정음(언문), 이두, 구결'이 번역의 표기라고 할 수 있다.

3. 이두, 언문(정음), 구결

3.1. 조선시대 번역텍스트의 특징

'지금', '한국'에서 일반적으로 '번역'을 했다고 하면, 한국어 이외의 언어로 되어 있는 텍스트를 '한국어'로 옮기면서 '한글'로 표기했음을 전제로 하는 것이다. 이것은 로만 야콥슨[10]의 번역의 종류 가운데서 (12)에 해당하는 것이라고 할 수 있다.

   (11) 언어내적 번역
   (12) 언어간 번역
   (13) 기호간 번역

그렇다면 지금의 공용어에 해당하는 개념은 없었다고 하지만, 일단 지식 유통의 수단이 되었던 '한문'을 사용하는 당대에 한문을 정음으로 번역하는 것은 '(11) 언어내적 번역'으로 보아야 하는가, '(12) 언어간 번역'

---

8 '直解'라는 표현을 쓴 대표적인 이두번역서로는 『大明律直解』(1395)가 있다.

9 구결로 되어 있는 『楞嚴經』(여말선초)과 『楞嚴經諺解』(1461) 둘 다 불경원전 『楞嚴經』을 풀이한 것이다.

10 야콥슨의 번역이론에 대한 자세한 연구는 류현주, 「로만 야콥슨의 번역이론과 영상번역」, 『번역학 연구』 9-4(한국번역학회, 2008), 79~93면과 유명우, 「한국의 번역과 번역학」, 『번역학 연구』 창간호(한국번역학회, 2000), 229~248면 등을 참조할 수 있다.

으로 보아야 하는가. 그리고 구결이나 이두가 언어인가 부호, 혹은 기호 인가에 따라 이두번역이나 구결번역은 (13)의 '기호간 번역'의 가능성까 지 같이 가지고 있다. 특히 점을 찍거나 수를 표시해서 원본텍스트를 번 역하고자 했던 석독구결은 (13)의 가능성이 더 커 보인다. 이와 같이 조 선시대 번역텍스트는 번역에 대한 근대적 기준으로 분석했을 때는 다양 한 번역이 존재했다고 할 수 있다.

이 연구에서는 원본텍스트에 대한 해석이나 풀이가 들어있는 텍스트 는 일단 번역텍스트의 범위 안에 포함시켜 논의를 진행하고자 한다. 그 렇게 했을 때 조선시대 번역텍스트에서 번역의 '표기'로 사용된 것은 이 두, 구결과 정음이라 할 수 있다.

다음에서 각 번역 표기가 조선 시대에 걸쳐 주로 어떤 방식으로 혹은 어느 시기까지 사용되었는가에 대해 살펴보자.

3.2. 이두

(14)는 조선시대 번역 자료는 아니나, 이두문의 특징을 잘 알 수 있어 서 여기서 인용하였다.

(14) 辛亥年二月卄六日 南山新城作節 如法以 作後三年崩破者 罪教事爲 聞
敎令誓事之 (南山新城碑銘, 591?)

(14)에서 볼 수 있듯이 이두문은 기본적으로 한국어의 어순과 일치한 다. 그리고 이두문에 쓰인 이두[11]는 한자의 '음독'이나 '훈독'으로, 명사,

---

11 이두의 개념이나 성격에 대한 구체적 내용은 박성종, 「조선 시대의 이두와 그 연구
방법의 변모」, "口訣學會 제41회 전국학술대회"(구결학회, 2011); 서종학, 「吏讀의 개
념과 성격」, 『구결연구』 27(구결학회, 2011); 이용, 「古代 및 中世 吏讀 研究의 回顧와
展望」, 『구결연구』 21(구결학회, 2008) 등을 참조할 수 있다.

동사와 같은 실질형태소를 표시하는 경우도 있으나, 주로 조사나 어미에 해당하는 문법형태소들을 표시하였다.[12]

이두는 시대에 따라 사용하는 사람에 따라 표기가 조금씩 달라지기도 했는데, 이두 번역 과정은 크게 달라지지 않았다. 박성종(2011)에서 다음 과 같이 이두 번역의 과정을 잘 보여주고 있다.

(15)
① 텍스트 절단하기 : 治牛疫 / 狐腸燒灰 和水 灌之
② 어순의 재배열 : 牛疫 治 / 狐腸 燒 灰 和水 之 灌
③ 국어 단어로 뒤침 : 牛 傳染病 治療 / 狐腸 火燒 成灰 和水 (牛口) 灌注
④ 토 달기 : 牛矣 傳染病乙 治療爲乎矣 / 狐腸 火燒 成灰 和水 牛口良中 灌
注 爲乎事 〈우역방 1ㅎ〉

박성종(2011)에 따르면, 먼저 텍스트를 절단하고 어순을 조선어에 따라 재배열 한 후, 국어 단어로 번역(뒤침)하고 이두로 토를 다는 것이 이두 번역의 과정이다.

한편, 조선시대 이두[13]로 번역된 대표적인 텍스트로 명의 법전인 『대 명률(大明律)』을 번역한 『대명률직해(大明律直解)』(1395)[14]가 있다.

---

12 이두 가운데서 일부만 보이면 다음과 같다.
　(1) 進賜/나ᅀᆞ리(명사), 强亦/구틔여, 無亦/업스여(없이) 등(부사)
　　　亦/이, 是/이, 敎是/이시(존칭), 乙/을, 以/(으)로, 果/과, 隱/은 등(조사)
　　　爲去等/ᄒᆞ거든, 爲在/ᄒᆞᆫ 등(어미)
13 차자표기법(借字表記法)의 하나로 한자의 음과 훈을 빌려 한국어를 표기하는 것을 가리키는 말로 '이두(吏讀)' 이외에도 '이서(吏書)', '이도(吏道)' 등이 있었는데, 조선실 록 등에서도 주로 '이두(吏讀)'가 등장하는 등 조선시대에는 '이두(吏讀)'가 좀더 일반 적인 것으로 보인다.
14 『大明律直解』(1395)에 대한 국어학적 연구는 고정의, 「대명률직해의 이두와 그 특징」, 『구결연구』 9(구결학회, 2002); 박철주, 「『대명률직해』와 현대국어의 구문상 표현차이 연구」, 『한국어의미학』 21(한국어의미학회, 2006) 등 참조.

(16) 賊物等**乙**受贈**爲有如何**

　(16)에서 '**乙**', '**爲有如何**'는 각각 '을, 하다가'에 해당하는 이두이다. 그리고 (16)의 한자의 어순은 한문의 어순과는 다르다. 이것은 이두를 이용한 번역에서 실질형태소의 경우에 원문텍스트의 표기인 '한자'를 이용하기는 하지만, '조선어' 방식으로 배치하는 것으로 번역하는 것을 보여 준다.

　한편 훈민정음 창제 이후에도 이두의 사용은 계속 되었다. 1541년 간행된 것으로 알려진『우마양저염역병치료방(牛馬羊猪染疫病治療方)』은 원본인『신편집성마의방(新編集成馬醫方)』,『우의방(牛醫方)』,『증류본초(證類本草)』,『편민도찬(便民圖纂)』등 여러 권에서 필요한 부분을 발췌하여 번역한 것인데, 한문 본문 아래에 이두와 정음을 동시에 사용하여 번역하였다. 그리고 조선 후기에 간행된『ㅈ경견진쟉졍려의궤』(1828)도 이두로 번역된 필사본이다. 이와 같은 문헌을 바탕으로 보면, 조선시대 번역에서 '이두'는 번역의 표기로 19세기까지도 사용되었음을 알 수 있다.[15]

3.3. 정음(언문)

　'언해'의 번역 표기는 '정음'이다. 그런데 2.1절에서 살펴본 바와 같이 언해의 번역문은 아래의 (17)~(19)와 같이 원문이 있거나, 정음 구결이 달린 구결 번역과 언해문이 같이 있어, 20세기에 와서 번역된『언문소학』(1934, 김영구)의 번역문과는 많이 다른 양상을 보여준다.

　먼저 원본『훈민정음』(한문본)과 그것을 언해한 '언해본 훈민정음'의 일부를 통해 살펴보자. '언해본 훈민정음' 이후 언해되는 다른 언해서도 형

---

15 박성종(앞의 논문), 33면에 따르면, 현전 고문서 500만 점 가운데 약 300만 점이 이두로 작성될 정도로 이두의 사용 범위가 넓다고 한다.

식적으로 여기서 크게 벗어나지 않는다.

    (17) 國之語音異乎中國

    (18) 國之語音이 異乎中國ᄒᆞ야(國은 나라히라 之ᄂᆞᆫ 입겨지라 語ᄂᆞᆫ 말ᄊᆞ미니라)

    (19) 나랏말ᄊᆞ미 中듕國귁에 달아

  정음으로 언해한 (18)은 정음 구결에 가깝다. 즉 실질형태소는 한자어 그대로 쓰면서 이전에 이두 등으로 구결을 단 것을 이두 대신 정음으로 구결을 단 것이기 때문이다. 그리고 (19)는 언해문이라고 할 수 있는데, 여기서도 한자어가 있는 실질 형태소는 한자를 그대로 제시하고 있다.[16]

  알려진 바와 같이 간경도감(刊經都監, 1461~1471)에서는 주로 불경언해[17]를 간행하였고, 교정청(校正廳, 선조)에서는 경서언해가 간행되었는데, 여기서 간행된 언해서들도 정음으로 구결을 단 원문과 그 번역문인 언해문이 짝을 이루고 있다. 이러한 언해서들은 유명우(2000)에서 지적하고 있는 바와 같이, 후대로 갈수록 다른 번역서에 비해서 점점 더 많이 간행되는데, 그것은 이두나 구결의 표기에 비해서, 정음이 비교적 정제되어 있고 소리를 잘 옮길 수 있는 특성 때문으로 분석할 수 있다.

3.3. 구결

  이제 마지막으로 구결[18]에 대해 살펴보자. 앞선 연구에서도 지적하고

---

16 한편, 원본『훈민정음』은 다른 번역텍스트의 원전과 달리 '조선'에서 이루어진 것이기 때문에, 오히려 원문인 (17)을 구어인 '조선어'의 번역인가 아닌가 하는 문제도 고려할 수 있을 것이다. 이것은 지식 유통의 수단이 되는 언어와 일상어가 달랐던 중세에서 보여주는 언어적 특징이라고 할 수도 있는데, 이러한 연구는 다음으로 미룬다.

17 이화숙의『조선시대 간인본 국역불서의 서지적 연구』(중앙대석사학위논문, 2011)에 따르면, 조선시대 불경언해본이 약 177건이 있다고 하니, 유교에 비해서 불교가 언해와 좀더 밀접한 관계가 있음을 알 수 있다.

있는 바와 같이, 근대 이전에는 원본텍스트에 구결을 정하는 것은 중요
한 일이었다. 그것은 원전의 해석과 관련되기 때문인데, 조선왕조실록
등 조선시대 많은 자료를 보면 구결을 정하는 문제가 기사화되거나 기록
으로 남길 정도로 중요한 문제였음을 확인할 수 있다.

(20) 세조 9년 계미(1463, 천순 7) 12월 19일(계묘) 기사[19]

비현합에서 신숙주·최항 등을 불러 병서의 구결을 정하다

비현합(丕顯閤)에 거둥하여, 영의정(領議政) 신숙주(申叔舟)·우참찬(右
參贊) 최항(崔恒)·이조 참판(吏曹參判) 홍응(洪應)·행 상호군(行上護
軍) 송처관(宋處寬)·도승지(都承旨) 노사신(盧思愼) 등을 불러서 병서
(兵書)의 구결(口訣)을 정(定)하였다.

(21) 왕명으로 鄭麟趾·申叔舟·丘從直 등과 함께 四書五經의 口訣을 정하
다(세조 5(1459), 사가집, 서거정편)

(22) 세조 11년 을유(1465, 성화 1) 10월 6일 (경진) 정자영·구종직·유희익 등
에게 『주역』을 논하게 하다

이조(吏曹)·병조(兵曹)의 당상(堂上)·낭관(郎官)에게 명하여 어전(御
前)에 들어와 전주(銓注)하게 하고, 성균관 사예(成均館司藝) 정자영(鄭
自英), 직강(直講) 구종직(丘從直)·유희익(兪希益), 주부(注簿) 유진(兪
鎭)을 불러서 모두 앞에 나와 『주역』을 논하라고 명하였다. 전교하기를,
"네 사람이 의리를 정(精)하게 아니, 내가 은총으로 대접하여 여러 선비를
권려하고자 한다. 내가 역전(易傳)을 보니 정전(程傳)은 잘 통하나 주전
(朱傳)은 혹 막히니, 주희(朱熹)가 정자(程子)에게 미치지 못하는 것이

---

18 한국의 구결 연구에 대한 선행 연구는 고정의, 「口訣 硏究의 現況과 課題」, 『구결연구』
12(구결학회, 2004)에서 이루어진 바 있으며, 구결 전반에 대한 논의는 정재영, 「韓國의
口訣」, 『구결연구』 17(구결학회, 2006)을 참조.

19 본문의 (20)~(23)은 한국고전번역원 고전번역DB(http://db.itkc.or.kr/itkcdb/mainInde
xIframe.jsp)에서 인용한 것이다.

대단히 멀다. 내가 그러므로 정전으로 구결(口訣)을 정하였다." 하고, 사람들로 하여금 어정 구결(御定口訣)을 가지고 서로 논변하게 하였다.

구결은 대략 석독구결(훈독구결), 순독구결(음독구결)로 나누어진다. 그리고 석독구결의 대표적인 자료로 조선시대의 것은 아니나『구역인왕경(舊譯仁王經)』[20]이 있다.『구역인왕경』을 분석한 장윤희(2004: 55)를 인용하면 다음과 같다.

(23)

a. 信行具足復有五道一切衆生復有他方不可量衆 <舊譯仁王經 上:2, 1-2行>

b. 信行ᄼ具足ᄼᄃᄼ復ᄀ 有ㄸ厂ᄼ五道ㄸ一切衆生ᄁ 復ᄼᄀ 有ㄸ厂ᄼ他方ㄸ不ᄉ ᄁㄸㄸ可ㄸᄀ.量ᄼᄒ.衆

c. 信行乙 具足ᄼᄃᄼ 復ᄼᄀ 五道ㄸ 一切衆生ᄁ. 有ㄸ厂ᄼ 復ᄼ ᄀ 他方ㄸ 量ノᄒ. 可ㄸᄀ. 不矢ᄁㄸㄸ 衆 有ㄸ厂ᄼ

d. 信行을 具足ᄒ시며 ᄯᄒ 五道ㅅ 一切衆生이 잇겨며 ᄯᄒ 他方 ㅅ 量홈 짓ᄒ 안디이ᄂ 물 잇겨며

(24) 凡범字ᄌ義의와 篇편名명과 人인姓셩 名명을 已이 解ᄒ丨於어 前젼 者쟈ᄂ 後후 不블 復복 解ᄒ丨ᄒ니라(소학언해 범례 중에서)

(24)는 정음 구결문의 예이다. (24)에서 '과', '을', '이' '는', 'ᄒ니라'는 정음으로 표기되어 있으나, 차자구결의 경우는 이들을 한자에서 음독이

---

20 장윤희,「석독구결 및 그 자료의 개관」,「구결연구」12(구결학회, 2004), 52면에 따르면,『舊譯仁王經』은 한문 원문의 좌측에 구결이 기입되어 있는가 하면『逆讀點』이 찍혀 있어 구결문을 따라 읽으면 국어의 어순이 되고, 한문 원문의 한자를 음이 아닌 釋(訓)으로 읽어야 하는 경우도 있음을 밝히게 된 텍스트이다.『舊譯仁王經』에 대한 자세한 논의는 남성우·정재영,「舊譯仁王經 釋讀口訣의 表記法과 한글 轉寫」,「구결연구」3(구결학회, 1998); 박진호,「舊譯仁王經 口訣의 構文論的 양상」,「구결연구」5(구결학회, 1999) 등 참조.

나 훈독으로 사용된 구결에 해당한다. 이러한 구결은 불경, 유교 경전 이외에도 『동몽선습(童蒙先習)』이나 『동자습(童子習)』과 같은 아동학습서 에도 나타난다.

정음으로 적은 '정음 구결'에 대해 한자를 이용해서 적은 구결을 차자구 결(借字口訣)이라 하는데, 차자구결에 사용된 한자는 다음과 같이 이두(吏 讀)·향찰(鄕札) 등 다른 차자표기에 쓰인 한자와 같은 경우가 많다. 그래 서 만약 언해본 훈민정음의 구결 부분을 차자로 표기하면 (26)과 같다.

  (25) 果/과, 奴/로, 隱/은, 乙/을, 伊/이(조사)
      尼/니, 也/야, 去乙/거늘, 尼羅/니라, 時面/시면, 羅刀/라도(어미)

  (26) 國之語音伊 異乎中國爲也

이러한 구결 번역은 1759년 간행된 『동몽선습』과 1894년에 간행된 『동의수세보원(東醫壽世保元)』 등 18, 19세기에도 보인다. 뿐만 아니라 '언해'에 원문을 제시하는 방법으로 '구결'은 번역에 계속 포함되어 있다 고 할 수 있는데, 이러한 점을 미루어 구결 또한 이두와 같이 조선 후기 까지 조선시대의 번역 표기의 역할을 하고 있었다.

3.4. 비교

알려진 바와 같이, 한반도에 한자가 들어온 이후 한반도에는 한자를 이용한 다양한 형태의 차자 표기들이 있었다. 훈민정음 창제 전까지는 이러한 차자표기들을 이용해서 한자로 되어 있는 원문텍스트를 '번역'하 거나 '한자 + 차자표기'의 방식으로 기록해 왔다. 훈민정음 창제 이후에 도 이러한 번역형태가 사라진 것은 아니고, 그대로 유지되거나, 혹은 정 음이 부분적으로 이들을 대체하거나, 언해문이 추가되는 등 더 다양한 방식으로 번역되었다.

즉 이두로 번역하는 이두번역은 19세기까지 계속 유지되고 있었고, 구결도 차자가 정음으로 대체되는 변화가 있었지만 역시 19세기까지 계속 번역 표기로 사용되었다. 거기에 언해문이 한자음을 정음으로 표시하는 등 구결보다는 좀 더 한국어에 가깝게 번역되는 형태가 추가되었다고 볼 수 있다.

그래서 앞에서 살핀 바와 같이, 훈민정음이 창제된 조선시대에는 '정음'만이 번역을 담당한 것이 아니라, 다양한 번역 표기 즉 '정음(언문)', '이두', '구결' 등을 통해 원전을 풀이하거나 이해하는데 도움을 받고자 했다. 따라서 정음의 창제 이후 그 사용 범위가 제한적이기는 했다고 하더라도 구결이나 이두, 정음이 상호 보완적인 번역 표기로 19세기까지 사용되었음을 확인할 수 있었다.

지금까지 살핀 이두 번역과 정음 번역, 구결 번역을 비교하면 다음과 같다.

(27)

			번역 도구	어순	사용기간	번역의 범위
이두번역			이두	한국어 어순	신라~조선 후기	전반적
구결번역	석독구결		차자구결, 부호	한자어순 (해석은 한국어어순)	10세기~13세기	전반적
	음독구결	차자구결	차자구결	한자어순	?~조선 후기	부분적
		정음구결	정음(언문)	한자어순	15세기~조선 후기	부분적
정음번역			정음(언문)	한국어 어순	15세기~조선 후기	전반적

4. 맺음말

이 연구는 조선시대 번역과 번역 텍스트에 사용된 번역 표기에 대해 고찰하였다. 그에 따라 조선 시대의 번역으로 '언해'뿐만 아니라 '이두 번역'과 '구결 번역'이 포함되고, 번역 표기의 범위에 정음뿐만 아니라, 이두와 구결도 포함되어야 함을 살폈다.

이러한 연구는 훈민정음 창제 이후 정음을 통한 번역이 늘어났고, 이두나 구결을 통한 번역이 줄어든 것을 부인하려는 것이 아니라, 이두나 구결 또한 조선시대에 걸쳐 중요한 번역도구로 역할을 했음을 강조하고자 하는 것이다. 그리고 근대까지도 이러한 이두나 구결 방식의 번역이 이루어지고 있었음을 인식하고자 하는 것이다. 또한 정음 창제 이후 차자구결이 '정음'으로 대체되고, 그러한 정음 구결이 언해 안에서 혹은 독자적으로, 그리고 이두 또한 그 고유의 영역에서 번역을 시도하고 있었음을 확인하고자 하였다.

조선시대의 번역에서 '직역'과 '의역'의 문제와, 언어 간 번역의 문제에 대해서는 다음 연구로 미룬다.

제3부 고전번역학의 동아시아적 확산

일본의 훈독과 번역

─현지화된 문자로서*

サイト author

사이토 마레시(齋藤希史)

1. 시작하며

　일반적으로 훈독은 번역의 일종, 혹은 변종으로 여겨지는 경우가 많다. 그러나 그것은 유럽의 번역이론이 도입된 근대 이후의 개념이고, 전근대의 동아시아에서는 번역(음성언어의 통역)과 훈독(문자언어의 현지화)은 다른 행위로 파악되는 것이 통상적이었다. 이 글에서는 다시금 훈독이라는 행위가 문자언어와 음성언어를 잇는 행위라는 것에 주목해서 종래의 훈독=번역론을 넘어서 동아시아에 있어서의 문자와 음성의 문제로서 훈독을 재정립하고자 한다. 또 훈독을 베이스로 해서 음성언어로 번역을 시도해 가는 근대일본의 번역행위로부터 훈독과 번역이 어떻게 해서 접속되어 가는지, 그 의미는 어디에 있는지도 살피고자 한다. 또한 이글은 졸고 「독송의 말─아언(雅言)으로서의 훈독」[1]에 근거하여 정리와 보완을 한 것이다.

---

* 독해의 편의를 위해 편집자 임의로 원문에 인용된 한문 원문에 번역을 추가했으며, 각주를 추가하기도 하였다. 편자의 주는 괄호로 구분하였다.

1 齋藤希史, 「讀誦のことば─雅言としての訓讀」, 『續「訓讀」論 東アジア漢文世界の形成』(勉誠出版, 2010) 수록.

2. 훈독이란 무엇인가

훈독은 우선 무엇보다도 한자세계의 글과 말의 관계, 즉 쓰인 것과 말해지는 것의 관계로서 파악할 필요가 있다. 근대의 언문일치체는 음성언어(구두언어)와 문자언어(서기언어)와의 거리를 좁히고, 양자에 본질적인 차이를 찾아내지 않는 것을 전제로 성립되었다. 이러한 관점은 근대 유럽의 언어관과 관련이 있고, 당연한 얘기지만 근대 유럽에서 구축되어 온 번역론과도 관련이 있다. 즉, 현대의 번역론은 기본적으로는 언문일치체(근대문)를 전제로 한 이론이다.

그러나 전근대에서는, 특히 한자권에서는 한자로 쓰인 글(문자언어)과 각각의 지역에서 말해지는 말(음성언어)은 일정한 거리를 유지하는 것이 통상적이었다. 보다 정확히 말하면 문자언어는 계층화되어 있고, 그 중에서도 정격(正格)으로 여겨지는 글(고전문)은 음성언어와는 반드시 거리를 유지하고 있었다. 음성언어에 가까운 글, 즉 중국의 백화(白話), 일본의 카나분(仮名文), 한글 문장은, 그 가까움 때문에 정격으로는 간주되지 않았다.

훈독은 그러한 세계이기 때문에 생겨난 행위이다. 그것은 거기에 있는 문자열(écriture)에 개변을 가하지 않고, 읽는 이의 언어와 어떻게 관련지어서 읽을 것인가 하는 행위이고, 문자언어와 음성언어의 거리가 전제되어 있다. 그런 의미에서 훈독은 번역과는 이질적이다. 번역은 언어와 언어 간의 변환이고, 그것이 쓰인 것인지 아닌지는 문제시되지 않는다. 문자라는 요소는 없어도 성립하는 것이다.

그러나 일반적으로는 훈독은 번역의 일종 내지 전단계인 것처럼 다뤄지는 경우가 적지 않다. 분명 그러한 견해에는 일정한 효용이 있다. 왜냐하면 전통적인 훈독은 한문을 낭독하는 기법으로서만 다뤄지는 경우가 많고, 그것이 원문의 의미를 과부족 없이 전하고 있다고 오해받고, 훈독에 의해 의미의 대응만이 아니라 변환이 행해질 가능성이 있는 것에 무자각적인 경우가 적지 않기 때문이다.

그러나 거기에 있는 것은 단순한 의미의 대응과 변환일까? 훈독을 번역으로 파악하면 그것은 의미의 변환이 되겠지만, 훈독은 오히려 문자열을 계기로 한 의미의 창출이라는 행위일 것으로 생각된다. 훈독=번역이라고 해버리면 그 과정이 보이지 않게 되는 게 아닐까. 이것을 밝히기 위해서 우선 훈독을 번역으로 간주하는 논의에 대해서 검토를 보태기로 하겠다.[2]

3. 오규 소라이(荻生徂徠)의 훈독관

전형적인 예로서 오규 소라이의 훈독론에 대해 생각해 보자. 그것은 문자와 언어의 거리를 언어와 언어의 거리로 치환하여, 훈독을 번역의 문제로 접속시킴으로써 야기되었다. 『역문전제(譯文筌蹄)』[3] 제언(題言) 10칙(則)에서 다음과 같이 말한다.

> 此方學者。以方言讀書。號曰和訓。取諸訓詁之義。其實譯也。而人不知其爲譯矣。古人曰。讀書千遍。其義自見。予幼時。切怪古人方其義未見時。如何能讀。殊不知中華讀書。從頭直下。一如此方人念佛經陀羅尼。故雖未解其義。亦能讀之耳。若此方讀法。順逆迴環。必移中華文字

---

2 훈독을 포함한 번역론을 구상할 가능성도 있는데 그 경우는 근대에 있어서 번역을 비특권화하기 위해 커다란 틀의 변경이 필요해지고 번역이라는 개념 자체가 전환되게 될 것이다.

3 『역문전제(譯文筌蹄, やくぶんせんてい)』: 전편 6권은 1715년 출간, 후편 3권은 1796년 출간, 일본어 문장을 한문으로 바꾸어 쓰기 위한 해설서이다.(편자)

以就方言者。一讀便解。不解不可讀。信乎和訓之名爲當。而學者宜或易
於爲力也。但此方自有此方言語。中華自有中華言語。體質本殊。由何脗
合。是以和訓迴環之讀。雖若可通。實爲牽强。(第二則)[4]

소라이는 "책(書)을 1,000번 읽으면 그 의미는 저절로 알게 된다고"(讀
書千遍。其義自見)하는 것이 무슨 의미인지, 어릴 때에는 몰랐다고 한다.[5]
의미를 모르는데 읽을 수 있을 리가 없고, 읽을 수 있으면 알고 있는 거
라고 생각했기 때문이다. 그러나 나중에서야 중국에서는 문자열을 적혀
있는 순서대로 발음하기 때문에 발음만 알고 있으면 의미를 몰라도 읽을
수 있다는 것, 거기에 대해서 일본에서는 중국의 문자를 이쪽의 언어의
어순으로 고쳐서 읽기 위해 의미를 해석하지 못하면 읽을 수 없다는 것
을 알아차린다. "이쪽(此方)"에서 "중국"의 문자를 읽기 위해서 취해지는
"일본어 훈(이하 和訓)"이라는 방법은 문자열을 "방언", 즉 현지어=일본어
의 순서로 재편집하는 것을 요구하고, 그렇게 하기 위해서는 문자열의
해석이 전제가 된다. 그 때문에 "읽으면 이해할 수 있다"(一讀便解)하고,
"이해하지 않으면 읽을 수 없다."(不解不可讀)

"訓"이라는 것은 원래 "문자의 해석에 관한 것"(取諸訓詁之義), 그 때문
에 "일본어로 한문서적을 읽는 것을 '和訓'으로 칭하는 것은 당연하고"(信
乎和訓之名爲當), "배우는 자에게도 적절 혹은 용이한 방법이라"(學者宜或
易於爲力也)고도 소라이는 말한다. 그러나 거기에 그쳐서는 충분하지 않
다고 소라이는 생각한다. 읽어야할 한문 서적의 문자열은 어디까지나

---

4 『漢語文典叢書』第三卷(汲古書院, 1979) 수록의 影印正德五年刊本에 의한다. 일본
의 한문훈독에 필요한 기호(훈독순서 및 토)는 생략함. 이하 동일.

5 朱熹 「訓學齋規」, 讀書寫文字 第 四에 "古人云、讀書千遍、其義自見"라고 있다. 『三
國志』魏書 卷一三 裴松之注引 「魏略」에 董遇의 말로 "讀書百遍而義自見"라고 있는
것에 근거한다.

"중화언어"이고, 그것을 "이쪽 언어"의 통사법(문법)을 따라서 읽는 "일본어 훈으로 뒤바꿔 읽음"(和訓迴環之讀)이라는 수단으로 해석하는 것으로는 "통하는 것 같으면서 실은 견강부회이다."(雖若可通。實爲牽强) "訓"이라는 것은 "실제는 중국의 언어로부터 일본의 언어로 譯(언어변환)에 관한 것이기 때문에"(其實譯也), "訓"이 아니라 "譯"에 철저해야 한다는 것이 소라이의 주장이다.

소라이는 "訓"을 불완전한 "譯"으로 자리 매김함으로써, 사람들을 보다 완전한 "譯"에 진행하도록 촉구했다. 제4칙에서는 "和訓과 譯에 차이는 없다"(日和訓日譯。無甚差別)고도 말한다. 차이가 있다고 하면, "和訓이 고대의 귀인의 입으로부터 나와 조정에서 독송된 것이고, 비속을 배제한 아언이라고 하는 점에만 있다."(但和訓出於古昔搢紳之口。侍讀諷誦金馬玉堂之署。故務揀雅言。簡去鄙俚)

다만 쓰기라고는 하지만, "옛날 신사들의 입에서 나온"(出於古昔搢紳之口)나 "시독의 풍송"(侍讀諷誦)같이 문자열을 일정한 음성에 결부시키는 것이 "和訓"을 낳았다고 하는 인식은 소라이에게도 있다. 일본 고유어로 한문을 읽는 "和訓"이라는 행위에 있어서는 "解"와 "讀"이 불가분하게 되어 있는 연원은 여기에 있다. "讀"은 발음이고, "解"는 의미이다. "訓"에서는 발음이 중요한 의미를 갖는다. 현대의 번역이론은 음성에 대해서는 거의 고려하지 않지만 그것은 묵독을 전제로 한 근대언어관이 야기한 것이기도 하다.

하지만 소라이는 "和訓"에서 "侍讀諷誦"을 뽑아낸 "譯"을 지향한다. 그의 역점은 "解"에 있고, "讀"에는 없는 것이다. 보다 좋은 "解"를 추구해서 "讀"을 동반하는 "訓"에 의지하지 않고, "중화언어"와 "이쪽 언어"의 차이를 명확하게 의식한 "譯"에 의한 "解"를 추구하는 방향으로 나아간다. 그렇게 되면 문자열을 음성화하는 "讀"이라는 행위 없이 책은 어떻게 다루어질까. 그 답은 "간서(看書)"였다.

> 中華人多言。讀書讀書。予便謂讀書不如看書。此緣中華此方語音不
> 同。故此方耳口二者。皆不得力。唯一雙眼。合三千世界人。總莫有殊。
> 一涉讀誦。便有和訓。迴環顛倒。若或從頭直下。如浮屠念經。亦非此方
> 生來語音。必煩思惟。思惟纔生。緣何自然感發於中心乎。(第六則)

"책은 읽는 것이 아니라 보는 것이라"(讀書不如看書)고 한다. "중화"와
"이쪽"에서는 "언어음"이 다른 이상 "이쪽"의 귀와 입은 도움이 되지 않는
다. 그러나 눈은 다르다. 그것이라면 중화와 일본이 아니, 세계가 다르지
않다. 문자는 문자로서 같은 모양으로 보이는 법이다. 그러나 "독송"해
버리면 일본어훈(和訓)과 일본어식 읽기순서(返讀)에 의해 직접성이 손상
되고, 불경같이 음독해도 평생 습득한 음성이 아니기 때문에 어떻게 해도
머리로 생각하게 된다. 그렇게 되면 역시 직접성이 손상되어 버리고, 마
음에 움직이는 것을 얻을 수 없다. 소라이는 그렇게 말하고 있는 것이다.
　현지어에 의한 "讀"을 배제하고, 문자 자체를 직접 "解"하는 것이야말
로 소라이의 "譯"이 지향하는 것이었다. 그 전제로서 "서책은 모두 문자
이고, 문자는 모두 중화의 언어"(蓋書皆文字。文字卽華人語言。第三則)라는
인식이 있었다. 문자가 언어 그 자체라면, 문자 즉 중화의 언어와 일본의
언어는 등가가 되고, 번역가능하게 된다. 음성을 개재하지 않고 의미를
추려내는 것이 가능하다고 하는 인식도 또 근대의 번역론과 근저에서는
통한다.
　소라이는 『논어(論語)』와 『맹자(孟子)』의 글은 공자와 맹자의 말 그 자
체라고 생각했다. 물론 이는 소라이만의 인식이 아니다. 소라이와는 달
리 "독서" 즉 독송의 중요성을 설파한 송학(宋學) 또한 그러했다. 예를 들
어 『주자어류(朱子語類)』에는 "'듣는 대로 모두 이해하여 자신의 말을 낭

송하고 있는 것 같다'고 하는데 노력을 극진히 하면 성현의 말씀을 낭송
해도 마치 자신의 말처럼 된다는 것"(「耳順心得 如誦己言」功夫到後 誦聖賢
言語 都一似自己言語)[6]이라 한다. 소라이가 말하는 "중화인들은 독서하라,
독서하라고 자주 말한다"(中華人多言。讀書讀書)에 통하는데 그 근저에 있
는 생각은 경서의 글이 그 자체로 "성현의 언어"(聖賢言語)라고 하는 것이
고, 문자와 언어의 거리는 고려되지 않은 것이다.

소라이는 이러한 "독서"론을 바탕으로 문자=언어라면 음성화할 필요
가 없다고 논의를 진행하고, 문자로부터 직접 의미를 추려내는 것이 가
능할 것이라고 생각한 것이다. 그러나 주희(朱熹)든 소라이든 그 전제가
되어 있는 문자=언어라는 견해(그것은 근대의 언어관에도 통한다)는 믿을만
한 것일까? 문자와 언어의 관계에 대해서 그 발생을 거슬러 올라가 생각
해 보자.

4. 문자의 언어화

언어는 물론 문자보다 앞서 존재한다. 언어가 없는 사회는 존재하지
않지만, 문자가 없는 사회는 있다. 그 때문에 문자는 언어를 표현하기
위해 생겨났다고 여겨지는 경우가 종종 있다. 분명 문자가 기호일반과
구별되는 것은 그것이 언어와 긴밀한 관계를 맺고 있느냐 아니냐에 있
다. 문자는 일정한 질서로 배치된 문자열이 되어 비로소 기호가 아니라
문자로서 인식되고, 그 배치 질서는 언어와 어떠한 관계를 맺고 있는 것
이 통례이다.

그러나 문자열의 질서가 음성언어의 문법을 따르는 것은 그것이 가장

---

6 『朱子語類』卷 10, 「讀書法」上, 第 95則.

효율적이기 때문이라고 하는 것이 근원적인 이유가 아닐까. 복잡하게 조합된 의미를 나타내는 문자열을 이해하기 위해서는 문자열의 배치규칙을 이해해야 하지만, 그를 위해서는 이미 습득한 언어의 문법에 준거하는 것이 좋다. 거꾸로 그것이 일치하지 않으면 "바꾸고 뒤집는"(迴環顚倒)의 "和訓"이 필요하게 된다.

또 문자열의 질서가 언어의 문법을 모방하는 것은 그것이 말해지는 언어 그 자체라는 것을, 당연한 일이지만 의미하지 않는다. 또 말해지는 언어를 표기하기 위해서 문자가 생겨났다고 하는 것을 의미하지 않는다. 예를 들어 점복의 기록을 위해 갑골에 새겨진 문자에 대해서 생각해 보자. 은(殷)나라에서 사용되었던 갑골문자는 점복에 사용한 갑골에 새겨진 문자이고, 한자의 조상이라 여겨진다. 그러나 그 문자들은 의미는 해명할 수 있어도 발음을 아는 것은 어렵다. 동주(東周) 이후의 한자는 형성자가 한꺼번에 늘어났기 때문에 대략적인 발음을 유추하는 것은 가능하지만, 갑골문에는 형성자가 적고 음성을 재현할 수단이 없다. 본디 갑골문자는 일상적인 용도보다도 오로지 신성한 행위나 비밀의식의 성격을 띠는 정치행위를 위해 사용되었다고 추정할 수 있고, 일상의 음성언어를 표현하기 위해 생겨났다고는 생각하기 어렵다. 이 점은 많은 고대문자와 공통될 것이다.

은(殷)의 문자를 답습한 주(周)는 제사와 군사(軍事)에 의해 왕의 권위를 쌓고, 지배영역을 확대한다. 큰 역할을 한 것이 청동기였다. 권위를 드러내는 재물의 전형으로 예기(禮器)가 제작되고, 그 안쪽에 주군으로부터의 포상과 관직의 임명 등 작성의 유래를 기록하는 명문(銘文)이 새겨졌다. 명문을 새기는 데에는 고도의 기술이 필요하고,[7] 청동기 제작의 기술과 함께 주나라의 권위를 지탱했다. 동시에 그 기술은 봉건제후에게도 전해

---

7 大西克也·宮本徹編 『アジアと漢字文化』(放送大學教育振興會, 2009), 58~59면.

져, 대륙각지에서 문자가 사용되는 계기가 되었다. 그러한 명문, 즉 금석문의 글자체는 갑골문에 비해서 상징성의 후퇴, 글자체의 안정과 이체자의 감소, 필획의 단순화와 합류, 형성문자의 증가가 보인다고 하겠다.[8] 이러한 특징들은 서기기호로서의 효율성이 우선되었던 점, 즉 문자의 범용서와 통용성이 높아지고, 언어와의 대응이 용이해진 점을 시사한다.

문자의 언어화가 진행됨에 따라 문자는 신성에서 세속으로 그 장을 이행해 간다. 전국(戰國)시대에 통치와 유통 시스템 속에서 사용되게 된 문자는 이미 청동기에 새겨질 뿐만 아니라 죽간, 인장, 화폐 등에도 기록되게 되었다. 그리고 그러한 문자들은 청동기에 새겨진 문자와 달리, 어디까지나 실용을 취지로 하였기 때문에 간략함을 마다하지 않았다. 특히 법에 근거하는 문서행정이 발전되었던 진(秦)나라에서는 베껴 쓰기 위한 실용서체가 발달해서 예서(隷書; 秦隷)가 되었고, 한편 금석문의 흐름을 이어받은 의례적인 서체로서 전서(篆書; 秦篆)가 유지되었다.[9] 이 두 서체는 진나라가 제국을 통일함으로써 중국대륙의 규범적인 서체로서의 지위를 확립했다.

문자의 언어화는 또 문자의 다양화를 낳았다. 중국 대륙 각지에 문자가 전파되고, 다양한 용도로 사용됨으로써 지역에 의한 분화가 진행되고, 각지에서 독자적인 글자체가 생겨나고 어떤 말을 어떤 문자로 표현할 것인가에 대해 차이가 발생했다. 그것은 단순한 글자체의 차이에 그치지 않는다. 예를 들면 초(楚)와 진(秦)에서는 "女"라는 글자는 자형 상에 현저한 다름이 있었지만, 그것만으로는 글자체의 차이에 지나지 않는다고도 말할 수 있다. 그러나 동시에 진나라에서는 "如"로 써서 나타내는 말(~대로이다)을 초나라에서는 "女"와 "奴"로 나타낸다는 차이가 있었다

---

8 같은 책, 60~63면.
9 같은 책, 119면.

는 것이 밝혀져 있다.[10] 즉 문자의 다양화라는 것은 자형의 변형만이 아
니라 언어와의 대응관계에서도 복수의 시스템이 구축되었다고 하는 것
이었다.

따라서 진제국에 의한 문자통일이라는 것은 문자의 통일에 그치는 것
이 아니라 다양한 지역언어와의 대응에 의해 다양화되고 있었던 문자언
어를 통일하는 일이었다. 그 이유의 첫째는 광대한 영역에서 문서행정을
완수시키기 위함이었던 것은 의심할 바가 없지만, 반대로 말하면 문자만
통일하면 문서행정은 완수되는 것이기 때문에 언어가 어떤가하는 것은
관심 밖의 일이라는 것도 된다. 언어는 다양한 채로 있더라도 서기시스
템이 통일되어 있으면 그걸로 족하다. 한자권에서 문자언어와 음성언어
의 이중성은 이렇게 확립되었다.

근대와 같이 문자와 언어의 관계를 밀접한 것으로 추구하면 문자의 통
일과 동시에 언어의 통일도 지향하게 된다. 그러나 고대에서는 문자시스
템이 언어시스템과 일정한 대응관계에 있다고 하더라도 문자는 문자, 언
어는 언어였다. 문자의 언어화가 지역화를 낳고, 그것이 반전되어 문자
의 통일이 야기되면 이번에는 문자가 중심이 되어 각각의 지역언어는 각
각의 방식으로 문자와의 대응규칙을 구성해가는 것이다.

5. 의례(儀禮)의 언어

춘추전국시대를 통해서 차례로 형성되어 간 한자권에서 많은 말이 문
자화되고 서적화되었다. 문서행정의 통치에 의해 형성된 한자권은 동시

---

10 같은 책, 129면. 초나라에도 "如"라는 글자는 존재했지만 "~대로이다."의 의미로 사용
하는 일은 거의 없었다고 생각된다.

에 한자 전적의 유통권이었다. 이 권역에서 중요한 역할을 한 것이 선비(士)라고 불린 계급이다. 하층귀족으로서의 그들은 문자를 읽고 쓰는 일을 맡는 계급으로서 새로운 지위를 획득하고, 한자권의 존립을 지탱했다. 문자의 언어화 혹은 언어의 문자화라고 하는 것에 대해서도 그들이 한 역할은 크다. 통치를 맡은 신하로서 왕을 모시기 위해서는 문서를 읽고 쓸 줄 알 뿐만 아니라 언변의 기술도 요구되었다. 제자백가의 서책은 문답에 의해 설득을 시도하는 형식이 많이 취해져, 구두에 의한 언변에 상응하는 문체가 확립되어 있다. 어조와 억양을 표현하기 위한 어조사가 많이 사용된 문체는 이후의 고전문에도 계승되었다.

그렇다고는 해도 이러한 것들이 그들의 일상언어를 그대로 옮긴 것이라고 생각할 수는 없다. 대구를 많이 이용하거나 리듬에 대한 배려를 하거나 그 문체는 상당히 정비되어 있다. 『논어』 첫머리의 "子曰, 學而時習之, 不亦說乎. 有朋自遠方來, 不亦樂乎. 人不知而不慍, 不亦君子乎."는 음성으로 읽음에 틀림없는 문체이지만, 일상어 그대로는 아니다. "而"와 "不亦…乎" 등에 의해 야기되는 억양은 일정한 형식을 갖는 소위 말투로서의 음성언어인 것이다.

실은 구두로 사용하는 말은 직접화법으로 기록하는 형식을 취하는 문체는 모두 제자백가에서 비롯된 것은 아니다. 왕의 언행록인 『상서(尙書)』는 물론이고 청동기에 새겨진 명문에도 처음에는 그 제작의 유래를 기록하는 것이었지만, 차츰 왕과 신하의 말을 「曰」로 인용하는 형식이 늘어갔던 것이 지적되고 있다.[11] 이런 명문들은 관직을 받는 책명의 의례 등을 재현하여 기록하는 것이고, 그런 의식들에서 구두로 발화된 말은 일상언어와는 다른 효력을 갖는 것이었다.[12] 직접화법으로서의 "曰"은

---

11 松井嘉德, 「鳴り響く文字—青銅器の銘文と聲」, 『漢字の中國文化』(昭和堂, 2009)

12 小南一郎, 『古代中國 天命と青銅器』(京都大學學術出版會, 2006), 147면에는 이렇게

이러한 의례적인 음성언어를 기록하는 것에서 시작한 것이고 "조상제사에 바쳐지는 청동기에 새겨진 왕의 말씀도 또한 단순히 사실을 써 놓은 기록으로 묵독되었던 것이 아니라 그릇을 만든 자의 정치적 지위의 유효성이 확인된 의례의 장을 재현하는 것으로서 여러 차례 소리를 내어 읽혔다"[13]고 추측된다. 여기에는 "讀"이라는 행위의 기원과 핵심이 나타나 있을 것이다. 구두로 말해진 특별한 말이 문자의 형태로 전해지고, 그것이 다시 구두로 읽힘으로써 그 효력을 발휘하는 것이다.

한편 제자백가들의 언변도 또한 하나의 기술로서 일상의 회화와는 다른 발성과 억양을 수반하는 것이었다는 것은 상상하기 어렵지 않다. 『논어』 서두의 문장에도 "不亦…乎"를 세 차례 연거푸 말하는 형식은 일상의 음성언어라기보다도 연기적 성격을 띤 말이다. 이렇게 생각하면 문자의 언어화는 일상언어에 의해서만 이루어졌던 것이 아니라 오히려 또 다른 층, 즉 의식적 내지는 연기적 성질을 갖는 음성언어와의 대응에 의해 이루어졌다고 볼 수 있다. 앞서 말한 전국시대에 보이는 지역성의 다양화도 또한 제국의 궁정을 중심으로 사용된 의례언어에 의해 초래된 것이라고도 생각할 수 있다.

덧붙이자면 고전한문의 산문에서 4자구가 기본리듬이 되어 가는 점, 대우표현이 발달한 점 등도 이러한 의례적인 장에서 음성언어의 매개가 크게 기여했을 것이다. 음성으로 읽어져야 할 글로써의 문자언어가 성립한 것이다.[14]

쓰여 있다. "책명(冊命)을 둘러싼 여러 행사에서는 의식의 장에서 발화되는 말이 큰 힘을 지니고 있었다. '명'의 내용도 주왕의 말씀으로서 말해지기 시작해서 효력을 갖고, 축사도 또 참석자들이 커다란 목소리로 합창했을 것이다. 의례의 중심이 쓰인 서책의 수수라고 해도 후세의 소위 침묵의 문서전달행정과는 그 장의 성격이 크게 달랐던 것이다."

13 松井嘉德(앞의 논문), 173면.

6. 문자의 전래

『고사기』에 따르면 일본에 가져온 서책의 처음은『논어』와『천자문』, 오우진(応神)천황[15] 시대였다고 하는 데 사실 그대로 믿기는 어렵다. 분명 이것은 나라시대에『논어』와『천자문』이 글자 공부를 위한 입문서로서 널리 사용되었던 것[16]과 연관이 있을 것이다.

『천자문』은 4자구의 운문인 점에서도 알 수 있듯이, 낭송을 전제로 한 책이다.『논어』는 공자와 제자들의 말을 충분히 포함하는 점에서 이것도 또한 낭송에 어울린다. 무릇 식자와 낭송은 본래 표리일체였다. 한나라 때에 만들어진 식자서(識字書; 글을 깨치는 책)인『급취편(急就篇)』은 인명과 물명을 열거한 것인데 7자구를 주로 해서 3자구와 4자구를 섞어 역시 운을 살려 낭송하기 쉽게 되어 있다. 오래 전에 유실되어 이름만 전해지는 책이었던『창힐편(蒼頡篇)』도 출토자료에 의해 4자구의 운문인 것이 밝혀졌다.[17] 출토된 남은 문서에 의해 복원된『창힐편』의 서두 부분에는 "풍송에 노력하여, 주야로 쉬지 말라"(勉力諷誦, 晝夜勿置)[18]라는 구가 보이는데, 문자가 우선 풍송하는 것이었던 사실도 여기에서 확인된다.

일본열도에서는 중국대륙과는 문법도, 발음도 다른 언어가 행해지고 있었기 때문에『천자문』과『논어』등의 서책의 전래는 즉 새로운 말의 전래였다. 하지만 그것은 현대에서 말하는 외국어와 같은 것은 아니다.

---

14 金水敏·乾善彦·澁谷勝巳編,『日本語史のインターフェース』(岩波書店, 2008), 7면의 제1장「日本語史のインターフェースとは何か」에서 "음성언어와 문자언어를 잇는 형태로서, 문자언어의 낭송이라는 현상"에 주의한다.

15 오우진(応神)천황: 201~310, 일본의 15대 천황으로 재위 기간은 270~310년이다.(편자)

16 東野治之,「『論語』『千字文』と藤原宮木簡」,『正倉院文書と木簡の研究』(塙書房, 1977) 참조.

17 福田哲之,『說文以前小學書の研究』(創文社, 2004) 참조.

18 같은 책, 113~114면, 참조.

중국대륙과 한반도의 지역언어를 말하는 사람들과 접촉하고 섞여서 거주했던 것은 물론 서책 전래 이전부터 있었던 일임에 틀림없다. 그러나 문자언어와 그에 수반되는 의식(儀式)적인 음성은 일상언어와는 위상을 달리하는 것이다. 서책의 전래는 문자의 전래인 동시에 그것을 소리 내어 읽는 음성의 전래이기도 했다. 『일본서기(日本書紀)』에서 아직기(阿直岐)가 "경전을 읽을 수 있는 자"(亦能讀經典者)로 기록되어 있는 것은, 바로 그것을 의미하고 있고 "여러 전적을 왕인에게 배우다"(習諸典籍於王仁)라고 있는 것도 왕인(王仁)의 뒤를 따라 문자열을 배워 읽은 것으로, 그저 강석(講釋)을 들었던 것뿐만은 아니다.

한편 문자열의 의미를 해석하고 이해하는 것도 불가결하다. 그 때문에 훈고(訓詁), 즉 주석을 수반하는 서책도 다량으로 전래되었다. 『천자문』에는 양나라의 소자운(蕭子雲)[19]의 주가 있고, 『논어』에는 정현(鄭玄)의 주와 하안(何晏)의 집해(集解; 論語集解)가 있다. 이미 인용한 것처럼 소라이가 "이쪽의 학자들은 방언으로 독서함을 화훈이라 이르고 여러 훈고의 뜻을 모았다"(此方學者。以方言讀書。號曰和訓。取諸訓詁之義)라고 한 것 같이 훈독의 "訓"은 "訓故나 訓詁"의 "訓"이고, 그대로는 이해하기 힘든 자구에 대해서 보다 알기 쉬운 말로 설명하는 것이다. 오경(五經)은 원래는 식자서(識字書)였지만, 일상어가 아니기 때문에 해설은 필요하다. 한자권의 확대에 의해 문법과 발음이 다른 지역, 또 문자가 없는 지역에 서적이 전해졌을 때 그 땅의 말에 적합한 형태로 해석이 가해지는 사태도 당연하게 발생한다.

본디 "訓"은 문자언어로서 기록된 글 중에 하나하나의 문자 내지 말에 대해서 행해지는 것이 기본이다. 음성언어에 대해서 이루어지는 것이 아니며, 또 글 전체를 다른 글로 치환하는 것도 아니다. 그에 반해 "譯"은

---

19 소자운(蕭子雲): 387~549, 중국 오대시대 양나라 사람으로 초서와 예서에 능했다.(편자)

"오방의 백성은 말은 통하지 않고 기대하는 것도 같지 않다. 뜻과 바람을 통하게 하는 것은 동방은 '기(寄)', 남방은 '상(象)', 서방은 '적제(狄鞮)', 북방은 '역(譯)'이라 한다"(五方之民 言語不通 嗜欲不同。達其志 通其欲 東方曰寄 南方曰象 西方曰狄鞮 北方曰譯)(『禮記』「王制」)고 하듯이 원래는 언어 간의 통역이고 문자의 유무는 문제가 되지 않았다.

또 불전(佛典)의 번역이 시작되고 나서 그것을 "譯"이라 칭하는 것이 통례가 된 것에 대해서도 외국 승려의 구술로 이루어진 번역을 중국승려가 필기해서 정리한다는 형식과 관계가 있다. 그것은 대체로 서역어에 의한 독송, 구술의 번역, 기록수정이라고 하는 일련의 행위로 성립되었고, 분명히 문자로의 주석인 "訓"이 아니라 음성언어의 번역인 "譯"이라 할 수 있다. 원래의 문자열은 보존되지 않고, 완전히 다른 언어체계로 바꿔 옮겨져 다시 문자열이 된다. 그야말로 "譯"인 것이다.

따라서 일본열도에서 행해진 한자문의 해석은 처음에는 어디까지나 "訓"이었고 "譯"이 아니었다. 그것이 "譯"이라고 생각하게 된 것은 자구마다의 대응이 아니라, 글 전체로서 한자문의 문자열에 대응하는 말이 나타나고 나서였다. 소라이가 "일본어 훈(和訓)"을 "그 실제는 역이다"(其實譯也)로 단언한 것은 한자문을 훈독한 말이 그대로 "이쪽의 말(방언)"로 생각할 수 있었기 때문이다. 왜 그러한 일이 가능해졌던 것일까?

7. 가구(假構)로서의 훈독

한자에 현지어를 대응시켜 해석한다는 방법은 한자권에 널리 보이는 현상이라 할 수 있다.[20] 그것이 "訓"이라는 방법의 확대로서 생각되었던

20　金文京,「漢字文化圈の訓讀現象」,『和漢和漢比較文學研究の諸問題』(汲古書院,

것도 마찬가지다. 현지어에 의한 훈과 문자의 대응관계가 정착하고 다시 문법을 대응시키기 위한 순서를 맞추어 읽는 규칙이 확립되면 문장 단위에서의 "訓"이 가능해진다. 일반적으로 훈독이라고 하는 것은 이러한 방법을 가리킬 것이다.

그렇게 해서 훈독이 거듭되면, 훈독은 해석인 동시에 음성으로서도 일정한 권위를 갖게 된다. 그것은 마침 중국대륙에서 문자언어와 의례언어가 결합한 것을 모방하는 것처럼 훈독의 말이 일종의 의례언어가 된다. 그 극점이라고도 말할 수 있는 예가 『일본서기』의 훈독이다.

『일본서기』는 『고사기(古事記)』와는 달라서 일본고유어로 읽히기를 기대한 것이 아니라, 오히려 중국을 대상으로 쓰인 책이다.[21] 그런데 9세기 초부터 10세기까지 조정에서 행해진 "일본기강서(日本紀講書)", 즉 『일본서기』의 강독은 『일본서기 권일』을 일본글의 순서 1권에 해당하는 권(『釋日本紀』[22] 「秘訓」 一에 인용한 「私記」)으로 읽는 것처럼 『일본서기』의 한자와 한문을 철저하게 고유어로 읽은 것이었다.[23] 즉 『일본서기』의 글의 배후에는 고대의 음성이 있고, 그것을 복원하는 일이 "강서(講書)"의 임무였던 것이다. 그리고 이 강서는 조정에서 행해지는 의식으로서의 의미도 있다. 10세기 조정 의식의 양상을 전하는 미나모토노 다카아키라(源高明, 914~983)의 『서궁기(西宮記)』[24]에는 강서의 모습이 다음과 같이 기록되어 있다.

1988) 참조.

21 전 30권 중 11권은 중국대륙의 언어를 모어로 하는 일본에 도래한 필자가 썼다고 추정된다. 森博達, 『日本書紀の謎を解く―述作者は誰か』(中公新書, 1999), 참조.

22 『釋日本紀』: しゃくにほんぎ, 『일본서기』의 주석서. 전 28권으로 가마쿠라 말기에 卜部懷賢가 그때까지의 『일본서기』 연구를 집대성한 것이다.(편자)

23 神野志隆光, 『変奏される日本書紀』(東京大學出版會, 2009), 185.

24 『서궁기(西宮記, さいきゅうき)』: 헤이안시대의 황실 의식, 예법을 한문으로 해설한 책이다. (편자)

次博士尙復大臣已下皆披書卷、次尙復唱文一聲音、其体高長之、次博士講讀了、尙復讀訖、尙復博士退出。(故實叢書本、卷一五「講日本紀事」)

대신(大臣), 박사(博士), 쇼우후쿠(尙復; 보좌) 등이 자리에 앉아 모두 책을 펴 쇼우후쿠가 높은 음성으로 낭송한다. 즉 의식적인 낭송이 강서의 순서로서 빼놓을 수 없었던 것을 알 수 있다. 변려문으로 쓰인 고전문으로서의 『일본서기』가 그것과 길항할 만한 권위를 갖는 복원된 고대의 일본고유어에 의해 소리 내어 읽히는 것이다. 그것은 하나하나의 "訓(해석)"보다 상위에 위치하는 언어로서 성립되어 있다. 그렇게 되면 중국 전래의 한문서적을 훈독했을 때에도 같은 방법을 작용시키는 것은 가능해진다. 그것은 훈독이라는 행위를 계보 매기는 하나의 흐름을 형성하고 근세의 소독(素讀; 음독)과 시음(詩吟)에까지 미치게 되었다.

문자언어의 현지화는 그것을 현지어로 해석하고 현지어로 읽는다고 하는 과정을 거쳐 현지어 중에 새로운 말을 만들어 낸다고 하는 단계에 이른다. 그리고 그것은 원래의 문자언어가 갖고 있었던 성질을 모방한다. 거기에서 비로소 양자 사이의 등가성이 성립한다. 일단 등가성이 성립하면 결과적으로는 번역과 마찬가지로 보인다고 하는 구조가 여기에는 있다.

8. 훈독에서 번역으로

본디 훈독은 번역과는 다른 것이었다. 그것이 번역과 동등하게 취급되게 된 것은 지금까지 말해 온 것처럼 일본어에서 훈독이 권위 있는 하나의 문체로 성립되고, 한문과의 사이에서 등가성이 성립된 점(다른 지역에 비해서 일본에서 훈독이 널리 보급된 이유의 하나이기도 하다), 게다가 근세 이후의 백화문체의 성립에 의해 문자=언어라고 하는 견해가 침투되어 온 점이 크다. 선가(禪家)와 유가(儒家)의 어록의 유통은 임제종 승려를 통해서 일본에도 미쳤고, 중국어(唐話) 학습과도 밀접한 관계를 가지면서 하나의 흐름을 형성했다.

소라이는 그 흐름을 이어받은 것이다. 그러나 한문이 한문으로서의 권위를 갖고 있는 한 훈독의 권위자체는 크게 흔들릴 일이 없었다. 결정적인 전기가 찾아온 것은 역시 근대가 되고 나서이다. 근대 이전은 서양의 서책도 대부분은 한문을 경유해서 훈독에 의해 수용되었던 것에 대해, 근대 이후에는 대량이 유럽의 글에서 직접 번역되게 되었다. 그에 의해 훈독이라고 하는 행위의 영역은 확실히 축소되었다.

흥미롭게도 그 과정에서 번역된 문체는 훈독체를 모방하는 것이 많았다. 그 이유는 몇 가지를 생각해 볼 수 있는데, 그 중의 하나로 훈독체가 권위 있는 문체였던 점을 들 수 있는 것은 본고의 논의에서도 명확한 것이다. 서양 문헌의 권위를 지탱하는 것으로서 훈독체가 채용된 것이다. 확실히 기법으로서의 훈독이 근대일본의 번역의 토대가 된 것은 사실이지만, 그렇다고 해서 훈독과 번역을 동일시할 수는 없다. 오히려 주목해야 할 것은 훈독을 토대로 해서 행해진 번역이 훈독으로부터 어떻게 이탈해 있는가 하는 것이다. 거기에 훈독과 번역의 경계선을 찾아낼 수 있다.

예로 기독교의 우의소설인 John Bunyan의 *The Pilgrim's Progress* 의 번역을 들겠다. 1853년에 William C. Burns가 한문으로 번역한『천로역정』이라는 제목의 이 책은 성서와 나란히 기독교 포교에 큰 역할을 했다. 일본에서는 1876(메이지 9년)부터 다음해까지 기독교잡지『칠일잡보(七一雜報)』에 번역이 「천로역정의역(天路歷程意譯)」으로 연재되고, 1880년에는 단행본으로 출판되었다. 일본어역의 텍스트가 된 것은 영문

이 아니라 Burns의 한문역인데, 표제에 "의역"이라고 한 것처럼 훈독이
아니다. 가령 한문역이 "時我又夢見基督徒背上之任尙未脫、若無助之
者、任終不能自脫"라고 한 곳을 "我又夢に基督徒を見れば背上にある重
任は尙元のままにして若し之を助くる者があらざりしならば此任は終に
脫ぐことのならざる情態なり"(나는 또 꿈에 기독교도를 보니 등에 있는 무거
운 짐은 다시 원래대로 되고, 만일 그것을 돕는 자가 없으면 이 짐은 끝내 벗을
수 없는 형편이다)처럼 한자는 상당한 정도로 남아있지만 훈독이 되어 있
지는 않다.[25] 대화문에서는 "－입니다(です), －합니다(ます)"의 경어체가
사용되어 있고, 그 점에서도 훈독체와는 거리가 있다는 것을 알 수 있다.
알기 쉬움을 취지로 해서 속어체로 접근을 꾀함과 동시에 근대문체로의
모색이 시작되었다고 해도 되겠다.

주목할 만한 것은 성서로부터의 인용은 "성서에서 이르기를 능히 오의
를 살피어 도리를 알더라도 사랑이 없으면 곧 이익이 없음"(聖書日く、能
く奧を探り理を識るとも愛なければ則益なし)처럼 훈독이 그대로 인용되어
있는 점이다. 권위 있는 문체로서의 훈독체라는 자리매김이 여기에서도
유효하게 작용하고 있다.

더욱 흥미로운 것은 문장으로서는 분명히 한문역을 따르고 있는 일본어
역이 종종 영문의 원서를 참조하고 있다는 사실이다. 예를 들면 "一ッは信
と愛とを以て其知を行ふなり"(하나는 信과 愛로 그 知를 행한다)라는 문장은
한문역의 "一以信仁而行其知"를 그대로 번역한 것처럼 보이지만 "仁"이
"愛"가 되어 있고 이것은 영문의 "knowledge that is accompanied with
the grace of faith and love"를 참조한 것으로 생각된다. 그 외에도 영문
을 참조하여 번역을 고쳤다고 생각되는 부분이 적지 않다.

---

25 『通俗三國志』와 『通俗漢楚軍談』 등, 에도시기의 통속 번역을 의식하고 있을 가능성
　도 있고 통속 번역의 자리매김을 검토할 필요가 있다. 다만 『천로역정』은 그러한 원서
　들인 소설과는 달라서 기본적으로 문언체인 점에는 유의해야 한다.

전체적으로 말하면 이 번역은 한문이 원전이 아니라 영문으로부터의 번역이라고 하는 꼬임을 이용해서 훈독에서 번역으로의 전환을 꾀했다고 생각된다. 한문은 영문으로부터의 번역으로 "love"를 "仁"으로 번역했다. 일본어역은 한문의 "仁"으로는 원문의 의미가 변경되어 버린다는 것을 알아차리고, "愛"로 고쳐 번역했다. 그것이 가능했던 것은 한문이 원전이 아니기 때문이다. 뒤집어 말하면 한자의 문자열을 현지어로 해서 읽는다는 훈독의 방법은 그 문자열 자체가 변경불가능한 권위성을 가졌다는 것에 지지되었던 것이고 그 권위가 상실되면 훈독은 단순한 기법 이상의 의미를 지니지 않게 된다. 『천로역정의역』은 훈독을 기법으로 활용하고 번역의 토대로 삼은 것이다.

9. 마지막으로

훈독은 한자라는 문자를 어떻게 취급하는가 하는 동아시아 공유의 과제 중에서 생겨난 행위이다. 일본에서 훈독이라는 방법이 오랫동안 계승되어 온 것은 한문(문어체·고전문)의 권위성과 보편성에 대응하는 말로서 훈독이 기능했기 때문이다. 근대가 되어 그 권위성과 보편성이 상실되었을 때, 훈독은 번역을 위한 하나의 방법에 지나지 않게 되었는데 근세 이래 문자=언어라고 하는 인식의 지지를 받아 번역의 토대로서 충분히 활용되었다. 그 때문에 현재는 훈독과 번역에 본질적인 차이는 없는 것처럼 여기는 경우가 많다. 그러나 동아시아의 언어와 글에서 근대란 무엇인가를 생각하기 위해서는 양자에 본질적인 차이가 있다는 것을 간파하고, 세부까지 미치는 검정과 그에 근거한 이론구축을 도모할 필요가 있는 것은 아닐까.

일본 문헌의 번역을 통해 굴절된 한국고전

―『산수격몽요결(刪修擊蒙要訣)』 연구

임상석

1. 서지사항과 책의 구성

『산수격몽요결』은 1909년 신문관에서 "십전총서(十錢叢書)"라는 기획의 첫 번째 권으로 간행되었다.[1] 이 기획에 대해서는 이 책의 뒤표지에는 딩시 한국의 출판계에 대한 경고와 함께 근대적 분과 학문과 전통적 경사자집(經史子集)에서 정선하여 일반국민, 특히 소년들에게 공급한다는 취지가 적혀 있다.[2] 이 책 뒤편에 붙은 광고문을 보면 "십전총서"는 "교훈류(敎訓類)"와 "소설류(小說類)"로 나누어지는데, 전자의 첫 번째는 이 『산수격몽요결』이었으며, 후자의 첫 번째는 『썰늬버유람기(遊覽記)』였

---

[1] 이 책에 대해서는 선행 연구가 거의 없다. 고전과 관계된 최남선의 출판 활동을 다룬 논저에서 부분적으로 언급되었을 뿐이다.(김남이, 「1900~10년대 최남선의 '고전/번역' 활동과 전통에 대한 인식」, 『동양고전연구』 39(동양고전학회, 2010); 임상석, 1910년대 국역의 양상과 한문고전의 형성―최남선의 출판 활동을 중심으로」, 『사이』 9(국제한국문학문화학회, 2010) 등 참조.)

[2] "십전총서발행취지"를 현대 한국어로 바꾸어 쓰면 아래와 같다.

"1. 가장 적은 돈과 힘으로 가장 요긴한 지식과 고상한 취미와 강건한 교훈을 얻으려 하는 우리 소년제자의 욕망을 만족케 하려 하여,

2. 문명의 이기를 빌려서 백주에 공공연히 欺人騙財하는 허다한 책 도둑들을 멸절하려하며, 百科의 학문과 四部의 書에서 더없이 긴요한 것들을 정선하여 평이하고 간명한 문자로 편술하여 이로써 일반국민, 더욱 소년제자의 정신적 양식을 간단없이 공급하려 함."

다. 한편 이 기획의 "課本類[교과서류]"에는 『사칙합제해법(四則合題解法)』
의 간행이 예정되어 있었다. 편저자인 최남선이 자신이 주재한 『소년』에
대대적으로 광고를 내는 등³ 의욕적으로 추진한 기획이자 10전이라는 파
격적인 가격이 책정되었지만, 『산수격몽요결』을 포함한 이 "십전총서"는
큰 반향을 가져오지 못했던 것으로 보인다.⁴ 그러나 전통적 도학의 가치
를 근대 자본주의에 맞게 변형하려 한 편집 의도는 여러 모로 흥미로운
논점을 제시하고 있다.

먼저 책의 서지사항을 정리한다. 책의 판형은 문고본 서적에 적용되는
36판이고 총 면수는 서문을 합쳐서 54쪽 정도이다. 종이의 질은 당시의
다른 서적에 비해 좋지 않지만 벌거벗은 아기들이 합주하는 모양의 도판
을 표지로 장식하는 등, 장정은 화려하다. 표지의 뒷장에 율곡(栗谷) 이
이(李珥)의 저술로 알려진 시조 두 수를 실었고,⁵ 그 다음은 속표지와 판
권지이다. 다음으로 편자인 최남선의 "지(識)"가 1쪽, 『격몽요결』⁶의 원

---

3 1909년 3월에 발행된 『소년』 2-3부터 2-7까지 계속 표지 뒷장의 한 부분에서 『산수격몽
요결』을 광고하였고, 특히 『소년』 2-4에는 속표지에 『산수격몽요결』 「立志章」의 일부
를 게재하였다. 또한 『소년』 2-10, 3-5, 3-6 등에는 한 쪽 전체를 배당하여 이 책을
광고하고 있다. 또한, 1916년에 최남선이 편찬하여 출간한 『時文讀本』에도 『격몽요결』
의 '革舊習章' 부분을 번역하여 「舊習을 革去하라」는 제목으로 수록하고 있다.

4 1909년 당시 이미 출간된 『산수격몽요결』과 『썰늬버遊覽記』를 제외하고는 이후에 십
전총서의 이름을 달고 출간된 책은 더 이상 찾을 수 없으며, 재판을 찍었다는 기록도
찾을 수 없다. 참고로 『소년』의 호당 가격은 14전이었고 신문의 한 달 구독료가 30전
정도였다.

5 게재된 두 시조는 다음과 같다. "○泰山이,높다해도,하날아래,뫼이로다,올으고,쏘,올으
면,못올을,理 ,업건마는,사람이,제,아니,올으고,뫼를,놉다하더라./ ○山外에,有山하니,
넘도록,山이로다,路中에,多路하니,예도록,길이로다,山不盡路無窮하니,아니가고,어이
하리."(ʼ、ʼ은 쉼표로 ʼ。ʼ은 마침표로 전환한 것 외에 표기는 그대로임.)

6 『격몽요결』은 성리학적 자기수양과 이상정치의 바탕을 명확하게 정리한 조선유학의
대표적인 교육서이다. 그 전체적 구도에 대해서는 뒤에 논하였다. 이 책만을 구분하여
다룬 연구 성과로는 정호훈, 「16세기 말 율곡 이이의 교육론」, 『한국사상사학보』 25(한
국사상사학회, 2005)과 한예원, 「초학 한문교재로서의 『격몽요결』의 의의」, 『한문교육

서문이 1쪽, 박은식이 저술한 서문이 2쪽, 차례가 2쪽이며『격몽요결』의 본문이 36쪽이고 후쿠자와 유키치(福澤諭吉)의「수신요령(修身要領)」번역문이 12쪽 붙어 있다.[7]『소년』,『경부철도가』,『한양가』등에 대한 광고가 4쪽 첨부되었고, 뒤표지의 앞장에는 "십전총서발행취지"가 뒷장에는 율곡이『격몽요결』「지신장(持身章)」에서도 인용한, 주자(朱子)의 도통을 이었다는 평가를 받는 면재(勉齋) 황간(黃幹)이 남긴 경구인 "眞實心地 刻苦工夫"[8]를 적어 넣었다.「수신요령」은 1900년 후쿠자와 유키치가 케이오기주쿠(慶應義塾)의 학생들에게 행한 연설을 기초로 작성된 것으로 총 29조로 되어 있다.[9]

　이 책은 당시의 관습으로나 지금의 관점으로나 논란의 여지가 적지 않다. 일본 메이지 시대의 행동 규범인「수신요령」이『격몽요결』에 이어 나란히 실린 것도 그렇지만, 더욱 전자는 완역되었고 후자는 전체 10장 중 3장이 탈락되었으며 남은 7장 중에도 의도적으로 빼 버린 부분이 있다.[10] 또한,『격몽요결』의 본문을 2단으로 분리하여 그 상단에는 서구의 번역된 격언을 배열하고 하단에는『격몽요결』의 본문을 실어서 동서의 격언을 대조하는 구성을 취한 점도 선현이 완정된 상태로 남긴 저술에 대한 예우라고 하기 어려울 것이다. 서구의 번역된 격언 부분은 "가언선

연구』 33(한문교육학회, 2009)의 논문 등이 있다.

7 「수신요령」 역시 신문관에서 간행하여 3전의 가격으로 판매했다.('「福澤諭吉 修身要領」에 대한 광고문',『소년』 2-3(신문관, 1909.3), 69면 참조.) 그리고 「수신요령」의 번역은『산수격몽요결』의 발간과 함께『소년』 2-2(1909.2)에 게재하였다.

8 이 경구는 조선 성리학자들이 권면을 위해 서로 자주 인용하던 것으로 번역하면 "마음가짐을 진실하게 하여 공부에 몹시 힘쓰라"는 정도가 된다.

9 "수신요령"은 "Moral Code"로 영역된 것처럼, 지금의 어감으로는 도덕의 규율 혹은 강령에 가깝다.(富田正文, 宮崎友愛 편,『福澤文選』(東京: 岩波書店, 1937[1900]), 7면 참조.)

10 「喪制章」,「祭禮章」,「處世章」이 생략되었다.「持身章」,「居家章」,「接人章」은 수록하였으나 부분적인 생략이 있다.

모(嘉言善謀)"라는 제목을 달았으며 플라톤에서 시작되어 존 드라이든, 한스 안데르센, 사무엘 스마일스, 벤저민 프랭클린에 이르기까지 다양한 역대 서구 지식인들의 경구가 망라되어 있다.[11] 『격몽요결』이 격물치지(格物致知)-성심정의(誠心正意)-수신제가(修身齊家)의 체제를 완비하고 있는 반면, 이 "가언선모"는 극기, 진취 등의 『격몽요결』 본문의 주제어와 관련된 것들을 일정한 짜임새 없이 모은 양상이다. 한편, 박은식의 서문은 『박은식전서』(단국대학교부설동양학연구소, 1975)와 『박은식전집』(동방미디어, 2002)에 누락되어 있어 더욱 학계의 주의를 요한다.[12]

이 책의 다양한 표기 방식도 당시의 과도기적 글쓰기를 잘 나타내는 양상이다. 편자 최남선의 지(識)는 순 한글로 율곡이 쓴 『격몽요결』의 원서문과 박은식의 서문은 순 한문으로 표기되었다. 율곡의 서문은 "。"을 원문 옆에 붙여서 구두를 표기하였지만, 박은식의 문장에는 구두와 현토가 일절 붙어 있지 않은 백문(白文)이다. 본문에서 『격몽요결』의 문장은 현토가 되어 있으며, 문장 위의 번역된 서구 격언들은 국한문체인데 『소년』의 국한문체에 가까워 한글의 비중이 높은 양상이다. 「수신요령」의 번역문은 원문에 한자어가 많기에 계몽기 국한문체, 특히 한문 단어체에[13] 가깝다. 본문의 문체가 국한문체나 한글이라도 서문은 한문으로 작성하는 것이 계몽기의 일반적 관습이었으며, 이 책도 그런 관습을 따른 것으로 보인다. 계몽기의 많은 서적들이 통사적으로 이질적인 한문, 국

---

11 이 서구 격언들의 출처는 일본의 편서였을 것으로 보인다. 당시 일본에서는 경구를 번역하여 편찬한 책들이 많이 출간되었다. 그러므로 이 번역도 일본어의 중역이었을 것이다.

12 더욱 근래 박은식의 저작목록을 연구한 논저에도 이 박은식의 서문은 언급되어 있지 않다.(노관범, 「대한제국기 박은식 저작목록의 재검토」, 『한국문화』 30(서울대 규장각, 2002) 참조.

13 계몽기 국한문체, 소년 문체, 한문 단어체 등의 용어는 임상석, 『20세기 국한문체의 형성 과정』(지식산업사, 2008)에서 비롯되었다.

한문체 등을 병기한 것이 일반적이었지만, 이 책은 국문체, 한문, 한문 현토체, 국한문체 등의 문체가 동시에 나타나 그 혼종의 정도가 더욱 심하다. 그리고 대체로 더 권위 있는 서문에 구두나 현토의 장치를 더하지 않는 것이 보통임을 감안하면, 더 큰 권위를 가진 율곡의 서문에는 구두를 달고, 박은식의 서문은 백문으로 처리한 것은 의외의 양상이다. 또한, 서구의 격언이 한글의 비중이 더 많은 문체인데 반하여, 책의 제목인『격몽요결』의 본문은 한문 현토체로 되어 있는 점도 한국 근대 계몽기의 정신적 지형도를 나타내는 단면이라 하겠다.

이 문체의 혼종 양상은 한국의 근대 전환과 계몽이 글쓰기에서 어떤 방식으로 구현되었는가를 상징적으로 보여주는 사례이다. 전통적 가치를 구현한 도학(道學)의 문장은 한문이며, 서구의 격언과 근대 일본 지식인의 도덕률은 국한문체로 전달되는 가운데, 민족적 서현의 고전이 번역된 서구와 일본의 문장을 통해 변주되는 양상이었던 것이다. 앞에서도 언급했듯이 이 과감한 시도는 그렇게 큰 반향을 가져오지는 못했으나, 그 과감한 편집 의도 그리고 서구적 격언과『격몽요결』이 빚어내는 조화와 부조화를 한국 근대의 고전 수용의 한 사례로서 분석해 볼 가치는 충분하다.

2. 최남선의 "지(識)"와『소년』의 광고

편집의 과정에 여러 문제의 소지가 있기는 하지만,『격몽요결』에 담긴 도학이라는 가치를 고전의 위상이 해체된 20세기 초에 되살린다는 편집 의도는 일단 의욕적인 것이라 할 수 있다. 최남선의 "지"는 이 기획과 편집의 의도를 집약적으로 드러내고 있다.

○…졔가, 이로, 인하야, 엇은, 리익을, 남에게도, 난흘양으로오

○나는「刪修」, 두자를, 쓰기를, 미안하게, 녁이오, 그러나, 크게, 용맹을, 내여, 이, 두자를, 노읫소, 그런즉, 닑어보고, 맛당치못하게, 녁이시는, 사람은「選讀」으로, 곳치심도, 관계치, 아니하오.

○도덕은, 째를, 쌀어, 변하는것인즉, 다른글은, 이다음에, 웃지될지, 몰으오, 그러나, 「立志」「革舊習」, 두장은, 영원히, 우리, 젊은, 사람의精神의糧食이, 되리라 하오.

○새세상도덕과, 말성스러울, 말삼도, 얼마, 그대로, 두엇슴을, 부쳐, 말하오.14

율곡은 조선 도학의 학맥에서 가장 높은 봉우리 중 하나이다. 『격몽요결』은 이런 큰 스승이 완정된 형태로 남긴 저작이므로 이를 산정한다는 것은 전통적인 관습 속에서는 일단 바람직한 행위가 아닐 것이며, 실행한다 해도 매우 복잡한 절차를 거쳐야만 한다. 최남선이 새로운 글쓰기와 근대적 출판매체를 통해 지식인으로 얼마간의 이름을 얻기는 했지만, 유학자로서나 한문 문장가로서 공인된 인사는 아니며 더욱 율곡의 도통과는 하등의 상관이 없는 20살의 청년임을 생각하면 그가 감행한 "산수(刪修)"는, 조선 성리학의 관습이 무너지기 시작한 당시로서도 매우 파격적인 일이었다. 그러므로 "산수"라는 두 자를 쓰기가 미안하니 마땅하지 않은 사람들은 "선독(選讀)"으로 고쳐 받아들이라는 위의 인용문 조목이 있다. 그럼에도 책의 이름에 붙인 "산수" 두 글자가 달라지는 것은 아니니 이 구절은 사후적 변명에 지나지는 않을 것이며, 그만큼 최남선은 자신의 '산수' 행위에 나름의 정당성을 부여했다 하겠다. 그 명분은 뒤의 조목인 "도덕은 때를 따라 변하는 것으로…"에 어느 정도 드러난다. 『격몽요결』에서 「입지(立志)」와 「혁구습(革舊習)」의 두 장은 영원불변의 가치를 지니지만 다른 장들 예컨대, 이 『산수격몽요결』에서 생략된 「상제

---

14 최남선, 『산수격몽요결』 "識"의 부분(신문관, 1909), 1면.

장(喪制章)」, 「제례장(祭禮章)」, 「처세장(處世章)」 등은 지금의 도덕이나 사회제도와는 어긋나는 점이 있으므로, 이 책을 새 세상에 맞추어 내기 위해 산수할 필요가 있다는 당위가 행간에 드러난 셈이다.

구체적 산정은 다음과 같다. 「지신장(持身章)」에서 자신을 추스르는 구체적인 방법으로 구사(九思)와 구용(九容)을 제시하고 각각의 조목에 율곡은 짧은 주석을 달았는데, 이 주석을 『산수격몽요결』에서는 생략하였다. 또한, 신분사회의 질서를 반영한 「거가장(居家章)」과 「접인장(接人章)」의 부분들도 빠져 있다. 「거가장」에서 생략된 부분은 최남선이 생각한 새 시대 도덕을 반영하는 것으로 더 의미심장하다. 관례와 혼례를 『가례(家禮)』에 따라야 한다는 부분과 자식의 교육은 『소학(小學)』에 따라야 한다는 부분이 생략된 것이다. 한편, "도덕은 때를 따라 변하는 것인즉…"이라는 구절이 「수신요령」의 첫 부분을 연상시킨다는 것도 간과할 수 없다.[15] 당시의 일본 출판계에서는 동서고금의 격언을 모은 책이나 이 『산수격몽요결』처럼 고금의 수신 규율을 모은 책들이 출판되고 있었다. 최남선의 과감한 편집 기획은 당시 일본의 출판 상황과 관련을 맺고 있을 것이다.[16]

그 다음의 조목은 "새 세상 도덕과 말썽의 소지가 있는 말씀들을 얼마

---

15 "…덕교는 인문의 진보와 함께 변화함이 규칙이러니 일신문명의 사회에는 스스로 그 사회에 맞는 가르침이 없을 수 없다. 곧 수신처세의 법을 새롭게 하는 필요가 있는 소이니라.……"(…德教は人文の進步と共に變化するの約束にして、日新文明の社會には自から其社會に適するの敎なきを得ず。即ち修身處世の法を新にするの必要ある所以なり。……) 福澤諭吉, 「修身要領」, 『福澤文選』(東京: 慶應義塾出版局, 1937[1900]), 2면. 『산수격몽요결』의 번역과 이 원문은 "約束"이 "定理"로 바뀌는 등 약간의 차이가 있다.

16 국립중앙도서관의 소장 목록에서 확인할 수 있는 이런 편찬서들로 『座右銘全集』(東京: 實業之日本社, 1910), 『修養の礎』(東京: 至誠堂, 1915) 등이 있는데 후쿠자와의 「修身要領」을 포함하고 있다. 그러나 이 책들에서 서구의 격언이 포함된 사례는 찾기 힘들다.

간 붙였음"을 명기하고 있는데, 이는『격몽요결』의 본문의 윗부분에 서
구의 격언들을 병기하고 있는 책의 구성과 본문 뒤에 후쿠자와 유키치의
「수신요령」을 부록처럼 덧붙인 것을 의식하고서 작성된 것으로 보인다.
큰 스승의 저서를 산정했다는 것도 말썽의 소지가 있는 데, 거기에 더하
여 같은 위상을 부여하기 어려운 자신이 편찬한 서구의 격언들을 동등한
위치로 배치하고 더 나아가 일본인의 저술까지 부록으로 붙이고 있으니
이 책은 그야말로 말썽스러운 점이 한 두 가지가 아니다. 이와 관련하여
『소년』에 실린 이 책의 광고문을 살펴보면 이 복잡한 상황에 대한 실마
리를 찾을 수 있다.

> 문명이란 무엇이오, 전등만도 아니고 철도만도 아니고 화학의 응용만도 아
> 니고 물성(物性)의 구명만도 아니다. 개인에 있어서든지 사회에 있어서든지
> 덕·체·지 세 가지 일이 평균하게 발달됨을 말함이라. 그러나 시대의 추세는
> 이를 망각하고 문명을 전선(電線) 위에서 구하며 철궤(鐵軌) 사이에서 구하
> 니, 희라! 또한 어리도다. 이런 말폐(末弊)가 심해진 바,『논어』와『맹자』도
> 헌 신짝처럼 버리고『시경』과『서경』도 누더기처럼 던져버려 무식한 무리의
> 무식한 견해에 허다한 박옥(璞玉)들이 오지에 떨어지는 욕을 면치 못하도다.
> 　이제 산수하여 간행하는『격몽요결』도 또한 이 시대 희생의 하나로다. 산정
> 자는 이를 개탄하여 다소 산수를 가한 후, 세에 공(公)하니 신대한 소년의 정
> 심(正心) 공부에 대한 공헌이 있을 것을 믿는 이유다. 신문화 개척에 뜻이 있
> 는 소년은 반드시 좌우의 보배로운 잠(箴)으로 삼으라.[17]

『소년』에서 특별히 저자를 명시하지 않은 대부분의 저술이 최남선인
점을 감안하면 이 광고문 역시 최남선이 작성한 것으로 보인다. 인용문
은『소년』3-6호의 표지 바로 뒤편에 실린『산수격몽요결』에 대한 광고

---

17 『소년』3-6호(1910.6, 현대 한국어에 가깝게 바꾸었음, 인용자, 이하 같음.)

속에 등장하는 문장으로 이 광고는 한 면 전체를 차지하고 있다. 1910년
12월『소년』3-9호에 실린「조선광문회고백」과도 논조가 유사하여 문명
의 전환 속에서 버려진 고전과 전통을 지켜야 한다는 주장이다. 문명은
철도와 전등 같은 기술적 측면과 화학과 물리 같은 자연과학적 측면만이
중요한 것이 아니라 지덕체의 세 가지를 구비하여야만 하는데, 시대의
추세는 문명을 기술적인 도구 속에서만 찾고 있다는 문제의식을 드러낸
다. 자연과학과 기술문명이 지와 체를 만족시킨다면,『논어』와『서경』
등의 경서는 덕의 부분을 담당할 것이고『격몽요결』도 이런 경서의 위상
으로서 호출되었다고 보겠다.[18] 또한, 기술 문명의 시대에도 "正心"의 공
부는 필수적이라는 당위도 드러낸다. 인용문은 일단『격몽요결』의 전통
적 가치를 강조하고 있지만, 전기선과 철도 궤도만이 문명의 형상으로
자리 잡은 시대의 전환에 대한 인식이 우선한다. 전근대적인 가치에서는
같은 자리에 놓을 수 없었던 경서와 기술 문명이 비슷한 위상으로 호출
된 것만 해도 문명적 전환이라 하겠다.

　전근대 사회에서 경서가 당위의 도덕이었다면, 이제 "이 시대 희생"으
로 위상이 하락한 것이고 여기서 인용문의 숨은 행간을 읽어내자면, "오
지에 떨어진 박옥(璞玉)"인 이 경서들을 구원하기 위해서는 특단의 조처
가 요청되는 셈이다. 이 특단의 조처가 바로 산정 작업이라 하겠는데 문
제는『산수격몽요결』은 산정의 작업 뿐 아니라 덧붙인 내용이 많다는 점
이다. 기존의 내용에서 더 강조할 부분을 재구성하는 방식은 오해의 소

---

18 앞서 각주에서 언급한『소년』2-3 등에 실린『산수격몽요결』의 작은 광고문에는 德育
　이 직접적으로 강조되어 있다. 그 전문을 현대 한국어로 바꾸면 아래와 같다.
　"이 책은 율곡 이이 선생의 명저『격몽요결』을 엄정히 刪修하여 句마다 구두를 달고,
　또 節마다 의의가 은밀히 합치하는 서구 명인의 격언을 대조하였으며, 또 글 가운데
　진수를 따로 가려 쓰고 일본의 교육대가 후쿠자와 유키치 씨의『處世要領』을 부록하
　여 아무쪼록 신시대 소년의 덕육에 寶鑑을 만들려 한 것이오."

지가 비교적 적겠지만, 기존의 내용에 다른 사항들을 덧붙인다는 것은 더 큰 논란을 불러올 수 있을 것이며 더 나아가 당시의 관습으로 도저히 한 자리에 위치할 수 없는 후쿠자와 유키치의 글까지 비슷한 위상을 부여했다는 점은 이 편집서의 질적인 성패를 따지기 이전에 문화의 전환을 보여주는 파격이다. 그러나 이 책은 이와 같은 『소년』의 대대적인 광고에도 불구하고 큰 상업적 효과를 보지는 못한 것으로 보인다. 그 이유는 여러 가지가 있겠지만, 인용된 광고문과 편자의 "지"에 나타난 편찬 의도에도 불구하고 그 파격적 구성이 당시의 독자들에게 수용되지 못한 점도 한 요인이 되지 않았을까 한다. 도학의 전통을 근대적 경구를 통해 응용하려는 파격은 일단 최남선이 의도한 만큼의 파급력은 가지지 못했던 것으로 파악된다.

이런 여러 가지의 문제점에도 불구하고 편집을 강행한 그 전체적 의도는 결국 시대의 요구에 부응하는 정심공부라고 요약할 수 있겠다. 그러면 이 정심공부의 양상이 구체적으로 어떤 방향이었는지에 대해서 박은식의 서문을 중심으로 논한다.

3. 박은식의 서문: 과도기의 공부와 교육

박은식의 서문은 앞 장에서 거론한 구성과 편집의 파격을 완화하는 큰 원조였다고 할 수 있다. 개신유학자로서 전통적 유학과 계몽운동 사이에 가교의 역할을 해주던 박은식이 책의 편집의도에 적극적으로 동참해 주고 애써 서문까지 집필해 준 것은 이 책이 가진 논란의 요소들을 완화해 주는 효과를 가졌으리라 유추할 수 있다. 『격몽요결』의 원래 구성을 살펴보면 저자 자신의 서문 외에는 사실 다른 서문이 딱히 필요치 않다.

그만큼 「격몽요결서」는 형식과 내용의 차원에서 완비된 문장이라고 할수 있다. 그러나 이 책은 단순한 중간이 아니라 복잡한 수정을 거친 결과물이기에 또 다른 서문이 요청되는 상황이었던 것이다.

박은식의 서문은 권위를 가진 선현의 경구와 행적을 인용한 구성이나 순한문의 문체를 채택한 점에서 한문 산문의 전통적 양식인 서(序)에서 크게 벗어나지 않는다. 그러나 그 내용에 있어서는 역시 파격적인 요소가 있다. 무엇보다 글의 처음을 육상산(陸象山)의 말로 시작하고 있다는 점은 조선 유학의 전통과 율곡의 성향을 감안할 때, 문제의 소지가 적지 않다.[19] '동해와 서해의 성인이 방위와 구역의 다름에도 불구하고 하늘로 부터 이 마음과 이 이치를 같이 받아서 가지고 있다'[20]는 육상산의 말은 산정 작업과 서구와 일본의 문장을 덧붙인 최남선의 편집 작업이 본령의 공부에서 벗어나지 않는다는 논지에 큰 근거가 되므로, 이 서문에서 논리적으로 핵심적 위치를 부여 받고 있다. 율곡이 도통으로 인정하지 않았던 양명학의 원조인 육상산의 문장이 율곡의 저작인 『격몽요결』을 시대에 맞게 편집하여 출간하는 가장 큰 논거의 하나로 자리 잡고 있다면 적어도 조선시대의 관습으로는 격에 맞지 않는다고 하겠다.

박은식이 「왕양명실기(王陽明實記)」 등의 저술을 통해 주자학자로서의 정체성에서 벗어나고 새 시대에 맞는 유학의 개신 방향이 양명학에 있음을 천명한 것은 주지의 사실이다.[21] 이 「산수격몽요결서」가 육상산의 말을 인용하고 있기는 하지만 이 구절은 양명학의 연원을 특별히 지칭한 것이라기보다는 조선시대의 학자들도 일반적으로 인용하던 것이기에 양

---

19 『격몽요결』에 언급된 인물들은 차례대로 堯舜-孟子-顔回-孔子-朱子-黃幹 등이니 그 인용의 순서 자체가 도통의 경계를 지시한다고 하겠다.
20 이 구절은 조선시대 문집에 자주 인용되기도 하였으며 출처는 「陸象山年譜」의 13세 조이다.
21 박정심, 「박은식 格物致知說의 近代的 含意」, 『양명학』 21(한국양명학회, 2008)

명학적 사고가 두드러지게 나타났다고 보기는 어렵다. 그러나 적어도 박은식의 다른 계몽기 문장과 마찬가지로 시대에 맞추어 유학을 개신하자는 사고의 맥락은 분명하게 드러난 셈이다. 「산수격몽요결서」는 두 부분으로 크게 나누어 질 수 있다. 처음은 천지의 변천 가운데 변치 않는 이 마음과 이 이치에 대한 강조인데, 학술과 운동이라는 인간의 고도한 능력을 기계체로 제시한 것은 주목할 부분이다.

> 육상산이 이 마음과 이 이치를 하늘에서 받은 것은 동과 서가 같다하니 나는 덧붙여 고금의 다름도 없다고 말하겠다. 천하의 풍기와 운수는 끊임없이 변천하니, 인간은 질박에서 영험으로 나아가고 사물은 간단에서 복잡으로, 생활은 검소에서 번영으로, 문호는 폐쇄에서 개방으로 나아간다. 이 변화 속에도 이 마음과 이 이치는 인간에게 있다는 것은 변치 않는다. 이 두 가지의 작용이 없다면 신체의 운동과 학술의 기능으로 일개 기계체가 될 뿐이라 인류의 자격을 이루지 못한다.[22]

「산수격몽요결서」의 첫 부분을 요약 정리하면 위와 같은 내용이다. "이 마음과 이 이치[此心此理]"는 육상산의 말을 받은 것인 만큼, 송명이학의 전통적 개념을 그대로 사용했다고 할 수 있겠다. 그러나 인간과 사물 그리고 생활과 문호가 발전하고 개방한다는 인식-일종의 진보사관이나 발전사관과도 연결될 수 있는 인용문의 사고방식은 전통적 조선 유학과는 그 궤를 달리한다. 생산과 소비가 끊임없이 확대되어야 유지될 수 있는 자본주의의 생리와도 맥락이 닿아 있는 이 인식 속에서 이 마음과 이 이치는 기계체를 완성하는 신체[軀殼]의 운동과 학술의 기능보다 더 우월한 위상을 부여받는다. 앞 장에서 인용한 『소년』의 광고문이 지·덕·체의 개념을 끌어 온 것과 맥락이 닿는 것으로 보이는데, 신

---

22 박은식의 서문을 축약하여 풀어 쓴 것으로, 뒤의 인용도 마찬가지이다.

체의 운동이 체라면 학술의 기능은 지와 연결된다. 그리고 이 마음과 이 이치에 덕의 위상이 주어진 것이다. 이 기능과 운동이 완성하는 기계체는 성리학의 체계와는 다른 근대적 분과학문에 더 가까운 개념이다. 그러나 이 기계체의 단계를 넘어서는 덕의 위상에 이 마음과 이 이치를 제시한 것은 성리학적 체제와 궤를 같이한다고 해석할 수 있다. 지의 활동인 학술과 체의 활동인 운동으로는 기계체의 단계에 그칠 수밖에 없고 덕의 차원인 이 마음과 이 이치가 더해져야만 인류의 자격을 이룰 수 있다는 것은 성인의 경지가 지와 체의 위상과는 다르다는 점에서 성리학적 질서와 연결되지만, 덕을 이루는 바탕으로서 지와 체의 개념은 조선 성리학의 지향과는 다르게 근대적 분과학문의 영향이 얼마간 반영된 것이라 하겠다.

『소년』의 광고문에서도 경서의 가치를 지켜야 함은 강조되고 있지만 그보다 기능과 기술이 강요되는 시대에 대한 인식이 명백히 나타났던 것과 마찬가지로 박은식도 동서고금의 구분이 없는 "이 마음과 이 이치"를 강조하고 있기는 하지만 전통적 조선 성리학과는 좀 달리 근대적 분과학문의 영향이 가미되어 성리학적 상고주의가 아닌 진보적 역사관을 수반한다. 그러므로 기술 문명의 시대에 발맞춘 학술과 운동으로 이루어지는 기계체라는 낯선 개념이 도입된 것이다. 이렇듯, 선현의 인용을 근간으로 삼아 한문 산문의 체제를 갖춘 박은식의 서문은 그 내용에 있어서는 시대의 전환을 명백하게 드러내고 있다. 그리고 이는 기술 문명이나 생산력 위주의 자본주의라는 당대적 현실을 어느 정도 인정한 것으로 계몽기의 개신 유학을 파악하는 데 있어서 흥미 있는 대목이라 하겠다.

「산수격몽요결서」의 첫 부분이 인류의 변천과 변하지 않는 마음과 이치를 통해 인간의 보편적 조건을 논했다면 다음 부분은 한국의 특수한 상황을 논하는 성격이다. 다음 부분을 요약하면 아래와 같다.

한국이 변천의 풍기와 운세 속에서 묵은 곡식은 떨어지고 새 곡식이 익지 않은 과도기에 처해 있기에 청년의 교육이 무엇보다 우선이다. 교육에 마땅한 자료가 없음을 근심하던 터에 고금과 동서의 지식을 섭렵한 젊은 벗 최남선이 『산수격몽요결』로 동서를 종합하고 신구에 모두 은혜를 끼치니 현재 학계의 변모(弁髦)이자 본령 공부가 된다. 일찍이 조중봉은 『격몽요결』을 항시 휴대하여 항시 남에게 권유하였으니, 그의 혈성으로 교육계를 증진하자.

기계체라는 낯선 용어는 위에 등장하는 과도기라는 시대 파악과 밀접한 연관이 있을 것으로 보인다. 자본주의와 근대 분과학문이 도입되는 과도기에 맞추어 덕을 기르는 교육도 변화해야 한다는 것이다. 이 과도기에 옛 것을 묵수하는 이들은 "완미(頑迷)"에, 새 것을 맹종하는 이들은 "종자(縱恣)"의 폐단에 각기 빠져 있기에 청년의 교육이 무엇보다 우선이지만 마땅한 교재가 없다는 것이 현 시점의 가장 큰 문제인 것이다. 본령 공부는 『소년』 광고문의 정심공부와 문맥상 상통하는 면이 있다. 기술 문명의 과도기를 당해서 동서와 고금의 지식을 섭렵하고 전통적 경서까지 변용한 이 『산수격몽요결』이지만 이런 편집의 과정은 전통적 의미의 공부에서 벗어나지 않는다는 청유가 정심공부와 본령공부라는 전통적 용어로 드러난다. 동서고금을 섭렵하고 변용한 구체적 양상에는 논란의 여지가 있을 것이며, 더욱 여기서의 공부가 "인간이 이 세상에 나서 학문이 아니면 인간이 될 수 없다"[23]라고 했을 때의 그 학문을 어느 정도나 보존한 것인가 하는 문제는 여전히 남는다. 더욱 "이 마음"은 율곡이 항시 강조하던 "도심(道心)"과는 다른 차원이며 "이 이치"도 율곡이 내세운 "이통기국(理通氣局)"에서의 리(理)와는 다른 맥락이 되어버린 것에 대해, 박은식과 최남선이 어떤 의도를 가지고 있었는지 더 깊은 고찰이 필요할 것이다. 그러나 전체적으로, 박은식의 서문은 최남선의 파격적 편집에

---

23 人生斯世, 非學問, 無以爲人.(「擊蒙要訣序」)

대한 나름의 명분과 논거를 과도기라는 시대 인식을 통해 부여했다고 평가할 수 있다.

앞부분에 등장한 이 마음과 이 이치가 한국의 과도기를 논한 다음 부분에서 어떻게 반영되고 있는 지에 대해서는 박은식의 「산수격몽요결서」에 전개된 논지만으로는 파악하기 어렵다. 불변의 경지인 마음과 이치는 변천하는 천하, 특히 이 과도기의 한국에서 어떤 위상을 부여 받을 수 있는지, 또한 한국의 이 과도기 교육 속에서 어떻게 활용할 수 있는지에 대해서는 논의가 좀 불충분한 인상이다. 동서고금을 섭렵한『산수격몽요결』의 본령공부는 이 마음과 이 이치를 지킬 수 있을까? 또 한국의 과도기에서 이 마음과 이 이치는 얼마나 도움이 되는 것일까?

이 문제들은 「산수격몽요결서」만을 가지고 완전히 해결되기는 어려운 듯하다. 다만 원문에 나온 변모(弁髦)라는 용어와 처음에 호출된 육상신과 대비되어 이 글을 완결하고 있는 중봉(重峰) 조헌(趙憲)을 통해 유추해 볼 수는 있다. 변(弁)은 관례 전에 잠깐 쓰는 갓이고 모(髦)는 관례 전에 총각이 하는 더벅머리로, 보통 일시적으로 변통하는 물건을 이른다. 여기서는 문맥상, 임시적 변통이라는 점과 젊은이를 대상으로 한다는 점이 이중적으로 나타난다고 하겠다. 이렇게 보면『산수격몽요결』은 본령공부이기는 하지만, 과도기의 청년 교육을 위한 임시변통으로서『격몽요결』이 목표로 한 성인의 학문과는 그 위상이 다른 것으로 해석될 여지도 있다. 박은식이 규정한『산수격몽요결』의 위상은 「산수격몽요결서」를 마무리한 조중봉의 호출을 통해서도 유추할 수 있다.

조중봉은 율곡 문하의 대표자로 율곡 학맥의 절의를 체현한, 즉 학행일치(學行一致)를 상징하는 인물이다.[24] 중봉으로 서문을 마무리한 점은 다층적으로 해석할 여지가 많다. 일단은 도통에서 벗어난 육상산으로 시

---

24 조성산,『조선후기 낙론계 학풍의 형성과 전개』(지식산업사, 2007), 137~138면, 참조.

작된 글을 도통의 대표자인 중봉으로 마무리하여 균형을 맞추려는 장치
로 해석할 수 있을 것이다. 그리고 편자인 최남선에 대한 다소 과분한
수사적 상찬으로서 교육에 대한 열성을 고무하려는 취지가 담겨 있다.
또한, 임시변통의 성격이기는 하지만 그 교육의 혈성(血誠)은 중봉과도
비교할 만 하다는 점에서 일정하게 『산수격몽요결』의 작업을 평가한 것
으로 해석할 수도 있을 것이다. 이를 더 확장하자면, 과도기적 열성에서
나온 『산수격몽요결』의 편찬도 역시 이 마음과 이 이치를 돕는 본령공부
라는 점을 간접적으로나마 전한다고 볼 수 있겠다.

　박은식의 「산수격몽요결서」는 『산수격몽요결』의 파격적인 편찬 작업
을 과도기의 교육이라는 시대적 당위와 전통적 조선 유학에 비해서 출처
와 명분에서 비교적 자유로운 배경을 가진 이 마음과 이 이치를 내세워
합리화하는 한 편, 율곡 학맥의 상징적 존재인 중봉을 호출하여 전통적
관습과의 절충을 수사적으로 도모한 양상이었다. 그러나 앞에서도 거론
했듯이 『산수격몽요결』의 본문은 『격몽요결』의 체제와 조화된 양상은
아니었다.

4. 서구 격언과 혼합된 『격몽요결(擊蒙要訣)』

　『산수격몽요결』의 본문은 상단의 서구 격언과 하단의 『격몽요결』 본
문 사이에 요체가 되는 문구들을 다시 쓰는 좁은 난이 배치되어 있다.
여기에 배치된 『격몽요결』의 문구들을 매개로 서구 격언과 본문이 대응
을 이루는 방식으로 구성되어 있다. 그러므로 이것들을 통해 최남선의
『격몽요결』 이해 방식이 구체적으로 드러나는 것으로 그는 이 작업을
『격몽요결』의 진수를 가려낸 것으로 선전하기도 하였다.[25] 「입지장(立志

章)」에 달린 문구는 아래와 같다.

先須立志-勇往進取-眞知實踐-革舊反本-人皆可爲-常自奮發-明知篤
行-有爲者若是-希舜-實其虛瀟其明-立志之實在於誠篤-念念不退[26]

이 문구들은 본문의 이해를 돕는 역할도 하고 있지만, 상단에 서구 격언을 취합한 "가언선모"와 연결하는 장치로서 기능하기도 한다. 가령 "선수입지"의 문구에 "어떠한 높은 곳이던지 사람이 가지 못하는 곳은 없노라. 그러나 굳세게 마음을 결단하고 단단하게 저를 믿으면서 올라가야 할지니라."(한스 안데르센)가 대응되고 "용왕진취"에는 "영걸의 전기는 모두 우리들도 영걸이 될 수 있음을 명증하더라."(헨리 롱펠로)[27]가 대응되는 형식이다. 그러나 "혁구반본(革舊反本)"에 대응되는 격언은 없는데, 이 부분은 율곡이 맹자의 성선설(性善說)로 논거를 삼은 대목이기에 서구의 격언 중에 적절한 대응물을 찾을 수 없었던 것으로 보인다. 그러므로 『격몽요결』의 핵심인 "혁구습(革舊習)"의 논거가 되는 성선은 이 『산수격몽요결』에서는 상대적으로 비중이 줄어들 수밖에 없는 것이다. 조선 성리학의 요체는 인간의 본성이 착하기에 "도심(道心)"의 가능성이 내재되어 있다는 성선설을 빠뜨리고서는 논할 수 없다. 동서와 고금을 섭렵하고

25 "…글 가운데 신수(神髓)를 따로 가려서 적었고…", "『산수격몽요결』의 광고", 『소년』 2-3(1909.3)의 표지.

26 번역하면 "반드시 먼저 뜻을 세우라-용기 있게 진취하라-참되게 알고 실천하라-과거를 혁파하여 본성으로 돌아가라-사람이라면 모두가 할 수 있다-항상 스스로 분발하라-밝게 알아 독실하게 행하라-하고자 하는 이는 이와 같이 하라-순임금을 희구하라-빈 것을 채우고 밝은 것을 닦아라-입지의 실질은 성실과 독행에 있다-물러나지 않을 것을 생각하고 생각하라" 정도가 될 것이다.

27 뒤에 첨부된 롱펠로의 원문을 참조해보면 이 경구는 "우리도 순임금 같은 성인이 될 수 있다"는 유학적 논리와 대응시키기는 어려움도 알 수 있다.(인용된 "嘉言善謀"의 구절들은 현대 한국어로 바꿈.)

측량한다는 편찬의 의도를 살리기 위해서는 결국 이 성선과 대응 될 수 있는 서구의 격언을 맞추었어야만 했을 것이다.[28]

『격몽요결』이 근거로 삼은 주자학은 궁극적으로는 지행합일을 추구하지만 지와 행 사이에는 구분이 있어서 격물치지의 단계가 우선시된다는 것은 주지의 사실이고 이 "입지장"에도 "眞知-實踐"과 "明知-篤行"으로 구분이 서 있다. 그러므로 입지하여 진취함에 있어서도 본성이 선함을 알아서 확신한다는 인식의 단계를 빠뜨릴 수 없을 것이다. 그러나 최남선의 편집 방향은 "지(知)"보다는 "행(行)"에 가까운 진취, 과단, 용기에 대한 강조였고 이는 인용된 서구 격언의 성격에서 명백히 드러나고 있다. 20세기 초라는 한국의 과도기적 위기 상황에 대한 최남선의 대응 방식은 과도한 행동주의[29]로 나타나는 경우가 많았고 이는 그가 주재한 『소년』과 『청춘』의 전반적 편집 기조이기도 하다. 이 행동주의에는 자본주의적 축적으로서의 자기수양과 근면과 자본주의적 투기로서의 모험에 대한 찬양이 동시에 반영되어 있는데, 식민지 체제와 자본주의에 대한 협력과 순응으로 기능할 성격이 내재되어 있었다는 것에 주목해야 한다. 『산수격몽요결』은 『격몽요결』을 동서고금의 측량이라는 명분 아래, 최남선의 행동주의적 경향에 맞게 취합한 서구 격언을 통해 재조합한 형국이었다.

『격몽요결』은 성리학, 특히 주자학적 학습 체제와 떼어놓고 논할 수

---

28 이 부분에 대략적으로 대응되는 서구의 격언은 아래와 같다.

"깊이 사물의 진수를 꿰뚫어서 우리의 생애를 만들면 구하지 아니하여도 현인이 되리라."(워즈워쓰)/ "선이 되고 악이 되고 고난을 받고 행복을 받고 부유를 이루고 빈곤에 빠짐이 다 내 마음 하나에 있느니라."(스펜서) 이는 "人皆可爲"와 "常自奮發"의 짝이 될 수 있지만, "革舊反本"에 적합한 내용은 아니라 하겠다.

29 적절한 용어가 아닌 듯하지만, 이성적 분별 행위에 앞서 즉각적 행동을 청유한다는 점을 취하여 행동주의라는 명칭으로 계몽기 최남선의 이념적 경향을 지칭해 본다. 여기서의 행동주의는 심리학 용어와는 관계가 없다.

없는 성격이다. 또한, 율곡의 저작들은 학습 과정의 정비나 학통의 전승에만 그치지 않고 유교적 이상 정치인 경장(更張)과 무실(務實)을 실현하기 위한 실천의 결과물이라는 점을 간과할 수 없다. 『격몽요결』이 수신제가(修身齊家)의 차원을 집약한 성격이라면, 율곡은 여기서 더 나아가 치국평천하(治國平天下)에 이어지는 공부와 행동지침을 구성해 『성학집요(聖學輯要)』를 집필하여 현실 정치의 실천 조목까지를 제시한다. 이렇듯 『격몽요결』은 유교적 이상정치의 실현이라는 궁극적 실천 지향을 사상하고서는 그 위상을 정하기 힘들다.[30] 「입지장」이 격물치지에 관계되는 내용인 것처럼, 「혁구습장」은 "극기복례"의 경지와 연결되고, 「지신장」은 성심정의(誠心正意)와 수신제가에 해당되며, 「독서장」은 기본적인 사서오경의 학습과정을 정리한 것이다. 그러므로 『격몽요결』이 요구하는 용기와 진취는 유교적 자기수양과 정치적 실천이라는 분명한 방향성을 지닌 것이며, 스마일스나 나폴레옹, 플라톤 등의 서구 위인들의 격언이 용기, 불요불굴, 극기 등의 가치를 담고 있다고 해서 직접 대응시킬 수 없다. 『격몽요결』이 가진 학문적 체제에 상응하는 조직적 구성을 『산수격몽요결』은 갖출 수 없었고, 또한 『격몽요결』의 궁극적 전제인 유교적 이상 정치에 상응하는 근대적 실천 체제를 제시하지 못했다는 점에서 최남선이 『산수격몽요결』에서 시도한 과감한 편집방식은 미완에 그친 셈이다. 전자의 본문이 완비한 "立志-格物致知-修身齊家"의 구도에 상응하는 "가언선모"의 체제는 갖춰지지 않았다. "가언선모"에 배열된 서구 격언들은 『격몽요결』 본문에 나타난 용기, 극기 등의 개념적 유사성을 위주로 취합된 것이다.

---

30 율곡 이이의 성리학과 실천 철학에 대해서는 아래 장숙필의 논의를 참조할 것.
　장숙필, 「栗谷 心性說의 理氣論的 特性」, 『철학연구』 7(고려대 철학연구소, 1983)
　장숙필, 「율곡 경장론의 특징과 그 현대적 의의」, 『율곡사상연구』 10(율곡학회, 2005)
　한국사상연구소 편, 『자료와 해설 한국의 철학사상』(예문서원, 2001), 494~500면.

결국 박은식의 서문, 편자인 최남선의 지, 『소년』의 광고문에 드러난 편찬의도가 『산수격몽요결』의 본문으로 달성되지는 못했다고 하겠다. 동서고금의 측량이 편집의 내용에서 이루어지지 못했으며, 이질적인 두 문화인 근대적 전환 속에서 사라져가는 경서—고전을 대변하는 『격몽요결』과 당면한 현안으로서 배워야만 하는 서구 기술 문명의 시원으로서의 서구 철인들의 격언들 사이에 연결을 만들어야한다는 시대적 당위만이 남은 양상이다. 이 최남선의 당위는 한국 계몽의 한 강박으로서 시대를 읽어내는 지표가 될 만하다. 편찬의 구체적 양상은 견강부회에 그쳤지만, 그 편찬의 이념은 한국 계몽기를 읽어내는 시대정신의 표상인 것이다. 이 결락을 메우는 것은 최남선의 과도한 행동주의인데, "가언선모"의 결론 부분은 아래와 같다.

> ……이상에 서술한 여러 철인과 달사(達士)의 모든 선언(善言)과 모범을 종합하여 그 개념을 구할 진댄,
> 너의 최선을 역행(力行)하라, 그리하여 만족함과 휴식함이 없어라.
> 의 일절(一節)이 되는 줄로 나는 생각하오.[31]

『격몽요결』 역시, 고식적인 과거의 "인심(人心)"에서 벗어난 진취적 행동을 촉구하고 있기는 하지만 위 인용문에 지시한 "최선의 역행"과는 성격이 다르다. 『격몽요결』이 지향하는 입지와 공부 등은 주자학이라는 특정한 학문적 전통 속에서의 경지를 목표로 삼는다. 그러나 서구 격언의 번역을 통해 재조합된 입지와 공부, 그리고 그 결론인 "최선의 역행"이란 결국 다분히 무국적이고 또한 맹목적인 성격이었다. 그리고 이 무국적성과 맹목성은 과도기라는 시대 인식으로 그 당위성을 보장받기는 했지만

---

31 최남선 편, 『산수격몽요결』(신문관, 1909), 35면.

견강부회의 혐의를 벗기는 어렵다. 그만큼, 한국의 전통과 서구 근대를 교육의 차원에서 결합하는 일은 지난한 과제이기도 했던 것이다.

한국의 경서를 서구의 격언을 통해 근대적으로 적용 내지 번역하려 했던 최남선의 편집 의도는 미완성인 상태이고 이 책이 기대한 만큼의 교육적 효과를 가져 오지 못한 것이 사실이지만, 경서의 근대적 이용이라는 측면에서는 새로운 인식의 전환이었다. 경서나 고전은 인생의 가치관을 세우는 근간이 된다는 점에서 윤리나 도덕이라는 형이상의 차원에 결부된 문제이기도 하지만, 일상을 이루는 언어생활의 전범이 되기도 한다는 점에서 형이하의 현실생활과 밀접한 관계를 맺고 있다. 영미문화권의 경우, 고전에서 발췌한 인용구(quotation)를 모아서 결혼, 장례, 생일 등의 행사에 맞추어 분류한 많은 사이트들이 운영되고 있다. 이 사이트들이 있기 전에는 격언집이 출간되어서 일상의 언어생활을 보조하는 역할을 했으며, 근대 초기의 일본에서도 서구 및 일본의 격언을 같이 종합한 많은 실용적 편찬서들이 출간되었다. 『산수격몽요결』은 정심공부나 본령공부, 즉 덕육의 강조라는 의도도 있지만 서구 격언이 나타내는 근대적 가치 체계에 맞추어 『격몽요결』이라는 경서도 부분적으로 발췌하여 인용할 수 있음을, 그렇게 하여 변화된 당대 한국의 일상에 맞추어 적용할 수 있음을 보여주는 실용적인 차원도 결부되어 있는 것이다. 앞서 논한 "가언선모"와 『격몽요결』 본문 사이에 설정된 『격몽요결』의 본문 문구 란은 본문의 이해를 돕기도 하지만, 적절한 인용구를 선별한 작업이기도 하다.

새로운 시대에 대응하는 덕육과 정심공부를 내세운 의미심장한 편집 의도에 비해서는 그 결과물은 견강부회에 그친 감이 있지만, 당대의 일상생활에 맞추어 경서도 발췌되고 굴절될 수 있다는 최남선의 인식은 고전의 근대적 전용이라는 측면에서 평가해야 할 것이다. 또한, 이 책에 나타난 자국 고전의 근대적 전용이라는 인식은 더 확장되어 조선광문회라는 실천적 기관으로 현실화된 것은 최남선의 업적이라고 평가해야 할 것이다.[32]

5. 독립자존(獨立自尊)에 묻힌 정심공부(正心工夫)

『산수격몽요결』에서는 본문인 '가언선모'와 『격몽요결』이 빚어낸 부조화로 인해 오히려 부록으로 붙은 「수신요령」이 더 부각되고 있다. 『산수격몽요결』에서는 최남선과 박은식이 강조한 정심공부와 본령공부의 실체가 서구 격언과의 습합으로 모호해진 가운데, 완결된 체제를 갖춘 「수신요령」이 내세운 "독립자존"이 더 명확하게 전달되는 양상이다. 행동에 대한 촉구와 함께 공부의 규모를 제시한 『격몽요결』은 완결적인 성리학 체제로 인해 최남선의 행동주의에 부응하기 어려우며 직접적 행동강령인 「수신요령」이 "최선의 역행"에 오히려 부합하는 성격이다. 성인이 되기 위한 정심공부보다는 독립자존을 위한 행동강령이 결국 최남선이 내세운 과도기적인 행동주의에 어울렸던 것이다. 「수신요령」에 대해서도 『소년』은 아래와 같이 지속적으로 광고를 내고 있다.

> 이는 일본유신의 건설가를 양성한 대교육가 후쿠자와 유키치씨가 필생의 연구와 경험에 기초하여 신시대 사녀(士女)의 준수할 신도덕을 구체적으로 논술한 것을 본관이 특히 느낀 바 있어서 이를 번역 간행하여 실비 3전으로 반포함이니 사람들의 사부(師傅)나 장로(長老)가 된 이는 다량을 구매하여 자제와

---

32 자국의 고전 문헌을 근대적 매체 환경에 맞추어 재출간한 조선광문회의 사업 양상에 대해서는 임상석, 「고전의 근대적 재생산과 최남선의 국한문체 글쓰기 - 『조선광문회 고백(朝鮮光文會告白)』 검토」, 『민족문학사연구』 44(민족문학사학회, 2010) 참조.

이웃에 넓게 베푸심을 무망(務望)하오[33]

　인용문이 광고한『수신요령』은 현재 실물을 구하기는 어렵지만『산수격몽요결』의 부록으로 수록되고『소년』 2-2에 번역된「수신요령」과 동일한 것으로 추정된다. 최남선과 신문관은『산수격몽요결』뿐 아니라,「수신요령」에 대해서도 적극적인 판촉을 시도했던 것이다. 최남선은 29조를 모두 완역했을 뿐 아니라,[34] 주석도 상세히 달아 부록의 체제가 본문보다 더 정세하다.[35] 더욱 위 인용문에 나타나듯이 대량판매를 기도했지만, 현재 남아 있는 책이 거의 없는 것으로 보아서는『산수격몽요결』처럼 당대에 큰 반향을 받아내지 못한 듯하다.

　「수신요령」은 "독립자존"을 우선적 가치로 삼아 근대적 도덕을 체계적으로 해설한 것으로 민족적 적대자인 근대 일본의 설계자가 작성했다는 민족적 거부감을 차치한다면 당시 한국의 과도기를 대응하는 행동 강령으로 일단 유효한 것이었다. 최남선은 후쿠자와 유키치가 내세운 "독립자존"을 번안하여 더 극적인 방식으로 강조한다. 원문에 없는『논어』의 구절을 가져와서 독립자존과 '仁'을 대치한 것이다.

> 1.……吾黨의 士女는 독립자존의 주의로써 수신처세의 요령을 삼고 造次顚沛의 사이라도 服膺하기를 게을리 아니해야 사람 된 본분을 완전히 할지니라.[36]

---

33 『소년』 2-3 "「수신요령」 광고문", 1909.3, 표지의 뒷장. 이 광고는 1909년 3월부터 1910년 4월까지 거의 모든『소년』발행분의 뒷장에 게재되었다.

34 천황에서 비롯된 萬世一系에 대한 존숭을 나타내는 첫 문장은 생략되었다. 그리고 "男女"를 "士女"로 "健康"을 "攝生"으로 "幸福"을 "福祉"로 바꾸는 등 다른 용어를 취한 부분과 본문에 없는 단어를 삽입한 경우 등이 약간 있기는 하다.

35 용어의 개념에 대한 짧은 해석과 인민과 정부의 관계 그리고 조세에 대한 보충 해설 등이 註로 각 조목의 뒤에 달려 있다.

36 『산수격몽요결』「수신요령」, 1면. 참고로 원문은 아래와 같다.

이 인용문에서 "造次顚沛"는 원문에 없는 구절이다. 이 구절은 『논어』의 "군자가 인을 떠나면 어찌 이름을 이룰 수 있겠는가. 군자는 밥을 먹는 사이에도 인을 떠나지 않으니, 급하고 구차해도 반드시 엎어지고 자빠져도 반드시 그러하다"[37]는 구절을 변용한 것으로 군자는 "오당의 사녀"[38]로 바뀌고 '인'의 자리를 독립자존이 대신한다. "오당"을 최남선은 "신시대(新時代)"라고 주석한 바, 전근대적인 군자는 신시대의 "사(士)"와 "여(女)"로 '인'이라는 보편적이고 절대적인 가치가 근대적인 지향을 가진 독립으로 대체된 것이다. 의도적으로 『논어』의 구절을 삽입한 것은 『산수격몽요결』의 본문에서 『격몽요결』과 서구 격언을 대비시킨 편찬 기획과 일맥상통하는 것으로, 번역의 정확성 문제를 떠나서, 최남선의 시대정신, 나아가 "인(仁)"보다 "독립자존"이 우선이라는 한국 계몽의 강박을 반영하는 지점으로 주목해야 한다.

그러면 후쿠자와 유키치의 독립자존이란 구체적으로 어떤 삶의 방식을 가리키는 것인가? 그는 이에 대해 매우 구체적인 생활의 조목들을 제시한다. 최남선은 『격몽요결』의 본문을 처리한 방식처럼, 「수신요령」에 대해서도 그 요체를 가려서 본문 위에 별도의 난을 만들어 정리하였다. 그 문구들을 풀어서 적자면 아래와 같다.

독립자존—심신을 모두 독립하라—스스로 노동하여 스스로 살아라—섭생하라—천수를 다하라—나아가 얻어내고 굳게 지켜라—심려하고 과단하라—남녀는

"……吾黨の男女は獨立自尊の主義を以て修身處世の要領と爲し, 之を服膺して人たるの本分を全うす可きものなり." 직역하면 "오당의 남녀는 독립자존의 주의를 가지고서 수신처세의 요령으로 삼고서, 이를 마음에 새겨서 사람 되는 본분을 완전히 해야 가할 것이니라."가 되어서 최남선의 번역과는 부분적으로 다르다.

37 "…君子去仁, 惡乎成名? 君子無終食之間違仁, 造次必於是, 顚沛必於是."『論語』「里仁」

38 각주에 인용한 후쿠자와 유키치의 원문에는 士女가 아닌 男女로 되어 있다.

동등하다-일부일처를 지켜라-자애하고 효도하라-독립자존의 준비-평생토록 부지런히 배워라-개인과 사회-서로 애호하라-원수를 갚음에는 공명이 필수-충성과 근면으로 일을 맡아라-신의로 교우하라-예법을 지켜라-내 처지를 미루어 남을 헤아려라-생물을 애호하라-문예를 숭상하라-인민과 정부-민권-나라를 위해 몸을 버려라-국법을 지켜라-누구에게나 인을 베풀라-과거를 이어 미래를 열어라-교육하라-권도하라[39]

개인의 독립이 노동에서 비롯된다는 사실을 명백히 하며, 근대적 일부일처와 남녀동등으로 독립의 구체적 생활을 나타내고 나아가, 국가와 개인의 관계와 민권까지를 강조한 체제가 완결된다. 물론 개인의 독립자존이라는 대전제가 나라를 위해 목숨을 버리라는 강령과 빚어낸 모순이 존재하기는 하지만 식산과 교육, 애국 등의 계몽적 선전구들만이 강조되는 가운데 구체적인 내용이 부족했던 한국 계몽기의 많은 논설들에 비해 지향점이 명확하다. 『격몽요결』이 입지-격물치지-수신제가라는 성리학적 실천 체제를 완비한 것과 대비하여 독립자존이라는 가치를 근간으로 새로운 개념인 권리, 행복, 평등의 내용을 설명하여 근대적 개인상을 체계적으로 설파한 이 「수신요령」은 당시 한국의 과도기를 대응하기에 아주 적절한 것이었다. 최남선의 지와 박은식의 서문, 광고문 등에 공식적으로 드러난 바로는 물론, 『격몽요결』을 시대에 맞춰 전달하는 것이 이 책의 목적이지만, 결국 그 논조가 명확히 드러나는 대목은 이 「수신요령」인 것이다. 일본 제국주의의 위협에 국권을 상실한 위기의 국면에서

---

39 "獨立自尊-要心身兩獨立-自勞自活-攝生-考終命-進收而確守-深慮而果斷(要自力)-男女同等--夫一婦-慈孝-獨立自尊의 준비-畢生勤學-個人與社會-彼此愛護-報讐要公明-忠勤以任事-信義以交友-禮法-推己而及人-愛護生物-尙文藝-人民與政府-民權-爲國損軀-遵國法(爲保維社會之秩序安泰)--視同仁-繼往開來-敎育-勸導" 한편 이 문구들 중, 推己及人, 一視同仁, 繼往開來 등은 원문에 없는 표현이지만 당시의 한국에 익숙한 한문전통의 숙어들을 가져온 것으로 전달효과를 높이려는 의도로 보인다.

하필 일본 근대를 설계한 당사자의 행동 강령을 내세운 것이 과연 적절한 일이었는가에 대해서는 논란의 여지가 많을 터이다. 그러나 「수신요령」의 번역과 그 주석 작업은 근대적 국가 체제와 민권 의식을 해설한 작업으로 시대적 의의는 적지 않다. 한국의 한문전통과 서구의 지적 전통에 일본 근대의 행동강령이 합류된 『산수격몽요결』에서 가장 명확하게 전달되는 부분이 결국은 서구와 일본전통의 절충인 메이지시대의 도덕률이었다는 것은 최남선의 계몽과 한국 근대의 성격을 집약적으로 보여주는 단면이다.

최남선이 명기한 바, 『산수격몽요결』은 자국의 한문고전을 통한 덕육—정심공부를 통해 근대 기술문명과 서구 분과학문으로 대변되는 서세동점의 과도기를 대처한다는 의미심장한 기획이었다. 그러나 서구의 격언과 『격몽요결』의 본문은 편집 의도만큼의 체제를 구성하지 못하였고, 이로 인해 부록인 일본 근대의 행동강령인 「수신요령」의 주제인 독립자존이 『격몽요결』의 정심공부를 압도한 형국이었다. 한편, 경서가 가진 절대적 질서까지 당대적 수요에 맞추어 변용하고 재단할 수 있다는 과단성은 전근대 한국 한문고전을 근대적으로 재생산했던 조선광문회의 성과로 이어졌다.

참고자료: 「刪修蒙要訣」에 인용된 서구 격언들과 그 원문(부분)

Lives of great men all remind us, we can make our lives sublime, and, departing, leave behind us, footprints on the sands of time. －Henry Wadsworth Longfellow

英傑의 傳記는 다 우리들도 英傑이 될 수 있음을 明證하더라.

Great works are performed not by strength, but by perseverance.
－Samuel Johnson

큰 事業은 힘으로써 할 수 있는 것이 아니라 다만 굳은 마음으로 이룰지니라.

Dost thou love life? Then do not squander time, for that is the stuff life is made of. －Benjamin Franklin

너희는 生命을 사랑하나냐, 그리하거든 時間을 浪費하지 말아라. 時間은 生命을 만들어 내는 元素니라.

Words are like leaves; and where they most abound, Much fruit of sense beneath is rarely found. －Alexander Pope

언어는 나뭇잎과 같으니 가장 번성할 때에는 과실이 없느니라.

Vice is a monster of so frightful mien/ As to be hated needs but to be seen;/ Yet seen too oft, familiar with her face,/ We first endure, then pity, then embrace. －Alexander Pope

악습은 용모가 극히 추루한 괴물인 고로 한번 보면 족히 멀리하여야 할 것을 깨닫는다. 그러나 여러 번 만나면 차차 그 용모에 익숙하여 처음에 멀리하려 하던 것을 얼마 후에는 아무러치도 않게 생각하게 되고 나중에는 어여삐 보고 사랑하기에 이르니라.

Do all the good you can,/ By all the means you can,/ In all the ways you can,/ In all the places you can,/ At all the times you can,/ To all the people you can,/ As long as ever you can. －John Wesley

너의 할 수 있는 모든 수단으로써, 너의 할 수 있는 모든 방법으로써, 너의 當한 모든 땅에서, 너의 當한 모든 때에서, 너의 對하는 모든 사람에게, 너의 할 수 있는 至善을 行하라.

서구의 한국번역,
19세기 말 알렌의 한국 고소설 번역
-'민족지'로서의 고소설, 그 속에 재현된 한국의 문화

이상현

1. 알렌 『백학선전』 영역본의 발견과 그 의미

이 글의 목적은 첫째, 알렌(Horace Newton Allen(安連) 1858~1932, 한국체
류 1884~1905)의 *Korean Tales*(1889)에 수록된 '견우직녀 설화'로 알려진
작품이 『백학선전』 영역본이란 사실을 학계에 알리는 데 있다.[1] *Korean
Tales*에 수록된 4편의 번역물은 일찍이 구자균에 의해 '한국고소설을 영
역한 최초의 사례이자 효시'로 평가받은 바 있다. 더불어 조희웅은
Korean Tales 전반에 수록된 번역물을 검토하며 "근대 설화학상 단행본
형태로 출간된 최초의 자료선집"이란 의의를 부여했다. 선행연구를 통해
서구어로 번역된 고소설의 효시(구자균)이면서도 설화(집)로서 유통된 작
품(조희웅)이라는 *Korean Tales*의 중요한 특징이 모두 거론된 셈이다.

---

1 H. N. Allen, *Korean Tales-Being a Collection of Stories Translated from the
Korean Folk Lore* (New York & London : The Nickerbocker Press,, 1889). 이하 알렌
의 이 책을 인용할 시에는 본문 중에 인용면수만을 표기하도록 한다. 구자균, 「Korea
Fact and Fancy의 書評」, 『亞細亞研究』 6-2(고려대아세아연구소, 1963) ; 조희웅, 「韓
國說話學史起稿-西歐語 資料(第Ⅰ·Ⅱ期)를 중심으로」, 『동방학지』 53(연세대국학
연구원, 1986)

그럼에도 불구하고 『백학선전』자체가 크게 주목받지 못한 작품이었고, 알렌이 '견우직녀'("Ching Yuh and Kyain Oo – The Trials of Two Heavenly Lovers.")라는 다른 제목을 붙였기에, 그의 『백학선전』영역본은 한국 '견우직녀 설화'를 번역한 작품으로 인식되었던 셈이다.[2]

그렇지만 알렌의 "Ching Yuh and Kyain Oo"가 고소설의 영역본임을 서구인은 알고 있었다. 일찍이 모리스 쿠랑(Maurice Courant, 1865~1935, 한국체류 1890~1891)은 『한국서지』를 저술하는 데 알렌의 작품들을 참고문헌으로 인용한 바 있다.[3] 쿠랑은 *Korean Tales*(1889)에 수록된 "Ching Yuh and Kyain Oo"의 저본을 『백학선전』이라고 분명히 밝히고 있다.[4]

---

2 김광식(「우스다 잔운(薄田斬雲)과 한국설화집 「조선총화」에 대한 연구」,『동화와 번역』20(건국대동화와 번역연구소, 2010)과 허석,「근대 한국 이주 일본인들의 한국문학 번역과 유교적 지(知)의 변용」,『동아시아의 문화표상』(박이정, 2007)의 연구를 통해 『백학선전』에 대한 번역이 비단 서구인에게만 한정된 실천이 아니란 사실을 뒤늦게 알게 되었다. 또한 게일(J. S. Gale) 역시『백학선전』영역본(미간행 고소설 번역본)이 있어, 19세기 말~20세기 초 서울에서『백학선전』이 널리 유통되던 작품이란 사실을 짐작할 수 있다.(권순긍, 한재표, 이상현,「『게일문서』소재 〈심청전〉, 〈토생전〉의 발굴과 의의」,『고소설연구』30(한국고소설학회, 2010); 이상현,「문허진 〈심청전〉 정전화의 계보」,『고소설연구』32(2011)) 특히 김광식의 연구는 아르노스의 설화집(H. G. Arnous, 송재용, 추태화 역,『조선의 설화와 전설(*Korea, Märchen und Legenden)*』(제이앤씨, 2007[1893]))에 수록된 '견우직녀 설화'가『백학선전』독일어역본이란 사실을 밝혔다. 하지만 김광식과 아르노스의 설화집 번역자들은 그의 번역본이 알렌 영역본에 대한 중역이란 사실을 간과했다.

3 M. Courant, 李姬載 옮김,『韓國書誌 – 修訂飜譯版』(一潮閣, 1997), 284면. (*Bibliogra-phie Coréenene*, 3tomes, 1894~1896, Supplément, 1901) 이하 이희재의 번역문을 활용할 경우는 인용면만을 표기하도록 한다.

4 기존논의 속에서『토끼전』,『홍부전』,『춘향전』,『심청전』,『홍길동전』5종의 작품을 고소설을 저본으로 한 것으로 추정되었다. 이에 비해 쿠랑은 *Korean Tales*에서 동물우화를 제외한 나머지 작품들을 모두 고소설의 번역본으로 파악하고 있었다. 쿠랑의 『한국서지』에서『토긔전』제명만이 제시되어 있다. 이는 그가 목록만 옮겨왔을 가능성을 지닌 고소설이며, 알렌 영역본에서 설화와 함께 포괄적으로 거론되고 있었다. 이 점을 감안한다면, 그가『토끼전』을 고소설 번역본으로 생각하지 않은 이유를 짐작할 수 있다. 즉, 그는 알렌 영역본의 III장(The Rabbit and Other Legends Stories of Birds

쿠랑의 이러한 진술은 단순히 새로운 고소설 영역본 한 편을 발견한 것 이상의 큰 의미를 지니고 있다. 왜냐하면 쿠랑은 원본 고소설을 함께 읽을 수 있었던 서구인 독자였기에, 고소설에 대한 비평뿐만 아니라 원본 고소설과 번역본을 대비하는 번역비평의 모습을 보여준 셈이기 때문이다. 이것이 이 글의 두 번째 연구목적이다. 본고에서는 알렌의 『백학선전』영역본을 비롯한 알렌의 영역본 전반을 이러한 모리스 쿠랑의 고소설비평과 번역비평이란 지평 속에서 그 의미를 규명해보려고 한다.

2. '설화집'이란 고소설유통의 맥락과 서구인 초기의 고소설비평

① *Korean Tales*(1889)는 한국에서 채록한 설화작품으로만 구성된 것이 아니라, 고소설이 "抄譯 혹은 童話化"된 형태의 작품을 포함하고 있다. 따라서 설화집으로는 일정량 한계를 지니고 있지만 후대의 한국설화집과 설화연구에 끼친 영향력은 결코 "과소평가할 수"없는 것이다. 또한 고소설과 설화의 미분화야말로 당시 설화집 출판의 보편적 형태였다.[5]

1931년 서구인의 한국학 논저를 집성한 인물이기도 한 원한경(H. H. Underwood)은 알렌을 회고하는 글에서, *Korean Tales*를 대표적인 알렌의 저술로 지적하며 **매력적인 한국의 전설과 설화들을 서양에 처음으로 소개**[6]했다고 평가했다. 이는 알렌의 저술을 구전설화로 규정하는 통념

---

and Animals.(토끼와 다른 전설들. 조류와 동물들의 이야기들)을 검토한 고소설과 대비할 필요가 없는 완연한 설화의 채록으로 인식했던 셈이다.

5 조희웅(앞의 논문), 103~104면. *Korean Tales*(1889)가 절판된 이후 출판사와 (서구인)독자들의 요청에 의해 1904년에 재출간된 사정과 아르노스(H. G. Arnous)의 독일 어본을 비롯한 서구인들의 한국설화집에 다시 수록되며, 설화연구서에서도 거듭 거론되는 모습을 감안해보면 그 영향력을 충분히 짐작할 수 있다.

6 H. H. Underwood, 서정민 편역, 「호레이스 N. 알렌」, 『한국과 언더우드』(한국기독교역

이 이 시기까지 여전히 지속되었음을 잘 보여준다.[7] 알렌 역시 *Korean Tales*의 「서문」(Preface)에서 그의 저술을 구성하는 작품들을 다음과 같이 **구전설화**(native lore)로 규정했다.

내가 이 책을 쓰는 목적은 한국인이 반미개인이라는 다소 강하게 남아있는 잘못된 인상을 고치는 곳에 있다. 그리고 나는 이 목적을 달성하기 위해서 한국 사람들의 생각, 삶, 풍속을 그들의 구전설화(native lore)로 보여주는 것이 가장 효과적인 방법이라고 믿기에, 특별히 엄선된 작품이 아니라 삶의 다양한 국면을 보여주는 작품들을 번역한 것이다.(3면)

알렌의 저술목적은 한국인이 반미개인이 아니란 사실을 변론하는 것이며, 이를 위해서 알렌은 한국인들의 삶을 한국인들의 언어로 보여주는 설화를 직접 번역하여 재현해주는 방식을 선택한 것이다. 즉, 이 저술에 수록된 고소설은 하나의 문학작품이 아니라 한국사회 혹은 한국인의 생활과 풍속을 엿볼 수 있는 자료, 즉 민족지학적 연구를 위한 연구대상으로 존재한다. 알렌의 고소설 영역본을 살필 때는 이렇듯 설화집이라는 유통

사연구소, 2004), 239면.("Horace N. Allen", *The Korea Mission Field* 29-3(1933. 3))

7 고소설을 설화로 규정하는 서구인의 시각은 비단 알렌의 저술에만 해당되는 사항은 아니었다. 원한경은 서구어로 된 한국학 자료를 집성하며, 알렌의 저술을 서구어로 된 한국학의 대표적 업적 50선 중 한 작품으로 엄선을 했다.(H. H. Underwood, "A Partial Bibliography of Occidental Literature on Korea", *Transactions of the Korea Branch of the Royal Asiatic Society 20*(1931) pp 184~185.) 그는 설화, 전설, 이야기 (Fairy Tales, Legends, and Stories)라는 표제항 아래 알렌의 저술, *Korea, fact and fancy* (1904)를 배치했다. 이 표제 아래, 알렌의 저술과 더불어 게일(J. S. Gale)의 『구운몽』, 『천예록』, 『청파극담』 번역본들이 함께 포함되어 있다. 이는 한국 관계 주요 잡지였던 *Korean Repository, Korea Review* 등도 마찬가지였다.(조희웅(앞의 논문), 103~104 면.) 또한 헐버트(H. B. Hulbert)가 『조웅전』을 설화(folk-tales)로 거론하는 모습 등을 그 근거로 들 수 있을 것이다.(H. B. Hulbert, 신복룡 옮김, 『대한제국멸망사』(집문당, 2006), 385면.)

의 맥락과 동시에 이렇듯 민족지라는 측면을 함께 염두에 두어야 한다.

　알렌의 저술 Ⅰ～Ⅱ장에는 Ⅲ장 이후 설화와 고소설을 안내하는 역할을 하는 한국과 수도 서울에 대한 간략한 소개글이 있다. Ⅰ장「서설 : 국가, 국민, 정부」(Introductory : The Country, People, and Government)에서는 한국의 지리와 기후, 인구, 국토, 광물, 자연경관, 정치제도, 세금·화폐·토지·호패제도, 의식주, 건축, 신분제도, 과거제도 및 한국인들의 성격과 언어·종교, 선교사들이 온 이후 신앙, 교육, 문물의 변모, 과거 그리고 현재 중국과 한국의 관계에 대해 소개했다. Ⅱ장「묘사 : 수도 안과 주변의 풍경」(Description : Sights in and about the Capital)에는 서울이 한국에서 차지하는 중심적인 위상과 그 내력, 인구와 거주양상, 도로와 수로, 가옥, 백의(白衣)의 옷차림, 가정생활, 서울의 정경, 궁궐과 왕실에 대하여 이야기 했다.

　Ⅰ～Ⅱ장은 한국을 소개하는 민족지라고 볼 수 있다. 알렌이「서문」에서 참조하길 부탁했던 그리피스(W. E. Griffis)의『은자의 나라 한국』(1894)에서 역사(1부 고대중세사 / 3부 근현대사)와 구분된 2부 ‘정치와 사회’에 해당되는 주제들−8도의 지리와 풍물, 왕과 왕궁, 정파(政派), 정부조직과 통치방법, 봉건제도·농노·사회제도, 여성과 혼속, 아동생활, 가정·음식·복식, 상제와 장제, 옥외생활, 무속, 종교, 교육 등−을 알렌이 간략히 정리한 셈이기 때문이다.[8] 알렌이 편찬한 설화집 속에 배치된 번역물은 “민간에 구두전승되어온 설화”이며 “민족문화”로 규정된다. 그 속에는 설화를 국민국가 단위로 분할하는 근대의 시선이 놓여 있었다. 또한 설화를 통해 종국적으로 한국인의 사회생활과 풍속을 알리려는 민족지학적인 목적이 존재한다. 이 점에서 민족지와 설화집은 구분되는 것

---

8 W. E. Griffis, 신복룡 역주, 『은자의 나라 한국』(집문당, 1999)(*Corea, the Hermit Nation* 1th Edition(London :W. H. Allen & Co, 1882))

이 아니었다. 이것이 설화로 인식되는 고소설 번역의 가장 큰 목적이자 지향점이었음을 기억해야 한다.

그리피스 역시 '전설과 민담'(Legends and folk-lore)을 『은자의 나라, 한국』의 2부를 구성해주는 주제항목 가운데 하나로 배치했다. 그리피스는 동양 "민족의 역사는 역사적인 사실이나 왕조의 역사"와 함께 동양인의 "정신적·심리적 역사"(a history of a mind, of psychology)를 함께 검토해야 하며, "실제로 발생했었다고 믿고 있는 사실들을 기술하려는 노력"과 함께 동양인들이 "믿고 있는 사실" 그 자체를 기록하는 것이 중요하다고 말했다.[9] 여기서 설화는 후자의 영역에 놓이는 것이다. 이렇듯 그리피스가 언급한 "正史가 보여줄 수 없는 지점"에 관해서 헐버트(H. B. Hulbert)는 더욱 더 구체적으로 말해준다. 설화(Folk-Tales) 속에는 "역사의 정사 속에서 발견할 수 없는 여러 가지 흥미 있는 인류학적 내용의 부품들"이 존재하며, 역사상의 큰 사건을 조감하는 것만으로 얻을 수 없는 "가정과 가족과 일상생활"을 발견할 수 있다고 말했다.[10] 즉, 국가, 정부, 왕조란 단위 보다 작은 사회의 역사(미시사, 생활사)이며, 과거가 아닌 한국인이 현재 살아가는 삶과 생활의 모습을 생생하게 재현하는 역할을 담당했고, 이것이야말로 서구인 초기 '설화=고소설' 번역의 가장 큰 목적이었던 것이다.

'설화=고소설'이라는 인식은 *Korean Tales*(1889)의 번역양상에도 투영되어 있다. 문학작품의 번역이라는 시각에서 원본의 언어표현을 직역을 통해 보존하는 것과는 다른 번역방식을 보여주기 때문이다. 조희웅이

---

9 같은 책, 395면.

10 H. B. Hulbert, 신복룡 역주, 『대한제국멸망사』(집문당, 2006), 437면. 이 글은 본래 왕립아시아학회 한국지부 학술지에 게재되었던 글이기도 하다. 그 출처를 밝히면 다음과 같다. H. B. Hulbert, "Korean Folk-Tales", *Transactions of the Korean Branch of the Royal Asiatic Society* *II*(1902)

지적한 고소설의 "抄譯 혹은 童話化"라고 지적한 축역 및 변개양상이다. 요컨대, 알렌의 영역본은 그의 요약진술이 중심을 이루는 축역이란 번역적 특성을 보여준다. 이와 관련된 구자균의 지적을 함께 주목할 필요가 있다. 그의 지적처럼 알렌의 한국어 "實力은 결코 京板本을 내려 읽을 만한 것이 勿論 되지 못하여 京板本의 '스토리'를 자세히 이야기하게 하고 이것을 土臺로 譯出한 것이 틀림없을" 것이라는 그의 추론은 충분히 타당성을 지니고 있기 때문이다.[11] 비록 축역이지만 그 근간에는 경판본 고소설의 내용화소를 보존하고 있어 저본과의 길항작용이 존재한다. 더불어 문헌과 문헌이란 차원뿐만이 아니라, 한국인과 서구인 사이 구술적 상황이 개입되었을 가능성이 있어, 당대의 한국어에 대한 어학적 측면들도 감안해 보아야 한다.

[2] 구자균이 잘 지적했듯이 알렌 영역본의 등장인물에 대한 표기 속에서 우리는 오늘날 로마자 표기와 다른 어색한 표기들을 발견할 수 있으며 구술적 상황의 개입-알렌의 한국어 받아쓰기의 모습-을 추론할 수도 있을 것이다. 하지만 이 시기 한국의 언어질서는 규범화된 표준어를 지닌 오늘날과 다른 상황이었다. 미국 선교사들에게 국민·민족이라는 단위로 규범화된 한글표기를 정립하는 문제는 지독한 난제였기 때문이다. 1890~1897년 사이 출판된 서구인들의 한영사전, 문법서와 같은 한국어학서 속에서 가장 큰 난제는 국문 정서법 그 자체였을 정도로, 국문은 문어로서의 위상과 축적된 관습을 지니지 못했다.[12]

언더우드(H. G. Underwood)는 그의 문법서 서문에서 한국어에 대한 서

---

11 구자균(앞의 논문), 232~233면.

12 이상현, 「언더우드의 이중어사전 간행과 한국어의 재편과정」, 『동방학지』 151(연세대 국학연구원, 2010), 235~246면.

구인의 두 가지 오해에 관해서 이야기했다. 첫째, '말(Speech)은 諺文'이라는 인식이다. 이는 언어를 말과 글을 분리해서 생각하지 않던 서구의 관점에서 한국어를 보는 오해였다. 언더우드가 보기에 "언문"은 단지 표기체계일 뿐(a system of writing, The common Korean alphabet)이었다. 즉, 고소설을 구성하는 국문(한글, 언문)은 **한국말의 세계를 포괄/기록할 수는 없는 것이었다는 점이다.** 둘째, 한국에는 두 가지 언어가 있다는 오해였다. 언더우드는 "길가를 지나가며 들을 수 있는 상인들, 중간계층, 머슴들"의 언어와 관리, 학자들의 언어는 다른 것처럼 들릴지 모르지만 사실 후자는 한자로부터 파생된 용어들을 사용하는 것일 뿐 틀림없는 한국어라고 말했다.[13] 이는 구어 속에 영향력을 발휘하고 있는 한문·한자어의 존재를 잘 말해주는 것이다.

　이러한 정황들은 고소설에도 동일하게 적용되는 것이었다. 헐버트의 글에서 설화/(국문)고소설은 구분되지 않고 함께 동일한 것으로 거론된다. 그는 당시 고소설 향유의 관습에는 '인쇄된 서적'이란 형태가 아니라 직업적인 이야기꾼의 '구전(口傳)'이라는 옛 풍습이 남아 있다고 말했다.[14] 헐버트는 이러한 향유양상을 긍정적으로 평가했지만, 그 원인이 "인간의 언어를 정확히 기술할 수 없는" 한국 "문자어의 제약성"때문이라고 지적했으며 이 점이 종국적으로 한국에서 소설문학의 발전을 방해했다고 평가했다. 즉, 구어와 문어가 현격히 다른 측면으로 인해, 대화를 그대로 기록하게 한다는 점을 불가능하게 했고, 이로 인하여 "주제를 특유의 말투로 전개하거나 성격묘사"를 서술함에 큰 장애가 있음을 말해주었다.[15]

---

13 H. G. Underwood, "Introductory remarks on the study of Korean", 『韓英文法(*An Introduction to the Korean Spoken Language*)』(Yokohama: Kelly & Walsh, 1890), pp 4~5.

14 헐버트(앞의 책), 371면.

알렌의 영역본에서 대화가 서술자의 진술로 대체되는 양상은 이러한 헐버트의 진술과 무관한 것은 아니었다. 하지만 더욱 주목해야 될 지점이 있다. 여기서 언문일치에 도달하지 못한 한글문어가 문제인 것 같지만, 더 중요한 문제가 있다. 그것은 구어를 기록할 도구이자 수단인 언문이 한문에 비해 위상이 낮고 문어로서 관습(기술)을 지니지 못한 점이다. 애스턴(W. G. Aston)은 한국의 경판본 고소설에 관하여 "띄어쓰기, 표제지, 인쇄 혹은 출판자의 이름, 발행 시기 발행처, 작가의 이름"이 부재한 사실, 인쇄의 오류, 철자법의 혼란을 문제 삼았다. 특히 고소설의 정서법은 사실상 존재하지 않으며 국문표기에 대응되는 본래 한자를 찾을 수 없는 수준이라고 말했다.[16]

이러한 언어상황을 감안한다면, 알렌이 국문고소설의 언어를 모두 해독하며 직역(완역)하는 것은 불가능했을 것으로 추정된다. 그럼에도 오히려 한국어와 영어 사이 정해지고 관습화된 규정이 없었다는 사실은 직역해야할 한국의 고소설이란 형상과 다른 원본고소설의 형상을 제시해준다. 그것은 새로운 재창작의 원천으로서 고소설이 참조저본으로 기능하는 지점이며, 알렌의 고소설 읽기 혹은 비평의 지점이라고 말할 수 있기 때문이다. 문제는 쿠랑에게 알렌의 이러한 고소설 읽기와 번역이 허용되는 수준이었다는 사실이다.

사실 쿠랑의 『한국서지』 서설에 수록된 고소설비평은 당시 설화로 인식되며 유통되던 한국고소설에 대한 기대지평에 잘 부응한다. 그가 지적한 한국의 고소설의 가장 큰 단점은 '몰개성적이며 천편일률적'이란 측면에 있었다. 개성을 지니지 못한 등장인물, 단순한 줄거리, 서투른 결말구

---

15 같은 책, 372면.

16 W. G. Aston, "On Corean popular literature", *Transactions of the Asiatic Society of Japan* vol. XVIII(1890), pp 104~105.

조를 지닌 것으로, 쿠랑은 서구인들의 '아동용 우화 중 가장 볼품없는 것보다도' 못한 작품들로 규정했다.[17] 쿠랑의 진술 속에서 한국의 고소설 작품은 서구의 근대문예물에는 미달된 작품들이었다. 고소설은 결코 오늘날의 관점에서 볼 수 있는 고전이 아니라, 지식인이나 관료가 아닌 존재들, 한문으로 문자생활이 가능하지 못한 저급한 독자들의 향유물이며, 시정에서 쉽게 구입할 수 있는 동시기의 대중적인 독서물이었다. 고소설에 대한 쿠랑의 기대지평은 결코 문학작품이란 기준에 맞춰져 있지 않았다. 즉, 설화라는 알렌의 고소설 번역의 지평과 쿠랑의 고소설 비평은 어긋나지 않았던 것이다.

쿠랑의 번역비평을 통해 이러한 사실을 알 수 있다. 쿠랑은 알렌의 영역본에 참조표시를 붙였을 뿐 그에 대한 구체적인 언급은 하지 않았다. 하지만 홍종우(洪鍾宇, 1854~1914), 로니(J.H.Rosny, 보엑스(Boex)형제의 필명)의 불역본에 관해서는 '원본에 대한 충실한 번역'이라는 관점에서 평가했다. 쿠랑은 홍종우, 로니『춘향전』불역본의 특징을 "번역"이라기보다는 "번안" 즉, "모방"이라고 여겼다. 더불어『춘향전』해설 역시 잘못된 것이라고 평가했다.[18] 이러한 쿠랑의 번역비평을 명확히 살피기 위해

---

17 M. Courant(앞의 책), 70면.
18 같은 책, 432. 더불어 쿠랑은 홍종우『심청전』불역본(「다시 꽃이 핀 마른 나무(枯木再花)」(le Bois sec refleuri, 1895))을 역시도 번역이 아니라 '번안'이라고 평가한다.(같은 책, 789~790면) 즉, 홍종우의『심청전』불역본에 대해서도 쿠랑의 관점은 동일했다. 이를 반영하듯『한국서지』에서 쿠랑이『심청전』의 줄거리를 기술할 때 참조한 번역본은 알렌의 작품이었다.(같은 책, 423~424면) 사실 홍종우의 번역본은 선행연구 속에서도 "『심청전』을 바탕으로 하여,『별주부전』,『구운몽』과 "『유충렬전』등과 같은 군담소설류를 섞어 만든 것"으로,『심청전』의 온당한 불역본으로 평가받지 않았다. 이에 따라 본고에서는 비교검토는 생략하도록 한다. 그 구체적인 번역양상과 텍스트는 부분역이지만 홍종우의『심청전』불역본인 「다시 꽃이 핀 마른 나무」(김경란 옮김),『한국학보』7-2(일지사, 1981)를 통해서 살펴볼 수 있다. 이에 대한 해제는 김윤식(「「다시 꽃이 핀 마른 나무」에 대하여」,『한국학보』7-2, 132~138면)을 참조. 홍종우, 로니의

서는 쿠랑이 잘못된 것이라고 말한 로니의 『춘향전』비평을 주목해볼 필요가 있다.[19] 그 요지를 정리해보면 다음과 같다.

① 『춘향전』은 허구가 아닌 사실로 전승되며, 이도령의 후손들은 서울에 존재하고 있다.

② 『춘향전』은 '반정부의 비판'을 포함하고 있기에 작자가 미상이며, 이는 한국소설의 전반적인 특징이다. 한국소설의 작가들은 대체로 庶出들이다. 그들은 산중에 은둔하며 사회적 신분에 반대하는 신랄한 작품을 쓴다.

③ 『춘향전』은 "농부와 학생들의 노래", "이도령이 운봉의 관리에게 건네준 시"를 보면 사회비판서이다.

④ "관리의 아들과 서민의 가난한 딸의 결혼" 자체가 관습에 대항하는 것이다.

⑤ 『춘향전』의 두 주인공은 "부모의 명에 의"하여 "서로 모르는 사람끼리 결혼시키는 관습"에서 벗어나 있다. 이들이 맺은 사랑의 맹세는 유럽의 어떠한 가치와 견줄 수 없는 선의와 고결함을 지닌 것이다.

⑥ 이 소설은 못된 관리일지라도 아무도 죽지않는다라는 특징을 보여준다.

⑦ 간결하지만 소설 속 정황에서 한국풍속의 특징들을 엿볼 수 있으며, 자연을 소재로 한 묘사는 천진한 매력을 주며, 이도령의 시문은 사회고발적인 모습을 보여준다.

로니의 서문이 보여주는 가장 큰 변별점은 『춘향전』을 사회비판적이며 관습에 대응하는 의미를 지닌 하나의 '문예물(문학작품)'로 인식했다는 점이다. 이는 한국고소설을 설화로 재편하여 번역한 알렌의 영역본과 쿠랑의 고소설 비평과는 다른 양상이다. 하지만 먼저 살펴보아야 할 문제가 있다. 알렌과 쿠랑 사이에도 큰 차이점이 존재하기 때문이다. 쿠랑과

고소설 불역본이 소개되던 정황에 대해서는 다음을 참조하라. Frédéric Boulesteix, 이향, 김정연 옮김, 『착한 미개인 동양의 현자』(풀빛, 2002), 137~145면을 참조.

19 홍종우·로니, 김경란 옮김, 『향기로운 봄』; 김윤식, 「춘향전의 프랑스어 번역」『한국학보』40(일지사, 1985)에서 그 개략적인 양상을 살필 수 있다.

알렌의 원본 고소설에 대한 해독 혹은 문식력은 동일하지 않았다. 당시 영미권 인사들과 다른 쿠랑의 뛰어난 문식력을 암시해주는 것이 『한불자전(韓佛字典)』의 서문 속 사전편찬자의 진술이다. 『한불자전』의 편찬자는 "한국의 초서체는 항상 고유의 단순성을 잃지 않아서, 한국어 알파벳을 배운 사람이면 누구나 유럽 문학 텍스트들만큼 쉽게 한국어 텍스트들을 자유로이 접할 수 있다"고 말했다.[20] 이러한 진술은 현저히 떨어지는 고소설의 가독성을 문제 삼았던 애스턴의 언급과는 상반된다.

3. '민족지'라는 번역의 지평과 쿠랑의 번역비평

① 쿠랑은 개별 고소설 작품의 서지와 개관을 말하는 말미에, 그가 참조한 서구인들의 논저를 표시했다.[21] 그 중 알렌의 저술을 참조했다는 표시를 명기한 작품은 5종이다. 알렌 저술의 목차에 따라 선행연구의 논의들[22] 그리고 쿠랑이 거론한 해당저본, 알렌 저술에 대한 아르노스 독일어번역본의 작품 편제양상을 정리해보면 다음과 같다.

---

20 황호덕·이상현 역, 『개념과 역사, 근대 한국의 이중어사전』 2(박문사, 2012), 19~20면. (Les Missionnaires de Corée, de la Société des Missions Étrangères de Paris, 『한불ᄌ뎐韓佛字典(*Dictionnaire Coréen-Français*)』(Yokohama: C. Levy Imprimeur-Libraire, 1880)

21 알렌의 책을 제외하고 다음과 같다. J. Ross, 홍경숙 옮김, 『존 로스의 한국사-서양 언어로 기록된 최초의 한국 역사』(살림, 2010)(*History of Corea ancient and Modern* (Paisley, 1879)); W. G. Aston, "On Corean popular literature", *Transactions of the Asiatic Society of Japan* vol. XVIII(1890)

22 오윤선, 『한국고소설 영역본으로의 초대』(집문당, 2008); 전상욱, 「방각본 춘향전의 성립과 변모에 대한 연구」(연세대박사학위논문, 2006), 166면; 사재구, 전상욱, 「춘향전 이본 연구에 대한 반성적 고찰」, 『춘향전 연구의 과제와 전망』(국학자료원, 2004); 이상현, 「묻혀진 〈심청전〉 정전화의 계보」, 『고소설연구』 32(한국고소설학회, 2011); 이문성, 「판소리계 소설의 해외영문번역 현황과 전망」, 『한국학연구』 38(고려대한국학연구소, 2011); H. G. Arnous, 송재용, 추태화 역, 『조선의 설화와 전설』(제이앤씨, 2007)

Korean Tales(1889)		쿠랑이 지적한 Korean Tales 해당저본(1894)	아르노스 번역본 Ⅲ장 「조선의 설화와 전설」(1889)의 편제양상
표제명	선행연구 속의 해제		
Ⅲ. The Rabbit and Other Legends Stories of Birds and Animals. (토끼와 다른 전설들. 조류와 동물들의 이야기들)	● 개관 : 일반적인 식물·동물들에 대한 설명·꾀꼬리 전설·궁녀와 관원의 애절한 사랑 이야기·鳥類에 대한 俗信, 까치가 종을 쳐서·제비(흥부놀부의 略述)·토끼전 ● 번역비평 : 고소설의 초역, 동화화 - 변개부분 : 魚王이 낚시 줄에 걸렸다가 重病을 얻었다는 설정, 토끼의 간이 아니라 토끼의 눈이 필요한 설정(조희웅(1986)) 토끼의 눈을 얻으려고 한 용왕이 잘못을 뉘우침(송재용·추태화(2007))	×	1. Der Has und die Shildkröte(토끼와 거북이 : 본래 수록되어 있던 일반적인 식물·동물들에 대한 설명에 관해서는 Ⅱ장 「조선에 관한 기술」에서 별도로 번역했다.)
Ⅳ. The Enchanted Wine Jug Or, Why the Cat and Dog are Enemi-es?(요술에 걸린 와인 단지, 혹은 왜 고양이와 개는 적인가?)	● 개관 : 犬猫爭珠 설화(조희웅(1986), 한국의 전래동화와 서양의 전래동화를 적절히 배합한 것으로 추론됨(송재용·추태화(2007))	×	3. Die verzauberte Winkanne oder wes-weben Hunde und Katzen Feind sind(마법의 술병 혹은 개와 고양이가 원수가 된 이유)
Ⅴ. Ching Yuh and Kyain Oo The Trials of Two Heavenly Lovers. (견우직녀, 두 천상배필의 시련)	● 개관 : 견우직녀 설화 ● 저본 : 불명(『백학선전』, 『구운몽』, 『주봉전』 등등의 소설들을 재구성(송재용·추태화(2007))	『백학선전白鶴扇傳』 (항목번호 807) 1책, 4절판, 24장	5. Ching Yang Ye, die treue Tänzerin(직녀와 견우(별들의 사랑))
Ⅵ. Hyung Bo and Nahl Bo Or The Swallow-King's Rewards.(흥부놀부, 혹은 제비 왕의 보은)	● 개관 : 『흥부전』의 번역 ● 저본 : 경본25장본 혹은 20장본(이문성(2011)) ● 번역비평 : 고소설의 초역, 동화화 - 변개 : 놀부가 多妾無子한 것으로 설정, 놀부에게 양식을 얻으러 갔다가 쫓겨난 인물이 흥부의 아들로 설정(조희웅(1986), 놀부가 박을 탈 때마다 사람이 등장하며 금전적 문제로 파산한다는 설정(송재용·추태화(2007))	『흥부전興甫傳』 (항목번호 820) 1책, 4절판, 25장	2. Hyung Bo und Nahl Bo order des Schwal-benKönigs Lohn(흥부(Hyung Bo)와 놀부(Nahl Bo), 제비왕의 보답)

Korean Tales(1889)		쿠랑이 지적한 Korean Tales 해당저본(1894)	아르노스 번역본 Ⅲ장 「조선의 설화와 전설」(1889)의 편제양상
표제명	선행연구 속의 해제		
Ⅶ. Chun Yang, The Faithful Dancing-Girl Wife(춘향, 충실한 기생 부인)	• 개관 :『춘향전』의 번역 • 저본 : 경본30장본 이하 (전상욱(2004, 2006) • 번역비평 : "直譯도 아니며 意譯도 아닌 中庸을 얻은 훌륭한 名譯" － 개작된 부분이 존재(원본 이상으로 巧妙하게 描寫한 부분, 以前 府使들의 虐政을 적극적으로 드러낸 부분) 이도령의 부친이 춘향의 이름을 기생명부에서 삭제한 내용, 소경점쟁이가 아버지의 친구였다는 내용. － 불충실한 번역의 예 : 守廳에 대한 설명, 房子를 "pan san (valet)"으로 번역한 부분.(구자균(1963))	『춘향전春香傳』 (항목번호 816) 1책, 4절판, 30장	4. Chun Yang Ye, die treue Tänzerin(節義의 기생 춘향이)
Ⅷ. Sim Chung The Dutiful Daughter (심청, 효성스러운 딸)	• 개관 :『심청전』의 번역 • 저본 : 경판24장본(한남본)으로 추정 • 번역비평 : 축약이지만 확장·변개시킨 부분이 존재. 한국인의 생활과 풍속을 보여주기 위한 번역적 지향이 엿보임. － 변개 : 짜임새 있는 이야기 구성과 한국의 풍속을 보여주기 위해 전반부를 확장.(이상현(2011))	『심청전沈靑傳』 (항목번호 809) 1책, 4절판, 16장	6. Sim Chung, die gute Tochter (효녀 심청)
Ⅸ. Hong Kil Tong Or, The Adventures of an Abused Boy (홍길동, 혹은 박해를 받은 소년의 모험)	• 개관 :『홍길동전』의 번역 • 저본 : 불명 • 변개양상 : 홍판서가 길몽을 꾸어 본부인과 합궁하려 하자, 기생 첩 때문에 못한 점. 홍길동이 왕이 되는 것이 아니라 섬을 다스리는 수령의 딸을 구출하여 벼슬을 제수받음. 홍판서의 장례에 참석하기 위해 서울로 귀환하여 묘자리를 잡고, 정실과 친모를 섬으로 보시고 와 행복하게 사는 것으로 끝남(송재용·추태화(2007))	『홍길동전洪吉童傳』(항목번호 821) 1책, 정방8절판, 30장	7. Hong Kil Tong oder die Geschichte des Knaben, welcher sich zurückgesetzt glaubte(홍길동 자신이 차별받는다고 생각한 소년의 이야기)

　알렌 영역본에 대한 참조양상이 쿠랑과 아르노스는 결코 동일하지 않다. '설화집'이란 동일한 견지에서 아르노스는 알렌이 번역한 모든 작품을 수록했다.[23] 반면 모리스 쿠랑은 알렌 저술에 수록된 5편의 작품들만을 거론했다. 쿠랑의 『한국서지』는 아르노스와 달리 한국인의 말의 세계가 아니라 "한국의 도서"를 소개하려는 저술목적을 지닌 것이었다. 즉, 쿠랑의 저술에서 소개되는 고소설은 분명히 구전물이 아니라 서적 속의 작품으로 인식되는 것이었다.

　그럼에도 쿠랑은 알렌 영역본을 비판하지 않았다. 그가 알렌 영역본의 변개양상을 원본 고소설에 완연히 어긋나는 것으로 규정하지는 않았던 까닭은 무엇일까? 구자균은 알렌 『춘향전』영역본의 저본이 경판본계열이란 사실을 규명했다. 그리고 그 번역양상을 "直譯도 아니오, 意譯도 아닌 中庸을 얻은 훌륭한 名作"이라고 평가했다. 이러한 구자균의 번역비평과 마찬가지로 쿠랑 역시 경판본계열 고소설의 내용화소, 그 줄거리 요약에 위배되지 않는 축약, 생략을 문제시 하지 않았다는 점을 추론할 수 있다.

　그렇지만 구자균과 쿠랑의 번역비평 사이에는 큰 변별점이 존재한다. 구자균이 "守廳"에 대한 불충실한 번역이라고 지적한 부분이 그것이다. 쿠랑이 비판한 로니·홍종우의 『춘향전』 불역본 역시 신관 사또의 수청요구를 결혼요구로 변개했다는 공통점을 지니고 있었다.[24] 쿠랑의 『춘향전』에 대한 줄거리 요약을 보면, 그가 소설 속 남녀관계를 온전히 이해하고 있었다는 사실을 알 수 있다.[25]

---

23 물론 동물과 관련된 부분이 있는 작품들을 『토끼전』, 『흥부전』, 犬猫爭珠 설화를 먼저 배치한 차이점은 존재한다.

24 홍종우, 로니의 『춘향전』 불역본의 개작양상은 전상욱, 「프랑스판 춘향전 Printemps Parfumé의 개작양상과 후대적 변모」, 『열상고전연구』 32(열상고전학회, 2010)를 참조.

25 "그러는 동안 李사또는 다른 고을로 파견되어 가고 그의 후임으로 온 자는 춘향이

하지만 로니·홍종우『춘향전』불역본에는 알렌의 영역본과는 다른 큰 차이점이 존재했다. 그것은 "(1) 춘향의 신분이 평민의 딸 (2) 여장(女裝) 화소 (3) 방자의 역할 증대 (4) 노파의 존재"라는 변개양상이다. 이는 로니의 해석 즉, 『춘향전』의 사랑이 '관리의 아들과 가난한 서민의 결혼'이라는 신분차이를 극복하고, '부모의 명과 매파의 중매'라는 관습에서 벗어난 사랑(④, ⑤)이란 해석을 이끈 가장 큰 원인이다. 알렌은『춘향전』불역본과 달리 춘향의 신분을 어디까지나 기생으로 번역했다. 더불어 알렌은 기생이 사대부와 결연하는 경우가 로니가 제시한 그러한 특별한 의미가 아니며, 한국사회에서 보편적으로 있을 법한 사실임을 알고 있었다.[26] 즉, 알렌의 변개 속에는 상대적으로 그가 체험한 한국사회에 대한 이해가 반영되어 있었던 것이다. 이 속에는 쿠랑과 알렌의 중요한 공유지점이 존재한다. 이 점을 살펴보기 위해서는 쿠랑과 알렌의『흥부전』불역과 영역을 주목할 필요가 있다.

② 쿠랑은『흥부전興甫傳』의 서지사항과 줄거리를 제시한 후, 그 전반부인 흥부가 놀부를 찾아가 매를 맞는 장면까지를 번역했다. 이는 가장 미시적으로 쿠랑의 고소설 읽기를 살펴볼 수 있는 지점이라고 할 수 있다. 그 초두 부분을 알렌과 비교해보면, 다음과 같다.[27]

매우 예쁘다는 것을 알고 그녀를 **자신의 노리개로 삼고자 했다.** 그러나 억지로 당하는 것을 피하기 위해 그녀는 **선임자의 애첩**이었다고 말하면서 사또에게 가는 것을 거절했다." 쿠랑이 참조했으리라 판단되는『한불ᄌᆞ뎐』(1880)에는 "守廳"이라는 표제항이 등재되어 있다.

26 기생에 관해 알렌은 "자기를 좋아하는 사람 중에서 장차 훌륭하게 될 만한 사람을 선택하거나 부유한 벼슬아치의 첩이 되기를 기대할 수" 있으며, "남자와 자유로이 어울릴 수 있는 여인들에 대해" 벼슬아치나 부유층이 굳이 도덕관념을 지니지 않았다고 말했다.(H. N. Allen, 신복룡 옮김,『조선견문기』(집문당, 1999), 117면.)

27 경판본『흥부전』에는 25장본과 20장본이 있다. 하지만 그 차이는 字句 출입 이상의

흥부전(경판 25장본)	쿠랑의 번역	알렌의 번역
1. 놀부심시 무거흐여 부모 싱젼 분지젼답을 홀노 ᄎ지ᄒ고 흥부 갓튼 어진 동ᄉᆡᆼ을 구박흐여 건넌산 언덕 밋ᄒᆡ 너ᄻᅥ리고 나가며 조롱흐고 드러가며 비양흐니 엇지 아니 무지흐리	1. 못된 심성을 타고난 형 놀부는 그의 부친이 그들에게 나누어준 유산을 혼자 가지려고 고심했다.(첨가 : 서술자의 진술을 보다 합리적으로 개작❶) 그는 재산을 모두 혼자 차지하는 데 성공했고 쫓겨난 아우는 산기슭에 살게 되었다. 이는 못된 자의 행동이 아니겠는가?	1. 형은 매우 부자였지만 동생은 너무 가난했다. 유산을 분배할 때 형은 아버지를 대신하여 동생을 부양해야 했지만 오히려 전 재산을 독식하였다. 재산을 전혀 받지 못한 동생은 비참한 가난의 나락에 허덕여야 했다.
2. 놀부 심스를 볼작시면 초상난 듸 춤츄기 불붓는 듸 부치질흐기 회산흔 듸 기닭 잡기(①) 장의 가면 억미 흥졍흐기 집의셔 못쓸 노릇ᄒ기 우는 ᄋᆡ히 볼기치기 갓난 ᄋᆡ히 똥 먹이기(②) 무죄흔 놈 셤치기 빗갑식 계집 ᄲᅥᆯ기 늙은 녕감 덜믜집기 ᄋᆡ희 빈 계집 ᄇᆡ츠기 우물 밋ᄐᆡ 똥누기 오려논의 물터놋키(③) 갓친 밥의 돌퍼붓기 픠는 곡식 삭 ᄌᆞ르기 논두렁의 구멍뚤기 호박의 말뚝 밧기 곱장이 업허놋코 발ᄭᅮᆷ치로 탕탕치기 심스가 모과나모의 ᄋᆡᆼ들이라	2. 지난날 놀부의 행동을 살펴보자면, 그는 누가 죽으면 기뻐하며 춤을 추었고, 불(화재)이 나면 불기를 돋우었다. 시장에 가면 정당한 값을 치르지 않고 물건을 취했으며, 그의 돈을 꾼 사람의 여인을 빼앗고, 칭얼대는 아이를 때리고, 먹을 것을 달라고 하면, 쓰레기를 주었다. 임신한 여인의 배를 발로 찼고, 이유없이 사람들의 따귀를 때렸다. 노인을 밀치고 목덜미를 잡아챘다. 곱사등이의 등을 발꿈치로 때렸고 논에 대어 놓은 물을 빼려고 논의 제방을 뚫었다. 밥을 하고 있는 솥에는 모래를 뿌렸고, 곡식의 이삭을 뺐으며 아직 어린 호박에 뾰족한 방망이로 구멍을 뚫는가 하면 우물에 그의 오물을 갖다 버렸다. 놀부의 마음은 누런 모과만큼이나 울퉁불퉁했다.(①~③ 생략 : 장황한 사설)	2. 생략
3. 이놈의 심술은 이러흐되 집은 부지라 호의호식하는구나.	3. 그러나 그는 부자이므로 맛있는 음식을 먹고 좋은 옷으로 치장할 수 있었다.	3. 두 사람은 결혼을 했다. 형인 놀보는 마누라 이외에도 첩들이 많았지만 자식이 없었다. 반면에

큰 변화가 없는 편이다. 따라서 쿠랑의 서지사항에 부합되는 『경판본 25장본』과 쿠랑의 번역, 알렌의 번역을 비교해보는 것은 동일한 텍스트이지만 서로 다른 번역지향을 살필 수 있는 흥미로운 지점이라고 말할 수 있다.

		홍보는 단 한명의 아내와 서너 명의 자식들을 두었다. 놀보의 처첩들은 허구헌날 싸웠다. 홍보는 아내에게 만족하며 평화롭게 살았다. 홍보 부부는 그들에게 주어진 힘겨운 삶의 짐을 나누어지려고 했다. **(첨가 및 변용)** 형은 따뜻하고 편안한 여러 채의 가옥이 있는 넓고 좋은 저택에서 살았다.
4. 홍부는 집도 업시 집을 지으려고 집직목을 닉려 가량이면 **만첩청산 드러가셔 소부동 딕부동을 와드렁퉁탕 버혀다가 안방딕청 힝낭몸치 닉외분합 물님퇴의 살미 살창 가로다지 입구즈로 지은 거시 아니라(①)** 이놈은 집직목을 닉려 흥고 슈슈밧틈으로 드러가셔 슈슈딕 흥 뭇슬 뷔여다가 안방딕청 힝낭몸치 두루 지퍼 말집을 쫙 짓고(②) 도라보니 슈슈딕 반 뭇시 그져 남앗고나	4. 형에게 쫓겨난 홍부는 홀로 집을 지었다. 그는 수수밭에 가서 대를 잘라 짚단을 만드는 것으로 만족해야만 했다. 이 짚단으로 그는 한 부아소 [인용자 : 곡물을 재는 프랑스의 단위로 1부아소는 약 13 리터를 지칭한다.]만한 크기의 초가집을 세워 거처를 구성해 나갔다. 그리고도 그에게는 짚단의 반이 남았다.(① 축약)	**4. 그들은 삶의 낙을 위해 쓸 돈은 없었고 뜻밖의 행운으로 생필품이라도 얻을 수 있으면 행복했다. 홍보는 일거리를 얻을 수 있으면 언제든지 일했지만 비오는 날과 농한기에 그들은 가혹한 시련을 겪었다. 아내는 쉬운 바느질을 했다. 그들은 함께 농부와 행상인에게 팔 짚신을 만들었다. 날씨가 좋을 때는 짚신 장사가 잘 되었다.(첨가 및 변개)**

상기도표를 통해 『홍부전』을 구전설화와 문헌 속의 언어란 서로 다른 전제 속에서 번역한 차이점을 엿볼 수 있다. 쿠랑은 원본과 문장단위의 차원에서 대비가 가능한 수준에서 『홍부전』을 직역했다. 이는 당시로서는 매우 희귀한 사례였다. 원본에 대한 충실한 직역이란 관점에 의거할 경우 쿠랑의 번역수준은 알렌 영역본을 훨씬 웃도는 수준이기 때문이다. 두 사람의 현격한 차이는 상기 도표의 1에서 발견할 수 있다. 원본 고소설의 "엇지 아니 무지ᄒ리"는 서술자가 직접 개입하여 놀부에 대한 인물평을 행한 부분이다. 쿠랑은 이 부분을 "이 어찌 못된 행동이라 하지 않

겠는가.″라는 형식으로 서술자의 목소리를 보존했다.

이에 비해 알렌은 서술자를 소거시키며, 원본의 서술자가 인도하는 장면위주의 서술방식을 굳이 쫓아가지 않고 사건의 전개양상에 초점을 맞춰 축역을 했다. 알렌은 한국의 이야기를 들려주는 서술자(이야기꾼)의 위치에 서게 되며, 원본에는 없는 부자 놀부와 가난한 흥부의 생활(3, 4)을 첨가하여 제시했다. 그럼에도 쿠랑은 알렌의 영역본이 보여주는 자신이 번역한『흥부전』과는 다른 모습들을 원본에 대한 오역 혹은 번안으로 규정하지는 않았다. 그 이유는 무엇 때문이었을까?

그것은 문학작품이 아닌 설화라는 알렌의 번역지평과 관련된다. 어휘나 문장단위가 아니라 내용화소를 중심으로 한 알렌의 축약이란 방식으로 말미암아 원본 고소설, 쿠랑의 줄거리요약, 번역문과 충돌을 일으키지 않기 때문이다. 알렌이 생략한 '놀부의 행동으로 성격을 묘사한 장면'과 이어지는 '열거·과장을 통해 흥부의 가난을 묘사한 대목'은 내용 및 사건의 전개와 관련을 지니고 있지 않다. 즉, 쿠랑이『한국서지』에서 제시한 고소설 5편에 대한 줄거리 요약과 알렌이 제공해주는 번역본의 요지가 크게 다르지 않았기 때문이다.

하지만 원본에 없는 내용이 첨가된 경우(도표의 3, 4)는 이러한 설명만으로 해명될 수 없는 지점이다. 그 단초는 쿠랑의『흥부전』에 대한 번역동기, "한국인들의 생활을 묘사하고 있다"[28]라고 진술한 부분에서 찾을 수 있다. 이는 한국인의 사고와 삶, 습관이 잘 반영된 한국인의 구전설화(native lore)들이 서구인들이 궁금해 하던 한국인의 생활(life)과 민족성(Korean characteristics)을 보여주는 첩경이 될 것이란 알렌의 저술목적과 합치되는 것이기 때문이다. 그것은 19세기 한국을 직접 경험했던 두 사람의 접점이기도 했다.

---

28 M. Courant(앞의 책), 438면.

쿠랑이 번역한『흥부전』의 해당부분 전체, 이에 대한 알렌의 변개양상을 정리해 보면, 일부다처의 놀부, 놀부와 흥부의 결혼생활(도표의 4) 이외에도 아들이 놀부의 집으로 가게 되는 설정, 놀부 집의 정경을 들 수 있다. 여기서 알렌의 변개에는 실제로 그가 체험했던 한국인들의 삶과 생활이란 준거가 전제되어 있다. 그것은 그들의 민족지적 저술로는 보여줄 수 없는 '한국인들의 가정생활의 생생한 현장'이었다. 즉, 알렌 영역본에서의 변개 및 첨가 속에는 알렌이 생각한 당시 한국의 현실을 재현하려는 그의 분명한 지향점이 존재했던 것이다. 즉, 이는 비록 원본 고소설에는 없는 내용이지만, 서구인들이 체험한 한국의 현실(모습)이며, 그들이 재현하려고 했던 한국의 민족지이다. 당시 쿠랑이 알렌의 변개를 수용할 수 있었던 번역의 지평이라고 말할 수 있다.

알렌은 원본이 지닌 흥부의 가난함에 대한 과장된 형상화를 변개했다. 흥부의 아이를 30명이 아니라, "서너명의 아이" 정도로 바꾸고, 흥부 부부 내외가 생계를 꾸려나가는 구체적인 모습을 제시했다. 이는 지나친 추론일지 모르나, 아버지가 아닌 아들, 아내의 부탁을 듣고 남편이 쌀을 얻으러 가는 장면이 당시 한국의 현실에 부합되지 못한 것으로 알렌이 판단했을 가능성이 있다. 또한 놀부에 대한 변개는 그 당시 한국 부자들의 형상에 근접한 것으로 알렌이 여겼던 것일 수도 있다. 알렌의 변용양상과 관련된 한국에 대한 민족지의 내용들의 존재가 그 가능성을 뒷받침해준다.[29] 그렇다면『백학선전』영역본을 중심으로, 설화와 민족지라는

---

29 알렌이 서문에서 참조하기를 부탁했던 그리피스의 저술 속 "일부다처제를 허락하지 않지만 蓄妾이 허락되고 있음을 보여준다."(W. E. Griffis(앞의 책), 328면), 여성들이 "폭군과 같은 남편과 무분별한 시어머니에게까지도 묵묵히 복종한다."(같은 책, 330면), "기근이 심해 한 계절쯤 자녀들을 다른 집에 맡겼다가 되찾아올 수 있는 방법이 애당초부터 불가능하게 되면, 棄兒가 되는 수도 있다. 지나치게 아이를 원하는 부모는 드물다. 아이들이 제일 먼저 유념하는 일은 아버지에 대한 효도이다. 아버지에 대한 불복종은 즉시 그리고 가혹하게 응징을 받는다."(같은 책, 338면)와 같은 진술들은 알

알렌의 번역지평이 투영된 양상을 고찰해보도록 한다.

4. 알렌의 『백학선전』 번역과 그 지향점

1 *Korean Tales*에서 『백학선전』영역본의 수록양상을 보면, 이 작품
은 설화와 고소설 사이 연결고리의 역할을 담당한다. 설화와 고소설 사
이 연결고리의 역할을 담당한다. 또한 다른 고소설 영역본들과 달리, 원
본의 제목을 「직녀와 견우 ─ 두 천상배필의 시련」(Ching Yuh and Kyain
Oo─The Trials of Two Heavenly Lovers)으로 변경했다. 즉, 가장 큰 변개양
상은 **제목과 서두에 삽입된 '견우직녀 설화'라고 할 수 있다.** 알렌이 『백학
선전』영역본 앞에 견우직녀 설화를 배치하고 제명을 바꾼 이유는 무엇
일까?

알렌의 민족지라고 할 수 있는 *Things Korea*(1904)를 보면, 알렌은 七
月七夕이라는 한국의 명절을 설명하기 위해서 '견우직녀설화'를 이야기
한다. 더불어 주석으로 관련된 다른 이야기(『백학선전』)를 *Korean Tales*
에 수록했음을 밝히고 있다.[30] 즉, 알렌은 『백학선전』에 '견우직녀 설화'
를 삽입한 것이 아니었다. 오히려 '견우직녀 설화'를 말해줄 수 있는 이
야기로 『백학선전』을 선택한 것이다. 즉, 정기적인 장마철이 제 때에 찾
아오면 수확에 필요한 강우를 경축하는 날, 견우와 직녀를 위한 축제,
칠월칠석이라는 한국의 명절과 관련하여 『백학선전』을 영역한 셈이다.
이 점에서 『백학선전』영역본은 고소설이 설화에 맞춰 변개되는 양상

렌의 변개양상과 관련하여 검토해 볼만한 지점이다.

30 H. N. Allen, 신복룡 역주, 『조선 견문기』(집문당, 1999), 136면.(*Things Korea*, p
150.)

을 *Korean Tales*에서 잘 드러내 주는 작품이란 사실을 알 수 있다. '견우 직녀 설화'와 『백학선전』을 함께 엮기 위해 알렌은 원본을 변개할 수밖에 없었기 때문이다. '백학선'이란 소재를 둘러싼 원본 텍스트에 대한 번역부분을 살펴보면, 그 중요성을 알렌 역시 잘 알고 있었다.[31] 백학선이란 소재가 이야기 전개에 영향을 준 장면들－유백로가 백학선을 가지고 스승을 찾아가는 장면, 유백로가 백학선을 조은하에게 글귀를 적어 건네는 장면, 성년이 된 조은하가 백학선에 적힌 글귀를 보고 유백로의 마음을 알게 되는 장면, 백학선으로 인해 조은하가 곤경에 처하게 되는 장면－등을 알렌은 잘 번역했다.

하지만 후반부에 해당되는 장면들, '조은하가 백학선의 도움을 받아 가달을 물리치는 장면'[32]과 '유백로가 백학선을 통해 그가 도움을 받은 인물이 조은하임을 알게 되는 장면'[33]은 번역을 생략했다. 즉, 서사전개 양상에 있어서 중요한 구실을 하는 장면임에도, 알렌이 번역을 하지 않

---

31 『춘향전』, 『심청전』, 『흥부전』에 대한 저본이 경판본 계열이며, 알렌의 영역본이 당시 서울에서 유통되던 경판본 고소설에 그 근본을 두고 있다는 선행연구의 가설은 설득력을 지닌 견해이다. 이를 기반으로 살펴보면, 『백학선전』의 목판본은 20장본은 24장본을 모본으로 하여 축약한 텍스트이며, 글자의 탈락, 어휘의 변화, 어순의 도치 등이 있으나 그 차이는 그리 크지 않다.(이창헌, 『경판방각소설 판본 연구』(태학사, 2000), 69~79면.) 국립중앙도서관에 소장된 『백학선전』 24장본을 저본으로 삼아 대비해보도록 한다.(『빅학션젼白鶴扇傳』(京城 : 白斗鏞, 1920), 국립중앙도서관 소장)

"…옥동지 **빅학을 타고 나려와**…"(『빅학션견白鶴扇傳』, 2면)에 관해 알렌은 "…a most beautiful boy came down to her, **riding upon a wonderful fan made of white feathers.**"(H. N. Allen, *Korean Tales*, p 59.)이라고 번역했다. 원본에 없는 '백학선'(부채)을 직접 등장시켰고 유백로 모친의 꿈 속에서 이 부채를 옥동자가 건네주는 장면을 첨가했다. 그는 이 소재의 중요성을 잘 알고 있었으며, 서구인 독자에게 보다 합리적인 방식으로 이야기를 전개하기 위해 그 단서를 미리 유백로 모친의 태몽 속에서 제시한 셈이라고 볼 수 있다.

32 『빅학션견』, 42면.

33 같은 책, 43면.

은 점을 볼 때, 알렌이 주목한 것은 '백학선'이라는 소재 자체는 아님을 알 수 있다. 이에 비해, 『백학선전』에 수록된 조은하와 관련된 태몽장면을 확대시킨 부분을 보면, 견우직녀 설화에 연결하려고 한 그의 의도적인 변개양상을 분명히 발견할 수 있다.

　　II-2 부인이 곤뇌ᄒ여 잠간 조을시 오운이 남방으로 이러ᄂᆞ며 풍악소리 들니거늘 순시 귀경코져 ᄒ여 시창을 열고 바라본즉 여러 션녜 금덩을 옹위ᄒ여 순시 압히 이르러 지비 왈 우리ᄂᆞ **상졔 시녜러니 칠월칠셕의 은하슈 오작교를 그훗 노혼 죄로 인간의 니치시미 일월셩신이 이리로 지시ᄒ여 이르러스니(①)** 부인은 어엿비 여기소셔 이 낭ᄌᆞ의 빅필은 남경자 뉴시오니 천졍빈우를 일치 말나ᄒ고 말를 맛치며(누락) 낭지 방즁으로 드러가거늘 부인이 감격ᄒ여 방즁을 쇄소코져 ᄒ다가 믄득 ᄭᅢ다르니 침상일몽이라[34]

　　…she was gazing into the heavens, hoping to witness the meeting of Ching Yuh and Kyain Oo, feeling sad at thought of their fabled tribulations. **(첨가①)** While thus engaged she fell asleep, and while sleeping dreamed that the four winds were bearing to her a beautiful litter, five rich, soft clouds. In the chair reclined a beautiful little girl, far lovelier than any being she had ever dreamed of before , and the like of which is never seen in real life. The chair itself was made of gold and jade. As the procession drew nearer the dreamer exclaimed : "Who are you, my beautiful child?"

"Oh," replied the child, "I am glad you think me beautiful, for then, may be, you will let me stay with you."

"I think I should like to have you very much, but you haven't yet answered my question."

"Well," she said, "I was an attendant upon the Queen of Heaven, but I have been very bad, though I meant no wrong, I am banished to earth

---

34 같은 책, 4면.

for a season ; won't you let me live with you, please?"

"I shall be delighted, my child, for we have no children. But what did you do that the stars should banish you from their midst?"

"Well, I will tell you," she answered. "You, when the annual union of *Ching Yuh and Kyain Oo* takes place, I hear them mourning because they can only see each other once a year, while mortal pairs have each other's company constantly. They never consider that while mortals have but eighty years of life at most, their lives are without limit, and they, therefore, have each other to a greater extent than do the mortals, whom they selfishly envy. In a spirit of mischief I determined to teach this unhappy couple a lesson ; consequently, on the last seventh moon, seventh day, when the bridge was about completed and ready for the eager pair to cross heaven's river to each other's embrace, I drove the crows away, and ruined their bridge before they could reach each other.(첨가②) I did it for mischief, 't is true, and did not count on the drought that would occur, but for my misconduct and the consequent suffering entailed on mortals(첨가③), I am banished, and I trust you will take and care for me, kind lady."**35**

---

35 H. N. Allen, *Korean Tales*, pp 62~63. "그녀[인용자-은하의 모친]는 견우 직녀 전설 속 시련을 생각함에 슬픔을 느끼며 두 사람이 만나는 것을 보고 싶은 마음에 하늘을 올려보았다. 그녀는 이내 잠이 들었고, 사방의 바람이 다섯 개의 풍성하고 부드러운 구름과 함께 아름다운 가마를 전해주는 꿈을 꾸었다. 의자에는 꿈 속에서나 현실 속에서는 볼 수 없었던 어떤 존재보다도 사랑스럽고 아름다운 작은 여자아이가 앉아 있었다. 의자는 황금과 보석으로 장식되어 있었다. 가마가 꿈을 꾸는 그녀에게 더 가까이 다가오자, "너는 누구니? 나의 귀여운 아가,"라고 그녀는 물었다. /아이는 "아, 저를 예쁘게 생각해주셔서 기뻐요. 그래야 당신의 집에 머물 수 있을 테니까요."라고 대답했다. "나는 너를 머물게 하고 싶구나, 그렇지만 내 질문에 답해주지 않겠니?" /"예" 그녀는 "저는 하늘의 여왕님의 시녀였어요. 그럴려고 그런 것은 아니었지만 저는 큰 잘못을 저질렀고 그래서 추방되었어요. 한 계절 동안 지상에 머물러야 해요. 부디 저를 머물게 해주시겠어요?" /"우리는 아이가 없으니 나의 아가, 그렇다면 나도 기쁠 거야. 그렇지만 너가 무슨 일을 했기에 별들이 너를 무리에서 추방했니?" /"예, 말씀 드릴게요", 그녀는 다음과 같이 대답했다. "저는 직녀와 견우가 매년 만날 때 인간은 평생을 함께 살아가는데 자신들은 일 년에 한 번 밖에 만나지 못한다고 한탄하는 소리를 들었

알렌의 영역본의 일반적인 번역지향이 축역이란 사실을 감안할 때, 이 부분은 원본을 대폭 확장시킨 모습이다. 태몽을 꾸게 되는 동기가 조은하의 모친이 은하수를 보며 견우와 직녀를 생각하는 것이었다고 첨언(첨가①)했으며, "칠월칠석의 은하슈 오작교를 그릇 노흔 죄"를 조은하 본인 이 스스로 이야기하는 장면들이 추가되었다. 즉, 견우와 직녀에게 교훈을 가르쳐주기 위해 둘의 만남을 방해했다는 점(첨가②), 그리고 이로 말미암아 비가 오지 않아 가뭄을 맞게 되었다는 진술(첨가③)이 보인다. 이는 두 연인들이 만나자마자 헤어져야 하기 때문에 그 눈물이 비가 되는데, 해후가 실패할 경우 가뭄이 온다는 서두에 배치한 '견우직녀 설화'의 내용에 의거한 변용이다. 즉, 원본의 "칠월칠석의 은하슈 오작교를 그릇 노흔 죄로 인간의 닉치시민 일월성신이 이리로 지시ᄒ여 이르르스니"(①)란 짧은 구절이 『백학선전』을 '견우직녀 설화'와 함께 편성한 이유였던 것이다.

만약 『백학선전』이란 고소설 작품에 알렌이 주목했다면, 알렌은 이러한 번역양상을 보여주지 않았을 것이다. 부채란 소재를 고소설의 제목으로 배치한 희귀한 사례라고 할 수 있는 『백학선전』의 특성을 알렌은 소거시킨 셈이기 때문이다.[36] 한국인의 생활과 풍속을 보여준다는 저술목

어요. 그런데 인간은 길어야 80세밖에 못살지만 그들의 삶은 끝이 없어 인간보다 훨씬 더 많이 만날 수 있잖아요. 그들은 그것을 몰라요. 그런데도 인간들을 질투하다니 그들은 이기적이지요. /장난기 어린 마음에 저는 이 불행한 연인에게 교훈을 가르쳐 주어야겠다고 결심했어요. 그래서 지난 7월 7석에 다리가 거의 완성되어 열정적인 두 사람이 서로 만나려는 순간, 저는 까마귀들을 흩어놓아 그들이 만날 수 있는 다리를 망가트렸어요. 장난기 어린 마음에 그랬어요. 참이어요. 가뭄이 발생하게 될 지를 미처 헤아리지 못했어요. 그러나 저의 잘못으로 인해 인간들에게 준 고통 때문에 추방되었어요. 부인, 당신이 저를 받아주시고 돌봐주실 것을 믿어요."

36 김진영, 「〈백학선전〉의 소재적 특성과 이합구조」, 『국어국문학』 120(국어국문학회, 1997)

적에 부응되는 것은 부채(소재)라기보다는 인물들이란 사실을 염두에 둘
필요가 있다. 『춘향전』, 『흥부전』, 『심청전』, 『홍길동전』에 알렌이 등장
인물에 초점이 맞춰져 있다는 사정도 이와 마찬가지이다. 사실 알렌의
저술은 자연을 사랑하는 한국인들의 모습, 동식물에 대한 생각들, 犬猫
爭珠 설화 이외에는 고소설이 차지하는 분량이 더욱 많다. 다시 "특별히
엄선된 작품이 아니라 삶의 다양한 국면을 보여주는 작품들을 번역"했다
던 알렌의 서문을 상기해보면, 알렌은 고소설이 단편적인 설화에 비해
한국인의 삶과 생활을 상대적으로 더욱 더 잘 보여준다고 인식했던 것이
다. 그렇다면 『백학선전』을 통해 알렌이 제시하고자 한 한국인들의 삶의
모습은 무엇일까?

　　② 견우직녀 설화의 주인공들의 시련과 대비할 수 있는 모습은 『백학
선전』 속 유백로, 조은하 두 남녀의 엇갈림이란 사실. 그리고 『백학선전』
에 없는 알렌 영역본의 장구분을 주목할 필요가 있다. 해당저본에 대한
번역분량을 가늠하기 위해서 영역본의 '장', 면에 대응되는 『백학선전』
의 내용, 면을 함께 정리해보면 다음과 같다.

　　Prelude **견우직녀 설화** (56~57)
　　Ⅰ장 (58~61) "유백로의 출생과 성장"(『백학선전』 (1~3))
　　Ⅱ장 (61~65) "조은하의 출생성장, 유백로와 조은하의 만남"(『백학선전』(3~5))
　　Ⅲ장 (65~69) "유백로의 청혼거절, 과거급제"(『백학선전』 (5~7))
　　Ⅳ장 (69~72) "조은하의 청혼거절"(『백학선전』 (7~11))
　　Ⅴ장 (73) "유백로의 고난"(『백학선전』 (11~13))
　　Ⅵ장 (73~76) "조은하의 고난"(『백학선전』 (13~22))
　　Ⅶ장 (76~80) "유백로의 낙향, 자원출정과 패배"(『백학선전』 (23~28))
　　Ⅷ장 (80~88) "조은하의 용력과 무술 습득", "조은하의 출정과 승리, 유백로와

은하의 재회, 개선, 혼인"(『백학선전』(28~47))

(누락 - "유백로, 조은하 자녀들의 군담 및 후일담 ((『백학선전』(47~48))

쿠랑이 보았을 것이라 추정되는 『빅학션전(白鶴扇傳)』(경판 24장본)과 저본대비를 해보면, 원본의 언어표현이 많이 누락되었고 상당한 변개의 모습이 보인다. 즉, 알렌의 영역본은 개별 어휘와 문장을 보존하는 충실한 직역이라는 번역양상을 보여주지는 않는다. 여기서 원본 고소설은 세밀한 언어표현을 보존할 번역의 대상이 아니다. 하지만 알렌의 영역본은 사건전개를 위한 원본 『백학선전』의 내용전개는 분명하게 전달하고 있다. 내용화소의 차원에서 원본 고소설은 일종의 참조저본으로 기능하는 셈이다. 이를 정리해보면 다음과 같다.

경판 『백학선전』 24張本		알렌 영역본의 번역유무 (차이점)
알렌의 장구분 (대단락)	소단락	
I 장 유백로의 출생과 성장	1. 大明 시절 南京 땅에 상서 유태종이 자손이 없어 벼슬을 하직하고 낙향함.	○ 누락 : 소설적 시공간, 구체적 관직명은 번역생략(이하 지명의 경우 서울을 제외하면 번역하지 않음으로 누락양상에서 제외함(공통누락1) 변용 : 자손이 없어서 누락한 것이 아니라 타락한 관리들과의 관직생활에 지쳐 낙향
	2. 유태종이 부인 진씨에게 無子恨歎을 하고 유씨 부부가 祈子치성을 하고 부인 진씨가 天上에서 仙童이 품에 드는 꿈을 꿈.	○ 변용1 : 부인과의 대화를 유태종의 심리묘사로 서술자가 대신 축약서술 (이하 대화를 서술자의 진술로 요약하는 방식으로 누락 및 변용양상에 제외 (공통변용)) 첨가 : 유씨 부부가 좋은 부부관계를 이루고 있다는 진술. 변용2 : 조은하의 모친이 새로운 부인을 얻도록 권유한 대목이 유태종의 부인의 말로 도치,

경판 『백학선전』 24張本		알렌 영역본의 번역유무 (차이점)
알렌의 장구분 (대단락)	소단락	
		변용3 : 유백로 모친의 태몽 속에서 원본처럼 백학이 아니라, 白鶴扇을 타고 오는 것으로 설정, 부인에게 '백학선'을 전해줌. 첨가2 : 유백로를 유씨 부부가 교육시키는 장면을 첨가
	3. 유백로의 모친 꿈 속에서 선녀가 下降하여 順産을 돕고 배필이 조은하 임을 알려줌. 유태종은 기뻐하여 생년월일을 기록하고 아이의 이름 짓고, 일가 친척이 함께 기뻐함	× 누락: 유태종이 생년월일을 기록하고 작명하는 장면 누락 및 변용: 유백로에 대한 두 번째 태몽을 Ⅰ-4에 배치
	4. 10세가 된 유백로가 世傳之寶인 白鶴扇을 들고 스승을 찾아 길을 떠남	○ 변용 및 첨가 : Ⅰ-3에 해당되는 원본의 유백로에 대한 두 번째 태몽을 이곳에 배치. 첨가 : 유백로가 지닌 부채가 태몽 속에서 본 부채란 사실을 첨언.
Ⅱ장 조은하의 출생과 성장	1. 이부상서 조성노부부가 혈육이 없어 세월을 한탄하며 보냄	○ 첨가 : 유씨 부부와 동일한 상황이란 점을 알렌이 논평
	2. 상서[조성노]부부가 都官을 찾아 禱祝한 뒤 태몽과 배필을 알려주는 꿈을 꿈.	○ 변용 및 첨가 : 조성노 부인의 태몽을 견우직녀 설화의 내용과 관련하여 대폭 확장. 누락 : 배필을 알려주는 내용
	3. 선녀가 부인의 순산을 돕고, 상서는 딸의 이름을 은하라고 지음.	×
조은하와 유백로의 만남	4. 10세가 된 조은하가 외가를 다녀오다가 柚子를 따 가지고 길가에서 쉼	○
	5. 유백로는 조은하의 花容月態를 보고 欽慕하여 유자를 청해 받음	○
	6. 유백로는 白鶴扇에 情表의 글을 써서 조은하에게 전하고 길을 떠남.	○

경판『백학선전』24張本		알렌 영역본의 번역유무 (차이점)
알렌의 장구분 (대단락)	소단락	
III장 유백로의 청혼거절과 급제	1. 3년 동안 공부한 유백로는 문장이 뛰어 나게 되어 집으로 돌아옴.	○
	2. 백학선을 찾는 부친에게 유백로가 路 中에 잃어버렸다고 하자 부친이 탄식함.	○
	3. 병부상서가 유백로의 인물됨을 칭찬 하고 사위삼기를 청함.	○
	4. 유백로가 立身한 후 혼사를 정하겠다 고 하자, 유상서[유태종]는 청혼을 거절	○
	5. 유백로는 과거에 장원급제하여 순무 어사가 되자, 조은하를 찾기로 다짐하고, 부친은 기주 刺史가 됨.	○
IV장 조은하의 청혼 거절	1. 15세 된 조은하는 최국낭의 청혼에 음 식을 끊고 죽기를 작정함.	○ 누락 : 최국낭의 성명누락(영역본 전반 에 걸쳐 동일), 첨가 : 원본에는 없는 최국낭의 성품을 묘사한 부분이 존재)
	2. 부친이 白鶴扇의 사연을 듣고 파혼하 자, 최국낭은 앙심을 품음	○ 변용(첨가) :조은하의 부친이 최국낭 과 파혼으로 들이 닥칠 고난을 예상하 여 걱정하는 대목이 존재함)
	3. 전홍노의 도움으로 최국낭의 陰害를 피해 조상서 일가는 유백로가 있는 남경 으로 떠남.	○ 누락 : 전홍노의 이름누락, 영역본 전 반에 걸쳐 동일
V장 유백로의 고난	1. 유백로는 조은하를 찾지 못하여 重病 이 들고 하향현에 도착.	○ 누락 : 조은하의 일을 부모께 말 못하는 심정의 기술
	2. 유백로는 외숙인 현령 전홍노에게 조 은하와의 일을 고백하고 조은하의 전후 사정을 알게 됨.	○
	3. 외숙으로부터 조은하가 남경으로 갔 다는 말을 듣고, 유백로도 남경으로 떠남.	○

경판 『백학선전』 24張本		알렌 영역본의 번역유무 (차이점)
알렌의 장구분 (대단락)	소단락	
Ⅵ장 조은하의 고난	1. 남복의 조은하는 귀주 지경에 이르러 부친을 잃고, 임시로 장사를 지냄.	○ 누락 : 춘낭 등 조은하의 시비이름이 생략(이는 이하 동일) 변용·첨가 : 여로 길에 남복을 한 것이 아니라, 시비의 권유로 남복을 한 것으로 설정. 또한 알렌은 이것이 굉장히 좋은 생각이란 점을 부연설명함.
	2. 조은하는 가달이 남경으로 침범한다는 소식을 듣고, 점쟁이에게 길흉을 물어 본토로 돌아가려고 함.	○ 누락 : 가달이란 성명누락(이는 이하 동일) 누락 2 : 점쟁이에게 길흉을 묻는 장면을 누락시킴
	3. 백학선을 소지하고 있어 관가에 잡혀가고, 기주지사 유태종이 돌려줄 것을 요구했으나 거절하여 투옥시킴.	○ 변용 : 갑자기 관가에 잡혀가는 것이 아니라 우연히 유태종과 만나 유태종이 조은하가 백학선을 소지하고 있는 것을 발견하는 설정으로 바꿈. 위협에 가까운 유태종의 권고를 변모시킴.
	4. 옥중에서 실신한 조은하는 아황(娥皇), 여영(女英) 등의 고사 속 節婦들을 만나, 유백로의 근황과 그와의 상봉시기를 듣고 회생함.	○ 누락1 : 조은하가 오랜 세월 동안 옥에 있었다는 점을 생략. 누락2 : 아황(娥皇), 여영(女英) 등의 인명을 누락시키고, 瀟湘斑竹 고사의 내용만을 제시
	5. 유태종이 백학선을 찾을 수 없다는 것을 알고 조은하를 放送함. 조은하가 유생을 찾으러 청주로 향할 때, 청주에서 오는 사람에게 유백로가 경성으로 갔다는 소식을 듣고, 방향을 바꿈.	○ 변용 : 獄卒에게 조은하 일행이 여로를 말해줌. 방송되어 떠나는 장면에서 마무리함. 청주에서 오는 사람에게 유백로의 소식을 듣는 장면을 Ⅷ-1에 배치
Ⅶ장 유백로의 자원 출정과 패배	1. 유백로가 병세가 더욱 깊어져 사직상소를 올리자, 황제는 유백로를 대사도로 부친 유태종을 예부상서로 임명. 유백로가 황제를 직접 보고 윤허를 받아 조정을 물러나 집으로 돌아옴.	○

경판 『백학선전』 24張本		알렌 영역본의 번역유무 (차이점)
알렌의 장구분 (대단락)	소단락	
	2. 전홍노에게서 과거 하향현의 일을 들은 유상서[유태종]는 기주 지사 때의 일을 탄식하고, 유백로를 꾸짖음. 유백로는 조은하를 찾기로 마음을 정함.	○ 변용 1 : 유태종이 유백로를 의아해하고, 결혼을 재촉하는 모습에 전홍노가 유백로를 동정하는 마음에 하향현에서의 일을 말하는 것으로 설정, 변용 2 : 사정을 안 유태종이 의논하자, 대접받는 옥졸이 조은하 일행이 전쟁이 발발한 곳으로 갔다고 말하는 것으로 설정, 변용 3 : 유태종이 꾸짖을 때, 유백로에게 자원출정을 명령하는 것으로 설정.
	3. 유백로는 가달을 치기위해 자원출전을 고하고, 병부상서 겸 정남대장군으로 임명되어 남경으로 향해감.	○
	4. 유백로가 서주를 지날 때 대로변 바위에 조은하를 만나는 축원문을 씀. 가달과 싸웠으나 최국낭의 방해로 식량이 떨어져 패배하고 가달에게 사로잡힘.	○
Ⅷ장 조은하의 용력과 무술습득	1. 조은하는 고향 가는 길에 노인에게 환약을 먹고 병법, 무력, 용력을 얻음.	○ 누락 : 조은하가 장래를 점쳐달라는 요구하자 노인이 거절하는 장면, 변용 : Ⅵ장-5에 배치할 화소를 Ⅷ-1 앞에 삽입
	2. 조은하는 한수에서 태양선생을 만나 吉凶을 듣고, 그의 부인과 母女의 정을 나눔.	○ 누락 : 태양선생이란 등장인물명, 태양선생 부인과 조은하가 모녀의 정을 나누는 장면, 첨가 : 길을 가는 노정 중 늙은 농부를 음식을 얻는 장면 추가
	3. 조은하는 서주에 이르러 유백로가 쓴 비석을 보고 실성통곡하다 기절, 춘낭 등의 충고를 따라 주막에 들름.	○

경판 『백학선전』 24張本		알렌 영역본의 번역유무 (차이점)
알렌의 장구분 (대단락)	소단락	
	4. 유상서 댁 忠僕이었던 주막 주인이 유백로의 大敗 소식으로 통곡을 하자, 조은하는 시부모께 편지를 전해주기로 청함.	○ 변용 : 주막주인의 아내가 통곡하는 장면으로 바꾸고, 아내의 사정 설명으로 유백로의 패배가 최국낭의 음모로 말미암은 것이란 사실을 알게 됨
	5. 주막주인은 유백로가 패전한 죄로 옥에 갇힌 상서[유태종]부부를 만나 조은하의 편지를 전함	○ 누락 : 주막주인은 옥졸에게 뇌물을 주어 감옥에 들어갈 수 있었던 점
	6. 유상서는 전흥노에게 조은하를 상서 부중으로 데려오게 하고 보호하라고 명함.	○ 변용 : 유상서[유태종]의 심리기술 (자신의 마음을 감춘 아들에 대한 책망하는 내용이 추가
조은하의 자원 출전	7. 조은하는 시부모의 수식을 듣고 유백로를 구하려고 자원출전을 위한 表文을 오리고, 황제를 배알함.	○ 누락 : 태양선생의 예언 언급, 표문에서 황제에게 요구사항을 제외한 나머지 부분들.
	8. 조은하는 황제의 兵法시험에 막힘이 없고, 御劒으로 현란한 무술을 보여줌	○ 누락 : 병법시험)
	9. 황제가 조은하를 대도독 겸 대원수로 삼고 최국낭을 파직하옥함	○ 누락 : 최국낭을 파직하옥함.
	10. 조은하가 임금의 윤허를 얻어 시부모께 하직인사하고 남복을 하고 대장군이 되어 출정함	○ 누락 : 시부모께 하직인사
	11. 조은하가 제문을 지어 올리고, 충복에게 중상을 내려 비석을 지키게 하고, 대군을 이끌어 위수에 도착함.	×
	12. 조은하는 위수에서 죽은 장졸들을 위로하기 위해 최국양의 庶子로 제를 지냄	○
가달과의 대결	13. 조은하는 陣中을 정비하고 敵陣을 정찰하여, 몽고와 和親한 가달이 대군이라 격파하기 어렵다는 생각을 가짐.	× 축약 : 이 내용이 한 단락으로 마무리됨—조은하의 대군이 역적을 물

경판 『백학선전』 24張本		알렌 영역본의 번역유무 (차이점)
알렌의 장구분 (대단락)	소단락	
유백로와 조은하의 재회와 개선, 혼인	14. 가달을 꾸짖어도 듣지 않자 조은하는 백학선으로 물리치고 항복을 받음	리치고, 포로에게 정보를 얻어 유백로를 구출하여, 비로소 두 연인이 처음 만남. 유백로에게 지휘권이 주어지고 조은하는 사직하여 서울로 돌아와 백성들의 열렬한 칭송을 받음
	15. 조은하는 가달과 마대영을 사로잡고 유백로를 구해 개선 길에 오름	
	16. 유백로는 不孝·不忠과 代가 끊기게 될 것을 걱정	
	17. 조은하가 백학선을 꺼내자, 서로를 확인하고 다시 만난 것을 기뻐함	
	18. 조은하는 삼만 冤魂을 위해 慰靈祭를 지낸 뒤 부모 先塋에 성묘	
	19. 조은하는 태양 선생에게 은혜를 갚고, 창두 忠僕에게 상을 내림	
	20. 조은하의 표문을 본 황제는 최국양을 저자로 끌어내어 죽임	○ 누락 : 조은하의 표문.
	21. 황제는 유백로를 燕王에 조은하를 貞烈忠義王妃에 유상서는 太上王에 순씨를 肇國夫人으로 奉하고 금은 노비를 下賜함.	○ 누락 : 금은 노비를 하사함 변용 : 유백로를 지방관으로
	22. 황제는 친공주를 출가시키듯이 두 주인공의 혼사를 주관	○ 축약 : 48면 자체에 대한 번역을 생략. 조은하가 향후 칭송받는 인물이 되었다는 서술로 마무리

알렌의 장 구분은 서구인 독자를 배려한 것이기도 하다.[37] 동시에 그가

---

37 이 작품을 미리 알고 있는 독자의 입장에서 서구인에게 더욱 이해가 갈 수 있도록 짜임새 있는 구성을 한 부분, 즉 합리적인 개작의 모습과도 연관되는 측면이다. 이는 특히 제시했던 도표 속 Ⅵ~Ⅶ장의 변용부분에서 잘 드러난다. 유백로 부친과 남장을 한 조은하가 우연히 만나 백학선을 소지하고 있는 장면을 본 것이, 갑자기 들이닥쳐 조은하를 잡아가는 원본의 장면보다는 개연성이 존재한다. 또한 獄卒을 대접하고 조은하 일행이 향후 여정을 말해 준 것이, 유백로 부친이 유백로에게 그들이 간 곳이 전쟁터란 사실을 알릴 수 있는 계기가 되는 부분은 알렌이 원본 고소설을 합리적으로

내용을 분절한 양상을 잘 보여주는 표지이기도 하다. 알렌은 고소설 속에 놓인 각설, 재설, 차설과 같은 표지가 아니라 유백로, 조은하란 두 주인공의 서술초점에 맞춰, 장을 구분했다.[38] 이러한 장구분으로 말미암

다시 재조직한 셈이다.

38 이러한 장구분은 알렌의 의도적인 측면이 존재한다. 도표에서 〈Ⅰ-2-변용2(첨가)〉, 〈Ⅰ-4-변용(첨가)〉와 같은 대목들은 원본 이야기의 전개방식의 순서를 바꿔놓은 대목들이라고 할 수 있다. 이 중 〈Ⅷ장-1-첨가〉를 주목할 필요가 있는데, 본래 Ⅵ장 말미 혹은 Ⅶ장 초두 사이에 배치될 순서에 해당되는 원본의 내용을 새로운 논평을 첨가하며, Ⅷ장 초반에 배치시켰다는 점이다. "마참 쳥쥬로셔 오는 사람이 잇거늘 낭지 우연이 그 사람을 디ᄒ여 쳥쥬 슌무어ᄉ의 소식을 탐문ᄒ즉 기인 왈 젼 어ᄉ 뉴한님은 신병으로 ᄉ직 상소ᄒ여 갈녀가고 신로 황한님이 어ᄉ로 나려왓다 ᄒ거늘 낭지 듯고 다시 문 왈 그디 엇지 ᄌ시 아ᄂᆞ뇨 기인 왈 우리는 쳥쥬 관인으로 뉴한님을 뫼셔 보니고 오는 길이라 ᄒ니 낭지 이 말을 듯고 방황ᄒ다가 바((『빅학션견白鶴扇傳』, 22~23면)"에 대하여 "<u>Again fate had interfered to further separate the lovers, for, instead of continuing her journey</u>[인용자-알렌의 논평], Uhn Hah had received news that induced her to start for Seoul. While resting, on one occasion, they had some conversation with pass-by, He was from the capital, and stated that he had gone there from a place near Uhn Hah's childhood home as an attendant of the *Ussa*[인용자 -御使]Youn Pang Noo, who had sick at his uncle's, the magistrate, and had gone to Seoul, where he was excused from *ussa* duty and offered service at court.(또 운명이 끼어들어 두 연인을 다시 갈라놓았다. 은하는 여행을 중지하고 서울로 가게 이끄는 소식을 접하게 되었다. 어느 날 쉬는 동안 그들은 지나가는 행인과 대화를 하게 되었다. 그는 서울에서 오는 길인데, 어사 유백로의 시중의 자격으로 은하의 어린 시절 고향 근처에서 서울로 갔었다고 했다. 그는 유백로가 지방관인 그의 삼촌 집에서 병이 들었다가 서울로 갔고 그곳에서 어사의 책무를 벗고 조정의 내직을 받았다고 했다.)라고 번역했다. 이 부분에 대한 원본을 살펴보면, 이 사건은 조은하가 청주가 아니라 서울로 가게 되는 계기이다. 하지만 유백로는 황제가 권한 內職 마저 하지 않고, 그의 집으로 낙향하게 된다. 그리고 조은하와 관련된 사건의 전말을 알고 자원출정을 결정하여 南京으로 떠나게 된다. 따라서 두 사람의 만남은 엇갈리게 되는 것이다. 이는 『백학선전』을 이야기 순서에 따라 읽으면 자연스럽게 알 수 있게 되는 사실이다. 유백로, 조은하 두사람을 이별시키는 운명에 관해 부연설명을 개입하며, 이 부분의 위치와 순서를 알렌은 변경했다. 이 점은 조은하라는 인물에 초점을 맞춰, 조은하의 여행길이란 공통점으로 화소를 함께 묶은 셈이다. 즉, 장구분의 표지는 주인공으로 이야기가 진행되는 표지에 맞춰져 있는 것이다.

아 견우직녀 전설에 부응하여 두 연인의 재회하지 못하고 대면하게 되는 곤경에 초점이 맞춰지게 된다. 또한 원본 3~4면 분량을 4~5면으로 번역한Ⅰ~Ⅳ장과 달리 Ⅴ장 이후를 상대적으로 더 많이 축약했다. 물론 Ⅴ장 이후의 축약은 알렌 영역본의 전반적인 번역양상과 분리해서 생각할 수는 없다.[39] 하지만 군담적 요소에 대한 대폭 축약, 유백로와 조은하 부부의 자녀들에 대한 이야기(후일담)의 배제는 이러한 알렌의 장구분과 변별해서는 생각할 수 없는 부분이다.

두 남녀 주인공에 초점을 맞춘 장구분과 변용된 제명을 보면, 알렌이 한국의 사랑이야기로 자신의 저술에 배치한 작품이『춘향전』이 아니라,『백학선전』이란 사실을 짐작하게 해준다. 알렌은 *Things Korea*에서 한국인의 사랑에 관해 다음과 같이 말하였다.

> 결혼한 부부 또는 방금 결혼하려는 남녀가 서로 상대방을 향해 품는 감정에 있어서 미국인들이 인정하고 이해하는 것과 같은 **사랑의 감정을 정답게 표현하는 것을 아시아인들은 수치로 알지는 않지만, 상스럽게 여긴다.** 우리가 이해하고 있는 것과 같은 사랑은 분명히 존재하지 않는 것이라고 그들은 생각하고 있으며 **설령 그러한 사랑이 존재한다 할지라도 그것을 내색하지 않는 것으로 생각**한다.[40]

『백학선전』속 남녀 주인공의 모습이 이러한 알렌의 진술에『춘향전』보다 훨씬 부합하기 때문이다. 부모에게 속마음을 쉽게 표현할 수 없는 상황이 원본 고소설에 여실히 잘 드러나는 것이다. 이와 관련하여 유태

---

39 즉, Ⅴ~Ⅵ장은 주인공 유백로의 심정(Ⅴ장), 조은하가 꿈 속에서 만나는 열녀들과 관련된 중국고사(Ⅵ장) 등장인물 간의 대화(Ⅴ~Ⅵ장)를 서술자 진술로 요약함으로 말미암아 상당한 분량이 축약된 것이다. 또한 Ⅶ장에 대한 축약은 Ⅷ장에 비해 상당히 미비한 분량이다.

40 H. N. Allen, 신복룡 옮김,『조선견문기』(집문당, 1999), 126~127면.(*Things Korean -A Collection of Sketches and Anecdotes, Missionary and Diplomatic*, 1908)

종이, 조은하가 死地로 가게 된 상황에 대해 그의 아들 유백로를 꾸짖는 다음과 같은 내용에 대한 번역양상을 주목해볼 필요가 있다.(Ⅶ-2)

네 엇지 <u>이런 일(①)</u>를 부즈지간의 이르지 아니ᄒ엿ᄂᄂ뇨 너도 병이 되엿거니와 그 녀즈 정상이 엇지 가련치 아니ᄒ리오(누락) 너를 츠즈려 ᄒ여 싱슈를 도라보지 아니ᄒ고 <u>남경(누락)</u>을 향ᄒ여 갈 거시니 이제 <u>가달이 남경의 웅거 ᄒ엿는지라(누락)</u> 만일 그 녀지 그 곡졀를 모로고 젹혈의 드러갓시면 반다시 죽엇슬 거시니 엇지 가련치 아니ᄒ리오 <u>고언의 일너스되 일부함원의 오월비 상이라</u> ᄒ엿스니 우리 집의 엇지 되헤 업스리오(②)…틱쉬 <u>위로 왈 닉 혜아리 건딕 그 녀지 졀힝이 거록ᄒ미 반다시 하늘이 무심치 아니헐 거시니 너는 모로미 심녀치 말나 ᄒ거늘 ᄉ되 왈 녀진 나를 위ᄒ여 졀힝이 여추ᄒ니 닉 엇지 죽기로 힘쎠 찻지 아니ᄒ리오 (③)</u>ᄒ고 마음을 졍ᄒ니라[41]

"What have you done? <u>You secretly pledge yourself to this noble girl, and then, by your foolish silence, twice allow her to escape, while you came near being the cause of her death at the very hands of your father</u>(첨가①) ; and even now by your foolishness she is journeying to certain death. Oh, my son! we have not seen the last of this rash conduct ; this noble woman's blood will be upon our hands, and you will bring your poor father to ruin and shame. <u>UP! Stop your lovesick idling, and do something . Ask His Majesty, with my consent, for military duty ; go to the seat of war, and there find your wife or your honor.</u>"[42]

---

41 『빅학션젼』, 25면.

42 H. N. Allen, *Korean Tales*, p 78. "무슨 짓을 한 거니? 그런 고귀한 낭자와 남몰래 약혼했으면서도, 바보 같이 말을 않고, 두 번씩이나 그녀를 놓치다니, 너로 인하여 니 애비 손에 그녀가 죽을 뻔했다. 이제 너의 어리석음으로 그녀를 死地로 보냈구나. 아, 나의 아들아! 이렇게 파렴치한 행실은 본 적이 없다. 그 고귀한 여성이 우리로 인해 죽게 되면, 너는 불쌍한 니 애비를 파멸과 수치로 몰아넣을 것이다. 일어나라! 상사병에 시간을 낭비하지 말고, 무언가를 해라! 내가 허락한 바대로 임금을 배알하여 장수의 의무를 다하도록 청하고, 전쟁터로 가라. 그곳에서 너의 부인과 너의 명예를 찾아라."

"첨가①"은 원본의 "이런 일"(①)을 자세하게 풀어쓴 것이지만, 해당내용을 원본 고소설 역시도 자세히 설명하고 있다. 이는 오히려 축약이라고 보아야 한다. 흥미로운 변용 부분은 "여자가 한을 품으면 오뉴월에도 서리가 내린다"(一婦含怨 五月飛霜)는 속담을 들어 집안에 화가 미칠 것이라는 원본의 내용(②)을, 명예를 실추하게 만들었다는 내용으로 변개한 부분이다. 원본에는 부친 유태종이 유백로를 책망한 후 위로를 하는 것으로 마무리(③)되고 주인공 유백로가 자원출정을 하는 것으로 되어 있다. 하지만 알렌은 부친의 명에 따라 유백로가 출정하는 것으로 변용했다. ②, ③에 대한 변용의 모습은 서구인에게 전달하기 어려운 측면들을 생략한 것이며 더불어 유태종을 원본보다 미화하려는 알렌의 일관적인 번역(Ⅰ장, Ⅵ-3)양상이 반영된 것이다.

즉, 알렌은 Ⅰ장에서 긍정적으로 묘사한 유태종의 인물소개에 부합되지 않는 장면들을 변개한 셈이다. 또한 유태종의 말은 알렌이 개입한 지점이라고도 볼 수 있다. ③에 대한 변용은 옥중에서 자신의 마음을 감춘 아들에 대한 책망하는 내용이 추가된 부분(Ⅷ-6)과 함께 생각해보아야 한다. 즉, 부모에게 사랑의 전말을 말한 조은하와 달리 먼저 마음을 고백하고도 그렇지 못한 유백로의 모습이 사건의 원흉이라는 알렌의 해석이 반영된 것이기도 하다. 그것은 한국인 남성의 전형적인 사랑의 양상이기도 했던 셈이다.

③ 마지막으로 양반 사대부의 가정생활을 보여주기 위해, 유태종에 대한 서술을 확장한 측면을 주목할 필요가 있다. 알렌의 『백학선전』 영역본에는 유백로의 과거급제 이전의 내용(Ⅰ~Ⅳ장)이 상대적으로 축약되지 않았다. 그 속에는 양반들의 부부생활, 혼속, 가정교육과 같은 가정의 모습들이 있기 때문이다. 알렌은 *Korean Tales* Ⅱ장에서 "길가에서" 한

국의 "가정생활을 알 수 없"으며, "귀족들의 훌륭한 벽에 이르는 대문을 통과할 수 있고, 수많은 안 뜰을 지나갈 수 있는 혜택을 받은 이도 그들의 가정생활을 알기는 어렵다"고 말했다. 왜냐하면 여성들은 그들만의 공간에만 있어 볼 수가 없고, 서구인들이 접촉할 수 있는 사람들은 남성들에 한정되었기 때문이었다.[43] 이는 양반들의 가정생활을 아는 것에 대한 어려움을 말한 것이다. [도표]가 보여주는 『백한선전』 영역본 Ⅰ장 1~2의 변용은 양반들의 가정생활을 원본보다 더 세밀하게 제시하려는 알렌의 의도가 잘 반영되어 있다.

"1. 화셜 디명 시졀의 남경 쪼히(누락) 일위명환이 이스되 **셩은 뉴오 명은 티죵이오** 별호는 문셩이니 오디츙신 조손으로 공후작녹이 디디로 쓴치지 아니ᄒ고(누락) 뉴공의 위인이 인후공검ᄒ지라

2. 일즉 용문의 올ᄂ 쳔총이 뉴셩ᄒ여 벼슬이 니부상셔의 이르되 다만 슬하의 조식이 업스민 일노 인ᄒ여(누락) 쳥운을 하직ᄒ고 고향의 <u>도라와 밧갈기와 고기낙기를 일솜더니(②)</u>

3. 일일은 갈건도복으로 죽장을 집고 (누락)명산풍경을 심방ᄒ려 한가히 나아가니 츠시는 츈삼월 호시졀이라 <u>빅화는 만발ᄒ고 양뉴는 쳥소를 드리온 듯 두견은 슬피 울고 슈셩은 잔잔ᄒ민 조연 스람의 심회를 돕는지라

4. 즉시 집으로 도라와 부인 진시를 디ᄒ여 탄식 왈

"<u>우리 젹악ᄒ 일이 업스되(①)</u> 흔낫 조식이 업셔 조션향화를 쓴케 되니 무슴 면목으로 디하의 도라가 조샹을 뵈오리오 유명지간의 죄를 면치 못헐지라……[44]

"1. You TAH JUNG was a very wise official, and a remarkably good man. 2. <u>He could ill endure the corrupt practices of many of his associate officials, and becoming dissatisfied with life at court, he sought and obtained permission to</u>(변용) retire from official life and go to the

---

43 Ibid, p 20.
44 『빅학션젼』, 1면.

country." His marriage had fortunately been a happy one, hence he was
the more content with the somewhat solitary life he now began to lead,
His Wife was peculiarly gifted, and they were in perfect sympathy with
each other, so that they longed not for the society of others.(첨가1) They
had one desire, however, what was ever before them and that could not
be laid aside. They had no children ; not even a daughter had been
granted them.

As You Tah Jung superintended the cultivation of his estate(첨가2),
he felt that he would be wholly happy and content were it not for the
lack of offspring. 3. He gave himself up to the fascination pastime of
fishing, and took great delight in spending the most of his time in the
fields listening to the birds and absorbing wisdom, with peace and
contentment from nature.(첨가3) As spring brought the matting and
budding season, however, he again got to brooding over his unfortunate
condition.

4. For as he was the last of an illustrious family, the line seemed like
to cease with his childless life. He knew of the displeasure his ancestors
would experience, and that he would be unable to face them in paradise
; while he would leave no one to bow before his grave and make
offerings to his spirit. Again he bemoaned their condition with his poor
wife, who begged him to avail himself of his prerogative and remove their
reproach by marrying another wife. This he stoutly refused to do, as he
would not risk running his now pleasant home by bringing another wife
and the usual discord into it.(첨가4-도치)**45**

---

45 H. N. Allen, *Korean Tales*, pp 58~59. "1. 유태종은 아주 현명한 관리였고, 매우
좋은 사람이었다. 2. 그는 많은 동료 관리들의 부패 행위를 견딜 수가 없었다. 공직생
활에 실망을 하게 된 그는 관직에서 물러나 고향으로 들어갈 수 있도록 요청했고, 허가
를 받았다. 그의 결혼은 다행히도 행복했고, 따라서 그는 그에게 시작될 다소 단조로운
생활에 보다 만족할 수 있었다. 그의 아내는 매우 타고난 사람이었고, 그들은 서로
서로를 깊이 공감했고, 그래서 다른 이들과의 교제를 바랄 것이 없었다. 하지만 그들
에게 과거부터 있어왔고 그들이 결코 포기할 수 없는 한 가지 소망이 있었다. 그들은

상기 인용문에서 알렌이 체험한 한국 양반들의 삶이 반영된 변개양상을 정리해보면 다음과 같다. 첫째, 원본에서는 "우리 적악흔 일이 업스되"(①)로 간략히 제시되는 부부관계에 관해 자세히 설명하는 모습을 보여준다.(첨가1) 둘째, "고향의 도라와 밧갈기와 고기낙기를 일슴더니"(②)와 달리 유태종이 그의 토지경작을 관리하는 것으로 제시된다.(첨가2) 셋째, 자연을 사랑하는 한국인의 모습(첨가3) 넷째, 무자한탄(無子恨歎)과 관련하여 유태종의 고민이 그의 맘속의 언어로 제시되어, 서구인이 양반댁 남성의 심정을 읽을 수 있게 해준 셈이다. 마지막으로 비록 조은하 부부에 해당되는 내용을 앞으로 옮긴 것이지만, 축첩이 관행적으로 수용되던 당시의 모습, 아이를 얻지 못하는 부인이 남편에게 축첩을 권하는 대목 그리고 그것을 거절하는 유태종의 모습(첨가4)을 그리고 있다.

알렌은 이렇듯『백학선전』영역을 통해 한국인의 사랑, 가정생활과 같은 한국의 문화를 재현하려고 하였다. 이와 관련하여 알렌이 원본의 "화셜 딕명 시졀의 남경 쓰히"(1면)로 규정된~소설적 시공간을 생략한 모습을 주목해야 한다. 그 이유는 이야기의 배경을 중국이 아닌 **당시 한국으로 선정하려고 한 측면과 긴밀히 관련된다.** 사실 쿠랑의『한국서지』를 보

자녀가 없었다. 심지어는 딸조차도 그들은 선물 받지 못했다. / 유태종은 그의 농토를 관리하면서, 자식이 없는 문제만 없다면 정말로 행복하고 만족할 수 있을 것이라고 느꼈다. 3. 그는 매력적인 취미생활로 낚시에 몰두했고, 그의 대부분의 시간을 들판에서 새들의 소리를 듣고 즐겼고, 평화롭고 평온히 자연으로부터 지혜를 받았다. 그러나 만물이 짝을 맺고 아름다운 싹이 트는 계절인 봄이 되자, 그는 또 다시 그의 불행한 상황에 피가 끓어올랐다. 4. 왜냐하면 그는 명망가의 獨子로, 그의 자식 없는 삶으로 대가 끊어질 것처럼 보였기 때문이다. 그는 그의 영혼에게 제사를 지내주고 그의 무덤 앞에 절을 할 이를 남기지 못할 경우에, 그의 조상들이 경험하게 될 것이자, 그가 천국에 가서 그들을 차마 볼 수 없을 것 같은 고통을 알고 있었다. 또 그는 불쌍한 부인과 그들의 처지에 한탄했다. 부인은 그가 특권을 활용하여 또 다른 부인과 결혼함으로써 그들의 수치를 면하자고 간청했다. 그는 완강하게 이를 거절했다. 왜냐하면 그는 또 다른 부인을 맞이함으로 흔히 볼 수 있는 불화를 일으켜, 지금의 화목한 가정을 위태롭게 하고 싶지 않았기 때문이다.

면『백학선전』은 중국인을 주인공으로 한 국문소설로 분류된다.[46] 그렇지만 알렌은 이 소설 속에서 재현되는 것을 그가 *Korean Tales* Ⅰ~Ⅱ장에서 제시한 한국, 서울이라는 시공간으로 제한하고 한국인의 삶이라고 읽었음을 의미한다. 그 지향점이 잘 반영된 부분은『백학선전』마지막 대목에서 논공행상이 돌아가는 장면에 대한 변용이다.『백학선전』원본에서 유백로는 연왕으로 그의 부친은 태상왕으로 봉해진다.[47] 하지만 이러한 설정은 소설적 시공간이 중국이기에 가능한 부분이다. 영역본에서는 유백로는 지방관으로 부친은 본래 직위를 회복시켜주는 것으로 번역된다.[48] 알렌이 한국인의 생활을 잘 보여주기 위해 첨가한 부분을 추가적으로 제시함으로 이 글을 마무리하도록 한다. 그것은 원본에는 없는 남장을 한 조은하에 대한 묘사를 다음과 같이 첨가한 부분이다.

> The idea seemed a good one, and it was adopted. They allowed **their hair to fall down the back in a long braid, after the fashion of the unmarried men,** and, putting on men's clothes, they had no trouble in passing unnoticed along the road.[49]

알렌이 묘사한 결혼을 하지 않은 남성의 모습은 한국인 남성의 모습이었다. "소년이 약혼하게 되면 더 이상 처녀들처럼 등 뒤에 길게 늘어뜨릴 필요가 없다. 외국인으로서는 미혼 남녀들이 이렇게 머리를 길게 늘어뜨

---

46 양반들의 가정생활에 주목하고, 중국이란 소설적 시공간을 한국으로 변형한 모습은 알렌의『심청전』영역본에도 동일하다.(이상현,「묻혀진〈심청전〉정전화의 계보」,『고소설연구』32(한국고소설학회, 2011))

47 『빅학선전』, 47면.

48 H. N. Allen, *Korean Tales*, p 87.("You Pang Noo was appointed governor of a province, and the father was reinstated in office, …")

49 Ibid. p 74.

리면 남자인지 여자인지 구별하기 힘들다."[50]란 진술이 보인다. 이는 상기 알렌의 묘사와 사실 동일한 것이다. 그것은 알렌이 남장한 조은하를 통해 댕기머리를 한 소년의 형상을 발견했다는 점을 의미한다.

알렌의 영역본은 일종의 문화의 번역이었으며, 알렌은 반-미개인(semi-savage people)이라고 잘못 인식되던 당시의 한국(인)을 변호하려고 했다. 알렌의 서문이 잘 말해주듯, 개항 이후 한국을 지나가는 외국인들의 단편적인 소감에 폄하되는 한국의 형상을 바로잡으려고 했다. 알렌은 구전물이란 지평에서 고소설을 번역했으며, 그가 체험했던 한국문화의 지평에서 변개를 수행했다. 이러한 알렌의 번역물들은 적어도 동시기 쿠랑의 번역지평에는 부합되는 것이었다. 왜냐하면 서구 독자의 취향과 시장을 염두에 둔 홍종우, 로니의 불역본과 달리, 알렌의 텍스트 변용과 그 지향점은 어디까지나 진실하며 진정한 한국의 모습을, 서구에 알리는 것에 있었기 때문이다.

---

50 H. N. Allen, 신복룡 옮김, 『조선견문기』, 127면.

근대 한국의 서구 문학 번역
—홍난파와 번역가의 탄생

박진영

1. 번역가의 존재론

서로 다른 세계에 갈마드는 언어 취급자로서 번역가는 별쫑난 돌연변이도 새삼스러운 종족도 아니다. 그런데 근대문학이라는 이름 뒤에 숨은 번역가라면 사정이 다르다. 근대의 문학 번역가는 시간과 공간의 금을 긋는 가치 전승의 복화술사인 동시에 자본주의 시장의 문화 상품에 기생한 날품팔이꾼이기도 하기 때문이다. 게다가 한국의 근대문학사에서 번역가란 이곳의 언어와 그곳의 언어 사이를 가로지르고 저기의 문학을 여기의 문학으로 바꿔치기하는 유령이기까지 하다. 유령은 문학 언어의 성격을 변색시킬 뿐 아니라 근대문학의 물꼬를 터놓거나 방향을 틀어 버리는 일조차 서슴지 않았다.

그렇다 보니 번역가가 근대문학사의 주어가 되는 일은 좀체 일어나지 않았다. 번역의 주역은 종종 시대 상황이기도 했고 언론이나 출판 매체이기도 했다. 때로는 정치권력의 향배나 시장의 판도가 주인 행세를 대신하곤 했다. 그러고는 어느새 원저자의 이름만 남은 채 번역가는 아무 곳에서도 기억되지 못하는 처지로까지 내몰렸다. 적어도 한국의 근대문학사에서 이러한 현상은 대단히 짧은 기간 동안에 벌어진 일이다.

이를테면 1920년대 초반의 경우를 각별히 문제 삼을 만하다. 삼일운동 직후에 언론과 출판문화가 전반적으로 유연해진 덕분에 문학 번역도 유례없는 활황세를 누렸다. 그런데 한일병합 직후에 단행본 번역 출판을 주도한 동양서원(東洋書院)의 번역가 김교제, 신문관(新文館)의 편집자 겸 기획자이자 번역가인 최남선은 새 연대를 맞이할 준비를 충분히 갖추지 못한 채 뒤안길에서 맴돌았다. 그런가 하면 1910년대의 주축을 이룬 신문 연재소설을 통해 축적된 역량이 요긴한 밑거름이 된 것은 분명하지만 번안소설의 시대가 남긴 유산을 충실하게 계승했다고 보기 어려우며, 비로소 전문 번역가가 등장했다손 치더라도 번안 작가의 후계자가 될 리는 만무했다. 달리 말하자면 시대가 바뀌었고, 번역도 번역가도 새로운 역사적 임무를 기다리고 있었다. 하지만 거기까지였다. 1920년대 중반을 넘기면서 번역 출판은 다시 난조를 보였고 전문 번역가라는 이름도 금세 무색해졌다.

단기간에 문제적인 국면을 조성한 1920년대 초반 최대의 번역가로 예컨대 김억, 홍난파, 이상수를 꼽을 수 있다.[1] 김억은 위인전기와 시 편짝에, 홍난파는 소설 편짝에 집중했으며, 빈틈과 주변부를 맡은 이상수가 거들어 삼두마차 노릇을 톡톡히 해냈다. 그런데 근대문학 초창기의 지명도와 공적에 비해 안서 김억은 근래에 학계의 관심사에서 멀어졌다. 음악가 홍난파의 문학 외도가 변변한 대접을 받기란 요원해 보이며, 갓별과 극성(極星)이라는 호를 쓴 이상수에 대해서는 알려진 바가 거의 없다. 일단 김억, 홍난파, 이상수의 경우를 놓고 보자면 차이점도 뚜렷하지만 공유하고 있는 바 또한 적지 않아서 흥미롭다. 출신 기반이나 활동 무대가 전혀 다르지만 김억, 홍난파, 이상수는 일본 유학을 통해 창작자인 동시에 번역가로 나섰다는 점에서 공통적이다.[2]

---

1 김병철, 『한국 근대 번역문학사 연구』(을유문화사, 1975; 1988 중판), 690~691면.

김억, 홍난파, 이상수는 1910년대 중후반에 일본에서 근대 문학예술의 세례를 받고 새로운 언어 감각을 익힌 번역가다. 그중에서 특히 김억과 홍난파는 출판계와 공조하여 성장한 번역가이며, 아예 새로운 간행 매체를 발행한다든가 직접 출판 기구를 차리는 일에 뛰어들었다는 점에서 매우 능동적이었다. 김억과 홍난파라고 해서 출판 자본의 인프라를 외면한다든지 타협을 거부할 수야 없었다. 그러나 출판계에 대해 상당한 독립성을 확보하면서 스스로 독자적인 미디어를 창출하기에 이를 만큼 자립적인 역량을 비축해 갔다. 김억이 매문사(賣文社)를 차린 일, 홍난파가 악우회(樂友會)와 연악회(研樂會)를 조직하여 음악 활동 및 출판의 기반으로 삼은 일이 그러하다. 비록 실패로 돌아갔지만 이상수 역시 정문사(正文社)를 통해 문단의 변경에서 자족적인 문학의 길을 꿈꾸었다.

눈길을 끄는 것은 번역가와 매체의 관계가 1910년대와 달라졌다는 사실이다. 김교제가 시종일관 출판사에 종속된 번역가라면 최남선은 출판 자본의 소유주이자 편집자로서 몫을 더 크게 차지한 번역가다. 추리소설의 번역가로 등장한 김교제는 동양서원이 몰두한 신소설의 미학적 한계를 돌파하지 못했고, 계몽 지식과 상업 출판을 결합시키는 데에 성공한 최남선에게서는 번역가로서 그림자가 흐릿해졌다. 신문 기자 겸 번안 작가인 조중환, 이상협, 민태원, 김동성이 번역의 득세 앞에서 속수무책이었던 것은 중앙 일간지의 연재 지면 정책에 구속될 수밖에 없었던 탓이다.[3]

반면에 김억과 홍난파가 직접 나서서 출판의 입지를 적극적으로 확장시켜 갔다는 사실은 번역의 주체로서 번역가가 등장할 수 있는 환경과

2 박진영, 「문학청년으로서 번역가 이상수와 번역의 운명」, 『돈암어문학』 24(돈암어문학회, 2011), 59~88면.
3 박진영, 『번역과 번안의 시대』(소명출판, 2011), 81~93면; 211~225면; 467~499면.

제도의 창출, 문학이라는 것의 독립적 가치를 인식하고 열망할 뿐 아니라 실천에 옮기는 새로운 주체의 탄생을 예고했다. 그런 뜻에서 김억, 홍난파, 이상수가 세계문학의 번역에 나선 현상은 전혀 이상한 일일 리 없다. 김억, 홍난파, 이상수가 나란히 등장하여 활약했으며 또한 함께 물러났다는 사실도 눈여겨보아야 할 대목일 것이다.

사정이 이러할진대 1920년대 초반에 들어서서야 비로소 번역을 통해 자생력을 배양한 예외적 개인이 등장했다고 일러도 좋을 터다. 문학적 소양과 안목을 갖춘 문학청년이 출현하여 훈련된 언어적 역량을 적립하기 시작했으며, 그러기 위해서 안정적인 발표 지면 곧 정기 간행 매체와 문학 출판 시장이 활성화되면서 지속 가능한 성장 기반이 마련될 필요가 있었다. 그곳이 바로 전문 번역가가 출현하는 자리다. 그중에서 가장 극적인 문제성을 보여 준 경우는 근대 음악의 선구자로 더 잘 알려진 홍난파다.

2. 숨은 문학청년의 초상

난파 홍영후(1898~1941)는 삼일운동 전후에 일본 유학생 계층에서 배출된 최대의 스타 저술가다.[4] 민간 음악 교육 기관인 조선정악전습소(朝鮮正樂傳習所) 출신의 서양 음악가 홍난파는 국내에서 활동하기 시작한 1916년부터 일본 유학 직후에 음악가로서 탄탄한 입지를 다진 1924년까

---

4 객관적인 연보 작성과 실증성이 돋보이는 자료 추적을 통해 홍난파의 행적과 저술 활동이 모범적으로 정리된 것은 최근의 일이다. 난파 연보 공동연구위원회 편, 『새로 쓴 난파 홍영후 연보』(한국음악협회 경기도지회, 민족문제연구소, 2006); 최희정, 「홍난파 가문의 기독교 수용과 '청년' 홍난파」, 『서강인문논총』 29(서강대인문과학연구소, 2010), 69~106면.

지 불과 팔 년 남짓 동안만 하더라도 무려 33종 35권에 이르는 저술을 정력적으로 출판하거나 출판을 눈앞에 둔 마당이었다. 이 무렵 홍난파의 활동 반경은 연주와 지휘, 음악 기관 조직과 잡지 발행, 소설 창작, 세계 문학 번역의 각 사분면으로 두루 뻗었다.

먼저 13종 15권에 달하는 음악 부문 저술 가운데 일부는 실체를 확인할 수 없거나 출판 예고만 남아 있는데, 여러 보도나 광고를 참조하자면 대부분 실제로 출판된 것이 확실하다. 창가집 편찬에 집중된 홍난파의 방대한 음악 부문 저술 작업에는 당대의 내로라하는 출판사인 광익서관(廣益書館)과 박문서관(博文書館)의 적극적인 지지와 후원이 뒷받침되었던 것으로 보인다. 홍난파의 저술 대부분은 내내 두 출판사에서 도맡았는데, 1923년 무렵에는 광고란을 활용하여 '홍난파 저역서'의 목록을 따로 제시하곤 했다.[5]

고경상의 광익서관은 회동서관(滙東書館)의 계열사로서 계문사 인쇄소(啓文社印刷所)와 함께 삼형제가 운영한 출판 그룹의 하나다. 광익서관은 김억이 이끈 주간지 『태서문예신보』를 발행한 곳이며 『학지광』, 『여자계』, 『창조』, 『삼광』, 『여자시론』, 『수양』을 비롯하여 일본 유학생이 주관한 여러 월간지의 국내 발매와 유통을 맡았다. 또 1910년대의 출판문화를 주도한 신문관이 경영의 어려움을 겪게 되자 『무정』을 비롯한 판권의 일부를 사들인 곳도 광익서관이다. 한편 노익형의 박문서관은 1910년대 후반부터 홍난파의 음악 부문 저술을 꾸준히 펴냈는데, 1920년대 초반에는 홍난파의 소설을 적극적으로 유치했다. 박문서관은 1920년대의 번역 출판에 앞장선 출판사 가운데 하나라는 점에서 유심히 들여다볼 가치가 있다.[6]

---

5 '홍난파 저역서', 홍난파, 『청년입지편』(박문서관, 1923.1); '홍난파 저역서', 홍난파, 『매국노의 자』(회동서관, 1923.3); '같은 저자의 손으로-', 『향일초』(박문서관, 1923.7)

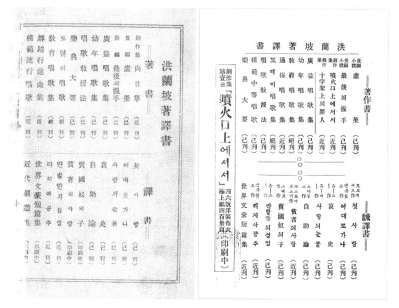

〈사진 1〉 '홍난파 저역서'(1923.1).
국립중앙도서관 소장 자료 사본.

〈사진 2〉 '홍난파 저역서'(1923.3).
한국학중앙연구원 한국학학술정보관 소장 자료 사본.

　홍난파가 문학 쪽으로 눈길을 돌리기 시작한 것은 첫 번째 일본 유학
시절의 막바지인 1919년 2월에 예술 종합 잡지 『삼광』(통권 3호,
1919.2~1920.4)을 창간하면서다. 동인지로서 『삼광』의 출현은 역시 일본
에서 발행된 『창조』의 창간보다 불과 아흐레 뒤질 뿐이다.[7] 재동경조선
유학생악우회의 이름으로 발행된 『삼광』은 음악, 미술, 문학을 아우르는
것을 지향했으나 실제로는 문학에 치우쳐 편성되었다. 『삼광』 창간호의

6　하동호, 「박문서관의 출판 서지 고」, 『한국 근대문학의 서지 연구』(깊은샘, 1981; 1985
　　재판) 69~87면; 방효순, 「박문서관의 출판 활동에 관한 연구」, 『국회도서관보』 37.5(국
　　회도서관, 2000), 58~77면; 방효순, 「일제 시대 민간 서적 발행 활동의 구조적 특성에
　　관한 연구」(이화여대박사논문, 2001), 70~71면; 박진영, 「『무정』이라는 책의 탄생 전
　　후」, 『근대서지』 4(근대서지학회, 2011), 317~350면.
7　최덕교 편저, 『한국 잡지 백 년』 2(현암사, 2004; 2005 재판), 148~151면.

경우에는 음악 평론뿐 아니라 창작과 번역문학에 두루 지면을 할애했으며 문학만 놓고 보더라도 시, 소설, 희곡, 평론을 고루 담고자 애쓴 흔적이 역력하다. 통권 3호에 걸쳐 꾸준히 이름을 내민 주요 필진이자 동인인 황석우, 유지영, 염상섭을 빼놓을 수야 없겠으나 『삼광』은 대체로 홍난파의 활약과 필력에 힘입어 발행되었다.

〈표 1〉 홍난파의 음악 부문 저술(1916~1923)

표제	출판사	출판 연월	특이 사항
악전대요(樂典大要)	박문서관	1916.4	발행자 최창선(신문관)
통속창가집	박문서관	1916.10; 1917.3	재판, 근간(1923.3)
명곡신집(新集)	박문서관	1916(추정)	
간이무답(舞踏)행진곡	박문서관	1917.2	
말 잘하는 사위	광익서관	1919(추정)	골계 창가, 광고(1919.2)
조선정악보(正樂譜)	광익서관	1919(추정)	전 3권, 광고(1919.2)
광익창가집	광익서관	1922.1	
유년창가집	박문서관	1922(추정)	광고(1922.3~4)
창가교수법	박문서관	1922(추정)	광고(1922.3~4)
도레미 창가(집)	절간(絕刊, 1923.1; 1923.3)		
교육창가집	절간(絕刊, 1923.1; 1923.3)		
모범유행창가	근간(1923.1)		
모범중등창가	근간(1923.1); 기간(旣刊, 1923.3)		

1919년부터 1924년까지 홍난파는 문학가, 즉 창작자인 동시에 전문 번역가로 명성을 드날렸다. 『삼광』의 세 빛깔 가운데 실제로는 문학 부문이 압도적이라는 사실에서 엿볼 수 있듯이 1919년 이후 홍난파는 문학에 훨씬 더 많은 열정을 쏟았다. 저서 15종과 역서 11종의 표제를 제시한 '홍난파 저역서' 목록에서 확인되고 실제로 출판된 것이 분명한 문학 부문 저술은 최소한 창작 3종, 번역 9종이다. 그 밖에 유고(遺稿)만 남아

있거나 실체가 확인되지 않은 단행본 출판물까지 포함하면 창작 8종, 번역 12종에 달한다.

무엇보다 홍난파는 자신이 주재한 『삼광』을 비롯한 여러 지면에 발표한 단편소설을 한데 모아 출판한 근대 작가이니 출판사에 밀착된 1910년대의 번역가 김교제나 최남선은 물론이려니와 신문 연재소설에 절대적으로 의존한 번안 작가와도 뚜렷이 구별된다. 또한 대개의 단행본 출판물에 머리말을 둔다든지 자신의 번역이 중역임을 명시해 두었다는 점에서도 1910년대와는 사뭇 다른 시대의 번역가다.

먼저 창작의 경우 지금까지 확인할 수 있는 것은 『매일신보』의 4면 연재소설을 다시 펴낸 장편소설 『허영』(1919; 1922)과 중편 분량의 『최후의 악수』(1921; 1922), 그리고 제이 창작집이라 명기되고 세련된 고급 양장의 장정으로 출판된 『향일초』(1923)까지 단 3종이다. 『허영』과 『최후의 악수』는 실상 메이지 시대 일본의 인기 가정소설을 번안한 것으로 보인다.[8] 『향일초』는 현진건의 『타락자』(1922.11)에 이어 한국의 근대문학사에서 두 번째로 상재된 단편집임에도 불구하고 그동안 별다른 조명을 받지 못했다. 단편 다섯 편과 『최후의 악수』가 함께 묶인 제일 창작집 『처녀혼』과 제삼 창작집인 장편 『폭풍우 지난 뒤』는 유고만 남아 있으며, 제사 창작집 『운희(雲姬)의 사(死)』는 아직 실체가 확인된 바 없다. 여러 정황으로 보자면 실제로 출판된 것은 4종 가운데 제이 창작집 하나뿐임이 틀림없다.

한편 회동서관에서 430면의 두툼한 분량으로 엮어 '창작집 제일 권'으로 삼아 예고된 『분화구 상에 서서』 역시 실제로 출판되었는지, 어떤 성격의 소설이 몇 편이나 수록될 계획이었는지 의심스럽다. 부표제나 분량으로 짐작건대 홍난파의 단편소설, 신작, 그 밖의 미발표 원고를 그러모

---

8 강현조, 「『보환연』과 『허영』의 동일성 및 번안문학적 성격 연구」, 『현대문학의 연구』 44(한국문학연구학회, 2011), 87~116면.

아 다시 엮으려 했던 것이 아닌가 싶다. 또 문학 쪽에 아예 발길을 끊기로 작정하면서 원고를 불태웠노라 말한 훗날의 회고에 비추어 보자면 『십자가 상의 죄인』 역시 실제로는 출판되지 않았을 터다.[9]

〈표 2〉 홍난파의 창작 및 번안소설(1922~1923)

표제	출판사	출판 연월	특이 사항
허영	박문서관	1922.1	『매일신보』 연재소설, 번안
최후의 악수	박문서관	1922.9	『매일신보』 연재소설, 번안 유고 중 일부(1921.5)
처녀혼			제일 창작집, 단편집, 유고
향일초	박문서관	1923.7	제이 창작집, 단편집
폭풍우 지난 뒤			제삼 창작집, 장편, 유고(1923.1)
운희(雲姬)의 사(死)			제사 창작집
분화구 상에 서서	회동서관		창작집 제일 권, 인쇄 중(1923.3)
십자가 상의 죄인			근간(1923.3)

흥미롭게도 홍난파는 원고는 물론 지면에 발표된 작품의 끄트머리에도 탈고 날짜를 꼬박꼬박 적어 두었다. 탈고 날짜로 따져 보아서는 제일 창작집과 제이 창작집이 일이 년 정도의 시차를 두고 창작되었지만 실제로 출판을 준비한 시기로 치자면 제일 창작집부터 제삼 혹은 제사 창작집까지 사실상 동시에 진행되었다고 볼 수 있다. 『향일초』를 제이 창작집으로 삼고 첫머리에 네 권의 단행본 표제를 한자리에 늘어놓을 수 있었던 것도 그래서다.

막상 홍난파의 소설이 서툰 감상주의와 아마추어리즘을 넘어서지 못했다는 점은 작지 않은 문제다. 그렇다 해도 훨씬 더 강렬한 인상을 남기

---

9 홍난파는 불태운 원고를 『분화구 상에 서서』로 기억했다. 홍난파, 「분서의 이유」, 『박문』 8(박문서관, 1939.6), 7~9면.

는 것은 네 권의 단행본 출판을 동시에 추진한 패기요 열의다. 비록 출발과 동시에 매너리즘에 갇히고 만 한계가 뚜렷하지만 1910년대에는 찾아볼 길 없는 감수성과 문학 기질이 처음 포착된 사실이야말로 주목되어야 마땅하다. 요컨대 창작의 질적 수준에 대한 검증과 문학사적 평가가 기다리고 있다 하더라도 홍난파의 문학 활동에 대한 다각적인 조명, 1920년대 초반의 근대 작가와 문단을 둘러싼 역사적 조건의 재음미가 필요하리라는 점은 분명하다.

3. 세계문학 번역가로서 홍난파

좀 더 눈여겨보아야 할 것은 번역 쪽이다. 1920년대 초반 홍난파의 번역 출판은 문학 시장의 확대와 세계문학에 대한 열기, 그리고 전문 번역가의 출현 장면까지 한눈에 목도할 수 있는 드문 거점이기 때문이다. 짧은 기간 동안 불타올랐다가 순식간에 사그라진 홍난파의 번역 활동이야말로 1920년대 초반 번역 출판계의 정교한 미니어처나 다름없다.

홍난파의 번역 저술은 모두 12종인데 그중에서 신문 연재소설을 다시 펴낸 것은 『어디로 가나?』(1920; 1921) 단 하나에 불과하다. 또 『청년입지편』(1923)을 제외하고는 모두 서양문학이며 대부분 장편소설이다. 실제로 확인되지 않은 3종과 새뮤얼 스마일스의 논저를 제외하더라도 삼 년이 개월 만에 최소한 8종의 단행본 번역소설을 펴낸 셈이니 소홀히 다루기 어렵다. 홍난파의 번역은 지역이나 언어로는 러시아, 프랑스, 독일, 폴란드 문학까지 유럽 쪽에 포진해 있으며, 원작의 발표 연대로는 알프레드 드 뮈세의 『세기병자의 고백』부터 헨리크 시엔키에비치의 『쿠오바디스』까지 모두 19세기 중후반 꼭 육십 년의 유럽 문학에 열중되어 있다.

가장 먼저 선보인 것은 1905년 노벨상 수상 작가인 시엔키에비치 원작의 신문 연재소설『어디로 가나?』이지만 단행본으로 선편을 쥔 것은 투르게네프의 대표작『첫사랑』(1921)이다.『사랑의 눈물』(1922)은 이른바 세기말 문학의 대명사로 일컬어지는 뮈세의 유일한 장편소설『세기병자의 고백』을 번역한 것이다.『첫사랑』과『사랑의 눈물』은 곧장 재판 이상 판을 거듭했으니 적지 않은 반향을 불러일으킨 것으로 보인다.『애사』(1922)와『장 발장의 설움』(1923)은 빅토르 위고의『레미제라블』을 축약하여 서로 다른 두 개의 한국어로 번역해 보인 사례다. 또 독일 극작가인 헤르만 주더만의 대표작『매국노의 자(子)』(1923)는 이미 1900년대 후반에도『대한매일신보』의 연재소설이자 순 한글의 정치소설『매국노』(1908.10~1909.7)로 번역된 바 있어서 내막을 주의 깊게 살필 가치가 있으리라 판단된다.

그 밖에 '홍난파 저역서'에서『자조론』으로 광고된 것은 실제로는『청년입지편』이라는 표제로 출판되었으니 말할 나위도 없이 스마일스의 대표작을 번역한 것이다. 스마일스의『자조론』은 이미 1908년 5월에 유문상(劉文相)에 의해 처음 번역 출판된 뒤 1918년 4월에는 최남선이 상권을 편술한 바 있는데, 홍난파에 이르러서야 비로소 전권이 한데 번역되었다.『리기아 공주』는 시엔키에비치 원작으로 명기된 것으로 보아 한자 혼용 방식으로 번역된『어디로 가나?』를 한글 전용 방식으로 다시 번역한 것으로 추정된다. 홍난파는『레미제라블』을 번역할 때에도 같은 경로를 밟은 이력이 있기 때문이다.

한편『세계 문호 단편집』과『근대극 선집』도 '출원(出願) 중'이라거나 '수고(收稿) 중'이라고 못 박은 것으로 보아 출판이 임박한 것이 분명하다.『다복한 사형수』를 표제로 내건 홍난파의 유고는 필시『세계 문호 단편집』의 초고일 터인데, 늦어도 1923년 초에 정비가 마무리되어 출판 허가를 밟고 있었음을 알 수 있다. 그런가 하면 진작 『최후의 악수』를 각색하여 일본 유학생을 중심으로 결성된 극예술협회의 전국 순회공연에 참여하기도 한 홍난파의 시야는 신극의 영역까지 넘보고 있어서 『근대극 선집』의 번역에도 착수한 마당이다. 아쉽게도 『근대극 선집』이 초고의 형태로나마 성사되었는지는 알 길이 없다. 만약 『세계 문호 단편집』과 『근대극 선집』이 실제로 출판되었다면 한국 근대문학사에서 최초의 번역 앤솔러지 편집자라는 영예는 시 부문의 김억, 동화 부문의 오천석과 더불어 응당 홍난파가 차지해야만 한다.[10]

〈표 3〉 홍난파의 번역 저술(1921~1924)

표제	출판사	출판 연월	원작
첫사랑	광익서관 한일서점	1921.4 1922.5(개판, 개역)	투르게네프(1860)
어디로 가나? 최후의 사랑	광익서관 창문당서점	1921.11 1930.1(개제)	시엔키에비치(1896)
애사	박문서관	1922.6	위고(1862)
사랑의 눈물	박문서관	1922.11 1924.9(재판)	뮈세(1836)
청년입지편	박문서관	1923.1	스마일스(1859)
장 발장의 설움	박문서관	1923.2	위고(1862)
매국노의 자(子)	회동서관	1923.3	주더만(1889)
청춘의 사랑	신명서림 세창서관	1923.6 1934.11	도스토옙스키(1846)
나나	박문서관	1924.6	졸라(1880)
리기아 공주			시엔키에비치(1896)
세계 문호 단편집	출원(出願) 중(1923.1); 근간(1923.3) 유고 『다복한 사형수』(단편 11편 수록)		
근대극 선집	수고(收稿) 중(1923.1)		

10 박진영, 「편집자의 탄생과 세계문학이라는 상상력」, 『민족문학사연구』 51(민족문학사학회, 2013)

대강 훑어보더라도 홍난파의 번역이 지닌 편폭이 만만치 않고 문제적
이기도 하다는 점이 얼비친다. 번역의 재능이야 차치하고서라도 작가와
작품을 고른 번역가로서 안목이랄까 감각이 남다른 것만은 틀림없다. 기
껏해야 1915년 4월에야 처음 이름이 소개된 도스토옙스키나 에밀 졸라
도 그러하거니와 1920년대 초반에 시엔키에비치와 뮈세의 소설을 한국
어로 읽을 수 있었다는 사실 역시 놀랍긴 마찬가지다.[11] 기실 홍난파의
번역 목록 자체가 당대 최고의 세계문학 컬렉션이나 다름없다.

먼저 『첫사랑』과 『어디로 가나?』의 경우부터 짚어 두기로 하자. 투르
게네프의 『첫사랑』은 1921년 4월에 광익서관에서 초판이 출판되고 1922
년 5월에 한일서점(韓一書店)에서 개판(改版)이 나왔다. 지금 확인할 수
있는 자료는 개판뿐이지만 초판이 광익서관에서 출판된 사실이 여러 지
면에서 거듭 확인된다. 개판의 판권장에는 표제 아래에 '개역(改譯)'이라
고 명시되어 있어서 초판의 번역을 부분적으로 다듬은 것으로 보인다.[12]
일련의 신간 소개와 광고에서 강조된 것은 『첫사랑』이 뛰어난 연애소설
이라는 점, 중역이라는 점, 그럼에도 불구하고 책 뒤에 등장인물의 이름
을 따로 밝혀 두었다는 점이다.[13]

이러한 사정은 '역사종교소설'이라는 이름으로 등장한 『매일신보』의 1
면 연재소설 『어디로 가나?』 역시 매한가지다. 시엔키에비치의 『어디로
가나?』도 청춘 남녀의 연애에 초점을 두었으며 일역과 영역을 교합(校合)
한 중역이라는 점을 분명히 밝혀 두었다.[14] 일간지에 연재될 때에는 따로

---

11 「근대 세계 문호 열전」, 『신문계』 25(新文社, 1915.4), 106~123면.
12 김병철이 제시한 초판의 사진은 안춘근의 소장 자료인데 실제로는 개판이다. 김병철
(앞의 책), 538면.
13 '신간 소개', 『동아일보』, 1921.5.4, 4면; '광고', 『동아일보』, 1921.5.6; 5.9, 4면; '신간
소개', 『창조』 9(창조사, 1921.5), 70면.
14 시엔키에비치의 소설은 이미 1910년대 중반에 '종교소설'이라는 이름으로 첫머리 일부

'역자의 말'을 통해 경성일보사의 권유로 연재 기회를 얻었음을 시사했으며 한자 혼용 방식의 문장을 채택한 이유도 덧붙였다. 단행본으로 출판될 때 책 뒤에 인명과 지명의 일람 대조표를 따로 제시한 것도 마찬가지다.[15]

이처럼 홍보에 동원된 몇 가지 정보가 중요한 이유는 홍난파에 이르러 번역이라는 것의 지평이 썩 달라졌다는 것을 뜻하기 때문이다. 요컨대 청춘 남녀의 연애를 전면에 내세웠다는 점, 번안이 아니라 번역이 마땅하며 등장인물의 이름이나 지명과 같은 고유 명사를 철저하게 원문, 실은 영어에 의거해 제시했다는 점, 아쉬운 대로 일본어와 영어를 경유해 중역할 수밖에 없었다는 점이 공통적으로 드러나 있다. 그러한 번역에 걸맞은 언어가 한글 전용 방식이 아니라 한자 혼용 방식으로 상정되었다는 대목도 진중하게 다루어야 할 요목 가운데 하나다.[16] 번역가의 입장에서 보자면 홍난파는 다중 번역의 사례인 『장 발장의 설움』과 맨 마지막에 내놓은 『나나』를 제외하고는 시종일관 한자 혼용 방식을 고수했다.

굳이 『첫사랑』과 『어디로 가나?』의 경우를 예로 든 것은 아무래도 상이한 감각의 두 소설이 공유하고 있는 바가 홍난파 문학의 색채는 물론이려니와 1920년대 초반 번역계의 감도랄까 문제성까지 집약적으로 응축하고 있기 때문이다. 아닌 게 아니라 홍난파 문학의 몇 가지 중요한 특징이 도스토옙스키 번역에 대해서도 그대로 들어맞는다. 실은 홍난파의 문학 경력에서 첫 고등이 된 것, 그래서 가장 문제적인 번역이 된 것은 바로 도스토옙스키다. 그러므로 한국에서 도스토옙스키란 무엇인가

가 번역된 바 있는데 분재가 이어지지 못했다. 백대진은 『쿠오바디스』를 적어도 연애 소설로는 이해하지 않았다. 백대진, 「야반의 경종」, 『신문계』 39(신문사, 1916.6), 69 ~86면.

15 '소설 연재 예고' 및 '역자의 말', 『매일신보』, 1920.3.19, 1면; 홍난파, '머리의 말', 『어디로 가나?』(광익서관, 1921).

16 박진영, 『번역과 번안의 시대』(소명출판, 2011), 467~499면.

를 물을 때에도, 세계문학의 번역이란 무엇인가를 물을 때에도 홍난파에서 출발하지 않으면 안 된다. 또한 홍난파와 1920년대 초반의 근대문학을 이해하기 위한 지름길 역시 같은 곳에 숨어 있다.

4. 도스토옙스키와 연애소설

식민지시기를 통틀어 도스토옙스키의 소설은 홍난파의 손으로 단 한 차례 번역되었을 뿐이다. 빅토르 위고나 톨스토이가 한일병합 전야부터 지금 우리 시대에 이르기까지 꾸준히 사랑받은 사실에 비추어 보자면 도저히 나란히 놓기 어려운 모양새다.[17] 또한 1920년대 중반에만 투르게네프의 장편소설 4종, 체호프와 고리키의 소설집이 각각 1종씩 상재된 데에 비추어 보더라도 도스토옙스키는 철저히 외면당한 것이나 다름없다.

차라리 예외적이라 일컬어야 마땅할 도스토옙스키 번역은 뜻밖에도 등단작인 『가난한 사람들』(1846)에게 돌아갔다. 유일무이한 도스토옙스키 번역이 원작자의 이름을 들어 본 지 불과 사 년 만의 성과요 줄거리 소개나 거친 요약으로 몰아가지도 않았으니 기념비적인 공적임이 틀림없다. 그렇다 하더라도 여느 대표작은 고사하고 단편조차 번역된 흔적이 보이지 않는다. 다만 도스토옙스키의 생애를 간략히 안내하면서 『죄와 벌』을 소개한다든지 1910년대에 『청춘』의 '세계문학 개관'이 취했던 형식을 흉내 내서 줄거리를 요약적으로 제시한 경우가 드문드문 뒤따랐을 뿐이다.[18]

---

17 박진영, 「소설 번안의 다중성과 역사성—『레미제라블』을 위한 다섯 개의 열쇠」, 『민족문학사연구』 33(민족문학사학회, 2007), 213~254면; 박진영, 「한국에 온 톨스토이」, 『한국근대문학연구』 23(한국근대문학회, 2011), 193~227면.

18 최승만, 「노국 문호 도스토옙스키와 급(及) 그이의 『죄와 벌』」, 『창조』 3(창조사, 1919.

게다가 번역가이자 작가로서 홍난파가 첫눈에 포착한 대상이 도스토옙스키라는 점도 흥미롭다. 홍난파는 자신의 문학 역정에서 출발점이라 할 『삼광』을 제단으로 삼고 도스토옙스키를 제물로 삼아 출사표를 바쳤다. 『가난한 사람들』은 1919년 2월 『삼광』 창간호에 「사랑하는 벗에게」라는 표제로 분재되기 시작했으며 '머리의 말'도 미리 밝혀 두었다. 1920년 4월에야 간신히 발행된 『삼광』 3호에서는 원제에 가깝게 「빈인(貧人)」이라는 표제로 고쳐 성공적으로 첫 매듭을 지었으나 아쉽게도 『삼광』의 폐간과 함께 멈출 수밖에 없었다.

이런저런 사정 끝에 마무리된 번역이 단행본으로 출판된 것은 1923년 6월의 일이다. 꽤 오랫동안 뜸을 들였고 그 사이 홍난파는 창작과 번역 양편에 열광하다시피 매달렸는데, 정작 『삼광』에 발표된 머리말과 초반부의 번역은 문장만 조금 손본 채 단행본에 거의 그대로 포함되었다.[19] 처음부터 완역을 목표로 충분히 준비된 번역이었다는 뜻이다. 번역 데뷔작답게 언어 구사의 조악함이나 미숙성이 엿보이는 것도 사실이지만 여기에서 다룰 의제는 아니므로 미뤄 두기로 한다. 일단 소설 언어의 문제는 홍난파뿐 아니라 김억과 이상수를 비롯한 일본 유학생 출신이 안고 있던 공통적인 난점이라는 사정을 감안하면 그리 크게 흠잡을 만한 정도는 못 된다.[20] 문제는 그동안 홍난파의 첫 번역이 겪은 우여곡절이 의미

---

12), 61~64면; 오천석, 「도스토옙스키라는 사람과 및 저의 작품과」, 『개벽』 41(개벽사, 1923.11), 1~10면; 화산학인(花山學人), 「세계 명작 순례-도스토옙스키 원작 『죄와 벌』」, 『동아일보』, 1929.8.11~8.20, 3면(9회); 심경산인(心卿山人), 「태서 명작 개관- 『죄와 벌』」, 『조선일보』, 1929.10.31~11.3, 6면(4회). 그런 점에서 김동인과 함대훈의 평론은 매우 독특한 경우라 할 수 있다. 김동인, 「자기의 창조한 세계-톨스토이와 도스토옙스키를 비교하여」, 『창조』 7(창조사, 1920.7), 49~52면; 함대훈, 「비극 철학의 의의 -도스토옙스키 연구의 일 단면」, 『동아일보』, 1934.6.24~6.27, 3면(3회).

19 김병철(앞의 책), 365~366면; 593~594면.
20 박진영(앞의 책), 459~465면.

심장하다는 데에 있다.

먼저 표제가 전격적으로 바뀌었으며, 홍난파의 저작 가운데 이례적으로 신명서림(新明書林)에서 출판되었다. 출판 직전에 광고된 박문서관과 회동서관의 '홍난파 저역서' 목록에는 도스토옙스키의 소설이 『빈자(貧者)의 사랑』으로 제시되었다. 애당초 붙였던 '사랑'이라는 키워드와 원제의 뜻을 살린 '가난'이라는 키워드를 교묘하게 기운 셈이다. 단언컨대 홍난파의 선택이었을 것이다. 그런데 이번에는 신명서림에서 표제 선정에 끼어든 모양이다. 결국 도스토옙스키 소설의 제목은 전혀 생뚱맞게도 『청춘의 사랑』으로 낙착되었으며 표지에서는 '연애소설', 광고에서는 '연애서간소설'이라는 레테르가 활용되었다. 중년의 남성과 옆집 아가씨의 사랑 이야기에 '청춘'이니 '벗'이니 하는 어법은 도무지 가당치 않을 터다.

문제는 그뿐이 아니다. 사실 신명서림에서는 그 무렵에 또 다른 『청춘의 사랑』 출판을 앞두고 있었다. "독(讀)하라, 자유의 낙원을 원하는 민중이여. / 읽으라!! 사랑에 번뇌하는 자여!"라는 구호를 내건 『청춘의 사랑』은 당대 명사의 글을 한두 편씩 모아 엮은 '연애 서간문 단편소설'이다. "우리 사회 청춘 남녀계의 진애(眞愛), 진리의 묘사를 나체적으로 기탄없이 개방하여 실제 응용의 편리를 도(圖)할 만"하노라는 문구만 놓고 보더라도 어떤 성격을 띠었는지 대번에 짐작된다. 그런데 도스토옙스키 소설이 같은 표제를 가져가면서 『청춘의 사랑』은 '연애 서간집 급(及) 사실 소품문'이라는 긴 레테르를 붙인 『사랑의 비밀』로 표제가 바뀌지 않을 수 없었다. 『사랑의 비밀』은 "회탐(懷探)하고 사모하는 연인에게!! / 이 서간이면 꼭 생각대로 됩니다. / 보라-, 사랑에 주리고 목마른 자여-. / 사랑은 인생의 꽃이며 생의 동기니라."라는 문구로 선전되었다.[21]

---

21 '광고', 『동아일보』, 1923.5.12; 5.15, 2면; '신명서림 신간 서적 안내', 『국민필휴만보전서(國民必携萬寶全書)』(신명서림, 1923), 76면.

그 대신 도스토옙스키 원작의 『청춘의 사랑』은 "독(讀)하라! 행복의 생활과 자유의 낙원을 원하는 민중이여! / 사랑을 저주하며 사랑을 싫다 하는 자가 누구냐. / 사랑이 없는 자는 죽은 목숨이다!"라는 식으로 본래의 광고에 담겨 있던 자못 선동적인 색깔까지 최대한 활용했다.[22] 어차피 '연애서간소설'을 표방한 『청춘의 사랑』이고 보면 그다지 어색한 일은 아닐 터다. 결과적으로 도스토옙스키 소설이 출판된 지 일주일 만에야 신문 광고가 정돈되기 시작했으니 이처럼 급박한 표제 교체 작업은 불과 한 달 사이에 벌어진 일이다.

〈표 4〉 『가난한 사람들』의 번역 표제

매체	출판 연월	표제
『삼광』 1~2호	1919.2~12	사랑하는 벗에게
『삼광』 3호	1920.4	빈인(貧人)
'홍난파 저역서' 목록	1923.1; 1923.3	빈자(貧者)의 사랑
단행본 출판	1923.6(신명서림) 1934.11(세창서관)	청춘의 사랑

그리고 보면 『청춘의 사랑』을 장식한 표지 디자인도 얼마간 이해됨 직하다. 세련된 미본으로 장정된 창작집 『향일초』는 물론이려니와 1910~1920년대의 번역 및 번안소설이 대개 깔끔하고 단정한 표지를 채택한 관례를 떠올린다면 『청춘의 사랑』은 촌스럽다고 보긴 어려워도 어지간히 색다르긴 하다. 예컨대 박문서관에서 출판된 『허영』과 『최후의 악수』의 표지는 아무래도 지나친 감이 있다. 흡사 1910년대의 신소설을 연상시키는 디자인이기 때문이다. 그 편짝에 비하자면 서양 청년이 비 내리는 창밖을 물끄러미 내다보는 장면의 사각 틀을 풀빛 하트 모양 안에 밀

---

22 '신명서림 신간 서적 안내', 『국민필휴만보전서』(신명서림, 1923), 74면.

어 넣은『청춘의 사랑』디자인은 연애와 번뇌의 이미지를 환기시키는 데
에 부족함이 없다.

　그렇게 해서『청춘의 사랑』은 표제에서나 표지에서나 '가난'의 흔적을
말끔하게 지웠다. 지금으로서는 홍난파의 저술 가운데 유독『청춘의 사
랑』만 신명서림에서 출판된 마땅한 이유를 헤아리기 어렵다. 다만 신명
서림에서 눈독을 들일 만큼 '사랑'이라는 브랜드의 파워가 막강했다고는
말할 수 있다. 1920년대 초반의 출판계를 달군 화두가 다름 아닌 연애요
사랑이라는 점을 감안하자면 그리 이상한 노릇도 아닐 터다. 이를테면
'사랑의(과) ~'라든가 '~의(와/과) 사랑'이라는 표제를 붙이는 일이 출판
계의 유행처럼 번졌다. 로미오와 줄리엣의 비련은『사랑의 한』(1921)이
되었으며, 트리스탄과 이죄의 비극적인 운명은『사랑의 무덤』(1922)이나
『사랑과 설움』(1923)으로 명명되었다.『최후의 사랑』(1923)이니『연애의
고투』(1923)니『잔 다르크의 연애』(1924)도 등장했다.[23] 그 가운데 하이라
이트를 장식한 것은 말할 나위도 없이 연애 서간문집의 대명사 격인 노
자영의『사랑의 불꽃』(1923)일 터다.

　노자영을 단박에 이광수에 버금가는 자리로 올려놓은『사랑의 불꽃』
은 당시에도 문단뿐 아니라 출판계와 유통 현장 안팎에서 곱지 않은 시
선을 받았던 것이 사실이다.[24] 하지만『사랑의 불꽃』이니『사랑의 비밀』
말고도『태서 명가 연애 서간』(1923),『낙원의 춘(春)』(1924),『진주의 품』
(1924)이 잇달아 나오고 순식간에 판을 거듭하면서 연애와 편지, 그리고

---

23 홍난파 역시『세기병자의 고백』이라는 원제를 부제로 돌리면서『사랑의 눈물』이라는
　　 표제를 앞세웠다. 1930년 1월에 창문당서점(彰文堂書店)에서『어디로 가나?』를 다시
　　 출판할 때에도『최후의 사랑』으로 표제를 고쳤다. 김병철(앞의 책), 767면. 단 1923년
　　 에 신명서림에서 광고한 '연애정비기담(戀愛正悲奇譚)'『최후의 사랑』은 시엔키에비
　　 치 번역소설과는 아무런 관련이 없다.
24 정동규, 「기미 이후 십오 년간 조선문 독자의 동태 ― 점두에서 본 독서 경향의 변천」,
　　 『동아일보』, 1933.9.1~9.2, 3면(2회).

연애편지의 몸값을 한껏 끌어올린 현상 또한 분명하게 포착된다. 그 한 복판을 가로지른 것이 바로 도스토옙스키다.

5. 한 쌍의 사랑, 두 개의 비애

시선을 돌려서 번역가의 입장에서 보자면 어떨까? 원작 『가난한 사람들』의 어떤 면이 문학청년이자 신예 번역가 홍난파를 반하게 만든 것일까?

> 그런데 이 작품은 별로 사상 문제에 관련한 것도 아니요 또 특수한 사건을 기록함도 아니다. 다만 작자가 이 작품 중의 주요 인물로 쓴바 이 인의 빈한하고 가련한 남녀의 연정을 묘사함에 불과하다. 여주인공 바렌카가 마카르를 버리고 비코프와 결혼하였다. 비코프로 말하면 이 작품 중의 중요한 인물의 일인이지마는 전편을 독파하도록 그의 성격이나 윤곽을 규시(窺視)할 수가 없음은 이 작품에 대한 큰 결점이라고도 하겠다. 그러나 다만 인심을 야기케 하는 생명이 충일해 있다. 이것이 곧 작자의 심정이다.[25]

실망스럽게도 홍난파가 원작의 진수를 꿰뚫어 보지 못했다는 사실이 금세 드러난다. 『가난한 사람들』이 남녀의 연정을 밋밋하게 그렸다는 점이야 별달리 그른 말도 아니겠으나 그저 연정이라고만 뭉쳐 버리기에는 충분치 않다. 훨씬 더 중요한 문제는 연정을 가능하게 한 매개요 결혼을 불가능하게 만든 조건이다. 전자가 연애편지라면 후자는 가난이다. 어쩌면 『가난한 사람들』에다가 '연애서간소설'이라는 레테르를 붙이

---

25 홍난파, '머리의 말, 「사랑하는 벗에게」, 『삼광』 1(재동경조선유학생악우회, 1919.2), 27~28면; 홍난파, '머리의 말, 『청춘의 사랑』(신명서림, 1923). 인용문은 『삼광』에 처음 발표된 문장을 조금 손본 단행본의 머리말 일부이며, 등장인물의 이름은 지금의 표기 규정에 맞게 바로잡았다.

고『빈자의 사랑』이라고 번역하려 한 시도야말로 정곡을 짚은 일이었는
지도 모른다.

따라서 비코프를 들먹거려 원작의 부실함을 비판한 대목은 차라리 안
하느니만 못한 진술이다. 비코프에 주목한다는 것은 원작의 핵심을 질투
나 삼각관계로 이해한 번역가의 오산이며, 연애와 사랑의 강렬함에 압도
되어 가난의 문제를 외면한 탓이기 십상이기 때문이다.

홍난파는 적어도 머리말에서 연애편지의 중요성이나 가난의 굴레에
대해 별다른 주의를 기울이지 않은 셈이다. 그럼에도 불구하고 원작의
특이한 구성과 어조의 차이를 성실하게 반영하면서 대단히 이색적인 소
설의 번역에 성공했다. 어쩌다 이런 일이 벌어졌을까?

기실『가난한 사람들』은 모두 55통의 편지로 이어진 유별난 소설이다.
『삼광』3호의 분재 뒤에 바로 이어진 대목에서 여주인공의 과거를 설명
해 주는 고백적인 노트가 삽입된 것 말고는 시종일관 두 사람의 편지가
왕복될 따름이다. 연인 사이의 불균형은 중년의 말단 서기와 이웃집 처
녀의 사랑 이야기라는 데에서부터 얼핏 감지되며 편지의 날짜, 분량, 어
조에서 열정의 불균등으로 예민하게 전이된다. 청춘은커녕 중년 남성의
섬세한 사랑을 그리고 있다는 점은 중요한 전제이며, 가난의 압박이 양
자에게 얼마나 다른 감도로 전달되는지도 눈여겨보아야 할 대목이다.

연애소설의 한국어 번역가로서 홍난파는 원작을 전반적으로 조금씩 축
약하긴 했어도 연애편지 교환의 구조나 형식적 요소를 훼손시키지 않으면
서 편지 왕복의 이면에 담긴 정서를 최대한 배달시키려고 애썼다. 주인공
들이 처한 극빈의 심각성에 대한 부주의에도 불구하고 반년 동안 오간
편지에 담긴 정황과 간접화된 에피소드만으로도 속사정이나 심리적 갈등
을 간파할 만하다. 결과적으로『청춘의 사랑』은 찢어질 듯한 가난에 시달
리는 연인의 비애 역시 담담하고도 효과적으로 그려 낼 수 있었다.

〈사진 3〉 '머리의 말' 중 일부, 「사랑하는 　　〈사진 4〉 『청춘의 사랑』(신명서림, 1923).
벗에게」, 『삼광』 창간호(삼광사, 1919.2). 　　　　국립중앙도서관 소장 자료.
독립기념관 소장 자료.

그런 뜻에서 홍난파의 도스토옙스키 번역은 선구적이면서도 탁월한
연애소설의 번역이라는 점을 거듭 강조해 둘 가치가 있다. 또한 홍난파
의 번역 가운데에서도 가장 빼어난 솜씨를 자랑한 것이 바로 첫 번째 번
역인 『청춘의 사랑』이다. 다소 역설적이지만 연애와 편지, 그리고 연애
편지가 발휘한 시대적 이미지가 그만큼 강렬했다는 뜻도 될 터다.[26] 그
것으로 다일까? 한두 가지 더 지적해 둘 거리가 있다. 홍난파의 번역이
거둔 망외의 문학사적 효과에 대해서다.

　홍난파의 창작집 『향일초』에는 「사랑하는 벗에게」라는 소설이 수록되

---

26 권보드래, 「연애의 형성과 독서」, 『역사문제연구』 7(역사문제연구소, 2001), 101~130
면; 천정환, 『근대의 책 읽기—독자의 탄생과 한국 근대문학』(푸른역사, 2003), 157
~167면.

어 있다. 문학청년의 습작 수준에서 멀리 벗어나지 못한 표제작이라든가 수필과 소설의 경계에서 머뭇거리다 만 여느 작품에 비해 단연 이채를 띠거니와 가장 높은 완성도를 자랑한 것이 바로 두 번째 자리에 수록된 「사랑하는 벗에게」다. 더군다나 「사랑하는 벗에게」는 홍난파가 애초에 도스토옙스키 소설에 붙인 번역 표제를 그대로 살려 썼으니 눈길을 끌지 않을 수 없다. 「사랑하는 벗에게」의 맨 끝에는 탈고 날짜를 1922년 3월로 밝혀 두어서 『청춘의 사랑』 번역을 마무리한 시점과 일치한다는 점을 짐작할 수 있다.[27]

홍난파의 「사랑하는 벗에게」 역시 연애편지로만 구성된 소설이다. 청년 음악가와 미술학교 졸업생 사이에 오간 17통의 편지는 도스토옙스키의 소설을 그대로 모방한 것이나 다름없다. 중간에 두 청춘 남녀가 만나게 된 내력을 요약한 대목을 삽입한다든가 독서를 매개로 주인공들의 시각 차이를 드러낸다든가 하는 세부적인 장치도 거의 그대로 흉내 냈다. 다만 이번에는 대등하다시피 한 두 젊은 예술가의 성격이나 낭만적인 정열의 열도가 뒤바뀌고, 도저히 어찌해 볼 도리 없는 가난이 아니라 부모의 압력과 자의 반 타의 반으로 이어진 여주인공의 변심이 문제일 뿐이다. 사정이 이렇다 보니 해설적인 시선의 개입도 피하기 어려운 약점 가운데 하나다. 따라서 도스토옙스키 소설에 견주자면 훨씬 감상적으로 흐를 수밖에 없는 형편이다. 두 주인공이 사실상 공평한 입장에서 출발하다 보니 팽팽하게 밀고 당기던 힘의 균형이 한순간에 무너지자마자 어설픈 비애로 귀결되게 마련이다.

어쨌거나 홍난파는 도스토옙스키 소설의 구조와 형식, 기법을 번역함

---

27 홍난파, 「사랑하는 벗에게」, 『신천지』 3.1(신천지사, 1923.1); 홍난파, 「사랑하는 벗에게」, 『향일초』(박문서관, 1923), 71~117면. 『청춘의 사랑』은 1923년 6월에 출판되었지만 1922년 4월에 붙인 머리말에는 그해 겨울부터 봄 사이에 번역을 마무리했노라고 언급해 두었다. 홍난파, '머리의 말', 『청춘의 사랑』(신명서림, 1923)

으로써 창작의 직접적인 밑거름으로 삼은 것이 분명하다. 근사한 예를 찾자면 『향일초』에 수록된 「회개」도 비교적 낮은 수준에서 『레미제라블』의 번역과 짝을 이루며 광고에서도 그렇게 표방되긴 했다. 그런데 문학 실험의 도발성을 놓치지 않으면서 가장 세련된 성취에 육박해 간 공적이라면 최초의 순수 서간체 소설이자 예술가 소설인 「사랑하는 벗에게」로 돌려야만 할 것이다.

따라서 문제의 요점은 홍난파의 번역이 모방적으로 응용되었다는 데에 있지 않다. 연애편지가 시대의 키워드로 급부상하면서 비로소 사랑의 비애가 문학적으로 형상화되었다는 사실, 그리고 1920년대 초반의 새로운 문화적 감수성으로 발견되었다는 사실이 중요하다. 홍난파의 입장에서 보자면 투르게네프나 뮈세는 물론 시엔키에비치의 소설조차 청춘 남녀의 연애 문제로 파악되었으며, 출판계의 입장에서 보자면 프랑스 낭만주의와 자연주의 문학 번역의 놀랄 만한 급증을 불러왔다. 한편 1920년대 초반의 소설계 쪽에서 보자면 연애편지가 소설의 중요한 모티프로 활용되고 낭만적인 열애와 비련의 정서를 주조로 삼게 되었다.[28] 이러한 문학사적 파장에 비하자면 실용성을 겨냥한 노자영의 『사랑의 불꽃』이 불러일으킨 파급 효과란 뜻밖에도 그리 크지 않은 셈이다. 요컨대 홍난파가 번역한 것은 도스토옙스키이면서 또한 그 이상이다.

---

28 노지승, 「1920년대 초반, 편지 형식 소설의 의미─사적 영역의 성립 및 근대적 개인의 탄생 그리고 편지 형식 소설과의 관련에 대하여」, 『민족문학사연구』 20(민족문학사학회, 2002), 351~378면; 이희정, 「1920년대 초기의 『매일신보』와 홍난파 문학」, 『어문학』 98(한국어문학회, 2007), 239~268면; 이희정, 「1920년대 초기의 연애 담론과 임노월 문학─『매일신보』를 중심으로」, 『현대소설연구』 37(한국현대소설학회, 2008), 151~172면.

6. 번역의 운명

1920년대 초반에 접어들어서야 비로소 전문 번역가가 출현했다는 사실에는 몇 가지 까다로운 의미가 담겨 있다. 세계문학이라는 것의 외연이 번역 출판의 활황 속에서 조성된 역사적 조건, 중역이 번역가의 언어적 제약뿐만 아니라 일본문학을 매개로 한 작품 선택의 범위로 작동할 수밖에 없었던 배경을 함께 고려해야 하기 때문이다. 이를테면 일본 유학생 출신 문학청년 홍난파의 초상을 통해 한국어 번역가로서 정체성이 포착되는 장면, 한국에서 세계문학의 번역이 처한 지평을 가늠해 볼 수 있다. 각별히 홍난파가 처음 손댄 노작이자 식민지 시기의 유일한 도스토옙스키 번역인 『가난한 사람들』이 한국어로 번역되어 출판된 경위를 따져 보고, 홍난파의 후속 번역이나 1920년대 초반의 여타 번역과 공분모를 갖게 된 사정을 분변해야 하는 이유도 여기에 있다.

그런 뜻에서 보자면 1920년대 초반의 번역 출판에서 프랑스 낭만주의 소설과 자연주의 소설의 경계를 흐릿하게 만든 것, 프랑스 문학과 러시아 문학의 거리조차 가깝게 만든 것은 무엇인지도 묻지 않을 수 없다. 또한 1920년대 중반을 넘어서자마자 번역이 급감하고 출판 시장이 위축된 현상도 찬찬히 공글려 볼 가치가 있다. 여기에는 한국어 번역가의 존립 기반을 사실상 허물어뜨리다시피 한 번역 내적 문제가 도사리고 있을 개연성이 높다.

우리가 풀이해야 할 또 하나의 난제를 던진 것도 홍난파다. 홍난파는 적잖은 시행착오를 거친 뒤에 상당히 안정된 한국어 문장의 번역을 선보이게 된 단계에 이르러서는 정작 번역에서도 창작에서도 손을 뗐다. 『청춘의 사랑』이 출판된 지 고작 일 년 만에 나온 에밀 졸라의 『나나』(1924) 번역을 끝으로 홍난파는 음악가로서 일로매진하는 결단을 내렸다. 『나나』는 번역 규모로 보아서나 프랑스 자연주의 소설의 정수를 건드렸다는 점에서나 혹은 홍난파가 안정된 한글 전용 문장으로 돌아섰다는 점에서나 눈에 띄는 급소 가운데 하나다. 그럼에도 불구하고 홍난파는 더 이상 문학청년의 꿈에 매달리지 않았다. 대체 무엇이 홍난파로 하여금 번역을 그만두게, 문학을 저버리게 만들었단 말인가?

　우리가 홍난파의 선택에 대해 진지하게 숙고해야 하는 까닭은 그것이 서투른 문학청년이자 숨은 대리인으로서 번역가 개인이 저지른 우연하거나 돌발적인 배신이 아닐지도 모른다는 의심 때문이다. 마침맞게 홍난파와 어깨를 나란히 한 동시대의 선두 주자 김억과 이상수 역시 엇비슷한 걸음걸이로 물러났다는 점을 잊어서는 안 된다. 지금 우리 시대의 편견이나 선입관과 달리 어쩌면 번역의 때 이른 죽음이라 부름 직한 이러한 현상에 개입된 문학사적 조건이나 정황에 대해서는 전혀 파헤쳐진 바 없으니 번역의 역사에 대한 새로운 시선의 탐구, 근대문학사 연구에 대한 반성과 성찰로 가는 요처 가운데 하나가 될 것이다.

근대 중국의 서구 개념 번역

－번역, 그 후

유욱광(劉旭光)

1. 가변적인 '기표': 미학 (Aesthetics) 사건

Aesthetics라는 단어의 번역은 처음에는 가변적인 상태에서 자리를 못 잡은 가운데 중국어사전에 등장한다. 처음으로 등장한 "aesthetics" 단어는 롭샤이드(Wilhelm Lobscheid, 1822~1893)가 편찬한 『영화사전』 (English and Chinese Dictionary, with Punti and Mandarin Pronunciation, 1866)[1]에서 Aesthetics와 Esthetics 두 동의자를 수록하였고, 번역하여 "Philosophy of taste, 아름다움의 철학, 심미의 철학"이라 하였다. 1875년 선교사인 에른스트 파버(Ernst Faber, 1839~1899)가 저술한 『교화의(敎化議)』에서 예술을 분류하는 가운데, 회화 음악을 "미학"에 귀속시켰는데, 이것이 바로 중국어에서 최초로 등장하는 "미학"이라는 단어일 것이다. 유감스러운 것은 "Philosophy of taste"라는 식의 이해가 처음부터 문제를 안고 있었다는 것이다.[2] "Aesthetics"라는 단어는 18세기

---

1 Wilhelm Lobscheid(羅存德), 『英華字典(Ying-Hua zidian; English and Chinese Dictionary, with Punti and Mandarin Pronunciation)』(Hong Kong: Daily Press Office, 1866~1869)

2 黃興濤:「淸代西方美學觀念和知識在華傳播考論」(黃愛平·黃興濤主編:『西學與淸代文化』, 中華書局, 2008), 361~362면.

독일 고전철학의 결과물이다. 이 단어가 표현하는 의미는 영국인들의 "기호, 재미, 흥취"(taste)라는 단어가 대신할 수 없는 것이다. 칸트의 판단력비판 이후, "Aesthetic judgment(감상판단)"은 학리(學理) 상에서 기호판단을 대신하게 되었다. 이것이 내포하는 의미는 "taste"가 표현할 수 없는 것이다. 이 때문에 영국인들이 "Philosophy of taste"로써 "Aesthetics"를 번역하는 것은 근본적인 오류를 안고 있는 것이다. 중국어에서 "Aesthetics"에 대응되는 단어 하나를 찾는다는 것은 매우 힘든 일이다.

1908년 2월 상무인서관(商務印書館)에서 출판된 안혜경(顏惠慶) 주편(主編)의 『영화대사전(英華大辭典)』에 그 어려움이 고스라니 녹아있다. 이 단어에 대해서 『영화대사전』은 기존에 번역되었던 여러 번역어들을 다음과 같이 나열하였다. "佳美之理(아름다움의 철학)", "審美之理(심미의 철학)", "佳趣論(고상한 취미론)", "美妙學(미묘학)", "入妙之法(심오함에 들어가는 법)", "課論美形(아름다움의 이론)", "善美學(선미학)", "審辨美惡之法(미악을 판별하는 법)", "審美學(심미학)", "艷麗之學(아름다움의 학문)", "審美哲學(심미철학)", "美術(미술)" 등 십여 종의 번역어들을 나열하고[3] 최종적으로 "미학", "심미학"으로 정하였다.

"Aesthetic"이라는 단어는 원래 "감성적"이라는 의미를 갖고 있다. 그래서 이것이 분과학문의 대상이 될 때, 바움가르텐(Alexander Gottlieb Baumgarten, 1714~1762)은 분명히 지적하고 있다. "Aesthetica"라는 이 학문은 자유예술의 이론이자 초급의 인식론이며, 미적 사유의 예술과 유사 이성의 예술이며 감성적 인식의 학문이다. 또한 "미적 방식으로 사유한 대상에 대한 모든 공상(共相; 보편)을 이론적으로 고찰하는 것이다."[4]

---

3 이 자료에 대한 상세한 소개는 王宏超, 『學科與思想 : 中國現代美學的起源』, 博士學位論文(夏旦大學, 2009)을 참고하기 바란다.

"미학"에 대한 이러한 정의는 미학의 대상이 얼마나 복잡한 지를 말해
준다. 이것은 사실 한 단어 "Aesthetic"을 사용하여 세 가지 의미-감성
학, 예술이론, 일종의 의지적 이성 사유로서의 심미-를 감당하도록 강요
한다. 그래서 어떤 때는 이 단어가 감성화의 의미를 지향하여, 이해할
수 없는 것이 아름다운 것이라 말한다. 어떤 때는 이 단어가 이성적인
심미 인식을 지향함으로써 이해될 수 없는 것은 감성적인 것이라 말한
다. 또 어떤 때는 자유예술을 지향하는데, 이 때문에 더 이상 심미 인식
을 가리키는 것이 아니라 말한다. 그래서 결국 "Aesthetic"을 무엇으로
번역해야 하는가 하는 것은 구체적인 분석이 필요하다. 그렇기에 번역
과정 속에서 하나의 단어로 이 단어에 대응하여 번역한다는 것은 불가능
하며 단지 이 단어가 가리킬 수 있는 상관된 범위를 지정해 줄 수밖에
없다. 그러나 문제는 범위를 정하는 문제가 미학이란 개념을 번역함에
있어 가장 어려운 점이 아니라는 점이다.

가장 곤란한 점은 오히려 중국 문화에서 "美"라는 단어의 의미가
"Aesthetics"라는 학문에서 다루는 "beauty"의 의미와 심각한 차이를 보
이는 데 있다. 중국 문화 속에서 "미"라는 단어는 비교적 낮은 가치를
가진다. 형태를 긍정적으로 본다는 면에서는 "媚(아름답다, 곱다, 매력적이
다)"에 가까울 것이며, "雅(우아하다)"보다는 낮은 단계일 것이다. 이것은
"色"의 긍정적인 용례와 비슷하다 하겠다. 도가철학에서는 형식적인 면
을 경시하며, 게다가 유가에서는 "善"을 더 강조하기 때문에 "미"는 중국
문화의 체계 속에서 그 위치가 실제로 높지 않다. 일상생활에서의 용례
를 보더라도 "미"의 의미는 "好"의 의미와 매우 유사한데, 이것은 실제적
인 효용성에 의한 판단이다.

이런 이유로 Aesthetics를 처음에 "미학"이라고 번역한 것은 오히려

---

4 鮑姆加登(Baumgarten), 王旭曉譯, 『美學』(北京: 文化藝術出版社, 1987), 13~15면.

감성적인 면에서 충분히 받아들여지는 번역이었다. 그러나 문제는 Aesthetics가 서양문화에서 초월적인 위치에 있다는 사실이다. 칸트 이후로 보편적인 인식이란 다음과 같은 것이다. 감성적 직관에 의해 얻어지는 기쁨은 미학에 있어 가장 천박한 위치에 놓이게 되며, 심미는 일종의 "깨달음"으로서 이성이 기초가 된 기쁨이자 목적성에 합하는 판단이다. 심미는 자유를 용납함과 동시에 계몽으로 인도한다. 그러나 중국 문화에서 감상활동은 이러한 초월적인 위치를 가지지 못한다.

문화의 연원에서 말하자면 "미"는 줄곧 서양 문화에서 가장 핵심적인 부분이었다. 그리스 사람들이 미를 지칭한 최초의 단어는 "kalos"이며, 이것의 의미는 "원만(圓滿)"이다. 이후에 서양 문화에서의 미학은 줄곧 위대한 형이상학적인 전통을 고수하였고, 모든 미학 이론은 미의 문제에 있어서 형이상학적인 근원을 찾는 것이었다. 존재, 이념, 절대자의 빛, 절대정신, 선험적 화해 …… 심미는 이제까지 한 번도 그저 단순한 느낌, 감상의 문제가 아니었다. 특히 헤겔의 이성주의 미학 이래로 심미라는 것은 단순히 형식적이고 직관적인 문제가 아니라 대상의 진실한 내용에 대한 인식이며, 진실한 내용은 그에 적당한 감성적 형식에 의해 드러날 뿐인 것이다. 감성적 형식은 그저 교량일 뿐이고, 이것은 심미의 출발점에 불과하지 종점이 아니었다. 이러한 문화의 연원은 서양 문화에서 "미"를 줄곧 "善, 眞"과 함께 놓았고, 가장 높은 가치를 가지게 하였다. 그러나 중국 문화에 있어 "미"는 높은 위치에 다다를 수 없었고, 단지 "美" 앞에 "大"자를 붙이고 "大美"라고 하여, 기존의 "美"의 의미를 부정하고서야 비로소 그에 상응하는 의미를 가질 수 있었다. 그러나 이러한 초월적 의미는 부단한 해석을 통해서만 비로소 만들어질 수 있으나, 이는 번역으로 완성할 수 있는 임무가 아니다.

Aesthetics라는 단어의 번역은 당대 중국 학계에 한바탕 쟁론을 일으켰다. 어떤 이는 "감성학"으로, 어떤 이는 "심미학"으로, 또 어떤 이는 "예술철학"으로, 심지어는 미학이라는 단어를 없애고 "예술화"라는 단어로 통일해야 한다는 이도 있었다.

예를 들어 "pan-aestheticization", "aesthetic reality"(갈브레이드의 『풍요로운 사회』에서의 개념)과 "hyperaesthetic"(장 보드리야르)과 같은 단어들은 모두 "aesthetic"을 포함하고 있는데, 조의형(趙毅衡)은 이 단어들 중에 있는 "aesthetic"을 모두 "예술화"로 번역할 것을 건의하였다. 나는 짜오이형 선생이 갈브레이드의 "aesthetic reality"를 "예술현실"로 번역한 것에 대해서 동의하지만, "pan-aestheticization"은 "범감성화"로 번역할 수 있지, "범예술화"로 번역할 수는 없다고 생각한다. 범감성화란 포스트모더니즘 문화가 배제한 "깊이, 심도"가 단지 감성적인 면에만 남아 구현되는 것이다. 보드리야르의 "hyperaesthetic" 역시 "과도한 감성화"로 번역하는 것이 더욱 적합하다. 이 단어의 사전적 의미는 "과도하게 민감한 지각"이라는 뜻이다. 이것은 분명 보드리야르가 말했던 "생존을 위협하는 현실"과 같은 것이다. 이러한 쟁론 속에서 Aesthetics의 번역은 첫 번째 이론구성의 출발점이 된다. 이렇게 의견이 분분한 가운데 "미학"이라는 단어는 마치 표류하는 기표와 같다. 결국 무엇으로 번역해야 하는가 하는 것은 이미 번역학의 문제가 아니며, 번역 배후의 목적에 의해 결정되는 것이다. 번역은 여기에서 새롭게 부호화하는 행위가 아니라 의미의 전달인 것이다. 번역이란 이 때문에 의미의 "차연"이 되는 것이다.

2. 수용된 착오 : "문예학"의 운명

"문예학"은 매우 이상한 번역 사건이다. 서양의 문학학과 체계에는 Theory of literature라는 과목이 있다. 또한 이와 관련된 학문을 Criticism of Literature라고 한다. 중국어에서 이들과 상응하는 단어를 찾는다면 "문학이론"과 "문학비평"이라 할 수 있다. 그러나 전자는 실제로 "문예학"이라 일컬어지며, 후자는 여전히 "문학비평"으로 불린다. "문예"는 종종 "문학"과 "예술"(Literature and Art)을 지칭한다. 그래서 "문예학"이라는 이 단어는 분명 "Theory of literature"의 의미를 확대하고 있는 것이다. 이것은 적당하지 못한 번역이다. 그러나 재밌는 것은 이 적당하지 않은 번역이 무슨 꿍꿍이에선가 잘 받아들여졌다는 사실이다.

"문예학"이 학문 분야를 지칭하는 전문적인 단어로 처음 등장한 것은 일본어 문장에서다. 『일본문예학』(1935)의 작자 오카자키 요시에(岡崎義惠)는 일본어에서 "문예학"은 다이쇼(大正, 1912~1926) 말년에 독일어를 번역하여 통용된 것이라고 밝혔다. 단 오카자키의 "문예학"은 시문학을 지칭하는 것으로, 실제로는 "문학"이라는 개념을 대체하는 것이었다. 중국어에서 "문예학"이 비록 일본어에서 기원한다고 하더라도, 지적해야 할 것은 일찍이 1933년 중국어에서 "문예"라는 이 단어가 이미 다음과 같은 새로운 의미를 가졌다는 점이다.

> 문예(Literature and Art)는 문학, 미술을 총칭하는 것이다. 보통 문예라는 이 두 글자는 그 범위가 예술에 비하면 비교적 좁고, 문학보다는 비교적 넓은 것이다. 그러나 이 두 글자는 또한 문학의 대용어로도 쓰인다. 예를 들어, 문예작품이란 시가, 소설, 희곡 등 문학작품을 지칭하는 것이지, 문학 이외의 음악, 회화, 조각 등을 지칭하지는 않는다. 때로는 그 사용범위가 매우 넓어 거의 "예술"이라는 두 글자를 대신하기도 한다. 예를 들어 문예부흥과 같은

경우, 역시 모든 문화를 다시 불러일으킨다는 의미이기 때문이다.[5]

여기에서 언급한 "문예"라는 두 글자는 사실 간칭이지, 학문을 명명하는 근거는 아니다. 중국어에서 "문예학"은 하나의 학문으로써 1949년 10월, 당시 화북 인민정부가 공포한 『각 대학, 전문대학 인문법학대학 각 과 과정에 관한 임시 규정』(이하 『규정』)에서 "문예학"을 중국문학과와 외국문학과의 기본과정에 편입시켰다.[6] 이것은 "문예학"을 과정 및 학문 분야의 명칭으로서 처음으로 고등교육과 학과 시스템에 편입시킨 출발점이었다. 1950년 9월, 중앙인민정부는 『고등학교교과과정초안』(이하 『초안』)을 공포하는데, "문예학"을 중국어문학과 교과과정의 첫 번째 위치에 올려놓았다. 『규정』이 공포되기 전, 『인민일보』에서 일찍이 "중앙부설 사회과학연구원"의 전공 설립을 소개하였는데, 그 중에 "문예학과 예술학"[7]이라는 용어를 사용하였다. 그 중에서 "문예학"은 분명 литературоведение을 지칭하는 것이며, 이것은 두 단어를 대역한 최초의 문헌이다.[8] 그러나 이 역시 성공한 번역은 아니다.

러시아어의 Literaturovedenie라는 단어는 『소련소백과전서』에서 해석하기를 "문학에 관한 과학"이라고 하였다. 만약에 자연과학, 사회과학과 함께 명명한다면, 간단하게 "문예과학"(Literary Science)이라 할 수 있으며, 영문으로 번역하여 The Study of Literature ("문학연구"로 해석할 수 있다)라 할 수 있다. 그래서 "문예학"이라 번역하는 것은 타당하지 않다. 왜냐하면, 문예학은 중국어문학과에서의 위치로 보건데, "문학이론"

---

5 章克標, 『開明文學辭典』(開明書店, 1933)

6 「文法學院各系課程暫行規定」, 『人民日報』 1949.10.12.

7 「蘇聯文化考察」, 『人民日報』 1949.05.23.

8 이러한 의견은 朱立元、栗永清, 「新中國60年文藝學演進軌迹之一瞥」, 『文學評論』 (2009, 6期)에서 인용.

을 뜻하기 때문이다. 그러나 『규정』이 공포된 이후로, "문예학"이라는 명칭은 확정되어 갔다. 50년대에 문예학은 필수과목으로 개설되고, 전문적인 연구실이 설립되었다. 또한 단시간에 대량의 전문 인력을 모으고 배양하여, 마르크스주의 문예이론 및 소련 위주의 서방문예 이론을 번역 소개하고 학습하면서 전통 문예 이론에 파고드는 와중에, 점점 새로운 학과가 형성되고 확립되었으며 그 학과의 명칭이 지금까지 이어져 온 것이다.

이 부적절한 번역어가 개정되지 않은 것은, 그것이 이미 관방 체계 하에서 이미 학문의 명칭이 됨으로써, 설령 번역이 적당하지 않다고 하나, 오히려 체제의 타성에 의해 보호 받게 되었기 때문이었다. 비록 지난 20세기 90년대부터, 문예학자들이 문예학의 학문적 성질을 추궁하기 시작하고, "문예학"을 "문학이론"으로 개정해야 됨을 요구하였으나, 이러한 요구는 체제의 타성 앞에서 소리 없이 사라졌다. 어떤 누구도 교육부 학과명에 기록된 "문예학"을 "문학이론"으로 바꾸지 않았다. 더 재밌는 일은 이렇게 잘못된 번역어가 당대 중국 학술계에서 교묘하게 이용되었다는 점이다. 당대 문학이론의 연구는 종종 자신의 영역을 넘어서 문화와 기타 예술에까지 뻗어 나갔는데, 그 가운데 이 "문예학"이라는 단어는 이러한 사람들을 비호하는 보호막이 되었다. 이렇게 영역을 넘어서는 자들은 종종 "제가 연구하는 것은 단지 문학이론만이 아니라 문예이론이죠!"라고 말했다. 『문예이론연구』라는 간행물이 있는데, 여기에는 전통적으로 줄곧 문학이론 및 문학비평에 관한 글이 발표되었다. 그러나 그들도 예술이론에 관한 지면을 열기 시작했다. 이유는 우리 간행물은 문예이론연구이기 때문이라는 것이다. 잘못된 번역이 이렇게 정당하게 받아들여지고, "문예학"이라는 적당하지 못한 번역은 여전히 지속되고 있다.

3. 의식형태의 충돌 : ontology(존재론)의 번역

　번역어가 일단 자리를 잡게 된 후에는 이 번역어 자체가 어떤 영역에서 새로운 의미를 발생시킨다. 그리고 이러한 의미의 발생은 번역 행위 그 자체가 책임질 필요는 없다. 그 전형적인 예가 바로 "ontology"의 번역이다. 이 단어에 대한 번역은 일종의 의식 형태의 충돌이라는 문제로 번져간다. 이 단어는 전통적으로 "本體論"(본체, 실체, 실제, 실질)으로 해석한다. 그러나 많은 학자들을 하이데거의 사상과 현상학을 학습한 후에, 이 단어는 "存在論"으로 번역해야 한다고 여겼다. 결국 이 둘 사이에서 쟁론이 생겼으며, 과거 십여 년 동안 중국 철학계와 문예이론계에서 끊임없는 논쟁이 이어졌다. 학술이론에 있어 점차 학자들은 아래와 같은 공론을 형성했으나, 이러한 공론은 "의식형태"의 입장이 개입되면서 만들어진 또 다른 의미였다. 이 단어의 해석에 대한 공론은 아래와 같다:

　이 단어에 대한 번역은 응당 학술의 발전에 기초하고 있다. 이 단어가 "본체론"으로 번역될 당시, 이것이 주로 가리킨 것은 서양 철학사에서 철학자들이 존재의 문제에 대해서 천착하고 있던 시기에 그렇게 만들어진 "실체"라는 개념의 각도에서 규정한 "존재"라는 실체주의 혹은 실체중심주의의 철학형태였다. 이러한 철학은 사물의 존재를 자명한 것으로 보고, 이러한 전제하에 존재하는 것의 변함없는 "본체"를 찾기 위해 연구해 나갔다. 그리고 "존재론"으로 번역될 당시에는 더 많은 것들이 하이데거가 지적한 존재 문제를 사고하는데 있어서의 새로운 차원을 가리키고 있었으며, 존재하는 것이 어떻게 "존재"하는지를 묘사하고 있었다. 이 때문에 당시 학계에서 "ontology"를 번역할 때, "존재론"이라는 단어를 통해 어떤 사물의 존재 형태를 묘사하고, "본체론"이라는 단어는 존재론 중에서 실체성을 갖춘 어떤 사물의 존재에 대한 연구를 지칭했다. 서술의 편리를 위해, "현대존재론"과 "전통본체론"이라는 두 단어로 사용하여 서로 다른 역사적 배경을 설명하고자 한다.

어떤 학자는 이 둘에 대해서 아래와 같은 도식으로 분석하였다.

무엇이 존재하는가 → 존재하는 것 → 실체 --- 전통본체론
존재   존재론[9]
어떻게 존재하는가 → 존재방식 → 관계 --- 현대존재론

이러한 구분은 전통 철학과 현대 철학에서 이 "ontology"의 문제를 어떻게 대하고 처리하는지에 대한 근본적인 차이를 충분히 고려한 것이다. 그렇기 때문에 이 단어를 번역할 때, 반드시 "ontology"가 쓰이는 구체적인 환경과 그 핵심적 의미에 근거하여 "본체론"이라 할지 "존재론"이라 할지 선택해야 한다.[10] 이것은 학술적인 문제일 뿐만 아니라, 실제 사용에 있어 예상하지 못한 결과를 만들어 낸다.

먼저 번역어의 선택은 철학 사조의 유파를 결정하는 표지가 된다. 만약에 이 단어를 "본체론"으로 해석하며, 그것은 아마도 형이상학자로 인식될 것이다. 왜냐하면, "본체"라는 것을 불변의 실체로 받아들이고 이러한 관점은 결국 "본질주의"를 야기하기 때문이다. 그래서 본질주의자는 종종 변증유물론자들이 아닌 형이상학자로 인식된다. 또 만약에 "실체론"으로 해석하면, 그것은 아마도 유물론자 혹은 객관적 관념론자로 인식될 것이다. 그러나 종종 기계적 유물론자로 규정되기도 한다. 왜냐하면, 실체에 대한 추구와 사고는 마르크스 유물주의 반영론과 부합하지 않기 때

---

9 이러한 구분과 도표는 楊學功, 李德順, 「馬克思主義与存在論問題」, 『江海學刊』(2003, 1期)에서 인용

10 이 문제에 대한 연구는 朱立元, 劉旭光, 『略論馬克思主義實踐觀的存在論維度」, 『探索與爭鳴』(2009, 10期) 참고.

문에 마르크스주의자들은 모든 대상이 인간의 본질적인 역량으로 대상화한 결과일 뿐이라고 여기며, 그 때문에 관념의 실체성에 대해서도 인정하지 않기 때문이다. 또 만약에 "존재론"으로 해석하면, "존재주의자"의 항렬 혹은 "현상학자"로 인식될 것이다. 그러나 이러한 두 사유방식은 20세기 80년대에 이미 자산계급의 관념주의 사상으로 비판받았다.

그 다음, 이러한 철학 유파를 구별하는 데 있어서, 의식 형태의 경향성은 중요한 영향을 끼친다. 비록 상황이 호전되고는 있으나, 당시 중국 학술계에서 "형이상학", "관념론", "기계유물론", "본질주의" 등의 개념들은 여전히 의식형태에 있어서 비판적인 의미를 가진 것이었다. 이런 의미에서 본다면, 이 단어의 "번역"은 학술문제일 뿐만 아니라, 의식형태를 표현하는 수단으로 변한 것이다. 현재 "존재론"이라는 번역어의 사용은 많은 사람들로 하여금 자유주의 경향을 지닌 "우파"로 인식되는 것을 의미한다. 만약 "본체론"을 사용한다면 아마도 보수주의자 혹은 "좌파"로 인식될 것이다. 이러한 의식 형태의 의미는 "idealism"의 번역에서도 분명하게 드러난다. 만약 이를 "관념론"으로 변역하면 의식 형태의 중립성을 대표할 것이고, "유심주의"로 번역하면, 의식 형태의 비판적 입장을 의미할 것이다. 과거 2년 동안 "실천"의 개념이 존재론적 의미를 지니는지에 대한 논쟁 중에서, 이러한 번역어의 선택은 의식형태 비판의 이유가 되었다.

4. 부단히 "교정"하는 "번역"

세 단어의 번역 "사건"은 실제로 모두 "번역" 그 후에 발생한 것이며, 이 발생은 피할 수 없는 것이다. 이점을 인정한다는 것은 우리가 가지고

있는 번역에 대한 요구와 태도를 바꾸지 않으면 안 된다는 것을 의미한
다. 번역을 평가할 때, 우리는 반드시 아래와 같은 사실에 대해 인정해야
할 것이다.

첫째, 번역과 번역의 대상 사이에는 늘 어느 정도의 거리감이 존재한
다. 이 둘 사이가 종이의 양면처럼 그렇게 똑같을 수는 없다. 이러한 거
리감 때문에 번역어는 "기의"위에서 표류하는 "기표"가 되며, 또한 줄곧
"표류"상태일 수밖에 없는 것이다. 어떤 면에서, 번역어는 번역을 통해서
나온 "기의"자체가 끊임없는 설명의 과정 중에 놓이는 것이라고 말할 수
있다. 이것은 정지된 것이 아니며 고정불변의 것도 아니다. 번역어는 늘
변할 수 있는 "기의"에 놓이는 것이다. 또 다른 면에서는 번역어가 "기표"
로서 끊임없이 의미부여를 받는 과정에 처해지며, 게다가 이러한 의미부
여는 종종 원래 "기의"의 속박을 받지 않는다. 예를 들어 중국어의 『神曲
(신곡)』을 보자. 원래 의미는 "Divine Comedy"이다. 그러나 중국어의 번
역에서는 Comedy의 개념을 가지지 않는다. 게다가 "신" 역시 실체화되
어, 사람이 상상할 수 있는 일종의 신화(myth)로 이해되는데, 이러한 이
해는 부적절하게 수용된 것이다. 이것은 또한 흥미로운 형국을 만들어낸
다. 번역된 것이 끊임없이 변화하고 번역어 또한 끊임없이 이해되는 중
에, 양자 간에 엄격한 구속은 형성되지 않으며, 결과적으로는 양자간에
매우 흥미로운 독립성이 생긴다. 중국의 미술계에서 늘 논쟁이 되고 있
는 예술의 귀결에 대한 문제가 그 예이다. 이 문제는 단테의 저작
"*philosophical disenfranchisement of art*"라는 작품을 "예술의 귀결"
(여기에 상응하는 영어는 end of art일 것이다)이라고 번역하면서부터 시작되
었다. 결과적으로 단테는 이 서명을 가지고 예술 기능의 변화(예술의 목
적)를 토론하고 싶었지만, 중국의 학계에서 일어난 쟁론은 오히려 예술
의 종결, 귀결에 대한 것이었다. "예술의 귀결"이라는 잘못된 번역은 그

냥 받아들여졌고, 심지어는 학술 토론의 주제가 된 것이다.

둘째로, 번역이란 그 사회적인 요인의 영향을 받는다는 사실이다. "문예학"번역의 예에서처럼, 번역은 일종의 교육제도의 영향을 받았으며, 부적절한 번역이 체제의 나태함 앞에서 인가를 받았을 뿐 아니라 더욱 강화되는 지경에까지 이르렀다. 이것은 번역어가 일단 생산되면 문화체제 속으로 들어가게 되고, 이러한 체제는 번역어의 존재와 생산에 지속적인 영향을 끼친다는 것을 설명한다. 이러한 영향은 번역자가 좌지우지할 수 있는 것이 아니다. 이런 이유로 모든 번역어는 마치 뿌려진 씨앗처럼 서로 다른 환경 속에서 서로 다른 형태로 자라나게 된다. 또한 어떤 경우에는 한 사회문화의 제도 속에서 도태되어 그 사회 속에서는 이해받지 못하는 때도 있다. 즉, 번역어의 이해는 단순히 번역어의 단어 그 자체의 의미에 근거하는 것은 아니라는 말이다. 예를 들어, 19세기 말 『문학구국론』이라는 소책자가 있었다. 그 당시의 역사적 사회적 환경으로 보자면, 우리는 문학(literature)의 의의와 가치에 대한 토론이라고 인식할 것이다. 그러나 이 책이 토론하고자 했던 것은 실제로 "인문과학(liberal arts)"의 의의였다. 현재 "문학"과 "문과"이 두 단어는 당시의 문화체제에 의해 규정된 것으로 이미 "자유예술"과 같은 단어로 바꿀 수 없는 것이 되었다. 중국의 현행 교육 체제 속에서 어떤 고등학생이 대학입학시험을 칠 때 "문과"를 선택했다는 말에서 문과가 의미하는 것은 그 학생이 문학, 역사, 법률 등을 공부한다는 의미이다. 물론 어떤 학과목은 "문"에 넣을 수 없는 것도 있다. 지리와 같은 것은 할 수 없이 "문과"에 넣는다. 서양의 학문 체계에서 liberal arts가 의미하는 학과는 비록 중국의 당대 사회 문화에서의 "문과"와 다르지만, 이것은 번역의 문제가 아니라, 사회적 역사적 환경 변화의 결과이다.

셋째로, "경향성"이 번역에 미치는 영향 역시 피할 수 없다. 그러나 각

시대는 시대별로 서로 다른 경향성을 지니기 때문에 이러한 변화를 번역어가 다 짊어질 수는 없다. 실제 번역 과정에서 번역자의 사상적 경향성은 번역어의 선택에 결정적이다. 중국 미술사에서 이러한 예는 오래전부터 있었다. 화가 서비홍(徐悲鴻)은 마티스(Henri Matisse)의 작품을 정말 싫어했다. 그래서 그의 이름을 번역할 때도 "馬蹄死"(음역이라 소리는 비슷하나 안 좋은 의미의 한자를 선택함)라고 할 정도였다. 그러나 중요한 것은 번역자의 경향이 아니라, 번역어가 어떤 사회적 역사적 환경 속에서 구체적으로 수용되는 방식이다. 독자의 경향은 사회적 역사적 변화에 따른 것이므로, 번역 행위의 경향성이란 독자의 선택 속에서 수용, 강화되기도 하고 버려지기도 한다. 예를 들어, 우리가 1960년대 번역된『독일의 의식형태』와 일본 학자 히로마츠 와타루(廣松涉)가 번역한『독일의 의식형태』를 비교해 보면 많은 차이가 발생한다. 이것은 근본적으로 판본의 문제가 아니며, 그 배후에 의식형태의 필요성을 담고 있는데, 번역의 경향성이 이 책의 번역을 결정하는 것이다. 즉 번역은 선택적인 것이지 저작 자체를 근거하여 이루어지는 것은 아니다.

위에서 언급한 사실에 근거한다면, 번역에 대한 요구는 반드시 하나의 원칙-"번역"과 "번역 그 후"는 모두 중요하다-에 근거한다. 이 원칙에 근거하여, 번역시 대상에 대한 충분한 연구가 필요할 뿐만 아니라, 번역어의 전파와 수용에 대한 연구 역시 필요하다. 어떤 단어의 번역어가 일단 성립되면, 이 단어에 대한 해설이 보충되어야 한다. 이 때문에 번역어는 해석의 과정 속에 있는 것이고, 이러한 과정 자체가 가치 있는 연구 대상이 되는 것이다. 연구 중에 번역어는 부단히 의미를 부여받으며, 이러한 팽창 속에서 최초로 부여 받았던 자구적인 의미로부터 벗어나게 된다. 그래서 번역의 사명은 한 번의 고생으로 그 문제를 영원히 해결 짓는 데 있지 않고, 사람들이 이해하고 대화할 수 있도록 끊임없이 지원하는

데 있다. 진정한 번역이란 바로 끝없는 번역의 과정이다. 첫 번째 번역은 분명 하나의 "별자리"(constellations)를 만드는 것이다. 아니면 별자리의 탄생을 위한 조건을 준비하는 것이다. 비유를 통해 이 관계를 설명하자면, 번역은 마치 시계처럼 우리가 어디에 가면 그 지역의 시간에 시계를 맞춰야 하는 것과 같다.

번역을 한 번 한다는 것은 실제 하나의 사건이 발생하는 것이고, 이 사건의 발생은 늘 진행형이며, 진정한 번역은 "번역 그 후"에 비로소 시작된다. 그래서 지속적인 이해와 교류 속에서 부단히 수정하는 번역이야말로 문화 교류에서 올바른 방법일 것이다.

‖ 찾아보기 ‖

【서명 색인】

▮ 저자 약력

정석태 부산대 점필재연구소 연구교수. 한국 한문학을 전공했다. 『퇴계선생연표월일조록』(전 4권), 「퇴계시의 서지와 연대기적 특성 고구」, 「퇴계집의 체제와 그 의의」 등의 논저를 냈고, 번역서로 『안도에게 보낸다』, 『스무살의 채근담』 등이 있다.

김풍기 강원대 국어교육과 교수. 한국 고전문학을 전공했다. 『조선전기 문학론 연구』, 『옛시에 매혹되다』, 『독서광 허균』 등 다수의 저서를 냈고, 번역서로 『완역 옥루몽』(전 5권), 『누추한 내 방』 등이 있다.

이종묵 서울대 국어국문학과 교수. 한국 고전문학을 전공했다. 『한국한시의 전통과 문예미』, 『우리 한시를 읽다』, 『조선의 문화공간』 등 다수의 저서를 냈고, 번역서로 『부휴자담론』, 『글로 세상을 호령하다』 등이 있다.

신상필 부산대 점필재연구소 HK교수. 한국 한문학을 전공했다. 「한중 서사의 교류와 구비전승의 역할」, 「이본(異本)을 통해 본 『전등신화구해(剪燈新話句解)』의 전파양상과 그 함의」 등의 논저와 공편서 『동아시아 언론매체 사전』 등을 냈고, 공역서로 『삼명시화』 등이 있다.

김용철 부산대 점필재연구소 HK연구교수. 한국 고전문학을 전공했다. 「문명번역으로서의 전고와 『만고가』」, 「조웅전의 인물 형상」, 「김일손 부의 미적 시공간」 등의 논저를 냈고, 공역서로 『(역주)점필재집』이 있다.

이영호 성균관대 동아시아학술원 HK교수. 경학을 전공했다. 『조선중기 경학사상 연구』, 『지하(地下)의 논어, 지상(紙上)의 논어』, 「James Legge의 논어 번역의 특징과 위상」 등의 논저를 냈고, 역서로 『일본 논어 해석학』, 『(임진왜란의 명장) 일옹 최희량』 등이 있다.

한영규 성균관대 국어국문학과 교수. 한국 고전문학을 전공했다. 『조희룡과 추사파 중인의 시대』, 「송천필담의 명대 청언 수용 양상」, 「20세기 전반, 이언진 문학의 호명 양상」 등의 논저를 냈고, 공역서로 『송천필담』(전 3권), 『이옥전집』(전 5권) 등이 있다.

정우영 동국대 국어국문학과 교수. 국어학을 전공했다. 「훈민정음 한문본의 낙장 복원에 대한 재론」, 「훈민정음 언해본의 성립과 원본 재구」, 「한글 불전류(佛典類)의 역주 방법론 연구」 등의 다수의 논저를 냈고, 역서로 『역주 원각경언해』, 『역주 목우자수심결언해・사법어언해』 등이 있다.

김남이 부산대 한문학과 교수. 한국 한문학을 전공했다. 「조선전기 지성사의 관점에서 본 점필재와 그 문인들의 관계」, 「20세기 초, 한국의 문명전환과 번역」, 『집현전학사의 삶과 문학세계』 등의 논저를 냈고, 역서로 『18세기 여성생활사 자료집』 7, 『18세기 여성생활사 자료집』 8 등이 있다.

서민정 부산대 인문학연구소 HK연구교수. 국어학을 전공했다. 『토에 기초한 한국어 문법』, 『주변의 탐색: 북한 국어학과 국어학자』(공저), 『민족의 언어와 이데올로기』(공저) 등의 논저를 냈고, 공역서로 『근대 한국어를 보는 제국의 시선』, 『근대 지식인의 언어 인식』 등이 있다.

사이토 마레시(齋藤希史) 도쿄대 총합문화연구학과 교수. 중국 고전문학 및 메이지 시대 문학을 전공했다. 저서로 『漢文脈の近代: 淸末＝明治の文學圈[한문맥의 근대: 청말＝메이지의 문학권]』, 『漢文脈と近代日本[한문맥과 근대 일본]』 등이 있다.

임상석 부산대 점필재연구소 HK교수. 국문학을 전공했다. 『20세기 국한문체의 형성과정』, 「조선총독부 중등교육용 조선어급한문독본의 조선어 인식」, 「국학의 형성과 고전질서의 해체」 등의 논저를 냈고, 공역서로 『근대어의 탄생과 한문』, 『대한자강회 월보편역집1』이 있다.

이상현 부산대 점필재연구소 HK연구교수. 국문학/비교문학을 전공했다. 『한국 고전번역가의 초상』, 『개념과 역사, 근대 한국의 이중어사전』(연구편), 「『조선문학사』 출현의 안과 밖」 등의 논저를 냈고, 공역서로 『개념과 역사, 근대 한국의 이중어사전(번역편)』 등이 있다.

박진영 연세대 비교사회문화연구소 전문연구원. 한국 근대문학/번역문학을 전공했다. 저서로 『번역과 번안의 시대』, 『책의 탄생과 이야기의 운명』 등을 냈고, 역서로 『한국의 번안소설』(전 10권), 『번안소설어 사전』, 『신문관 번역 소설 전집』 등이 있다.

유욱광(劉旭光) 상해사범대학 인문학/미디어학 학원 교수. 미학과 철학 사상, 문학이론을 연구하고 있다. 「海德格尔与美学[하이데거와 미학]」, 「实践存在论艺术哲学[실천존재론, 예술철학]」 등의 저술이 있다.

고전번역학총서 이론편 2

한국 고전번역학의 구성과 모색

2013년 5월 30일 초판 1쇄 펴냄

펴낸이 부산대학교 점필재연구소 고전번역학센터
발행인 김흥국
발행처 도서출판 점필재

책임편집 이경민
표지디자인 오동준

등록 2013년 4월 12일 제2013-000111호
주소 서울특별시 성북구 보문동7가 11번지 2층(편집부)
전화 929-0804(편집), 922-2246(영업)
팩스 922-6990
메일 jpjbook@naver.com

ISBN 979-11-950282-3-8 94810
      979-11-950282-0-7 (세트)
ⓒ 부산대학교 점필재연구소 고전번역학센터, 2013

정가 25,000원